E L James

Shades *of* Grey

Gefährliche Liebe

Band 2

Roman

Deutsch
von Andrea Brandl
und Sonja Hauser

GOLDMANN

Die Originalausgabe erschien 2011
unter dem Titel »Fifty Shades Darker« bei
The Writer's Coffee Shop Publishing House, Australia.

Die Autorin hat online
unter dem Pseudonym Snowqueen's Icedragon
eine frühere Version dieser Story mit anderen Figuren
unter dem Titel »Master of the Universe«
als Fortsetzungsgeschichte veröffentlicht.

Verlagsgruppe Random House FSC-DEU-0100
Das für dieses Buch verwendete FSC-zertifizierte Papier
München Super liefert Arctic Paper Mochenwangen GmbH.

www.goldmann-verlag.de

Für Z und J,
Euch gehört meine bedingungslose Liebe,
immer.

PROLOG

Er ist zurück. Mommy schläft oder ist wieder krank.

Ich verstecke mich unter dem Küchentisch, linse zwischen meinen Fingern hindurch zu Mommy hinüber. Sie liegt auf der Couch, eine Hand ruht auf dem klebrigen grünen Teppich. Er steht in den großen Stiefeln mit der glänzenden Schnalle vor ihr und brüllt sie an.

Dann schlägt er Mommy mit dem Gürtel. *Steh auf! Steh auf! Verficktes Miststück. Verficktes Miststück. Verficktes Miststück. Verficktes Miststück. Verficktes Miststück. Verficktes Miststück.* Mommy schluchzt. *Hör auf. Bitte hör auf.* Mommy schreit nicht. Sie macht sich ganz klein.

Ich stecke die Finger in die Ohren und schließe die Augen. Jetzt höre ich nichts mehr.

Er dreht sich um. Ich sehe seine Stiefel, als er in die Küche stapft. Er hat den Gürtel in der Hand, sucht nach mir.

Er bückt sich und grinst. Er stinkt nach Zigaretten und Schnaps. *Da bist du ja, du kleiner Scheißer.*

Ein markerschütternder Schrei weckt ihn. *Himmel!* Er ist schweißüberströmt, sein Herz rast. *Was zum Teufel?* Er setzt sich mit einem Ruck im Bett auf und stützt den Kopf in die Hände. *Scheiße. Sie sind wieder da.* Der Schrei, das war ich. Er holt tief Luft, versucht, den Geruch von billigem Bourbon und abgestandenem Zigarettenrauch aus seiner Erinnerung zu verbannen.

EINS

Ich habe meinen ersten Tag im neuen Job, Tag drei nach der Trennung von Christian, überstanden. Die Arbeit hat mich abgelenkt. Die Zeit ist wie im Flug vergangen, mit neuen Gesichtern und Aufgaben und Jack Hyde. Jack Hyde … Er lehnt sich mit funkelnd blauen Augen an meinen Schreibtisch.

»Prima Arbeit, Ana. Ich glaube, wir werden ein tolles Team.«

Irgendwie gelingt es mir, die Lippen zu einer Art Lächeln zu verziehen.

»Wenn es Ihnen recht ist, mache ich jetzt Schluss«, sage ich.

»Natürlich. Es ist halb sechs. Bis morgen.«

»Auf Wiedersehen, Jack.«

»Auf Wiedersehen, Ana.«

Ich schnappe mir meine Handtasche und schlüpfe in die Jacke. Draußen in der frühabendlichen Luft von Seattle atme ich tief durch. Trotzdem spüre ich die Leere in meiner Brust, die mich seit Samstagmorgen schmerzlich an meinen Verlust erinnert. Ich gehe mit gesenktem Kopf zur Bushaltestelle und trauere um meine geliebte Wanda, meinen alten Käfer … und auch ein wenig um den Audi.

Schluss jetzt, ermahne ich mich. Ich kann mir einen Wagen leisten – einen hübschen neuen. Der Erlös für meinen alten ist sicher mehr als reichlich ausgefallen. Der Gedanke hinterlässt einen bitteren Geschmack in meinem Mund. Ich schiebe ihn beiseite, weil ich nicht wieder zu weinen anfangen will – nicht auf der Straße.

Die Wohnung ist leer. Kate fehlt mir. Ich stelle sie mir mit einem kühlen Cocktail am Strand auf Barbados vor, schalte den

Flachbildfernseher ein, damit ich das Gefühl habe, nicht allein zu sein, höre und sehe jedoch nicht hin. Stattdessen starre ich blind die Ziegelwand an, fühle mich wie betäubt, spüre nur den Schmerz. Wie lange soll das noch so weitergehen?

Als die Türglocke erklingt, setzt mein Herz einen Schlag lang aus. Wer kann das sein? Ich drücke auf den Knopf der Gegensprechanlage.

»Päckchen für Miss Steele«, meldet sich eine gelangweilte Stimme, und Enttäuschung steigt in mir auf. Lustlos gehe ich nach unten. Vor der Tür steht ein ziemlich laut Kaugummi kauender junger Mann mit einem großen Karton. Ich bestätige den Empfang und bringe das Ding nach oben. Der Karton ist erstaunlich leicht. Darin befinden sich zwei Dutzend langstielige weiße Rosen und eine Karte.

> *Gratuliere zum ersten Arbeitstag.*
> *Ich hoffe, alles ist gut gelaufen.*
> *Danke für den Segelflieger. Das war sehr aufmerksam.*
> *Er hat einen Ehrenplatz auf meinem Schreibtisch.*
> *Christian*

Als ich die getippte Karte anstarre, dehnt sich die Leere in meiner Brust noch weiter aus. Bestimmt hat seine Assistentin Blumen und Karte geschickt; Christian hatte sicher nicht viel damit zu tun. Ich sehe mir die Rosen genauer an – sie sind wunderschön, und ich bringe es nicht übers Herz, sie einfach in den Müll zu werfen. Pflichtschuldig gehe ich in die Küche, um eine Vase zu holen.

Ein Muster bildet sich heraus: aufwachen, arbeiten, weinen, schlafen. Oder besser gesagt, der Versuch zu schlafen. Nicht einmal in meinen Träumen bin ich vor ihm sicher. Silbergraue Augen, dieser verlorene Blick, die glänzenden Haare – das alles verfolgt mich. Und die Musik ... so viel Musik. Im Moment ertrage ich überhaupt keine Musik und gehe ihr aus dem Weg, so gut ich kann. Sogar von Werbe-Jingles bekomme ich eine Gänsehaut.

Ich habe mit niemandem gesprochen, nicht einmal mit meiner Mutter oder mit Ray. Im Augenblick fehlt mir der Nerv dafür. Ich bin wie eine Insel oder wie ein vom Krieg verwüstetes, unfruchtbares Land mit dunklem Horizont. In der Arbeit schaffe ich es irgendwie, mit den Kollegen zu reden, aber das war's dann auch schon. Bei einem Telefonat mit Mom würde ich ganz zusammenbrechen – und dazu habe ich keine Kraft mehr.

Das Essen fällt mir schwer. Mittwochnachmittag habe ich einen Becher Joghurt hinuntergewürgt, meine erste Mahlzeit seit Freitag. Ich ernähre mich von Latte macchiato und Cola light. Das Koffein hält mich am Laufen, macht mich aber unruhig.

Jack hängt bei mir herum und nervt mich mit persönlichen Fragen. Was will er? Ich antworte ihm höflich, halte ihn mir jedoch vom Leib.

Als ich, froh über die Ablenkung, einen Stapel Briefe an ihn durcharbeite, höre ich eine Mail hereinkommen. Ich sehe hastig nach, von wem sie ist.

Oje. Von Christian. Nein, nicht hier … nicht im Büro.

Von: Christian Grey
Betreff: Morgen
Datum: 8. Juni 2011, 14:05 Uhr
An: Anastasia Steele

Liebe Anastasia,
verzeih die Störung bei der Arbeit. Ich hoffe, alles läuft gut.
Hast du meine Blumen bekommen?
Gerade merke ich, dass morgen die Ausstellungseröffnung
von deinem Freund ist. Bestimmt hast du noch keine Zeit
gefunden, einen neuen Wagen zu kaufen, und es ist eine lange

Fahrt. Ich würde mich sehr freuen, dich hinzubringen – falls du das möchtest.

Sag Bescheid.

CHRISTIAN GREY
CEO, Grey Enterprises Holdings, Inc.

Meine Augen werden feucht. Ich springe von meinem Schreibtischstuhl auf und flüchte in die Toilette. Josés Vernissage! Die hatte ich völlig vergessen. Christian hat Recht. Wie soll ich da hinkommen?

Ich presse die Hand gegen die Stirn. Warum hat José nicht angerufen? Oder besser gesagt – warum hat überhaupt niemand angerufen? In meinem geistesabwesenden Zustand habe ich gar nicht gemerkt, dass mein Handy stumm geblieben ist.

Gott, bin ich dämlich! Meine Gespräche werden wahrscheinlich nach wie vor auf den BlackBerry umgeleitet. Was bedeutet, dass Christian meine Anrufe bekommt. Es sei denn, er hat den BlackBerry weggeworfen. Aber woher hat er meine E-Mail-Adresse im Büro?

Er kennt meine Schuhgröße, eine E-Mail-Adresse dürfte nun wirklich kein Problem für ihn sein.

Kann ich es ertragen, ihn wiederzusehen? Will ich das überhaupt? Ich schließe die Augen und lege den Kopf in den Nacken. Natürlich will ich ihn wiedersehen.

Vielleicht sollte ich ihm sagen, dass ich es mir anders überlegt habe … Nein, nein, nein. Ich kann nicht mit jemandem zusammen sein, der darauf steht, mir Schmerz zuzufügen, mit jemandem, der nicht fähig ist, mich zu lieben.

Quälende Erinnerungen steigen hoch – das Segelfliegen, das Händchenhalten, die Küsse, die Badewanne, seine Zärtlichkeit, sein Humor und sein dunkler, sexy Blick. Fünf Tage ohne ihn, fünf Tage der Qual, die sich anfühlen wie eine Ewigkeit.

Ich schlinge die Arme um den Körper. Er fehlt mir. Er fehlt mir wirklich … Und ich liebe ihn. So einfach ist das.

Ich wünschte, ich hätte nicht Schluss gemacht, wünschte, er könnte anders sein, wünschte, dass wir zusammen wären. Wie lange wird dieses grässliche Gefühl anhalten? Es ist die reinste Hölle.

Anastasia Steele, du bist in der Arbeit! Ich muss mich zusammenreißen. Außerdem will ich zu Josés Ausstellungseröffnung, und die Masochistin in mir möchte Christian wiedersehen. Ich hole tief Luft und kehre an meinen Schreibtisch zurück.

Von: Anastasia Steele
Betreff: Morgen
Datum: 8. Juni 2011, 14:25 Uhr
An: Christian Grey

Hi Christian,
danke für die Blumen; sie sind wunderschön.
Ja, ich würde mich freuen, wenn du mich hinbringen könntest.
  Danke.

ANASTASIA STEELE
Assistentin des Cheflektors, SIP

Meine Telefonate werden tatsächlich auf meinen BlackBerry umgeleitet. Da Jack in einer Besprechung ist, kann ich es wagen, kurz José anzurufen.

»Hi, José. Ich bin's, Ana.«

»Hallo Fremde.«

Er klingt so freundlich und erfreut, dass ich fast in Tränen ausbreche. »Ich kann nicht lange reden. Wann beginnt deine Vernissage morgen?«

»Du kommst also?«, fragt er aufgeregt.

»Ja, natürlich.« Als ich mir sein breites Grinsen vorstelle, gelingt mir zum ersten Mal seit fünf Tagen ein echtes Lächeln.

»Um halb acht.«

»Gut, dann also bis morgen. Bye, José.«

»Bye, Ana.«

Von: Christian Grey
Betreff: Morgen
Datum: 8. Juni 2011, 14:27 Uhr
An: Anastasia Steele

Liebe Anastasia,
um wie viel Uhr soll ich dich abholen?
CHRISTIAN GREY
CEO, Grey Enterprises Holdings, Inc.

Von: Anastasia Steele
Betreff: Morgen
Datum: 8. Juni 2011, 14:32 Uhr
An: Christian Grey

Josés Vernissage beginnt um halb acht. Welche Zeit würdest
du vorschlagen?
ANASTASIA STEELE
Assistentin des Cheflektors, SIP

Von: Christian Grey
Betreff: Morgen
Datum: 8. Juni 2011, 14:34 Uhr
An: Anastasia Steele

Liebe Anastasia,
Portland ist ein ganzes Stück weit weg. Ich hole dich um
17:45 Uhr ab.
Ich freue mich darauf, dich wiederzusehen.
CHRISTIAN GREY
CEO, Grey Enterprises Holdings, Inc.

Von: Anastasia Steele
Betreff: Morgen
Datum: 8. Juni 2011, 14:38 Uhr
An: Christian Grey

Bis dann.
ANASTASIA STEELE
Assistentin des Cheflektors, SIP

Ich werde Christian wiedersehen! Zum ersten Mal seit fünf Tagen bessert sich meine Stimmung ein wenig. Wie es ihm wohl in der Zwischenzeit ergangen ist? Habe ich ihm gefehlt? Wahrscheinlich nicht so sehr wie er mir. Hat er eine neue Sklavin gefunden? Die Vorstellung tut so weh, dass ich sie sofort verdränge.

Am Abend wälze ich mich im Bett hin und her, aber immerhin weine ich mich nicht mehr in den Schlaf.

Ich erinnere mich an Christians gequälte Miene, als ich ihn verlassen habe. Er wollte mich nicht gehen lassen. Warum nicht? Wieso sollte ich in einer so verfahrenen Situation bleiben? Wir sind beide unseren eigenen Problemen ausgewichen – meiner Angst vor Bestrafung, seiner Angst vor ... was? Liebe?

Traurig schlinge ich die Arme ums Kissen. Er meint, er verdiene es nicht, geliebt zu werden. Warum? Hat das mit seiner Kindheit zu tun? Mit seiner leiblichen Mutter, der Crackhure? Der Gedanke quält mich bis in die frühen Morgenstunden, als ich schließlich in unruhigen, erschöpften Schlaf falle.

Der Tag zieht sich endlos hin, und Jack ist über alle Maßen anhänglich. Vermutlich liegt das an Kates pflaumenfarbenem Kleid und den schwarzen High Heels, die ich aus ihrem Schrank gemopst habe. Ich beschließe, von meinem ersten Gehalt Klamotten kaufen zu gehen. Das Kleid sitzt deutlich lockerer als das letzte Mal, was ich zu ignorieren versuche.

Endlich ist es halb sechs. Nervös schnappe ich mir Jacke und Handtasche. Verdammt, *gleich sehe ich ihn wieder!*

»Haben Sie etwas vor?«, erkundigt sich Jack.

»Ja. Nein. Nicht wirklich.«

Er hebt interessiert eine Augenbraue. »Mit dem Freund?«

Ich werde rot. »Nein, mit einem Freund. Einem Ex.«

»Hätten Sie Lust, morgen nach der Arbeit auf einen Drink zu gehen? Sie hatten eine super erste Woche, Ana. Das muss gefeiert werden.« Über sein Gesicht huscht ein Ausdruck, der mich verunsichert.

Die Hände in den Taschen, schlendert er durch die Doppeltür. Ich runzle die Stirn. Drinks mit dem Chef, ist das eine gute Idee?

Ich schüttle den Kopf. Zuerst muss ich den Abend mit Christian Grey überstehen. Nur wie? Ich haste in die Toilette, um mich im Spiegel zu betrachten. Wie üblich bin ich blass, außerdem habe ich dunkle Augenringe. Ich sehe scheiße aus.

Verdammt, wenn ich nur geschickter mit Make-up umgehen könnte! Ich trage Mascara und Eyeliner auf und kneife mir, in der Hoffnung, ein wenig Farbe zu bekommen, in die Wangen. Nachdem ich meine Haare über die Schulter drapiert habe, hole ich tief Luft.

Mit einem nervösen Lächeln durchquere ich die Eingangshalle und winke Claire am Empfang zu. Eigentlich könnten wir Freundinnen werden, schießt es mir durch den Kopf.

Jack unterhält sich gerade mit Elizabeth, als ich mich der Tür nähere. Er eilt herüber, um sie für mich aufzuhalten.

»Nach Ihnen, Ana.«

»Danke.« Ich lächle verlegen.

Draußen wartet Taylor am Wagen und öffnet sofort die hintere Tür für mich, als er mich entdeckt. Verstohlen sehe ich Jack an, der mir nach draußen gefolgt ist und mit weit aufgerissenen Augen den Audi SUV anstarrt.

Ich steige hinten ein, zu Christian, der einen grauen Anzug

ohne Krawatte trägt, das weiße Hemd oben offen. Seine grauen Augen glühen.

»Wann hast du das letzte Mal etwas gegessen?«, herrscht er mich an, als Taylor die Tür hinter mir schließt.

Scheiße. »Hallo, Christian. Mich freut's auch, dich wiederzusehen.«

»Ich habe jetzt keine Lust auf deine spitze Zunge. Antworte mir.«

Mist. »Äh, ich hab mittags einen Joghurt gegessen – und eine Banane.«

»Und die letzte richtige Mahlzeit?«, fragt er mit eisiger Stimme.

Taylor lässt den Motor an und fädelt den Wagen in den Verkehr ein.

Ich sehe, dass Jack mir nachwinkt. Wie er mich durch die getönten Scheiben erkennen kann, ist mir ein Rätsel. Ich winke zurück.

»Wer ist das?«, knurrt Christian.

»Mein Chef.«

Christian presst die Lippen zusammen. »Und? Deine letzte Mahlzeit?«

»Christian, das geht dich wirklich nichts an«, sage ich und komme mir dabei ausgesprochen mutig vor.

»Alles, was mit dir zu tun hat, geht mich etwas an. Antworte mir.«

Nein, das tut es nicht. Ich stöhne frustriert auf und verdrehe die Augen, während die von Christian sich verengen. Zum ersten Mal seit Langem ist mir zum Lachen zumute. Nur mit Mühe unterdrücke ich ein Kichern. Christians Miene wird weicher, während ich versuche, ernst zu bleiben. Der Hauch eines Lächelns spielt um seine wunderschönen Lippen.

»Und?«, hakt er nach.

»Pasta alle Vongole, vergangenen Freitag«, antworte ich kleinlaut.

»Aha. Du siehst aus, als hättest du mindestens fünf Pfund abgenommen. Du musst etwas essen, Anastasia.«

Ich starre auf meine ineinander verschränkten Finger in meinem Schoß. Warum nur fühle ich mich in seiner Gegenwart immer wie ein unartiges Kind?

»Wie geht es dir?«, fragt er mit sanfter Stimme.

Eigentlich Scheiße ... Ich schlucke. »Gut wäre gelogen.«

»Ja, geht mir auch so.« Er ergreift meine Hand. »Du fehlst mir.«

O nein. Haut an Haut.

»Christian, ich ...«

»Ana, bitte. Wir müssen reden.«

Gleich fange ich zu heulen an. Nein. »Christian, ich ... bitte ... ich habe viel geweint«, flüstere ich, bemüht, meine Gefühle unter Kontrolle zu halten.

Bevor ich michs versehe, hat er mich auf seinen Schoß gezogen und vergräbt seine Nase in meinen Haaren. »Du hast mir so gefehlt, Anastasia.«

Ich möchte mich aus seiner Umarmung lösen, auf Distanz gehen, doch seine Arme sind fest um mich geschlungen. Er drückt mich an seine Brust, und ich schmelze dahin.

Ich lege meinen Kopf an seine Schulter; er küsst mein Haar immer wieder. Es fühlt sich so vertraut an. Er riecht so wunderbar nach Christian. Einen kurzen Augenblick lang glaube ich fast, dass alles gut werden wird. Ein Trost für meine gequälte Seele.

Wenige Minuten später hält Taylor an.

»Komm.« Christian schiebt mich von seinem Schoß herunter. »Wir sind da.«

Was?

»Hubschrauberlandeplatz – oben auf dem Gebäude.«

Natürlich. *Charlie Tango.* Taylor öffnet die Tür, und ich steige aus. Er schenkt mir ein freundliches, onkelhaftes Lächeln, das mir ein sicheres Gefühl gibt, und ich erwidere es.

»Ich sollte Ihnen Ihr Taschentuch zurückgeben.«

»Behalten Sie's, Miss Steele. Mit meinen besten Wünschen.«

Ich werde rot, als Christian um den Wagen herumtritt und meine Hand nimmt.

»Um neun?«, fragt Christian Taylor.

»Ja, Sir.«

Christian nickt und führt mich durch die Doppeltür in die beeindruckende Eingangshalle. Wieder spüre ich diese vertraute Anziehung – ich komme mir vor wie Ikarus, der der Sonne zu nahe kommt. Obwohl ich mir schon einmal die Finger verbrannt habe, bin ich trotzdem wieder bei ihm.

Als die Aufzugtüren sich öffnen, lässt er meine Hand los und schiebt mich hinein.

Sobald sie wieder geschlossen sind, sieht er mich mit seinen lebhaften Augen an, und erneut liegt dieses Knistern in der Luft.

»Oh«, hauche ich.

»Ich spüre es auch«, gesteht er.

Dunkle Begierde sammelt sich in meinem Unterleib. Er lässt seinen Daumen über meine Fingerknöchel gleiten, und meine Muskeln ziehen sich aufs Köstlichste zusammen.

Gott, wie macht er das nur?

»Bitte kau nicht auf deiner Lippe, Anastasia«, flüstert er.

Ich höre sofort damit auf, aber ich will ihn. Hier, jetzt, im Lift. Wie könnte ich ihn nicht wollen?

»Du weißt, was dann passiert.«

Ich habe also nach wie vor Macht über ihn. Meine innere Göttin erwacht aus ihrem fünftägigen Schmollschlaf.

Aber der Bann bricht, als die Türen aufgleiten. Hier oben auf dem Dach weht ein so starker Wind, dass ich trotz meiner schwarzen Jacke friere. Christian legt den Arm um mich und zieht mich zu sich heran. Wir hasten zu Charlie Tango.

Ein hochgewachsener blonder Mann mit kantigem Kinn und dunklem Anzug springt heraus und rennt geduckt unter den sich drehenden Rotorblättern zu uns. Er reicht Christian die Hand und ruft ihm über den Lärm hinweg zu: »Startklar, Sir.«

»Alle Checks erledigt?«

»Ja, Sir.«

»Sie holen ihn gegen halb neun ab?«

»Ja, Sir.«

»Taylor wartet unten auf Sie.«

»Danke, Mr. Grey. Ich wünsche einen sicheren Flug nach Portland. Ma'am.« Er nickt mir zu.

Christian führt mich zur Hubschraubertür.

Im Helikopter schnürt er mich mit vielsagendem Blick in meinen Sicherheitsgurt und zurrt ihn fest.

»Das Geschirr gefällt mir wirklich sehr gut an dir. Lass die Finger von den Instrumenten.«

Ich werde tiefrot. Sein Zeigefinger gleitet meine Wange entlang, bevor er mir den Kopfhörer reicht. *Ich würde dich auch gern anfassen, aber ich darf ja nicht.* Er hat die Gurte so festgezogen, dass ich mich kaum bewegen kann.

Er nimmt Platz und schnallt sich ebenfalls an, bevor er die Vorflugkontrollen durchführt, den Kopfhörer aufsetzt und einen Schalter umlegt. Nun drehen sich die Rotorblätter noch lauter und schneller.

Christian wendet sich mir zu. »Bereit, Baby?«, hallt seine Stimme im Kopfhörer wider.

»Ja.«

Er grinst jungenhaft. Wow – das habe ich lange nicht mehr gesehen.

»Charlie Tango Golf-Golf Echo Hotel an Sea-Tac Tower, startklar nach Portland via PDX. Bitte bestätigen.«

Von der Luftverkehrskontrolle kommen Instruktionen.

»Charlie Tango an Tower, verstanden.« Christian legt zwei Hebel um, ergreift den Steuerknüppel, und der Helikopter erhebt sich in den Abendhimmel über Seattle.

»Letztes Mal sind wir in die Morgendämmerung geflogen, Anastasia, jetzt fliegen wir in die Abenddämmerung«, höre ich seine Stimme über Kopfhörer.

Was soll das? Wie schafft er es nur immer wieder, die romantischsten Dinge zu sagen?

Er lächelt mir zu, und auch ich kann mir ein schüchternes Lächeln nicht verkneifen.

»Und die Abendsonne. Diesmal gibt's mehr zu sehen«, verkündet er.

Bei unserem Flug nach Seattle war es dunkel, jetzt ist der Ausblick spektakulär. Wir steigen zwischen den Wolkenkratzern immer höher hinauf.

»Das Escala ist dort.« Er deutet auf das Gebäude. »Da drüben siehst du Boeing und da hinten die Space Needle.«

Ich recke den Hals. »Da war ich noch nie.«

»Wir gehen mal zum Essen hin.«

»Christian, wir haben uns getrennt.«

»Ich weiß. Trotzdem kann ich dich zum Essen einladen.«

Ich schüttle den Kopf und wechsle schnell das Thema. »Es ist sehr, sehr schön hier oben, danke.«

»Beeindruckend, nicht?«

»Ich finde dich beeindruckend.«

»Schmeicheleien von Ihnen, Miss Steele? Ich bin ein Mann mit vielen Fähigkeiten.«

»Das weiß ich, Mr. Grey.«

Er grinst spöttisch, und zum ersten Mal seit fünf Tagen entspanne ich mich. Vielleicht wird es ja doch nicht so schlimm.

»Wie läuft's im neuen Job?«

»Gut, danke.«

»Und dein Chef?«

»Ach, der ist ganz okay.« Wie soll ich Christian erklären, dass Jack mich nervös macht?

Christian sieht mich stirnrunzelnd an. »Was ist los?«

»Abgesehen von den bekannten Problemen? Nichts.«

»Die bekannten Probleme?«

»Christian, manchmal bist du wirklich verdammt schwer von Begriff.«

»Schwer von Begriff? Ich? Vergreifen Sie sich da nicht ein wenig im Ton, Miss Steele?«

»Meinen Sie?«

»Deine spitze Zunge hat mir gefehlt.«

Am liebsten würde ich rufen: *Du hast mir auch gefehlt – alles an dir, nicht nur deine Zunge!* Doch ich blicke schweigend durch die gewölbten Fenster hinaus. Rechts von uns dämmert es, die Sonne hängt wie ein großer orangefarbener Feuerball tief am Horizont – und erneut fühle ich mich wie Ikarus, der ihr zu nahe kommt.

Am Himmel vermischen sich Opal-, Rosa- und Aquamarintöne. Es ist ein klarer, kühler Abend, und die Lichter von Portland heißen uns blinkend willkommen, als Christian mit dem Helikopter auf dem braunen Ziegelgebäude in Portland aufsetzt, das wir vor weniger als drei Wochen verlassen haben.

Obwohl das keine lange Zeit ist, habe ich das Gefühl, Christian schon ewig zu kennen. Er fährt Charlie Tango herunter, legt mehrere Schalter um, und die Rotorblätter kommen zum Stillstand. Am Ende höre ich über Kopfhörer nur noch meinen eigenen Atem. Irgendwie erinnert mich das an unser Liebesspiel zu der Musik von Thomas Tallis, aber daran will ich nun wirklich nicht denken.

Christian löst seinen Gurt und beugt sich zu mir herüber, um mich aus meinem zu befreien.

»Hatten Sie einen guten Flug, Miss Steele?«, fragt er mit sanfter Stimme und glühenden Augen.

»Ja, danke, Mr. Grey«, antworte ich höflich.

»Dann lass uns runtergehen, die Fotos von dem Jungen anschauen.« Er reicht mir die Hand. Ich ergreife sie und klettere aus Charlie Tango.

Der grauhaarige Mann mit Bart, den ich vom letzten Mal kenne, empfängt uns mit einem breiten Lächeln.

»Joe.« Christian begrüßt ihn ebenfalls lächelnd und lässt meine Hand los, um die von Joe herzlich zu schütteln.

»Halten Sie den Helikopter für Stephan bereit. Er kommt zwischen acht und neun.«

»Wird gemacht, Mr. Grey. Ma'am«, fügt der Mann mit einem Nicken in meine Richtung hinzu. »Ihr Wagen wartet unten, Sir. Ach, und der Lift ist kaputt. Sie müssen leider die Treppe nehmen.«

»Danke, Joe.«

Christian ergreift erneut meine Hand. »Zum Glück sind's nur drei Stockwerke«, bemerkt er mit einem missbilligenden Blick auf meine Schuhe.

»Gefallen dir die Schuhe nicht?«

»Doch, sogar sehr, Anastasia.«

Ich habe den Eindruck, dass er noch etwas hinzufügen möchte, aber er verkneift es sich.

»Komm, aber langsam. Ich möchte nicht riskieren, dass du hinfällst und dir den Hals brichst.«

Schweigend lassen wir uns von einem Chauffeur zu der Galerie bringen. Meine Angst kehrt mit voller Wucht zurück, als mir klar wird, dass unsere Zeit während des Fluges nur eine Verschnaufpause war. Die lockere Stimmung von vorhin ist dahin. Christian wirkt … nachdenklich. Es gibt so viel, was ich ihm sagen möchte, aber dieser Trip hier ist zu kurz dafür. Christian starrt gedankenverloren aus dem Fenster.

»José ist wirklich nur ein Freund«, murmle ich.

Christian sieht mich mit undurchdringlichem Blick an. Sein Mund … Ich erinnere mich, wie er mich damit überall liebkost hat, und mir wird ganz heiß.

»Diese wunderschönen Augen wirken viel zu groß in deinem Gesicht, Anastasia. Bitte versprich mir, dass du mehr isst.«

»Ja, Christian, das werde ich«, antworte ich ganz automatisch.

»Es ist mein Ernst.«

»Tatsächlich?«, frage ich verächtlich. Immerhin hat er mich in den letzten Tagen durch die Hölle gehetzt, oder nicht? Nein, das war ich selbst. Nein, er. Verwirrt schüttle ich den Kopf.

»Ich will mich nicht mit dir streiten, Anastasia. Ich möchte dich zurück, und zwar gesund und munter«, erklärt er mit sanfter Stimme.

»Aber es ist alles beim Alten.« *Du bist immer noch der Christian mit den tausend Facetten.*

»Lass uns auf dem Rückweg darüber reden. Wir sind da.«

Der Wagen hält vor der Galerie, und Christian steigt aus, um mir die Tür zu öffnen.

»Warum tust du das?«, frage ich ein wenig zu laut.

»Was?«

»Warum sagst du so etwas und verstummst dann?«

»Anastasia, wir sind da. Wo du hinwolltest. Lass uns hineingehen und hinterher weiterreden. Ich habe keine Lust, das hier auf der Straße zu diskutieren.«

Verdammt, er hat ja Recht. »Okay«, murmle ich schmollend.

Er nimmt meine Hand und führt mich in das Gebäude, ein umgestaltetes Lagerhaus – Ziegelwände, dunkle Holzfußböden, weiße Decken und weiß gestrichene Rohre. Es ist luftig und modern. Ziemlich viele Leute schlendern mit Weingläsern herum und bewundern Josés Arbeiten. Einen Moment vergesse ich meine Sorgen, als mir bewusst wird, dass José seinen Traum verwirklicht hat. *Du hast es geschafft, José!*

»Herzlich willkommen bei der Vernissage von José Rodriguez«, begrüßt uns eine junge, in Schwarz gekleidete Frau mit raspelkurzen braunen Haaren, leuchtend rotem Lippenstift und großen Kreolen. Sie sieht kurz mich an, dann, deutlich länger als nötig, Christian, bevor sie sich errötend wieder mir zuwendet.

Ich runzle die Stirn. *Er gehört mir – oder besser gesagt, gehörte mir.* Ich gebe mir große Mühe, ihr keinen finsteren Blick zuzuwerfen.

Sie blinzelt. »Ach, Sie sind das, Ana. Wir sind schon gespannt auf Ihre Meinung.« Lächelnd reicht sie mir eine Broschüre und führt mich an einen Tisch mit Snacks.

Woher weiß sie meinen Namen?

»Kennst du sie?«, fragt Christian mich.

Ich schüttle den Kopf und bin genauso verwirrt wie er.

Er zuckt mit den Achseln. »Was möchtest du trinken?«

»Ein Glas Weißwein, bitte.«

Er macht sich auf den Weg zur Bar.

»Ana!« José eilt auf mich zu.

Wow! Er trägt einen Anzug, sieht blendend aus, strahlt mich an. José umarmt mich fest. Mein Freund, mein einziger Freund in Kates Abwesenheit. Tränen treten mir in die Augen.

»Ana, schön, dass du es geschafft hast herzukommen«, flüstert er mir ins Ohr, stutzt, tritt einen Schritt zurück und starrt mich an.

»Was ist?«

»Alles in Ordnung? Du siehst irgendwie anders aus. *Dios mío,* hast du abgenommen?«

Ich schlucke meine Tränen hinunter. »José, es ist alles okay. Ich freu mich ja so für dich.« *Scheiße – jetzt fängt er auch noch damit an.* »Gratuliere zur Vernissage.« Meine Stimme zittert, als ich die Sorge in seinem vertrauten Gesicht sehe. *Verdammt, reiß dich zusammen, Steele!*

»Wie bist du hergekommen?«, erkundigt er sich.

»Christian hat mich hergebracht.«

»Ach.« José lässt die Schultern hängen. »Wo ist er?« Seine Miene verfinstert sich.

»Er holt gerade etwas zu trinken.« Ich nicke in Christians Richtung, der sich mit jemandem in der Schlange unterhält. Unsere Blicke treffen sich, und mir verschlägt es den Atem.

Himmel! Dieser wunderschöne Mann will mich zurück!, denke ich verzückt.

»Ana!« José holt mich ins Hier und Jetzt zurück. »Es freut mich so sehr, dass du da bist. Aber hör zu, ich muss dich warnen …«

Miss Kurzhaar und Roter Lippenstift fällt ihm ins Wort. »José, die Journalistin von *Portland Printz* möchte mit dir sprechen. Komm.« Mir schenkt sie ein höfliches Lächeln.

»Ist das nicht cool? Ich meine, der Ruhm.« Er grinst, und ich kann nicht anders, als zurückzugrinsen – er ist so glücklich. »Bis später, Ana.« Er küsst mich auf die Wange, ehe er zu einer jungen Frau und einem schlaksigen Fotografen geht.

Manche der Fotos von José sind stark vergrößert auf Leinwand aufgezogen, sowohl in Schwarz-Weiß als auch in Farbe. Vielen der Landschaftsaufnahmen haftet etwas Ätherisches an. Eine zeigt den See bei Vancouver. Es ist früher Abend, im Wasser spiegeln sich rosafarbene Wolken. Ich lasse mich von der Ruhe und dem Frieden, die das Bild ausstrahlt, verzaubern.

Christian gesellt sich zu mir und reicht mir ein Glas Weißwein.

»Entspricht er deinen Erwartungen?«

Er sieht mich fragend an.

»Der Wein.«

»Nein. Aber das ist bei solchen Anlässen nur selten der Fall. Der Junge hat Talent, findest du nicht?« Christian bewundert das Foto vom See.

»Glaubst du, ich hätte ihn sonst gebeten, Porträts von dir zu machen?«, frage ich mit Stolz.

Sein Blick wandert von dem Bild zu mir.

»Mr. Grey?« Der Fotograf des *Portland Printz* kommt auf Christian zu. »Darf ich Sie ablichten, Sir?«

»Gern«, antwortet Christian, ganz CEO.

Als ich mich entfernen will, zieht er mich an sich. Der Fotograf sieht uns beide mit unverhohlenem Erstaunen an. »Danke, Mr. Grey.« Er macht einige Aufnahmen. »Miss …?«, fragt er.

»Steele.«

»Danke, Miss Steele.« Er eilt davon.

»Ich habe im Internet nach Bildern von dir in Begleitung

gesucht und keine gefunden. Deshalb hat Kate wohl gedacht, du wärst schwul.«

Christian grinst. »Das erklärt deine dreiste Frage. Nein, ich bin nie in Begleitung, Anastasia, nur mit dir. Aber das weißt du ja.«

»Dann hast du deine …« Ich vergewissere mich, dass niemand uns zuhören kann. »… Subs niemals ausgeführt?«

»Manchmal war ich mit ihnen unterwegs, jedoch nie offiziell. Beim Shoppen.«

Er war also nur im Spielzimmer und in seiner Wohnung mit ihnen zusammen. Ich weiß nicht recht, was ich davon halten soll.

»Nur mit dir, Anastasia«, wiederholt er.

Ich werde knallrot. Auf seine Art macht er sich also doch etwas aus mir.

»Dein Freund scheint eher auf Landschaften als auf Porträts spezialisiert zu sein. Lass uns seine Bilder anschauen.« Er streckt mir die Hand hin, und ich ergreife sie.

Ein Paar nickt mir freundlich zu, als würde es mich kennen. Bestimmt liegt das daran, dass Christian bei mir ist. Obwohl, ein junger Mann gafft mich unverhohlen an. *Komisch.*

Als wir um eine Ecke biegen, wird mir klar, warum uns die Leute so merkwürdig ansehen. An der Wand am anderen Ende des Raums hängen sieben riesige Porträts – von mir.

Ich werde leichenblass. Ich: schmollend, lachend, mit finsterem und ernstem Gesicht, amüsiert. Alle Aufnahmen ganz aus der Nähe, in Schwarz-Weiß.

O Gott! Ich erinnere mich, dass José ein paar Mal mit der Kamera herumgealbert hat, als er mich besucht hat oder wir gemeinsam unterwegs waren. Ich dachte, er macht nur ein paar Schnappschüsse. Nicht so intime Porträts.

Ich sehe Christian an, der die Bilder entsetzt anstarrt.

»Ich scheine nicht der Einzige zu sein«, presst er hervor. »Entschuldige mich einen Augenblick.« Er marschiert in Richtung Empfang.

Was hat er jetzt wieder für ein Problem? Ich beobachte, wie er sich angeregt mit Miss Kurzhaar und Roter Lippenstift unterhält, seine Brieftasche zückt und ihr seine Kreditkarte reicht.

Scheiße. Er muss eines der Fotos erworben haben.

»Hey, Sie sind also die Muse. Die Bilder sind super«, reißt mich ein junger Mann mit hellblondem Haar aus meinen Gedanken. Im selben Moment spüre ich eine Hand an meinem Ellbogen. Christian ist wieder da.

»Glückspilz«, sagt der Blondschopf mit einem süffisanten Grinsen.

»Er hat Recht«, raunt Christian mir zu und zieht mich auf die Seite.

»Hast du eins der Fotos gekauft?«

»Eins?« Er schnaubt verächtlich.

»Mehr als eins?«

Er verdreht die Augen. »Alle, Anastasia. Ich will nicht, dass irgendein Fremder dich bei sich zuhause nach Herzenslust angaffen kann.«

»Das darfst also nur du?«, spotte ich.

Meine spitze Zunge bringt ihn aus dem Gleichgewicht, doch er wirkt auch belustigt. »Offen gestanden, ja.«

»Perversling«, forme ich mit den Lippen und beiße mir auf die Unterlippe, um mir ein Lächeln zu verkneifen.

Ihm fällt die Kinnlade herunter. »Dem habe ich nichts entgegenzusetzen, Anastasia.«

»Ich würde mich gern weiter mit dir über das Thema unterhalten, aber leider habe ich eine Verschwiegenheitsvereinbarung unterschrieben.«

Er seufzt. »Was ich jetzt am liebsten mit deiner spitzen Zunge anstellen würde«, flüstert er.

»Was fällt dir ein?« Ich versuche, schockiert zu klingen, und es gelingt mir tatsächlich. Kennt er denn keine Grenzen?

Er grinst spöttisch und wird dann nachdenklich. »Auf den

Fotos siehst du so entspannt aus, Anastasia. Ich kenne das eher selten von dir.«

Wie bitte? Unerwarteter Themenwechsel von unbeschwert zu ernst.

Ich werde rot und betrachte meine Finger. Als er meinen Kopf nach hinten drückt, hole ich tief Luft.

»Ich möchte, dass du bei mir auch so entspannt bist«, sagt er.

Innerlich zucke ich vor Freude zusammen. *Aber wie kann das sein?* Unsere Probleme sind nach wie vor nicht gelöst.

»Wenn du das möchtest, solltest du aufhören, mir Angst zu machen«, herrsche ich ihn an.

»Und du solltest lernen, mir zu sagen, wie du dich fühlst«, faucht er mit funkelnden Augen zurück.

»Christian, du wolltest mich als Sub. Und genau da liegt das Problem. Ich durfte dich nicht ansehen und nicht mit dir sprechen, es sei denn, ich hatte deine Erlaubnis. Was erwartest du?«, zische ich.

Er blinzelt nur.

»Es ist verdammt verwirrend, mit dir zusammen zu sein. Einerseits möchtest du nicht, dass ich dir widerspreche, andererseits magst du meine spitze Zunge. Du erwartest Gehorsam, nur nicht dann, wenn du ihn nicht willst, damit du mich bestrafen kannst. Ich weiß nie, woran ich mit dir bin.«

Seine Augen verengen sich. »Wie üblich gut argumentiert, Miss Steele.« Seine Stimme ist eisig. »Lass uns etwas essen gehen.«

»Wir sind erst eine halbe Stunde hier.«

»Du hast die Fotos gesehen und mit dem Jungen gesprochen.«

»Der Junge heißt José.«

»Du hast mit José gesprochen – mit dem Mann, der neulich, als du betrunken warst, versucht hat, dir gegen deinen Willen die Zunge in den Mund zu schieben«, knurrt er.

»Aber er hat mich nie geschlagen«, fauche ich zurück.

Christian kocht vor Wut. »Das ist ein Schlag unter die Gürtellinie, Anastasia.«

Christian fährt sich mit kaum verhohlenem Ärger durch die Haare. Ich erwidere seinen zornigen Blick.

»Wir gehen jetzt etwas essen. Du wirst vor meinen Augen immer weniger. Verabschiede dich von dem Jungen.«

»Bitte, können wir nicht noch ein bisschen bleiben?«

»Nein. Geh jetzt und verabschiede dich von ihm.«

Verdammter Kontrollfreak. Aber Wut ist gut. Besser als Tränen.

Ich suche den Raum mit Blicken nach José ab. Er unterhält sich mit einer Gruppe junger Frauen. Ich gehe auf ihn zu, weg von Christian. Muss ich, bloß weil er mich hergebracht hat, tun, was er sagt? Für wen hält er sich eigentlich?

Die jungen Frauen hängen an Josés Lippen. Eine von ihnen scheint mich von den Porträts zu erkennen.

»José.«

»Ana. Entschuldigt mich, meine Lieben.« José legt grinsend den Arm um mich.

Irgendwie amüsiert mich das – José, der die Damenwelt beeindruckt.

»Du wirkst wütend«, stellt er fest.

»Ich muss gehen.«

»Du bist doch gerade erst gekommen.«

»Ich weiß, aber Christian muss zurück. Die Fotos sind toll, José. Du hast wirklich was auf dem Kasten.«

Er strahlt. »War cool, dich wiederzusehen.«

José drückt mich und wirbelt mich herum, so dass ich Christian am anderen Ende der Galerie sehen kann. Er macht ein finsteres Gesicht. Um ihn zu provozieren, lege ich die Arme um Josés Hals. Christians Blick verdüstert sich noch mehr, und er kommt auf uns zugestapft.

»Danke für die Warnung wegen der Porträts«, flüstere ich.

»Sorry, Ana. Ich hätte dir Bescheid sagen sollen. Gefallen sie dir?«

»Ich weiß nicht so recht«, antworte ich wahrheitsgemäß.

»Sie sind alle verkauft, also scheint jemand sie zu mögen. Ist das nicht cool? Du bist jetzt eine richtige Berühmtheit.« Er drückt mich noch fester an sich, gerade als Christian sich zu uns gesellt.

José lässt mich los. »Melde dich, Ana. Ach, Mr. Grey, guten Abend.«

»Mr. Rodriguez, sehr beeindruckend.« Christian klingt eisig. »Tut mir leid, dass wir nicht länger bleiben können, aber wir müssen zurück nach Seattle. Anastasia?« Er betont das »Wir« und ergreift meine Hand.

»Bye, José. Nochmal Gratulation.« Ich drücke ihm hastig einen Kuss auf die Wange, und ehe ich michs versehe, zerrt Christian mich aus dem Gebäude. Er kocht vor Wut, doch mir geht es genauso.

Draußen zieht er mich nach einem kurzen Blick in beide Richtungen links in eine Gasse, wo er mich gegen eine Wand drückt, mein Gesicht mit den Händen packt und mich zwingt, in seine vor Zorn funkelnden Augen zu schauen.

Er küsst mich leidenschaftlich. Unsere Zähne stoßen gegeneinander, dann spüre ich seine Zunge in meinem Mund.

Sofort ziehen sich alle meine Muskeln in meinem Unterleib zusammen. Ungestüm erwidere ich seinen Kuss. Er stöhnt auf, ein sexy Geräusch tief aus seiner Kehle, das in mir nachhallt, und seine Finger gleiten zu meinem Oberschenkel, um sich durch das pflaumenfarbene Kleid in mein Fleisch zu vergraben.

Ich lege alle Angst und allen Schmerz der letzten Tage in unseren Kuss. In diesem Moment voller Leidenschaft fällt der Groschen: Er empfindet das Gleiche wie ich.

Christian löst sich keuchend von mir, als wäre er einen Marathon gelaufen. Seine Augen leuchten vor Begierde. Ich schnappe nach Luft.

»Du. Gehörst. Mir«, knurrt er und betont dabei jedes einzelne Wort.

Ich lehne mich ebenfalls keuchend an die Wand und bemühe

mich verzweifelt, meinen Körper unter Kontrolle zu bringen und mein inneres Gleichgewicht wiederzuerlangen.

»Tut mir leid«, flüstere ich, sobald ich zu Atem gekommen bin.

»Das sollte es auch. Mir war klar, was du gemacht hast. Willst du den Fotografen, Anastasia? Immerhin empfindet er etwas für dich.«

Knallrot schüttle ich den Kopf. »Nein. Er ist nur ein Freund.«

»Ich habe immer versucht, extremen Emotionen aus dem Weg zu gehen. Aber du … Du weckst Gefühle in mir, die mir völlig fremd sind. Es ist sehr …«, er sucht nach dem richtigen Wort, »… verwirrend. Ich habe gern alles im Griff, Ana, doch bei dir löst sich alles in Luft auf.« Er fährt sich mit den Fingern durch die Haare. »Komm, lass uns reden. Und du musst etwas essen.«

ZWEI

Er führt mich in ein kleines, familiäres Restaurant.
»Was Besseres gibt's hier in der Gegend nicht«, brummt
Christian. »Und wir haben nicht viel Zeit.«

Mir gefällt das Lokal. Holzstühle, Stofftischdecken und die
Wände genauso ochsenblutfarben wie in Christians Spielzimmer, dazu überall kleine Spiegel mit Goldrahmen, weiße Kerzen
und Vasen mit weißen Rosen. Ella Fitzgerald singt schmachtend
über die Liebe. Mein Gott, wie romantisch.

Der Kellner bringt uns zu einem Tisch in einer Nische.

»Wir sind in Eile«, erklärt Christian ihm, als wir uns setzen.
»Deshalb nehmen wir beide Sirloin-Steak medium, Sauce béar-
naise, wenn Sie welche haben, Pommes und grünes Gemüse,
was immer der Küchenchef da hat. Und bringen Sie mir die
Weinkarte.«

»Gern, Sir.« Der Kellner huscht, verblüfft über Christians
kühle Effizienz, in Richtung Küche, während Christian seinen
BlackBerry auf den Tisch legt.

Herrgott, kann ich mir das Essen denn nicht selbst aussuchen?

»Und wenn ich kein Steak mag?«

Er seufzt. »Bitte fang nicht wieder damit an, Anastasia.«

»Ich bin kein kleines Kind mehr, Christian.«

»Dann hör auf, dich wie eines zu benehmen.«

Es ist, als hätte er mir ins Gesicht geschlagen. So also wird die
Unterhaltung laufen: hitzig und angespannt, zwar in romantischer Atmosphäre, aber definitiv ohne Herzchen und Blümchen.

»Ich bin ein Kind, weil ich kein Steak mag?«, frage ich trotzig.

»Nein, weil du versucht hast, mich eifersüchtig zu machen.

Das ist kindisch. Hast du denn keine Achtung vor den Gefühlen deines Freundes?« Christian empfängt den Kellner, der die Weinkarte bringt, mit einem finsteren Blick.

Ich werde rot. Das hatte ich nicht bedacht. Armer José – ich will ihm ganz bestimmt keine Hoffnungen machen. Christian hat Recht, das war gedankenlos von mir. *Scheiße, wie peinlich!*

»Möchtest du den Wein aussuchen?«, fragt er, die Arroganz in Person. Er weiß, dass ich keine Ahnung von Wein habe.

»Such du ihn aus«, antworte ich mürrisch.

»Zwei Gläser Barossa Valley Shiraz, bitte.«

»Äh, den gibt es nur in der Flasche, Sir.«

»Dann eben eine Flasche«, herrscht Christian ihn an.

»Sir.« Dezent zieht der Kellner sich zurück.

Ich runzle die Stirn. Was ist los mit Christian? Ist er meinetwegen so schlecht gelaunt? Meine innere Göttin hebt verschlafen den Kopf und streckt sich lächelnd. Sie hat ziemlich lange geschlafen.

»Du bist ganz schön schlecht drauf.«

»Warum wohl?«, fragt Christian.

»Für ein aufrichtiges Gespräch über die Zukunft sollte man den richtigen Ton treffen, findest du nicht?« Ich schenke ihm ein zuckersüßes Lächeln.

Seine Lippen verziehen sich zu einer schmalen Linie, doch dann heben sich seine Mundwinkel fast widerwillig, und ich weiß, dass er ein Schmunzeln unterdrückt.

»Sorry«, sagt er.

»Entschuldigung angenommen. Und ich darf dir mitteilen, dass ich seit unserem letzten gemeinsamen Essen keine Vegetarierin geworden bin.«

»Da das das letzte Mal war, dass du überhaupt etwas gegessen hast, ist das ja wohl noch nicht endgültig raus.« Er fährt sich mit der Hand durch die Haare und wird wieder ernst. »Ana, nach dem Vorfall im Spielzimmer hast du mich verlassen. Ich bin nervös. Du weißt, dass ich dich zurückhaben möchte, aber bis jetzt ist mir nicht klar, wie du dazu stehst.« Sein Blick ist erwartungsvoll, seine Aufrichtigkeit entwaffnend.

Was um Himmels willen soll ich darauf antworten?

»Du hast mir gefehlt … echt gefehlt, Christian. Die letzten Tage waren … die Hölle.« Ich schlucke.

Die vergangene Woche war grässlich, der Schmerz unbeschreiblich. Etwas Vergleichbares habe ich noch nie erlebt. Doch ich mache mir nichts vor.

»Es hat sich nichts geändert. Ich kann nicht so sein, wie du mich möchtest«, presse ich hervor.

»Du bist, wie ich dich möchte«, widerspricht er mir.

»Nein, Christian, das bin ich nicht.«

»Was letztes Mal passiert ist, hat dich aus der Fassung gebracht. Ich habe mich dumm verhalten und du … auch. Warum hast du nicht das Safeword benutzt, Anastasia?«, fragt er vorwurfsvoll.

Wie bitte? Aha – Richtungswechsel.

»Antworte mir.«

»Keine Ahnung. Ich habe versucht, so zu sein, wie du mich willst, hab versucht, den Schmerz zu bewältigen, und nicht mehr dran gedacht. Ich hab's einfach … vergessen«, flüstere ich verlegen und zucke mit den Achseln.

Verdammt, vielleicht hätten wir den ganzen Mist vermeiden können!

»Du hast es vergessen!«, ruft er entsetzt aus und packt die Tischkanten mit den Händen.

Scheiße! Er ist schon wieder wütend. Meine innere Göttin sieht mich voller Zorn an. *Das hast du dir selbst zuzuschreiben!*

»Wie soll ich dir da je vertrauen?«, fragt er mit leiserer Stimme.

Der Kellner bringt den Wein, während wir einander anstarren, blaue Augen gegen graue. Der Kellner zieht den Korken mit unnötig viel Tamtam aus der Flasche und schenkt Christian etwas Wein ein.

»In Ordnung«, sagt er nur, als er ihn probiert.

Mit spitzen Fingern füllt der Kellner unsere Gläser und stellt die Flasche auf den Tisch, bevor er sich hastig entfernt. Christian hat mir die ganze Zeit über in die Augen geschaut. Ich wende den Blick ab, um einen großen Schluck Wein zu nehmen, den ich kaum schmecke.

»Tut mir leid.« Plötzlich komme ich mir ziemlich dumm vor. Ich habe ihn verlassen, weil ich dachte, wir würden nicht zusammenpassen, und nun behauptet er, ich hätte ihn aufhalten können?

»Was tut dir leid?«, fragt er beunruhigt.

»Dass ich das Safeword nicht verwendet habe.«

Erleichtert schließt er die Augen. »Den ganzen Kummer hätten wir uns ersparen können.«

»Man merkt dir den Kummer nicht an.« *Du siehst so gut aus wie immer.*

»Der äußere Schein kann trügen«, erwidert er mit leiser Stimme. »Mir geht es alles andere als gut. Es kommt mir vor, als wäre die Sonne unter- und fünf Tage lang nicht mehr aufgegangen, Ana. Als wäre ich in ewiger Dunkelheit gefangen.«

Sein Geständnis raubt mir den Atem. *Ihm geht's genau wie mir.*

»Du hast gesagt, du würdest mich nie verlassen, aber sobald es beginnt, schwierig zu werden, bist du weg.«

»Wann habe ich das gesagt?«

»Im Schlaf. Das war das Tröstendste, was ich seit Langem gehört habe, Ana.«

Mir zieht es das Herz zusammen.

»Du hast gesagt, du liebst mich«, flüstert er. »Gilt das jetzt nicht mehr?« Die Angst in seiner Stimme ist nicht zu überhören.

»Doch, Christian.«

Er sieht so verletzlich aus und stößt deutlich hörbar die Luft aus. »Gut.«

Auch bei diesem Geständnis bleibt mir die Luft weg, denn als ich ihm das erste Mal gesagt habe, dass ich ihn liebe, war er entsetzt.

Der Kellner stellt die Teller vor uns ab.

Oje. Essen.

»Iss«, befiehlt Christian mir prompt.

Ich weiß, dass ich Hunger habe, aber im Moment kriege ich keinen Bissen herunter. Dem einzigen Mann gegenüberzusitzen, den ich je geliebt habe, und mit ihm unsere unsichere Zukunft zu besprechen, fördert meinen Appetit nicht gerade. Skeptisch beäuge ich meinen Teller.

»Ana, wenn du nicht isst, lege ich dich hier in diesem Restaurant übers Knie, und das hat dann nichts mit Lustbefriedigung zu tun. Iss!«

Herrgott, krieg dich wieder ein, Grey. Mein Unterbewusstsein sieht mich über seine Lesebrille hinweg an. Es stimmt Christian aus vollem Herzen zu.

»Okay, ich werde etwas essen. Aber bitte lass deine juckende Hand in der Hosentasche.«

Er sieht mich weiterhin mit finsterem Blick an. Ich nehme zögernd Messer und Gabel und schneide ein Stück von meinem Steak ab. Hm, köstlich! Ich habe echt Hunger. Als ich zu kauen beginne, entspannt er sich sichtlich.

Wir essen schweigend, während Ella Fitzgerald von einer anderen Sängerin abgelöst wird.

»Weißt du, wer da singt?«, frage ich, um das Thema zu wechseln – mal wieder.

»Nein, aber sie ist gut.«

»Mir gefällt das Lied auch.«

Endlich schenkt er mir sein typisches Christian-Lächeln.

»Was ist?«, frage ich.

»Iss auf.«

Ich habe meinen Teller halb geleert.

»Mehr schaffe ich nicht. Habe ich Ihrer Meinung nach genug gegessen, Sir?«

Er starrt mich ohne zu antworten an und sieht dann auf seine Uhr.

»Ich bin wirklich satt.« Ich nehme noch einen Schluck von dem köstlichen Wein.

»Wir müssen bald los. Taylor wartet, und du musst morgen Früh in die Arbeit.«

»Du auch.«

»Ich komme mit viel weniger Schlaf aus als du, Anastasia. Aber immerhin hast du etwas gegessen.«

»Fliegen wir denn nicht mit Charlie Tango zurück?«

»Nein, mir war nach einem Drink. Taylor holt uns ab. So habe ich dich im Wagen ein paar Stunden für mich. Was können wir schon tun außer reden?«

Aha, das hat er also vor.

Christian bittet den Kellner um die Rechnung, nimmt seinen BlackBerry in die Hand und wählt eine Nummer.

»Wir sind im Le Picotin in der Southwest Third Avenue«, sagt er nur und beendet das Gespräch sofort wieder.

»Du bist sehr schroff zu Taylor und den meisten Leuten.«

»Ich komme nur gern schnell zum Punkt, Anastasia.«

»Heute Abend bist du noch nicht zum Punkt gekommen. Nichts hat sich geändert, Christian.«

»Ich habe einen Vorschlag für dich.«

»Unsere Geschichte hat mit einem Vorschlag angefangen.«

»Ein anderer Vorschlag.«

Als der Kellner an den Tisch kommt, reicht Christian ihm seine Kreditkarte, ohne die Rechnung zu überprüfen. Er sieht mich erwartungsvoll an, während der Kellner die Karte durch die Maschine zieht. Da summt Christians Handy, und er wirft einen Blick darauf.

Ein Vorschlag? Wie sieht der aus?

»Komm. Taylor wartet draußen.«

Wir stehen auf, und er nimmt meine Hand. »Ich will dich nicht verlieren, Anastasia.« Als er zärtlich meine Fingerknöchel küsst, hallt die Berührung seiner Lippen in meinem ganzen Körper wider.

Christian öffnet mir die Wagentür, und ich sinke in den tiefen Ledersitz. Christian tritt auf die Fahrerseite, Taylor steigt aus, und sie sprechen kurz miteinander. Worüber? Wenig später steigen auch sie ein. Christian setzt sich mit ausdrucksloser Miene neben mich.

Ich gestatte mir einen kurzen Blick auf sein Profil: gerade Nase, sinnliche Lippen, eine Haarsträhne in der Stirn. Dieser göttliche Mann ist mit Sicherheit nicht für mich bestimmt.

Plötzlich erfüllt leise Orchestermusik den hinteren Teil des Wagens. Taylor fädelt sich in den schwachen Verkehr ein, in Richtung I-5 und Seattle.

»Wie gesagt, Anastasia, ich habe einen Vorschlag.«

Ich sehe nervös zu Taylor.

»Taylor kann dich nicht hören«, versichert Christian mir.

»Wie das?«

»Taylor«, ruft er. Keine Reaktion. Er ruft noch einmal, wieder keine Reaktion. Christian beugt sich vor und tippt ihm auf die Schulter. Taylor zieht einen Stöpsel aus dem Ohr, den ich nicht bemerkt hatte.

»Ja, Sir?«

»Danke, Taylor. Alles in Ordnung, Sie können weiter Musik hören.«

»Sir.«

»Bist du jetzt zufrieden? Er hört Puccini über iPod. Vergiss, dass er da ist.«

»Hast du ihn gebeten, seinen iPod einzustöpseln?«

»Ja.«

Oh. »Okay, wie sieht dein Vorschlag aus?«

Plötzlich wirkt Christian entschlossen und geschäftsmäßig. *Himmel.* Die Verhandlungen beginnen.

»Als Erstes eine Frage: Willst du eine feste Beziehung mit Blümchensex, ohne perverse Nummern?«

Mir fällt die Kinnlade herunter. »Ohne perverse Nummern?«, krächze ich.

»Ja, ohne perverse Nummern.«

»Und das aus deinem Munde …«

»Ja. Wie lautet deine Antwort?«

Ich werde rot. Meine innere Göttin kniet flehend vor mir.

»Deine perversen Nummern gefallen mir«, flüstere ich.

»Hab ich mir schon gedacht. Und was gefällt dir nicht?«

Dass ich dich nicht anfassen darf. Dass es dir Spaß macht, mir wehzutun, mich zu schlagen …

»Dass mir ständig körperliche Strafe droht.«

»Wie meinst du das?«

»Die Stöcke und Peitschen und all die anderen Sachen in deinem Spielzimmer jagen mir eine Heidenangst ein. Ich möchte nicht, dass du die bei mir benutzt.«

»Okay, also keine Peitschen, Stöcke … oder Gürtel.«

»Definierst du gerade die Hard Limits neu?«, frage ich verwirrt.

»Nicht grundsätzlich. Ich versuche nur, eine klarere Vorstellung davon zu bekommen, was du magst und was nicht.«

»Ich habe ein Problem damit, dass du mir gern Schmerz zufügst, weil ich eine willkürlich von dir gesetzte Grenze überschritten habe.«

»Sie ist nicht willkürlich. Die Regeln sind schriftlich fixiert.«

»Ich will keine Regeln.«

»Überhaupt keine?«

»Keine Regeln.« Ich schüttle den Kopf, obwohl mir das Herz bis zum Hals klopft.

»Aber es macht dir nichts aus, wenn ich dich versohle?«

»Womit?«

»Hiermit.« Er hebt die Hand.

Unruhig rutsche ich auf meinem Sitz herum. »Nein, eigentlich nicht. Und diese Silberkugeln …« Zum Glück ist es dunkel, denn bei der Erinnerung an jene Nacht werde ich tiefrot. *Ja, das würde ich wieder tun.*

Er grinst selbstgefällig. »Stimmt, das hat Spaß gemacht.«

»Mehr als das«, murmle ich.

»Du kannst also ein gewisses Maß an Schmerz ertragen?«

Ich zucke mit den Achseln. »Ja, vermutlich.« Worauf will er hinaus? Mein Angst-Level ist auf der Richterskala einige Striche hochgeklettert.

Er streicht sich gedankenverloren übers Kinn. »Anastasia, ich möchte noch einmal von vorn anfangen. Mit Blümchensex, und dann könnten wir vielleicht, wenn du mir mehr vertraust und ich meinerseits darauf vertrauen kann, dass du mir deine Bedürfnisse mitteilst, auch einige der Dinge tun, die ich gern mache.«

Ich sehe ihn verblüfft an. In der Dunkelheit kann ich sein Gesicht nicht richtig erkennen, trotzdem scheint das endlich der Durchbruch zu sein. Er möchte ans Licht, aber kann ich das von ihm verlangen? Mag ich die Dunkelheit nicht auch? Ein wenig Dunkelheit, hin und wieder. Abermals melden sich die Erinnerungen an die Thomas-Tallis-Nacht.

»Und was ist mit den Strafen?«

»Keine Strafen.« Er schüttelt den Kopf.

»Und die Regeln?«

»Keine Regeln.«

»Überhaupt keine? Aber die brauchst du doch.«

»Dich brauche ich mehr, Anastasia. Die letzten Tage waren die Hölle. Mein Instinkt sagt mir, dass ich dich loslassen soll, dass ich dich nicht verdiene. Diese Fotos, die der Junge von dir gemacht hat … Ich kann nachvollziehen, wie er dich wahrnimmt. Auf den Bildern wirkst du so unbeschwert und schön. Du bist auch jetzt schön, doch ich sehe deinen Schmerz. Das Wissen, dass ich es bin, der ihn verursacht, macht mir zu schaffen. Aber ich bin egoistisch. Ich begehre dich, seit du in mein Büro gestolpert bist. Du bist wunderschön, aufrichtig, liebenswert, stark, geistreich, betörend unschuldig … Gott, die Liste ließe sich endlos fortsetzen. Ich bewundere und will dich, und die Vorstellung, dass irgendjemand sonst dich besitzen könnte, versetzt meiner dunklen Seele einen Stich.«

Mein Mund wird auf einmal staubtrocken. *Verdammt, wenn das mal keine Liebeserklärung ist!* Alle Dämme brechen, und die Worte sprudeln nur so aus mir heraus.

»Christian, warum glaubst du, eine dunkle Seele zu haben? Das sehe ich nicht so. Du bist traurig, ja, aber ein guter Mensch, großzügig und liebenswert, und du hast mich noch nie angelogen. Ich habe mir bisher keine Mühe gegeben. Das letzten Samstag war ein Schock für mich. Mir ist klar geworden, dass du gar nicht richtig streng mit mir warst, dass ich nicht so sein kann, wie du mich möchtest. Als ich weg war, ist mir aufgegangen, dass der körperliche Schmerz bei Weitem nicht so schlimm war wie der Schmerz, sich von dir zu trennen. Ich würde dir ja gern Vergnügen bereiten, aber es fällt mir schwer.«

»Du bereitest mir immerzu Vergnügen«, flüstert er. »Wie oft muss ich dir das noch sagen?«

»Mann, ich weiß nie, was du denkst. Manchmal bist du so verschlossen … wie eine Auster. Dann machst du mir Angst. Deshalb halte ich den Mund. Deine plötzlichen Stimmungsumschwünge verunsichern mich. Und ich darf dich nicht berühren, obwohl ich dir so gern zeigen würde, wie sehr ich dich liebe.«

Als er in der Dunkelheit blinzelt, kann ich nicht länger widerstehen. Ich löse den Sicherheitsgurt, klettere auf seinen Schoß und umfasse sein Gesicht mit meinen Händen.

»Ich liebe dich, Christian Grey. Du bist bereit, für mich auf so vieles zu verzichten. Ich verdiene dich nicht, und es tut mir leid, dass ich nicht alle deine Bedürfnisse befriedigen kann. Vielleicht im Lauf der Zeit … Ich weiß es nicht … Ja, ich nehme deinen Vorschlag an. Wo soll ich unterschreiben?«

Er legt einen Arm um mich und drückt mich an sich. »O Ana«, haucht er, während er seine Nase in meinen Haaren vergräbt.

Wir sitzen ineinander verschlungen da und lauschen der Musik – einem leisen Klavierstück, das die Gefühle im Wagen widerspiegelt, die süße Stille nach dem Sturm. Ich kuschle mich in seine Arme und lege meinen Kopf in seine Halskuhle, während er zärtlich meinen Rücken streichelt.

»Berührungen sind ein Hard Limit für mich, Anastasia«, flüstert er.

»Ich weiß. Wenn ich nur wüsste, warum.«

Nach einer Weile sagt er seufzend: »Ich hatte eine grässliche Kindheit. Einer der Zuhälter der Crackhure …« Sein Körper verkrampft sich bei dem Gedanken.

Mir zieht sich das Herz zusammen, als ich mich an die Brandnarben auf seiner Haut erinnere. *O Christian.* Ich schlinge die Arme fester um seinen Hals.

»Hat sie dich misshandelt? Deine Mutter?«

»Nicht, dass ich wüsste. Sie hat mich vernachlässigt und mich nicht vor ihrem Zuhälter beschützt. Am Ende war ich es, der sich um sie gekümmert hat. Nach ihrem Selbstmord hat es vier Tage gedauert, bis jemand uns gefunden hat … Das weiß ich noch.«

Ich schnappe entsetzt nach Luft. »Abgefuckt«, flüstere ich.

»Ja, in tausend Facetten«, murmelt er.

Ich küsse seinen Hals, während ich mir einen kleinen, verdreckten, grauäugigen Jungen vorstelle, einsam und verloren neben der Leiche seiner Mutter. *O Christian.*

Er legt die Arme fester um mich und haucht mir einen Kuss auf die Haare, während Taylor durch die Nacht braust.

Als ich aufwache, sind wir in Seattle.

»Hey«, sagt Christian leise.

»Sorry.« Ich richte mich blinzelnd auf und strecke mich. Ich sitze nach wie vor in seinen Armen, auf seinem Schoß.

»Ich könnte dir bis in alle Ewigkeit beim Schlafen zusehen, Ana.«

»Hab ich irgendetwas gesagt?«

»Nein. Wir sind fast bei dir.«

Ach. »Wir fahren nicht zu dir?«

»Nein.«

Ich sehe ihn an. »Warum nicht?«

»Weil du morgen arbeiten musst.«

»Oh.« Ich mache einen Schmollmund.

»Warum, hattest du was anderes vor?«

Ich werde rot. »Na ja, vielleicht.«

Er schmunzelt. »Anastasia, ich werde dich erst wieder anfassen, wenn du mich darum bittest.«

»Was?«

»Damit du anfängst, wirklich mit mir zu reden. Wenn wir das nächste Mal miteinander schlafen, wirst du mir ganz genau erklären müssen, was du möchtest.«

»Oh.«

Er schiebt mich von seinem Schoß herunter, als Taylor den Wagen vor meinem Haus parkt. Christian steigt aus und hält mir die Autotür auf.

»Ich habe etwas für dich.« Er geht zum hinteren Teil des Wagens, öffnet den Kofferraum und holt ein in Geschenkpapier gewickeltes Päckchen heraus. Was zum Teufel ist das?

»Mach's erst drinnen auf.«

»Du kommst nicht mit rein?«

»Nein, Anastasia.«

»Wann sehen wir uns wieder?«

»Morgen.«

»Morgen möchte mein Chef mit mir auf einen Drink gehen.«

Christians Miene verdüstert sich. »Ach, tatsächlich?« In seiner Stimme schwingt etwas Bedrohliches mit.

»Zur Feier meiner ersten Arbeitswoche«, erkläre ich hastig.

»Wo?«

»Keine Ahnung.«

»Ich könnte dich dort abholen.«

»Okay. Ich schreibe dir eine Mail oder eine SMS.«

»Gut.«

Er begleitet mich zur Haustür und wartet, bis ich die Schlüssel aus der Handtasche gekramt habe. Als ich die Tür aufschließe, umfasst er mein Kinn mit der Hand und schiebt meinen Kopf zurück. Mit geschlossenen Augen bedeckt er mein Gesicht vom Augen- bis zum Mundwinkel mit kleinen Küssen.

Stöhnend schmelze ich dahin.

»Bis morgen«, raunt er.

»Gute Nacht, Christian«, flüstere ich.

Er lächelt. »Rein mit dir«, befiehlt er mir, und ich betrete den Eingangsbereich mit dem geheimnisvollen Päckchen in der Hand.

»Ciao, ciao, Baby«, ruft er mir nach und geht, lässig elegant wie immer, zum Wagen zurück.

Dann öffne ich das Paket und finde darin mein MacBook Pro, den BlackBerry und eine weitere rechteckige Box. Was ist das? Neugierig wickle ich sie aus dem Silberpapier. Ein schmales schwarzes Lederetui.

Mit einem iPad. *Heilige Scheiße ... ein iPad.* Darauf eine weiße Karte mit Christians Handschrift:

Anastasia – für dich.
Ich weiß, was du aus meinem Mund hören möchtest.
Die Musik sagt es für mich.
Christian

Himmel. Ein Christian-Grey-Tape auf einem ultramodernen iPad. Ich schüttle missbilligend den Kopf über den Preis, aber eigentlich liebe ich das Ding jetzt schon. Da Jack im Büro auch so eines hat, weiß ich, wie man es bedient.

Ich schalte es ein. Auf dem Monitor erscheint das Foto eines kleinen Modellflugzeugs – die Blanik L23, die ich ihm geschenkt habe, auf einem Glasständer, wahrscheinlich auf Christians Schreibtisch in seinem Büro. Ich starre sie mit großen Augen an.

Er hat das Modell tatsächlich zusammengebaut! Jetzt erinnere ich mich, dass er es auf der Karte bei den Blumen erwähnt hat.

Beim Weiterklicken schnappe ich erneut nach Luft. Das Foto

im Hintergrund zeigt Christian und mich bei meiner Abschluss-feier im Festzelt, das Bild aus der *Seattle Times*. Christian sieht darauf so attraktiv aus, und ich grinse von Ohr zu Ohr. – *Ja, er gehört mir!*

Eine Wischbewegung meiner Finger lässt Icons auf dem Bildschirm erscheinen. Eine Kindle-App, iBooks, Words – was immer das sein mag.

Die *British Library?* Als ich das Icon antippe, erscheint das Menü: HISTORISCHE SAMMLUNG. Ich scrolle herunter und wähle ROMANE DES 18. UND 19. JAHRHUNDERTS. Ein weiteres Menü. Ich tippe auf einen Titel: *Der Amerikaner* von Henry James. Ein neues Fenster geht auf, und mein Blick fällt auf den gescannten Text des Buchs. Wow! Eine frühe Ausgabe von 1879, auf meinem iPad! Er hat mir die British Library auf Knopfdruck gekauft.

Ich gehe sofort wieder raus, weil ich weiß, dass ich Ewigkeiten in dieser App schmökern könnte. Dabei stolpere ich über eine App mit dem Namen »Gutes Essen«, die mich schmunzeln lässt, über eine Nachrichten-App und eine Wetter-App. Auf seiner Karte steht doch etwas von Musik! Ich kehre zur Grundeinstellung zurück, aktiviere die Playlist und scrolle durch die Songs. Thomas Tallis – den vergesse ich so schnell nicht wieder. Das Floggen und Ficken hat sich mir eingeprägt.

Witchcraft. Mein Lächeln wird breiter. Die Bach-Marcello-Bearbeitung – die ist mir im Moment zu traurig. Hm. Jeff Buckley – von dem habe ich schon gehört. Snow Patrol – meine Lieblingsband – und ein Song mit dem hübschen Titel *Principles of Lust* von Enigma. Typisch Christian. Dazu *Possession* … War auch klar. Und etliche andere, die ich nicht kenne.

Mein Blick fällt auf den Titel *Try* von Nelly Furtado. Ich drücke auf den Abspielknopf, und ihre seidige Stimme umfängt mich. Ich lege mich aufs Bett.

Heißt das, dass Christian es tatsächlich versuchen will? Mit dieser neuen Form der Beziehung? Ich tauche in den Text ein, starre die Decke an, bemühe mich, seine Kehrtwendung zu begreifen. Er hat also Gefühle für mich. Dieses iPad, diese Songs, diese Apps – er macht sich etwas aus mir. In mir regt sich Hoffnung.

Als der Song zu Ende ist, sind meine Augen feucht. Ich scrolle hastig weiter zu *The Scientist* von Coldplay – eine von Kates Lieblingsbands. Ich kenne die Melodie, habe aber noch nie auf den Text geachtet. Mit geschlossenen Augen lasse ich die Worte auf mich wirken.

Mir rollen die Tränen herunter, ich weine hemmungslos. Wenn das keine Entschuldigung ist, was dann? *O Christian.*

Oder ist es eher eine Einladung? Wird er meine Fragen beantworten? *Interpretiere ich zu viel in die Sache hinein? Wahrscheinlich.*

Ich wische meine Tränen weg. Ich muss ihm mailen, mich bedanken und springe vom Bett auf, um den Laptop zu holen.

Die Musik von Coldplay spielt weiter, während ich auf dem Bett im Schneidersitz den Mac hochfahre.

Von: Anastasia Steele
Betreff: iPad
Datum: 9. Juni 2011, 23:56 Uhr
An: Christian Grey

Du hast mich wieder einmal zum Weinen gebracht.
Ich liebe das iPad.
Ich liebe die Songs.
Ich liebe die British-Library-App.
Ich liebe dich.
  Danke.
  Gute Nacht.
  Ana xx

Von: Christian Grey
Betreff: iPad
Datum: 10. Juni 2011, 00:03 Uhr
An: Anastasia Steele

Freut mich, dass es dir gefällt. Ich habe mir selbst eins
gekauft.
Wenn ich bei dir wäre, würde ich deine Tränen wegküssen.
Aber ich bin nicht bei dir – also geh schlafen.
CHRISTIAN GREY
CEO, Grey Enterprises Holdings, Inc.

Seine Antwort lässt mich schmunzeln. Sie ist so herrisch, so
typisch Christian. Wird sich das je ändern? In dem Augenblick
wird mir klar, dass ich das gar nicht möchte. Ich mag ihn so –
herrisch –, solange ich mich ohne Angst vor Bestrafung gegen
ihn behaupten kann.

Von: Anastasia Steele
Betreff: Mr. Griesgram
Datum: 10. Juni 2011, 00:07 Uhr
An: Christian Grey

Sie klingen wieder herrisch, dazu vermutlich angespannt und
mürrisch wie immer, Mr. Grey.
Ich wüsste da etwas, das Ihre Anspannung lockern könnte.
Aber Sie sind ja nicht hier – Sie wollten mich nicht zu sich
mitnehmen und erwarten von mir, dass ich Sie anbettle …
Träumen Sie weiter, Sir.
    Ana xx
PS: Mir ist aufgefallen, dass Sie die Stalker-Hymne *Every Breath
You Take* auf das iPad geladen haben. Mir gefällt Ihr Sinn für
Humor, aber weiß Dr. Flynn Bescheid?

Von: Christian Grey
Betreff: Seelenruhe
Datum: 10. Juni 2011, 00:10 Uhr
An: Anastasia Steele

Meine liebste Miss Steele,
auch in Blümchensexbeziehungen wird versohlt. Für ge-
wöhnlich in beiderseitigem Einvernehmen und in erotischen
Situationen, aber ich wäre selbstverständlich mehr als bereit,
eine Ausnahme zu machen.
Vermutlich erleichtert es Sie zu erfahren, dass Dr. Flynn meinen
Sinn für Humor ebenfalls schätzt.
Bitte gehen Sie jetzt ins Bett, denn morgen werden Sie nicht
viel Schlaf bekommen.
Übrigens: Sie werden betteln, glauben Sie mir. Und ich freue
mich schon darauf.
CHRISTIAN GREY
Angespannter CEO, Grey Enterprises Holdings, Inc.

Von: Anastasia Steele
Betreff: Gute Nacht, süße Träume
Datum: 10. Juni 2011, 00:12 Uhr
An: Christian Grey

Sehr geehrter Mr. Grey,
da Sie mich so nett bitten und mir Ihre köstliche Drohung
gefällt, werde ich mich mit dem iPad ins Bett legen, das Sie mir
freundlicherweise geschenkt haben, und beim Schmökern in
der British Library einschlafen, während ich der Musik lausche,
die Ihre Gefühle ausdrückt.
    A xxx

Von: Christian Grey
Betreff: Noch eine Bitte
Datum: 10. Juni 2011, 00:15 Uhr
An: Anastasia Steele

Träum von mir.

x

CHRISTIAN GREY
CEO, Grey Enterprises Holdings, Inc.

Ich soll von dir träumen, Christian Grey? Jederzeit gern.

Ich schlüpfe hastig in meinen Pyjama, putze mir die Zähne und lege mich ins Bett. Dann stecke ich die Stöpsel in die Ohren, ziehe den verschrumpelten Charlie-Tango-Ballon unter meinem Kissen hervor und schlinge die Arme darum.

Was für einen Unterschied ein Tag machen kann! Wie soll ich je einschlafen?

Zur beruhigenden Stimme von José Gonzalez döse ich ein, während ich noch staune, wie die Welt innerhalb eines einzigen Abends wieder in Ordnung gekommen ist. Gleichzeitig überlege ich, ob ich meinerseits eine Playlist für Christian zusammenstellen soll.

DREI

Auf dem Weg zur Arbeit höre ich mir im Bus die Songs auf Christians iPad an.

Jack sieht mich erstaunt an, als ich das Büro betrete.

»Guten Morgen, Ana. Sie strahlen ja.«

Seine Bemerkung macht mich irgendwie nervös.

»Danke, Jack. Ich habe gut geschlafen. Guten Morgen.«

Er runzelt die Stirn. »Könnten Sie die bitte für mich lesen und bis Mittag kurze Gutachten dazu schreiben?« Er reicht mir vier Manuskripte. Als er meinen entsetzten Gesichtsausdruck bemerkt, fügt er hinzu: »Nur die Anfangskapitel.«

»Gern.«

Er quittiert mein erleichtertes Lächeln mit einem breiten Grinsen.

Ich fahre den Computer hoch, trinke meinen Latte macchiato aus und esse eine Banane. Eine Mail von Christian.

Von: Christian Grey
Betreff: Hilferuf
Datum: 10. Juni 2011, 08:05 Uhr
An: Anastasia Steele

Hoffentlich hast du gefrühstückt.
Du hast mir heute Nacht gefehlt.

CHRISTIAN GREY
CEO, Grey Enterprises Holdings, Inc.

Von: Anastasia Steele
Betreff: Alte Bücher …
Datum: 10. Juni 2011, 08:33 Uhr
An: Christian Grey

Esse gerade eine Banane. Nach Tagen ganz ohne Frühstück ein echter Fortschritt. Ich liebe die British-Library-App und habe angefangen, Robinson Crusoe noch einmal zu lesen … und natürlich liebe ich dich.
Lass mich jetzt in Ruhe – ich muss arbeiten.

ANASTASIA STEELE
Assistentin des Cheflektors, SIP

Von: Christian Grey
Betreff: Mehr hast du nicht gegessen?
Datum: 10. Juni 2011, 08:36 Uhr
An: Anastasia Steele

Da ist noch Entwicklungsspielraum. Du wirst deine Energie fürs Betteln brauchen.

CHRISTIAN GREY
CEO, Grey Enterprises Holdings, Inc.

Von: Anastasia Steele
Betreff: Nervensäge
Datum: 10. Juni 2011, 08:39 Uhr
An: Christian Grey

Mr. Grey – ich versuche, mir meinen Lebensunterhalt zu verdienen. Am Ende werden Sie es sein, der bettelt.

ANASTASIA STEELE
Assistentin des Cheflektors, SIP

Von: Christian Grey
Betreff: Das wollen wir mal sehen!
Datum: 10. Juni 2011, 08:42 Uhr
An: Anastasia Steele

Miss Steele, ich liebe Herausforderungen …
CHRISTIAN GREY
CEO, Grey Enterprises Holdings, Inc.

Statt für Jack zu lesen und Gutachten zu schreiben, grinse ich den Bildschirm dümmlich an. Doch schließlich wende ich mich den Manuskripten zu.

Mittags hole ich mir ein Pastrami-Sandwich aus dem kleinen Deli um die Ecke und lausche abermals den Songs auf meinem iPad. Als Erstes Nitin Sawhney, World Music mit dem Titel *Homelands* – gefällt mir gut. Mr. Grey hat einen ziemlich breit gefächerten Musikgeschmack. Ich scrolle zurück, höre mir ein klassisches Stück an, *Fantasia on a Theme by Thomas Tallis* von Ralph Vaughan Williams. Christian hat Sinn für Humor; auch dafür liebe ich ihn. Wird dieses dümmliche Grinsen je von meinem Gesicht verschwinden?

Der Nachmittag zieht sich dahin. In einem unbeobachteten Moment schicke ich Christian eine Mail.

Von: Anastasia Steele
Betreff: Langeweile
Datum: 10. Juni 2011, 16:05 Uhr
An: Christian Grey

Ich drehe Däumchen.
Wie geht's dir?
Was machst du gerade?
ANASTASIA STEELE
Assistentin des Cheflektors, SIP

Von: Christian Grey
Betreff: Deine Daumen
Datum: 10. Juni 2011, 16:15 Uhr
An: Anastasia Steele

Du hättest für mich arbeiten sollen.
Dann würdest du jetzt nicht Däumchen drehen.
Ich wüsste eine bessere Beschäftigung für deine Daumen.
Nicht nur eine …
Ich bin mit den üblichen Fusionsgeschäften zugange.
Ziemlich trocken.
Deine Mails von SIP werden überwacht.

CHRISTIAN GREY
Beunruhigter CEO, Grey Enterprises Holdings, Inc.

Scheiße. Ich hatte keine Ahnung. Woher zum Teufel weiß er das? Hastig lösche ich unsere Mails.

Pünktlich um halb sechs steht Jack vor meinem Schreibtisch. Es ist *casual friday*, weshalb er statt Anzug und Krawatte Jeans und ein schwarzes Hemd trägt. »Ein Drink, Ana? Wir gehen immer in die Kneipe gegenüber.«

»Wir?«

»Ja, die meisten kommen mit … Sie auch?«

»Gern«, antworte ich erleichtert. »Wie heißt die Bar?«

»Facet's.«

»Ach nein.«

Er wirft mir einen merkwürdigen Blick zu. »Warum, hat das eine besondere Bedeutung für Sie?«

»Nein, nein. Ich komme nach.«

»Was möchten Sie trinken?«

»Ein Bier, danke.«

»Okay.«

In der Toilette schicke ich Christian vom BlackBerry aus eine Mail.

Von: Anastasia Steele
Betreff: Genau deine Kragenweite
Datum: 10. Juni 2011, 17:36 Uhr
An: Christian Grey

Wir gehen in eine Kneipe mit dem hübschen Namen Facet's. Ein wahrer Steinbruch an Möglichkeiten, die Bar mit all Ihren Facetten zu vergleichen, tut sich auf.
Freue mich schon, Sie dort zu sehen, Mr. Grey.
A x

Von: Christian Grey
Betreff: Gefahren
Datum: 10. Juni 2011, 17:38 Uhr
An: Anastasia Steele

Steinbrüche können sehr, sehr gefährliche Orte sein.
CHRISTIAN GREY
CEO, Grey Enterprises Holdings, Inc.

Von: Anastasia Steele
Betreff: Gefahren?
Datum: 10. Juni 2011, 17:40 Uhr
An: Christian Grey

Was willst du mir damit sagen?

Von: Christian Grey
Betreff: Nur …
Datum: 10. Juni 2011, 17:42 Uhr
An: Anastasia Steele

War nur so eine Feststellung, Miss Steele.
Bis gleich, Baby.

CHRISTIAN GREY
CEO, Grey Enterprises Holdings, Inc.

Ich sehe in den Spiegel. Abermals staune ich, was für einen Unterschied ein Tag machen kann! Ich habe rote Wangen, und meine Augen leuchten. Das ist der Christian-Grey-Effekt nach einem kurzen Schlagabtausch per E-Mail. Ich lache mein Spiegelbild an und streiche die hellblaue Bluse glatt, die Taylor mir gekauft hat. Dazu trage ich meine Lieblingsjeans. Die meisten Frauen im Büro entscheiden sich für Jeans oder weit schwingende Röcke. Ich werde wohl auch ein paar Dollar in einen oder zwei weite Röcke investieren müssen. Vielleicht löse ich dieses Wochenende den Scheck ein, den Christian mir für meinen Käfer gegeben hat.

Als ich das Gebäude verlasse, höre ich jemanden meinen Namen rufen.

»Miss Steele?«

Ich drehe mich um. Eine junge Frau mit aschfahlem Gesicht kommt zögernd auf mich zu. Mit ihrem merkwürdig ausdruckslosen Gesicht wirkt sie wie ein Geist.

»Miss Anastasia Steele?«, wiederholt sie. Ihre Miene verändert sich auch beim Sprechen nicht.

»Ja?«

Sie mustert mich aus etwa einem Meter Entfernung.

Wer ist sie? Und was will sie?

»Kann ich Ihnen irgendwie helfen?«, erkundige ich mich. Woher kennt sie meinen Namen?

»Nein ... Ich wollte Sie mir nur ansehen.« Ihre Stimme ist gespenstisch leise. Wie ich hat sie dunkle Haare, die in deutlichem Kontrast zu ihrer hellen Haut stehen. Ihre Augen sind braun wie Bourbon und leer, völlig leblos, ihr hübsches Gesicht ist blass und voller Sorgenfalten.

»Äh ... tut mir leid«, sage ich höflich und versuche, das warnende Prickeln auf meiner Kopfhaut zu ignorieren. Bei genauerem Hinsehen wirkt sie ungepflegt. Ihre Kleidung ist zwei Nummern zu groß, auch ihr Designer-Trenchcoat.

Sie lacht, ein misstönendes Geräusch, das meine Sorge verstärkt.

»Was haben Sie, das ich nicht habe?«, fragt sie traurig.

Meine Sorge verwandelt sich in Angst. »Entschuldigen Sie – wer sind Sie?«

»Ich? Niemand.« Sie fährt sich mit der Hand durch die schulterlangen Haare. Dabei rutscht der Ärmel ihres Trenchcoats nach oben, und mein Blick fällt auf einen schmutzigen Verband um ihr Handgelenk.

Ach du Scheiße!

»Auf Wiedersehen, Miss Steele.« Mit diesen Worten macht sie auf dem Absatz kehrt.

Ich bleibe wie angewurzelt stehen und sehe ihr nach, wie sie zwischen den Angestellten verschwindet, die aus den Bürogebäuden strömen.

Was sollte das denn?

Während ich verwirrt die Straße zur Bar überquere, versuche ich zu verdauen, was gerade passiert ist. Mein Unterbewusstsein reckt zischend seinen hässlichen Kopf. *Sie hat etwas mit Christian zu tun.*

Das Facet's ist eine höhlenartige, sterile Kneipe mit Baseball-Wimpeln und Postern an der Wand. Jack steht mit Elizabeth, Courtney, der anderen Lektorin, zwei Kollegen aus der Buchhaltung und Claire vom Empfang an der Theke. Claire trägt wie üblich ihre silbernen Kreolen.

»Hi, Ana!« Jack reicht mir eine Flasche Budweiser.

»Danke«, murmle ich, noch erschüttert von meiner Begegnung mit dem Geistermädchen.

»Prost.«

Wir stoßen mit den Flaschen an, und er unterhält sich weiterhin mit Elizabeth.

»Na, wie war die erste Woche?«, erkundigt sich Claire.

»Gut, danke. Alle scheinen sehr nett zu sein.«

»Du wirkst glücklicher als am Anfang.«

Ich werde rot. »Es ist Freitag«, antworte ich hastig. »Wie sehen deine Pläne fürs Wochenende aus?«

Meine Ablenkungsstrategie funktioniert. Claire, stellt sich heraus, hat sechs Geschwister und will zu einem großen Familientreffen in Tacoma. Als sie von ihren Plänen erzählt, merke ich, dass ich seit Kates Abreise nach Barbados nicht mehr mit Frauen meines Alters gesprochen habe.

Wie es Kate wohl geht … und Elliot? Ich darf nicht vergessen, Christian zu fragen, ob er von ihm gehört hat. Ach ja, und ihr Bruder Ethan kommt nächsten Dienstag zurück und übernachtet bei uns in der Wohnung. Ich kann mir nicht vorstellen, dass das bei Christian Begeisterungsstürme auslösen wird. Gott sei Dank rückt die Begegnung mit dem merkwürdigen Geistermädchen immer weiter in den Hintergrund.

Während ich mit Claire spreche, reicht Elizabeth mir ein weiteres Bier.

»Danke.«

Es ist leicht, sich mit Claire zu unterhalten – sie redet gern –, und ehe ich michs versehe, bin ich beim dritten Bier, das einer der Männer aus der Buchhaltung ausgibt.

Als Elizabeth und Courtney sich verabschieden, gesellt Jack sich zu Claire und mir. Wo steckt Christian? Einer der Kollegen aus der Buchhaltung verwickelt Claire in ein Gespräch.

»Ana, sind Sie zufrieden mit der Arbeit bei uns?«, fragt Jack, der ein wenig zu nahe bei mir steht. Mir ist aufgefallen, dass er das bei allen macht, auch im Büro.

»Die Woche war gut, danke, Jack.«

»Sie sind eine sehr intelligente junge Frau, Ana. Sie werden es zu was bringen.«

Ich werde rot. »Danke«, sage ich noch einmal, weil mir nichts Besseres einfällt.

»Wohnen Sie weit weg?«

»Im Pike Market District.«

»Nicht weit von mir weg.« Er rückt lächelnd noch näher an mich heran und lehnt sich an die Theke, so dass ich praktisch keinen Fluchtweg mehr habe. »Dieses Wochenende schon was vor?«

»Na ja, ich …«

Ich spüre ihn, bevor ich ihn sehe. Es ist, als wären alle meine Nervenenden auf ihn ausgerichtet. Seine Gegenwart entspannt und erregt mich gleichermaßen, und wieder fühle ich dieses Knistern.

Christian legt mir mit einer scheinbar lässigen Geste den Arm um die Schulter. Er steckt sein Territorium ab, und im Moment ist mir das sehr recht. Zur Begrüßung drückt er mir einen sanften Kuss auf die Haare.

»Hallo, Baby.«

Er sieht Jack an, zieht mich zu sich heran und schenkt mir ein kurzes, schiefes Lächeln, bevor er mich küsst. Er trägt sein marineblaues Jackett mit den Nadelstreifen, dazu Jeans und ein offenes weißes Hemd und sieht zum Anbeißen aus.

Jack weicht unsicher einen Schritt zurück.

»Jack, das ist Christian«, murmle ich verlegen. Warum bin ich verlegen? »Christian, Jack.«

»Ich bin ihr Freund«, erklärt Christian mit einem kühlen Lächeln, das seine Augen nicht erreicht, als er Jack die Hand schüttelt.

Jack mustert dieses Bild von einem Mann. »Und ich bin der

Chef«, erwidert er arrogant. »Ana hat etwas von einem Exfreund erwähnt.«

Das Spiel solltest du mit Christian lieber nicht spielen.

»Nicht mehr Ex«, erwidert Christian ruhig. »Komm, Baby, es ist Zeit zu gehen.«

»Bleiben Sie doch noch auf einen Drink bei uns«, schlägt Jack vor.

Das ist keine gute Idee. Ich sehe Claire an, die mit unverhohlenem Interesse und offenem Mund Christian anstarrt. Wann werde ich endlich aufhören, mir Gedanken über seine Wirkung auf Frauen zu machen?

»Wir haben noch etwas vor«, erklärt Christian mit seinem geheimnisvollen Lächeln.

Tatsächlich? Ich erschaudere.

»Vielleicht ein andermal«, fügt er hinzu. »Komm«, wiederholt er an mich gerichtet und nimmt meine Hand.

»Bis Montag.« Ich lächle Jack, Claire und den Kollegen aus der Buchhaltung zu, versuche, Jacks alles andere als begeisterter Miene keine Beachtung zu schenken, und folge Christian hinaus.

Taylor wartet hinter dem Steuer des Audi.

»Wieso ist mir das wie Platzhirschgehabe vorgekommen?«, frage ich Christian, während er mir die Wagentür aufhält.

»Weil es das war«, antwortet er und schließt die Tür.

»Hallo, Taylor«, sage ich, und unsere Blicke treffen sich im Rückspiegel.

»Miss Steele.« Taylor begrüßt mich mit einem Lächeln.

Christian setzt sich neben mich, umfasst meine Hand und küsst zärtlich meine Fingerknöchel. »Hi«, murmelt er.

Ich werde rot, weil ich weiß, dass Taylor uns hören kann. Zum Glück sieht er Christians brennenden Blick nicht.

Ich muss mich sehr zusammenreißen, um mich nicht hier und jetzt, auf dem Rücksitz des Wagens, auf ihn zu stürzen.

Hm ... der Rücksitz des Wagens.

»Hi«, hauche ich mit trockenem Mund.

»Was möchtest du heute Abend unternehmen?«

»Hast du nicht gesagt, wir hätten was vor?«

»Ich weiß, was ich gern machen würde, Anastasia. Aber ich frage, wonach dir ist.«

Ich strahle ihn an.

»Verstehe«, sagt er mit einem lüsternen Grinsen. »Dann willst du also betteln. Lieber bei mir oder bei dir?« Er legt den Kopf ein wenig schief.

»Ich finde, Sie sind sich Ihrer Sache ein bisschen zu sicher, Mr. Grey. Aber zur Abwechslung könnten wir mal in meine Wohnung gehen.« Ich kaue ganz bewusst auf meiner Lippe herum.

»Taylor, bitte zu Miss Steele.«

»Sir.« Taylor fährt los.

»Wie war dein Tag?«, erkundigt Christian sich.

»Gut. Und deiner?«

»Auch gut, danke.«

»Du siehst schön aus«, stellt er fest.

»Du auch.«

»Dein Chef Jack Hyde, ist der gut in seinem Job?«

Das ist aber mal ein abrupter Themenwechsel! Ich runzle die Stirn. »Warum? Geht's da um die Platzhirschsache?«

Christian verzieht den Mund. »Der Typ will dir an die Wäsche, Anastasia«, antwortet er trocken.

Ich werde knallrot. »Er kann wollen, was er möchte … Warum führen wir dieses Gespräch überhaupt? Du weißt doch, dass er mich nicht die Bohne interessiert. Er ist mein Chef, Punkt.«

»Er will, was mir gehört. Deshalb muss ich wissen, ob er gut in seinem Job ist.«

Ich zucke mit den Achseln. »Ich denke schon.« Worauf will er hinaus?

»Wenn er nicht die Finger von dir lässt, landet er auf der Straße.«

»Christian, was redest du da? Er hat nichts Schlimmes getan.«
Noch nicht.

»Eine falsche Bewegung seinerseits, und du sagst mir Bescheid. Das nennt man grob unsittliches Verhalten – oder sexuelle Belästigung.«

»Es war doch bloß ein Drink nach der Arbeit.«

»Es ist mein Ernst. Eine falsche Berührung, und er kann seinen Job vergessen.«

»Dazu hast du nicht die Macht.« Also wirklich! Aber bevor ich die Augen verdrehen kann, dämmert es mir. »Oder doch, Christian?«

Wieder einmal dieses geheimnisvolle Lächeln.

»Du kaufst den Verlag«, flüstere ich entsetzt.

Sein Lächeln verschwindet. »Nicht ganz.«

»Du hast ihn schon gekauft.«

»Möglich.«

»Ja oder nein?«

»Ja.«

Wie bitte? »Warum?« Das ist echt zu viel.

»Weil ich es kann, Anastasia. Ich will dich in Sicherheit wissen.«

»Aber du hast versprochen, dich nicht in meine Arbeit einzumischen!«

»Das tue ich auch nicht.«

»Christian …« Mir fehlen die Worte.

»Bist du sauer?«

»Natürlich bin ich sauer.« Ich koche vor Wut. »Ein verantwortungsbewusster Geschäftsmann lässt sich nicht von seinem Schwanz leiten.« Bei diesen Worten werfe ich einen Blick auf Taylor, der uns stoisch ignoriert.

Mist. Was für ein beschissener Zeitpunkt für so ein Gespräch.

Christian macht den Mund auf und wieder zu. Schlagartig verändert sich die Freude fröhlicher Wiedervereinigung in eisiges Schweigen mit unausgesprochenen Vorwürfen.

Zum Glück dauert die Fahrt nicht lange. Taylor lenkt den Wagen vor meinem Haus an den Straßenrand.

Ich steige aus, ohne darauf zu warten, dass mir jemand die Tür aufhält.

Christian flüstert Taylor zu: »Warten Sie lieber hier.«

Ich spüre ihn dicht hinter mir, als ich in meiner Handtasche nach den Hausschlüsseln suche.

»Anastasia«, sagt er leise, als wäre ich ein in die Enge getriebenes wildes Tier.

Ich wende mich ihm voller Wut zu.

»Erstens habe ich eine gefühlte Ewigkeit nicht mehr mit dir geschlafen, und zweitens wollte ich sowieso in die Verlagsbranche. Von den vier Verlagen in Seattle ist SIP der profitabelste, aber das Unternehmen hat den Höhepunkt erreicht und wird jetzt nur noch stagnieren. Es muss expandieren.«

Sein Blick ist intensiv, bedrohlich und zugleich höllisch sexy. Ich könnte mich in seinen silbergrauen Tiefen verlieren.

»Dann bist du also jetzt mein Chef.«

»Genauer gesagt, der Chef vom Chef deines Chefs.«

»Präziser ausgedrückt, es handelt sich um grob unsittliches Verhalten – ich meine, dass ich mit dem Chef vom Chef meines Chefs bumse.«

»Im Moment streitest du dich mit ihm.« Christian macht ein finsteres Gesicht.

»Weil er ein ziemliches Arschloch ist«, zische ich ihn an.

Christian weicht überrascht einen Schritt zurück. *Scheiße. Bin ich zu weit gegangen?*

»Ein Arschloch?«, wiederholt er amüsiert.

Verdammt! Ich bin wütend auf dich, bring mich jetzt ja nicht zum Lachen!

»Ja«, bestätige ich betont entrüstet.

»Ein Arschloch?« Seine Lippen zucken.

»Bring mich nicht zum Lachen, wenn ich wütend auf dich bin!«, herrsche ich ihn an.

Er grinst breit, und ich pruste los. Wie könnte ich mich von diesem Christian-Grinsen nicht anstecken lassen?

»Wenn ich lache, heißt das noch lange nicht, dass ich nicht stinksauer auf dich bin«, japse ich und versuche, ein Cheerleader-Kichern zu unterdrücken. Dabei war ich nie Cheerleaderin, fällt mir ein.

Er beugt sich vor, und ich erwarte, dass er mich küsst, doch das tut er nicht. Stattdessen vergräbt er die Nase in meinen Haaren und atmet ihren Geruch ein.

»Wie üblich reagieren Sie unerwartet, Miss Steele.« Er löst sich von mir und mustert mich belustigt. »Wollen Sie mich nun hineinbitten, oder schicken Sie mich weg, weil ich mein demokratisches Recht als amerikanischer Bürger, zu kaufen, was ich verdammt nochmal will, geltend gemacht habe?«

»Hast du darüber schon mal mit Dr. Flynn gesprochen?«

Er lacht. »Lässt du mich nun rein oder nicht, Anastasia?«

Ich versuche es mit einem abweisenden Blick – auf der Lippe kauen hilft, aber als ich die Tür öffne, lächle ich schon. Christian gibt Taylor ein Zeichen, und der Audi fährt weg.

Es ist merkwürdig, Christian in der Wohnung zu haben. Sie fühlt sich zu klein für ihn an.

Ich bin immer noch sauer auf ihn – seine Stalkerei kennt keine Grenzen. Erst jetzt geht mir auf, woher er wusste, dass die E-Mails bei SIP überwacht werden. Wahrscheinlich kennt er SIP besser als ich. Der Gedanke gefällt mir nicht.

Woher rührt sein Bedürfnis, mich derart zu beschützen? Ich bin verdammt nochmal erwachsen – *na ja, so gut wie.* Was kann ich tun, um ihm Sicherheit zu geben?

Ich betrachte sein schönes Gesicht, während er im Zimmer herumläuft wie ein Tiger im Käfig. Ihn hier bei mir zu haben, obwohl ich doch dachte, es sei vorbei, lässt mir das Herz aufgehen.

»Hübsche Wohnung«, stellt er fest.

»Die haben Kates Eltern für sie gekauft.«

Er nickt.

»Möchtest du was trinken?«, frage ich nervös.

»Nein, danke, Anastasia.« Seine Augen werden dunkler.

Warum nur bin ich so nervös?

»Was würdest du gern tun, Anastasia?« Er pirscht sich wie eine Wildkatze an mich heran. »Was ich machen möchte, weiß ich«, fügt er mit leiser Stimme hinzu.

Ich weiche zurück, bis ich die Kücheninsel im Rücken spüre.

»Ich bin immer noch wütend auf dich.«

»Ich weiß.« Er entschuldigt sich mit einem schiefen Grinsen, und ich schmelze dahin … Vielleicht bin ich doch nicht mehr so wütend auf ihn.

»Hast du Hunger?«, frage ich.

Er nickt träge. »Ja, auf dich.«

Alle Muskeln in meinem Unterleib ziehen sich zusammen. Allein schon seine Stimme ist verführerisch, und dann noch dieser Blick, dieser gierige, hungrige Blick. *Wow!*

Als er dicht vor mir steht, ohne mich zu berühren, spüre ich die Wärme seines Körpers. Mir wird heiß, und ich bekomme weiche Knie.

»Hast du heute schon was gegessen?«, fragt er mit leiser Stimme.

»Mittags ein Sandwich«, antworte ich. Ich will jetzt nicht übers Essen reden.

Seine Augen verengen sich. »Du musst etwas essen.«

»Ich habe im Moment wirklich keinen Hunger … jedenfalls nicht auf was zu essen.«

»Worauf dann, Miss Steele?«

»Ich glaube, das wissen Sie, Mr. Grey.«

Er beugt sich vor, und wieder denke ich, er wird mich küssen, doch abermals tut er es nicht.

»Möchtest du, dass ich dich küsse, Anastasia?«, wispert er mir ins Ohr.

»Ja«, hauche ich.

»Wo?«

»Überall.«

»Du wirst mir genauere Anweisungen geben müssen. Ich habe dir doch gesagt, dass ich dich erst anfasse, wenn du mich darum bittest und mir erklärst, was ich tun soll.«

Das ist nicht fair.

»Bitte«, flüstere ich.

»Bitte was?«

»Fass mich an.«

»Wo, Baby?«

Sein Geruch ist berauschend. Als ich die Hand nach ihm ausstrecke, weicht er zurück.

»Nein.« In seinen Augen ist die Angst zu lesen.

»Was?« *Bitte bleib da.*

»Nein.« Er schüttelt den Kopf.

»Überhaupt nicht?«, frage ich flehend.

Sein Zögern macht mich mutig. Ich trete einen Schritt auf ihn zu. Er hebt abwehrend die Hände, lächelt aber.

»Ana.« Er fährt sich voller Verzweiflung mit der Hand durch die Haare.

»Manchmal macht es dir nichts aus«, beklage ich mich. »Soll ich einen Leuchtmarker holen? Dann könnten wir die verbotenen Zonen markieren.«

Er hebt eine Augenbraue. »Keine schlechte Idee. Wo ist dein Schlafzimmer?«

Ich zeige ihm die Richtung mit einem Nicken. Hat er absichtlich das Thema gewechselt?

»Hast du die Pille genommen?«

Oje, die Pille.

Er macht ein langes Gesicht.

»Nein«, krächze ich.

»Verstehe.« Er presst die Lippen zusammen. »Komm, lass uns was essen.«

»Ich dachte, wir gehen ins Bett! Ich will mit dir schlafen.«

»Ich weiß, Baby.« Plötzlich packt er mich an den Handgelenken, zieht mich in seine Arme und presst seinen Körper gegen meinen.

»Du musst etwas essen und ich auch. Außerdem ist Vorfreude das A und O der Verführung, und im Moment möchte ich das Vergnügen noch ein bisschen hinauszögern.«

Ach, das ist ja ganz was Neues.

»Ich hatte genug Vorfreude und möchte mein Vergnügen jetzt. Ich bitte auch darum«, quengle ich.

Er lächelt zärtlich. »Iss. Du bist zu dünn.« Er küsst mich auf die Stirn und lässt mich los.

Das ist ein Spiel, Teil eines bösen Plans. Ich sehe ihn finster an.

»Ich bin nach wie vor sauer, weil du SIP gekauft hast, und jetzt werde ich wütend, weil du mich hinhältst«, erwidere ich schmollend.

»Nicht so zornig, Miss Steele. Nach einem anständigen Essen fühlst du dich besser, das verspreche ich dir.«

»Ich weiß, wonach ich mich besser fühle.«

»Anastasia Steele, ich bin schockiert«, spottet er.

»Hör auf, dich über mich lustig zu machen. Das ist nicht fair.«

Er sieht einfach zum Anbeißen aus, wie er so auf seiner Unterlippe kaut … Der ausgelassene Christian, der mit meiner Libido spielt. Wenn meine Verführungskünste doch nur besser wären … Dass ich ihn nicht berühren darf, ist ein Riesenhandikap.

Als Christian und ich uns ansehen – ich erregt und voller Sehnsucht nach ihm, er entspannt und auf meine Kosten belustigt –, wird mir bewusst, dass ich nichts zu essen im Haus habe.

»Ich könnte was kochen, aber zuerst müssten wir einkaufen gehen.«

»Einkaufen?«

»Lebensmittel.«

»Du hast nichts zu essen hier?«, fragt er entsetzt.

Ich schüttle den Kopf.

»Dann lass uns einkaufen gehen«, sagt er, macht sich auf den Weg zur Tür und hält sie mir weit auf.

»Wann warst du das letzte Mal in einem Supermarkt?«

Christian wirkt komplett fehl am Platz, wie er mir so mit dem Einkaufswagen folgt.

»Keine Ahnung.«

»Erledigt Mrs. Jones die Einkäufe?«

»Ich glaube, Taylor hilft ihr. Ich bin mir nicht sicher.«

»Ist was aus dem Wok okay? Das geht schnell.«

»Wok klingt gut.« Christian grinst. Ihm ist bestimmt klar, warum ich ein schnelles Essen kochen will.

»Arbeiten sie schon lange für dich?«

»Taylor, glaube ich, vier Jahre, Mrs. Jones ungefähr genauso lange. Warum hast du zuhause keine Lebensmittel?«

»Du weißt, warum«, murmle ich errötend.

»Du hast mich verlassen«, erinnert er mich.

»Ja«, gebe ich kleinlaut zu.

An der Kasse stellen wir uns schweigend in die Schlange.

Hätte er mir, wenn ich nicht ausgebüxt wäre, die Blümchen-sexalternative angeboten?

»Hast du was zu trinken im Haus?«, reißt Christian mich aus meinen Gedanken.

»Bier … glaube ich.«

»Dann besorge ich Wein.«

Oje. Keine Ahnung, welche Weine es in Ernie's Supermarket gibt. Christian kehrt mit leeren Händen und verächtlichem Gesichtsausdruck zurück.

»Gleich nebenan ist ein gutes Weingeschäft«, sage ich hastig.

»Dann schau ich mal, was die haben.«

Vielleicht sollten wir zu ihm fahren. Das wäre einfacher. Ich sehe ihm nach, wie er lässig hinausschlendert. Zwei Frauen, die den Supermarkt gerade betreten, bleiben stehen, um ihn mit offenem Mund anzustarren. *Ja, ja, schaut ihn euch nur an, meinen Christian!*

Aber warum um alles in der Welt will er sich nicht von mir anfassen lassen? Vielleicht sollte ich den Spieß zur Abwechslung mal umdrehen. Meine innere Göttin nickt begeistert. Während wir warten, schmieden wir einen Plan. Hm …

Christian trägt die Einkaufstüten in die Wohnung. Er sieht seltsam damit aus, überhaupt nicht wie ein CEO.

»Du wirkst sehr … häuslich.«

»Das hat mir noch keiner vorgeworfen«, erwidert er trocken und stellt die Tüten auf die Kücheninsel. Während ich sie auspacke, nimmt er die Flasche Weißwein, die er gekauft hat, und macht sich auf die Suche nach einem Flaschenöffner.

»Ich habe mich hier noch nicht richtig eingelebt. Der Öffner ist, glaub ich, in der Schublade da drüben.« Ich deute mit dem Kinn in die Richtung.

Es ist so … verdammt normal. Zwei Menschen, die dabei sind, sich besser kennen zu lernen, und miteinander essen werden. Trotzdem ist es merkwürdig. Die Angst, die ich in seiner Gegenwart immer empfunden habe, ist verschwunden. »Woran denkst du?« Christian schlüpft aus seinem Nadelstreifenjackett und legt es aufs Sofa.

»Wie wenig ich dich letztlich kenne.«

»Du kennst mich besser als irgendjemand sonst.«

»Das glaube ich nicht.« Ich muss an Mrs. Robinson denken.

»Doch, Anastasia. Die Menschen wissen nicht viel von mir.« Er reicht mir ein Glas Weißwein. »Cheers«, sagt er.

»Cheers«, erwidere ich und trinke einen Schluck, während er die Flasche in den Kühlschrank stellt.

»Kann ich dir helfen?«, fragt er.

»Nein, danke … setz dich einfach hin.«

»Ich würd dir aber gern helfen.«

»Du kannst das Gemüse schnipseln.«

»Ich kann nicht kochen«, gesteht er und beäugt das Messer, das ich ihm reiche, misstrauisch.

»Vermutlich, weil du nicht musst.« Ich lege ihm ein Schneidebrett und rote Paprikaschoten hin. Er sieht die Sachen verwirrt an.

»Du hast noch nie Gemüse geschnitten?«

»Nein.«

Ich lächle verächtlich.

»War das eben Verachtung in deinem Blick?«

»Endlich scheine ich mal etwas zu können, das du nicht beherrschst. Das ist eine Premiere. Komm, ich zeig's dir.«

Meine innere Göttin hebt neugierig den Kopf.

»So.« Ich schneide die Paprikaschote auf und entferne die Kerne.

»Sieht ganz einfach aus.«

»Sollte eigentlich kein Problem sein«, sage ich spöttisch.

Während ich das gewürfelte Hühnerfleisch vorbereite, beginnt er zu schneiden, langsam und vorsichtig. *O Mann, wenn er so weitermacht, dauert das die ganze Nacht.*

Ich wasche mir die Hände und hole den Wok, das Öl und die anderen Zutaten. Dabei streiche ich mehrmals an ihm vorbei – mit der Hüfte, dem Arm, dem Rücken, den Händen. Kurze, scheinbar unschuldige Berührungen. Er erstarrt jedes Mal.

»Ich weiß genau, was du tust, Anastasia«, knurrt er, immer noch bei der ersten Paprikaschote.

»Ich glaube, man nennt es Kochen.« Ein übertriebener Wimpernaufschlag, dann schnappe ich mir ein Messer und fange an, neben ihm Knoblauch, Schalotten und grüne Bohnen zu schälen und zu schneiden. Dabei stoße ich mehrfach wie zufällig gegen ihn.

»Du machst das ziemlich gut«, murmelt er, als er sich seiner zweiten Paprikaschote zuwendet.

»Das Schneiden?« Ich sehe ihn mit unschuldigem Augenaufschlag an. »Jahrelange Übung.« Wieder drücke ich mich an ihm vorbei, diesmal mit dem Hinterteil.

»Noch einmal, Anastasia, dann nehme ich dich hier auf dem Küchenboden.«

Wow, es funktioniert. »Aber zuerst musst du mich anbetteln.«

»Willst du mich provozieren?«

»Vielleicht.«

Er legt das Messer weg und schaltet den Herd aus. Das Öl im Wok hört fast augenblicklich auf zu brutzeln.

»Ich glaube, wir essen später. Stell das Hühnchen in den Kühlschrank.«

So einen Satz hätte ich nie aus Christians Mund erwartet. Nur er kann so etwas heiß, richtig heiß klingen lassen. Ich nehme die Schale mit dem Hühnerfleisch, stülpe mit zittrigen Fingern einen Teller darüber und verstaue das Ganze im Kühlschrank. Als ich mich umdrehe, steht er neben mir.

»Du willst mich also anbetteln?«, flüstere ich mit einem mutigen Blick in seine dunkler werdenden Augen.

»Nein, Anastasia.« Er schüttelt den Kopf. »Kein Betteln.«

Wir sehen einander schweigend an – die Luft zwischen uns knistert vor Spannung. Die Lust auf diesen Mann trifft mich mit voller Wucht, bringt mein Blut in Wallung, beschleunigt meinen Atem. Meine Begierde spiegelt sich in seinen Augen.

Er packt mich an den Hüften und reißt mich zu sich heran. Gleichzeitig strecke ich die Hände nach seinen Haaren aus, und sein Mund presst sich auf meinen. Er schiebt mich gegen den Kühlschrank, in dem Flaschen und Gläser klappern, als seine Zunge meine findet. Ich stöhne in seinen Mund hinein, und er zieht mit der Hand meinen Kopf zurück.

»Was willst du, Anastasia?«, raunt er.

»Dich.« Ich schnappe nach Luft.

»Wo?«

»Im Bett.«

Er hebt mich hoch und trägt mich scheinbar mühelos ins

Schlafzimmer. Dort stellt er mich neben dem Bett auf die Füße und knipst die Lampe auf dem Nachttisch an, bevor er die cremefarbenen Vorhänge zuzieht.

»Und jetzt?«, fragt er mit leiser Stimme.

»Schlaf mit mir.«

»Wie?«

Jesus.

»Sag's mir, Baby.«

»Zieh mich aus.« Mein Atem geht schneller.

Er verhakt lächelnd einen Zeigefinger im Ausschnitt meiner Bluse.

»Braves Mädchen.« Ohne den brennenden Blick von mir zu wenden, knöpft er meine Bluse auf.

Vorsichtig lege ich die Hände auf seine Arme, um mich abzustützen. Er lässt mich gewähren. Offenbar sind seine Arme ein unproblematischer Bereich. Als er mit den Knöpfen fertig ist, streift er mir die Bluse von den Schultern, und ich löse die Finger von ihm, so dass sie auf den Boden fallen kann. Er öffnet den Knopf meiner Jeans und den Reißverschluss.

»Sag mir, was du willst, Anastasia.« Sein Atem geht schneller.

»Küss mich von da bis da«, flüstere ich und streiche mit einem Finger vom unteren Ende meines Ohrs zu meinem Hals. Er schiebt meine Haare weg, folgt mit dem Mund dem vorgegebenen Pfad und arbeitet sich wieder nach oben.

»Jeans und Slip«, flüstere ich, und er geht vor mir auf die Knie. Gott, was für eine Macht ich über ihn habe!

Er zieht mir die Jeans und den Slip herunter. Jetzt trage ich nur noch den BH. Er sieht mich erwartungsvoll an.

»Was jetzt, Anastasia?«

»Küss mich«, flüstere ich.

»Wo?«

»Du weißt, wo.«

»Wo?«

Er erspart mir wirklich nichts. Verschämt deute ich zwischen meine Beine, und er grinst lüstern. Ich schließe verlegen und höchst erregt die Augen.

»Gern«, sagt er schmunzelnd, küsst mich und macht sich mit seiner geübten Zunge ans Werk.

Ich vergrabe meine Hände in seinen Haaren. Seine Zunge umkreist meine Klitoris, treibt mich fast zum Wahnsinn, weiter und weiter, immer wieder. *Ah … es ist erst … wie lange her? Oh …*

»Christian, bitte«, bettle ich. Ich will nicht im Stehen kommen, dazu habe ich nicht die Kraft.

»Bitte was, Anastasia?«

»Bitte mach's mir.«

»Das tue ich doch gerade.« Er bläst sanft gegen meine Scham.

»Nein. Ich will dich in mir spüren.«

»Bist du sicher?«

»Bitte.«

Er hört nicht auf mit seiner süßen Folter.

Ich stöhne laut auf. »Christian … bitte.«

Er steht auf. Seine Lippen glänzen von meiner Feuchtigkeit. *Junge, Junge …*

»Und?«, fragt er.

»Und was?«, keuche ich.

»Ich bin noch angezogen.«

Verwirrt sehe ich ihn an. Ich soll ihn ausziehen? Ja, das schaffe ich. Ich strecke die Hand nach seinem Hemd aus, doch er weicht zurück.

»Nein«, raunt er.

Scheiße, er meint nur die Jeans.

Da kommt mir eine Idee. Meine innere Göttin stößt einen Jubelschrei aus, als ich vor ihm auf die Knie gehe. Ungeschickt und mit zitternden Fingern mache ich seine Hose auf und ziehe ihm die Jeans und die Boxershorts herunter. Nun steht er in voller Pracht vor mir. *Wow.*

Ich wage einen Blick in seine Augen. Er sieht mich an … wie? Ängstlich? Ehrfürchtig? Erstaunt?

Er steigt aus seinen Jeans und zieht seine Socken aus. Ich lege die Hand um sein Glied und bewege sie auf und ab, wie er es mir das letzte Mal gezeigt hat. Er stößt den Atem zwischen zusammengebissenen Zähnen aus. Ich nehme ihn vorsichtig in den Mund und sauge – fest. Hm, er schmeckt gut.

»Ah, Ana, Moment, nicht so wild.«

Er umfasst mit beiden Händen zärtlich mein Gesicht, während ich ihn tiefer in den Mund nehme. Ich presse die Lippen zusammen, so fest ich kann, schiebe sie über meine Zähne und sauge.

»Gott«, zischt er.

Genau: Gott, wie erregend! Ich mache es gleich noch einmal, fahre mit meiner Zunge über seine Eichel, lasse seinen Penis noch tiefer in meinen Mund gleiten. Hm … Ich fühle mich wie Aphrodite.

»Ana, genug.«

Ich höre nicht auf. *Bettle, Grey, bettle.*

»Ana, du hast bewiesen, was du beweisen wolltest«, keucht er. »Ich will nicht in deinem Mund kommen.«

Ich mache weiter. Da packt er mich an den Schultern, zieht mich hoch und schleudert mich aufs Bett. Nachdem er sein Hemd heruntergerissen hat, greift er in seine abgelegten Jeans und holt ein Kondompäckchen heraus.

»Zieh deinen BH aus«, weist er mich an.

Ich setze mich auf und folge seinem Befehl.

»Leg dich hin. Ich will dich sehen.«

Wieder gehorche ich, lasse ihn jedoch nicht aus den Augen, während er gemächlich das Kondom über sein Glied rollt und sich die Lippen leckt.

»Du bist wirklich ein schöner Anblick, Anastasia Steele.« Er arbeitet sich küssend zu mir hoch. Als er meine Brüste erreicht, nimmt er abwechselnd meine Brustwarzen in den Mund. Obwohl ich unter ihm stöhne und mich winde, hört er nicht auf.

Nein … Stopp. Ich will dich.

»Christian, bitte.«

»Bitte was?«, murmelt er zwischen meinen Brüsten.

»Ich will dich in mir spüren.«

»Tatsächlich?«

»Bitte.«

Den Blick nicht von mir lösend, drückt er meine Beine mit seinen auseinander und versenkt sich köstlich langsam in mir.

Ich schließe genüsslich die Augen, wölbe ihm instinktiv das Becken entgegen und stöhne laut auf. Er zieht sich kurz zurück und schiebt sich erneut in mich hinein. Meine Finger vergraben sich in seinen widerspenstigen Haaren, und wieder bewegt er sich ganz langsam hinein und heraus.

»Schneller, Christian, schneller … bitte.«

Er küsst mich leidenschaftlich und wird schneller, hart und unerbittlich … O Gott. Ich bin knapp davor.

»Komm, Baby«, keucht er. »Komm für mich.«

Seine Worte lassen mich in eine Million Stücke zerspringen. Er folgt mir nach, ruft meinen Namen.

»Ana! Oh, Ana!« Er sackt zusammen, den Kopf an meinem Hals.

VIER

Als ich die Augen öffne, blicke ich in das Gesicht des Mannes, den ich liebe. Christian reibt seine Nase an meiner und hält meine Hände neben meinem Kopf. Wahrscheinlich, damit ich ihn nicht berühren kann. Als er aus mir herausgleitet, drückt er mir einen sanften Kuss auf den Mund.

»Das hat mir gefehlt«, haucht er.

»Mir auch«, flüstere ich zurück.

Er küsst mich so leidenschaftlich, dass mir die Luft wegbleibt.

»Geh nicht wieder fort«, fleht er mich mit ernster Miene an.

»Nein«, versichere ich ihm lächelnd.

In seinem strahlenden Antwortlächeln liegen Erleichterung und kindliche Freude, die noch das kälteste Herz schmelzen lassen würden.

»Danke für das iPad.«

»Gern geschehen, Anastasia.«

»Was ist dein Lieblingssong darauf?«

»Das verrate ich dir nicht.«

Er grinst. »Nun kocht mir endlich etwas, holde Maid. Ich habe einen Bärenhunger.« Er setzt sich auf und zieht mich mit einem Ruck ebenfalls hoch.

»Holde Maid?«, wiederhole ich kichernd.

»Holde Maid. Essen, jetzt, bitte.«

»Da Ihr mich so freundlich bittet, Sire, mache ich mich sogleich an die Arbeit.«

Als ich aufstehe, verrutscht das Kissen, und der verschrumpelte Charlie-Tango-Ballon kommt zum Vorschein. Christian greift mit fragendem Blick danach.

»Lass die Finger von meinem Ballon«, sage ich und ziehe meinen Morgenmantel an. *O Mann, warum musste er ausgerechnet den finden?*

»Du hast ihn bei dir im Bett?«, fragt er mit leiser Stimme.

»Ja.« Ich werde rot. »Er leistet mir Gesellschaft.«

»Glücklicher Charlie.«

Ja, ich bin sentimental, Christian, weil ich dich liebe.

»Mein Ballon«, wiederhole ich und mache mich auf den Weg in die Küche.

Christian bleibt von Ohr zu Ohr grinsend im Schlafzimmer.

Auf Kates Perserteppich schlingen wir mit Essstäbchen Hühnchen mit Nudeln aus weißen Porzellanschälchen herunter und trinken gekühlten Pinot grigio dazu. Christian lehnt mit seinen postkoitalen Haaren an der Couch, die langen Beine vor sich ausgestreckt. Er trägt Jeans und Hemd, sonst nichts. Im Hintergrund ertönt aus Christians iPod leise der Buena Vista Social Club.

»Hm, schmeckt gut«, lobt er mich.

»Normalerweise koche ich für uns, denn Kate ist keine so gute Köchin.«

»Hat deine Mutter dir das beigebracht?«

»Nein. Als ich alt genug war, mich dafür zu interessieren, war Mom schon mit Ehemann Nummer drei in Mansfield, Texas. Und Ray, na ja, der hätte sich von Toast und Fastfood ernährt, wenn ich nicht da gewesen wäre.«

»Warum bist du nicht bei deiner Mom in Texas geblieben?«

»Ihr Mann Steve und ich, wir haben uns nicht besonders gut verstanden. Und Ray hat mir gefehlt. Ihre Ehe mit Steve hat nicht lange gehalten. Ich glaube, sie hat gerade noch rechtzeitig die Reißleine gezogen. Sie erzählt nie von ihm«, füge ich mit leiser Stimme hinzu. Es handelt sich offenbar um einen eher düsteren Abschnitt ihres Lebens.

»Du bist also in Washington bei deinem Stiefvater geblieben?«

»Ja, ich habe nur ganz kurz in Texas gelebt und bin dann zurück zu Ray.«

»Klingt, als hättest du dich um ihn gekümmert.«

»Wahrscheinlich.« Ich zucke mit den Achseln.

»Du bist es gewohnt, dich um andere Menschen zu kümmern.«

Sein Tonfall macht mich stutzig. »Ja, warum? Was ist?«

»Ich möchte mich gern um dich kümmern.«

Mein Herz schlägt schneller. »Das ist mir nicht entgangen. Aber du stellst das ziemlich merkwürdig an.«

Er runzelt die Stirn. »Eine andere Methode kenne ich nicht.«

»Ich bin immer noch sauer auf dich, weil du SIP gekauft hast.«

Er lächelt. »Ich weiß, aber dein Ärger darüber hätte mich nicht daran gehindert.«

»Was soll ich meinen Kollegen und Jack sagen?«

Seine Augen verengen sich. »Der Mistkerl soll sich mal besser vorsehen.«

»Verdammt!«, rufe ich aus. »Er ist mein Chef.«

Christian presst die Lippen zusammen wie ein trotziger Schuljunge. »Sag ihnen einfach nichts, okay?«

»Was soll ich ihnen nicht sagen?«

»Dass der Verlag mir gehört. Gestern haben wir den Vorvertrag unterzeichnet. Darin wurde vierwöchiges Stillschweigen vereinbart. In der Zeit soll die Geschäftsführung von SIP umstrukturiert werden.«

»Heißt das, dass ich meinen Job verliere?«, frage ich bestürzt.

»Wohl kaum«, antwortet Christian schmunzelnd.

Ich mache ein finsteres Gesicht. »Bleibt es auch dann bei dem Kauf, wenn ich mir einen anderen Job suche?«

»Du denkst doch nicht etwa daran zu kündigen, oder?«

»Vielleicht doch. Ich habe fast das Gefühl, dass du mir keine andere Wahl lässt.«

»Dann kaufe ich den neuen Verlag auch.«

Offenbar befinde ich mich in einer ausweglosen Situation. »Geht da nicht dein Beschützerinstinkt mit dir durch?«

»Möglich. Ich bin mir völlig im Klaren darüber, wie das auf dich wirken muss.«

»Ein klarer Fall für Dr. Flynn«, bemerke ich.

Er stellt seine leere Schale weg. Seufzend stehe ich auf, um das Geschirr wegzuräumen.

»Nachspeise?«

»Endlich ein vernünftiger Vorschlag!«, sagt er mit einem lasziven Grinsen.

»Nein, nicht ich.« *Warum eigentlich nicht?* Meine innere Göttin erwacht aus ihrem Dämmerschlaf und spitzt die Ohren. »Es gibt Eis. Vanille.«

»Ach.« Christians Grinsen wird breiter. »Ich glaube, damit ließe sich was machen.« Er erhebt sich mit einer eleganten Bewegung. »Kann ich bleiben?«, fragt er.

»Wie meinst du das?«

»Über Nacht.«

»Davon bin ich ausgegangen.«

»Gut. Wo ist das Eis?«

»Im Ofen«, antworte ich mit einem zuckersüßen Lächeln.

Er schüttelt seufzend den Kopf. »Sarkasmus ist die gemeinste Form des Witzes, Miss Steele.« Seine Augen funkeln.

Ach ja? Was hat er vor?

»Ich könnte dich übers Knie legen.«

Ich stelle die Schalen in die Spüle. »Hast du die Silberkugeln dabei?«

Er tastet mit den Händen seine Brust und seinen Bauch ab und dann die Taschen seiner Jeans. »Leider trage ich keine Toys mit mir herum. Im Büro brauche ich sie eher selten.«

»Freut mich zu hören, Mr. Grey. Aber ich dachte, Sarkasmus sei die gemeinste Form des Witzes.«

»Nun, Anastasia, mein neues Motto lautet: ›Wenn du sie nicht schlagen kannst, dann schlag dich auf ihre Seite.‹«

Ich starre ihn mit offenem Mund an – *hat er das wirklich gerade gesagt?*

Mit einem selbstzufriedenen Grinsen geht er zur Tiefkühltruhe und nimmt eine Packung Vanilleeis von Ben & Jerry's heraus.

»Genau das Richtige. Ben & Jerry's & Ana.« Er betont jedes einzelne Wort und sieht mich mit dunklem Blick an.

Puh. Er holt einen Löffel aus der Besteckschublade. Dabei gleitet seine Zunge über seine Schneidezähne. Oh, diese Zunge.

Mir stockt der Atem. Animalische Begierde pulsiert durch meine Adern. Ich glaube, wir werden mit dem Eis viel Spaß haben.

»Dir ist doch warm, oder?«, flüstert er. »Komm, ich werde dich abkühlen.« Er streckt mir die Hand entgegen.

Im Schlafzimmer stellt er das Eis auf den Nachttisch, zieht die Bettdecke und die beiden Kissen weg und legt alles auf den Boden.

»Hast du noch andere Laken?«

Ich nicke und beobachte fasziniert sein Treiben. Er hält Charlie Tango hoch.

»Lass die Finger von meinem Ballon«, warne ich ihn.

Er verzieht den Mund zu einem kleinen Lächeln. »Natürlich, aber nicht von dir und den Laken.«

Wieder verspüre ich dieses Ziehen im Unterleib.

»Ich möchte dich fesseln.«

Oh. »Okay«, wispere ich.

»Nur die Hände, ans Bett. Du musst stillhalten.«

»Okay«, wispere ich noch einmal.

Er schlendert zu mir, ohne den Blick von mir zu wenden. »Wir nehmen den hier.« Er löst gemächlich den Knoten am Gürtel meines Morgenmantels und zieht ihn vorsichtig heraus.

Der Mantel öffnet sich. Christian streift ihn von meinen Schultern, so dass er zu meinen Füßen landet und ich nackt vor ihm stehe. Als er mein Gesicht mit der Rückseite seiner Fingerknöchel streichelt, hallt seine Berührung in meinem Unterleib wider.

»Leg dich mit dem Gesicht nach oben aufs Bett«, weist er mich mit dunkel glühendem Blick an.

Ich tue, was er mir sagt.

Normalerweise hasse ich das trübe Licht von Energiesparlampen, aber so vollkommen nackt bin ich ausnahmsweise mal dankbar dafür.

Christian steht neben dem Bett und sieht auf mich herunter. »Ich könnte dich den ganzen Tag bewundern, Anastasia.« Er setzt sich rittlings auf mich. »Arme über den Kopf«, befiehlt er mir.

Ich gehorche, und er schlingt das eine Ende des Gürtels um mein linkes Handgelenk und fädelt das andere zwischen den Metallstangen am Kopfende des Betts durch. Dann macht er den Gürtel so fest, dass mein linker Arm über mir angewinkelt ist. Anschließend bindet er meine rechte Hand fest.

Als ich reglos daliege, entspannt er sich sichtlich. Er mag es, wenn ich mich nicht bewegen kann. So kann ich ihn nicht anfassen. Auch keine seiner Subs hat ihn je berührt – keine hätte je Gelegenheit dazu gehabt. Deshalb die Regeln, dieser totale Kontrollfreak.

Er klettert von mir herunter, drückt mir kurz einen Kuss auf die Lippen, steht auf und zieht sein Hemd aus. Dann knöpft er seine Jeans auf und lässt sie auf den Boden fallen.

Jetzt steht er in seiner ganzen nackten Pracht vor mir. Meine innere Göttin springt mit einem dreifachen Salto vom Stufenbarren. Beim Anblick seines wohlproportionierten Körpers bekomme ich einen trockenen Mund: breite, muskulöse Schultern und schmale Hüften. Man sieht ihm an, dass er ins Fitnessstudio geht.

Vom Fußende des Betts aus packt er mich an den Knöcheln und zieht mich mit einem Ruck nach unten, so dass meine Arme gestreckt sind und ich mich überhaupt nicht mehr rühren kann.

»Sehr schön«, lautet sein Kommentar.

Nun setzt er sich mit der Packung Eis wieder auf mich, öffnet betont langsam den Becher und steckt den Löffel hinein.

»Hm … ziemlich hart«, stellt er stirnrunzelnd fest, schaufelt einen Löffel Eis heraus und schiebt ihn in den Mund. »Köstlich«, murmelt er und leckt sich die Lippen. »Erstaunlich, wie gut einfaches Vanilleeis schmecken kann. Möchtest du auch etwas?«

Er sieht wahnsinnig erotisch, jung und unbekümmert aus, wie er so mit dem Eisbecher auf mir sitzt. Seine Augen leuchten, sein Gesicht strahlt. Was wird er mit mir anstellen? Pah, als ob ich das nicht wüsste! Ich nicke.

Er holt einen weiteren Löffel Eis aus der Packung und hält ihn mir hin. Ich mache den Mund auf, doch er schiebt ihn in seinen.

»Zu gut zum Teilen«, sagt er mit einem schelmischen Grinsen.

»Hey«, protestiere ich.

»Nun, Miss Steele, lieben Sie Vanille?«

»Ja«, antworte ich und versuche vergebens, ihn wegzustrampeln.

Er lacht. »Na, werden wir aufsässig? Keine gute Idee.«

»Eis«, bettle ich.

»Nur, weil Sie mir heute schon so großes Vergnügen bereitet haben, Miss Steele.« Wieder hält er mir einen Löffel Eis hin und lässt es mich diesmal sogar essen.

Christian hat Spaß an der Sache, und seine gute Laune ist ansteckend. Er holt erneut einen Löffel aus der Packung und füttert mich weiter. *Okay, genug.*

»So bringe ich dich immerhin dazu, etwas zu essen – ich glaube, ich könnte mich an die Zwangsernährung gewöhnen.«

Er hält mir noch einen Löffel Eis hin. Ich presse die Lippen zusammen und schüttle den Kopf. Er lässt das Eis auf dem Löffel schmelzen, so dass es auf meinen Hals und meine Brust tropft, wo er es ganz langsam wegleckt. Mein Körper fängt zu glühen an.

»Hm. Schmeckt von Ihrer Haut noch besser, Miss Steele.«

Als ich an meiner Fessel zerre, knarrt das Bett gefährlich, aber das ist mir egal – ich brenne vor Lust. Christian lässt abermals einen Löffel Eis auf meine Brüste tröpfeln und verteilt es mit der Rückseite.

Verdammt kalt. Meine Brustwarzen werden hart.

»Kalt?«, erkundigt sich Christian mit samtweicher Stimme und leckt das Eis von mir.

Sein Mund fühlt sich herrlich warm an im Vergleich zu dem Eis. Das Eis schmilzt und läuft in Rinnsalen von meinem Körper aufs Bett. Seine Lippen setzen die sinnliche Folter fort, saugen fest, drücken sanft.

Ja, bitte! Mein Atem geht schneller.

»Möchtest du noch etwas Eis?« Bevor ich eine Antwort geben kann, ist seine geschickte Zunge in meinem Mund. Sie fühlt sich kalt an und schmeckt nach Christian und Vanille. Was für eine köstliche Mischung.

Gerade als ich mich an das Gefühl gewöhne, setzt er sich auf und lässt einen Löffel Eis über meinen Bauch und in meinen Nabel tropfen. Das fühlt sich kälter an als zuvor, jedoch merkwürdigerweise auch heiß.

»Das kennst du ja schon.« Christians Augen leuchten. »Du wirst stillhalten müssen, sonst gibt's eine Sauerei auf dem Bett.« Er küsst meine Brüste, liebkost mit seinen Lippen meine Brustwarzen, bevor er leckend und saugend der Spur des Eises folgt.

Obwohl ich mich bemühe stillzuhalten, beginnen meine Hüften unwillkürlich, sich im Rhythmus zu seinem kühlen Vanillezauber zu bewegen. Er rutscht ein Stück nach unten, um das Eis in kreisenden Bewegungen mit der Zunge aus meinem Nabel zu lutschen.

Ich stöhne auf. Verdammt, ist das kalt, nein heiß, nein, es ist die reinste Folter, aber er gibt keine Ruhe, legt eine Eiscremespur auf meinen Körper bis in mein Schamhaar und auf meine Klitoris. Ich schreie vor Lust laut auf.

»Still«, ermahnt mich Christian sanft und macht sich mit seiner magischen Zunge daran, das Eis erneut aufzulecken.

Aber ich bin so unglaublich scharf, das ich ihn anflehen muss. »Bitte ... Christian.«

»Ich weiß, ich weiß«, raunt er, doch er hört einfach nicht auf, und meine Lust wächst ins Unermessliche. Er schiebt zuerst einen Finger in mich hinein und dann noch einen, bewegt sie quälend langsam und massiert rhythmisch meine vordere Scheidenwand, während er unerbittlich weiterleckt.

Kurz darauf übermannt mich ein Orgasmus, der die Welt um mich herum auslöscht. *Gott, ging das schnell.*

Nur am Rande bekomme ich mit, dass er mit seinen Liebkosungen aufgehört hat. Er rollt ein Kondom über sein Glied, und schon ist er in mir drin, hart und schnell.

»Ja!«, stöhnt er, als er in mich hineinstößt. Er ist klebrig – das geschmolzene Eis breitet sich zwischen uns aus. Unvermittelt zieht Christian sich aus mir zurück und dreht mich um.

»So rum«, murmelt er und ist plötzlich wieder in mir drin. Er löst meine Hände und schiebt mich hoch, so dass ich praktisch auf ihm sitze. Dann sind seine Finger an meinen Brüsten, und er zieht sanft an meinen Brustwarzen. Keuchend drücke ich meinen Kopf zurück auf seine Schulter. Er liebkost meinen Nacken mit leichten Bissen, während er die Hüften bewegt, köstlich langsam, und mich wieder und wieder ganz ausfüllt.

»Weißt du, wie viel du mir bedeutest?«, haucht er mir ins Ohr.

»Nein«, japse ich.

Ich spüre sein Lächeln an meinem Hals. Seine Hände halten meinen Kopf einen Moment lang fest.

»O doch. Und ich lasse dich nicht mehr gehen.«

Ich stöhne auf, als sein Rhythmus schneller wird.

»Du gehörst mir, Anastasia.«

»Ja.« Ich ringe um Luft.

»Und ich beschütze das, was mir gehört.« Er beißt mich ins Ohr.

Ich schreie vor Lust auf.

»Genau, Baby, ich will dich hören.«

Er schiebt eine Hand um meine Taille, während er mit der anderen meine Hüfte packt und heftiger in mich hineinstößt, so dass ich erneut aufschreie. Sein Atem wird rau und unregelmäßig wie meiner. Und erneut spüre ich, wie sich mein Unterleib zusammenzieht.

Christian nimmt vollständig von mir Besitz und erlaubt keine Gedanken mehr. Seine Macht ist berauschend. Ich fühle mich wie ein Schmetterling in seinem Netz, unfähig und auch nicht willens, ihm zu entfliehen. Ich gehöre ihm … ganz ihm.

»Komm, Baby«, knurrt er, und ich lasse los.

Ich liege auf klebrigen Laken in seinen Armen, seine Brust an meinem Rücken, seine Nase in meinen Haaren.

»Was ich für dich empfinde, macht mir Angst«, flüstere ich.

»Mir geht's genauso«, gesteht er leise.

»Was, wenn du mich verlässt?« Ein schrecklicher Gedanke.

»Ich verlasse dich nicht. Von dir werde ich nie genug bekommen, Anastasia.«

Ich küsse ihn zärtlich. Er schiebt mir lächelnd eine Haarsträhne hinters Ohr.

»Ich habe noch nie so gelitten wie nach deiner Trennung von mir, Anastasia. Und ich würde alles tun, damit das nicht mehr passiert.«

Wieder küsse ich ihn.

»Begleitest du mich morgen zum Sommerfest meines Vaters? Das findet einmal im Jahr statt. Der Erlös wird einem wohltätigen Zweck gespendet. Ich habe ihm versprochen zu kommen.«

»Natürlich.« Scheiße, ich habe gar keine Klamotten für so eine Veranstaltung.

»Was ist?«

»Nichts.«

»Sag's mir«, hakt er nach.

»Ich habe nichts anzuziehen«, gestehe ich verlegen.

»Ähm, die Kleider für dich sind noch bei mir zuhause. Da ist sicher was Passendes dabei.«

Ich schürze die Lippen. »Soso«, murmle ich spöttisch, aber im Moment will ich nicht mit ihm streiten. Außerdem muss ich dringend unter die Dusche.

Das Mädchen, das aussieht wie ich, steht vor SIP. Moment mal – das bin ja ich. Ich bin blass und ungewaschen, die Kleider hängen mir am Leib. Ich starre die andere junge Frau an; sie trägt meine Sachen, wirkt glücklich und erfreut sich bester Gesundheit.

»Was hast du, das ich nicht habe?«, frage ich sie.

»Wer bist du?«

»Ich? Niemand. Und wer bist du? Bist du auch niemand?«

»Dann sind wir zu zweit – nichts verraten, sonst verjagen sie uns …« Sie grinst boshaft, eine schreckliche Fratze. Vor Schreck fange ich zu schreien an.

»Himmel, Ana!« Christian rüttelt mich wach.

Ich weiß erst einmal nicht, wo ich bin. Zuhause … im Bett mit Christian. Ich schüttle den Kopf, um das Bild von der hässlichen Grimasse zu vertreiben.

»Hey, alles in Ordnung? Du hast schlecht geträumt.«

»Die junge Frau«, flüstere ich.

»Was für eine junge Frau?«

»Vor SIP stand heute Abend eine junge Frau. Sie hatte große Ähnlichkeit mit mir.«

Christian erstarrt. Im Licht der Nachttischlampe sehe ich, dass sein Gesicht aschfahl geworden ist.

»Wann war das?«, fragt er bestürzt und setzt sich auf.

»Als ich heute Abend aus dem Büro bin. Weißt du, wer sie ist?«

»Ja.« Er fährt sich mit der Hand durch die Haare.

»Wer?«

Er schweigt.

»Wer?«, hake ich nach.

»Leila.«

Ich schlucke. Die Exsub! Christian hat vor dem Segelfliegen von ihr gesprochen. Plötzlich ist er sehr angespannt. Irgendetwas stimmt nicht.

»Die junge Frau, die *Toxic* auf deinen iPod geladen hat?«

»Ja. Hat sie etwas gesagt?«

»Sie hat gesagt: ›Was haben Sie, das ich nicht habe?‹ Und als ich sie gefragt habe, wer sie ist, hat sie geantwortet: ›Niemand.‹«

Christian schließt gequält die Augen. Was ist los? Was bedeutet sie ihm?

Meine Kopfhaut beginnt zu prickeln. *Was, wenn sie ihm wichtig ist? Ihm fehlt? Ich weiß so wenig über seine früheren … äh … Beziehungen.* Sie hatte einen Vertrag mit ihm, und bestimmt hat sie ihm gern gegeben, was er brauchte.

Was ich ihm nicht geben kann. Bei dem Gedanken bekomme ich ein flaues Gefühl im Magen.

Christian steht auf, zieht seine Jeans an und geht ins Wohnzimmer. Ein Blick auf meinen Wecker sagt mir, dass es fünf Uhr früh ist. Ich wälze mich aus dem Bett, ziehe sein weißes Hemd an und folge ihm.

»Ja, vor SIP, gestern … am frühen Abend«, sagt er mit leiser Stimme ins Handy. Er wendet sich mir zu, als ich mich in Richtung Küche bewege, und fragt mich: »Um wie viel Uhr?«

»Ungefähr um zehn vor sechs«, antworte ich. Wen um Himmels willen ruft er um diese Zeit an? Was hat Leila angestellt?

Mit ernster Miene gibt er die Information an wen auch immer weiter.

»Finden Sie heraus, wie … Ja … So hätte ich das nicht ausgedrückt, aber ich hätte auch nicht gedacht, dass sie zu so etwas in der Lage ist.« Er schließt die Augen. »Keine Ahnung, wie das aufgenommen wird … Ja, ich rede mit ihr … Ja, ich weiß … Verfolgen Sie die Angelegenheit und geben Sie mir Bescheid. Spüren Sie sie auf, Welch – sie hat Probleme.« Er legt auf.

»Möchtest du Tee?«, frage ich. Tee, Rays Trost in allen Lebenslagen und das Einzige, was er wirklich zubereiten kann. Ich fülle den Kessel mit Wasser.

»Eigentlich würde ich lieber wieder ins Bett gehen.« Nicht zum Schlafen, verrät sein Blick.

»Ich brauche jetzt einen Tee. Leistest du mir bitte Gesellschaft?« Ich will wissen, was läuft, und mich nicht durch Sex ablenken lassen.

»Na schön«, brummt er.

Reichlich nervös setze ich das Wasser auf und hole Tassen und Teekanne. Wird er es mir freiwillig erklären, oder muss ich nachbohren?

Ich spüre seine Unsicherheit und kann seinen Ärger fast mit Händen greifen. »Was ist los?«, frage ich.

Er schüttelt den Kopf.

»Du willst es mir nicht sagen?«

Er seufzt und schließt die Augen. »Nein.«

»Warum nicht?«

»Weil ich dich nicht damit belasten will. Ich möchte nicht, dass du in die Sache verwickelt wirst.«

»Eigentlich sollte es mich nicht kümmern, aber das tut es. Sie hat mich vor dem Verlag angesprochen. Woher kennt sie mich und weiß, wo ich arbeite? Ich denke, ich habe ein Recht, mehr über sie zu erfahren.«

Wieder streicht er sich mit der Hand durch die Haare. Er wirkt frustriert.

»Bitte?«, sage ich leise.

»Okay«, gibt er sich schließlich geschlagen. »Keine Ahnung, wie sie dich gefunden hat. Vielleicht anhand des Fotos von uns beiden in Portland. Ich weiß es nicht.«

Ich gieße kochendes Wasser in die Teekanne, während er auf und ab marschiert.

»Als ich mit dir in Georgia war, ist Leila bei mir in der Wohnung aufgetaucht und hat Gail eine Szene gemacht.«

»Gail?«

»Mrs. Jones.«

»Was meinst du mit ›eine Szene gemacht‹?«

Er zögert.

»Erklär es mir, verdammt nochmal.« Ich klinge selbstbewusster, als ich mich fühle.

»Ana, ich …«

»Bitte?«

Er seufzt. »Sie hat versucht, sich die Pulsadern aufzuschneiden.«

»Nein!« *Der Verband an ihrem Handgelenk!*

»Gail hat sie ins Krankenhaus gebracht, aber Leila ist sehr schnell wieder abgehauen.«

Was heißt das? Dass sie selbstmordgefährdet ist? Warum?

»Ihr Psychiater interpretiert das als typischen Hilfeschrei. Er glaubt nicht, dass sie wirklich in Gefahr war. Aber mich überzeugt das nicht. Seitdem bin ich auf der Suche nach ihr, um ihr zu helfen.«

»Hat sie etwas zu Mrs. Jones gesagt?«

Er scheint sich in seiner Haut nicht gerade wohlzufühlen, so wie er das Gesicht verzieht.

»Nicht viel«, antwortet er, und ich weiß, dass er mir etwas verschweigt.

Ich schenke den Tee ein. Leila möchte also in Christians Leben zurück und entschließt sich zu einem Selbstmordversuch, um seine Aufmerksamkeit auf sich zu ziehen? *Puh … ganz schön abgefuckt.* Aber effektiv. Bestimmt ist Christian damals aus Georgia abgereist, weil er ihr helfen wollte, doch sie ist verschwunden, bevor er bei ihr sein konnte. Seltsam.

»Du kannst sie nicht finden, ja? Was ist mit ihrer Familie?«

»Die weiß nicht, wo sie steckt. Genauso wenig wie ihr Mann.«

»Mann?«

»Ja. Sie ist seit zwei Jahren verheiratet.«

Was? »Dann war sie während ihrer Ehe mit dir zusammen?«
Verdammt. Ihm ist wirklich nichts heilig.

»Nein! Die Sache mit mir lief vor fast drei Jahren. Sie hat mich verlassen und kurz darauf diesen Mann geheiratet.«

Aha. »Und warum versucht sie jetzt, wieder deine Aufmerksamkeit zu erregen?«

Er schüttelt traurig den Kopf. »Ich weiß es nicht. Wir konnten lediglich herausfinden, dass sie ihren Mann vor ungefähr vier Monaten verlassen hat.«

»Sie ist seit drei Jahren nicht mehr deine Sub?«

»Seit zweieinhalb.«

»Und sie wollte mehr.«

»Ja.«

»Aber du wolltest nicht.«

»Das weißt du doch.«

»Also hat sie dich verlassen.«

»Ja.«

»Und was will sie jetzt von dir?«

»Keine Ahnung.« Sein Tonfall verrät mir, dass er eine Vermutung hat.

»Aber du denkst …«

Seine Augen verengen sich. »Ich denke, dass es etwas mit dir zu tun hat.«

Mit mir? Was will sie von mir? »Was haben Sie, das ich nicht habe?«

Sie sah aus wie ich: die gleichen dunklen Haare und die gleiche helle Haut. Ich runzle die Stirn. *Ja … was habe ich, das sie nicht hat?*

»Warum hast du gestern nichts davon erzählt?«, fragt er.

»Ich habe sie völlig vergessen.« Ich zucke entschuldigend mit den Achseln. »Die Drinks nach der Arbeit, das Ende meiner ersten Woche. Dann du und Jack in der Kneipe, euer Platzhirschgehabe, und anschließend waren wir hier. Da habe ich alles vergessen.«

»Platzhirschgehabe?« Seine Mundwinkel zucken.

»Ja.«

»Ich werd dir gleich zeigen, wie echtes testosterongesteuertes Platzhirschgehabe aussieht.«

»Möchtest du nicht lieber ein Tässchen Tee?«

»Nein, Anastasia.«

Wieder dieser sexy Blick.

»Vergiss sie. Komm.« Er streckt mir die Hand hin.

Meine innere Göttin macht einen dreifachen Flickflack, als ich seine Hand ergreife.

Beim Aufwachen ist mir heiß. Ich halte Christian mit meinem Körper umschlungen. Mein Kopf ruht auf seiner Brust, mein Bein ist in seines verhakt, mein Arm liegt auf seinem Bauch. Gedämpftes Morgenlicht dringt durch die Vorhänge.

Vorsichtig hebe ich den Kopf, um ihn nicht zu wecken. Mein Gott, wie jung und entspannt er im Schlaf wirkt!

Hm ...

Ich streichle seine Brust, lasse meine Fingerspitzen durch die Haare gleiten, und er bewegt sich nicht. Ist das zu fassen? Er gehört tatsächlich mir – für ein paar kostbare Sekunden. Ich küsse zärtlich eine seiner Narben. Er stöhnt leise. Als ich eine andere küsse, schlägt er die Augen auf.

»Hi.« Ich lächle schuldbewusst.

»Hi. Was machst du da?«

»Ich sehe dich an.« Meine Finger wandern an ihm hinunter.

Er nimmt meine Hand und schenkt mir dieses strahlende, lässige Christian-Lächeln. Dass ich ihn berührt habe, bleibt mein Geheimnis.

Warum nur darf ich dich nicht anfassen?

Plötzlich legt er sich auf mich und drückt mich mit seinem Gewicht auf die Matratze, seine Hände ruhen auf meinen – eine Warnung.

»Sie scheinen Unsinn im Kopf zu haben, Miss Steele.«

»Bei dir habe ich gern Unsinn im Kopf.«

»Ach wirklich?« Er küsst mich leicht auf die Lippen. »Sex oder Frühstück?«, erkundigt er sich mit amüsiertem Blick.

Als ich seine Erektion spüre, wölbe ich ihm das Becken entgegen.

»Gute Wahl«, murmelt er und bedeckt meinen Hals mit Küssen, bevor er sich meiner Brust zuwendet.

Nachdem ich Jeans und T-Shirt angezogen habe, versuche ich, meine Haare zu bändigen – sie sind einfach zu lang. Christian, frisch geduscht, zieht sich hinter mir an.

»Wie oft machst du Sport?«, frage ich mit einem bewundernden Blick auf seinen Körper.

»Während der Woche jeden Tag«, antwortet er und knöpft seine Hose zu.

»Und was?«

»Laufen, Gewichtheben, Kickboxen.«

»Kickboxen?«

»Ja, Claude, mein Personal Trainer, ist Exolympionike. Er würde dir gefallen.«

»Was meinst du damit, er würde mir gefallen?«

»Als Trainer.«

»Wozu brauche ich einen Personal Trainer? Du hältst mich doch fit.«

Er schlingt die Arme um mich, und unsere Blicke treffen sich im Spiegel.

»Aber du musst noch fitter werden, Baby. Du sollst mir ebenbürtig sein.«

Bei der Erinnerung an das Spielzimmer werde ich rot. Ja … die Kammer der Qualen ist anstrengend. Wird er mich wieder hineinlassen? Will ich das überhaupt?

Natürlich willst du das!, kreischt meine innere Göttin hysterisch.

Ich blicke in seine unergründlichen grauen Augen.

»Du weißt, dass du es möchtest«, formt er mit den Lippen.

Als mir bewusst wird, dass Leila ihm wahrscheinlich das Wasser reichen konnte, presse ich die Lippen zusammen, so dass Christian die Stirn runzelt.

»Was ist?«, fragt er besorgt.

»Nichts.« Ich schüttle den Kopf. »Okay, stell mir Claude vor.«

»Wirklich?«, fragt Christian ungläubig.

Sein Gesichtsausdruck bringt mich zum Schmunzeln. Er sieht aus, als hätte er den Hauptgewinn in der Lotterie gezogen.

»Wenn dich das glücklich macht.«

Er schließt die Arme enger um mich und küsst meine Wange. »Du ahnst nicht, wie sehr. Was möchtest du heute unternehmen?« Er drückt die Nase gegen meine, und mich überläuft ein wohliger Schauer.

»Ich würde mir gern die Haare schneiden lassen und den Scheck einlösen, damit ich mir einen Wagen kaufen kann.«

»Soso.« Er löst eine Hand von mir, schiebt sie in die Tasche seiner Jeans und zieht den Schlüssel zu meinem Audi hervor. »Hier«, sagt er mit unsicherem Gesichtsausdruck.

»Was soll das heißen?« *Junge, bin ich wütend. Wie kann er es wagen?*

»Taylor hat ihn heute zurückgebracht.«

Ich bin sprachlos, obwohl ich es hätte ahnen müssen. Aber okay, zu diesem Spiel gehören zwei. Ich ziehe den Umschlag mit seinem Scheck aus der Gesäßtasche meiner Jeans. »Hier.«

Christian sieht mich fragend an. Als er das Kuvert erkennt, hebt er abwehrend beide Hände. »Das ist dein Geld.«

»Nein, ist es nicht. Ich möchte dir den Wagen abkaufen.«

»Nein, Anastasia. Dein Geld, dein Wagen«, herrscht er mich an.

»Nein, Christian. Mein Geld, dein Wagen. Ich kaufe ihn dir ab.«

»Das Auto war ein Geschenk zu deinem Abschluss.«

»Ein schöner Stift wäre angemessen gewesen, kein Audi.«

»Willst du wirklich darüber streiten?«

»Nein.«

»Gut, hier sind die Schlüssel.« Er legt sie auf die Kommode.

»So war das nicht gemeint!«

»Ende der Diskussion, Anastasia. Mach mich nicht wütend.«

Ich sehe ihn mit finsterem Blick an. Da kommt mir ein Geistesblitz: Ich zerreiße den Umschlag und werfe die Fetzen in den Papierkorb. *Mann, fühlt sich das gut an!*

Christian beobachtet das Ganze ungerührt, aber ich weiß, dass ich mit dem Feuer spiele. Er streicht sich übers Kinn.

»Wie immer für eine Provokation gut, Miss Steele«, sagt er trocken und marschiert ins andere Zimmer. Das kommt unerwartet.

Wow, ich hatte eigentlich mit einem Ausbruch gerechnet. Nach einem Blick in den Spiegel zucke ich nur mit den Achseln. Wahrscheinlich ist es das Beste, wenn ich mir einen Pferdeschwanz binde, schießt es mir durch den Kopf.

Trotzdem bin ich neugierig, was Christian treibt. Ich folge ihm ins andere Zimmer, wo er mal wieder telefoniert.

»Ja, vierundzwanzigtausend Dollar. Direkt.«

Er sieht mich an.

»Gut … Montag? Prima … Nein, das ist alles, Andrea.«

Er klappt das Handy zu.

»Auf deinem Bankkonto, am Montag. Lass solche Spielchen in Zukunft.« Er ist fuchsteufelswild.

»Vierundzwanzigtausend Dollar!«, rufe ich aus. »Und woher weißt du meine Kontonummer?«

Mein Zorn überrascht Christian. »Ich weiß alles über dich, Anastasia«, antwortet er mit leiser Stimme.

»Mein Wagen war keine vierundzwanzigtausend Dollar wert.«

»Ganz deiner Meinung, aber bei solchen Geschäften muss man den Markt kennen, egal, ob man kauft oder verkauft. Irgendein Verrückter da draußen wollte die Rostlaube unbedingt und war bereit, so viel hinzublättern. Offenbar handelt es sich um einen Klassiker. Frag Taylor, wenn du mir nicht glaubst.«

Wir starren einander finster an.

Und plötzlich ist da wieder dieses Knistern zwischen uns. Er packt mich und schiebt mich gegen die Tür, sein Mund sucht gierig den meinen. Eine Hand auf meiner Pobacke, drückt er mich gegen seinen Unterleib, die andere legt er in meinen Nacken und zieht mir damit den Kopf nach hinten. Meine Finger sind in seinen Haaren, halten ihn bei mir. Er presst seinen Körper gegen meinen, klemmt mich schwer atmend fest. Als ich seine Lust spüre, wird mir vor Erregung ganz schwindelig.

»Warum, warum nur widersprichst du mir?«, murmelt er zwischen zwei leidenschaftlichen Küssen.

Mein Blut kocht. Werden wir immer diese Wirkung aufeinander haben?

»Weil ich es kann«, antworte ich atemlos. Ich spüre sein Lächeln an meinem Hals eher, als dass ich es sehe.

»Am liebsten würde ich dich auf der Stelle nehmen, aber ich habe keine Kondome mehr. Ich kriege nie genug von dir. Du treibst mich noch in den Wahnsinn.«

»Du mich auch«, flüstere ich. »In jeder Hinsicht.«

Er schüttelt den Kopf. »Komm. Lass uns draußen frühstücken. Und ich weiß, wo du dir die Haare schneiden lassen kannst.«

»Okay«, sage ich, und plötzlich ist unser Streit vorbei.

»Das erledige ich.« Ich schnappe ihm die Rechnung fürs Frühstück vor der Nase weg.

Er verzieht das Gesicht.

»Hier muss man schnell sein, Grey.«

»Stimmt«, erwidert er ein wenig säuerlich.

»Jetzt stell dich nicht so an. Immerhin bin ich vierundzwanzigtausend Dollar reicher als heute Morgen und kann es mir leisten …«, ich werfe einen Blick auf die Rechnung, »… zweiundzwanzig Dollar siebenundsechzig Cent fürs Frühstück zu zahlen.«

»Danke«, brummt er. *Aha, der schmollende Schuljunge ist wieder da.*

»Was machen wir jetzt?«

»Willst du dir die Haare wirklich schneiden lassen?«

»Ja, sieh sie dir doch an.«

»Mir gefallen sie so.«

»Heute Abend ist das Fest bei deinem Vater.«

»Ja, mit großer Robe.«

»Wo findet es statt?«

»Im Haus meiner Eltern. Sie haben ein Zelt gemietet mit allem Drum und Dran.«

»Um was für einen wohltätigen Zweck geht's?«

Christian reibt nervös mit den Händen über seine Oberschenkel. Die Frage scheint ihm unangenehm zu sein.

»Um ein Drogenrehabilitationsprogramm für Eltern und ihre Kinder. Es heißt Coping Together.«

»Klingt gut.«

»Komm, lass uns gehen.« Er steht auf und streckt mir die Hand entgegen.

Es ist schon merkwürdig. Auf der einen Seite zeigt er mir seine Liebe so offen, auf der anderen ist er immer so verdammt verschlossen.

Wir schlendern die Straße entlang. Die Sonne scheint, und in der Luft liegt der Geruch von Kaffee und frisch gebackenem Brot.

»Wo gehen wir hin?«

»Überraschung.«

Okay. Eigentlich mag ich keine Überraschungen.

Die Läden werden immer exklusiver. Obwohl ich gleich um die Ecke wohne, hatte ich bisher noch keine Gelegenheit, das Viertel genauer zu erkunden. Kate wird sich freuen, weil es hier jede Menge kleine Boutiquen gibt. Dabei fällt mir ein, dass ich mir ein paar weite Röcke fürs Büro kaufen wollte.

Christian bleibt vor einem eleganten Schönheitssalon stehen und hält mir die Tür auf. Das Etablissement heißt Esclava und ist im Innern ganz in Weiß und Leder gehalten. Am strahlend weißen Empfang sitzt eine junge Blondine in makellos weißer Uniform. Sie hebt den Blick, als wir eintreten.

»Guten Morgen, Mr. Grey«, begrüßt sie ihn wimpernklimpernd und wird rot.

Sie kennt ihn! Woher?

»Hallo, Greta.«

Und er kennt sie. Was läuft da?

»Das Übliche, Sir?«, erkundigt sie sich höflich. Sie trägt grell pinkfarbenen Lippenstift.

»Nein«, antwortet er mit einem unsicheren Blick auf mich.

Das Übliche? Was soll das heißen?

Heilige Scheiße! Regel Nummer sechs, der verdammte Kosmetiksalon. Und das Waxing ...

Hierher hat er also all seine Subs gebracht? Vielleicht auch Leila? Verdammt, was soll ich davon halten?

»Miss Steele wird Ihnen sagen, was sie möchte.«

Ich sehe ihn wütend an. Er versucht, mir die Regeln unterzujubeln. Auf den Personal Trainer habe ich mich schon eingelassen – und nun das?

»Warum hier?«, zische ich ihm zu.

»Weil mir dieser und drei andere Salons gehören.«

»Er gehört dir?«, frage ich verblüfft.

»Ja. Ein kleiner Nebenerwerb. Egal – was auch immer du möchtest, hier bekommst du es, gratis. Massagen, Shiatsu, Hot Stone, Fußreflexzonen, Algenbäder, Gesichtsbehandlungen, alles, was Frauen mögen.«

»Auch Waxing?«

Er lacht. »Ja, auch Waxing. Am ganzen Körper«, flüstert er mir verschwörerisch zu, sichtbar belustigt über mein Unbehagen.

Errötend sehe ich Greta an, die mich erwartungsvoll mustert.

»Ich möchte mir die Haare schneiden lassen.«

»Gern, Miss Steele.«

Greta wirft einen Blick auf ihren Computermonitor. »Franco wäre in fünf Minuten frei.«

»Franco ist gut«, versichert Christian mir.

Während ich immer noch die Tatsache zu verdauen versuche, dass Christian Grey, CEO, eine Reihe von Schönheitssalons besitzt, wird er mit einem Mal aschfahl im Gesicht. Etwas oder jemand hat seine Aufmerksamkeit erregt. Ich folge seinem Blick. Am anderen Ende des Salons schließt eine elegante Platinblondine eine Tür hinter sich und spricht mit einer der Haarstylistinnen.

Die Platinblonde ist hochgewachsen, braun gebrannt, attraktiv, Ende dreißig oder Anfang vierzig – schwer zu sagen. Sie trägt die gleiche Uniform wie Greta, nur in Schwarz, und sieht atemberaubend aus. Ihr Pagenkopf glänzt wie ein Heiligenschein. Als sie sich umdreht, entdeckt sie Christian und schenkt ihm ein strahlendes Lächeln.

»Entschuldige mich kurz«, sagt Christian.

Mit großen Schritten durchquert er den Salon, vorbei an den Haarstylisten in Weiß, vorbei an den Lehrlingen an den Waschbecken. Die Platinblonde begrüßt ihn mit offensichtlicher Zuneigung, küsst ihn auf beide Wangen, die Hände auf seinen Oberarmen, und sie unterhalten sich lebhaft.

»Miss Steele?«, fragt Greta mich.

»Moment, bitte.« Ich beobachte Christian fasziniert.

Die Platinblonde wendet sich mir mit einem breiten Lächeln zu, als würde sie mich kennen. Ich erwidere es höflich.

Christian redet hektisch auf sie ein, und sie nickt und hebt lächelnd die Hände. Er lächelt ebenfalls. Anscheinend kennen sie sich gut. Vielleicht arbeiten sie schon lange zusammen, oder vielleicht leitet sie den Salon, denn sie wirkt sehr souverän.

Dann fällt plötzlich der Groschen: Das ist *sie*. *Atemberaubend schön, älter.*

Mrs. Robinson.

FÜNF

G reta, mit wem redet Mr. Grey da?«, erkundige ich mich, um Fassung bemüht.

»Ach, das ist Mrs. Lincoln. Ihr und Mr. Grey gehört der Salon«, teilt Greta mir mit.

»Mrs. Lincoln?« Ich dachte, Mrs. Robinson sei geschieden. Vielleicht hat sie wieder geheiratet, irgendeinen armen Trottel.

»Ja. Jemand ist wegen Krankheit ausgefallen. Deswegen ist sie heute eingesprungen.«

»Wissen Sie, wie Mrs. Lincoln mit Vornamen heißt?«

Greta runzelt die Stirn und schürzt die grell pinkfarbenen Lippen. Scheiße, bin ich zu weit gegangen?

»Elena«, antwortet sie zögernd.

Mein sechster Sinn hat mich also nicht im Stich gelassen.

Sechster Sinn?, spottet mein Unterbewusstsein. *Wohl eher Pädophilenspürnase!*

Christian redet weiterhin auf Elena ein, die besorgt das Gesicht verzieht, den Kopf schüttelt und besänftigend über seinen Arm streicht. Dann sieht sie zu mir herüber und schenkt mir ein kleines, beruhigendes Lächeln.

Ich erwidere ihren Blick trotz meines Schocks mit eisiger Miene. Wie konnte er mich nur hierherbringen?

Sie flüstert Christian etwas zu. Er schaut kurz zu mir herüber, wendet sich wieder ihr zu und antwortet. Sie nickt. Ich habe den Eindruck, dass sie ihm Glück wünscht, aber ich bin keine sonderlich gute Lippenleserin.

Christian kommt mit unsicherer Miene zu mir zurück. Mrs.

Robinson verschwindet wieder in den hinteren Raum und schließt die Tür hinter sich.

»Alles in Ordnung?«, fragt er nervös.

»Nicht wirklich. Wolltest du mich nicht vorstellen?« Meine Stimme klingt kalt und hart.

Er sieht mich mit großen Augen an. »Aber ich dachte …«

»Bei deiner Intelligenz bist du manchmal ziemlich …« Mir fällt kein passendes Wort ein. »Ich möchte jetzt bitte gehen.«

»Warum?«

»Du weißt, warum.« Ich verdrehe die Augen.

»Tut mir leid, Ana. Ich wusste nicht, dass sie hier sein würde. Sie ist sonst nie da. Sie hat eine neue Filiale im Bravern Center eröffnet, um die sie sich normalerweise kümmert. Aber heute hat sich jemand krankgemeldet, da musste sie einspringen.«

Ich stürme in Richtung Tür.

»Greta, wir brauchen Franco jetzt doch nicht«, teilt Christian der Platinblondine mit, als wir den Salon verlassen.

Ich muss mich sehr zusammenreißen, dass ich nicht losrenne. Am liebsten würde ich ganz schnell und weit weglaufen, denn mir ist nach Weinen zumute. Ich muss aus dieser abgefuckten Situation raus.

Christian marschiert wortlos neben mir her. Gott sei Dank macht er keine Anstalten, mich anzufassen. Mich beschäftigen zahllose unbeantwortete Fragen. Wird Mr. Ausweichend endlich Farbe bekennen?

»Du hast deine früheren Subs in den Salon gebracht?«, zische ich.

»Ja, manche«, antwortet er kleinlaut.

»Leila?«

»Ja.«

»Der Salon sieht recht neu aus.«

»Er ist kürzlich renoviert worden.«

»Verstehe. Dann kennt Mrs. Robinson also alle deine Subs?«

»Ja.«

»Und wussten sie über sie Bescheid?«

»Nein, keine. Nur du.«

»Aber ich bin nicht deine Sklavin.«

»Nein, definitiv nicht.«

Ich bleibe stehen und sehe ihn an. Seine Augen sind groß und voller Angst, seine Lippen zusammengepresst.

»Merkst du eigentlich, wie abgefuckt das alles ist?«, frage ich wütend.

»Ja. Tut mir leid.« Er besitzt immerhin den Anstand, zerknirscht zu wirken.

»Ich möchte mir die Haare schneiden lassen, vorzugsweise an einem Ort, wo du weder das Personal noch die Kundschaft gefickt hast.«

Er zuckt zusammen.

»Wenn du mich jetzt bitte entschuldigen würdest.«

»Du verlässt mich nicht, oder?«, fragt er besorgt.

»Nein, ich will nur einen verdammten Haarschnitt. An einem Ort, an dem ich entspannt die Augen zumachen kann, während mir jemand die Haare wäscht, und den ganzen Ballast vergessen, den du mit dir rumschleppst.«

Er fährt sich mit der Hand durch die Haare. »Ich könnte Franco bitten, zu mir oder zu dir in die Wohnung zu kommen«, schlägt er mit leiser Stimme vor.

»Sie ist sehr attraktiv.«

Er blinzelt. »Ja.«

»Ist sie noch verheiratet?«

»Nein. Sie hat sich vor ungefähr fünf Jahren scheiden lassen.«

»Warum bist du nicht mit ihr zusammen?«

»Weil dieser Aspekt unserer Beziehung keine Rolle mehr spielt. Das habe ich dir doch schon erklärt.« Er legt die Stirn in Falten und nimmt seinen BlackBerry aus der Jackentasche, der zu vibrieren scheint.

»Welch«, knurrt er hinein.

Wir stehen auf der Second Avenue. Ich betrachte den Lärchensetzling unmittelbar vor mir, seine frischen Nadeln.

Passanten eilen geschäftig an uns vorbei, auf ihre samstagmorgendlichen Aufgaben konzentriert, jeder in Gedanken an seine eigenen kleinen Dramen vertieft. Ob auch Exsklavinnen, Stalker, atemberaubende Exdoms und Leute darunter sind, denen die Privatsphäre anderer Menschen scheißegal ist?

»Bei einem Autounfall ums Leben gekommen? Wann?«, höre ich Christian ins Handy sprechen.

O nein. Wer? Ich spitze die Ohren.

»Das ist schon das zweite Mal, dass der Kerl den Mund nicht aufmacht. Er weiß sicher Bescheid. Empfindet er denn nichts für sie?« Christian schüttelt den Kopf. »Allmählich ergibt es Sinn ... Nein, erklärt warum, aber nicht wo.« Christian blickt sich suchend um, und ich ertappe mich dabei, wie ich es ihm nachmache. Mir fällt nichts Ungewöhnliches auf, nur Kauflustige, Verkehr und Bäume.

»Sie ist hier«, fährt Christian fort. »Und beobachtet uns ... Ja ... Nein. Zwei oder vier, sieben Tage die Woche, rund um die Uhr ... Das Thema habe ich noch nicht angeschnitten.« Christian sieht mich an.

Welches Thema? Ich runzle die Stirn, und er mustert mich skeptisch.

»Was?«, fragt er mit leiser Stimme; seine Augen weiten sich. »Verstehe. Wann? ... Erst neulich? Aber wie? ... Keine Hintergrundinformationen? ... Verstehe. Mailen Sie mir Namen, Adresse und Fotos, sobald Sie was haben ... Sieben Tage die Woche, rund um die Uhr, von heute Nachmittag an. Schließen Sie sich mit Taylor kurz.« Christian beendet das Gespräch.

»Und?«, frage ich. Verdammt, was ist da los?

»Das war Welch.«

»Wer ist das?«

»Mein Sicherheitsberater.«

»Okay. Und was ist passiert?«

»Leila hat ihren Mann vor drei Monaten verlassen und ist mit einem Typ durchgebrannt, der vor vier Wochen bei einem Autounfall ums Leben gekommen ist.«

»Oh.«

»Der Scheißpsychiater hätte das merken müssen«, stellt er wütend fest. »Den Kummer. Komm.« Er streckt mir die Hand entgegen, und ich ergreife sie ganz automatisch, bevor ich sie ihm wieder entziehe.

»Moment. Wir waren gerade mitten in einem Gespräch über ›uns‹. Und über sie, deine Mrs. Robinson.«

Christians Miene verhärtet sich. »Sie ist nicht meine Mrs. Robinson. Darüber können wir uns bei mir unterhalten.«

»Ich will nicht zu dir, sondern mir die Haare schneiden lassen!«, widerspreche ich laut. Wenn ich mich wenigstens darauf konzentrieren könnte …

Er holt noch einmal den BlackBerry aus der Tasche und wählt eine Nummer. »Greta, Christian Grey. Franco soll in einer Stunde in meiner Wohnung sein. Bitten Sie Mrs. Lincoln … Gut.« Er steckt das Handy weg. »Er kommt um eins.«

»Christian!« Ich bin völlig außer mir.

»Ana, Leila durchlebt im Moment offenbar eine psychische Krise. Keine Ahnung, ob sie's auf dich oder auf mich abgesehen hat und zu was sie bereit ist. Wir gehen zu dir, holen deine Sachen, und dann kannst du bei mir bleiben, bis wir sie aufgespürt haben.«

»Und warum sollte ich das tun?«

»Damit ich für deine Sicherheit sorgen kann.«

»Aber …«

Er sieht mich wütend an. »Du kommst mit zu mir, und wenn ich dich an den Haaren hinschleifen muss.«

Ich starre ihn mit offenem Mund an … Ist das zu fassen? Der alte Christian, wie er leibt und lebt.

»Ich habe das Gefühl, dass du übertreibst.«

»Tu ich nicht. Wir können bei mir weiterdiskutieren. Komm.«

Mit finsterer Miene verschränke ich die Arme. Das geht entschieden zu weit.

»Nein«, widerspreche ich. Ich muss mich behaupten.

»Du kannst entweder selbst gehen, oder ich trage dich. Mir ist beides recht, Anastasia.«

»Das wagst du nicht.« Er macht mir doch jetzt keine Szene auf der Second Avenue, oder?

Christian verzieht die Mundwinkel zu einem Lächeln, das seine Augen nicht erreicht.

»Baby, wir wissen doch beide, dass ich dazu nur allzu bereit bin.«

Wir starren einander mit bösem Blick an. Plötzlich packt er mich an den Oberschenkeln und hebt mich hoch. Ehe ich michs versehe, zapple ich über seiner Schulter.

»Lass mich runter«, kreische ich.

Er marschiert die Second Avenue entlang, ohne auf mein Gezappel zu achten. Einen Arm fest um meine Oberschenkel geschlungen, schlägt er mit der freien Hand auf mein Hinterteil.

»Christian!«, rufe ich aus. Die Leute starren uns an. Wie erniedrigend! »Lass mich sofort runter!«

Er lässt mich herunter, und bevor er sich wieder aufgerichtet hat, stapfe ich wütend in Richtung meiner Wohnung davon. Natürlich holt er mich sofort ein, aber ich schenke ihm keine Beachtung. Was soll ich tun? Ich bin so verdammt wütend, über so vieles.

Auf dem Weg zu meinem Apartment lege ich im Kopf eine Liste an:

1. Dass er mich über der Schulter trägt: absolut inakzeptabel für Menschen über sechs Jahren.
2. Dass er mich in den Salon bringt, der ihm und seiner Exgeliebten gehört: Wie dumm ist das?
3. Dass das derselbe Salon ist, in den er seine Sklavinnen gebracht hat: Siehe Punkt 2.

4. Dass er das nicht einmal als schlechte Idee erkennt: Angeblich ist er doch intelligent und sensibel.
5. Dass er verrückte Exfreundinnen hat: Kann ich ihm das vorwerfen? Ich bin so was von wütend … Ja, das kann ich.
6. Dass er meine Kontonummer weiß: Seine Stalkerei geht mir auf die Nerven.
7. Dass er SIP gekauft hat: Er hat mehr Geld als Verstand.
8. Dass er darauf besteht, mich zu sich mitzunehmen: Die Sache mit Leila muss schlimmer sein als von ihm befürchtet … Davon war gestern nicht die Rede.

Allmählich dämmert es mir: Etwas hat sich verändert. Was? Ich bleibe stehen, und Christian tut es mir gleich. »Was ist passiert?«, frage ich.

Er legt die Stirn in Falten. »Wie meinst du das?«

»Mit Leila.«

»Das habe ich dir doch erklärt.«

»Nein, hast du nicht. Da ist noch was anderes. Gestern hast du nicht darauf bestanden, dass ich mit zu dir komme. Also, was ist los?«

Er tritt nervös von einem Fuß auf den anderen.

»Christian! Sag es mir!«, herrsche ich ihn an.

»Sie hat sich gestern einen Waffenschein ausstellen lassen.«

Ach du Scheiße! Blinzelnd spüre ich, wie das Blut aus meinem Gesicht weicht, während ich diese Information verdaue. Hoffentlich kippe ich nicht um. Angenommen, sie will ihn umbringen? *Nein!*

»Das bedeutet, dass sie sich einfach so eine Waffe besorgen kann.«

»Ana.« Er legt die Hände auf meine Schultern und zieht mich zu sich heran. »Ich glaube nicht, dass sie etwas Dummes tun wird, aber ich will dich nicht in Gefahr bringen.«

»Mich? Und was ist mit dir?«, flüstere ich und schlinge fest die

Arme um ihn, mein Gesicht an seiner Brust. Dagegen scheint er nichts zu haben.

»Lass uns nach Hause gehen.« Er drückt mir einen Kuss auf die Haare.

Mein Zorn ist angesichts dieser Drohung gegen Christian verflogen.

Zuhause packe ich einen kleinen Koffer und stecke Mac, Black-Berry, iPad und den Charlie-Tango-Ballon in meinen Rucksack.

»Charlie Tango darf auch mit?«, fragt Christian.

Als ich nicke, lächelt er nachsichtig.

»Ethan kommt am Dienstag zurück«, sage ich mit leiser Stimme.

»Ethan?«

»Kates Bruder. Er will hier schlafen, bis er in Seattle eine Bleibe gefunden hat.«

Christians Blick wird kühl. »Gut, dass du bei mir bist. Dann hat er mehr Platz.«

»Ich weiß nicht, ob er einen Schlüssel hat. Wenn er kommt, muss ich da sein.«

Christian schweigt.

»So, das wär's.«

Er nimmt meinen Koffer, und wir verlassen die Wohnung. Auf dem Weg zum Parkplatz hinter dem Haus ertappe ich mich dabei, wie ich über die Schulter blicke. Ich weiß nicht, ob ich paranoid werde oder ob uns tatsächlich jemand beobachtet.

Christian hält mir die Beifahrertür des Audi auf. »Willst du nicht einsteigen?«

»Ich dachte, ich fahre.«

»Nein, ich.«

»Hast du etwas an meinem Fahrstil auszusetzen? Behaupte jetzt bloß nicht, du wüsstest nicht, wie ich in der Fahrprüfung abgeschnitten habe ... Deine Stalking-Neigungen kenne ich nur zu gut.« Vielleicht weiß er auch, dass ich die schriftliche Prüfung gerade mal so geschafft habe.

»Steig ein, Anastasia«, zischt er.

»Okay.« Ich setze mich in den Wagen. *Nun mach dir mal nicht ins Hemd, ja?*

Vielleicht ist er genauso verunsichert wie ich, weil eine dunkle Macht uns beobachtet – eine blasse Brünette mit braunen Augen, die unheimliche Ähnlichkeit mit mir hat und möglicherweise eine Handfeuerwaffe mit sich herumträgt.

Christian fädelt sich in den fließenden Verkehr ein.

»Waren alle deine Subs brünett?«

»Ja«, antwortet er argwöhnisch.

Wahrscheinlich denkt er: *Worauf will sie mit der Frage hinaus?*

»War nur so eine Idee.«

»Ich hab dir doch gesagt, dass ich eine Vorliebe für brünette Frauen habe.«

»Mrs. Robinson ist aber nicht brünett.«

»Vermutlich deswegen. Sie hat mir den Appetit auf Blondinen wohl dauerhaft verdorben.«

»Du verarschst mich.«

»Ja, das tue ich«, bestätigt er entnervt.

Als ich zum Fenster hinaussehe, glaube ich, überall Brünette zu sehen, keine davon ist allerdings Leila.

Er mag also nur brünette Frauen. Warum wohl? Hat die ausgesprochen glamouröse Mrs. Robinson ihm tatsächlich den Appetit auf Blondinen verdorben? Ich schüttle den Kopf – Christian Kopffick Grey.

»Erzähl mir von ihr.«

»Was willst du wissen?«

Sonderlich erfreut klingt er nicht gerade.

»Erklär mir euer geschäftliches Arrangement.«

Er entspannt sich sichtlich. Über die Arbeit spricht er nur zu gern. »Ich bin stiller Partner. Eigentlich interessiere ich mich nicht sehr für die Beauty-Branche, aber sie hat ein erfolgreiches Unternehmen daraus gemacht. Für mich ist das eine profitable Investition, denn ich habe ihr am Anfang finanziell unter die Arme gegriffen.«

»Warum?«

»Das war ich ihr schuldig.«

»Ach.«

»Immerhin hat sie mir als Starthilfe einhunderttausend Dollar geliehen, als ich das Studium in Harvard abgebrochen habe.«

Mein Gott, dann ist sie also auch noch reich.

»Du hast das Studium geschmissen?«

»Ja, nach zwei Jahren. War nicht mein Ding. Leider hatten meine Eltern kein großes Verständnis dafür.«

Ich runzle die Stirn. Mr. Grey und Dr. Grace Trevelyan missbilligend; das kann ich mir fast nicht vorstellen.

»So schlecht scheinst du dich ohne Abschluss nicht geschlagen zu haben. Was waren deine Hauptfächer?«

»Politik und Wirtschaft.«

Hm ... hätte ich mir eigentlich denken können.

»Sie ist reich?«, frage ich mit leiser Stimme.

»Sie war eine gelangweilte Vorzeigeehefrau, Anastasia. Ihr Mann hat Kohle, ist ein großes Tier in der Holzbranche. Sie durfte nicht arbeiten. Er hat sie kontrolliert. Manche Männer sind so.« Er grinst schief.

»Ach nein. Männliche Kontrollfreaks gehören doch sicher dem Reich der Mythen an, oder?«

Christians Grinsen wird breiter.

»Sie hat dir das Geld ihres Mannes geliehen?«

Er nickt.

»Das ist ja schrecklich.«

»Sie hat ihm seine Kontrollsucht zurückgezahlt«, erklärt Christian finster, während er den Wagen in die Tiefgarage des Escala lenkt.

»Wie?«

Christian schüttelt den Kopf, als würde das besonders unangenehme Erinnerungen wecken. »Komm, Franco wird gleich da sein.«

Im Aufzug sieht Christian mich an. »Bist du immer noch sauer auf mich?«

»Ja, allerdings.«

Er nickt und starrt geradeaus.

Taylor erwartet uns im Empfangsbereich. Woher weiß er stets, wann wir kommen? Er nimmt Christian meinen Koffer ab.

»Hat Welch sich gemeldet?«, erkundigt sich Christian.

»Ja, Sir.«

»Und?«

»Es ist alles arrangiert.«

»Wunderbar. Wie geht's Ihrer Tochter?«

»Gut, danke, Sir.«

»Prima. Um eins kommt ein Friseur – Franco De Luca.«

»Miss Steele.« Taylor begrüßt mich mit einem Nicken.

»Hallo, Taylor. Sie haben eine Tochter?«

»Ja, Ma'am.«

»Wie alt ist sie?«

»Sieben.«

Christian bedenkt mich mit einem ungeduldigen Blick.

»Sie lebt bei ihrer Mutter«, erklärt Taylor.

»Verstehe.«

Taylor lächelt. Überraschung! Taylor Vater? Ich folge Christian in den großen Raum und blicke mich um. Seit meiner Trennung von ihm bin ich nicht mehr hier gewesen.

»Hast du Hunger?«

Ich schüttle den Kopf.

Christian sieht mich kurz an, beschließt jedoch wohl, keinen Streit anzufangen.

»Ich muss ein paar Anrufe erledigen. Mach dir's bequem.«

»Okay.«

Christian verschwindet in sein Arbeitszimmer. Ich bleibe in der riesigen Kunstgalerie stehen, die sein Zuhause letztlich ist, und überlege, was ich mit mir anfangen soll.

Die Klamotten! Ich hebe meinen Rucksack vom Boden auf und begebe mich nach oben in mein Zimmer, um einen Blick in den begehbaren Schrank zu werfen. Er ist nach wie vor voll mit Kleidern – alle nagelneu, noch mit Preisschildchen. Drei lange Abendkleider, drei Cocktailkleider und drei weitere für alle Tage. Sie müssen ein Vermögen gekostet haben.

Ich sehe mir das Preisschildchen an einem der Abendkleider an: 2.998 Dollar. *Ach du liebe Güte!* Ich sinke auf den Boden.

Das bin nicht ich. Ich stütze den Kopf in die Hände und versuche, die letzten Stunden zu verarbeiten. Es ist anstrengend. Warum habe ich mich ausgerechnet in jemanden verliebt, der unglaublich attraktiv, höllisch sexy, reicher als Krösus und verrückt mit großem V ist?

Ich krame den BlackBerry aus meinem Rucksack und rufe meine Mutter an.

»Ana, Schatz! Ist lange her, dass wir uns das letzte Mal gesprochen haben. Wie geht's dir, Liebes?«

»Ach, weißt du …«

»Was ist los? Immer noch Probleme mit Christian?«

»Mom, es ist schwierig. Ich glaube, er ist verrückt.«

»Ach. Tja, Männer sind kompliziert. Bob fragt sich, ob unser Umzug nach Georgia eine gute Entscheidung war.«

»Wie bitte?«

»Ja, er überlegt, nach Vegas zurückzugehen.«

Ich scheine nicht die Einzige mit Problemen zu sein.

Plötzlich taucht Christian auf. »Da bist du ja. Ich hatte schon Angst, dass du weggelaufen bist.« Er klingt erleichtert.

Ich hebe die Hand, um ihm zu signalisieren, dass ich telefoniere. »Sorry, Mom, ich muss jetzt Schluss machen. Ich ruf dich bald wieder an.«

»Okay, Liebes – pass auf dich auf. Ich hab dich lieb!«

»Ich dich auch, Mom.«

Ich drücke auf den roten Knopf und sehe Christian an.

»Warum versteckst du dich hier drin?«, fragt er.

»Ich verstecke mich nicht. Ich bin verzweifelt.«

»Verzweifelt?«

»Darüber, Christian.« Ich deute auf die Kleider.

»Darf ich reinkommen?«

»Es ist dein Schrank.«

Stirnrunzelnd setzt er sich im Schneidersitz mir gegenüber.

»Das sind doch bloß Kleider. Wenn sie dir nicht gefallen, gebe ich sie zurück.«

»Es ist nicht gerade einfach mit dir, das ist dir schon klar, oder?«

Er streicht über sein stoppeliges Kinn. Wie gern würde ich ihn jetzt berühren!

»Ich weiß. Aber ich gebe mir Mühe.«

»Und ich habe meine liebe Mühe mit dir.«

»Genau wie ich mit Ihnen, Miss Steele.«

»Warum machst du das alles?«

Der misstrauische Blick kehrt zurück. »Du weißt, warum.«

»Nein.«

Er fährt sich mit der Hand durch die Haare. »Gott, kannst du begriffsstutzig sein.«

»Du könntest dir ganz leicht eine nette brünette Sub suchen, die fragt: ›Wie hoch?‹, wenn du sagst, sie soll springen. Vorausgesetzt natürlich, sie darf reden. Warum also ich, Christian? Ich begreife das einfach nicht.«

Er sieht mich an. Ich habe keine Ahnung, was in seinem Kopf vorgeht.

»Du veränderst meinen Blick auf die Welt, Anastasia. Du willst mich nicht meines Geldes wegen. Du gibst mir … Hoffnung.«

Wie bitte? Da ist er wieder, Christian der Rätselhafte. »Hoffnung auf was?«

Er zuckt mit den Achseln. »Auf mehr«, antwortet er mit leiser Stimme. »Du hast Recht. Ich bin es gewohnt, dass Frauen machen, was ich will. Das wird schnell langweilig. Aber du, Anastasia, du hast etwas, das mich auf einer tiefen Ebene berührt, die ich nicht verstehe. Ich kann dir nicht widerstehen und möchte dich nicht verlieren.« Er ergreift meine Hand. »Bitte lauf nicht weg – glaub an mich und hab Geduld mit mir. Bitte.«

Er wirkt so verletzlich ... *Das verstört mich.* Ich küsse ihn sanft auf den Mund.

»Okay. Glaube und Geduld, damit kann ich leben.«

»Gut. Denn gerade kommt Franco.«

Franco ist klein, dunkel und schwul. Ich mag ihn auf der Stelle.

»Was für schöne Haare!«, schwärmt er mit grässlichem italienischem Akzent. Ich würde wetten, dass er aus der Gegend um Baltimore stammt, aber sein Enthusiasmus ist ansteckend. Christian führt uns in sein Bad und bringt uns einen Stuhl aus seinem Zimmer.

»Ich lasse euch zwei jetzt allein«, sagt er.

»Grazie, Mr. Grey.« Franco wendet sich mir zu. »Bene, Anastasia, was wollen wir mit Ihren Haaren machen?«

Christian geht bei leiser klassischer Musik auf seiner Couch Tabellen durch. Eine Frau legt ihre ganze Seele in eine leidenschaftliche Arie. Es ist atemberaubend. Christian hebt lächelnd den Blick.

»Hab ich Ihnen nicht gesagt, dass es ihm gefallen würde?«, schwärmt Franco.

»Du siehst wunderschön aus, Ana«, stimmt Christian anerkennend zu.

»Meine Arbeit hier ist getan«, ruft Franco aus.

Christian steht auf und gesellt sich zu uns. »Danke, Franco.«

Franco umarmt mich, drückt mich und küsst mich auf beide

Wangen. »Lassen Sie sich die Haare nie wieder von jemand anderem schneiden, bellissima Ana!«

Ich lache, verlegen über seine Vertraulichkeit. Christian bringt ihn zur Tür und kehrt wenig später zu mir zurück.

»Gott sei Dank hast du sie lang gelassen«, sagt er mit strahlendem Blick und windet eine Strähne um seine Finger. »So weich«, murmelt er. »Bist du immer noch sauer auf mich?«

Ich nicke.

»Warum genau?«

Ich verdrehe die Augen. »Soll ich dir die Liste geben?«

»Es gibt eine Liste?«

»Ja, eine ziemlich lange sogar.«

»Könnten wir die im Bett diskutieren?«

»Nein«, sage ich schmollend.

»Dann beim Essen. Ich habe Hunger, und nicht nur auf Essbares«, erklärt er mit einem anzüglichen Grinsen.

»Ich lasse mich nicht von deiner Sexpertise blenden.«

Er unterdrückt ein Lächeln. »Was genau beschäftigt Sie, Miss Steele? Raus mit der Sprache.«

Na schön.

»Was mich beschäftigt? Zum Beispiel, dass du in meine Privatsphäre eingedrungen bist, dass du mich in einen Salon gebracht hast, in dem deine Exgeliebte arbeitet und in den du alle deine früheren Geliebten zum Waxen geschickt hast, dass du mich auf offener Straße behandelt hast wie eine Sechsjährige – und vor allen Dingen, dass du dich von deiner Mrs. Robinson hast anfassen lassen!«, kreische ich.

Er hebt die Augenbrauen, und mit einem Mal ist seine gute Laune verschwunden. »Eine ganz schön lange Liste. Aber um das nochmal klarzustellen: Sie ist nicht meine Mrs. Robinson.«

»Sie darf dich anfassen«, wiederhole ich.

Er schürzt die Lippen. »Sie weiß, wo.«

»Was heißt das?«

Er fährt sich mit beiden Händen durch die Haare und schließt kurz die Augen, als würde er göttlichen Beistand herbeiflehen. Dann schluckt er. »Du und ich, wir haben keine Regeln. Ich habe niemals eine Beziehung ohne Regeln gehabt und weiß nie, wo du mich berühren wirst. Das macht mich nervös. Deine Berührung ist für mich …« Er sucht nach Worten. »Sie bedeutet mir mehr … so viel mehr.«

Mehr? Seine unerwartete Antwort bringt mich aus dem Gleichgewicht. Da ist es wieder, dieses kleine Wort mit der großen Bedeutung.

Meine Berührung bedeutet … mehr. Wie soll ich ihm widerstehen, wenn er solche Sachen sagt?

Ich strecke vorsichtig die Hand aus, und seine Angst verwandelt sich in Entsetzen. Christian weicht einen Schritt zurück, also lasse ich die Hand wieder sinken.

»Hard Limit«, flüstert er mit panischem Ausdruck.

Wie frustrierend! »Wie würdest du dich fühlen, wenn du mich nicht berühren dürftest?«

»Am Boden zerstört und beraubt«, antwortet er, ohne zu zögern.

Ach, mein Christian. Kopfschüttelnd schenke ich ihm ein kleines Lächeln, und er entspannt sich.

»Eines Tages wirst du mir genau erklären müssen, warum das ein Hard Limit für dich ist.«

»Eines Tages«, erwidert er und ist im Handumdrehen aus seinem Verletzlichkeitsmodus heraus.

Wie kann er nur so schnell umschalten? Er ist der unberechenbarste Mensch, den ich kenne.

»Zurück zu deiner Liste. Der Punkt mit der Verletzung deiner Privatsphäre.« Er verzieht den Mund. »Meinst du, weil ich deine Kontonummer kenne?«

»Ja, das ist unerhört.«

»Ich informiere mich über alle meine Sklavinnen. Komm, ich zeig's dir.« Er geht in Richtung Arbeitszimmer.

Ich folge ihm wie betäubt.

Er holt eine braune Mappe aus einem verschlossenen Aktenschrank, auf der ANASTASIA ROSE STEELE steht.

Herrgott nochmal! Das darf ja wohl nicht wahr sein! Ich starre ihn wütend an.

Er zuckt verlegen mit den Achseln. »Die kannst du behalten«, sagt er kleinlaut.

»Vielen Dank«, fauche ich zurück und blättere die Mappe durch. Er hat doch tatsächlich eine Kopie meiner Geburtsurkunde, dazu die Liste meiner Hard Limits, die Verschwiegenheitsvereinbarung, der Vertrag und – *nicht zu fassen!* – meine Social-Security-Nummer, mein Lebenslauf und meine Arbeitspapiere.

»Du hast gewusst, dass ich bei Clayton's arbeite?«

»Ja.«

»Und du hast nicht zufällig vorbeigeschaut?«

»Nein.«

Ich weiß nicht, ob ich wütend sein oder mich geschmeichelt fühlen soll.

»Ganz schön abgefuckt, das ist dir schon klar, oder?«

»Ich sehe das nicht so. Bei meinem Lebensstil muss ich vorsichtig sein.«

»Aber das sind vertrauliche Unterlagen.«

»Ich treibe keinen Missbrauch mit den Informationen. Außerdem kann jeder, der sich dafür interessiert, sie sich besorgen, Anastasia. Um Kontrolle zu haben, brauche ich Informationen. Das war immer schon mein Arbeitsstil.«

»Du treibst sehr wohl Missbrauch mit den Informationen. Du hast vierundzwanzigtausend Dollar auf mein Konto überwiesen, die ich nicht wollte.«

Er presst die Lippen zusammen. »Ich habe dir doch erklärt, dass Taylor die für deinen Wagen bekommen hat. Mich wundert das ja auch.«

»Aber der Audi …«

»Anastasia, machst du dir eigentlich eine Vorstellung davon, wie viel ich verdiene?«

Ich werde rot. »Warum sollte ich? Dein Kontostand interessiert mich nicht, Christian.«

Sein Blick wird sanfter. »Ich weiß. Das gehört zu den Dingen, die ich an dir liebe.«

Dinge, die er an mir liebt?

»Ana, ich verdiene grob geschätzt einhunderttausend Dollar die Stunde.«

Mir fällt die Kinnlade herunter. Das ist obszön viel Geld.

»Vierundzwanzigtausend Dollar sind nichts. Der Wagen, die Tess-Bücher, die Kleider, das sind Peanuts.«

Er hat wirklich keine Ahnung, was ich meine. Wer hätte das gedacht!

»Wie würdest du an meiner Stelle mit solcher … Großzügigkeit umgehen?«, frage ich.

Als er mich verständnislos ansieht, wird mir sein Grundproblem klar – er kann sich das einfach nicht vorstellen.

Er zuckt mit den Achseln. »Ich weiß es nicht«, gibt er aufrichtig zu.

Das ist er, der Kern von Christian mit den tausend Facetten. Er kann sich nicht in mich hineinversetzen.

»Es ist nicht so toll. Ich meine, du bist wirklich sehr großzügig, aber ich fühle mich nicht wohl dabei. Das habe ich dir oft genug erklärt.«

Er seufzt. »Aber ich möchte dir die Welt zu Füßen legen, Anastasia.«

»Ich will nur dich, Christian, ohne das ganze Drum und Dran.«

»Das gehört mit dazu. Zu mir.«

Oje, so kommen wir nicht weiter.

»Sollen wir was essen?«, frage ich. Diese ständige Anspannung zwischen uns zehrt an meinen Kräften.

»Ja.«

»Ich koche uns was.«

»Gut. Aber es wäre auch was im Kühlschrank.«

»Mrs. Jones hat an den Wochenenden frei? Das heißt, dann isst du kalt?«

»Nein.«

»Ach.«

Er seufzt. »Meine Subs kochen, Anastasia.«

»Ja, natürlich.« Ich werde rot. Wie konnte ich das nur vergessen haben? Ich schenke ihm ein zuckersüßes Lächeln. »Was hätten Sie denn gern, Sir?«

»Was auch immer Madam vorschlagen.«

Nach einem Blick in den Kühlschrank, in dem ich sogar gekochte Kartoffeln finde, entscheide ich mich für ein spanisches Omelett, das sich schnell und leicht zubereiten lässt. Christian ist in seinem Arbeitszimmer. Wahrscheinlich holt er wieder sensible Informationen über eine arme, nichts ahnende Seele ein.

Beim Kochen, das für mich keine Sklaventätigkeit ist, brauche ich Musik. Ich hole Christians iPod von seinem Platz neben dem Kamin. Bestimmt sind noch mehr von Leilas Songs darauf, schießt es mir durch den Kopf. Und dieser Gedanke gefällt mir überhaupt nicht.

Wo sie wohl steckt?, frage ich mich. *Und was will sie eigentlich genau?* Ein Schauder überläuft mich.

Auf der Suche nach etwas Fröhlichem scrolle ich die lange Playlist durch. Hm, Beyoncé – scheint mir nicht Christians Geschmack zu sein. *Crazy in Love.* Wie passend!

Zu der lauten Musik tänzle ich in den Küchenbereich zurück und nehme eine Schale aus dem Schrank, Eier, Kartoffeln und Schinken aus dem Kühlschrank und Erbsen aus der Tiefkühltruhe. Dann stelle ich eine Pfanne auf den Herd, gebe ein wenig Olivenöl hinein und schlage die Eier.

Kein Einfühlungsvermögen, denke ich. Ist das nur Christians Problem? Vielleicht sind alle Männer so. Keine Ahnung. Möglicherweise ist das auch keine so neue Erkenntnis.

Ich wünschte, Kate wäre hier, sie würde es wissen. Sie ist schon zu lange auf Barbados. Ende nächster Woche wird sie nach dem Anschlussurlaub mit Elliot zurückkommen. Ob es dann immer noch Lust auf den ersten Blick für sie ist?

Eins der Dinge, die ich an dir liebe.

Ich höre auf, die Eier zu schlagen. Ja, das hat er gesagt. Bedeutet das, dass er noch andere Dinge an mir liebt? Zum ersten Mal seit der Begegnung mit Mrs. Robinson lächle ich – ein echtes, von Herzen kommendes Lächeln.

Christian legt von hinten die Arme um mich. »Interessante Musikwahl«, schnurrt er, während er mich knapp unter dem Ohr küsst. »Deine Haare riechen gut.« Er drückt seine Nase hinein und atmet ihren Geruch ein.

Sofort ziehen sich die Muskeln in meinem Unterleib zusammen. *Verdammt, nein.* Ich löse mich aus seiner Umarmung.

»Ich bin immer noch sauer auf dich.«

»Wie lange soll das so weitergehen?« Er fährt sich mit der Hand durch die Haare.

Ich zucke mit den Achseln. »Mindestens bis ich was gegessen habe.«

Seine Mundwinkel zucken belustigt. Er dreht sich um, nimmt die Fernbedienung in die Hand und schaltet die Musik aus.

»Hast du das auf deinen iPod geladen?«, erkundige ich mich.

Er schüttelt den Kopf. Also war sie es tatsächlich – das Geistermädchen.

»Glaubst du nicht, dass sie dir damals etwas mitzuteilen versucht hat?«

»Wahrscheinlich«, gibt er zu.

Das spricht für meine Theorie: kein Einfühlungsvermögen. Mein Unterbewusstsein verschränkt die Arme und leckt sich angewidert die Lippen.

»Warum sind ihre Songs immer noch auf deinem iPod?«

»Der Song gefällt mir. Aber wenn dich das stört, lösche ich ihn.«

»Nein, nicht nötig. Ich höre beim Kochen gern Musik.«

»Was würdest du jetzt gern hören?«

»Such du was aus.«

Er geht zur Hi-Fi-Anlage, während ich mich wieder den Eiern zuwende.

Kurz darauf erfüllt die gefühlvolle Stimme von Nina Simone den Raum mit einem von Rays Lieblingsliedern: *I Put a Spell on You.*

Ich werde rot. Was will Christian mir damit sagen? Er hat mich sofort in seinen Bann geschlagen. Oje … Sein Blick hat sich verändert, ist dunkler geworden, seine Leichtigkeit ist verschwunden.

Ich beobachte fasziniert, wie er träge wie eine Raubkatze zu der sinnlichen Musik auf mich zuschleicht. Er ist barfuß, trägt ein weißes Hemd über der Hose und Jeans und mustert mich mit diesem glühenden Blick.

Nina singt »you're mine«, als Christian mich erreicht.

»Christian, bitte«, flüstere ich. Plötzlich weiß ich nicht mehr, warum ich den Schneebesen in der Hand halte.

»Bitte was?«

»Mach das nicht.«

»Was?«

»Das.«

»Bist du sicher?«, raunt er, nimmt mir den Schneebesen aus der Hand und legt ihn in die Schale mit den Eiern. Ich will das nicht – o doch, ich will es sogar sehr. Er ist so frustrierend und gleichzeitig so erotisch. Ich reiße mich von seinem intensiven Blick los.

»Ich begehre dich, Anastasia. Ich liebe und ich hasse es, mit dir zu streiten. Das ist ein sehr neues Gefühl für mich. Ich muss wissen, dass mit uns alles in Ordnung ist. Und das ist meine einzige Möglichkeit, das festzustellen.«

»Meine Gefühle für dich haben sich nicht verändert«, flüstere ich.

Seine körperliche Nähe überwältigt mich. Wieder spüre ich diese vertraute Anziehungskraft. Meine innere Göttin ist allerlüsternster Stimmung. Als mein Blick auf seine Brustbehaarung fällt, beiße ich mir wollüstig auf die Lippe – ich will wissen, wie er dort schmeckt.

Er steht so dicht vor mir, ohne mich zu berühren, dass ich seine Körperwärme auf meiner Haut spüre.

»Ich rühre dich erst an, wenn du es mir erlaubst«, sagt er leise. »Nach diesem Scheißmorgen würde ich mich am liebsten in dir vergraben und alles außer uns vergessen.«

Uns. Dieses kleine, magische Pronomen.

»Ich werde jetzt dein Gesicht berühren«, warne ich ihn und sehe kurz die Überraschung in seinem Blick, bevor er nickt.

Ich streichle seine Wange und lasse meine Fingerspitzen über seine Bartstoppeln gleiten. Er schließt die Augen, atmet aus und schmiegt den Kopf in meine Hand.

Ich hebe ihm automatisch den Mund entgegen.

»Ja oder nein, Anastasia?«, flüstert er.

»Ja.«

Seine Lippen legen sich sanft auf meine und drücken sie auseinander, während seine Arme mich umfangen. Eine Hand wandert meinen Rücken hinauf, vergräbt sich in meinen Haaren und zieht leicht an ihnen, während die andere mich gegen ihn drückt. Ich stöhne leise auf.

»Mr. Grey«, meldet sich Taylor hüstelnd.

Christian lässt mich sofort los.

»Taylor«, sagt er mit eisiger Stimme.

Als ich mich umdrehe, sehe ich, dass Taylor mit betretenem Gesicht an der Schwelle zum großen Raum steht. Christian und Taylor tauschen mit einem stummen Blick eine Information aus.

»Ins Arbeitszimmer«, zischt Christian, und Taylor durchquert den Raum mit forschen Schritten.

»Aufgeschoben ist nicht aufgehoben«, flüstert Christian mir zu, bevor er Taylor folgt.

Ich hole tief Luft. Kriegt er mich denn jedes Mal wieder rum? Ich schüttle frustriert den Kopf, dankbar, dass Taylor uns gestört hat, wie peinlich das auch gewesen sein mag.

Was Taylor in der Vergangenheit wohl schon alles mitbekommen hat? *Denk lieber nicht darüber nach. Konzentrier dich aufs Mittagessen.* Ich schneide Kartoffeln. Warum ist Taylor hier? Wegen Leila?

Zehn Minuten später erscheinen sie wieder, gerade als das Omelett fertig ist. Christian sieht mich gedankenverloren an.

»Weitere Instruktionen in zehn Minuten«, sagt er zu Taylor.

»Wir sind bereit«, antwortet Taylor und verlässt den großen Raum.

Ich stelle zwei vorgewärmte Teller auf die Frühstückstheke.

»Lunch?«

»Bitte«, sagt Christian und setzt sich auf einen der Barhocker, ohne mich aus den Augen zu lassen.

»Probleme?«

»Nein.«

Ich mache ein finsteres Gesicht. Er will es mir nicht sagen. Ich gebe das Essen auf die Teller, setze mich neben ihn und finde mich damit ab, dass er mich im Dunkeln lässt.

»Hm, lecker«, murmelt Christian anerkennend, als er einen Bissen kostet. »Möchtest du ein Glas Wein?«

»Nein, danke.« *Ich muss einen klaren Kopf bewahren, Grey.*

Obwohl ich keinen großen Hunger habe, schmeckt es mir. Ich esse, weil ich weiß, dass Christian wieder nur an mir herumnörgelt, wenn ich es nicht tue. Nach einer Weile schaltet Christian das klassische Stück ein, das ich zuvor gehört habe.

»Was ist das?«, frage ich.

»Canteloube, *Chants d'Auvergne.* Dieses Stück heißt *Bailero.*«

»Gefällt mir. Was für eine Sprache ist das?«

»Eine romanische Sprache aus dem Süden Frankreichs, genauer gesagt, Okzitanisch.«

»Du kannst Französisch. Verstehst du den Text?« Ich erinnere mich, dass er während des Essens bei seinen Eltern Französisch gesprochen hat …

»Ein paar Worte, ja. Meine Mutter hat Wert auf drei Dinge gelegt: Musikinstrument, Fremdsprache, Kampfsport. Elliot spricht Spanisch; Mia und ich, wir haben Französisch gelernt. Elliot spielt Gitarre, ich Klavier, Mia Cello.«

»Wow. Und der Kampfsport?«

»Elliot macht Judo. Mia hat sich mit zwölf geweigert.« Bei der Erinnerung daran schmunzelt er.

»Ich wünschte, meine Mutter wäre auch so zielstrebig gewesen.«

»Dr. Grace kennt kein Erbarmen, wenn es um die Fähigkeiten ihrer Kinder geht.«

»Sie ist sicher sehr stolz auf dich. Ich wäre es jedenfalls.«

Einen kurzen Moment lang scheint Christian sich unbehaglich zu fühlen. Er sieht mich argwöhnisch an, als befände er sich auf unbekanntem Terrain.

»Hast du schon entschieden, was du heute Abend tragen wirst? Oder soll ich für dich wählen?«

Er klingt schroff. *Warum? Habe ich was Falsches gesagt?*

»Äh, noch nicht. Hast du die Kleider alle selbst ausgesucht?«

»Nein, Anastasia. Ich habe einer Frau, die als Personal Shopper für Neiman Marcus arbeitet, eine Liste und deine Maße gegeben. Es müsste alles passen. Damit du dich nicht wunderst: Für heute Abend sind zusätzliche Sicherheitskräfte engagiert, und auch für die nächsten Tage. Als Vorsichtsmaßnahme, weil Leila sich auf den Straßen von Seattle herumtreibt. Ich möchte nicht, dass du das Haus ohne Begleitung verlässt. Okay?«

Ich blinzle. »Okay.« Was ist nur aus dem Ich-muss-dich-auf-der-Stelle-haben-Grey geworden?

»Gut. Dann instruiere ich die Leute jetzt. Es wird nicht lange dauern.«

»Sie sind hier?«

»Ja.«

Wo?

Christian stellt seinen Teller in die Spüle und verlässt den Raum. Was zum Teufel sollte das? In seinem Körper scheinen mehrere Seelen zu wohnen. Könnte das ein Symptom von Schizophrenie sein? Das muss ich googeln.

Ich spüle ab und ziehe mich mit dem ANASTASIA-ROSE-STEELE-Dossier in mein Zimmer zurück, wo ich drei lange Abendkleider aus dem begehbaren Schrank hole. Welches soll ich bloß anziehen?

Auf dem Bett liegend, betrachte ich Mac, iPad und BlackBerry – was für ein Arsenal von Hightech-Geräten! Ich mache mich daran, Christians Playlist vom iPad auf den Mac zu überspielen, und gehe dann im Netz surfen.

Das tue ich immer noch, als Christian das Zimmer betritt.

»Was machst du?«, fragt er.

Mir ist nicht wohl bei dem Gedanken, dass er die Website sieht, auf der ich gerade bin – Multiple Persönlichkeitsstörung: die Symptome.

Er legt sich neben mich und beäugt belustigt die Seite.

»Beschäftigst du dich aus einem bestimmten Grund mit diesem Thema?«, erkundigt er sich.

Der schroffe Christian ist verschwunden, der unbeschwerte zurück. Wie um Himmels willen soll ich mit diesen ständigen Stimmungsschwankungen Schritt halten?

»Ich recherchiere über eine schwierige Persönlichkeit«, antworte ich mit ernster Miene.

Er versucht, ein Lächeln zu unterdrücken. »Eine schwierige Persönlichkeit?«

»Mein gegenwärtiges Lieblingsprojekt.«

»Ich bin also dein gegenwärtiges Lieblingsprojekt, ein wissenschaftliches Problem? Und ich dachte, ich sei alles für dich. Miss Steele, das verletzt mich.«

»Woher weißt du, dass es um dich geht?«

»Ist nur so eine Ahnung.«

»Nun, du bist der einzige launenhafte Kontrollfreak, den ich intimer kenne.«

»Ich dachte, ich bin überhaupt der Einzige, den du intim kennst.« Er hebt eine Augenbraue.

Ich werde rot. »Ja. Das auch.«

»Bist du schon zu irgendwelchen Schlüssen gelangt?«

Ich sehe ihn an. Er liegt ausgestreckt neben mir, den Kopf auf den Ellbogen gestützt.

»Ich habe den Eindruck, dass du intensive Therapie benötigst.«

Er streicht mir behutsam eine Haarsträhne hinters Ohr.

»Und ich habe den Eindruck, dass ich dringend dich brauche.« Er reicht mir einen Lippenstift.

Ich sehe ihn fragend an. Der Lippenstift ist nuttenrot, überhaupt nicht meine Farbe.

»Den soll ich tragen?«, frage ich entsetzt.

Er lacht. »Nein, Anastasia. Nur, wenn du möchtest. Ich glaube nicht, dass das deine Farbe ist«, fügt er trocken hinzu.

Dann setzt er sich auf und zieht das Hemd aus. *Wow.* »Dein Vorschlag, die Grenzen zu markieren, gefällt mir.«

Ich sehe ihn verständnislos an.

»Die verbotenen Zonen«, erklärt er.

»Ach, das war ein Scherz.«

»Für mich nicht.«

»Ich soll sie auf dir markieren, mit Lippenstift?«

»Der geht ja wieder weg. Irgendwann.«

Ich darf ihn also berühren. Ein kleines Lächeln der Verwunderung tritt auf meine Lippen.

»Wie wär's mit was Dauerhafterem, zum Beispiel einem Textmarker?«

»Ich könnte mir eine Tätowierung stechen lassen.« Seine Augen blitzen belustigt.

Christian Grey mit einem Tattoo? Weitere Verletzungen seines wunderschönen Körpers? Nur über meine Leiche!

»Nein, kein Tattoo!« Ich überspiele mein Entsetzen mit einem Lachen.

»Gut, dann also Lippenstift.« Er grinst.

Ich klappe den Mac zu und schiebe ihn beiseite. Das könnte Spaß machen.

»Komm.« Er streckt mir die Hände entgegen. »Setz dich auf mich.«

Ich folge seinen Anweisungen.

Er legt sich mit angewinkelten Knien aufs Bett zurück.

»Lehn dich gegen meine Beine.«

Ich tue, was er sagt.

Er wirkt nervös, aber auch ein wenig amüsiert. »Du scheinst dich darauf zu freuen.«

»Ich erfahre immer gern Neues über Sie, Mr. Grey. Außerdem kriege ich Sie so vielleicht dazu, sich zu entspannen, wenn ich weiß, wo die Grenzen verlaufen.«

Er schüttelt den Kopf, als könnte er es nicht fassen, dass er sich auf so etwas einlässt.

»Mach den Lippenstift auf«, weist er mich an.

Aha, wieder mal der Herrschermodus, aber das ist mir egal.

»Gib mir deine Hand.«

Ich gebe sie ihm.

»Die mit dem Lippenstift.« Er verdreht die Augen.

»Verdrehst du die Augen?«

»Ja.«

»Das gehört sich nicht, Mr. Grey. Ich kenne da ein paar Leute, die richtiggehend ausrasten, wenn jemand die Augen verdreht.«

Ich überlasse ihm meine Hand mit dem Lippenstift. Er setzt sich auf, so dass wir Nase an Nase sitzen.

»Bereit?«, fragt er mit leiser Stimme, und wieder einmal ziehen sich die Muskeln in meinem Unterleib zusammen. *Wow.*

»Ja«, flüstere ich. Seine Haut, so nahe, und sein Geruch sind verführerisch.

Er hebt meine Hand zu seiner Schulter. »Los jetzt«, flüstert er.

Ich bekomme einen trockenen Mund, als er meine Hand nach unten führt, von seiner Schulter rund um seine Achsel herum, dann die Seite seiner Brust hinunter. Der Lippenstift hinterlässt einen breiten, leuchtend roten Streifen, der am unteren Ende seines Rippenbogens endet. Von dort aus leitet er mich über seinen Bauch. Hinter seiner ausdruckslosen Miene erahne ich seine Anspannung.

Auf halber Höhe seines Bauchs murmelt er: »Und auf der anderen Seite wieder rauf.« Er lässt meine Hand los.

Ich male ein Spiegelbild der Linie auf der linken Seite. Das Vertrauen, das er mir schenkt, finde ich berauschend, doch ich spüre auch die Qual, die er leidet. Sieben kleine, runde Narben verteilen sich über seine Brust. Was für eine entsetzliche Verschandelung seines schönen Körpers! Wer kann einem Kind so etwas antun?

»Fertig«, flüstere ich, bemüht, meine Gefühle zu beherrschen.

»Nein«, widerspricht er und zeichnet mit seinem langen Zeigefinger eine Linie um das untere Ende seines Halses. Ich ziehe sie mit einem roten Strich nach. Dann blicke ich in seine tiefgrauen Augen.

»Jetzt der Rücken«, sagt er, schiebt mich weg, dreht sich um und setzt sich mit dem Rücken zu mir hin.

»Folge der Linie von meiner Brust auf die andere Seite«, weist er mich mit rauer Stimme an.

Ich tue, was er mir sagt, und schon bald führt eine leuchtend rote Linie über die Mitte seines Rückens. Ich zähle weitere Narben auf seinem schönen Körper. Insgesamt neun.

O Gott! Ich muss mich beherrschen, nicht jede Einzelne zu küssen und in Tränen auszubrechen. Was für ein Ungeheuer ist zu so etwas in der Lage? Sein Kopf ist gesenkt, sein Körper angespannt, als ich den Kreis um seinen Rücken schließe.

»Auch um den Hals?«, frage ich.

Er nickt.

Ich zeichne eine zweite Linie um seinen Nacken, unter dem Haaransatz.

»Fertig«, murmle ich. Christian sieht aus, als würde er eine hautfarbene Weste mit nuttenroter Borte tragen.

Er lässt die Schultern sinken und wendet sich wieder mir zu.

»Das sind die Grenzen«, erklärt er mit dunklen Augen und großen Pupillen. Ist das Angst? Oder Lust?

»Damit kann ich leben. Am liebsten würde ich dich auf der Stelle vernaschen«, sage ich leise.

Mit einem anzüglichen Grinsen streckt er mir die Hände hin, eine stumme Geste der Einwilligung.

»Nun, Miss Steele, ich bin ganz der Ihre.«

Vor Vergnügen quietschend, werfe ich mich in seine Arme und stoße ihn um. Er lacht, erleichtert darüber, dass die Qual ein Ende hat. Irgendwie lande ich unter ihm.

»Aufgeschoben ist nicht aufgehoben«, raunt er mir zu, und abermals erobert sein Mund den meinen.

SECHS

Es ist geradezu himmlisch, mit welcher Leidenschaft wir uns küssen.

Schließlich zieht er mich hoch und packt den Saum meines T-Shirts, zerrt es mir über den Kopf und schleudert es auf den Boden.

Dann drückt er mich aufs Bett zurück, und seine Lippen und Hände wandern zu meinen Brüsten. Meine Finger vergraben sich in seinen Haaren, als er eine meiner Brustwarzen in den Mund nimmt und fest daran zieht.

Lust durchzuckt meinen Körper, alles in meinem Unterleib zieht sich zusammen. Ich stöhne laut auf.

»Ja, Baby, ich will dich hören«, murmelt er an meiner überhitzten Haut.

Junge, Junge, wie ich ihn in mir spüren will. Mit den Lippen umspielt er meine Brustwarze, so dass ich mich unwillkürlich unter ihm winde. Ich spüre seine Begierde, gepaart mit … was? Verehrung. Es ist, als würde er mich anbeten.

Meine Brustwarze wird hart bei seiner geschickten Berührung. Mit einer flinken Bewegung öffnet er den Knopf meiner Jeans. Dann zieht er den Reißverschluss herunter, schiebt die Finger unter meinen Slip und gegen meine Scham.

Ihm stockt der Atem, als er seinen Finger in mich hineingleiten lässt. Ich drücke mein Becken gegen seine Handwurzel, und er reibt sie an mir.

»O Ana, du bist so schön feucht«, seufzt er und sieht mir tief in die Augen.

»Ich will dich«, murmle ich.

Als sein Mund sich aufs Neue mit dem meinen vereint, spüre ich, wie sehr er mich braucht.

So war es erst ein Mal, gleich nachdem ich aus Georgia zurückgekommen bin – und seine Worte von vorhin fallen mir ein … *Ich muss wissen, dass mit uns alles in Ordnung ist. Und das ist meine einzige Möglichkeit, das festzustellen.*

Zu merken, dass ich eine solche Wirkung auf ihn ausübe, dass ich ihm derart Trost bieten kann, lässt mich dahinschmelzen …

Er zieht mir die Jeans und den Slip herunter. Den Blick auf mich gerichtet, steht er auf, nimmt ein Kondompäckchen aus seiner Tasche, wirft es mir zu und schlüpft in einer einzigen flüssigen Bewegung selbst aus den Jeans und den Boxershorts.

Ich reiße die Verpackung auf, und als er wieder neben mir liegt, rolle ich das Kondom langsam über seinen Penis. Er ergreift meine Hände und dreht sich auf den Rücken.

»Du. Oben. Ich will dich sehen.«

Oh.

Unter seiner Anleitung senke ich mich vorsichtig auf ihn. Er schließt die Augen und wölbt mir die Hüften entgegen, füllt mich aus, dehnt mich. Deutlich hörbar stößt er den Atem aus.

Es fühlt sich großartig an – wie er von mir Besitz nimmt und ich von ihm.

Er hält meine Hände fest. Ich weiß nicht, ob er mich stützen oder daran hindern will, dass ich ihn anfasse, trotz der markierten Grenzen.

»Gott, fühlst du dich gut an«, flüstert er.

Ich hebe das Becken, berauscht von der Macht, die ich über ihn besitze, und beobachte, wie Christian Grey sich langsam unter mir auflöst. Als er meine Hüften umfasst, lege ich die Hände auf seine Arme. Er stößt mit einem Ruck in mich hinein, und ich schreie vor Lust auf.

»Ja, Baby, spür mich«, keucht er.

Ich werfe den Kopf in den Nacken, passe mich seinem Rhythmus an, so dass alle anderen Gedanken und Empfindungen ausgelöscht werden. Ich gehe verloren in diesem Vakuum des Vergnügens. *Auf und ab ... wieder und wieder ... O ja ...* Ich sehe ihn an, und er erwidert meinen Blick mit glühenden Augen.

»Ana«, formen seine Lippen.

»Ja«, japse ich. »Auf ewig.«

Er stöhnt laut auf, schließt die Augen, lässt den Kopf nach hinten sinken.

Das zu beobachten, bringt mich zum Höhepunkt. Ich sacke mit einem lauten Lustschrei auf ihn herab.

»O Baby«, schreit er, als er ebenfalls kommt.

Mein Kopf ruht auf seiner Brust, auf der verbotenen Zone, meine Wange auf seinen weichen Brusthaaren. Ich widerstehe der Versuchung, seine Brust zu küssen.

Während ich nach Luft ringe, streicht er mir über die Haare und liebkost meinen Rücken.

»Du bist so schön.«

Ich hebe den Kopf, um ihn mit skeptischem Blick anzusehen. Er setzt sich mit einem Stirnrunzeln auf, so hastig und überraschend, dass er mich mit einem Arm festhalten muss. Ich umklammere seinen Bizeps, als wir Nase an Nase sind.

»Du. Bist. Wunderschön«, wiederholt er.

»Und du bist manchmal erstaunlich zärtlich.« Ich küsse ihn sanft.

Er hebt mich ein wenig hoch, um aus mir herauszugleiten. Ich zucke zusammen. Er beugt sich zu einem zarten Kuss vor.

»Du hast keine Ahnung, wie schön du bist, oder?«

Ich werde rot. Warum sagt er mir das immer wieder?

»Dass die ganzen Jungs hinter dir her sind, dürfte doch Beweis genug sein.«

»Jungs? Was für Jungs?«

»Möchtest du eine Liste? Der Fotograf ist verrückt nach dir, der Typ im Baumarkt, der ältere Bruder deiner Mitbewohnerin. Und dein Chef«, fügt er mit bitterer Stimme hinzu.

»Christian, nun hör schon auf.«

»Glaub mir. Sie sind verrückt nach dir. Sie wollen, was mir gehört.« Er zieht mich zu sich heran. »Mir«, wiederholt er, und dabei glühen seine Augen voller Besitzerstolz.

»Ja, dir«, versichere ich ihm lächelnd. Er wirkt besänftigt, und ich fühle mich wohl, nackt an seiner Seite im hellen Licht des Samstagnachmittags. Wer hätte das gedacht? Die Lippenstift-spuren sind nach wie vor zu erkennen. Als ich ein paar Schmierer auf der Bettdecke bemerke, frage ich mich kurz, was Mrs. Jones davon halten wird.

»Die Linie ist immer noch zu sehen«, sage ich und ziehe sie an der Schulter mutig mit dem Zeigefinger nach. Seine Muskeln spannen sich an. »Ich würde jetzt gern auf Entdeckungsreise gehen.«

Er sieht mich skeptisch an. »In der Wohnung?«

»Nein. Auf der Schatzkarte deiner Haut.« Ich würde nichts lieber tun, als ihn zu berühren.

Er blinzelt unsicher. »Und wie genau würde das ablaufen, Miss Steele?«

Ich lasse die Fingerspitzen über sein Gesicht gleiten. »Ich möchte dich überall dort anfassen, wo ich es darf.«

Christian packt meinen Zeigefinger mit den Zähnen und knabbert zärtlich daran.

»Aua«, protestiere ich, und er grinst. Ein tiefes Grollen ertönt aus seiner Brust.

»Okay.« Er lässt meinen Finger los, doch seiner Stimme ist die Angst anzuhören. »Warte.« Er hebt mich noch einmal an, entfernt das Kondom und lässt es auf den Boden neben dem Bett fallen.

»Ich hasse diese Dinger. Am liebsten würde ich Dr. Greene rufen, damit sie dir eine Spritze gibt.«

»Und du meinst, die Topgynäkologin von Seattle kommt sofort angerannt?«

»Ich kann sehr überzeugend sein«, erwidert er und streicht mir eine Strähne hinters Ohr. »Franco hat dir die Haare toll gemacht. Das Stufige gefällt mir.«

Wie bitte?

»Hör auf, ständig das Thema zu wechseln.«

Er schiebt mich zurück, so dass ich, den Rücken an seine angezogenen Knie gelehnt, wieder auf ihm sitze, meine Füße zu beiden Seiten seiner Hüfte. Er stützt sich auf seine Arme.

»Okay, dann fang mal an«, sagt er ernst, bemüht, seine Nervosität zu verbergen.

Ohne den Blick von ihm zu wenden, lasse ich meinen Finger unterhalb der Lippenstiftlinie über seine Bauchmuskeln gleiten. Als er zusammenzuckt, halte ich inne.

»Es muss nicht unbedingt sein«, flüstere ich.

»Ist schon in Ordnung. Ich muss mich nur daran … gewöhnen. Mich hat lange niemand mehr berührt.«

»Mrs. Robinson?«, entschlüpft es mir. Zu meinem eigenen Erstaunen gelingt es mir, Verbitterung und Hass aus meiner Stimme herauszuhalten.

Er nickt mit deutlich sichtbarem Unbehagen. »Ich will nicht über sie reden. Das verdirbt dir nur die Laune.«

»Das verkrafte ich schon.«

»Nein, Ana, das tust du nicht. Jedes Mal, wenn ich von ihr spreche, siehst du rot. Ich kann meine Vergangenheit nicht wegzaubern. Zum Glück hast du keine, denn wenn du eine hättest, würde mich das verrückt machen.«

»Noch verrückter, als du ohnehin schon bist?« Ich lächle, in der Hoffnung, den richtigen Ton getroffen zu haben.

Seine Mundwinkel zucken. »Verrückt nach dir«, flüstert er.

Mir geht das Herz auf bei seinen Worten.

»Soll ich Dr. Flynn anrufen?«

»Ich glaube nicht, dass das nötig ist«, antwortet er trocken.

Ich lehne mich zurück, so dass er die Beine senken muss, lege die Finger zurück auf seinen Bauch und lasse sie über seine Haut wandern. Abermals erstarrt er.

»Ich fasse dich gern an.« Meine Finger gleiten zu seinem Nabel und dann weiter Richtung Süden. Sein Mund öffnet sich, sein Atem geht schneller, seine Augen werden dunkel, und ich spüre seine Erektion an meinem Körper. *Herr im Himmel, Runde zwei.*

»Schon wieder?«, frage ich mit leiser Stimme.

Er lächelt. »O ja, Miss Steele, schon wieder.«

Was für eine schöne Art, den Samstagnachmittag zu verbringen! Ich stehe unter der Dusche, sorgsam darauf bedacht, meine zurückgebundenen Haare nicht nass zu machen, und denke über die letzten paar Stunden nach. Christian und Blümchensex scheinen gut zusammenzupassen.

Heute hat er mir so vieles offenbart, worüber ich erst einmal nachdenken muss: seine Einkommensverhältnisse – *für einen so jungen Menschen ist er unfassbar reich* – und die Dossiers, die er über mich und all seine brünetten Subs hat. Ob die sich samt und sonders in dem Aktenschrank befinden?

Mein Unterbewusstsein schürzt die Lippen und schüttelt den Kopf. *Lass die Finger davon.* Ich runzle die Stirn. *Nur einen ganz kurzen Blick?*

Und dann ist da noch Leila – möglicherweise irgendwo dort draußen mit einer Waffe. Ihre schlechte Musik verpestet seinen iPod. Aber noch schlimmer: Mrs. Pädophil Robinson. Die Sache mit ihr macht mir zu schaffen. Ich will nicht, dass sie unsere Beziehung belastet. Aber er hat Recht: Ich flippe tatsächlich aus, wenn ich nur an sie denke, also ist es vermutlich das Beste, das bleiben zu lassen.

Als ich aus der Dusche steige und mich abtrockne, packt mich allerdings die Wut.

Wer würde da nicht ausflippen? Welcher Mensch tut einem Fünfzehnjährigen so etwas an? Wie viel hat sie zu seiner Abgefucktheit beigetragen? Ich verstehe sie nicht. Angeblich hat sie ihm geholfen. Doch wie?

Ich muss an seine Narben denken, die sichtbaren Spuren einer schrecklichen Kindheit, seiner seelischen Verletzungen. Mein trauriger Christian mit den vielen Facetten. Heute hat er mir so viele schöne Dinge gesagt, zum Beispiel, dass er verrückt nach mir ist.

Bei der Erinnerung an seine Worte geht mir erneut das Herz über, und auf mein Gesicht tritt ein Lächeln. Vielleicht kann es doch funktionieren. Aber wie lange wird er bereit sein, bei der Stange zu bleiben, ohne mich windelweich zu prügeln, weil ich irgendeine willkürliche Grenze überschritten habe?

Mein Lächeln verschwindet. Genau das ist es, was ich nicht weiß. Dieses Damoklesschwert hängt über uns. Perverse Nummern, ja, die schaffe ich, aber mehr?

Mein Unterbewusstsein sieht mich mit ausdruckslosem Gesicht an, ausnahmsweise ohne schnippische Ratschläge. Ich gehe in mein Zimmer, um mich in Schale zu werfen.

Christian ist unten; ich habe das Schlafzimmer für mich. Mir gehören nicht nur die Kleider in dem Schrank, sondern auch Schubladen voll mit neuer Unterwäsche. Ich wähle eine schwarze Bustier-Corsage-Kreation mit einem 540-Dollar-Preisschild. Das Ding hat eine filigrane Silberborte, und dazu gehören ein ultraknapper Slip sowie hautfarbene Strümpfe aus reiner Seide, die bis zu den Oberschenkeln reichen. *Wow, sie fühlen sich ... aufreizend ... und sexy an.*

Ich greife gerade nach einem Kleid, als Christian auftaucht. *Du könntest wirklich anklopfen!* Er mustert mich mit gierigem Blick.

Ich werde feuerrot. Er trägt ein weißes Hemd und eine schwarze Anzughose; der Hemdkragen steht offen. Die Lippenstiftlinie ist nach wie vor zu erkennen.

»Kann ich Ihnen irgendwie behilflich sein, Mr. Grey? Ich nehme an, Ihr Besuch hat noch einen anderen Grund als den, dass Sie mich mit offenem Mund anstarren wollen.«

»Ich genieße es, Sie mit offenem Mund anzustarren, Miss

Steele.« Er macht einen Schritt auf mich zu. »Erinnern Sie mich daran, Caroline Acton ein persönliches Dankeschön zu schicken.«

Ich runzle die Stirn. *Wer zum Teufel ist Caroline Acton?*

»Die Frau, die als Personal Shopper für Neiman's arbeitet«, erklärt er, als hätte er meine Gedanken erraten.

»Oh.«

»Ich bin ziemlich abgelenkt.«

»Das sehe ich. Was willst du, Christian?«, frage ich.

Er kontert mit einem schiefen Grinsen und nimmt die Silberkugeln aus seiner Tasche. Ich erstarre in der Bewegung. Heilige Scheiße! Er will mich versohlen? Jetzt? Warum?

»Keine Angst«, beruhigt er mich. »Ich hab mir gedacht, die könntest du heute Abend tragen.«

»Zu der Wohltätigkeitsveranstaltung?«, frage ich schockiert.

Als er bedächtig nickt, werden seine Augen dunkler.

»Wirst du mich später versohlen?«

»Nein.«

Kurz spüre ich so etwas wie Enttäuschung aufflackern.

Er schmunzelt. »Soll ich das denn?«

Ich schlucke. Ich weiß es einfach nicht.

»Du kannst sicher sein, dass ich dich nicht so anfassen werde, nicht einmal, wenn du mich darum bittest.«

Das sind ja mal Neuigkeiten.

»Spielst du mit?«, fragt er und hebt die Kugeln hoch. »Du kannst sie rausnehmen, wenn es dir zu viel wird.«

Er sieht so höllisch verführerisch aus mit seinen postkoitalen Haaren, die Augen lasziv glänzend, die Lippen zu einem sexy Lächeln verzogen.

»Okay«, sage ich leise. *Verdammt nochmal, ja!*, kreischt meine innere Göttin, die ihre Stimme wiedergefunden hat.

»Braves Mädchen«, lobt Christian mich. »Komm, ich führe sie dir ein, sobald du die Schuhe angezogen hast.«

Die Schuhe? Als ich mich umdrehe, fällt mein Blick auf taubengraue Wildlederstilettos, die genau zu dem von mir gewählten Kleid passen.

Lass dich auf das Spiel ein!

Er stützt mich, während ich in die Louboutins schlüpfe, für 3.295 Dollar ein echtes Schnäppchen. Jetzt bin ich über zehn Zentimeter größer.

Er dirigiert mich zum Bett und stellt den einzigen Stuhl in dem Raum vor mich hin.

»Wenn ich nicke, bückst du dich und hältst dich an dem Stuhl fest. Verstanden?«, fragt er mit rauer Stimme.

»Ja.«

»Gut. Und jetzt mach den Mund auf.«

Ich tue, was er sagt, weil ich erwarte, dass er mir die Kugeln in den Mund steckt, um sie zu befeuchten. Aber nein, er schiebt den Zeigefinger hinein.

Oh …

»Saug«, weist er mich an.

Ich umfasse seine Hand und fange zu saugen an. Siehst du, denke ich, wenn ich will, kann ich ganz artig sein.

Er schmeckt nach Seife … hm. Ich werde für meine Bemühungen belohnt, als seine Pupillen sich weiten, seine Lippen sich öffnen und er zu keuchen beginnt. Wenn das so weitergeht, muss er die Kugeln gar nicht befeuchten. Er schiebt sie in den Mund, während ich weiter an seinem Finger sauge und die Zunge darum kreisen lasse. Als er versucht, ihn herauszuziehen, halte ich ihn mit den Zähnen fest.

Er schüttelt grinsend den Kopf. Mit dem Blick signalisiert er mir, dass ich loslassen soll, und ich tue es. Als er nickt, beuge ich mich vor und umfasse die Seiten des Stuhls. Er schiebt meinen Slip zur Seite und lässt ganz langsam einen Finger in mich hineingleiten, so dass ich aufstöhnen muss.

Er zieht seinen Finger wieder heraus und schiebt dafür vorsichtig eine Kugel nach der anderen tief in mich hinein. Sobald sie an Ort und Stelle sind, küsst er meinen Po und streichelt meine Beine vom Knöchel bis zum Oberschenkel.

»Sie haben wirklich sehr, sehr schöne Beine, Miss Steele«, murmelt er, während er sich an mich drückt, so dass ich seine Erektion spüre. »Vielleicht werde ich dich so nehmen, wenn wir zuhause sind, Anastasia. Du kannst dich jetzt aufrichten.«

Obwohl mir ein wenig schwindelig ist, finde ich es höchst erregend, die Kugeln in mir zu spüren.

»Die habe ich dir für die Gala letzten Samstag gekauft.« Er reicht mir ein kleines rotes Etui mit dem Schriftzug Cartier. »Aber da hast du mit mir Schluss gemacht, und ich hatte keine Gelegenheit mehr, sie dir zu geben.«

Oh!

»Das ist meine zweite Chance«, erklärt er nervös.

Ich klappe das Etui auf. Darin schimmert ein Paar tropfenförmige Ohrringe. Jeder besteht aus vier Brillanten, einer oben, dann eine Lücke und schließlich drei im genau gleichen Abstand zueinander angeordnet. Klassisch schlicht, was ich mir selbst aussuchen würde, wenn ich je in die Verlegenheit käme, bei Cartier zu kaufen.

»Sie sind wunderschön«, flüstere ich. »Danke.«

Er küsst mich erleichtert auf die Schulter. »Du trägst das silberfarbene Satinkleid?«, erkundigt er sich.

»Ja. Ist das in Ordnung?«

»Natürlich. Ich gehe jetzt, damit du dich fertig machen kannst.« Er verlässt das Zimmer, ohne sich noch einmal zu mir umzudrehen.

Wow! Ich erkenne mich selbst kaum wieder. Die junge Frau mit dem schulterfreien, bodenlangen Silbersatinkleid, die mir aus dem Spiegel entgegenblickt, ist eines roten Teppichs würdig. Vielleicht werde ich Caroline Acton von Neiman Marcus selbst ein Dankeschön schicken. Das taillierte Kleid umschmeichelt die wenigen Kurven, die ich habe.

Meine Haare fallen in sanften Wellen über meine Schultern bis zu meinen Brüsten. Ich schiebe die eine Seite hinters Ohr, so dass Christians Ohrringe zur Geltung kommen. Das Make-up habe ich auf ein Minimum reduziert, um natürlich zu wirken: Eyeliner, Mascara, zartes Rouge und rosafarbener Lippenstift.

Das Rouge brauche ich eigentlich nicht, weil mir von der permanenten Bewegung der Silberkugeln sowieso die Röte ins Gesicht steigt. Ja, sie werden dafür sorgen, dass ich an diesem Abend immer ein bisschen Farbe habe. Ich schüttle den Kopf über Christians erotische Unverfrorenheit, nehme die Satinstola und die silberfarbene Clutch und gehe den Mann mit den tausend Facetten suchen.

Er unterhält sich, den Rücken zu mir gewandt, mit Taylor und drei Männern im Flur. Ihre überraschten, anerkennenden Mienen machen Christian auf mich aufmerksam. Er wendet sich mir zu.

Mein Mund wird trocken. Er sieht einfach umwerfend aus … Schwarzer Smoking, schwarze Fliege und dazu dieser bewundernde Blick. Er schlendert zu mir und küsst mein Haar.

»Anastasia, du bist atemberaubend schön.«

Das Kompliment vor Taylor und den anderen lässt mich erröten.

»Ein Glas Champagner, bevor wir gehen?«

»Ja gern«, antworte ich viel zu schnell.

Christian nickt Taylor zu, der mit seinem Trupp in den Vorraum verschwindet.

»Sicherheitsleute?«, erkundige ich mich.

»Personenschutz. Sie unterstehen Taylors Befehl. Auch dafür ist er ausgebildet.« Christian reicht mir eine Champagnerflöte.

»Ein Mann mit vielen Fähigkeiten.«

»Ja, das stimmt.« Christian lächelt. »Du bist wunderschön, Ana. Prost.«

Wir stoßen an. Der Champagner schmeckt köstlich herb und leicht.

»Wie fühlst du dich?«, fragt Christian mit glühendem Blick.

»Gut, danke«, antworte ich mit Unschuldsmiene. Ich weiß, dass er die Silberkugeln meint.

Er lächelt spöttisch. »Hier, den wirst du brauchen.« Er nimmt einen großen Samtbeutel von der Frühstückstheke. »Schau rein«, sagt er zwischen zwei Schlucken Champagner.

Neugierig hole ich eine fein gearbeitete Silbermaske mit kobaltblauen Federn heraus.

»Es ist ein Maskenball«, teilt er mir mit.

»Aha.«

»Sie wird deine schönen Augen zur Geltung bringen.«

Ich lächle verlegen. »Trägst du auch eine?«

»Natürlich. So eine Maske kann sehr befreiend wirken.« Er hebt eine Augenbraue.

Oh, das wird Spaß machen.

»Komm, ich möchte dir etwas zeigen.« Er streckt mir die Hand entgegen und führt mich hinaus auf den Flur zu einer Tür neben der Treppe. Dahinter verbirgt sich ein Raum von etwa der gleichen Größe wie sein Spielzimmer, das sich unmittelbar über uns befinden muss. Dieser Raum hier ist mit Büchern gefüllt. *Wow*, eine Bibliothek, Regale vom Boden bis zur Decke. In der Mitte steht ein Billardtisch, erhellt von einer Tiffany-Lampe.

»Du hast eine Bibliothek!«, rufe ich erstaunt aus.

»Ja, Elliot nennt sie das Kugelzimmer. Die Wohnung ist ziemlich groß. Als du heute gesagt hast, du würdest gern auf Entdeckungsreise gehen, ist mir bewusst geworden, dass ich dich nie herumgeführt habe. Jetzt ist dazu auch keine Zeit, aber ich dachte mir, ich zeige dir mal diesen Raum, und irgendwann in naher Zukunft könnte ich dich auf eine Partie Billard herausfordern.«

»Gern.« José und ich sind beim Poolbillard Freunde geworden. Wir spielen seit drei Jahren. Mit einem Queue kann ich einigermaßen umgehen, denn José ist ein guter Lehrer.

»Was?«, fragt Christian belustigt.

Verdammt, ich sollte wirklich mal lernen, meine Gefühle nicht so offen zu zeigen.

»Nichts.«

Christians Augen verengen sich. »Vielleicht gelingt es Dr. Flynn, dir deine Geheimnisse zu entlocken. Du wirst ihn heute Abend sehen.«

»Den Luxusscharlatan?« *Oje.*

»Genau den. Er kann's gar nicht erwarten, dich kennen zu lernen.«

Christian nimmt auf dem Rücksitz des Audi meine Hand und streicht sanft mit dem Daumen über meine Fingerknöchel, als wir Richtung Norden fahren, und prompt zieht sich mein Unterleib zusammen. Ich verkneife mir ein Stöhnen, weil Taylor vorne die Stöpsel seines iPod nicht in den Ohren hat. Neben ihm sitzt einer von den Sicherheitsleuten. Ich glaube, er heißt Sawyer.

Ich spüre einen dumpfen, angenehmen Druck in meinem Bauch von den Kugeln. Wie lange ich das wohl aushalten kann, ohne Befriedigung zu verlangen? Ich schlage die Beine übereinander.

»Wo hast du den Lippenstift her?«, frage ich Christian.

Er deutet nach vorn. »Taylor«, formt er mit den Lippen.

Ich lache laut auf. Und höre sofort wieder auf – die Kugeln. Ich beiße mir auf die Lippe. Christian sieht mich mit einem frivolen Lächeln an. Der sexy Mistkerl.

»Entspann dich«, flüstert er mir zu. »Wenn es dir zu viel wird …« Er küsst zärtlich jeden einzelnen meiner Fingerknöchel und saugt dann leicht an der Spitze meines kleinen Fingers.

Das macht er absichtlich. Begierde durchströmt meinen Körper. Ich schließe die Augen und gebe mich dem Gefühl ganz hin.

Als ich die Augen wieder öffne, mustert Christian mich wie ein dunkler Prinz. Vielleicht liegt es an dem Smoking und der Fliege, dass er älter und höchst kultiviert wirkt, ein umwerfend attraktiver Lebemann mit eindeutigen Absichten. Seine Schönheit raubt mir den Atem. Ich bin ihm hörig, und wenn ich ihm glauben kann, geht es ihm mit mir genauso.

»Was erwartet uns bei dieser Veranstaltung?«

»Ach, das Übliche«, antwortet Christian.

»Für mich sicher nicht«, widerspreche ich.

Wieder küsst Christian meine Hand. »Jede Menge Leute, die mit ihrem Geld protzen. Auktion, Tombola, Dinner, Tanz – meine Mutter weiß, wie man Feste feiert.« Er lächelt, und das erste Mal an diesem Tag gestatte ich mir Vorfreude auf die Party.

Ziemlich viele teure Autos sind zum Anwesen der Greys unterwegs. Überall hängen rosafarbene Lampions, die im frühen Licht des Abends in diesem Märchenreich einen ganz eigenen Zauber verströmen. Ich sehe Christian an. Wie passend für meinen Prinzen.

»Masken auf«, sagt Christian, und als er seine schlichte schwarze Maske aufsetzt, wird aus meinem Prinzen etwas sehr Dunkles, Sinnliches.

Nun kann ich von seinem Gesicht nur noch seinen wohlgeformten Mund und seine kantigen Kiefer erkennen. Bei dem Anblick stockt mir der Atem. Ich setze meine Maske ebenfalls auf.

Taylor lenkt den Wagen in die Auffahrt, und ein Hausdiener öffnet die Tür auf Christians Seite. Sawyer springt aus dem Auto, um meine aufzumachen.

»Bereit?«, fragt Christian.

»Allzeit bereit.«

»Du bist wunderschön, Anastasia.« Er küsst meine Hand und steigt aus.

Ein dunkelgrüner Teppich ist entlang des Rasens ausgerollt. Christian legt den Arm um mich. Eine Hand ruht auf meiner Taille, als wir inmitten der maskierten Seattler Elite im Licht der Lampions auf dem grünen Teppich dahinschreiten. Zwei Fotografen stellen Gäste vor einer efeubewachsenen Laube in Positur.

»Mr. Grey!«, ruft einer der Fotografen.

Christian nickt und zieht mich für ein schnelles Foto zu sich heran. Woran erkennen sie ihn? Bestimmt an seinen kupferfarbenen Haaren.

»Zwei Fotografen?«, frage ich Christian.

»Der eine ist von der *Seattle Times*, der andere fotografiert im Auftrag meiner Mutter. Später können wir einen Abzug kaufen.«

Oje, wieder ein Bild von mir in der Zeitung. Leila fällt mir ein. So hat sie mich gefunden. Zum Glück erkennt mich hinter der Maske niemand.

Am Ende der Schlange warten Diener in weißen Livreen mit bis zum Rand gefüllten Champagnergläsern auf Tabletts. Dankbar nehme ich das Glas, das Christian mir reicht – der Champagner lenkt mich von meinen düsteren Gedanken ab.

Wir nähern uns einer großen, weißen Pergola mit kleineren Lampions. Darin schimmert eine schwarz-weiß gemusterte Tanzfläche, umgeben von einem niedrigen Zaun mit Pforten auf drei Seiten. An jeder der Pforten stehen zwei kunstvoll gestaltete Schwanskulpturen aus Eis. Die vierte Seite der Pergola wird von einer Bühne eingenommen, auf der ein Streichquartett spielt, ein eindringliches Stück, das ich nicht kenne. Die Bühne bietet Platz für eine Bigband, die wohl später eintreffen wird. Christian führt mich zwischen den Schwänen hindurch auf die Tanzfläche, wo die anderen Gäste sich versammeln, um beim Champagner zu plaudern.

Am Wasser erhebt sich ein riesiges, auf der uns zugewandten Seite offenes Zelt, in dem ich symmetrisch arrangierte Tische und Stühle sehe. *So viele!*

»Wie viele Leute werden denn erwartet?«, frage ich Christian, überwältigt von der Größe des Zelts.

»Ich glaube, so um die dreihundert. Da musst du meine Mutter fragen.«

»Christian!«

Eine junge Frau, die aus der Menge auftaucht, schlingt die

Arme um seinen Hals. Ich weiß sofort, dass das Mia ist. Sie trägt ein rosafarbenes, bodenlanges Chiffonkleid mit einer atemberaubend schönen venezianischen Maske. Nun bin ich tatsächlich einen kurzen Augenblick lang dankbar für Christians Kleid.

»Ana! Schätzchen, du siehst toll aus!« Sie drückt mich. »Komm, ich stelle dich meinen Freunden vor. Sie können es gar nicht glauben, dass Christian endlich eine Freundin hat.«

Ich werfe Christian einen panischen Blick zu, der resigniert mit den Achseln zuckt, was wohl heißen soll: Ich weiß, dass sie unmöglich ist, schließlich kenne ich sie von klein auf.

Mia führt mich zu vier jungen Frauen, alle in teuren Kleidern und mit perfektem Make-up, und stellt uns gegenseitig vor.

Drei ihrer Freundinnen sind mir gleich sympathisch, aber Lily, heißt sie, glaube ich, sieht mich hinter ihrer roten Maske hervor mit säuerlichem Blick an.

»Wir haben Christian alle für schwul gehalten«, verkündet sie mit spitzer Stimme und verbirgt ihre Verbitterung hinter einem falschen Lächeln.

Mia verzieht den Mund. »Lily, benimm dich. Es ist allgemein bekannt, dass er einen ausgezeichneten Frauengeschmack hat. Er hat nur auf die Richtige gewartet, und die warst nun mal nicht du!«

O Mann, wie peinlich kann's noch werden?

»Meine Damen, könnte ich jetzt bitte meine Begleiterin wiederhaben?« Christian legt den Arm um meine Taille.

Alle vier Frauen erröten, lächeln und werden unruhig. Der Christian-Grey-Effekt. Mia sieht mich an und verdreht die Augen, und ich muss lachen.

»Schön, euch kennen gelernt zu haben«, verabschiede ich mich, als er mich wegzieht.

»Danke«, sage ich wenig später zu Christian.

»Ich habe gesehen, dass Lily bei Mia ist. Sie kann ziemlich gemein sein.«

»Sie macht sich was aus dir.«

»Das beruht nicht auf Gegenseitigkeit. Komm, ich stelle dir ein paar Leute vor.«

In der nächsten halben Stunde lerne ich zwei Hollywood-Schauspieler, zwei CEOs sowie mehrere bekannte Ärzte kennen. *Keine Chance, sich die ganzen Namen zu merken.*

Christian hält mich an seiner Seite, und dafür bin ich ihm dankbar. Offen gestanden, schüchtern mich der Reichtum, der Glamour und die schiere Größe der Veranstaltung ein. So etwas erlebe ich zum ersten Mal.

Die livrierten Bediensteten eilen mit Champagnerflaschen durch die wachsende Menge von Gästen und füllen mein Glas mit besorgniserregender Regelmäßigkeit. Ich darf nicht so viel trinken, ermahne ich mich immer wieder, weil mir schon ein wenig schwindelig ist. Ich weiß nicht, ob das am Champagner, an der geheimnisvollen Atmosphäre, die die Masken erzeugen, oder an den Silberkugeln liegt. Den dumpfen Druck kann ich nicht mehr sehr viel länger ignorieren.

»Sie arbeiten bei SIP?«, erkundigt sich ein Herr mit schütterem Haar und Bärenmaske. Oder soll das ein Hund sein? »Ich habe Gerüchte von einer feindlichen Übernahme gehört.«

Ich werde rot. Die feindliche Übernahme hat tatsächlich stattgefunden, und zwar durch einen Stalker, der mehr Geld als Verstand besitzt.

»Ich bin nur eine kleine Assistentin. Mit solchen Dingen kenne ich mich nicht aus.«

Christian lächelt den Mann an, ohne sich dazu zu äußern.

»Meine Damen und Herren!« Der Conférencier, der eine prächtige schwarz-weiße Harlekinmaske trägt, meldet sich zu Wort. »Bitte nehmen Sie Ihre Plätze ein. Das Essen wird serviert.«

Christian nimmt meine Hand, und wir folgen der plaudernden Menge zum großen Zelt.

Drinnen verschlägt es mir den Atem. Drei riesige Lüster werfen in allen Regenbogenfarben schillerndes Licht auf die cremefarbene Seidenverkleidung von Decke und Wänden.

Die mindestens dreißig Tische erinnern mich an den privaten Speiseraum des Heathman Hotels – Kristallglas, gestärktes weißes Leinen auf Tischen und Stühlen und in der Mitte wunderschöne Pfingstrosen rund um einen silbernen Kandelaber. Daneben, in hauchdünne Gaze gehüllt, ein Korb mit Leckereien.

Nachdem Christian den Sitzplan konsultiert hat, führt er mich zu einem Tisch in der Mitte. Mia und Grace Trevelyan-Grey sind bereits auf ihren Plätzen und unterhalten sich mit einem jungen Mann, den ich nicht kenne. Grace trägt ein minzgrünes Kleid, ebenfalls mit einer dazu passenden venezianischen Maske. Sie begrüßt mich herzlich.

»Ana, welche Freude, Sie wiederzusehen! Wie hübsch Sie sind.«

»Mutter.« Christian begrüßt sie steif mit einem Küsschen auf beide Wangen.

»Christian, so förmlich!«, schimpft sie ihn in gespielter Entrüstung.

Grace' Eltern Mr. und Mrs. Trevelyan gesellen sich zu uns an den Tisch. Sie wirken aufgekratzt und jugendlich, obwohl ihr Alter hinter den bronzefarbenen Masken schwer zu beurteilen ist. Sie freuen sich sehr, Christian zu sehen.

»Großmutter, Großvater, darf ich euch Anastasia Steele vorstellen?«

Mrs. Trevelyan stürzt sich begeistert auf mich. »Nun hat er doch noch jemanden kennen gelernt, und dann gleich so eine hübsche junge Dame! Ich hoffe, dass Sie endlich einen ehrbaren Mann aus ihm machen«, sprudelt es aus ihr heraus, als sie mir die Hand schüttelt.

Ach du Schande. Ich danke dem Himmel für die Maske.

»Mutter, bitte bring Ana nicht in Verlegenheit«, kommt Grace mir zu Hilfe.

»Achten Sie nicht auf sie«, rät Mr. Trevelyan mir, als er meine Hand schüttelt. »Sie meint, in ihrem Alter hat sie das gottgegebene Recht, alles zu sagen, was ihr in den wirren Kopf kommt.«

»Ana, mein Begleiter, Sean«, stellt Mia mir verlegen einen jungen Mann vor.

Er grinst verschwörerisch, und seine braunen Augen blitzen belustigt, als wir einander die Hand geben.

»Hallo, Sean.«

Christian schüttelt Seans Hand mit einem scharfen Blick. Leidet die arme Mia etwa auch unter ihrem herrischen Bruder? Ich lächle Mia mitfühlend zu.

Lance und Janine, Freunde von Grace, sind das letzte Paar, das sich zu uns an den Tisch setzt. Von Mr. Carrick Grey noch immer keine Spur.

Plötzlich das Knistern eines Mikrofons, und Mr. Greys Stimme ertönt über Lautsprecher. Sofort verstummt das allgemeine Gemurmel. Carrick steht mit einer prächtigen goldfarbenen Commedia-dell'-Arte-Maske auf einem niedrigen Podium am einen Ende des Zelts.

»Herzlich willkommen, meine Damen und Herren, zu unserem jährlichen Wohltätigkeitsball. Ich hoffe, Sie haben Freude an dem, was wir uns für Sie ausgedacht haben, und greifen alle tief in die Tasche, um die fabelhafte Arbeit zu unterstützen, die unser Team für Coping Together leistet. Wie Sie wissen, ist das eine Sache, die meiner Frau und mir sehr am Herzen liegt.«

Ich sehe unruhig Christian an, der mit ausdrucksloser Miene zum Podium blickt. Als er mir den Kopf zuwendet, verzieht er das Gesicht zu einem Grinsen.

»Ich überlasse Sie jetzt unserem Conférencier. Bitte nehmen Sie Ihre Plätze ein. Viel Vergnügen«, endet Carrick.

Höflicher Beifall, dann erhebt sich wieder Gemurmel im Zelt. Ich sitze zwischen Christian und seinem Großvater und bewundere die weiße Platzkarte, auf der in silberfarbener Schrift mein Name steht, als ein Kellner den Kandelaber mit einer langen Kerze anzündet. Carrick gesellt sich zu uns und überrascht mich mit einem Kuss auf beide Wangen.

»Schön, Sie wiederzusehen, Ana«, begrüßt er mich. Mit seiner goldfarbenen Maske sieht er wirklich beeindruckend aus.

»Verehrte Gäste, bitte ernennen Sie einen Tischsprecher«, lässt der Conférencier verlauten.

»Ich, ich!«, ruft Mia sofort und springt aufgeregt von ihrem Stuhl auf.

»In der Mitte des Tischs finden Sie einen Umschlag«, fährt der Conférencier fort. »Würde bitte jeder einen möglichst hohen Geldschein aus der Tasche ziehen, erbetteln, borgen oder stehlen, den eigenen Namen draufschreiben und in das Kuvert stecken? Tischsprecher, bitte bewachen Sie diese Umschläge mit Argusaugen. Wir werden sie später noch brauchen.«

Scheiße. Ich habe kein Geld dabei. *Wie dumm von mir – das hier ist doch eine Wohltätigkeitsveranstaltung!*

Christian holt zwei 100-Dollar-Scheine aus seiner Brieftasche.

»Hier«, sagt er.

»Du kriegst das Geld wieder zurück«, flüstere ich.

Ich weiß, dass er darüber nicht glücklich ist, aber er hält den Mund. Mit seinem Füller – er ist schwarz und hat ein weißes Blumenmotiv auf der Verschlusskappe – schreibe ich meinen Namen auf den Schein, während Mia das Kuvert herumreicht.

Vor mir entdecke ich eine weitere Karte mit silberfarbener Schrift – die Speisenfolge.

MASKENBALL

ZU GUNSTEN VON COPING TOGETHER

MENÜ

Lachstatar mit Crème fraîche und Gurke auf getoastetem Brioche
Alban Estate Roussanne 2006

Gebratene Entenbrust à la moscovite
Cremiges Topinambur-Püree
In Thymian sautierte Herzkirschen, Foie gras

147

Châteauneuf-du-Pape Vieilles Vignes 2006
Domaine de la Janasse

Walnuss-Chiffon in Zuckerkruste
Kandierte Feigen, Zabaione, Walnusseis
Vin de Constance 2004 Klein Constantia

Auswahl von Käse und Brot aus der Region
Alban Estate Grenache 2006

Kaffee und Petits Fours

Das erklärt die unzähligen Kristallgläser in unterschiedlichen Größen vor mir. Unser Kellner bringt Wein und Wasser. Hinter mir wird die Seite des Zelts, durch die wir hereingekommen sind, geschlossen, während vorne zwei Bedienstete die Leinwand zurückschlagen, so dass der Sonnenuntergang über Seattle und Meydenbauer Bay zu sehen ist.

Die funkelnden Lichter von Seattle in der Ferne und die in orangefarbenen Dunst gehüllte Bucht, die den opalfarbenen Himmel spiegelt, bieten einen atemberaubenden Ausblick. Alles wirkt unglaublich ruhig und friedlich.

Zehn Bedienstete, jeder mit einem Teller in der Hand, treten zwischen uns. Auf ein Signal servieren sie uns die Vorspeise absolut zeitgleich und entfernen sich dann wieder. Das Lachstatar sieht so lecker aus, dass mir das Wasser im Mund zusammenläuft.

»Hunger?«, fragt Christian mich leise.

Ich weiß, dass er nicht das Essen meint, und wieder einmal reagiert mein Unterleib prompt.

»Ja«, flüstere ich und erwidere dreist seinen Blick.

Christian saugt deutlich hörbar die Luft ein.

Ha! Siehst du ... wie immer können dieses Spiel auch zwei spielen.

Christians Großvater, ein wunderbarer Herr, sehr stolz auf seine Tochter und seine drei Enkel, verwickelt mich in ein Gespräch.

Ich habe Mühe, mir Christian als Kind vorzustellen. Die

Brandnarben fallen mir ein; ich schiebe den Gedanken an sie beiseite, auch wenn diese Veranstaltung mit dem Thema zu tun hat.

Ich wünschte, Kate wäre hier, mit Elliot. Sie würde gut in diese Gesellschaft passen – die zahllosen Messer und Gabeln auf jedem Platz könnten sie nicht schrecken –, und sie würde den Tisch beherrschen. Ich stelle mir vor, wie sie sich mit Mia über den Tischvorsitz kabbelt, und muss schmunzeln.

Die Gespräche gehen hin und her. Die lebhafte Mia übertönt den armen Sean, der die meiste Zeit über schweigt wie ich. Christians Großmutter ist am gesprächigsten. Ihren ätzenden Sinn für Humor bringt sie gern auf Kosten ihres Mannes zum Einsatz. Allmählich tut Mr. Trevelyan mir leid.

Christian und Lance unterhalten sich angeregt über ein Projekt von Christians Unternehmen, das sich an E. F. Schumachers Prinzip des »Small Is Beautiful« orientiert. Ich habe Mühe, ihnen zu folgen. Christian scheint die armen Nationen der Welt unbedingt mit Geräten versorgen zu wollen, die weder Strom noch Batterien brauchen und kaum gewartet werden müssen.

Er ist ganz in seinem Element, wenn er über seine Leidenschaft, das Leben der weniger Glücklichen zu verbessern, spricht. Mit seinem Telekommunikationsunternehmen möchte er als Erster ein Handy mit dieser neuen Technologie auf den Markt bringen.

Ich hatte ja keine Ahnung. Über seine Passion, die Welt mit Nahrung zu versorgen, wusste ich Bescheid, aber das …

Lance scheint nicht zu begreifen, warum Christian das Know-how über die Technologie gratis weitergeben und sie sich nicht patentieren lassen möchte. Und ich frage mich, wie Christian zu seinem ganzen Geld gekommen ist, wenn er so großzügig ist.

Während des Essens tauchen immer wieder Männer in schicken Smokings und dunklen Masken an unserem Tisch auf, um Christian zu begrüßen, seine Hand zu schütteln und Höflichkeiten mit ihm auszutauschen. Einigen stellt er mich vor, anderen nicht. Warum dieser Unterschied?

Während eines solchen Gesprächs beugt Mia sich lächelnd zu mir herüber. »Ana, machst du bei der Auktion mit?«

»Klar«, sage ich sofort.

Als der Nachtisch serviert wird, ist es dunkel, und ich fühle mich in meiner Haut nicht mehr wohl. Ich muss die Kugeln loswerden. Doch bevor ich mich mit einer Entschuldigung entfernen kann, tritt der Conférencier an unseren Tisch, wenn ich mich nicht täusche, in Begleitung von ... Wie hieß sie nochmal? Hänsel, Gretel ... Gretchen.

Natürlich trägt sie eine Maske, aber ich erkenne sie daran, wie ihre Augen Christian ansehen. Ich freue mich wie eine Schneekönigin, dass er sie überhaupt nicht beachtet.

Der Conférencier sammelt unseren Umschlag ein und bittet Grace mit einer geübten Geste, einen Geldschein herauszuholen. Sie zieht den von Sean. Man überreicht ihm einen mit Seide ausgeschlagenen Korb.

Ich applaudiere höflich, kann mich jedoch nicht auf die Ereignisse konzentrieren.

»Entschuldige mich kurz«, flüstere ich Christian zu.

Er mustert mich mit einem eindringlichen Blick. »Musst du zur Toilette?«

Ich nicke.

»Ich zeige dir den Weg«, sagt er mit dunkler Stimme.

Als ich aufstehe, erheben sich sofort alle Männer am Tisch. Gentlemen der alten Schule.

»Nein, Christian. Ich begleite Ana.« Mia springt auf, bevor Christian widersprechen kann.

Seine Kiefer mahlen. Mir ist klar, dass ihm das nicht passt. Mir, offen gestanden, auch nicht. *Ich habe ... gewisse Bedürfnisse.* Als ich entschuldigend mit den Achseln zucke, setzt er sich mit resigniertem Gesichtsausdruck wieder hin.

Bei meiner Rückkehr fühle ich mich ein bisschen besser, obwohl die Erleichterung sich nicht sofort mit der Entfernung der Kugeln eingestellt hat. Sie liegen jetzt sicher in meiner Clutch.

Wie hatte ich nur glauben können, dass ich das den ganzen Abend aushalten würde? Ich fühle mich nach wie vor unbefriedigt – vielleicht kann ich Christian überreden, mich später zum Bootshaus zu begleiten. Ein Lächeln spielt um seine Mundwinkel, als er mich ansieht.

Puh … Nun ärgert nicht mehr er sich über eine verpasste Gelegenheit, jetzt geht es eher mir so. Ich bin frustriert, sogar ein wenig gereizt. Christian drückt meine Hand, als wir Carrick lauschen, der auf dem Podium über das Projekt Coping Together spricht, und reicht mir eine Liste der Tombolapreise. Ich überfliege sie.

TOMBOLA
FÜR COPING TOGETHER

DIE PREISE
UND IHRE GROSSZÜGIGEN SPENDER

Signierter Baseballschläger der Mariners
DR. EMILY MAINWARING

Handtasche, Brieftasche und Schlüsselring von Gucci
ANDREA WASHINGTON

Gutschein für einen Tag zu zweit im Esclava, Bravern Center
ELENA LINCOLN

Landschafts- und Gartendesign
GIA MATTEO

Coco-de-Mer-Schatulle & Parfüm- und Kosmetikselektion
ELIZABETH AUSTIN

Venezianischer Spiegel
MR. UND MRS. J. BAILEY

Zwei Kisten Wein Ihrer Wahl von Alban Estates
ALBAN ESTATES

Zwei VIP-Tickets für XTY-Konzert
MRS. L. YESYOV

Renntag in Daytona
EMC Britt Inc.

Stolz und Vorurteil von Jane Austen, Erstausgabe
Dr. A. F. M. Lace-Field

Ein Tag im Aston Martin DB7
Mr. & Mrs. L. W. Nora

Ölgemälde *Into the Blue* von J. Trouton
Kelly Trouton

Segelflugstunde
Seattle Area Soaring Society

Ein Wochenende für zwei im Heathman Hotel, Portland
The Heathman Hotel

Ein Wochenende in Aspen, Colorado, für maximal sechs Personen
Mr. C. Grey

Eine Woche auf der SusieCue-Jacht (sechs Kojen),
vor Anker in St. Lucia
Dr. & Mrs. Larin

Eine Woche am Lake Adriana, Montana, für maximal acht Personen
Mr. & Dr. Grey

Junge, Junge! Ich blinzle Christian ungläubig an.

»Dir gehört etwas in Aspen?«, frage ich ihn entsetzt. Da die Auktion begonnen hat, kann ich nicht laut sprechen.

Er nickt überrascht über meine Reaktion und legt den Finger an die Lippen, um mich zum Verstummen zu bringen.

»Gehört dir woanders auch was?«

Abermals nickt er.

Applaus und Jubelrufe; einer der Preise ist für zwölftausend Dollar versteigert worden.

»Das erkläre ich dir später«, flüstert Christian.

Ich mache einen Schmollmund. Wegen der Sache mit den Kugeln bin ich ohnehin frustriert, und meine Laune verschlechtert sich weiter, als ich Elena Lincolns alias Mrs. Robinsons Namen auf der Liste der Spender sehe.

Ich suche das Zelt nach ihr ab, kann sie aber nirgends entdecken. Christian hätte mich doch bestimmt gewarnt, wenn sie heute Abend eingeladen wäre. Innerlich kochend, klatsche ich artig, während alle Spenden für immense Beträge versteigert werden.

Nun ist Christians Beitrag, der Aufenthalt in Aspen, dran. Das Gebot steht bei zwanzigtausend Dollar.

»Zum Ersten und zum Zweiten«, ruft der Conférencier aus.

Keine Ahnung, welcher Teufel mich reitet, aber plötzlich höre ich meine eigene Stimme das allgemeine Gemurmel übertönen.

»Vierundzwanzigtausend Dollar!«

Alle maskierten Gesichter wenden sich mir zu. Die stärkste Reaktion spüre ich unmittelbar neben mir. Ich höre, wie Christian deutlich vernehmbar einatmet, und kann seinen Zorn fast mit Händen greifen.

»Vierundzwanzigtausend Dollar, an die hübsche Dame in Silber, zum Ersten, zum Zweiten … Zum Dritten!«

SIEBEN

Himmel, habe ich das wirklich gerade gemacht? Das muss am Alkohol liegen. Immerhin habe ich Champagner und vier Gläser Wein getrunken, aber Christian klatscht Beifall.

Scheiße, er ist bestimmt schrecklich wütend, und dabei sind wir gerade so gut miteinander ausgekommen. Mein Unterbewusstsein hat sich durchgerungen, doch noch aufzutauchen, und trägt eine Maske à la Edvard Munchs »Der Schrei«.

Christian beugt sich zu mir herüber, ein falsches Lächeln auf den Lippen, küsst meine Wange und rückt näher an mich heran, um mir mit kühler, beherrschter Stimme etwas ins Ohr zu flüstern. »Ich weiß nicht, ob ich mich bewundernd vor dir niederwerfen oder dich versohlen soll, bis dir Hören und Sehen vergeht.«

Was mir im Augenblick lieber wäre, weiß ich. Ich blinzle ihn durch die Maske hindurch an. »Option zwei, bitte«, sage ich leise, als der Applaus verebbt.

Er hält kurz die Luft an, sein Mund steht offen. *Gott, diese schönen Lippen* – ich möchte sie auf meiner Haut spüren, jetzt sofort.

»Du leidest, stimmt's? Mal sehen, was wir dagegen tun können«, raunt er mir zu, während seine Finger über mein Gesicht gleiten.

Seine Berührung hallt tief in meinem Innern wider, wo der Druck wieder stärker geworden ist. Am liebsten würde ich ihn auf der Stelle vernaschen, aber stattdessen lehnen wir uns zurück, um die Versteigerung des nächsten Postens mitzuverfolgen.

Ich kann kaum noch still sitzen. Christian legt einen Arm

um meine Schultern, und sein Daumen streicht rhythmisch über meinen Rücken, so dass ich eine Gänsehaut bekomme. Seine freie Hand umfasst meine, hebt sie an seinen Mund und legt sie anschließend auf seinen Schoß.

Ganz langsam, so dass ich erst spät merke, was er vorhat, schiebt er meine Hand sein Bein hinauf und in seinen Schritt. Mir stockt der Atem, und mein Blick huscht panisch über unsere Tischnachbarn, doch deren Augen sind auf das Podium gerichtet. Nicht zum ersten Mal heute Abend danke ich Gott für die Maske.

Ich beginne, sein Glied zu massieren. Christian lässt seine Hand auf meiner ruhen, verbirgt damit meine frechen Finger, während der Daumen seiner anderen Hand sanft über meinen Nacken gleitet. Sein Atem geht ein wenig schneller. Das ist die einzige Reaktion, die ich feststellen kann. Meine Lust steigert sich ins Unerträgliche.

Die Woche am Lake Adriana in Montana ist der letzte Posten, der versteigert wird. Natürlich haben Mr. und Dr. Grey ein Haus in Montana. Dass die Gebote ziemlich schnell in die Höhe schießen, bekomme ich kaum noch mit, denn unter meinen Fingern fühle ich, wie Christians Penis steif wird. Dass ich diese Macht über ihn habe!

»Verkauft, für einhundertzehntausend Dollar!«, verkündet der Conférencier triumphierend.

Donnernder Applaus. Ich stimme widerwillig mit Christian ein. Unser kleines Vergnügen ist ruiniert.

Er wendet sich mir mit zuckenden Mundwinkeln zu. »Bereit?«, formt er mit den Lippen, während die anderen weiterjubeln.

»Ja«, raune ich meinerseits.

»Ana!«, ruft Mia. »Es ist so weit!«

Was? Nein. Nicht schon wieder! »Was ist so weit?«

»Die Versteigerung des ersten Tanzes. Komm!« Sie steht auf und streckt mir die Hand hin.

Ich sehe Christian an und weiß nicht, ob ich lachen oder weinen soll. Am Ende gewinnt das Lachen. Ich kichere wie ein Schulmädchen, als dieses Energiebündel namens Mia Grey zum zweiten Mal unsere Pläne durchkreuzt.

Der Anflug eines Lächelns tritt auf Christians Lippen. »Der erste Tanz gehört mir, ja? Und zwar nicht auf der Tanzfläche«, flüstert er mir ins Ohr.

Die Vorfreude entflammt meine Begierde. *O ja!* Meine innere Göttin springt einen perfekten dreifachen Rittberger.

»Darauf freue ich mich schon.« Ich drücke ihm einen keuschen Kuss auf den Mund, was unsere Tischnachbarn erstaunt. Natürlich, denn sie haben Christian noch nie in Begleitung gesehen.

Er wirkt … glücklich.

»Komm, Ana«, drängt Mia mich.

Ich ergreife ihre ausgestreckte Hand und folge ihr auf das Podium, wo sich zehn junge Frauen versammelt haben. Mit Unbehagen stelle ich fest, dass Lily mit von der Partie ist.

»Meine Herren, der Höhepunkt des Abends!«, übertönt der Conférencier das Stimmengewirr. »Der Moment, auf den Sie alle gewartet haben! Diese zwölf hübschen Damen haben sich bereiterklärt, ihren ersten Tanz an den höchsten Bieter versteigern zu lassen!«

O nein! Ich werde tiefrot. Das hatte ich nicht geahnt. Wie demütigend!

»Es ist für einen guten Zweck«, flüstert Mia mir zu, die mein Unbehagen spürt. »Außerdem gewinnt sowieso Christian.« Sie verdreht die Augen. »Ich kann mir nicht vorstellen, dass er sich von irgendjemandem überbieten lässt. Er hat dich den ganzen Abend über nicht aus den Augen gelassen.«

Okay, ich werde mich auf den guten Zweck konzentrieren und darauf, dass Christian gewinnt. Schließlich ist er nicht gerade arm.

Doch das bedeutet, dass er schon wieder Geld für dich ausgibt!, faucht mein Unterbewusstsein. Aber ich will mit keinem anderen tanzen, und außerdem ist es ja für eine gute Sache. *Wie die vierundzwanzigtausend Dollar?* Die Augen meiner inneren Göttin verengen sich.

Scheiße. Er scheint mir mein impulsives Gebot verziehen zu haben. Warum hadere ich dann mit mir selbst?

»Meine Herren, treten Sie näher und werfen Sie einen Blick auf die Ladys, die Ihnen beim ersten Tanz gehören könnten. Zwölf willige Damen von schöner Gestalt.«

Jesus! Ich komme mir vor wie auf dem Viehmarkt. Voller Entsetzen beobachte ich, wie mindestens zwanzig Männer, darunter auch Christian, sich auf den Weg zum Podium machen. Sobald die Bieter versammelt sind, hebt der Conférencier an.

»Meine Damen und Herren, ganz in der Tradition des klassischen Maskenballs bewahren die Masken das Geheimnis der Identität, und wir bleiben bei den Vornamen. Als Erste hätten wir hier die hübsche Jada.«

Jada kichert wie ein Schulmädchen. Vielleicht bin ich gar nicht so fehl am Platz. Sie ist von Kopf bis Fuß in marineblauen Taft gekleidet und trägt eine dazu passende Maske. Zwei junge Männer treten mit erwartungsvollen Gesichtern vor. Glückliche Jada.

»Jada spricht fließend Japanisch, ist als Kampfpilotin ausgebildet und olympische Turnerin … hm.« Der Conférencier zwinkert. »Meine Herren, Ihre Gebote?«

Jada starrt den Conférencier mit offenem Mund an. Offenbar hat er sich das alles ausgedacht. Sie schenkt den beiden Kontrahenten ein verlegenes Lächeln.

»Eintausend Dollar!«, ruft der eine.

Schnell schaukeln sich die Gebote auf fünftausend Dollar hoch.

»Zum Ersten, zum Zweiten … zum Dritten!«, verkündet der Conférencier mit lauter Stimme. »An den Herrn mit der Maske.« Da alle Männer eine Maske tragen, erntet er schallendes Gelächter, Beifall und Jubel.

Jada strahlt den Gewinner an und verlässt hastig das Podium.

»Siehst du? Das macht Spaß!«, wispert Mia mir zu. »Ich hoffe bloß, dass Christian dich ersteigert ... Wir wollen schließlich keine Schlägerei.«

»Schlägerei?«, wiederhole ich entsetzt.

»Ja. Früher war er sehr aufbrausend.«

Christian ein Schläger? Der kultivierte, stilsichere Christian, der Chormusik aus der Tudorzeit liebt? Das kann ich mir nicht vorstellen. Der Conférencier reißt mich mit seiner nächsten Präsentation aus meinen Überlegungen – eine junge Frau mit rotem Kleid und langen, pechschwarzen Haaren.

»Meine Herren, darf ich Ihnen die wunderbare Mariah vorstellen? Sie ist eine erfahrene Matadorin sowie eine ausgezeichnete Stabhochspringerin und spielt Cello auf Konzertniveau ... Na, wie gefällt Ihnen das, meine Herren? Was bieten Sie mir für einen Tanz mit der reizenden Mariah?«

Mariah bedenkt den Conférencier mit einem finsteren Blick, und ein Maskierter mit blonden Haaren und Bart ruft ziemlich laut: »Dreitausend Dollar!«

Es folgt ein Gegengebot. Am Ende wird Mariah für viertausend Dollar ersteigert.

Christian lässt mich nicht aus den Augen. Schläger Trevelyan-Grey – wer hätte das gedacht?

»Wie lange ist das her?«, frage ich Mia.

Sie sieht mich verständnislos an.

»Christians Prügeleien?«

»Als Teenager hat er meine Eltern fast in den Wahnsinn getrieben, wenn er mit aufgeplatzter Lippe und blauem Auge nach Hause gekommen ist. Er ist von zwei Schulen geflogen und hat seine Gegner übel zugerichtet.«

Ich starre sie mit offenem Mund an.

»Hat er dir das nicht erzählt?« Sie seufzt. »Bei meinen Freunden hat er einen ziemlich schlechten Ruf. Ein paar Jahre lang war er die Persona non grata. Aber das hat aufgehört, als er fünfzehn oder sechzehn war.« Sie zuckt mit den Achseln.

Okay, noch eine Facette.

»Was also bieten Sie für die hinreißende Jill?«

»Viertausend Dollar«, ruft eine tiefe Stimme von links. Jill kreischt entzückt auf.

Ich achte nicht mehr auf die Versteigerung. Christian hatte in der Schule Probleme und war ein Schlägertyp. Warum, frage ich mich, während ich ihn mustere. Dabei fällt mir auf, dass Lily uns genauestens beobachtet.

»Jetzt darf ich Ihnen die wunderschöne Ana vorstellen.«

Oje, jetzt bin ich dran. Ich sehe nervös Mia an, die mich in die Mitte des Podiums bugsiert. Zum Glück stolpere ich nicht. Nun stehe ich, für alle deutlich sichtbar, höllisch verlegen da. Christian lächelt lasziv. Der Mistkerl.

»Die schöne Ana spielt sechs Instrumente, spricht fließend Mandarin und liebt Yoga … Nun, meine Herren?«

Christian lässt ihn fast nicht ausreden. »Zehntausend Dollar.«

Ich höre, wie Lily hinter mir nach Luft schnappt.

O nein.

»Fünfzehntausend.«

Wie bitte? Das kam von einem hochgewachsenen, makellos gekleideten Mann links vom Podium. Ich blinzle. Scheiße, wie wird Christian reagieren? Er kratzt sich am Kinn und bedenkt den Fremden mit einem spöttischen Lächeln. Christian kennt ihn also. Der Fremde nickt Christian höflich zu.

»Meine Herren! Heute Abend scheinen entschlossene Bieter unter uns zu sein.« Die Erregung des Conférenciers ist sogar noch hinter seiner Harlekinmaske zu spüren, als er sich strahlend Christian zuwendet. Tolle Show, denke ich, wenn auch leider auf meine Kosten. Mir ist zum Heulen zumute.

»Zwanzigtausend«, kontert Christian mit leiser Stimme.

Das Gemurmel der Menge verstummt. Alle starren mich, Christian und den mysteriösen Fremden an.

»Fünfundzwanzigtausend«, sagt der Fremde.

Gott, wie peinlich!

Christian scheint sich zu amüsieren. Alle Blicke ruhen auf ihm. Was wird er tun? Mein Herz schlägt wie wild, und ich habe ein flaues Gefühl im Magen.

»Einhunderttausend Dollar«, sagt er mit lauter, klarer Stimme.

»Wie bitte?«, zischt Lily deutlich hörbar hinter mir, und die anderen Anwesenden stöhnen auf. Der Fremde winkt lachend ab. Christian lächelt siegesgewiss. Aus den Augenwinkeln sehe ich Mia vor Begeisterung herumhüpfen.

»Einhunderttausend Dollar für die hübsche Ana! Zum Ersten ... zum Zweiten ...« Der Conférencier sieht den Fremden an, der mit gespieltem Bedauern den Kopf schüttelt und sich galant verbeugt.

»Und zum Dritten!«, ruft der Conférencier voller Triumph.

Christian tritt unter donnerndem Applaus und Jubelrufen nach vorn, hilft mir vom Podium, küsst mir die Hand und hakt mich bei sich unter. Dann führt er mich zum Ausgang des Zelts.

»Wer war das?«, frage ich.

»Jemand, den ich dir später vorstellen werde. Aber zuerst möchte ich dir etwas zeigen. Wir haben ungefähr dreißig Minuten, bis die Versteigerung der ersten Tänze vorbei ist. Dann müssen wir aufs Parkett.«

»Ein sehr teurer Tanz«, sage ich missbilligend.

»Er ist bestimmt jeden Cent wert, den ich dafür bezahlt habe.« Er grinst schelmisch. Wie ich dieses Grinsen liebe! Wieder spüre ich das vertraute Ziehen in meinem Unterleib.

Wir treten hinaus auf den Rasen. Leider gehen wir nicht zum Bootshaus, sondern in Richtung Tanzfläche, wo sich die etwa zwanzig Musiker der Bigband aufstellen. Ein paar Gäste haben sich zum Rauchen hierher zurückgezogen. Da sich die Hauptattraktion im Zelt abspielt, bleiben wir so gut wie unbemerkt.

Christian führt mich zur Rückseite des Hauses und öffnet die Terrassentür zu einem großen, behaglichen Wohnraum, den ich noch nicht kenne. Wir durchqueren den leeren Eingangsbereich bis zu einer geschwungenen Treppe mit elegantem Geländer aus poliertem Holz. Dort nimmt er meine Hand und dirigiert mich in den ersten, dann in den zweiten Stock, wo er eine weiße Tür öffnet.

»Das war früher mein Zimmer«, erklärt er mit leiser Stimme und verschließt die Tür hinter uns.

Es ist groß und spartanisch eingerichtet. Wände und Möbel sind weiß: Doppelbett, Schreibtisch und Stuhl, Regale voller Bücher, darauf Kickbox-Pokale. An den Wänden Kinoplakate: *Matrix*, *Fight Club*, *Truman Show*. Dazu zwei gerahmte Poster mit Kickboxern. Einer heißt Giuseppe DeNatale. Sein Name sagt mir nichts.

Mein Blick fällt auf die Pinnwand über dem Schreibtisch, an der Fotos, Mariners-Wimpel und abgerissene Tickets hängen. Ein Stück von Christians Vergangenheit.

»Hierher habe ich noch niemals eine Frau mitgenommen«, gesteht er.

»Noch nie?«, wiederhole ich.

Er schüttelt den Kopf.

Ich schlucke. Wieder regt sich diese Lust auf ihn, die mich schon seit Stunden quält. Ihn hier auf dem königsblauen Teppich stehen zu sehen, mit der Maske ... sehr viel erotischer kann's nicht werden. Ich will ihn. Jetzt. Egal, wie. Ich muss an mich halten, um ihm nicht die Kleider vom Leib zu reißen.

»Wir haben nicht lange, Anastasia, und wie ich das sehe, werden wir auch nicht lange brauchen. Dreh dich um, damit ich dir aus dem Kleid helfen kann.«

Ich blicke zur Tür. Gott sei Dank ist sie verschlossen. Christian flüstert mir ins Ohr: »Behalt die Maske auf.«

Ich stöhne, obwohl er mich noch gar nicht berührt hat.

Er legt die Hand auf den oberen Teil meines Kleides. Dabei gleiten seine Finger über meine Haut, und die Berührung lässt mich erschaudern. Mit einer schnellen Bewegung öffnet er den

Reißverschluss. Er hilft mir, aus dem Kleid zu steigen, das er über die Rückenlehne eines Stuhls drapiert. Dann schlüpft er selbst aus der Smokingjacke, legt sie über mein Kleid und betrachtet mich genüsslich. Ich trage das Bustier und den dazu passenden Slip und aale mich in seinem sinnlichen Blick.

»Anastasia«, beginnt er mit leiser Stimme, als er auf mich zuschlendert, seine Fliege löst, so dass sie zu beiden Seiten seines Halses herunterhängt, und die obersten drei Knöpfe seines Hemds öffnet. »Bei der Versteigerung war ich stinksauer und habe sogar kurz daran gedacht, dich zu bestrafen. Und dann hast du das Thema selber angeschnitten.« Er sieht mich durch die Schlitze der Maske hindurch an. »Warum?«

»Keine Ahnung. Frustration ... zu viel Alkohol ... guter Zweck«, antworte ich kleinlaut. Vielleicht, denke ich, um ihn zu überraschen.

Ich war scharf auf ihn. Und bin es immer noch. Ich weiß, dass er dieses wilde, geile Tier in mir mit dem Tier in ihm bändigen kann. Er leckt sich bedächtig die Oberlippe. Ich will seine Zunge in mir spüren.

»Ich habe mir geschworen, dich nie mehr zu versohlen, nicht einmal, wenn du mich darum bittest.«

»Bitte«, flehe ich.

»Aber dann ist mir klar geworden, dass du momentan ziemlich unbefriedigt sein musst, und das bist du nicht gewohnt.« Er lächelt spöttisch, der arrogante Mistkerl.

»Ja«, hauche ich.

»Das heißt, es handelt sich um eine Ausnahmesituation, in der sich ein gewisser Spielraum ergibt. Wenn ich es tue, musst du mir allerdings eines versprechen.«

»Was du möchtest.«

»Wenn's kritisch wird, sagst du das Safeword, und dann machen wir blümchensexmäßig weiter, okay?«

»Ja.« Ich schnappe nach Luft.

Er führt mich zum Bett, schlägt die Decke zurück, setzt sich und legt ein Kissen neben sich. Dann zieht er mich mit einem Ruck auf seinen Schoß. Er bewegt sich etwas, so dass ich aufs Bett rutsche, die Brust auf dem Kissen, das Gesicht zur Seite. Er schiebt mir die Haare über die Schulter und lässt die Finger über die Federn an meiner Maske gleiten.

»Leg die Hände auf den Rücken«, befiehlt er mir, löst seine Fliege und bindet mir damit die Hände auf dem Rücken zusammen. »Willst du das wirklich, Anastasia?«

Ich schließe die Augen. Es ist das erste Mal, dass ich es tatsächlich möchte. Und brauche.

»Ja«, flüstere ich.

»Warum?«, fragt er, während er sanft mein Hinterteil streichelt.

Ich stöhne auf, sobald seine Hand meine Haut berührt. *Keine Ahnung … Du hast doch gesagt, dass ich nicht alles analysieren soll. Nach einem Tag wie dem heutigen – der Streit ums Geld, Leila, Mrs. Robinson, das Dossier über mich, die Markierung der verbotenen Zonen, diese Wahnsinnsveranstaltung, die Masken, der Alkohol, die Silberkugeln, die Versteigerung … will ich es.*

»Brauche ich denn einen Grund?«

»Nein, Baby, brauchst du nicht«, antwortet er. »Ich versuche nur, dich zu verstehen.« Seine linke Hand umfasst meine Taille und hält mich fest, während die andere meinen Po verlässt und hart auf der Stelle landet, wo er in meine Oberschenkel übergeht. Der Schmerz verbindet sich mit dem Ziehen in meinem Unterleib.

Junge, Junge … Ich stöhne laut auf.

Er schlägt noch einmal zu, an genau derselben Stelle, und wieder stöhne ich auf.

»Zwei«, murmelt er. »Stell dich auf zwölf ein.«

Wow! Es fühlt sich ganz anders an als das letzte Mal – so sinnlich, so … gut. Er liebkost mein Hinterteil mit seinen langfingrigen Händen. Ich bin ihm hilflos ausgeliefert, gefesselt und auf die Matratze gepresst, und das aus freien Stücken. Er schlägt erneut zu, ein wenig seitlicher, und noch einmal auf der anderen Seite, bevor er innehält, um mir bedächtig den Slip auszuziehen. Dann lässt er zärtlich seine Handfläche über meinen Po wandern, bis er die Schläge fortsetzt. Jeder lindert meine Begierde – oder stachelt sie an –, ich kann es nicht beurteilen. Ich gebe mich ganz dem Rhythmus hin und genieße jeden Einzelnen.

»Zwölf«, presst er mit rauer Stimme hervor. Noch einmal streichelt er mein Hinterteil und lässt seine Finger zu meiner Vagina gleiten, in die er ganz langsam zwei versenkt, um sie darin kreisen zu lassen.

Ich stöhne laut auf, als mein Körper den Höhepunkt erreicht. Er ist so intensiv, kommt unerwartet und schnell.

»Genau, Baby«, lobt er mich und löst meine Handgelenke, die Finger nach wie vor in mir, während ich atemlos liegen bleibe.

»Ich bin noch nicht fertig mit dir, Anastasia«, sagt er und verlagert seine Stellung, ohne die Finger aus mir herauszunehmen. Er schiebt mich so auf den Boden, dass ich über das Bett gebeugt kauere, kniet hinter mir nieder und öffnet den Reißverschluss seiner Hose. Seine Finger gleiten aus mir heraus, und ich höre das vertraute Reißen des Kondompäckchens. »Spreiz die Beine«, knurrt er, und ich tue ihm den Gefallen. Mit einem harten Stoß ist er in mir.

»Es wird schnell gehen, Baby.« Er packt meine Hüften, zieht sich kurz aus mir zurück und stößt dann ein zweites Mal zu.

»Ah!«, schreie ich auf. Wie er mich ausfüllt, ist einfach unbeschreiblich. Er lindert diesen Druck in meinem Unterleib mit jedem harten Stoß. Genau das brauche ich jetzt. Ich presse mich gegen ihn.

»Ana, nein«, ächzt er und versucht, mich ruhig zu halten.

Aber weil ich ihn so sehr will, mache ich weiter.

»Ana«, zischt er, als er kommt, und dieser gequälte Ausruf bringt mich zu einem erlösenden Orgasmus, der mir den Atem und die letzte Kraft raubt.

Christian küsst mich auf die Schulter, bevor er aus mir herausgleitet, legt die Arme um mich und lässt den Kopf auf meinem Rücken ruhen. So knien wir da, wie lange? Sekunden? Vielleicht sogar Minuten, bis wir ruhiger atmen. Das Ziehen in meinem Unterleib ist verschwunden, und ich spüre nur noch wohltuende Gelassenheit.

»Ich glaube, Sie schulden mir einen Tanz, Miss Steele«, flüstert Christian nach einer Weile.

»Hm«, brumme ich zurück, noch den Nachhall genießend.

»Wir haben nicht mehr viel Zeit. Komm.« Er drückt mir einen Kuss auf die Haare und zwingt mich aufzustehen.

Murrend setze ich mich aufs Bett, hebe meinen Slip vom Boden auf und ziehe ihn an. Dann hole ich mein Kleid vom Stuhl. Am Rande registriere ich, dass ich die ganze Zeit über die Schuhe anhatte. Christian bindet seine Fliege neu, nachdem er seine Kleidung und das Bett geordnet hat.

Während ich in mein Kleid schlüpfe, lasse ich den Blick über die Fotos an der Pinnwand wandern. Christian war bereits als missmutiger Teenager zum Anbeißen: mit Elliot und Mia auf der Skipiste, allein in Paris mit dem Arc de Triomphe im Hintergrund, in London, New York, am Grand Canyon, vor der Oper in Sydney, sogar vor der Chinesischen Mauer. Mr. Grey ist schon in jungen Jahren viel herumgekommen.

Dazu abgerissene Tickets von Konzerten: U2, Metallica, the Verve, Sheryl Crow, die New Yorker Philharmoniker mit Prokofiews *Romeo und Julia* – was für eine wilde Mischung! Und in einer Ecke hängt das passfotogroße Schwarz-Weiß-Bild einer jungen Frau. Sie kommt mir irgendwie bekannt vor, aber ich weiß nicht, woher. Zum Glück ist es nicht Mrs. Robinson.

»Wer ist das?«, frage ich.

»Niemand von Bedeutung«, antwortet Christian, während er in seine Smokingjacke schlüpft und seine Fliege zurechtzupft. »Soll ich dir den Reißverschluss zumachen?«

»Bitte. Warum hängt ihr Foto dann an deiner Pinnwand?«

»Ein Versehen. Sitzt die Fliege richtig?« Er hebt das Kinn wie ein kleiner Junge, und ich ziehe sie für ihn gerade.

»Jetzt ist sie perfekt.«

»Wie du.« Er küsst mich leidenschaftlich. »Geht's dir jetzt besser?«

»Viel besser. Danke, Mr. Grey.«

»Das Vergnügen war ganz meinerseits, Miss Steele.«

Die Gäste strömen auf die Tanzfläche. Christian führt mich grinsend – wir haben es gerade noch rechtzeitig geschafft – aufs Parkett. »Und jetzt, meine Damen und Herren, ist es Zeit für den ersten Tanz. Mr. und Dr. Grey, sind Sie bereit?« Carrick nickt, die Arme um Grace gelegt.

»Meine Damen und Herren von der Versteigerung des ersten Tanzes, sind Sie ebenfalls bereit?« Wir nicken. Mia ist mit jemandem zusammen, den ich nicht kenne. Was wohl aus Sean geworden ist?

»Dann kann's losgehen. Fangen Sie an, Sam!«

Ein junger Mann schlendert unter freundlichem Applaus auf die Bühne, wendet sich der Band hinter ihm zu und schnippt mit den Fingern. Kurz darauf erklingt die Melodie von *I've Got You Under My Skin.*

Christian nimmt mich lächelnd in die Arme. Er tanzt so gut, dass es eine Freude ist, sich von ihm führen zu lassen. Mit einem dümmlichen Grinsen schweben wir über die Tanzfläche.

»Ich liebe diesen Song«, meint Christian. »Er passt so gut.« Das klingt ziemlich ernst.

»Du gehst mir auch unter die Haut«, antworte ich. »Zumindest vorhin in deinem Zimmer.«

»Miss Steele, ich wusste gar nicht, dass Sie so derb sein können.«

»Mr. Grey, ich auch nicht. Ich glaube, das liegt an meinen Erfahrungen der letzten Zeit. Sie haben sehr zu meiner Bildung beigetragen.«

»Und Sie zu meiner.«

In dem Moment habe ich das Gefühl, als wären wir ganz allein mit der Band.

Als der Song endet, applaudieren wir. Der Sänger verbeugt sich elegant und stellt die einzelnen Bandmitglieder vor.

»Darf ich abklatschen?«

Ich erkenne den Mann, der bei der Auktion gegen Christian geboten hat. Christian lässt mich widerstrebend, wenn auch mit einem belustigten Blick, ziehen.

»Gern. Anastasia, das ist John Flynn. John, Anastasia.«

Scheiße!

Christian entfernt sich grinsend.

»Hallo, Anastasia.«

Ich bemerke sofort, dass er Brite ist.

»Hallo«, sage ich meinerseits.

Als die Band den nächsten Song anstimmt, zieht Dr. Flynn mich in seine Arme. Er wirkt bedeutend jünger, als ich dachte, obwohl ich sein Gesicht unter der Maske nicht erkennen kann. Dr. Flynn ist groß, jedoch nicht ganz so groß wie Christian, und er bewegt sich nicht mit dessen lässiger Eleganz.

Was soll ich ihn fragen? Warum Christian so abgefuckt ist? Warum er mitgeboten hat? Irgendwie erscheint mir diese Frage zu unhöflich.

»Schön, Sie endlich kennen zu lernen, Anastasia. Gefällt Ihnen der Abend?«, erkundigt er sich.

»Bis jetzt schon«, antworte ich mit leiser Stimme.

»Oh. Ich hoffe, dass das auch weiterhin so bleibt.« Er schenkt mir ein freundliches Lächeln, das dafür sorgt, dass ich mich etwas entspanne.

»Dr. Flynn, der Seelenklempner.«

»Das ist das Problem, oder? Dass ich Psychiater bin.«

Ich schmunzle. »Ich habe Angst, zu viel von mir preiszugeben, und bin ein wenig befangen. Eigentlich will ich Ihnen nur Fragen über Christian stellen.«

Er schmunzelt. »Erstens, dies ist ein Fest, und ich bin nicht im Dienst. Zweitens, ich kann nicht mit Ihnen über Christian sprechen. Außerdem würde das bis Weihnachten dauern.«

Ich mache große Augen.

»Ein typischer Psychiaterwitz, Anastasia.«

Ich werde vor Verlegenheit rot und bin ihm dann doch ein bisschen böse. Er macht sich über Christian lustig. »Sie bestätigen gerade das, was ich zu Christian gesagt habe … dass Sie ein Luxusscharlatan sind.«

Dr. Flynn lacht laut auf. »Da könnten Sie Recht haben.«

»Sie sind Brite?«

»Ja. Ich komme aus London.«

»Und was hat Sie hierher verschlagen?«

»Glückliche Umstände.«

»Sie reden nicht gern über sich, stimmt's?«

»Da gibt es nicht viel zu verraten. Ich bin ein ziemlich langweiliger Mensch.«

»Britisches Understatement?«

»Ja, Teil des britischen Wesens.«

»Aha.«

»Außerdem könnte ich Ihnen das Gleiche vorwerfen, Anastasia.«

»Dass ich ein langweiliger Mensch bin, Dr. Flynn?«

Er schnaubt. »Nein, Anastasia. Dass Sie nicht allzu viel von sich preisgeben wollen.«

»Da gibt es nicht viel preiszugeben.«

»Das wage ich zu bezweifeln.«

Die Musik verstummt, und Christian gesellt sich wieder zu uns. Dr. Flynn gibt mich frei.

»Es war mir ein Vergnügen, Sie kennen zu lernen, Anastasia.« Wieder dieses freundliche Lächeln, und ich habe das Gefühl, eine Art Test bestanden zu haben.

»John.« Christian nickt ihm zu.

»Christian.« Dr. Flynn erwidert sein Nicken und entfernt sich.

Christian zieht mich zum nächsten Tanz in seine Arme.

»Er ist viel jünger, als ich ihn mir vorgestellt habe«, flüstere ich ihm zu. »Und schrecklich indiskret.«

Christian legt den Kopf ein wenig schief. »Indiskret?«

»Ja, er hat mir alles erzählt«, necke ich ihn.

Christian verkrampft sich. »Wenn das so ist, hole ich jetzt deine Tasche. Dann willst du sicher nichts mehr mit mir zu tun haben.«

Ich bleibe stehen. »Er hat mir überhaupt nichts gesagt!«, versichere ich ihm.

Christian blinzelt kurz, bevor sich Erleichterung auf seinem Gesicht ausbreitet. Er zieht mich erneut in seine Arme. »Dann lass uns diesen Tanz genießen«, sagt er strahlend und wirbelt mich herum.

Wie kommt er auf die Idee, dass ich nichts mehr mit ihm zu tun haben will? Das ergibt keinen Sinn.

Nach zwei weiteren Tänzen meldet sich meine Blase.

»Bin gleich wieder da.«

Auf dem Weg zur Toilette merke ich, dass meine Handtasche auf dem Esstisch liegt, also gehe ich zum Zelt. Als ich es betrete, ist es nach wie vor erhellt, aber bis auf ein Pärchen am anderen Ende, dem ich empfehlen würde, sich ein Zimmer zu suchen, leer. Ich schnappe mir meine Tasche.

»Anastasia?«

Mein Blick fällt auf eine Frau in einem langen, engen, schwarzen Samtkleid mit einer ungewöhnlichen Maske voller Goldapplikationen, die ihr Gesicht bis zur Nase und ihre Haare bedeckt.

»Gott sei Dank sind Sie allein«, sagt sie leise. »Ich möchte schon den ganzen Abend mit Ihnen sprechen.«

»Tut mir leid, aber ich kenne Sie nicht.«

Sie zieht die Maske vom Gesicht.

Oje, Mrs. Robinson!

»Tut mir leid, ich habe Sie erschreckt.«

Ich starre sie mit großen Augen an. *Was will die Frau verdammt nochmal von mir?*

Sie deutet auf einen Stuhl. Da ich mich noch nie in einer vergleichbaren Situation befunden habe, tue ich ihr, dankbar für die Maske, aus Verblüffung und Höflichkeit den Gefallen, mich zu setzen.

»Ich werde mich kurzfassen, Anastasia. Mir ist klar, was Sie von mir halten … Christian hat es mir erzählt.«

Ich sehe sie mit ausdruckslosem Blick an, obwohl ich mich freue, dass sie Bescheid weiß. Das erspart mir, es ihr selbst zu sagen. Ein Teil von mir ist sehr neugierig, was sie von mir will.

Sie wirft einen Blick über die Schulter. »Taylor beobachtet uns.«

Als ich mich umwende, entdecke ich ihn, Sawyer neben sich, am Eingang.

»Wir haben nicht viel Zeit«, sagt sie hastig. »Ihnen dürfte klar sein, dass Christian Sie liebt. Ich habe ihn noch nie so erlebt, wirklich nie.«

Wie bitte? Er liebt mich? Warum erzählt sie mir das? Um mich in Sicherheit zu wiegen? Ich verstehe sie nicht.

»Er wird Ihnen das nicht gestehen, weil es ihm vermutlich selbst nicht klar ist, obwohl ich es ihm erklärt habe. So ist Christian nun einmal. Er lässt sich nur ungern auf seine positiven Gefühle ein und konzentriert sich viel zu sehr auf die negativen. Aber das haben Sie wahrscheinlich inzwischen selbst schon gemerkt. Er hält sich für unwürdig.«

Mir schwirrt der Kopf. *Christian liebt mich?* Und diese Frau hat ihm seine Gefühle erklärt? Wie bizarr ist das denn?

Hundert Bilder tauchen vor meinem geistigen Auge auf: das iPad, der Segelflug, sein Besuch in Georgia, seine besitzergreifende Art, die einhunderttausend Dollar für den Tanz. Ist das Liebe?

Es aus dem Mund dieser Frau zu hören, passt mir, offen gestanden, nicht. Ich würde es lieber von ihm selbst erfahren.

Mir zieht sich das Herz zusammen. Er fühlt sich unwürdig. Warum?

»Ich habe ihn noch nie so glücklich erlebt, und es ist deutlich zu sehen, dass auch Sie etwas für ihn empfinden.« Ein Lächeln huscht über ihre Lippen. »Das ist großartig, und ich wünsche Ihnen beiden nur das Beste. Aber eines wollte ich Ihnen sagen: Wenn Sie ihn noch einmal verletzen, bekommen Sie's mit mir zu tun, meine Liebe, und das wird kein Spaß für Sie, das verspreche ich Ihnen.«

Sie starrt mich mit ihren eisblauen Augen an. Diese Drohung ist so schräg und unerwartet, dass mir ein ungläubiges Kichern entschlüpft.

»Finden Sie das komisch, Anastasia? Sie haben ihn letzten Samstag nicht erlebt.«

Meine Miene verdüstert sich. Letzten Samstag habe ich ihn verlassen. Hinterher muss er zu ihr gegangen sein. Meine Knie werden weich. Warum höre ich mir ausgerechnet von ihr diese Scheiße an? Ich stehe ganz langsam auf, ohne den Blick von ihr zu wenden.

»Ich lache über Ihre Unverfrorenheit, Mrs. Lincoln. Christian und ich haben nichts mit Ihnen zu schaffen. Und wenn ich ihn tatsächlich verlassen sollte und Sie einen Rachefeldzug starten, werde ich mit Ihnen fertig, das garantiere ich Ihnen. Dann erhalten Sie die gerechte Strafe dafür, dass Sie sich an einem fünfzehnjährigen Jungen vergangen und ihn noch mehr versaut haben, als er ohnehin schon war.«

Ihr fällt die Kinnlade herunter.

»Wenn Sie mich jetzt entschuldigen würden. Ich habe nämlich Besseres zu tun, als meine Zeit mit Ihnen zu vergeuden.« Ich drehe mich auf dem Absatz um und marschiere, vor Wut kochend, auf den Eingang des Zelts zu, wo Taylor steht.

Da taucht plötzlich Christian auf, der nervös und besorgt wirkt.

»Hier bist du also.« Er runzelt die Stirn, als er Elena bemerkt.

Ich stolziere wortlos an ihm vorbei, gebe ihm Gelegenheit,

zwischen ihr und mir zu wählen. Er trifft die richtige Entscheidung.

»Ana«, ruft er.

Ich bleibe stehen, und er holt mich ein.

»Was ist los?«

»Warum fragst du nicht deine Ex?«, zische ich ihn an.

Er verzieht den Mund, sein Blick wird kühl. »Ich frage aber dich«, erwidert er mit drohendem Unterton.

Wir starren einander wütend an.

Mir wird klar, dass das in einem Streit endet, wenn ich ihm keine Antwort gebe. »Sie hat mir gedroht, sich an mir zu rächen, wenn ich dir noch einmal wehtue. Wahrscheinlich zückt sie dann ihre Peitsche«, knurre ich.

»Die Ironie der Situation ist dir doch sicher bewusst, oder?«, stellt er fest, bemüht, nicht laut loszulachen.

»Ich finde das nicht lustig, Christian!«

»Du hast Recht. Ich rede mit ihr«, erklärt er, ein Schmunzeln unterdrückend.

»Das tust du nicht.« Voller Zorn verschränke ich die Arme.

Er blinzelt, überrascht über meinen Ausbruch.

»Ich weiß, dass eure geschäftlichen Interessen verquickt sind, aber ...« Ich verstumme. Was will ich von ihm? Dass er sie aufgibt? Sich nicht mehr mit ihr trifft? Kann ich das? »Entschuldige, ich muss aufs Klo«, sage ich mit finsterem Blick.

Er legt seufzend den Kopf ein wenig schief und sieht dabei wieder mal höllisch sexy aus.

»Bitte nicht wütend sein. Ich wusste nicht, dass sie da ist. Sie hat gesagt, sie würde nicht kommen«, versucht er, mich zu beschwichtigen. Dabei lässt er den Daumen über meine Lippen gleiten. »Bitte, Anastasia, Elena darf uns nicht den Abend verderben. Sie ist wirklich Schnee von gestern.«

Mit Betonung auf dem Wörtchen »gestern«, denke ich ungnädig, als er mein Kinn nach oben schiebt und mich sanft küsst. Er legt die Hand auf meinen Ellbogen.

»Ich begleite dich zur Toilette, damit du nicht wieder abgelenkt wirst.«

Christian führt mich über den Rasen zu den mobilen Toiletten. Dass es die auch in der Deluxe-Version gibt, wusste ich bisher nicht.

»Ich warte hier auf dich, Baby«, verspricht er.

Als ich wieder heraustrete, ist meine Laune besser. Ich werde mir von Mrs. Robinson nicht den Abend verderben lassen, denn genau das will sie wahrscheinlich. Christian telefoniert, ein wenig abseits von den paar Leuten, die sich lachend hier unterhalten. Als ich näher komme, höre ich, dass er schroff klingt.

»Warum hast du es dir anders überlegt? Ich dachte, wir waren uns einig. Lass sie in Ruhe … Das ist die erste echte Beziehung meines Lebens, und ich möchte nicht, dass du sie durch deine falsche Sorge um mich gefährdest. Lass. Die. Finger. Von. Ihr. Das meine ich ernst, Elena.« Er lauscht. »Nein, natürlich nicht.« In seine Stirn graben sich tiefe Falten. Als er den Blick hebt, entdeckt er mich. »Ich muss Schluss machen. Gute Nacht.« Er drückt auf den roten Knopf.

Warum hat er mit ihr telefoniert?

»Wie geht's dem Schnee von gestern?«

»Sie ist sauer. Möchtest du weitertanzen? Oder lieber gehen?« Er sieht auf seine Uhr. »Das Feuerwerk beginnt in ein paar Minuten.«

»Ich liebe Feuerwerke!«

»Dann bleiben wir.« Er legt die Arme um mich und zieht mich zu sich heran. »Bitte lass nicht zu, dass sie sich zwischen uns drängt.«

»Du bist ihr wichtig«, erwidere ich.

»Ja, und sie ist mir wichtig … als Freundin.«

»Für sie ist das, glaube ich, mehr als eine Freundschaft.«

Er runzelt die Stirn. »Anastasia, Elena und ich … es ist kompliziert. Wir haben eine gemeinsame Vergangenheit. Nicht mehr und nicht weniger. Wir sind gute Freunde. Das ist alles. Bitte mach dir keine Gedanken über sie.« Er küsst mich, und um den Abend nicht doch noch zu verderben, wehre ich mich nicht. Wenn ich das mit Elena nur verstehen könnte!

Wir schlendern Hand in Hand zur Tanzfläche zurück, wo die Band spielt.

»Anastasia.«

Hinter uns steht Carrick.

»Würden Sie mir die Freude machen, mit mir zu tanzen?« Carrick hält mir die Hand hin. Christian zuckt lächelnd mit den Achseln. Ich lasse mich von Carrick auf die Tanzfläche führen. Als Sam von der Band *Come Fly with Me* anstimmt, legt Carrick den Arm um meine Taille.

»Ich wollte mich für Ihre großzügige Spende bedanken, Anastasia.«

Er scheint herausfinden zu wollen, ob ich mir das leisten kann.

»Mr. Grey …«

»Sagen Sie doch bitte Carrick zu mir, Ana.«

»Danke. Ich bin unerwartet zu etwas Geld gekommen, das ich nicht brauche. Und es ist für einen guten Zweck.«

Er bedankt sich mit einem Lächeln.

Ich nutze die Gelegenheit, ihm einige unverfängliche Fragen zu stellen. *Carpe diem*, zischt mein Unterbewusstsein mir hinter vorgehaltener Hand zu.

»Christian hat mir von seiner Vergangenheit erzählt, also ist es nur logisch, Ihre Arbeit zu unterstützen«, sage ich in der Hoffnung, von Carrick weitere Einblicke in das Leben seines Sohnes zu erhalten.

»Hat er das?«, fragt Carrick überrascht. »Das wundert mich. Sie üben definitiv einen positiven Einfluss auf ihn aus, Anastasia. Ich glaube, ich habe ihn noch nie so … unbeschwert erlebt.«

Ich werde rot.

»Tut mir leid, ich wollte Sie nicht in Verlegenheit bringen.«

»Er ist ein sehr ungewöhnlicher Mann«, bemerke ich.

»Allerdings«, pflichtet Carrick mir mit leiser Stimme bei.

»Nach allem, was er mir erzählt hat, scheint er eine traumatische Kindheit gehabt zu haben.«

Carrick runzelt die Stirn, und ich frage mich, ob ich zu weit gegangen bin.

»Meine Frau hatte in der Notaufnahme des Krankenhauses Bereitschaft, als die Polizeibeamten ihn gebracht haben. Er war nur noch Haut und Knochen und vollkommen dehydriert. Und hat sich geweigert zu sprechen. Fast zwei Jahre lang hat er kein Wort gesagt. Das Klavierspielen hat ihn schließlich aus seinem Schneckenhaus gelockt. Und natürlich Mia«, fügt er lächelnd hinzu.

»Er spielt wunderschön. Und hat im Leben so viel erreicht. Sie sind sicher stolz auf ihn.« *O Gott. Er hat zwei Jahre lang nicht gesprochen.*

»Sogar sehr. Er ist ein entschlossener, fähiger, hochintelligenter junger Mann. Aber unter uns, Anastasia, ihn so wie heute Abend zu erleben – unbeschwert, seinem Alter entsprechend –, ist eine wahre Freude für seine Mutter und mich. Ich glaube, dafür haben wir Ihnen zu danken.«

Ich werde tiefrot. Was soll ich darauf sagen?

»Er ist immer ein Einzelgänger gewesen. Wir haben schon gedacht, wir würden ihn nie an der Seite einer Frau sehen. Wie auch immer Sie das machen – bitte hören Sie nicht damit auf. Wir möchten ihn weiterhin glücklich erleben.« Plötzlich verstummt er, als hätte *er* sich zu weit vorgewagt. »Tut mir leid, ich hätte das nicht sagen sollen.«

Ich schüttle den Kopf. »Ich möchte auch, dass er glücklich ist«, versichere ich ihm.

»Ich freue mich jedenfalls sehr, dass Sie heute Abend hier sind. Es war mir ein großes Vergnügen, Sie miteinander zu sehen.«

Als der Song verklingt, gibt Carrick mich frei und verbeugt sich. Ich mache einen kleinen Knicks.

»Genug mit alten Männern getanzt.« Christian gesellt sich zu uns.

Carrick lacht. »Verkneif dir mal das ›alt‹, mein Sohn. Auch ich hatte meine guten Zeiten.« Carrick zwinkert mir zu und verschwindet in der Menge.

»Ich glaube, mein Dad mag dich«, meint Christian, während er seinem Vater nachblickt.

»Wäre wohl auch schwer, mich nicht zu mögen, oder?«

»Wieder einmal ein berechtigtes Argument, Miss Steele.« Er nimmt mich in die Arme, als die Band *It Had to Be You* anstimmt.

»Tanz mit mir«, flüstert er verführerisch.

»Mit Vergnügen, Mr. Grey«, sage ich lächelnd, und er wirbelt mich noch einmal über die Tanzfläche.

Um Mitternacht schlendern wir zwischen Zelt und Bootshaus zu den anderen Gästen ans Wasser, um das Feuerwerk zu betrachten. Der Conférencier hat inzwischen das Ablegen der Masken erlaubt, damit wir das Spektakel besser verfolgen können. Taylor und Sawyer sind ganz in der Nähe, wahrscheinlich, weil wir uns inmitten der Menge befinden. Ihre Anwesenheit erinnert mich an Leila. Vielleicht ist sie hier. *Scheiße.* Der Gedanke an sie lässt mir das Blut in den Adern gefrieren, und ich kuschle mich näher an Christian.

»Alles in Ordnung, Baby? Ist dir kalt?«

»Alles okay.« Ich entdecke die beiden anderen Sicherheitsleute, deren Namen ich vergessen habe.

Christian schiebt mich vor sich und schlingt beide Arme um mich.

Plötzlich klingt laute klassische Musik vom Dock herüber. Zwei Raketen sausen in die Luft, explodieren mit ohrenbetäubendem Knall über der Bucht und tauchen alles in glitzerndes Orange und Weiß, das sich im ruhigen Wasser spiegelt. Mit leuchtenden Augen sehe ich zu, wie weitere Raketen abgefeuert werden und in einem Farbenregen zerbersten.

So etwas Eindrucksvolles kenne ich nur aus dem Fernsehen, und da wirkt es nie so intensiv. Alles läuft im Takt zur Musik ab.

Salve um Salve, Knall um Knall, Licht um Licht, und die Menge seufzt und ruft Ah und Oh. Es ist der Wahnsinn.

Auf dem Ponton draußen in der Bucht schießen Silberfontänen aus Licht über sechs Meter hoch in die Luft und wechseln die Farbe zu Blau, Rot, Orange und wieder zu Silber – als die Musik ihren Höhepunkt erreicht, steigen weitere Raketen auf.

Christian verfolgt die sensationelle Show mit der gleichen kindlichen Begeisterung wie ich. Beim Finale erheben sich sechs Raketen in die Dunkelheit, explodieren gleichzeitig und tauchen uns in leuchtend goldenes Licht. Die Zuschauer klatschen laut.

»Meine Damen und Herrn«, ruft der Conférencier, als die Jubelrufe allmählich verstummen. »Nur noch eine Information am Ende dieses wunderbaren Abends: Dank Ihrer Großzügigkeit sind insgesamt eine Million 853.000 Dollar zusammengekommen!«

Wieder Beifall, und draußen auf dem Ponton leuchten silbern auf dem Wasser schimmernd folgende Worte auf: »Danke schön von Coping Together«.

»Christian … das war wunderschön.«

»Ja, aber jetzt ist es Zeit zu gehen.« Aus seinem Mund klingt das wie ein Versprechen.

Plötzlich bin ich sehr müde.

Die Menge löst sich auf. Christian und Taylor tauschen wortlos eine Information aus.

»Bleib noch einen Augenblick mit mir hier. Taylor möchte, dass wir warten, bis die Menge sich zerstreut hat.«

Aha.

»Das Feuerwerk hat ihn bestimmt um hundert Jahre altern lassen«, bemerkt er.

»Warum, mag er kein Feuerwerk?«

Christian schüttelt nachsichtig den Kopf, ohne eine weitere Erklärung zu geben.

»Aspen«, sagt er, um mich abzulenken, und es funktioniert.

»Oh, ich habe völlig vergessen, dafür zu zahlen«, stelle ich entsetzt fest.

»Du kannst einen Scheck schicken. Ich habe die Adresse.«

»Du warst echt sauer.«

»Ja.«

Ich grinse. »Du und deine Toys. Das hast du dir selbst zuzuschreiben.«

»Sie hatten eine unübersehbare Wirkung auf Sie, Miss Steele. Und am Ende gab es, wenn ich mich richtig entsinne, ein höchst befriedigendes Ergebnis.« Er schmunzelt lüstern. »Wo hast du sie übrigens verstaut?«

»Die Silberkugeln? In meiner Handtasche.«

»Die hätte ich gern wieder. Sie sind viel zu gefährlich für deine unerfahrenen Hände.«

»Hast du Angst, dass sie erneut eine so unübersehbare Wirkung auf mich ausüben könnten, vielleicht mit jemand anderem?«

Seine Augen funkeln. »Ich hoffe, dass das nicht passiert«, antwortet er. »Aber um deine Frage zu beantworten, Ana, ich will deine Begierde ganz für mich allein.«

Wow. »Vertraust du mir denn nicht?«

»Doch, absolut. Könnte ich sie jetzt bitte zurückhaben?«

»Ich überlege es mir.«

Seine Augen verengen sich.

Von der Tanzfläche klingt erneut Musik herüber, diesmal eine dröhnende Disconummer mit DJ.

»Möchtest du tanzen?«

»Ich bin hundemüde, Christian. Wenn du nichts dagegen hast, würde ich gern gehen.«

Christian wirft einen fragenden Blick zu Taylor, der nickt, und wir machen uns auf den Weg zum Haus. Ich bin mehr als dankbar, dass Christian meine Hand nimmt, denn von den hohen Schuhen tun mir die Füße höllisch weh.

Mia springt auf uns zu. »Geht ihr schon? Die richtige Musik fängt doch erst an. Komm, Ana.« Sie greift nach meiner Hand.

»Mia«, ermahnt Christian sie. »Anastasia ist müde. Wir wollen nach Hause. Außerdem ist morgen ein wichtiger Tag für uns.«

Ach ja?

Mia schmollt, bedrängt jedoch überraschenderweise Christian nicht weiter.

»Du musst nächste Woche mal vorbeischauen. Wir könnten gemeinsam shoppen gehen.«

»Gern, Mia«, sage ich lächelnd, obwohl ich mich insgeheim frage, wie sie sich das vorstellt. Schließlich muss ich mir meinen Lebensunterhalt verdienen.

Sie küsst mich auf die Wange und drückt Christian fest an sich, was uns beide verwundert. Und noch erstaunlicher: Sie legt beide Hände auf das Revers seines Jacketts, und er lässt es sich gefallen.

»Ich freue mich, dass du so glücklich bist«, sagt sie und verabschiedet sich mit einem Wangenküsschen von ihm. »Viel Spaß noch.« Sie läuft zu ihren wartenden Freunden davon – unter ihnen Lily, die ohne Maske noch mürrischer wirkt.

Ich frage mich, wo Sean steckt.

»Ich möchte meinen Eltern eine gute Nacht wünschen. Komm.« Christian führt mich durch eine Gruppe von Gästen zu Grace und Carrick, die sich freundlich von uns verabschieden.

»Bitte lassen Sie sich bald einmal wieder blicken, Anastasia. Wir haben uns sehr gefreut, dass Sie gekommen sind«, sagt Grace.

Ihre und Carricks Reaktion rührt mich. Zum Glück haben sich Grace' Eltern bereits zurückgezogen, so dass mir ihr Überschwang erspart bleibt.

Christian und ich schlendern Hand in Hand zur Vorderseite des Hauses, wo zahllose Autos auf die Gäste warten. Christian wirkt glücklich, und es bereitet mir echtes Vergnügen, ihn so zu erleben.

»Ist dir warm genug?«, erkundigt er sich.

»Ja, danke.« Ich schlinge mein Satintuch enger um die Schultern.

»Ich habe diesen Abend wirklich sehr genossen, Anastasia. Danke.«

»Ich auch. Manche Teile mehr als andere«, erkläre ich frech.

Er grinst. »Kau nicht auf deiner Lippe«, warnt er mich auf eine Weise, die mein Blut schon wieder in Wallung bringt.

»Was hast du vorhin mit dem großen Tag morgen gemeint?«, frage ich.

»Dr. Greene kommt mit einer Alternative zur Pille. Außerdem habe ich eine Überraschung für dich.«

»Dr. Greene!« Ich bleibe stehen.

»Ja.«

»Warum?«

»Ich hasse Kondome«, antwortet er mit leiser Stimme. Dabei funkeln seine Augen im weichen Licht der Lampions.

»Es ist mein Körper«, murre ich, verärgert, weil er mich nicht gefragt hat.

»Meiner auch.«

Mehrere Gäste gehen an uns vorbei, ohne uns zu beachten. Ja, mein Körper gehört wohl ihm – er kennt ihn besser als ich.

Ich hebe die Hand. Er zuckt zusammen, weicht aber nicht zurück. Ich ziehe seine Fliege auf, so dass der oberste Knopf seines Hemds zum Vorschein kommt, den ich öffne.

»So siehst du unglaublich sexy aus«, flüstere ich.

Er schmunzelt. »Ich glaube, ich muss dich heimbringen. Komm.«

Am Wagen reicht Sawyer Christian einen Umschlag. Der betrachtet ihn stirnrunzelnd, während Taylor, der sehr erleichtert scheint, mir die Autotür aufhält. Christian steigt ein und überlässt mir das Kuvert ungeöffnet, während Taylor und Sawyer die Plätze vorn einnehmen.

»Für dich. Einer der Bediensteten hat es Sawyer gegeben. Bestimmt von einem Verehrer.« Christian verzieht den Mund.

Von wem ist der Umschlag? Neugierig reiße ich ihn auf und lese die Nachricht darin. Heilige Scheiße, der Brief ist von *ihr*! Warum lässt sie mich nicht in Ruhe, verdammt?

Vielleicht habe ich Sie falsch eingeschätzt.
Und Sie täuschen sich definitiv in mir. Rufen Sie mich an,
wenn Sie mehr erfahren wollen – wir könnten uns zum
Lunch treffen. Christian möchte nicht, dass ich mit Ihnen
spreche, doch ich würde Ihnen sehr gern helfen.
Bitte verstehen Sie mich nicht falsch, ich gebe Ihnen wirklich
meinen Segen, aber wenn Sie ihm wehtun …
Er hat genug Verletzungen erlitten.
Rufen Sie mich an unter der Nummer: (206) 279-6261
Mrs. Robinson

Herr im Himmel, sie hat mit Mrs. Robinson unterschrieben! Er hat es ihr also erzählt. Der Mistkerl.

»Du hast es ihr gesagt?«

»Wem habe ich was gesagt?«

»Dass ich sie Mrs. Robinson nenne«, herrsche ich ihn an.

»Der Umschlag ist von Elena?«, fragt Christian entgeistert. »Das ist absurd.« Er fährt sich verärgert mit der Hand durch die Haare. »Um die kümmere ich mich morgen. Oder am Montag«, brummt er verbittert.

Seine Reaktion freut mich. Mein Unterbewusstsein nickt weise. Elena macht ihn sauer. Gut. Ich verstaue ihre Botschaft wortlos in meiner Handtasche und reiche Christian, um seine Laune zu verbessern, die Silberkugeln.

»Bis zum nächsten Mal«, murmle ich.

In dem trüben Licht kann ich sein Gesicht nicht richtig erkennen, aber ich glaube, dass er süffisant grinst. Er greift nach meiner Hand und drückt sie.

Ich sehe durchs Fenster hinaus in die Dunkelheit und denke über den langen Tag nach. Ich habe etliches über ihn erfahren – die Schönheitssalons, die Markierung der verbotenen Zonen, seine Kindheit –, aber es gibt noch so viel zu entdecken. Und was ist mit Mrs. Robinson? Ja, sie macht sich etwas aus ihm, sehr viel sogar, wie es scheint. Und sie ist ihm auch wichtig – aber angeblich auf andere Weise. Ich weiß nicht mehr, was ich glauben soll. Mir schwirrt der Kopf.

Christian weckt mich, als wir vor dem Escala halten. »Muss ich dich reintragen?«, fragt er sanft.

Ich schüttle verschlafen den Kopf. Auf keinen Fall!

Im Aufzug lege ich den Kopf an seine Schulter. Sawyer, der vor uns steht, tritt verlegen von einem Fuß auf den anderen.

»Es war ein langer Tag, nicht wahr, Anastasia?«

Ich nicke.

»Müde?«

Ich nicke wieder.

»Du bist nicht gerade gesprächig.«

Ich nicke noch einmal, und er grinst.

»Komm. Ich bring dich ins Bett.« Wir treten aus dem Lift und bleiben, als Sawyer die Hand hebt, im Vorraum stehen. Sofort bin ich hellwach. Sawyer spricht etwas in das Mikro an seinem Ärmel. Das war mir bis dahin gar nicht aufgefallen.

»In Ordnung, Taylor«, sagt er und wendet sich uns zu. »Mr. Grey, die Reifen von Miss Steeles Audi sind zerstochen, und er ist voller Farbe.«

O nein. Mein Wagen! Wer tut so etwas? Das kann nur Leila gewesen sein.

Christian wird leichenblass.

»Taylor befürchtet, dass der Übeltäter in die Wohnung eingedrungen und nach wie vor hier sein könnte. Er will sich vergewissern.«

»Verstehe«, flüstert Christian. »Wie sieht Taylors Plan aus?«

»Er fährt mit Ryan und Reynolds im Lastenaufzug nach oben. Sie durchsuchen die Wohnung und sagen Bescheid, ob alles in Ordnung ist. Ich soll bei Ihnen warten, Sir.«

»Danke, Sawyer.« Christian drückt mich fester an sich. »Was für ein Tag«, seufzt er. »Ich kann nicht hier herumstehen und warten. Sawyer, passen Sie auf Miss Steele auf. Lassen Sie sie erst hinein, wenn Taylor Entwarnung gegeben hat. Bestimmt übertreibt er. Sie kann nicht in die Wohnung eingedrungen sein.«

Was? »Nein, Christian, bleib bei mir«, flehe ich ihn an.

Christian lässt mich los. »Tu, was ich dir sage, Anastasia. Warte hier.«

Nein!

»Sawyer?« Christian wendet sich ihm zu.

Sawyer öffnet die Tür, so dass Christian die Wohnung betreten kann, schließt sie hinter ihm wieder und bezieht mit ausdrucksloser Miene davor Stellung.

Verdammt, Christian! Tausend Schreckensszenarien schießen mir durch den Kopf, aber ich kann nichts anderes tun als warten.

ACHT

Sawyer spricht erneut in das Mikro. »Taylor, Mr. Grey hat die Wohnung betreten.« Er zuckt zusammen und entfernt hastig das Mikro aus seinem Ohr, offenbar, weil Taylor einen lauten Fluch ausgestoßen hat.

Um Gottes willen – wenn Taylor sich Sorgen macht, dann ...

»Bitte lassen Sie mich hinein«, flehe ich Sawyer an.

»Tut mir leid, Miss Steele. Es wird nicht lange dauern.« Sawyer hebt abwehrend beide Hände. »Taylor und die anderen gehen gerade in die Wohnung.«

Hilflos lausche ich auf Geräusche, aber das Einzige, was ich höre, ist mein eigener Atem. Meine Kopfhaut prickelt, mein Mund ist trocken, und mir schwindelt. Bitte, lieber *Gott, mach, dass Christian nichts passiert.*

Ich weiß nicht, wie viel Zeit vergeht, ohne dass wir etwas hören, und deute das als gutes Zeichen – immerhin ertönen keine Schüsse.

Um mich abzulenken, sehe ich mir die Gemälde an den Wänden zum ersten Mal richtig an. Sie haben samt und sonders ein religiöses Thema – die Madonna mit dem Kind, alle sechzehn. *Merkwürdig.*

Christian ist doch nicht religiös, oder? Sämtliche Bilder in dem großen Raum sind abstrakt und somit ganz anders. Lange lenken mich die Bilder jedoch nicht ab.

Wo bleibt Christian nur?

Ich sehe Sawyer an, der meinen Blick ausdruckslos erwidert.

»Was ist da drinnen los?«

»Ich weiß es nicht, Miss Steele.«

In dem Moment bewegt sich der Türgriff. Sawyer wirbelt herum und zieht eine Waffe aus dem Schulterholster.

Ich erstarre.

Christian erscheint an der Tür.

»Alles in Ordnung«, sagt er zu Sawyer, der die Waffe wegsteckt und einen Schritt zurücktritt, um mich einzulassen.

»Taylor übertreibt«, brummt Christian und streckt mir die Hand entgegen.

Unfähig, mich zu bewegen, sauge ich seinen Anblick in mich auf: die widerspenstigen Haare, die verkniffenen Augen, die verkrampfte Kiefermuskulatur, die beiden offenen Knöpfe seines Hemds. Ich habe das Gefühl, in kürzester Zeit zehn Jahre gealtert zu sein. Christian mustert mich besorgt.

»Alles okay, Baby.« Er schließt mich in die Arme. »Komm ins Bett. Du bist müde.«

»Ich habe mir solche Sorgen gemacht«, presse ich hervor, während ich seinen unvergleichlichen Geruch einatme.

»Ich weiß. Wir sind alle etwas nervös.«

Sawyer ist verschwunden, vermutlich in die Wohnung.

»Ehrlich, Mr. Grey, Ihre Exfreundinnen erweisen sich als ziemliche Herausforderung«, bemerke ich spöttisch.

»Ja, das stimmt.«

Er führt mich hinein.

»Taylor und seine Männer überprüfen sämtliche Schränke. Ich glaube nicht, dass sie hier ist.«

»Warum sollte sie hier sein? Das ergibt keinen Sinn.«

»Genau.«

»Könnte sie denn reinkommen?«

»Ich wüsste nicht, wie. Taylor ist manchmal übervorsichtig.«

»Hast du im Spielzimmer nachgeschaut?«

»Ja, es ist verschlossen. Taylor und ich haben es überprüft.«

Ich hole erleichtert Luft.

»Möchtest du einen Drink?«, fragt Christian.

»Nein.« Ich bin so müde, dass ich nur noch ins Bett will.

»Geh schlafen. Du siehst erschöpft aus.«

Ich runzle die Stirn. Will er nicht mitkommen?

Erleichtert registriere ich, dass er mich in sein Schlafzimmer bringt, und leere meine Clutch auf der Kommode aus. Dabei fällt mir der Brief von Mrs. Robinson in die Hände.

»Hier.« Ich reiche ihn Christian. »Keine Ahnung, ob du ihn lesen willst. Ich werde nicht darauf eingehen.«

Christian überfliegt den Text. Dabei spannen sich seine Kiefermuskeln an.

»Ich wüsste nicht, welche Informationen sie dir geben könnte«, erklärt er. »Komm, ich mach dir den Reißverschluss von deinem Kleid auf.«

»Wirst du die Polizei wegen dem Wagen benachrichtigen?«, frage ich, als ich mich herumdrehe.

Er schiebt meine Haare beiseite, um den Reißverschluss zu öffnen.

»Nein, ich werde die Polizei nicht verständigen. Leila braucht Hilfe, keine Polizei. Wir müssen unsere Bemühungen, sie zu finden, verdoppeln.« Er küsst mich sanft auf die Schulter.

»Geh ins Bett«, weist er mich an, und weg ist er.

Ich starre die Decke an und warte darauf, dass er zurückkommt. So viel ist heute passiert, so viel, was ich erst einmal verdauen muss. Aber wo soll ich anfangen?

Völlig desorientiert schrecke ich aus dem Schlaf hoch. Bin ich wirklich eingeschlafen? Als ich in das trübe Licht blinzle, das durch die einen Spalt offene Schlafzimmertür vom Flur hereindringt, merke ich, dass Christian nicht bei mir ist. Wo ist er? Am Fußende des Betts glaube ich einen Schatten zu erkennen. Eine Frau? In Schwarz? Schwer zu beurteilen.

Benommen schalte ich die Nachttischlampe ein und sehe noch einmal hin, aber es ist niemand mehr da. Ich schüttle den Kopf. Habe ich mir das nur eingebildet? Es geträumt?

Ich setze mich auf und sehe mich im Zimmer um. Eine vage,

heimtückische Unsicherheit packt mich – aber ich bin tatsächlich allein. Ein Blick auf den Wecker sagt mir, dass es Viertel nach zwei ist. Beunruhigt wälze ich mich aus dem Bett und mache mich auf die Suche nach Christian. Mist, jetzt bilde ich mir schon Dinge ein – sicher die Reaktion auf die dramatischen Ereignisse des Abends.

Der große Raum ist leer; das einzige Licht stammt von den drei Pendellampen über der Frühstückstheke. Doch die Tür zu seinem Arbeitszimmer steht offen, und ich höre ihn am Telefon.

»Ich verstehe nicht, warum du um diese Uhrzeit anrufst. Ich habe dir nichts zu sagen … Das kannst du mir jetzt persönlich mitteilen und musst keine Nachricht auf Band sprechen.«

Ich lausche mit schlechtem Gewissen von der Tür aus. Mit wem redet er?

»Allmählich reißt mir der Geduldsfaden. Lass sie in Ruhe. Sie hat nichts mit dir zu tun. Verstanden?«

Er klingt wütend.

»Das weiß ich. Aber es ist mein Ernst, Elena. Lass sie verdammt nochmal in Ruhe. Muss ich dir das schriftlich geben? … Gute Nacht.« Er knallt das Handy auf den Tisch.

Oje. Ich klopfe zaghaft.

»Was?«, bellt er, und am liebsten würde ich weglaufen und mich verstecken.

Er sitzt mit dem Kopf in den Händen am Schreibtisch. Seine Miene hellt sich sofort auf, als er mich sieht. Plötzlich wirkt er schrecklich müde.

Sein Blick fällt auf meine Beine. Ich trage eines seiner T-Shirts.

»Du solltest dich in Satin und Seide kleiden, Anastasia. Aber auch in meinem T-Shirt bist du wunderschön.«

Ein unerwartetes Kompliment. »Du fehlst mir. Komm ins Bett.«

Er erhebt sich, noch immer in weißem Hemd und schwarzer Smokinghose, von seinem Stuhl. In seinen leuchtenden Augen liegt ein Versprechen, jedoch auch eine Spur Traurigkeit. Er mustert mich intensiv, ohne mich zu berühren.

»Weißt du, wie viel du mir bedeutest? Wenn dir durch meine Schuld etwas zustoßen würde …« Er verstummt. Seine Angst ist fast mit Händen zu greifen.

»Mir passiert schon nichts«, beruhige ich ihn und streiche über seine Bartstoppeln, die erstaunlich weich sind. »Dein Bart wächst schnell«, bemerke ich voller Verwunderung über diesen schönen, abgefuckten Mann, der da vor mir steht.

Ich zeichne seine Unterlippe nach und lasse meine Finger zu seinem Hals gleiten, zu der verschmierten Lippenstiftspur. Er sieht mich mit leicht geöffnetem Mund an, nach wie vor ohne mich zu berühren. Ich folge mit dem Zeigefinger der Linie, und er schließt die Augen. Sein Atem geht schneller, als ich sein Hemd und den ersten geschlossenen Knopf erreiche.

»Ich werde dich nicht anfassen. Ich will nur dein Hemd auf-knöpfen«, erkläre ich mit leiser Stimme.

Er sieht mich mit panischer Angst an, weicht jedoch nicht zurück und hält mich auch nicht auf. Ich öffne den Knopf sehr langsam, ziehe den Stoff von seiner Haut weg und widme mich vorsichtig dem nächsten.

Ich will ihn nicht berühren. Doch, natürlich will ich das, aber ich werde es nicht tun. Beim vierten Knopf taucht die rote Linie wieder auf, und ich lächle verlegen.

»Zurück auf vertrautem Gebiet.« Ich zeichne weiter die Linie mit den Fingern nach, bevor ich den letzten Knopf öffne. Dann ziehe ich ihm das Hemd aus der Hose und wende mich seinen Ärmeln zu, aus denen ich die schwarzen Manschettenknöpfe entferne.

»Darf ich dir aus dem Hemd helfen?«, frage ich.

Er nickt, nach wie vor mit geweiteten Pupillen, als ich ihm das Hemd über die Schultern schiebe. Dann befreit er seine Hände daraus, so dass er mit nacktem Oberkörper vor mir steht. So scheint er sich wohler zu fühlen.

Er lächelt süffisant. »Was ist mit meiner Hose, Miss Steele?«

»Im Schlafzimmer.«

»Tatsächlich? Miss Steele, Sie sind wirklich unersättlich.«

»Warum wohl?« Ich führe ihn in sein Schlafzimmer, wo uns kalte Luft umfängt.

»Du hast die Balkontür aufgemacht?«, fragt er überrascht.

»Nein.« Ich erinnere mich nicht, dass ich das getan hätte. Als ich aus dem Schlaf hochschreckte, war die Tür definitiv geschlossen gewesen.

Scheiße ... Ich werde aschfahl.

»Was?«

»Als ich aufgewacht bin, war jemand hier drin«, flüstere ich. »Ich dachte, ich hätte mir das bloß eingebildet.«

»Was?« Entsetzt hastet er zur Balkontür, schaut hinaus, kehrt ins Zimmer zurück und verschließt die Tür hinter sich. »Bist du sicher? Wer?«, fragt er mit rauer Stimme.

»Ich glaube, eine Frau. Es war dunkel, und ich war noch im Halbschlaf.«

»Zieh dich an«, herrscht er mich an. »Auf der Stelle!«

»Meine Sachen sind oben«, jammere ich.

Er holt eine Jogginghose aus einer Schublade seiner Kommode.

»Zieh die an.« Sie ist viel zu groß, aber im Moment lässt er nicht mit sich reden.

Er schlüpft ebenfalls in ein T-Shirt, dann packt er das Telefon neben dem Bett und drückt auf zwei Knöpfe.

»Verdammt, sie ist hier«, zischt er in den Apparat.

Geschätzte drei Sekunden später stürmt Taylor mit einem der Sicherheitsleute ins Schlafzimmer. Christian erklärt ihnen, was passiert ist.

»Wie lange ist das her?«, will Taylor wissen, der immer noch sein Jackett trägt. Schläft der Mann denn nie?

»Etwa zehn Minuten«, antworte ich, aus unerfindlichen Gründen mit schlechtem Gewissen.

»Sie kennt die Wohnung wie ihre Westentasche«, sagt Christian. »Ich bringe Anastasia weg. Sie versteckt sich hier irgendwo. Finden Sie sie. Wann kommt Gail wieder?«

»Morgen Abend, Sir.«

»Sie darf keinen Fuß in die Wohnung setzen, bevor diese nicht gründlich überprüft ist. Verstanden?«, herrscht Christian ihn an.

»Ja, Sir. Wollen Sie nach Bellevue?«

»Ich werde meine Eltern nicht in die Sache hineinziehen. Reservieren Sie irgendwo was für mich.«

»Ja. Ich gebe Ihnen telefonisch Bescheid.«

»Reagieren wir nicht alle ein bisschen über?«, frage ich.

»Sie könnte eine Waffe haben«, knurrt Christian.

»Christian, sie stand am Fußende des Betts und hätte mich ganz leicht erschießen können, wenn sie das gewollt hätte.«

Er versucht, sich zu beruhigen. »Ich bin nicht bereit, das Risiko einzugehen. Taylor, Anastasia braucht Schuhe.«

Christian verschwindet in seinem begehbaren Schrank, während der Sicherheitsmann – ich glaube, er heißt Ryan – mich nicht aus den Augen lässt. Er blickt abwechselnd den Flur hinunter und zu den Balkonfenstern. Kurz darauf kehrt Christian mit einer Kuriertasche aus Leder, in Jeans und dem Blazer mit den Nadelstreifen, wieder und legt mir eine Jeansjacke um die Schultern.

»Komm.« Er umfasst meine Hand, und ich muss fast rennen, um mit ihm Schritt zu halten.

»Ich kann mir nicht vorstellen, dass sie sich hier irgendwo versteckt hält.«

»Es ist eine große Wohnung. Du weißt nicht, wie groß.«

»Warum rufst du sie nicht einfach und sagst ihr, dass du mit ihr reden möchtest?«

»Anastasia, sie ist psychisch labil und hat möglicherweise eine Waffe«, entgegnet er gereizt.

»Das heißt, wir laufen einfach weg?«

»Erst einmal – ja.«

»Angenommen, sie versucht, Taylor zu erschießen?«

»Taylor kennt sich mit Waffen aus. Er ist allemal schneller als sie.«

»Ray war beim Militär und hat mir das Schießen beigebracht.« Christian hebt verwirrt eine Augenbraue. »Du mit einer Waffe?«, fragt er ungläubig.

»Ja«, antworte ich fast ein bisschen beleidigt. »Ich kann schießen, Mr. Grey, also nehmen Sie sich vor mir in Acht. Sie müssen sich nicht nur über verrückte Exsubs Gedanken machen.«

»Das werde ich im Hinterkopf behalten, Miss Steele«, erklärt er trocken.

Es ist ein schönes Gefühl zu wissen, dass ich ihn sogar in einer so angespannten Situation zum Lachen bringen kann.

Taylor gesellt sich im Vorraum zu uns und reicht mir meinen kleinen Koffer und meine schwarzen Converse-Sneakers. Er hat tatsächlich meine Sachen für mich gepackt. Ich schenke ihm ein dankbares Lächeln, das er kurz erwidert. Einem plötzlichen Impuls folgend, umarme ich ihn. Er ist überrascht. Als ich ihn loslasse, hat er rote Wangen.

»Seien Sie vorsichtig«, ermahne ich ihn.

»Ja, Miss Steele«, murmelt er verlegen.

Christian sieht mich stirnrunzelnd und Taylor, der seine Krawatte zurechtrückt, fragend an.

»Sagen Sie mir, wo ich hinmuss«, bittet Christian ihn.

Taylor holt seine Brieftasche aus dem Jackett und reicht Christian eine Kreditkarte.

»Die werden Sie dort brauchen.«

Christian nickt. »Gut mitgedacht.«

Ryan gesellt sich zu uns. »Sawyer und Reynolds haben nichts gefunden«, teilt er Taylor mit.

»Begleiten Sie Mr. Grey und Miss Steele zur Garage«, weist Taylor ihn an.

Die Garage ist um fast drei Uhr früh menschenleer. Christian hält mir die Beifahrertür des R8 auf und verstaut unser Gepäck im Kofferraum. Die Reifen meines Audi sind zerstochen, er ist voll weißer Farbe. Ich bekomme eine Gänsehaut und bin nun doch dankbar, dass Christian mich wegbringt.

»Am Montag wird ein neues Auto geliefert«, erklärt Christian düster, als er sich neben mich setzt.

»Woher konnte sie wissen, dass das mein Wagen ist?«

Er seufzt. »Sie hatte auch einen Audi A3. Das Modell kaufe ich allen meinen Sklavinnen – es ist eines der sichersten seiner Klasse.«

Ach. »Dann war er also doch kein richtiges Geschenk zum Abschluss.«

»Anastasia, meinen Hoffnungen zum Trotz bist du nie meine Sub gewesen, also handelt es sich faktisch um ein Abschlussgeschenk.« Er lenkt den Wagen zur Ausfahrt.

Seinen Hoffnungen zum Trotz. O nein ... Mein Unterbewusstsein schüttelt traurig den Kopf. Das ist der Punkt, auf den wir immer wieder zurückkommen.

»Machst du dir nach wie vor Hoffnungen?«, frage ich mit leiser Stimme.

In diesem Moment summt das Autotelefon. »Grey«, blafft Christian hinein.

»Fairmont Olympic. Auf meinen Namen.«

»Danke, Taylor. Und Taylor, seien Sie vorsichtig.«

»Ja, Sir«, antwortet Taylor nach kurzem Schweigen, und Christian beendet das Gespräch.

Die Straßen von Seattle liegen verlassen da. Christian braust die Fifth Avenue entlang in Richtung I-5. Sobald wir auf der Interstate sind, tritt er das Gaspedal durch und fährt nach Norden. Er beschleunigt so unvermittelt, dass ich in den Sitz gedrückt werde.

Christian wirkt nachdenklich. Meine Frage hat er bisher nicht beantwortet. Er sieht immer wieder in den Rückspiegel, um zu überprüfen, ob uns jemand folgt. Vielleicht befinden wir uns deshalb auf der I-5. Soweit ich weiß, ist das Fairmont in Seattle.

Ich blicke zum Fenster hinaus und versuche, mein erschöpftes, hyperaktives Gehirn zu beruhigen. Wenn sie mir etwas hätte antun wollen, wäre im Schlafzimmer ausreichend Gelegenheit dazu gewesen.

»Nein. Darauf mache ich mir keine Hoffnungen mehr. Ich dachte, das wäre klar«, reißt Christian mich aus meinen Überlegungen.

Blinzelnd ziehe ich die Jeansjacke enger um meine Schultern. Ich weiß nicht, ob die Kälte aus meinem Innern kommt oder von außen.

»Ich habe Angst, dass ... ich dir nicht genüge.«

»Du bist mehr als genug. Ana, wie soll ich dir das noch beweisen?«

Erzähl mir mehr von dir. Sag mir, dass du mich liebst.

»Warum hast du befürchtet, dass ich dich verlasse, als ich dir vorgeflunkert habe, Dr. Flynn hätte mir alles über dich erzählt?«

Er seufzt und schließt kurz die Augen. Es dauert ziemlich lange, bis er mir antwortet. »Du hast keine Ahnung, wie verdorben ich bin, Anastasia. Und du sollst es auch nicht erfahren.«

»Meinst du wirklich, ich würde dich verlassen, wenn ich es wüsste?« Begreift er denn nicht, dass ich ihn liebe? »Hast du so wenig Vertrauen zu mir?«

»Ich weiß, dass du gehen würdest«, erwidert er traurig.

»Christian, das glaube ich nicht. Ich kann mir ein Leben ohne dich nicht vorstellen.« *Niemals ...*

»Du hast mich schon einmal verlassen – das möchte ich nicht wieder erleben.«

»Elena hat gesagt, sie hätte sich letzten Samstag mit dir getroffen«, flüstere ich.

»Das stimmt nicht.« Er runzelt die Stirn.

»Du bist also, nachdem ich dich verlassen hatte, nicht zu ihr gegangen?«

»Nein«, zischt er verärgert. »Das habe ich dir doch schon gesagt. Ich mag es nicht, wenn jemand meine Aussagen anzweifelt.«

Ich habe letztes Wochenende zuhause den Segelflieger von dir zusammengebaut und ziemlich lange dazu gebraucht.«

Mrs. Robinson behauptet, sie hätte sich mit ihm getroffen. Lügt sie? Und wenn ja, warum?

»Elena denkt, ich würde mit all meinen Problemen zu ihr laufen, aber das stimmt nicht, Anastasia. Ich laufe zu niemandem. Dir dürfte aufgefallen sein, dass ich mich nicht jedem öffne.« Seine Hände umklammern das Lenkrad fester.

»Carrick hat mir erzählt, dass du zwei Jahre lang nicht gesprochen hast.«

»Hat er das?«, stößt Christian zwischen zusammengepressten Zähnen hervor.

»Ich hab ihn ausgefragt«, gestehe ich verlegen.

»Und was hat Daddy noch gesagt?«

»Dass deine Mom Dienst hatte, als man dich damals ins Krankenhaus gebracht hat.«

Christians Miene verändert sich nicht.

»Und dass das Klavierspielen und Mia dir geholfen haben.«

Als er ihren Namen hört, leuchten seine Augen auf. »Sie war ungefähr sechs Monate alt, als sie zu uns gekommen ist. Ich war begeistert, Elliot weniger. Der hatte sich ja schon mit mir auseinandersetzen müssen. Sie war einfach perfekt. Jetzt ist sie das natürlich nicht mehr«, fügt er hinzu.

Mir fällt ein, wie sie uns bei der Wohltätigkeitsveranstaltung einen Strich durch die Rechnung gemacht hat, ich kann mir ein Kichern nicht verkneifen.

Christian sieht mich von der Seite an. »Sie finden das amüsant, Miss Steele?«

»Bei dem Fest wollte sie uns unbedingt auseinanderbringen.«

Er lacht spöttisch. »Ja, das kann sie ziemlich gut.« Christian drückt mein Knie. »Aber am Ende haben wir es doch noch geschafft.« Er wirft wieder einen Blick in den Rückspiegel. »Ich glaube nicht, dass uns jemand folgt.« Er lenkt den Wagen von der I-5 und fährt in Richtung Seattle Zentrum zurück.

»Darf ich dir eine Frage über Elena stellen?«

Wir halten an einer Ampel.

Er sieht mich misstrauisch an. »Wenn es sein muss.«

Ich lasse mich von seiner Gereiztheit nicht abschrecken.

»Du hast mir ganz am Anfang gesagt, dass sie dich auf eine Weise liebt, die du annehmen kannst. Wie hast du das gemeint?«

»Liegt das denn nicht auf der Hand?«, fragt er.

»Für mich nicht.«

»Ich konnte damals keinerlei Berührung ertragen. Letztlich kann ich es immer noch nicht. Für einen vierzehn-, fünfzehnjährigen Jungen, den die Hormone plagen, ist das ziemlich schwierig. Sie hat mir eine Möglichkeit gezeigt, Dampf abzulassen.«

Oh. »Mia sagt, du hättest dich ständig geprügelt.«

»Herrgott, ist diese Familie geschwätzig. Nein, du bist schuld.« Wieder halten wir an einer Ampel. »Du entlockst den Menschen Informationen.« Er schüttelt den Kopf.

»Mia hat mir das von sich aus gesagt, weil sie Angst hatte, dass du einen Streit anfängst, wenn du es nicht schaffst, mich zu ersteigern«, erkläre ich.

»Die Gefahr bestand gar nicht. Ich hätte es niemals zugelassen, dass ein anderer mit dir tanzt.«

»Und Dr. Flynn?«

»Bei dem mache ich immer eine Ausnahme.«

Christian lenkt den Wagen in die breite, baumgesäumte Auffahrt des Fairmont Olympic Hotels und stellt ihn vor dem Eingang ab, neben einem pittoresken Springbrunnen aus Stein.

»Komm.« Er steigt aus und nimmt unser Gepäck aus dem Kofferraum.

Ein Hoteldiener eilt uns überrascht über unsere späte Ankunft entgegen. Christian wirft ihm die Autoschlüssel zu.

»Auf den Namen Taylor«, teilt er ihm mit.

Der Hoteldiener nickt, springt mit glänzenden Augen in den R8 und fährt ihn weg. Christian nimmt meine Hand, und wir betreten das Foyer.

An der Rezeption komme ich mir neben ihm lächerlich vor. Ich stehe in zu großer Jeansjacke, ebenfalls zu großer Jogginghose und altem T-Shirt in Seattles prestigeträchtigstem Hotel, in Gesellschaft dieses griechischen Gottes. Kein Wunder, dass die Frau an der Rezeption verständnislos von einem zum anderen blickt. Selbstverständlich ist sie überwältigt von Christian. Ich verdrehe die Augen, als sie tiefrot anläuft und zu stottern beginnt. Sogar ihre Hände zittern.

»Brauchen Sie ... Hilfe ... mit dem Gepäck, Mr. Taylor?«, fragt sie.

»Nein. Mrs. Taylor und ich kommen allein zurecht.«

Mrs. Taylor! Weil ich keinen Ring trage, verstecke ich meine Hände hinter dem Rücken.

»Wir haben die Cascade Suite im zehnten Stock für Sie reserviert, Mr. Taylor. Unser Page hilft Ihnen mit dem Gepäck.«

»Danke, wir kommen allein zurecht«, wiederholt Christian. »Wo sind die Aufzüge?«

Sie erklärt ihm den Weg, und abermals ergreift Christian meine Hand. Ich sehe mich kurz in dem luxuriösen Foyer mit den Sitzgelegenheiten um, die bis auf ein gemütliches Sofa leer sind. Auf dem sitzt eine dunkelhaarige Frau, die ihren Terrier mit Leckerlis füttert. Als wir zum Lift gehen, hebt sie lächelnd den Blick. In einem so eleganten Hotel sind Tiere erlaubt?

Die Suite, in der ein Flügel steht, besteht aus zwei Schlafzimmern und einem Speiseraum. Sie ist größer als meine Wohnung.

»Ich weiß ja nicht, wie es Ihnen geht, Mrs. Taylor, aber ich könnte einen Drink vertragen«, erklärt Christian und verschließt die Tür hinter uns.

Im Schlafzimmer legt er meinen Koffer und seine Tasche auf die Polstertruhe am Fußende des Kingsize-Himmelbetts und führt mich in den Wohnbereich, wo ein Kaminfeuer munter vor sich hin flackert. Ich wärme mir daran die Hände, während Christian die Drinks einschenkt.

»Armagnac?«

»Ja, gern.«

Er reicht mir ein Brandyglas aus Kristall.

»Was für ein Tag.«

Ich nicke, während er mich besorgt mustert.

»Alles okay«, versichere ich ihm. »Und du?«

»Ich würde gern das Glas leeren und mich dann, wenn du nicht zu müde dazu bist, im Bett in dir verlieren.«

»Ich denke, das lässt sich machen, Mr. Taylor«, sage ich mit einem verlegenen Lächeln, als er aus Schuhen und Socken schlüpft.

»Mrs. Taylor, kauen Sie bitte nicht auf Ihrer Lippe herum.«

Ich werde rot.

»Du überraschst mich immer wieder, Anastasia. Selbst nach so einem Tag wie heute läufst du nicht jammernd oder schreiend davon. Alle Achtung. Du bist eine sehr starke Frau.«

»Und du bist ein guter Grund zu bleiben. Ich habe dir doch erklärt, dass ich dich nicht verlasse, Christian. Du weißt, was ich für dich empfinde.«

Seine Stirn legt sich in Falten. *Ach, Christian, was muss ich noch tun, damit du mir glaubst?*

Lass dich von ihm versohlen, empfiehlt mein Unterbewusstsein mir mit einem höhnischen Lächeln.

»Wo willst du Josés Porträts von mir aufhängen?«, erkundige ich mich, um ihn abzulenken.

»Kommt drauf an.«

»Worauf?«

»Auf die Umstände. Die Ausstellung läuft noch, also muss ich mich nicht sofort entscheiden.«

Ich lege den Kopf ein wenig schief.

»Sie können so streng schauen, wie Sie wollen, Mrs. Taylor. Aus mir bekommen Sie nichts heraus.«

»Vielleicht muss ich die Wahrheit aus Ihnen herausprügeln?«

Er hebt eine Augenbraue. »Anastasia, keine Versprechungen, die du nicht halten kannst.«

Soso. Ich stelle mein Glas auf den Kaminsims und nehme ihm das seine ab.

»Das werden wir gleich sehen«, flüstere ich. Mutig – wahrscheinlich ist der Armagnac schuld – ergreife ich Christians Hand und ziehe ihn ins Schlafzimmer. Am Fußende des Betts bleibe ich stehen.

Christian versucht, seine Belustigung zu verbergen. »Was hast du mit mir vor, Anastasia?«

»Ich werde dich ausziehen und das zu Ende führen, was ich vorhin angefangen habe.«

Ich greife nach dem Revers seines Jacketts, darauf bedacht, ihn nicht zu berühren. Er zuckt nicht zusammen, hält aber den Atem an. Sanft schiebe ich ihm die Jacke von den Schultern. Er verfolgt mein Tun misstrauisch ... oder voller Lust? Sein Blick lässt sich nicht wirklich deuten. *Was denkt er?* Ich lege sein Jackett auf die Polstertruhe.

»Jetzt das T-Shirt«, sage ich mit leiser Stimme.

Er hebt die Arme und tritt einen Schritt zurück, damit ich es ihm leichter über den Kopf ziehen kann. Nun steht er nur in den Jeans da, die so sexy auf seinen Hüften sitzen und aus denen der Bund seiner Boxershorts hervorlugt.

Mein Blick wandert gierig über seinen straffen Bauch zu den letzten verbliebenen Lippenstiftspuren, dann seine Brust hinauf. Ich würde mir nichts sehnlicher wünschen, als meine Zunge über seine Brustbehaarung wandern zu lassen und ihn zu schmecken.

»Und jetzt?«, fragt er mit glühendem Blick.

»Ich will dich da küssen.« Ich streiche mit dem Finger von Hüftknochen zu Hüftknochen über seinen Unterleib.

Er saugt deutlich hörbar die Luft ein. »Mach«, haucht er.

Ich führe ihn an der Hand zur Seite des Betts. »Leg dich hin.«

Er sieht mich verwundert an, und mir kommt der Gedanke, dass seit ihr nie mehr jemand die Führung übernommen hat. *Nein, fang nicht damit an.*

Er schiebt die Decke weg, setzt sich auf die Bettkante und

wartet mit argwöhnischer Miene. Ich schlüpfe aus seiner Jeansjacke und lasse sie auf den Boden fallen, dann ziehe ich die Jogginghose aus.

Er reibt mit dem Daumen über seine Fingerspitzen. Es juckt ihn in den Fingern, mich anzufassen, das sehe ich. Tief Luft holend, hebe ich das T-Shirt über meinen Kopf, so dass ich nackt vor ihm stehe. Er schluckt, und sein Mund öffnet sich ein wenig. »Meine Aphrodite«, murmelt er.

Ich umfasse sein Gesicht und beuge mich über ihn, um ihn zu küssen. Er stöhnt leise auf.

Als ich meine Lippen auf seine lege, packt er mich an den Hüften, und bevor ich michs versehe, liege ich unter ihm, und seine Beine drücken meine auseinander. Er küsst mich, und unsere Zungen umschlingen einander. Seine Hand wandert von meinem Oberschenkel über meine Hüfte und meinen Bauch zu meiner Brust. Er drückt und knetet sie und spielt auf höchst erregende Weise mit meiner Brustwarze.

Als ich ihm stöhnend das Becken entgegenwölbe, spüre ich seine Erektion. Er hört auf, mich zu küssen, um mich atemlos anzusehen, und presst seine Hüften gegen mich. ... *Ja, genau.*

Ich schließe die Augen und erwidere den Druck, während er die köstliche Folter fortsetzt. Er hat Recht: Wir verlieren uns tatsächlich ineinander. Der Sex mit ihm ist berauschend, alles andere wird dabei unwichtig. Mit ihm lebe ich nur für diesen Augenblick – das Blut singt in meinen Adern, dröhnt laut in meinen Ohren, vermischt mit unserem Keuchen. Ich vergrabe die Hände in seinen Haaren, verschlinge ihn; meine Zunge ist genauso gierig wie seine. Ich streiche mit den Fingern über seine Arme und den unteren Teil seines Rückens zum Bund seiner Jeans, schiebe kühn die Hände hinein – und vergesse dabei alles außer uns.

»Du entmannst mich noch, Ana«, ächzt er plötzlich und löst sich von mir, um seine Jeans herunterzuziehen und mir ein Kondompäckchen zu reichen.

»Du weißt, was du tun musst, Baby.«

Ich reiße eilig die Folie auf und rolle das Kondom über sein Glied. Er lässt es sich mit offenem Mund und lüsternem Blick gefallen. Dann gleitet er köstlich langsam in mich hinein.

Ich lege die Hände auf seine Arme, hebe das Kinn und gehe ganz in dem Gefühl auf, von ihm ausgefüllt zu werden. Er zieht sich aus mir zurück und schiebt sich wieder hinein – langsam und behutsam. Sein Körper ruht auf mir, seine Ellbogen und seine Hände sind zu beiden Seiten meines Kopfes.

»Mit dir vergesse ich die Welt. Du bist die beste Therapie für mich«, raunt er.

»Bitte, Christian – schneller«, flehe ich.

»Nein, Baby. Ich will es langsam.« Er beißt sanft meine Unterlippe.

Ich überlasse mich seinem Rhythmus, der mich höher und höher trägt und mich schließlich in einem erlösenden Orgasmus zerbersten lässt.

»Ana«, haucht er, als er kommt, und aus seinem Mund klingt mein Name wie ein Segen.

Sein Kopf ruht auf meinem Bauch, seine Arme sind um mich geschlungen. Meine Finger wühlen in seinen widerspenstigen Haaren. Ich weiß nicht, wie lange wir so daliegen. Es ist spät, und ich bin schrecklich müde, aber ich will die Ruhe nach dem Sturm der sanften, zärtlichen Liebe mit Christian Grey genießen.

Er hat wie ich in kurzer Zeit einen langen Weg zurückgelegt. Fast ist es zu viel zu verarbeiten. Bei all den abgefuckten Dingen verliere ich manchmal die schlichte, aufrichtige Reise aus dem Blick, auf die er sich mit mir begeben hat.

»Ich werde nie genug von dir bekommen. Verlass mich nicht«, murmelt er und küsst meinen Bauch.

»Keine Sorge, Christian, ich bleibe bei dir. Und ich glaube mich zu erinnern, dass ich deinen Bauch küssen wollte«, brumme ich erschöpft.

Er grinst. »Niemand hindert dich daran, Baby.«

»Ich glaube, ich schaffe es nicht mehr, mich zu rühren ... Ich bin hundemüde.«

Christian zieht die Bettdecke über uns und betrachtet mich mit liebevollem Blick.

»Schlaf, Ana.« Er drückt mir einen Kuss auf die Haare, und ich schlafe ein.

Als ich blinzelnd die Augen aufschlage, ist es hell im Raum. Mein Kopf ist wie in Watte gepackt, weil ich zu wenig geschlafen habe. *Wo bin ich? – Ach ja, im Hotel ...*

»Hi«, begrüßt Christian mich lächelnd, der voll bekleidet neben mir auf dem Bett liegt. Wie lange schon? Hat er mir beim Schlafen zugesehen? Ich werde rot.

»Hi«, murmle ich meinerseits, dankbar dafür, dass ich auf dem Bauch liege. »Wie lange beobachtest du mich schon?«

»Erst seit ungefähr fünf Minuten. Ich könnte dir stundenlang beim Schlafen zuschauen.« Er küsst mich sanft. »Dr. Greene kommt bald.«

»Oh.« Die hatte ich ganz vergessen.

»Hast du gut geschlafen?«, erkundigt er sich. »Hat sich jedenfalls so angehört, du hast ganz schön geschnarcht.«

Ach, Christian in Spiellaune.

»Ich schnarche nicht!«, protestiere ich.

»Stimmt.« Er grinst. Die Lippenstiftlinie um seinen Hals ist nach wie vor zu erkennen.

»Hast du schon geduscht?«

»Nein. Ich habe auf dich gewartet.«

»Ach ... okay.«

»Wie spät ist es?«

»Viertel nach zehn. Ich hab's nicht übers Herz gebracht, dich früher zu wecken.«

»Du hast doch mal behauptet, du hättest kein Herz.«

Er lächelt traurig. »Wir frühstücken im Zimmer – Pfannkuchen und Speck für dich. Komm, steh auf. Ich fühle mich einsam ohne dich.« Er schlägt mir aufs Hinterteil, so dass ich zusammenzucke, und steht vom Bett auf.

Hm ... So sieht Christians Version von Zuneigung aus.

Als ich mich strecke, merke ich, dass mir alles wehtut. Bestimmt kommt das von dem vielen Sex, dem Tanzen und dem Balancieren auf sündteuren High Heels. Mit schmerzenden Gliedern gehe ich in das luxuriöse Bad, wo ich die Ereignisse des gestrigen Tages noch einmal Revue passieren lasse.

Leila, die junge Frau, die mir so ähnlich sieht, ist das erschreckendste Bild, das mein Gehirn produziert, sie und ihr Auftauchen in Christians Schlafzimmer. Was wollte sie? Mich? Christian? Was hatte sie vor? Und warum zum Teufel hat sie meinen Wagen ruiniert?

Christian hat mir einen neuen Sklavinnen-Audi versprochen. Der Gedanke gefällt mir nicht. Weil ich das Geld von ihm so großzügig gespendet habe, kann ich mir keine großen Sprünge mehr erlauben.

Ich schlüpfe in einen der flauschigen Bademäntel, die an einem Messinghaken hängen, und betrete den Hauptraum der Suite – keine Spur von Christian. Am Ende entdecke ich ihn im Essbereich. Ich setze mich, dankbar für das riesige Frühstück, das dort auf mich wartet. Christian liest die Sonntagszeitungen und trinkt Kaffee; er ist schon mit dem Frühstück fertig.

»Iss. Heute wirst du Kraft brauchen«, teilt er mir lächelnd mit.

»Wieso? Willst du mich im Schlafzimmer einsperren?« Meine innere Göttin spitzt die Ohren, ein bisschen zerzaust und mit leicht postkoitalem Blick.

»So verführerisch das auch wäre – ich dachte, heute gehen wir raus an die frische Luft.«

»Hast du keine Bedenken wegen der Sicherheit?«, frage ich mit Unschuldsmiene.

»Da, wo wir hinwollen, ist es sicher. Und mit so etwas scherzt man nicht«, fügt er streng hinzu.

Ich senke den Blick. Nach all den dramatischen Vorfällen und dem wenigen Schlaf habe ich keine Lust auf Schelte. Schweigend und ein wenig trotzig mache ich mich über das Frühstück her.

Mein Unterbewusstsein schüttelt den Kopf über mich. Beim Thema Sicherheit versteht Christian keinen Spaß – das sollte ich inzwischen wissen. Am liebsten würde ich die Augen verdrehen, aber ich verkneife es mir.

Okay, ich bin müde und gereizt, aber wieso sieht er eigentlich immer so frisch aus? Das ist einfach nicht fair.

Es klopft an der Tür. »Das wird Dr. Greene sein«, brummt Christian und steht vom Tisch auf.

Können wir nicht einmal einen ganz normalen ruhigen Morgen miteinander verbringen? Mit einem tiefen Seufzer erhebe ich mich, die Hälfte meines Frühstücks noch auf dem Teller, um Dr. Greene zu begrüßen.

Dr. Greene und ich verschwinden ins Schlafzimmer. Sie ist legerer gekleidet als letztes Mal, trägt ein rosafarbenes Kaschmir-Twinset und eine schwarze Hose. Ihre blonden Haare fallen offen auf ihre Schultern.

»Sie haben aufgehört, die Pille zu nehmen? Einfach so?«

Ich werde rot.

»Ja.« Recht viel kleinlauter könnte ich nicht klingen.

»Dann sind Sie möglicherweise schwanger«, stellt sie fest.

Wie bitte? Mein Unterbewusstsein geht würgend zu Boden, und mir wird ebenfalls übel. *Nein!*

»Ich bräuchte eine Urinprobe«, sagt sie ganz sachlich.

Artig nehme ich den kleinen Plastikbecher, den sie mir hinhält, und gehe damit ins Bad. *Nein. Nein. Nein. Bitte nicht!*

Wie wird Christian reagieren? Er flippt sicher aus.

Bitte nein!, bete ich stumm.

Ich reiche Dr. Greene die Probe, und sie steckt vorsichtig ein weißes Stäbchen hinein.

»Wann hat Ihre letzte Periode eingesetzt?«

Wie soll ich über so etwas nachdenken, wenn meine ganze Aufmerksamkeit dem Stäbchen gilt?

»Äh … am ersten Juni.«

»Und wann haben Sie aufgehört, die Pille zu nehmen?«

»Letzten Sonntag.«

Sie schürzt die Lippen. »Dann sollten Sie aus dem Schneider sein. Ihrem Gesichtsausdruck nach zu urteilen, wäre Ihnen eine ungeplante Schwangerschaft nicht gerade recht. Wenn Sie die Pille nicht zuverlässig jeden Tag nehmen, ist die Dreimonatsspritze eine gute Alternative.« Sie straft mich mit einem strengen Blick und hält das weiße Stäbchen hoch.

»Alles okay. Der Eisprung hat noch nicht stattgefunden, was bedeutet, dass Sie, vorausgesetzt, Sie haben Vorkehrungen getroffen, nicht schwanger sein dürften. Ein paar Worte zu der Spritze. Wir haben uns das letzte Mal wegen der möglichen Nebenwirkungen dagegen entschieden, aber die Nebenwirkungen, die ein Kind mit sich bringt, sind bedeutend weitreichender und langfristiger.« Sie lächelt über ihren kleinen Scherz, während ich in meiner Schockstarre zu keiner Reaktion fähig bin.

Dr. Greene klärt mich zwar rückhaltlos über die potenziellen Nebenwirkungen auf, aber ich bekomme kein Wort von dem mit, was sie sagt. Ich würde eher damit fertigwerden, jede Nacht von einer Frau an meinem Bett besucht zu werden, als Christian sagen zu müssen, dass ich schwanger bin.

»Ana, kommen Sie, bringen wir's hinter uns«, reißt Dr. Greene mich aus meinen Gedanken, und ich schiebe artig den Ärmel hoch.

Christian schließt die Tür hinter Dr. Greene. »Alles in Ordnung?«, erkundigt er sich.

Als ich stumm nicke, sieht er mich mit besorgtem Blick an. »Anastasia, was ist los? Was hat Dr. Greene gesagt?«

»In sieben Tagen wird das Leben für dich leichter.«

»In sieben Tagen?«

»Ja.«

»Ana, was ist?«

Ich schlucke. »Mach dir keine Sorgen. Bitte, Christian, lass mich einfach in Ruhe.«

Christian umfasst mein Kinn und sieht mir in die Augen, um die Ursache für meine Panik zu ergründen.

»Sag's mir«, fordert er mich auf.

»Es gibt nichts zu sagen. Ich würde mich jetzt gern anziehen.« Ich winde mich aus seinem Griff.

Er fährt sich stirnrunzelnd mit der Hand durch die Haare. »Lass uns duschen.«

»Okay«, murmle ich geistesabwesend, und er verzieht den Mund.

»Komm.« Er zieht mich ins Bad, wo er die Dusche aufdreht und sich hastig auskleidet, bevor er sich mir zuwendet.

»Ich weiß nicht, was für eine Laus dir über die Leber gelaufen ist oder ob du nur schlechte Laune hast, weil du zu wenig geschlafen hast«, sagt er, während er meinen Bademantel öffnet. »Bitte sprich mit mir, sonst befürchte ich das Schlimmste.«

Scheiße! Aber na gut ...

»Dr. Greene hat mich geschimpft, weil ich die Pille vergessen habe, und gesagt, ich könnte schwanger sein.«

»Was?« Er erstarrt in der Bewegung.

»Zum Glück bin ich es nicht. Sie hat einen Test gemacht. Es war ein Schock, das ist alles. Wie konnte ich nur so dumm sein?«

Er entspannt sich sichtlich. »Bist du sicher?«

»Ja.«

Er stößt einen tiefen Seufzer aus. »Gut. Ich kann verstehen, dass dich das aus der Fassung bringt.«

Ich runzle die Stirn. ... *aus der Fassung bringt?* »Ich hatte eher Angst vor deiner Reaktion.«

Er sieht mich verwundert an. »Vor meiner Reaktion? Na ja,

natürlich bin ich erleichtert … Es wäre höchst unachtsam und obendrein schlechter Stil, dich zu schwängern.«

»Dann sollten wir vielleicht enthaltsam leben«, zische ich.

»Du hast ziemlich schlechte Laune heute Morgen.«

»Es war ein Schock, das ist alles«, wiederhole ich trotzig.

Er zieht mich an den Aufschlägen meines Bademantels zu sich heran, küsst mich auf die Stirn und drückt meinen Kopf gegen seine Brust. Die Haare darauf kitzeln mich an der Wange.

»Ana, das bin ich nicht gewohnt«, murmelt er. »Mein Instinkt rät mir, es aus dir herauszuprügeln, aber ich bezweifle, dass du das möchtest.«

»Allerdings. Das hier ist besser.« Ich schließe die Arme fester um Christian, und wir stehen endlos lange in dieser merkwürdigen Umarmung da, Christian nackt, ich im Bademantel. Wieder verschlägt mir seine Aufrichtigkeit die Sprache. Er weiß nichts über Beziehungen, und ich weiß, abgesehen von dem wenigen, das ich von ihm gelernt habe, auch nichts. Er hat mich um Vertrauen und Geduld gebeten; vielleicht sollte ich das Gleiche tun.

»Komm, lass uns duschen«, sagt Christian schließlich, löst sich von mir und schält mich aus dem Bademantel.

Ich trete mit ihm unter die Dusche und strecke das Gesicht ins Wasser. Unter dem riesigen Duschkopf ist genug Platz für uns beide. Christian greift nach dem Shampoo und beginnt, sich die Haare zu waschen. Dann reicht er es mir, und ich tue es ihm gleich.

Wie angenehm. Genüsslich gebe ich mich mit geschlossenen Augen ganz der reinigenden Kraft des Wassers hin. Als ich das Shampoo ausspüle, spüre ich, wie er mich einseift: meine Schultern, meine Arme, meine Achseln, meine Brüste, meinen Rücken. Er dreht mich sanft herum und zieht mich an sich, während er sich dem unteren Teil meines Körpers zuwendet: meinem Bauch, meinem Unterleib, seine geschickten Finger zwischen meinen Beinen – *hm* –, meinem Po. Es fühlt sich so gut und vertraut an. Er dreht mich wieder zu sich herum.

»Hier«, sagt er und reicht mir das Duschgel. »Ich möchte, dass du mir die Lippenstiftreste abwäschst.«

Überrascht öffne ich die Augen.

»Entfern dich nicht zu weit von der Linie«, bittet er mich nervös.

»Okay.« Mein Gott, was für ein Vertrauensbeweis! Ich darf ihn am Rand der verbotenen Zone berühren.

Ich spritze ein wenig Duschgel aus der Tube, schäume es zwischen den Händen auf, lege sie auf seine Schultern und wasche vorsichtig die Linie auf beiden Seiten weg. Er hält mit geschlossenen Augen still. Sein Gesicht ist ausdruckslos, aber er atmet schnell. Nicht vor Lust, sondern aus Angst. Diese Erkenntnis trifft mich bis ins Mark.

Mit zitternden Fingern folge ich der Linie seine Brust hinunter und seife ihn ein; er schluckt mit zusammengebissenen Zähnen. Mir schnürt es Herz und Kehle zu. *O nein, gleich fange ich an zu weinen.*

Als ich innehalte, um mehr Gel auf meine Hand zu geben, spüre ich, wie er sich entspannt.

»Bereit?«, frage ich leise.

»Ja«, flüstert er rau.

Sanft lege ich die Hände auf beide Seiten seiner Brust, und wieder erstarrt er.

Ich bin überwältigt von seinem Vertrauen, von seiner Furcht, von dem Schmerz, der diesem wunderschönen gefallenen Engel zugefügt wurde.

Tränen treten mir in die Augen und vermengen sich mit dem Wasser der Dusche. *O Christian, wer hat dir das bloß angetan?*

Sein Zwerchfell bewegt sich hektisch bei jedem flachen Atemzug, und seine Muskeln verhärten sich, als meine Hände der Linie folgen und sie entfernen. Könnte ich doch auch seinen Schmerz wegwaschen! Am liebsten würde ich all seine Narben wegküssen, jene schrecklichen Jahre der Vernachlässigung. Doch ich weiß, dass ich das nicht kann.

»Bitte wein nicht«, raunt er und schließt mich fest in seine Arme.

Da breche ich in lautes Schluchzen aus und vergrabe mein Gesicht an seinem Hals, während ich an den verängstigten, vernachlässigten kleinen Jungen denke.

Er küsst mich zärtlich. »Bitte nicht weinen, Ana, bitte. Das ist lange her. Ich sehne mich nach deiner Berührung, kann sie aber nicht ertragen. Es ist zu viel. Bitte, bitte, nicht weinen.«

»Ich würde dich so gern anfassen. Dich so zu erleben, so verletzt und voller Angst, Christian … das tut mir unglaublich weh. Ich liebe dich so sehr.«

Er lässt seinen Daumen über meine Unterlippe gleiten. »Ich weiß, ich weiß.«

»Es ist sehr leicht, dich zu lieben, begreifst du das denn nicht?«

»Nein, Ana, das begreife ich nicht.«

»Doch. Ich liebe dich wie deine Familie. Und Elena und Leila, obwohl sie eine merkwürdige Art haben, es zu zeigen. Du bist unserer Liebe würdig.«

»Hör auf.« Er legt den Finger auf meine Lippen und schüttelt gequält den Kopf. »Das ertrage ich nicht. Ich bin ein Nichts, Anastasia, der Schatten eines Menschen. Ich habe kein Herz.«

»O doch. Und dieses Herz will ich, und zwar ganz. Du bist ein guter Mensch, Christian, ein sehr guter. Daran darfst du nicht zweifeln. Sieh doch nur, was du erreicht hast«, schluchze ich. »Was du für mich getan, worauf du für mich verzichtet hast. Ich weiß, was du für mich empfindest.«

Er sieht mich mit großen Augen an. Nun ist nur noch das Prasseln des Wassers zu hören.

»Du liebst mich«, flüstere ich.

Er holt tief Luft. Plötzlich wirkt er schrecklich verletzlich. »Ja«, flüstert er zurück. »Das tue ich.«

NEUN

Mein Jubel kennt keine Grenzen. Als ich voller Glück in Christians Augen blicke, starrt mein Unterbewusstsein mich mit offenem Mund an.

Sein süßes Geständnis klingt wie eine Bitte um Absolution; seine Worte sind meine Himmelsspeise. Wieder treten mir Tränen in die Augen. *Ja, du liebst mich, das weiß ich.*

Was für eine Befreiung, als hätte jemand eine schwere Last von mir genommen. Dieser wunderschöne, abgefuckte Mann, mein einstiger romantischer Held – er ist tatsächlich ein starker, geheimnisvoller Einzelgänger, zerbrechlich und voller Hass auf sich selbst. In diesem Moment weiß ich, dass mein Herz groß genug ist für uns beide. Das *hoffe* ich zumindest.

Ich küsse ihn zärtlich und lege all meine Liebe in diesen Kuss. Christian schlingt die Arme um mich, als wäre ich für ihn so wichtig wie die Luft zum Atmen.

»Ana«, flüstert er heiser, »ich will dich, aber nicht hier.«

»Ja«, gebe ich genauso leidenschaftlich zurück.

Er schaltet die Dusche aus und legt den Bademantel um meine Schultern. Dann hüllt er ein Handtuch um seine Taille und rubbelt mir mit einem anderen sanft die Haare trocken. Am Ende wickelt er es um meinen Kopf. Ich betrachte mich in dem großen Spiegel über dem Waschbecken. Es sieht aus, als würde ich einen Turban tragen. Unsere Blicke treffen sich, glühend graue Augen und leuchtend blaue. Da kommt mir eine Idee.

»Darf ich mich revanchieren?«, frage ich.

Er nickt, zieht aber die Stirn in Falten. Ich hole ein weiteres flauschiges Handtuch von dem Stapel, stelle mich auf die Zehenspitzen und fange an, seine Haare zu trocknen. Als er sich ein wenig vorbeugt, um mir die Arbeit zu erleichtern, bemerke ich, dass er wie ein kleiner Junge grinst.

»Es ist lange her, dass das jemand für mich getan hat. Sehr lange«, gesteht er. »Ich glaube, mir hat noch nie jemand die Haare getrocknet.«

»Grace hat das doch sicher gemacht, als du klein warst, oder?«

Er schüttelt den Kopf. »Nein. Sie hat meine Grenzen vom ersten Tag an respektiert, obwohl es ihr schwergefallen ist. Ich war ein sehr selbstständiges Kind.«

Der Gedanke an den kleinen Jungen mit den kupferfarbenen Haaren, der ganz auf sich allein gestellt ist, weil niemand sonst sich um ihn kümmert, stimmt mich traurig.

»Ich fühle mich geehrt«, necke ich ihn sanft, denn ich möchte nicht, dass diese Traurigkeit das zarte Pflänzchen unserer Vertrautheit zerstört.

»Völlig zu Recht, Miss Steele. Ich fühle mich ebenfalls geehrt.«

»Das sollten Sie mal lieber auch, Mr. Grey.«

Als ich mit seinen Haaren fertig bin, stelle ich mich mit einem frischen Handtuch hinter ihn. Wieder treffen sich unsere Blicke im Spiegel.

»Darf ich etwas ausprobieren?«

Nach kurzem Zögern nickt er. Vorsichtig tupfe ich mit dem weichen Stoff die Wassertropfen von seinem linken Arm. Ich überprüfe seinen Gesichtsausdruck im Spiegel. Er blinzelt.

Als ich seinen Bizeps küsse, öffnet sich sein Mund ein wenig. Ich trockne auch seinen anderen Arm ab und hauche ihm dabei Küsse auf den Bizeps. Ein Lächeln huscht über sein Gesicht. Dann wende ich mich seinem Rücken unter der verblassenden Lippenstiftlinie zu.

»Den ganzen Rücken«, sagt er leise, »mit dem Handtuch.«

Er holt tief Luft und drückt die Augen fest zu, als ich ihn mit schnellen Bewegungen abtrockne, sorgfältig darauf bedacht, ihn nur mit dem Tuch zu berühren.

Was für ein schöner Rücken, einzig die Narben stören.

Nur mit Mühe unterdrücke ich den Drang, sie alle einzeln zu küssen. Als ich fertig bin, atmet er aus, und ich belohne ihn mit einem Kuss auf die Schulter. Dann widme ich mich seinem Bauch. Erneut treffen sich unsere Blicke im Spiegel; er wirkt belustigt, aber auch misstrauisch.

»Halt mal.« Als ich ihm ein kleines Gesichtshandtuch reiche, runzelt er verwundert die Stirn. »Weißt du noch in Georgia? Du hast meine Hände geführt.«

Obwohl seine Miene sich verfinstert, lege ich die Arme um ihn. Im Spiegel sehen wir – er nackt und ich mit Turban – aus, als wären wir Teil eines Barockgemäldes mit biblischem Thema.

Ich greife nach seiner Hand, die er mir bereitwillig überlässt, und hebe sie mit dem Tuch an seine Brust. Wir lassen es langsam und ein wenig unbeholfen gemeinsam darübergleiten. Einmal, zweimal – noch einmal. Starr vor Anspannung verfolgt er im Spiegel die Bewegungen meiner Hand auf seiner.

Mein Unterbewusstsein beobachtet alles mit anerkennendem Blick; seine sonst so oft geschürzten Lippen sind zu einem Lächeln verzogen. Ich fühle mich wie eine Puppenspielerin. Obwohl ich seine Furcht deutlich spüre, hält er mit dunkler werdenden Augen den Blickkontakt aufrecht.

Will ich diesen Pfad tatsächlich beschreiten? Mich mit seinen Dämonen auseinandersetzen?

»Ich glaube, du bist trocken.« Ich lasse die Hand sinken.

Sein Atem geht schneller. »Ich brauche dich, Anastasia.«

»Ich brauche dich auch.« Ich kann mir tatsächlich nicht mehr vorstellen, ohne Christian zu sein.

»Lass mich dich lieben«, bittet er mit heiserer Stimme.

»Ja«, antworte ich, und er schließt mich in die Arme. Seine Lippen flehen mich an, verehren mich … lieben mich.

Seine Finger wandern meinen Rücken entlang, während wir einander in einem Gefühl vollkommener Befriedigung ansehen. Wir liegen beieinander, ich auf dem Bauch, die Arme um mein Kissen geschlungen, er neben mir, und ich genieße seine zärtliche Berührung. Ich weiß, wie wichtig diese Berührung auch für ihn ist. Ich bin Balsam für seine Seele, eine Quelle des Trostes. Wie könnte ich ihm etwas abschlagen? Es ist doch umgekehrt ganz genauso.

»Du kannst also auch zärtlich sein«, murmle ich.

»Hm … Scheint fast so, Miss Steele.«

Ich grinse. »Beim ersten Mal warst du es nicht.«

»Nein?«, fragt er mit spöttisch verzogenem Mund. »Als ich dir deine Unschuld geraubt habe.«

»Du hast sie mir nicht geraubt«, widerspreche ich – ich bin keine hilflose Maid. »Ich habe sie dir bereitwillig und aus freien Stücken geschenkt. Wenn ich mich richtig erinnere, hatte ich großen Spaß daran.«

»Ich auch, Miss Steele. Ich tue mein Bestes.« Er wird ernst. »Und nun gehörst du mir, ganz mir.«

»Ja«, sage ich mit leiser Stimme. »Darf ich dich etwas fragen?«

»Nur zu.«

»Dein leiblicher Vater, weißt du, wer er war?« Der Gedanke beschäftigt mich schon einige Zeit.

Er schüttelt den Kopf. »Keine Ahnung. Zum Glück nicht dieses Tier, ihr Zuhälter.«

»Wieso bist du dir da so sicher?«

»Mein Dad … Carrick hat etwas in dieser Richtung gesagt.«

Ich sehe Christian erwartungsvoll an.

»Wie immer neugierig, die gute Anastasia«, seufzt er. »Der Zuhälter hat die Leiche der Crackhure nach vier Tagen entdeckt und die Polizei informiert. Beim Gehen hat er die Tür zugemacht und mich allein mit ihr zurückgelassen … mit der Leiche.« Seine Augen verschleiern sich.

Ich atme deutlich hörbar ein. Armer kleiner Junge …

»Bei der Polizei hat er später bestritten, etwas mit mir zu tun zu haben, und Carrick behauptet, er hätte keinerlei Ähnlichkeit mit mir.«

»Erinnerst du dich noch, wie er aussah?«

»Ana, das ist ein Teil meines Lebens, an den ich nicht allzu oft denke. Ja, ich erinnere mich an ihn. Ich werde ihn nie vergessen.« Christians Miene wird härter, sein Blick kalt. »Können wir von etwas anderem reden?«

»Tut mir leid, ich wollte dich nicht aus der Fassung bringen.« Er schüttelt den Kopf. »Das ist Schnee von gestern, Ana. Damit möchte ich mich nicht belasten.«

»Du hast vorher was von einer Überraschung gesagt …« Als ich das Thema wechsle, hellt sich seine Miene sofort auf.

»Könntest du dir vorstellen, raus an die frische Luft zu gehen? Ich möchte dir etwas zeigen.«

»Gern.«

Erstaunlich, wie schnell sich seine Stimmung wieder einmal ändert. Als er mich mit seinem jungenhaften, sorglosen Lächeln ansieht, setzt mein Herz vor Freude einen Schlag aus. Er gibt mir einen Klaps auf den Hintern.

»Zieh dich an. Jeans. Hoffentlich hat Taylor die für dich eingepackt.«

Er steht auf und schlüpft in seine Boxershorts. »Auf«, befiehlt er mir, herrisch wie immer.

»Ich bewundere gerade deinen Anblick.«

Er grinst.

Beim Anziehen wird mir bewusst, dass wir uns synchron bewegen – wie Menschen, die einander sehr gut kennen. Gelegentlich tauschen wir ein verlegenes Lächeln und eine zärtliche Berührung aus. Ich merke, dass das für ihn genauso neu ist wie für mich.

»Trockne dir die Haare«, weist Christian mich an, sobald wir angezogen sind.

»Alter Tyrann«, erwidere ich spöttisch.

»Daran wird sich nie was ändern, Baby. Ich möchte nicht, dass du krank wirst.«

Ich verdrehe die Augen, und er verzieht belustigt den Mund.

»Miss Steele, meine Handflächen jucken immer noch.«

»Freut mich zu hören, Mr. Grey. Ich hatte schon befürchtet, dass Sie den Biss verlieren.«

»Ich könnte Ihnen ganz leicht beweisen, dass das nicht der Fall ist.« Christian nimmt einen cremefarbenen Pullover mit Zopfmuster aus seiner Tasche und hängt ihn sich über die Schultern. Mit dem weißen T-Shirt und den Jeans, den zerzausten Haaren und dem Pullover sieht er aus, als wäre er den Seiten eines Hochglanzmodemagazins entsprungen.

Wie kann ein Mensch nur so attraktiv sein? Ich weiß nicht, ob seine Schönheit mich ablenkt oder ob es daran liegt, dass er mich liebt – jedenfalls habe ich keine Angst mehr vor ihm. So ist Christian mit seinen zahlreichen Facetten eben.

Als ich nach dem Föhn greife, keimt Hoffnung in mir auf. Wir werden einen Weg finden. Wir müssen nur einfach unsere jeweiligen Bedürfnisse erkennen und befriedigen. *Das schaffe ich doch, oder?*

Ich sehe mich im Spiegel der Frisierkommode an: Ich trage die hellblaue Bluse, die Taylor für mich gekauft und eingepackt hat. Meine Haare sind wie üblich eine Katastrophe, mein Gesicht ist gerötet, meine Lippen sind geschwollen – ich lasse die Finger darübergleiten, erinnere mich an Christians brennende Küsse und kann mir ein kleines Lächeln nicht verkneifen. *Ja, er hat gesagt, dass er mich liebt.*

»Wohin genau soll's denn gehen?«, frage ich im Foyer, als wir auf den Hoteldiener warten.

Christian tippt sich gegen die Nase und zwinkert mir verschwörerisch zu.

So habe ich ihn bis jetzt nur beim Segelfliegen erlebt – vielleicht machen wir das jetzt wieder. Ich erwidere sein strahlendes Lächeln.

»Weißt du, wie glücklich du mich machst?«, flüstert er.

»Ja, das weiß ich. Und umgekehrt ist es genauso.«

Der Hoteldiener braust mit Christians Wagen heran. Auch er grinst breit. Heute scheinen alle glücklich zu sein.

»Toller Wagen, Sir«, sagt er, als er Christian die Schlüssel reicht.

Christian gibt ihm augenzwinkernd ein obszön hohes Trinkgeld.

Ich runzle die Stirn. *Also wirklich.*

Auf der Fahrt wirkt Christian nachdenklich. Aus den Lautsprechern erklingt die seelenvoll-traurige Stimme einer Frau.

»Wir machen einen kleinen Umweg. Dauert nicht lange«, teilt Christian mir mit.

Warum das? Ich bin doch so schrecklich neugierig auf seine Überraschung. Meine innere Göttin hüpft vor Ungeduld auf und ab wie ein fünfjähriges Mädchen.

»Kein Problem«, sage ich. Irgendetwas stimmt nicht. Plötzlich sieht er sehr entschlossen aus.

Er lenkt den Wagen auf den Parkplatz eines Autohändlers.

»Wir besorgen dir einen neuen Wagen«, erklärt er. Ich sehe ihn mit großen Augen an.

Heute? An einem Sonntag? Bei einem Saab-Händler?

»Keinen Audi?« Ein anderer Kommentar fällt mir nicht ein. Er wird rot. Christian verlegen? Das ist ja mal was ganz Neues!

»Ich dachte, du hast Lust auf Abwechslung.«

Diese Gelegenheit, mich über ihn lustig zu machen, lasse ich mir nicht entgehen. Ich lächle spöttisch. »Ein Saab?«

»Ja. Ein 9-3. Komm.«

»Wieso bist du so versessen auf ausländische Autos?«

»Die Deutschen und die Schweden bauen die sichersten Autos der Welt, Anastasia.«

Ach, tatsächlich? »Hast du nicht schon einen neuen Audi A3 bestellt?«

»Den kann ich auch wieder abbestellen. Komm.« Er steigt aus, geht um den Wagen herum und öffnet mir die Tür.

»Ich schulde dir noch ein Geschenk zum Uni-Abschluss«, sagt er und streckt mir die Hand hin.

»Christian, das ist wirklich nicht nötig.«

»Doch. Bitte komm.«

Ich füge mich in mein Schicksal. Ein Saab? Will ich einen Saab? Ich war mit der flotten Sub-Schleuder, wie ich den Audi insgeheim nenne, sehr zufrieden.

Leider ist er jetzt unter Eimern weißer Farbe verschüttet … Ich erschaudere. Und sie ist nach wie vor da draußen unterwegs.

Wir betreten den Ausstellungsraum.

Der Verkäufer Troy Turniansky, der einen Abschluss wittert, stürzt sich sofort auf Christian. Sein Akzent klingt ausländisch. Vielleicht ist er Brite. Schwer zu sagen.

»Ein Saab, Sir? Gebraucht?« Er reibt sich vergnügt die Hände.

»Neu.«

Neu!

»Hatten Sie an ein bestimmtes Modell gedacht, Sir?«

»Ja, an einen 9-3 2.0 T Sportwagen.«

»Ausgezeichnete Wahl, Sir.«

»Welche Farbe, Anastasia?« Christian wendet sich mir zu.

»Hm … schwarz?« Ich zucke mit den Achseln. »Das ist wirklich nicht nötig.«

Er runzelt die Stirn. »Schwarz ist nachts schwer zu sehen.«

Herrgott. Ich widerstehe der Versuchung, die Augen zu verdrehen. »Du hast doch auch einen schwarzen Wagen.«

Er bedenkt mich mit einem finsteren Blick.

»Na schön, dann eben kanariengelb«, sage ich.

Christian verzieht das Gesicht – kanariengelb ist offenbar nicht nach seinem Geschmack.

»Welche Farbe möchtest du denn?«, frage ich ihn wie einen kleinen Jungen, der er ja oft ist.

»Silber oder weiß.«

»Okay, silber. Du weißt, dass ich auch gern den Audi nehme«, füge ich hinzu.

Troy, der seine Felle davonschwimmen sieht, wird blass. »Vielleicht ein Cabrio, Ma'am?«, fragt er, vor Begeisterung in die Hände klatschend.

Meinem Unterbewusstsein sträuben sich die Nackenhaare, doch meine innere Göttin ringt es nieder. *Cabrio? Sabber, lechz, Gier!*

Christian sieht mich stirnrunzelnd an. »Cabrio?«, fragt er skeptisch.

Ich werde rot. Es ist, als hätte er eine Hotline zu meiner inneren Göttin. Manchmal geht mir das ganz schön auf die Nerven. Ich starre meine Hände an.

Christian wendet sich Troy zu. »Wie sieht's beim Cabrio mit der Sicherheit aus?«

Troy, der seine Chance erkennt, leiert alle möglichen statistischen Daten herunter.

Natürlich ist meine Sicherheit für Christian oberstes Gebot. Er lauscht Troys eingeübten Sprüchen andächtig.

Weil er mich liebt. Die Erinnerung an seine geflüsterten Worte vom Morgen erzeugt ein angenehm warmes Gefühl in meinem Körper. Dieser Mann – Gottes Geschenk an die Frauen – liebt mich.

Ich ertappe mich bei einem dümmlichen Grinsen. Als er meinen Gesichtsausdruck bemerkt, reagiert er belustigt und ein wenig verwundert.

»Was auch immer Sie beglückt, Miss Steele, geben Sie mir doch bitte etwas von dem Rauschmittel ab«, flüstert er mir zu, als Troy zu seinem Computer trottet.

»Ich bin berauscht von Ihnen, Mr. Grey.«

»Ach nein. Du wirkst tatsächlich ein bisschen high.« Er gibt mir einen schnellen Kuss. »Danke, dass du den Wagen annimmst und dich nicht so sträubst wie letztes Mal.«

»Na ja, es ist kein Audi A3.«

Er lächelt spöttisch. »Das ist nicht das richtige Auto für dich.«

»Mir hat er gefallen.«

»Sir, ich habe bei unserer Niederlassung in Beverly Hills einen 9-3 für Sie aufgetrieben. Sie könnten ihn in ein paar Tagen hier bei uns abholen«, verkündet Troy triumphierend.

»Mit Luxusausstattung?«

»Ja, Sir.«

»Wunderbar.« Christian nimmt seine Kreditkarte aus der Tasche, oder ist das die von Taylor? Plötzlich frage ich mich, wie es Taylor wohl geht, ob er Leila in der Wohnung gefunden hat, und reibe mir die Stirn. Ja, ich beginne, Christians Lasten mitzutragen.

»Wenn Sie bitte mitkommen würden, Mr. …« Troy wirft einen Blick auf die Kreditkarte. »… Grey.«

Christian öffnet mir die Tür, und ich nehme auf dem Beifahrersitz Platz.

»Danke«, sage ich, sobald er ebenfalls sitzt.

»Gern geschehen, Anastasia.«

Als Christian den Motor anlässt, erklingt wieder die Musik.

»Wer ist das?«, erkundige ich mich.

»Eva Cassidy.«

»Tolle Stimme.«

»Ja, hatte sie.«

»Oh.«

»Sie ist jung gestorben.«

»Schade.«

»Hast du Hunger? Du hast dein Frühstück nicht aufgegessen.« Er kann sich einen kurzen missbilligenden Blick nicht verkneifen.

Oje. »Ja.«

»Dann also zuerst Lunch.«

Christian fährt am Alaskan Way Viaduct entlang Richtung Norden. Wieder ein strahlender Tag; in den vergangenen Wochen ist das Wetter für Seattle ungewöhnlich gut gewesen. Christian wirkt glücklich und entspannt. Habe ich mich in seiner Gegenwart schon jemals so wohlgefühlt? Ich weiß es nicht.

Inzwischen verunsichern mich seine Stimmungsumschwünge nicht mehr so sehr, ich bin mir ziemlich sicher, dass er mich nicht bestrafen wird, und auch er wirkt in meiner Gesellschaft entspannter. Er biegt nach links ab, folgt der Küstenstraße und lenkt den Wagen schließlich auf einen Parkplatz gegenüber von einem großen Jachthafen.

»Wir essen hier. Ich mach dir die Tür auf«, verkündet er. Ich sehe zu, wie er um den Wagen herumgeht. Wird sich seine Wirkung auf mich jemals abschwächen?

Wir schlendern Arm in Arm zum Jachthafen.

»So viele Boote«, staune ich beeindruckt.

Hunderte in allen Formen und Größen schaukeln auf dem ruhigen Wasser des Hafens. Draußen auf dem Puget Sound sind Dutzende von Segeln zu erkennen. Als der Wind auffrischt, ziehe ich meine Jacke enger um den Leib.

»Frierst du?«, fragt er und drückt mich näher an sich.

»Nein, ich bewundere nur den Ausblick.«

»Ich könnte auch den ganzen Tag aufs Meer schauen. Komm, hier lang.«

Christian führt mich in ein großes Lokal direkt am Wasser und macht sich sofort auf den Weg zur Theke. Die Einrichtung orientiert sich eher am Stil von Neuengland als an dem der Westküste – weiß verputzte Wände, fahlblaues Mobiliar und überall Bootszubehör. Ein heller, freundlicher Ort.

»Mr. Grey!«, begrüßt der Barmann Christian erfreut. »Was kann ich heute für Sie tun?«

»Hallo Dante.« Wir setzen uns auf Barhocker. »Diese hübsche Dame hier ist Anastasia Steele.«

»Willkommen in SP's Place.« Dante schenkt mir ein strahlendes Lächeln und mustert mich mit seinen dunklen Augen. In seinem Ohr funkelt ein großer Brillant. Er ist mir sofort sympathisch.

»Was möchten Sie trinken, Anastasia?«

Ich wende mich Christian zu, der mich erwartungsvoll ansieht. *Ach, ich darf wählen!*

»Bitte sagen Sie doch Ana zu mir. Ich nehme das Gleiche wie Christian«, antworte ich verlegen lächelnd. Christian kennt sich mit Wein viel besser aus als ich.

»Ich nehme ein Bier. Dies ist das einzige Lokal in Seattle, wo es Adnams Explorer gibt.«

»Ein Bier?«

»Ja. Bitte zwei Explorer, Dante.«

Dante stellt das Bier auf die Theke.

»Die Fischsuppe hier ist klasse«, sagt Christian zu mir und sieht mich fragend an.

»Fischsuppe und Bier klingt prima.«

»Zweimal Fischsuppe?«, erkundigt sich Dante.

»Ja, bitte«, antwortet Christian.

Beim Essen unterhalten wir uns wie nie zuvor. Christian wirkt glücklich und lebhaft trotz der Ereignisse von gestern. Als er mir die Geschichte von Grey Enterprises Holdings, Inc. erzählt, spüre ich, wie er sich dafür begeistert, Unternehmen in Schieflage wieder auf die Beine zu helfen, wie sehr er auf die Technologie hofft, die er entwickelt, und davon träumt, die Landwirtschaft in der Dritten Welt produktiver zu gestalten. Fasziniert höre ich ihm zu. Er ist witzig, klug und menschenfreundlich, und er liebt mich.

Im Gegenzug löchert er mich mit Fragen über Ray und meine Mutter, über meine Jugend in den grünen Wäldern von Montesano und meine kurzen Aufenthalte in Texas und Vegas. Er möchte wissen, was meine Lieblingsbücher und -filme sind, und mich überrascht, wie viele Gemeinsamkeiten wir haben.

Im Lauf unseres Gesprächs wird mir klar, dass er sich in sehr kurzer Zeit von Thomas Hardys Alec in Angel verwandelt, dass er von der Erniedrigung zum hohen Ideal umgeschwenkt hat.

Es ist kurz nach zwei, als wir mit dem Essen fertig sind. Christian begleicht die Rechnung bei Dante, der sich freundlich von uns verabschiedet.

»Nettes Lokal. Danke für den Lunch«, sage ich zu Christian, als dieser beim Gehen meine Hand nimmt.

»Wir kommen wieder mal her«, verspricht er. »Jetzt möchte ich dir etwas zeigen.«

»Ich kann's kaum erwarten.«

Wir schlendern durch den Jachthafen. Es ist Sonntagnachmittag, die Leute führen ihre Hunde spazieren, bewundern die Boote, sehen ihren Kindern zu, wie sie die Promenade entlanglaufen.

Die Boote werden immer größer. Auf dem Pier bleibt Christian vor einem riesigen Katamaran stehen.

»Ich hab mir gedacht, wir gehen heute Nachmittag Segeln. Das ist mein Boot.«

Wahnsinn! Das Ding ist bestimmt fünfzehn Meter lang. Zwei schlanke weiße Rümpfe, ein Deck mit geräumiger Kabine und ein gewaltiger Mast. Ich kenne mich mit Booten nicht aus, aber sogar mir ist klar, dass das etwas Besonderes ist.

»Wow …«

»Von meinem Unternehmen entwickelt«, erklärt er stolz. »Von den besten Bootskonstrukteuren der Welt entworfen und hier in Seattle in meiner Werft gebaut. Es hat Hybridantrieb, asymmetrische Steckschwerter …«

»Das sagt mir alles nichts, Christian.«

Er grinst. »Na ja, es ist eben einfach ein tolles Boot.«

»Sieht ganz so aus, Mr. Grey.«

»Allerdings, Miss Steele.«

»Wie heißt es?«

Er zieht mich auf die Seite, so dass ich den Namen lesen kann: The Grace. »Du hast es nach deiner Mutter benannt?«, frage ich erstaunt.

»Ja. Warum wundert dich das?«

Ich zucke mit den Achseln. Er wirkt in ihrer Gegenwart immer irgendwie zwiegespalten.

»Ich liebe meine Mutter abgöttisch, Anastasia. Warum sollte ich mein Boot nicht nach ihr benennen?«

Ich werde rot. »Es ist nur …« Scheiße, wie soll ich das ausdrücken?

»Anastasia, Grace Trevelyan-Grey hat mir das Leben gerettet. Ich verdanke ihr alles.«

Zum ersten Mal begreife ich, dass er seine Mutter liebt. Aber wieso dann immer diese seltsame Anspannung?

»Möchtest du an Bord kommen?«, fragt er mit leuchtenden Augen.

»Ja, gern.«

Erfreut geht er die kleine Laufplanke hinauf und zieht mich mit. An Deck bleiben wir unter der Überdachung stehen.

Auf der einen Seite befinden sich ein Tisch und eine u-förmige, mit fahlblauem Leder bezogene Sitzgelegenheit, auf der mindestens acht Personen Platz haben. Ich luge durch die geschlossene Schiebetür ins Innere der Kabine und weiche erschrocken zurück, als ich jemanden darin entdecke. Der großgewachsene, blonde Mann öffnet die Tür und tritt tiefgebräunt, mit lockigen Haaren und braunen Augen, in einem ausgewaschenen Poloshirt, Shorts und Segelschuhen heraus. Er dürfte Anfang dreißig sein.

»Mac«, begrüßt Christian ihn strahlend.

»Mr. Grey! Willkommen an Bord.«

Sie geben einander die Hand.

»Anastasia, das ist Liam McConnell. Liam, meine Freundin Anastasia Steele.«

Freundin! Meine innere Göttin vollführt einen Freudentanz. Sie ist immer noch hingerissen von dem Cabrio. Obwohl er mich nicht zum ersten Mal als seine Freundin bezeichnet hat, muss ich mich erst noch daran gewöhnen.

»Guten Tag.« Auch ich reiche Liam die Hand.

»Nennen Sie mich Mac«, bietet er mir freundlich an. Seinen Akzent kann ich nicht zuordnen. »Willkommen an Bord, Miss Steele.«

»Ana«, sage ich verlegen.

»Alles in Ordnung mit dem Boot, Mac?«, erkundigt sich Christian.

»Ja, Sir«, antwortet Mac strahlend.

»Prima.«

»Wollen Sie heute damit raus?«

»Ja.« Christian grinst Mac an. »Lust auf eine kleine Spritztour, Ana?«

»Gern.«

Ich folge ihm in die Kabine, in der sich ein cremefarbenes, L-förmiges Ledersofa und ein großes rundes Fenster mit Panoramablick auf den Jachthafen befinden. Links davon ist der Küchenbereich – bestens ausgestattet, alles in hellem Holz.

»Die Kombüse«, erklärt Christian.

Er zeigt mir die erstaunlich geräumige Kabine. Der Boden ist aus dem gleichen hellen Holz wie die Einrichtung. Alles wirkt elegant und luftig und gleichzeitig sehr funktional, als würde Christian nicht viel Zeit hier verbringen.

»Die Toiletten sind rechts und links.« Christian deutet auf zwei Türen, öffnet eine kleine, merkwürdig geformte unmittelbar vor uns und tritt ein. Dahinter verbirgt sich ein feudal eingerichtetes Schlafzimmer mit einem riesigen Bett. Der Raum ist ganz in Fahlblau und hellem Holz gehalten wie sein Schlafzimmer im Escala. Christian bleibt seinem Stil treu.

»Die Hauptkabine. Du bist die erste Frau hier drin, die nicht zu meiner Familie gehört.«

Ich werde rot, und mein Puls beschleunigt sich. *Wirklich? Noch eine Premiere.* Er zieht mich in seine Arme und küsst mich lang und leidenschaftlich. Wir sind beide außer Atem, als er sich von mir löst.

»Wir sollten das Bett einweihen«, flüstert er.

Oh, auf See!

»Aber nicht jetzt. Komm, Mac wartet.« Wir gehen zurück in den Salon, wo er auf eine Tür deutet.

»Da drin ist das Büro, und an der Vorderseite befinden sich zwei weitere Kabinen.«

»Wie viele Leute können an Bord schlafen?«

»Der Katamaran hat insgesamt sechs Kojen. Aber, wie gesagt, bis jetzt war nur meine Familie an Bord. Ich segle lieber allein. Allerdings nicht, wenn du hier bist.«

Er holt eine leuchtend rote Schwimmweste aus einer Kiste, zieht sie mir über den Kopf und zurrt alle Gurte fest. Dabei spielt ein laszives Lächeln um seine Mundwinkel.

»Das machst du gern, was?«

»Ja, ich liebe Geschirre«, bestätigt er mit einem lüsternen Grinsen.

»Perversling.«

»Wie wahr, wie wahr.« Sein Grinsen wird breiter.

»Mein ganz persönlicher Perversling«, flüstere ich.

»Ja, dein ganz persönlicher.«

Sobald die Weste festgemacht ist, legt er die Arme um mich und küsst mich erneut. »Auf ewig«, haucht er und lässt mich wieder los, bevor ich Gelegenheit habe zu reagieren.

Auf ewig! Wow!

»Komm.« Er nimmt meine Hand und führt mich hinauf zur Plicht, in der sich ein erhobener Sitz und das Steuer befinden. Mac hantiert am Bug des Boots mit Seilen.

»Hast du hier den Umgang mit Seilen gelernt?«, frage ich Christian mit Unschuldsmiene.

»Der Webeleinstek hat sich in der Tat als sehr nützlich erwiesen«, antwortet er spöttisch. »Miss Steele, Sie klingen neugierig. Das gefällt mir. Ich würde Ihnen nur zu gern meine Fertigkeiten mit dem Seil demonstrieren.«

Ich tue so, als hätte er mich schockiert. Er erschrickt.

»Reingelegt«, sage ich grinsend.

»Ich denke, darauf werde ich später noch zurückkommen. Jetzt muss ich erst mal dieses Boot lenken.« Er setzt sich, drückt auf einen Knopf, und der Motor springt an.

Mac macht ein Seil los. Bestimmt kennt er auch eine Menge Knoten. Bei dem Gedanken werde ich rot.

Mein Unterbewusstsein macht ein vorwurfsvolles Gesicht. Ich schiebe es mit einem mentalen Achselzucken beiseite und sehe Christian an – schuld an allem ist er. Er setzt sich über Funk mit der Küstenwache in Verbindung, und Mac ruft herauf, dass wir startklar sind.

Wieder verblüffen mich Christians Fähigkeiten. Gibt es irgendetwas, das dieser Mann nicht kann? Aber dann fällt mir sein Versuch, die Paprika zu schneiden, ein, und ich muss schmunzeln.

Christian lenkt die Grace vorsichtig aus ihrem Liegeplatz heraus und auf die Hafenausfahrt zu. Neugierige versammeln sich, kleine Kinder winken uns nach, und ich winke zurück.

Christian zieht mich zwischen seine Beine, um mir die Ausstattung der Plicht zu erklären. »Nimm das Steuer!«, weist er mich, herrisch wie immer, an.

»Aye, aye, Captain!«, sage ich kichernd.

Seine Hände über meine gelegt, steuert er das Boot aus dem Jachthafen hinaus. Wenige Minuten später sind wir in den kühlen Gewässern des Puget Sound. Außerhalb der schützenden Mauern der Marina weht der Wind heftiger, und Christians Vergnügen wächst im selben Maße, wie der Seegang stärker wird. Das macht einen Heidenspaß! Wir fahren in einem weiten Bogen in westlicher Richtung zur Olympic Peninsula.

»Jetzt werden die Segel gesetzt!«, ruft Christian aufgeregt aus. »Übernimm du das Steuer. Halt das Boot auf Kurs.«

Wie bitte? Meine Panik, die mir wohl ins Gesicht geschrieben steht, amüsiert ihn.

»Baby, es ist ganz einfach. Halt das Steuer und richte den Blick über dem Bug auf den Horizont. Du schaffst das, du schaffst alles. Wenn die Segel gesetzt werden, spürst du einen Ruck. Du musst das Boot nur ruhig halten. Wenn ich dir dieses Signal gebe ...« Er streicht sich mit dem Daumen über die Kehle. »... schaltest du den Motor aus. Mit dem Knopf hier.« Er deutet darauf. »Verstanden?«

»Ja.« Ich nicke, immer noch panisch. *Ach du Scheiße – ich hatte nicht erwartet, dass ich selbst Hand anlegen müsste!*

Er küsst mich kurz, bevor er sich zu Mac gesellt, um mit ihm Segel zu entrollen, Seile aufzuwickeln und Winden und Flaschenzüge zu betätigen. Sie sind ein eingespieltes Team, die beiden. Es freut mich, Christian unbeschwert mit jemand anders zu erleben.

Vielleicht sind er und Mac befreundet. Christian scheint nicht viele Freunde zu haben. Mir geht es ähnlich. Jedenfalls hier in Seattle. Meine einzige Freundin sonnt sich gerade auf Barbados.

Plötzlich habe ich Sehnsucht nach Kate. Ich kann nur hoffen, dass sie bald zurückkehrt.

Christian und Mac hissen das Großsegel. Als es sich mit Wind füllt, spüre ich den Ruck. Dann wenden sie sich dem nächsten Segel zu. Fasziniert beobachte ich, wie es den Mast hochsteigt, der Wind sich darin fängt und es bläht.

»Auf Kurs bleiben, Baby, und schalt den Motor aus!«, ruft Christian mir zu und macht die vereinbarte Geste. Ich nicke dem Mann, den ich liebe, zu, der da unten vom Wind zerzaust und mit glücklichem Gesicht in der Gischt steht.

Ich drücke auf den Knopf, das Dröhnen des Motors verstummt, und die Grace gleitet auf die Olympic Peninsula zu, als würde sie übers Wasser fliegen. Am liebsten würde ich vor Glück jubeln – dies ist nach dem Segelfliegen und dem Erlebnis in der Kammer der Qualen die intensivste Erfahrung meines Lebens.

Wow, ist dieses Boot schnell! Ich halte das Steuer mit beiden Händen fest. Christian tritt hinter mich.

»Na, wie gefällt's dir?«, ruft er mir über das Heulen des Windes und der See zu und legt seine Hände auf meine.

»Christian, es ist phantastisch!«

Er strahlt. »Warte, bis erst mal der Spinnaker oben ist.« Er deutet mit dem Kinn auf Mac, der das dunkelrote Segel entrollt. Es erinnert mich an die Wände im Spielzimmer.

»Interessante Farbe«, bemerke ich.

Er zwinkert mir grinsend zu. *Aha, die Farbe ist also bewusst gewählt.*

Der Spinnaker bläht sich zu einer großen, seltsam elliptischen Form und lässt die Grace noch schneller über den Sound jagen.

»Asymmetrisches Segel. Das bringt höhere Geschwindigkeit«, beantwortet Christian meine unausgesprochene Frage.

»Erstaunlich.« Etwas Besseres fällt mir nicht ein.

In Hochstimmung sausen wir auf die majestätischen Olympic Mountains und Bainbridge Island zu. Seattle hinter uns wird immer kleiner, und Mount Rainier liegt bereits in weiter Ferne.

Bisher hatte ich die raue Schönheit der Landschaft um Seattle herum noch gar nicht richtig gewürdigt – das satte Grün der hohen Nadelbäume und die Klippen, die hier und dort ins Meer vorspringen. An diesem wunderbar sonnigen Nachmittag wohnt dem allen eine Ruhe und Gelassenheit inne, die mir den Atem rauben.

»Wie schnell sind wir?«

»Wir machen fünfzehn Knoten.«

»Keine Ahnung, was das bedeutet.«

»Knapp dreißig Stundenkilometer.«

»Es fühlt sich viel schneller an.«

Er drückt lächelnd meine Hände. »Du bist wunderschön, Anastasia. Ich freue mich, ein wenig Farbe auf deinen Wangen zu sehen … ausnahmsweise nicht, weil du rot wirst. Jetzt machst du ein Gesicht wie auf den Fotos von José.«

Ich drehe mich zu ihm um und küsse ihn. »Sie verstehen es, einer jungen Frau Vergnügen zu bereiten, Mr. Grey.«

»Stets zu Diensten, Miss Steele.« Er schiebt meine Haare aus meinem Nacken und küsst ihn. Mir läuft ein wohliger Schauer über den Rücken. »Es macht mir Spaß, dich glücklich zu erleben«, murmelt er und schließt die Arme fester um mich.

Während ich übers Wasser blicke, frage ich mich, womit ich diesen Mann verdient habe.

Ja, du bist wirklich ein Glückspilz, faucht mein Unterbewusstsein. *Aber dir ist schon klar, dass dir mit ihm noch ein ordentliches Stück Arbeit bevorsteht. Er wird sich nicht ewig mit dieser Blümchensexscheiße zufriedengeben … Du wirst Kompromisse schließen müssen.* Ich lehne den Kopf an Christians Brust. Tief in meinem Innern weiß ich, dass mein Unterbewusstsein Recht hat, aber den Gedanken schiebe ich sofort beiseite, weil ich mir den Tag nicht verderben will.

Eine Stunde später liegen wir in einer kleinen, abgeschiedenen Bucht vor Bainbridge Island. Mac ist mit dem Schlauchboot an Land gegangen – keine Ahnung, warum. Doch, ich habe so einen Verdacht, denn sobald Mac den Außenbordmotor anlässt, ergreift Christian meine Hand und zieht mich in seine Kabine – ein Mann mit einer Mission.

Er streift mir mit geübten Fingern die Schwimmweste ab, wirft sie beiseite und mustert mich intensiv mit seinen dunkelgrauen Augen.

Ich bin schon verloren, bevor er mich berührt. Er lässt die Finger über mein Kinn, meinen Hals und mein Brustbein zum ersten Knopf meiner Bluse wandern.

»Ich will dich sehen«, raunt er, öffnet ihn geschickt und küsst mich sanft auf die Lippen.

Seine Schönheit, seine unverblümte Lüsternheit und das

sanfte Schaukeln des Bootes erregen mich. Er tritt einen Schritt zurück.

»Stripp für mich, Baby«, flüstert er mit glühendem Blick.

Ich tue ihm den Gefallen nur zu gern. Ohne den Blick von ihm zu lösen, mache ich langsam einen Knopf nach dem anderen auf. Gott, ist das sexy. Seine Erregtheit ist ihm nicht nur vom Gesicht abzulesen.

Ich lasse meine Bluse zu Boden fallen und lege die Finger auf den Knopf meiner Jeans.

»Stopp«, sagt er. »Setz dich.«

Ich nehme auf der Bettkante Platz, und er kniet vor mir nieder, um die Schnürsenkel meiner Sneakers zu lösen und sie mir mit den Socken auszuziehen. Er hebt meinen linken Fuß an, drückt einen sanften Kuss auf den Ballen meines großen Zehs und streift dann mit den Zähnen daran entlang.

Ich stöhne auf, als ich den Nachhall in meinem Unterleib spüre. Er steht mit einer eleganten Bewegung auf und zieht mich vom Bett hoch.

»Weiter«, weist er mich an und tritt erneut zurück, um mir zuzusehen.

Ich ziehe den Reißverschluss meiner Jeans hinunter und schiebe die Daumen in den Bund, um die Hose abzustreifen. Ein Lächeln spielt um seine Mundwinkel, doch sein Blick bleibt dunkel.

Ich weiß nicht, ob es daran liegt, dass er mich heute Morgen so sanft und zärtlich geliebt hat, oder an seinem leidenschaftlichen Geständnis, dass er mich tatsächlich liebt – jedenfalls bin ich kein bisschen verlegen. Ich will sexy sein für diesen Mann, der mir das Gefühl gibt, sexy zu sein. Das ist etwas Neues für mich, und unter seiner Anleitung lerne ich es. Auch für ihn ist vieles neu. Das stellt das Gleichgewicht wieder her, denke ich.

Ich trage meine neue Unterwäsche – einen weißen Spitzenstring und den dazu passenden BH einer sündteuren Designermarke. Als ich aus den Jeans steige und in der hauchzarten Wäsche vor ihm stehe, die er bezahlt hat, komme ich mir nicht mehr länger billig vor. Nein, ich habe das Gefühl, ihm zu gehören.

Ich löse die Haken meines BHs, schiebe die Träger über die Schulter herunter und lasse ihn auf meine Bluse fallen. Dann schlüpfe ich langsam aus dem Tanga, der auf meinen Knöcheln landet, und steige, erstaunt über meine eigene Anmut, heraus.

Nun stehe ich nackt vor ihm. Ich schäme mich nicht mehr, weil ich weiß, dass er mich liebt. Ich muss mich nicht länger verstecken. Er bewundert mich stumm. In seinen Augen sehe ich Begierde und seine Liebe zu mir.

Er zieht seinen cremefarbenen Pullover über den Kopf, dann das T-Shirt, so dass seine Brust zum Vorschein kommt. Dabei wendet er den Blick keine Sekunde von mir. Schuhe und Socken folgen, bevor er die Hand auf die Jeans legt.

»Lass mich das machen«, flüstere ich.

»Gern.«

Ich schiebe meine Hand in den Bund seiner Jeans und ziehe mit einem Ruck daran, so dass er gezwungen ist, näher heranzukommen. Er schnappt nach Luft angesichts meiner unerwarteten Verwegenheit. Ich öffne den Knopf, dann gleiten meine Finger zu seinem erigierten Penis, der sich unter dem Stoff abzeichnet. Er schmiegt sich gegen meine Handfläche und schließt genießerisch die Augen.

»Du wirst immer draufgängerischer, Ana«, flüstert er und küsst mich leidenschaftlich.

Ich lege die Hände auf seine Hüften – halb auf seine kühle Haut und halb auf den Bund seiner Jeans. »Du auch«, murmle ich und streiche mit den Daumen über seinen Bauch.

»Jeden Tag ein bisschen mehr.«

Ich ziehe seinen Reißverschluss herunter, meine Finger gleiten durch sein Schamhaar zu seiner Erektion und umfassen sie.

Ein leises Stöhnen entringt sich seiner Kehle, und er küsst mich noch einmal, diesmal voller Zärtlichkeit. Als meine Finger ihn liebkosen und massieren, legt er die Arme um mich, seine rechte Hand flach in meinem Kreuz, die Finger gespreizt. Seine Linke ist in meinen Haaren und drückt meinen Mund gegen seinen.

»Ich will dich so sehr, Baby«, haucht er und tritt einen Schritt zurück, um sich mit einer raschen Bewegung von den Jeans und den Boxershorts zu befreien. Nun steht er in seiner ganzen nackten Pracht vor mir.

Er ist perfekt. *Nur die Narben stören seine Schönheit*, denke ich traurig. Leider reichen sie viel tiefer als nur unter die Haut.

»Was ist los, Ana?«, fragt er und streichelt meine Wange.

»Nichts. Schlaf mit mir, jetzt.«

Er zieht mich in seine Arme und küsst mich. Mit ineinander verschlungenen Zungen stolpern wir rückwärts zum Bett. Er drückt mich sanft darauf, bevor er sich zu mir gesellt und seine Nase über meinen Kinnbogen gleiten lässt, während meine Hände zu seinen Haaren wandern.

»Hast du eine Ahnung, wie gut du riechst, Ana? Du bist einfach unwiderstehlich.«

Seine Worte haben die gleiche Wirkung wie immer – sie bringen mein Blut in Wallung und beschleunigen meinen Puls. Ehrfürchtig küsst er meine Brüste.

»Du bist so schön«, murmelt er, nimmt eine meiner Brustwarzen in den Mund und saugt zart daran.

Ich wölbe ihm stöhnend die Hüfte entgegen.

»Ich will dich hören, Baby.«

Ich genieße seine Berührung, Haut auf Haut, seinen gierigen Mund auf meinen Brüsten und seine langen, geschickten Finger, die mich liebkosen. Er bewegt sich mit kleinen Küssen über meine Hüften, meinen Po und mein Bein hinunter zu meinem Knie.

Plötzlich packt er es, drückt mein Bein hoch, schlingt es um sich. Als ich nach Luft schnappe, spüre ich sein Grinsen an meiner Haut eher, als dass ich es sehe. Er rollt uns herum, so dass ich auf ihm sitze, und reicht mir ein Kondompäckchen.

Ich rutsche ein Stück zurück, umschließe sein Glied mit der Hand, küsse es, nehme es in den Mund, lasse die Zunge darum kreisen und sauge fest daran. Er gleitet tiefer in meinen Mund. *Hm … wie gut er schmeckt.* Ich will ihn in mir spüren. Ich richte mich auf und sehe ihn an; sein Atem geht schneller, auch er lässt mich nicht aus den Augen.

Ich reiße hastig die Verpackung auf und streife das Kondom über seinen Penis. Er streckt die Hände nach mir aus. Ich ergreife eine und stütze mich mit der anderen ab, um mich langsam auf ihn herabzusenken.

Er schließt genüsslich die Augen.

Das Gefühl von ihm in mir … wie er mich weitet … mich ausfüllt, ist himmlisch. Er legt die Hände auf meine Hüften und bewegt mich auf und ab, stößt in mich hinein.

»O Baby«, flüstert er und setzt sich auf, so dass wir Nase an Nase sind.

Was für ein Gefühl! Tief Luft holend, packe ich seine Oberarme, während er meinen Kopf mit den Händen umfasst und mir in die Augen sieht – mit diesem intensiven Blick.

»O Ana, was für Gefühle du in mir weckst.« Er küsst mich leidenschaftlich.

Ich erwidere seinen Kuss, schwindelig von dem köstlichen Gefühl von ihm in mir.

»Ich liebe dich«, murmle ich.

Er stöhnt, als quälten ihn meine Worte, und dreht sich mit mir herum, so dass ich unter ihm liege. Ich schlinge die Beine um seine Hüfte.

Das sanfte Schaukeln des Boots und die Ruhe in der Kabine werden nur durch unser Keuchen unterbrochen, als er bedächtig aus mir heraus- und wieder in mich hineingleitet.

Ich fühle mich wie in einem Kokon. Ich berühre ihn – innerhalb der erlaubten Grenzen –, seine Arme, seine Haare, seinen Rücken, seinen wunderschönen Po, und meine Atmung beschleunigt sich, als sein steter Rhythmus mich höher und höher trägt. Er küsst meinen Mund, mein Kinn, meine Wange und knabbert an meinem Ohr. Ich höre seine kurzen Atemzüge bei jedem sanften Stoß.

Ich beginne zu zittern. *Oh ... Dieses Gefühl, das ich mittlerweile so gut kenne ... Ich bin nahe dran ...*

»Ja, Baby ... lass los für mich ... Ana.«

»Christian«, rufe ich aus, und er stöhnt auf, als wir gemeinsam kommen.

ZEHN

M ac wird bald zurück sein«, murmelt er.
»Hm.« Ich sehe in seine Augen. Gott, was für eine erstaunliche Farbe sie haben – besonders hier, wo sich in ihnen das glitzernde Licht des Wassers durch die kleinen Bullaugen der Kabine spiegelt.

»Ich würde so gern den ganzen Nachmittag hier bei dir liegen, aber ich werde ihm mit dem Schlauchboot helfen müssen.« Christian küsst mich zärtlich. »Ana, du bist wunderschön, so zerzaust und sexy.« Er steht auf, während ich auf dem Bauch liegen bleibe.

»Sie sind auch nicht von schlechten Eltern, Captain.« Ich schnalze bewundernd mit der Zunge, und er schmunzelt.

Ich kann mein Glück kaum fassen, dass dieser Mann, der gerade wieder so zärtlich mit mir geschlafen hat, mir gehört. Er setzt sich neben mich, um die Schuhe anzuziehen.

»Captain, soso«, wiederholt er trocken. »Nun, ich bin Herr und Meister dieses Boots.«

Ich lege den Kopf ein wenig schief. »Sie sind Herr und Meister meines Herzens, Mr. Grey.« *Und meines Körpers ... und meiner Seele.*

Er schüttelt ungläubig den Kopf. »Ich gehe an Deck. Du kannst im Bad duschen, wenn du möchtest. Brauchst du irgendetwas? Einen Drink vielleicht?«

Mir fällt keine andere Reaktion darauf ein als ein dümmliches Grinsen. Ist das noch der Christian mit den tausend Facetten?

»Was ist?«, fragt er, als er es bemerkt.

»Du.«

»Was ist mit mir?«

»Wer bist du, und was hast du mit Christian angestellt?«

Er verzieht den Mund zu einem traurigen Lächeln. »Er ist nie weit weg, Baby. Aber du wirst ihn bald wiedersehen, wenn du nicht gleich aufstehst.« Er schlägt mir aufs Hinterteil, so dass ich aufschreie und gleichzeitig lachen muss.

»Ich hatte mir schon Sorgen um ihn gemacht.«

»Tatsächlich? Du sendest widersprüchliche Signale aus, Anastasia. Wie soll man sich da auskennen?« Er beugt sich herunter, um mir noch einen Kuss zu geben. »Ciao, ciao, Baby«, sagt er und richtet sich mit einem atemberaubenden Lächeln auf.

Als ich an Deck gehe, ist Mac bereits an Bord, und Christian spricht in seinen BlackBerry. *Mit wem?*, frage ich mich. Er schlendert zu mir und küsst mich auf die Stirn.

»Wunderbar. Ja ... Wirklich? Die Feuertreppe? ... Verstehe ... Ja, heute Abend.«

Er drückt auf den roten Knopf, und gleichzeitig wird der Motor angelassen. Offenbar ist Mac in der Plicht.

»Es ist Zeit zurückzufahren«, sagt Christian und legt mir wieder die Schwimmweste an.

Die Sonne steht tief am Horizont, als wir in den Jachthafen zurückkehren. Unter Christians geduldiger Anleitung habe ich Palstek, Rollstek und Webeleinstek gelernt, und außerdem, wie man ein Segel verstaut.

»Vielleicht werde ich dich eines Tages fesseln«, drohe ich ihm.

Er verzieht belustigt den Mund. »Dazu müssen Sie mich erst erwischen, Miss Steele.«

Seine Worte wecken Erinnerungen daran, wie er mich in seiner Wohnung gejagt hat, und an das, was dann kam. Danach habe ich ihn verlassen.

Würde ich das jetzt, da er mir seine Liebe gestanden hat, wieder tun? Ich sehe in seine klaren Augen. Könnte ich ihn je verlassen – unabhängig davon, was er mit mir gemacht hat? Könnte ich sein Vertrauen so missbrauchen? Nein. Das glaube ich nicht.

Inzwischen hat er mir das ganze Boot gezeigt und mir das ultramoderne Design und die innovative Technik sowie die hochwertigen Materialien, die bei der Konstruktion verwendet wurden, erklärt. Das Interview für die Studentenzeitung kommt mir in den Sinn; schon damals hat er von Schiffen geschwärmt. Da hatte ich noch nicht gewusst, dass seine Leidenschaft nicht nur großen Frachtschiffen, sondern auch windschnittigen Katamaranen gilt.

Und er hat zärtlich und entspannt mit mir geschlafen. Soweit ich das beurteilen kann – mir fehlen ja die Vergleichsmöglichkeiten –, ist er ein außergewöhnlicher Liebhaber. Bestimmt hätte Kate mehr vom Sex geschwärmt, wenn er immer so wäre, denn sie nimmt normalerweise kein Blatt vor den Mund.

Aber wie lange wird er sich noch mit dieser Art von Sex zufriedengeben? Ich weiß es nicht, und das macht mich nervös.

Ich stehe in seiner sicheren Umarmung, während die Grace sich Seattle nähert. Meine Hände ruhen auf dem Steuer; Christian korrigiert hin und wieder den Kurs.

»Die Poesie des Segelns, so alt wie die Welt«, flüstert er mir ins Ohr.

»Hat nicht jemand mal was Ähnliches gesagt?«

»Ja, Antoine de Saint-Exupéry.«

»Ich liebe den *Kleinen Prinzen*.«

»Ich auch.«

Es ist früher Abend, als Christian, seine Hände nach wie vor auf den meinen, die Grace in den Jachthafen lenkt. Von den anderen Booten funkeln Lichter herüber, die sich im dunklen Wasser spiegeln – ein milder Abend, das Vorspiel zu einem Sonnenuntergang, der bestimmt spektakulär wird.

Schaulustige versammeln sich an der Anlegestelle, als Christian das Boot auf relativ kleinem Raum wendet, um in seinen

Liegeplatz einzufahren. Mac springt auf den Pier und macht den Katamaran an einem Poller fest.

»Wieder da«, stellt Christian fest.

»Danke«, sage ich. »Was für ein wunderbarer Nachmittag.«

Christian grinst. »Finde ich auch. Vielleicht machst du einen Segelkurs, dann könnten wir ein paar Tage hinausfahren, nur wir beide.«

»Gern. Und wir könnten die Kabine mit dem Bett wieder und wieder einweihen.«

Er küsst mich unter dem Ohr. »Darauf freue ich mich schon, Anastasia.«

Mich überläuft ein wohliger Schauer. Wie macht er das nur?

»In der Wohnung droht keine Gefahr. Wir können zurück.«

»Und unsere Sachen im Hotel?«

»Die hat Taylor geholt.«

Ach. Wann?

»Heute, nachdem er das Boot mit seinem Team durchsucht hatte«, beantwortet Christian meine unausgesprochene Frage.

»Schläft der arme Mann eigentlich nie?«

»Doch. Er macht nur seinen Job, Ana, und das ziemlich gut. Jason ist ein absoluter Glücksfall.«

»Jason?«

»Jason Taylor.«

Ich hatte gedacht, Taylor sei sein Vorname. Jason. Das passt zu ihm – es klingt solide und zuverlässig.

»Du magst Taylor«, stellt Christian fest.

»Ja, ich denke schon.«

Er runzelt die Stirn.

»Ich finde ihn aber nicht sexy, falls du das meinst.« *Herrgott, wie kindisch!* »Taylor kümmert sich prima um dich. Deswegen mag ich ihn. Er ist freundlich, zuverlässig und loyal. Ich sehe in ihm so etwas wie einen Onkel.«

»Einen Onkel?«

»Ja.«

»Okay, einen Onkel«, wiederholt Christian.

Ich muss lachen. »Ach, Christian, werd endlich erwachsen.«

Er wirkt überrascht und dann nachdenklich. »Ich gebe mir Mühe«, sagt er schließlich.

»Stimmt. Sogar große«, pflichte ich ihm bei, verdrehe dann aber die Augen.

»Es weckt Erinnerungen, wenn du die Augen verdrehst, Anastasia«, ermahnt er mich grinsend.

Ich lächle spöttisch. »Wenn du artig bist, können wir manche dieser Erinnerungen vielleicht zu neuem Leben erwecken.«

»Wenn ich artig bin?« Er hebt die Augenbrauen. »Also wirklich, Miss Steele – wie kommen Sie auf die Idee, dass ich sie überhaupt zu neuem Leben erwecken möchte?«

»Ich sehe das Strahlen in deinen Augen, wenn ich das sage.«

»Du kennst mich schon ziemlich gut«, stellt er fest.

»Und ich würde dich gern noch besser kennen lernen.«

»Genau wie ich dich, Anastasia.«

»Danke, Mac.« Christian schüttelt McConnells Hand, als er den Pier betritt.

»Es war mir wie immer ein Vergnügen, Mr. Grey. Auf Wiedersehen. Ana, schön, Sie kennen gelernt zu haben.«

Ich reiche ihm verlegen die Hand. Er weiß sicher, was Christian und ich auf dem Boot getrieben haben, während er auf der Insel war.

»Auf Wiedersehen, Mac, und danke.«

Als er mir zuzwinkert, werde ich prompt rot. Christian nimmt meine Hand, und wir gehen hinauf zur Promenade des Jachthafens.

»Wo kommt Mac her?«, erkundige ich mich, durch seinen Akzent neugierig geworden.

»Aus Irland ... Nordirland.«

»Bist du mit ihm befreundet?«

»Mit Mac? Er arbeitet für mich und hat mitgeholfen, die Grace zu bauen.«

»Hast du viele Freunde?«

Er runzelt die Stirn. »Nein. In meinem Metier kultiviert man keine Freundschaften. Da ist nur ...« Als er verstummt, weiß ich, dass er Mrs. Robinson meint. »Hunger?«, fragt er, um mich abzulenken.

Ich nicke. Ich habe tatsächlich einen Bärenhunger.

»Wir essen, wo ich den Wagen abgestellt habe. Komm.«

Neben dem SP's befindet sich ein kleines italienisches Bistro mit dem hübschen Namen Bee's. Es erinnert mich an das Lokal in Portland – wenige Tische und Nischen, die Inneneinrichtung karg, eine große Schwarz-Weiß-Fotografie von einer Fiesta um die vorige Jahrhundertwende an der Wand.

In einer Nische nehmen Christian und ich uns die Karte bei einem köstlich leichten Frascati vor. Als ich den Blick von der Speisekarte hebe, merke ich, dass er mich beobachtet.

»Was?«, frage ich.

»Du bist so schön, Anastasia. Die frische Luft tut dir gut.«

Ich werde rot. »Ich glaube, ich habe einen Sonnenbrand. Aber es war ein wunderbarer Nachmittag. Ein perfekter Nachmittag. Danke.«

Er lächelt. »Gern geschehen.«

»Darf ich dich etwas fragen?«

»Jederzeit, Anastasia. Das weißt du doch.«

»Du scheinst nicht viele Freunde zu haben. Woran liegt das?«

Er zuckt mit den Achseln und legt die Stirn in Falten. »Das habe ich dir doch schon erklärt. Mir fehlt die Zeit. Natürlich habe ich Geschäftsfreunde, aber die sind vermutlich etwas anderes als richtige Freunde. Ich habe meine Familie. Und Elena.«

Ich gehe nicht darauf ein. »Keine gleichaltrigen Kumpels, mit denen du um die Häuser ziehen und Dampf ablassen kannst?«

»Du weißt, wie ich Dampf ablasse, Ana.« Christian verzieht

den Mund. »Außerdem war ich immer damit beschäftigt, das Unternehmen aufzubauen. In meiner Freizeit gehe ich Segeln und Fliegen.«

»Und am College?«

»Auch nichts anderes.«

»Also war Elena die einzige Ablenkung?«

Er nickt.

»Muss ganz schön einsam sein.«

Sein Mund verzieht sich zu einem wehmütigen Lächeln. »Was möchtest du essen?«, fragt er.

Noch ein Ablenkungsmanöver.

»Das Risotto.«

»Gute Wahl.« Christian winkt den Kellner herbei.

Nachdem die Bestellung aufgegeben ist, überlege ich, wie ich mehr aus Christian herausbekommen kann. Wenn er schon mal in Redelaune ist, muss ich das ausnutzen und mit ihm über seine Erwartungen und … Bedürfnisse sprechen.

»Ana, was ist los? Sag's mir.«

Ich sehe ihn an.

»Sag's mir«, wiederholt er mit mehr Nachdruck.

Ich hole tief Luft. »Ich habe Angst, dass dir das nicht reicht. Du weißt, was ich meine: zum Dampfablassen.«

Seine Kiefer mahlen, sein Blick wird hart. »Vermittle ich den Eindruck, dass mir das nicht genug ist?«

»Nein.«

»Warum glaubst du das dann?«

»Ich kenne dich. Und deine … Bedürfnisse«, stottere ich.

Er schließt die Augen und reibt sich mit seinen langen Fingern die Stirn. »Was muss ich denn noch tun?« Er klingt verärgert, und mir sinkt der Mut.

»Nein, du verstehst mich falsch – du gibst dir wirklich große Mühe. Ich kann nur hoffen, dass ich dich nicht zwinge, dich zu verbiegen.«

»Ich bin nach wie vor ich, Anastasia, in meiner ganzen Abgefucktheit. Ja, ich muss meinen Drang, alles zu kontrollieren, tatsächlich unterdrücken, aber so bin ich nun mal. So bewältige ich das Leben. Ich erwarte von dir gewisse Verhaltensweisen, und wenn du diese Erwartungen nicht erfüllst, empfinde ich das als erfrischende Herausforderung. Wir tun doch immer noch, was ich gern mache. Du hast dich nach dem haarsträubenden Gebot gestern von mir versohlen lassen.« Bei der Erinnerung daran funkeln seine Augen. »Es macht mir Spaß, dich zu züchtigen. Wahrscheinlich wird sich das nie ändern, aber ich gebe mir Mühe, und es fällt mir nicht so schwer, wie ich dachte.«

Der Gedanke an unser Tête-à-Tête in seinem Jugendzimmer treibt mir die Röte in die Wangen. »So ganz dagegen bin ich ja gar nicht«, flüstere ich verlegen.

»Ich weiß. Lass dir sagen, dass das alles für mich sehr neu ist. Und die letzten paar Tage waren die schönsten in meinem Leben. Ich möchte nichts ändern.«

Oh!

»Für mich waren sie auch unglaublich.« Meine innere Göttin nickt heftig – und stößt mir in die Rippen. *Okay, okay.* »Dann willst du also nicht mehr mit mir ins Spielzimmer?«

Er schluckt und wird blass. »Nein.«

»Warum nicht?« Das ist nicht die Antwort, die ich erwartet habe. Meine innere Göttin stapft, die Arme schmollend verschränkt wie ein Kind, enttäuscht davon.

»Nachdem wir in meinem Spielzimmer waren, hast du mich verlassen«, sagt er mit leiser Stimme. »Das möchte ich nicht noch einmal erleben. Ich war völlig durch den Wind. Du weißt, was ich für dich empfinde.«

»Es ist nicht fair, wenn du dir ständig Gedanken darüber machen musst, wie ich mich fühle. Du hast so vieles für mich aufgegeben … Ich muss mich irgendwie revanchieren. Vielleicht sollten wir es mit … Rollenspielen versuchen«, stammle ich, das Gesicht so rot wie die Wände im Spielzimmer.

Warum fällt es mir so schwer, darüber zu sprechen? Ich habe

auf alle nur erdenklichen Arten mit diesem Mann geschlafen, von denen ich zuvor noch nicht einmal gehört hatte, aber das Schwierigste ist das Gespräch mit ihm.

»Ana, du gibst mir mehr, als du ahnst. Bitte zerbrich dir darüber nicht den Kopf.«

Dahin ist der unbekümmerte Christian.

»Baby, bis jetzt haben wir nur das eine Wochenende miteinander verbracht. Ich habe viel über uns nachgedacht in den Tagen nach der Trennung. Wir brauchen Zeit und gegenseitiges Vertrauen. Vielleicht können wir später andere Sachen ausprobieren, aber mir gefällt es, wie du jetzt bist, so glücklich, entspannt und unbekümmert, und ich weiß, dass das mit mir zu tun hat. Ich habe nie …« Er fährt sich mit der Hand durch die Haare. »Vor dem Laufen müssen wir das Gehen lernen.« Er verzieht den Mund zu einem spöttischen Lächeln.

»Was ist so komisch?«

»Flynn. Das ist sein Spruch. Ich hätte nie gedacht, dass ich ihn mal zitieren würde.«

»Ein Flynnismus sozusagen.«

Christian lacht. »Genau.«

Der Kellner bringt Bruschetta und die Vorspeise.

Nun erlebe ich wieder den entspannten, glücklichen und unbeschwerten Christian, der mich nach meinen Reisen fragt. Das Gespräch darüber gestaltet sich ziemlich kurz, weil ich das Festland der Vereinigten Staaten noch nie verlassen habe. Christian hingegen kennt sich in der Welt aus. Und davon kann er viel erzählen.

Nach dem köstlichen Essen fährt Christian uns, begleitet von Eva Cassidys sanfter Stimme, zum Escala zurück. Das gibt mir Zeit zum Nachdenken. Es war ein aufregender Tag: Dr. Greene, unsere Dusche, Christians Geständnis, Liebe im Hotel und auf dem Boot, der Autokauf. Und die Veränderung in Christian. Es ist, als würde er etwas loslassen oder wiederentdecken.

Wer hätte gedacht, dass er so zärtlich sein kann? Wusste er das selbst?

Mir wird klar, dass er letztlich keine Jugend hatte – jedenfalls keine normale.

Meine Gedanken wandern zurück zu dem Ball, Dr. Flynn und Christians Angst, dass Flynn mir alles über ihn erzählt haben könnte. Christian verbirgt immer noch etwas vor mir. Wie sollen wir so weiterkommen?

Er glaubt, ich könnte ihn verlassen, wenn ich ihn wirklich kennen würde. *Gott, ist der Mann kompliziert.*

Je näher wir seinem Haus kommen, desto unruhiger wird er. Er lässt den Blick über die Gehsteige und Straßen schweifen. Ich weiß, dass er nach Leila Ausschau hält. Seine Paranoia ist ansteckend. Jede junge Brünette ist verdächtig. Aber sie taucht nicht auf.

Er lenkt den Wagen mit zusammengepressten Lippen in die Garage, wo Sawyer uns erwartet. Ich frage mich, warum wir zurückgekehrt sind, wenn er sich hier so unwohl fühlt. Der demolierte Audi ist verschwunden. Christian stellt das Auto neben dem Geländewagen ab, und Sawyer öffnet mir die Tür.

»Hallo, Sawyer«, begrüße ich ihn.

»Miss Steele.« Er nickt. »Mr. Grey.«

»Keine Spur von ihr?«, fragt Christian.

»Nein, Sir.«

Christian zieht mich zum Aufzug. Sobald wir im Gebäude sind, wendet er sich mir zu.

»Du darfst das Haus nicht allein verlassen. Ist das klar?«, herrscht er mich an.

»Okay.« *Nun mach mal halblang,* denke ich amüsiert. Den Christian, der mich mit barscher Stimme herumkommandiert, kenne ich nur zu gut. Noch vor einer Woche habe ich mich von ihm einschüchtern lassen. Inzwischen verstehe ich ihn besser. Das ist seine Art, mit den Dingen umzugehen. Die Sache mit Leila beschäftigt ihn. Er liebt mich, und er will mich beschützen.

»Was ist so komisch?«, fragt er.

»Du.«

»Ich, Miss Steele? Warum bin ich komisch?«, erkundigt er sich schmollend.

Christian mit Schmollmund ist ... sexy.

»Nicht schmollen.«

»Wieso?«

»Weil das die gleiche Wirkung auf mich hat wie das auf dich.« Ich kaue auf meiner Lippe.

»Tatsächlich?« Er macht wieder einen Schmollmund und küsst mich.

Sofort beginnt mein Blut zu kochen.

Er presst mich gegen die Wand des Aufzugs, die Hände um mein Gesicht, während unsere Zungen einander suchen.

Gott. Ich will ihn, hier und jetzt.

Der Lift kommt mit einem Ping zum Stehen, die Türen öffnen sich, doch Christian drückt mich weiterhin mit den Hüften gegen die Wand, so dass ich seine Erektion spüre.

»Wow«, keucht er.

»Wow«, keuche auch ich.

»Was stellst du nur mit mir an, Ana?« Er streicht mir mit dem Daumen über die Unterlippe.

Aus den Augenwinkeln sehe ich, wie Taylor sich diskret zurückzieht. Ich küsse Christian auf den Mundwinkel.

»Was stellst du nur mit mir an, Christian?«

Er nimmt meine Hand. »Komm.«

Taylor wartet im Vorraum.

»Guten Abend, Taylor«, begrüßt Christian ihn höflich.

»Mr. Grey, Miss Steele.«

»Gestern war ich Mrs. Taylor.« Ich grinse Taylor an, der rot wird.

»Klingt gut, Miss Steele«, stellt Taylor nüchtern fest.

»Finde ich auch.«

Christian macht ein mürrisches Gesicht. »Wenn ihr zwei mit

Turteln fertig seid, hätte ich gern einen Lagebericht.« Er bedenkt Taylor mit einem verärgerten Blick. Taylor scheint sich in seiner Haut nicht wohlzufühlen. Oje, ich bin zu weit gegangen.

»Sorry«, forme ich mit den Lippen in Richtung Taylor, der mit den Achseln zuckt und mir freundlich zulächelt.

»Ich bin gleich bei Ihnen«, teilt Christian Taylor mit. »Ich muss nur noch kurz etwas mit Miss Steele besprechen.«

Mir ist sofort klar, dass Unheil droht.

Christian führt mich in sein Schlafzimmer und schließt die Tür.

»Mit dem Personal flirtet man nicht, Anastasia«, rügt er mich.

»Das war kein Flirt. Ich war freundlich – das ist was anderes.«

»Dann verkneif dir in Zukunft Freundlichkeiten und Flirts mit dem Personal. Das mag ich nicht.«

Oh, oh, aus ist's mit dem unbekümmerten Christian. »Tut mir leid«, sage ich kleinlaut. Es ist am heutigen Tag das erste Mal, dass er mich wie ein Kind behandelt.

»Du weißt, wie eifersüchtig ich bin.«

»Es gibt keinen Grund zur Eifersucht, Christian. Ich gehöre dir mit Leib und Seele.«

Er blinzelt und küsst mich kurz, nicht so leidenschaftlich wie zuvor im Aufzug.

»Bin gleich wieder da. Mach dir's bequem«, sagt er, und ich bleibe verwirrt in seinem Schlafzimmer zurück.

Wie kann er nur auf Taylor eifersüchtig sein? Ich schüttle ungläubig den Kopf.

Es ist kurz nach acht. Ich beschließe, die Kleidung für die Arbeit morgen bereitzulegen, und betrete den begehbaren Kleiderschrank in meinem Zimmer im oberen Stockwerk. Er ist leer. Alle Klamotten weg. *O nein!* Christian hat mich beim Wort genommen und die Kleider wegschaffen lassen. *Scheiße.*

Mein Unterbewusstsein macht ein finsteres Gesicht. *Da siehst du, was du mit deinem vorlauten Mundwerk anrichtest.*

Warum hat er mich beim Wort genommen? Ein Spruch meiner Mutter fällt mir ein: »*Männer nehmen immer alles wörtlich, Liebes.*« Fassungslos betrachte ich den leeren Schrank. Es waren ein paar richtig gute Kleider dabei, zum Beispiel das silberne von der Wohltätigkeitsveranstaltung.

Niedergeschlagen gehe ich ins Schlafzimmer. *Moment – was ist da los?* Das iPad ist verschwunden. Und wo ist mein Mac? *O nein.* Hat Leila sie sich unter den Nagel gerissen?

Ich haste nach unten, in Christians Schlafzimmer. Auf dem Nachttisch sehe ich meinen Mac, mein iPad und meinen Rucksack. Alles da.

Ich öffne die Tür zu dem begehbaren Schrank dort. Hier sind sie, die ganzen Kleider, neben denen von Christian. Wann ist das passiert? Warum informiert er mich nie vor solchen Aktionen?

Als ich mich umdrehe, sehe ich ihn in der Tür stehen.

»Ah, sie haben schon alles heruntergebracht«, stellt er geistesabwesend fest.

»Was ist los?«, frage ich.

»Taylor glaubt, dass Leila über die Feuertreppe hereingekommen ist. Sie muss einen Schlüssel haben. Inzwischen sind alle Schlösser ausgewechselt, und Taylor hat sämtliche Räume der Wohnung genauestens mit seinem Team durchsucht. Sie ist nicht hier. Ich wünschte, ich wüsste, wo sie sich herumtreibt. Sie bräuchte so dringend Hilfe.« Als er die Stirn runzelt, ist mein Ärger von vorhin verschwunden. Ich lege die Arme um ihn. Er erwidert meine Umarmung und küsst mein Haar.

»Was willst du tun, wenn du sie findest?«, frage ich.

»Dr. Flynn hätte einen Platz für sie.«

»Was ist mit ihrem Mann?«

»Der will nichts mehr mit ihr zu tun haben.« Christian klingt bitter. »Ihre Familie ist in Connecticut. Ich glaube, sie fühlt sich sehr einsam da draußen.«

»Wie traurig.«

»Ist es okay, dass deine Sachen jetzt hier sind? Ich möchte, dass du das Zimmer mit mir teilst.«

Aha, wieder mal schneller Themenwechsel.

»Ja.«

»Und ich möchte, dass du bei mir schläfst. Ich habe keine Albträume, wenn du bei mir bist.«

»Du hast Albträume?«

»Ja.«

Ich drücke ihn fester an mich. Noch mehr Ballast, oje.

»Ich wollte gerade meine Kleidung für morgen, fürs Büro zurechtlegen«, erkläre ich.

»Büro!«, ruft Christian aus, als handelte es sich um ein unanständiges Wort, und löst sich mit einem finsteren Blick von mir.

»Ja, Büro«, wiederhole ich, verwirrt über seine Reaktion.

Er sieht mich verständnislos an. »Aber Leila … ist da draußen. Ich will nicht, dass du ins Büro gehst.«

Wie bitte? »Das ist lächerlich, Christian. Ich muss in die Arbeit.«

»Nein, musst du nicht.«

»Ich habe einen neuen Job, der mir Spaß macht. Natürlich muss ich in die Arbeit.« *Wie stellt er sich das vor?*

»Nein, musst du nicht«, wiederholt er mit Nachdruck.

»Meinst du denn, ich sitze hier rum und drehe Däumchen, während du die Welt rettest?«

»Offen gestanden, ja.«

Ach, Christian …

»Christian, ich muss ins Büro.«

»Nein, musst du nicht.«

»Doch. Muss. Ich. Schon«, sage ich ganz langsam, wie zu einem Kind.

»Es ist gefährlich.«

»Christian, ich muss mir meinen Lebensunterhalt verdienen. Ich komme schon zurecht.«

»Nein, du brauchst dir deinen Lebensunterhalt nicht zu verdienen. Und woher willst du wissen, dass du zurechtkommst?«, brüllt er fast.

Wie denkt er sich das? Will er mich aushalten? Das ist absurd. Ich kenne ihn gerade mal … wie lange? Fünf Wochen?

Er ist wütend, seine Augen funkeln, doch das ist mir scheißegal.

»Herrgott, Christian. Ja, Leila war am Fußende deines Betts, aber sie hat mir nichts getan, und ich muss arbeiten. Ich möchte nicht von dir abhängig sein und mein Studiendarlehen zurückzahlen.«

»Ich will aber nicht, dass du in die Arbeit gehst.«

»Das hast nicht du zu entscheiden, Christian.«

Er fährt sich mit der Hand durch die Haare. Wir starren einander ziemlich lange an.

»Sawyer begleitet dich.«

»Christian, das ist nicht nötig. Du steigerst dich da in was rein.«

»Ich steigere mich in was rein?«, knurrt er. »Entweder er kommt mit, oder ich steigere mich echt in was rein und sperre dich hier ein.«

Das würde er nicht wagen, oder? »Und wie würdest du das anstellen?«

»Ach, ich würde schon eine Möglichkeit finden, Anastasia. Treib es nicht zu weit.«

Ich hebe beschwichtigend die Hände. *Heilige Scheiße – da ist er wieder, der alte Christian, Kontrollfreak Nummer eins.* »Na schön, Sawyer kann mitkommen, wenn dich das beruhigt.« Ich verdrehe die Augen.

Er kommt mit drohender Miene einen Schritt auf mich zu. Ich weiche zurück. Er bleibt stehen, holt tief Luft und schließt die Augen. Scheiße. Er ist stinksauer.

»Hast du Lust, die Wohnung anzusehen?«

Die Wohnung ansehen? Willst du mich verarschen? »Okay«, sage ich argwöhnisch. Wieder ein Stimmungsumschwung à la Mr. Launenhaft. Er streckt mir die Hand hin. Als ich sie ergreife, drückt er sie sanft.

»Ich wollte dir keine Angst einjagen.«

»Hast du auch nicht. Ich wollte mich gerade vom Acker machen.«

»Vom Acker machen?«, wiederholt Christian entsetzt.

»Das war ein Scherz!« *Verdammt.*

Er dirigiert mich aus dem begehbaren Schrank hinaus. Ich brauche etwas Zeit, um mich zu beruhigen. Eine Auseinandersetzung mit Christian steckt man nicht so ohne Weiteres weg.

Er zeigt mir alles. Abgesehen vom Spielzimmer und den drei Räumen oben gibt es einen eigenen Flügel für Taylor und Mrs. Jones, jeweils bestehend aus einer Küche, einem großzügigen Wohnbereich und einem Schlafzimmer. Mrs. Jones ist nach wie vor bei ihrer Schwester in Portland.

Unten finde ich den Raum gegenüber von Christians Arbeitszimmer besonders interessant – ein Fernsehzimmer mit einem überdimensionalen Plasmabildschirm und mehreren Spielkonsolen.

»Du hast also doch eine Xbox?«, frage ich spöttisch.

»Ja, aber ich kann nicht damit umgehen. Elliot schlägt mich jedes Mal. Das war lustig, als du gedacht hast, das hier wäre mein Spielzimmer.« Er schmunzelt. Gott sei Dank ist seine Hysterie von vorhin vergessen.

»Freut mich, wenn ich Sie amüsiere, Mr. Grey«, sage ich hochmütig.

»Ja, Sie amüsieren mich, Miss Steele – wenn Sie mich nicht gerade an den Rand der Verzweiflung bringen.«

»Das tue ich nur, wenn Sie Unsinn reden.«

»Ich? Unsinn?«

»Ja, Mr. Grey, Unsinn könnte Ihr zweiter Vorname sein.«

»Ich habe keinen zweiten Vornamen.«

»›Unsinn‹ würde sehr gut passen.«

»Das ist Geschmackssache, Miss Steele.«

»Zu dem Thema würde mich Dr. Flynns Expertenmeinung interessieren.«

Christian verzieht den Mund.

»Ich dachte, Trevelyan ist dein zweiter Vorname.«

»Nein, mein Familienname. Trevelyan-Grey.«

»Aber du verwendest ihn nicht.«

»Er ist zu lang. Komm.«

Ich folge ihm aus dem Fernsehzimmer in Taylors bestens eingerichtetes Büro. Taylor steht auf, als wir eintreten. Hier drin ist genug Platz für einen Konferenztisch mit sechs Stühlen. Über dem Schreibtisch sind Monitore angebracht. Ich hatte keine Ahnung, dass die Wohnung einschließlich Balkon, Treppe, Lastenaufzug und Diele videoüberwacht wird.

»Hallo, Taylor. Ich zeige Anastasia gerade alles.«

Taylor nickt ernst. Hat er einen Anschiss gekriegt? Und wieso arbeitet er noch? Als ich ihn anlächle, nickt er höflich.

Christian führt mich zur Bibliothek. »Hier drin warst du ja schon«, sagt er und öffnet die Tür. Mein Blick fällt auf den Billardtisch.

»Wollen wir spielen?«, frage ich.

»Ja. Hast du schon mal gespielt?«, fragt er überrascht.

»Ein paar Mal«, flunkere ich.

Seine Augen verengen sich. »Du bist eine ziemlich schlechte Lügnerin, Anastasia. Entweder du hast wirklich noch nie gespielt, oder ...«

Ich lecke mir die Lippen. »Hast du Angst?«

»Angst vor einem kleinen Mädchen wie dir?«, spottet Christian.

»Lust auf eine Wette, Mr. Grey?«

»Sind Sie sich Ihrer Sache so sicher, Miss Steele?« Er schmunzelt belustigt. »Um was?«

»Wenn ich gewinne, gehe ich mit dir ins Spielzimmer.«

Er sieht mich ungläubig an. »Und wenn ich gewinne?«

»Dann darfst du dir was ausdenken.«

Seine Mundwinkel zucken, als er überlegt. »Okay, abgemacht. Pool, Snooker oder Karambolage?«

»Pool, bitte. Die anderen Arten kann ich nicht.«

Aus einem Schrank unter einem der Bücherregale holt Christian einen großen, mit Samt ausgekleideten Lederkoffer, in dem die Billardkugeln ruhen. Er ordnet die Kugeln auf dem Tisch an und reicht mir ein Queue und Kreide.

»Möchtest du anfangen?«, fragt er galant. Er hat Spaß an der Sache, weil er meint, dass er gewinnen wird.

»Gern.« Ich trage Kreide auf die Spitze des Queues auf und blase den überschüssigen Kreidestaub weg, ohne den Blick von Christian zu wenden. Seine Augen werden dunkel.

Mit der weißen Kugel treffe ich die mittlere Kugel des Dreiecks mit solcher Kraft, dass eine zweifarbige in der oberen rechten Tasche landet. Die anderen rollen auseinander.

»Dann nehme ich die zweifarbigen«, verkünde ich mit Unschuldsmiene.

Christians Mundwinkel zucken belustigt. »Selbstverständlich.«

Die nächsten drei Kugeln versenke ich in rascher Folge. Innerlich führe ich einen Freudentanz auf. Nun bin ich José dankbar, dass er mir Poolbillard beigebracht hat. Christian verfolgt alles mit ausdrucksloser Miene, aber seine Belustigung scheint zu schwinden. Die nächste Kugel verfehle ich um Haaresbreite.

»Anastasia, ich könnte dir den ganzen Tag dabei zusehen, wie du dich über diesen Billardtisch beugst«, bemerkt er anerkennend.

Ich werde rot. Zum Glück trage ich meine Jeans. Der Mistkerl versucht, mich aus dem Konzept zu bringen. Er zieht den cremefarbenen Pullover aus, wirft ihn über die Rückenlehne eines Stuhls und schlendert grinsend an den Tisch.

Als er sich darüberbeugt, bekomme ich einen trockenen Mund. *Jetzt verstehe ich, was er meint.* Christian in eng sitzenden Jeans und weißem T-Shirt, so nach vorn gebeugt … Was für ein Anblick! Ich kann mich nicht mehr konzentrieren. Er versenkt in schneller Folge vier seiner Kugeln und dann die weiße.

»Ein Anfängerfehler, Mr. Grey«, necke ich ihn.

Er lächelt spöttisch. »Nun, Miss Steele, ich bin eben nur ein dummer Sterblicher. Ich glaube, Sie sind dran.«

»Du versuchst doch nicht etwa, absichtlich zu verlieren?«

»O nein. Ich habe einen Preis im Sinn, für den es sich zu gewinnen lohnt.« Er zuckt lässig mit den Achseln. »Und außerdem will ich immer gewinnen.«

Wenn du meinst … Gott sei Dank trage ich die wunderbar weit ausgeschnittene blaue Bluse. Ich gehe um den Tisch herum und beuge mich mehrfach darüber, so dass Christian mein Hinterteil und mein Dekolleté ausgiebig bewundern kann. Das Spiel können auch zwei spielen.

»Mir ist klar, was du tust«, flüstert er mit dunklen Augen.

Ich lege den Kopf kokett schief und lasse die Hand lasziv an dem Queue auf und ab gleiten. »Ich will mir nur darüber klar werden, von wo aus ich am besten ansetze«, erkläre ich.

Ich versenke meine orangefarbene Kugel mit einem kräftigen Stoß, stelle mich direkt vor Christian und beuge mich noch weiter über den Tisch. Er saugt deutlich vernehmbar die Luft ein, und natürlich misslingt der nächste Stoß. *Scheiße.*

Er legt die Hand auf meinen Po. *Hm …*

»Wackeln Sie mit dem Hinterteil, um mich zu provozieren, Miss Steele?« Unvermittelt versetzt er mir einen harten Schlag.

Ich schnappe nach Luft. »Ja«, flüstere ich.

»Sei vorsichtig mit deinen Wünschen, Baby.«

Ich reibe mir das Hinterteil, während er zum anderen Ende des Tischs schlendert, sich darüberbeugt und seinen Stoß ausführt. Er trifft die rote Kugel, die in der linken Seitentasche verschwindet. Dann zielt er auf die gelbe rechts oben und verfehlt sie knapp. Ich grinse.

»Kammer der Qualen, wir kommen«, höhne ich.

Mit gehobener Augenbraue signalisiert er mir, dass ich weitermachen soll. Ich versenke meine grüne Kugel zielsicher, und das Glück hilft mir, auch die letzte in eine Tasche zu befördern.

»In welche Tasche soll die schwarze Kugel?«, fragt Christian mit rauer, verführerischer Stimme.

»In die oben links.« Ich ziele, stoße zu und verfehle die Tasche deutlich. *Verdammt.*

Er beugt sich mit einem anzüglichen Grinsen über den Tisch und locht seine beiden verbliebenen Kugeln ohne Mühe ein. Mir stockt der Atem, als ich seine sexy Bewegungen beobachte. Er richtet sich auf und reibt mit glühendem Blick Kreide auf die Spitze seines Queues.

»Wenn ich gewinne …«

Ja?

»Versohle ich dich und ficke dich dann auf diesem Tisch.«

Himmel. Alle Muskeln in meinem Unterleib ziehen sich zusammen.

»Oben rechts«, murmelt er, deutet auf die schwarze Kugel und beugt sich über den Tisch.

ELF

Christian stößt die weiße Kugel mit elegantem Schwung gegen die schwarze, die, kurz am Rand verharrend, in der oberen rechten Tasche des Billardtischs verschwindet.

Verdammt.

Er richtet sich triumphierend auf, legt das Queue weg und schlendert auf mich zu. Mit seinen zerzausten Haaren, den Jeans und dem weißen T-Shirt sieht er überhaupt nicht wie ein CEO aus, sondern eher wie ein Gettokid. Höllisch sexy.

»Du bist hoffentlich keine schlechte Verliererin?«, fragt er.

»Kommt darauf an, wie hart du mich versohlst«, flüstere ich und halte mich an meinem Queue fest. Er nimmt es mir aus der Hand und legt es beiseite, hakt die Finger oben in meiner Bluse ein und zieht mich zu sich heran.

»Nun zu Ihren Missetaten, Miss Steele.« Er zählt sie an seinen langen Fingern auf. »Erstens, Sie haben mich auf mein Personal eifersüchtig gemacht. Zweitens, Sie haben mit mir über die Arbeit gestritten. Und drittens, Sie wackeln seit zwanzig Minuten mit Ihrem appetitlichen Hinterteil vor mir herum.«

Seine grauen Augen schimmern silbern vor Erregung, als er seine Nase an meiner reibt. »Zieh die Jeans und diese entzückende Bluse aus. Auf der Stelle.« Er drückt mir einen federleichten Kuss auf die Lippen, geht lässig zur Tür und schließt sie ab.

Als er sich wieder mir zuwendet, glühen seine Augen. Mein Herz klopft wie wild, das Blut rast in meinen Adern, und ich bin unfähig, einen Muskel zu bewegen. In meinem Kopf ist nur ein Gedanke: *Das ist für ihn.* Wie ein Mantra wiederhole ich ihn.

»Zieh dich aus, Anastasia, sonst erledige ich das für dich.«

»Mach du das«, presse ich erregt hervor.

»Miss Steele, Miss Steele. Eine schwierige Aufgabe, aber ich glaube, ich nehme die Herausforderung an.«

»Sie nehmen jede Herausforderung an, Mr. Grey.«

»Miss Steele, was könnten Sie damit nur meinen?« Auf dem Weg zu mir bleibt er an dem kleinen Schreibtisch, der in eines der Bücherregale integriert ist, stehen, um ein dreißig Zentimeter langes Lineal in die Hand zu nehmen. Ohne den Blick von mir zu wenden, biegt er es kurz durch.

Scheiße – die Waffe seiner Wahl. Ich bekomme einen trockenen Mund.

Plötzlich ist mir heiß, und ich werde an den richtigen Stellen feucht. Nur Christian kann mich mit einem Blick und einem Lineal so antörnen. Er steckt es in die Gesäßtasche seiner Jeans und hält weiter auf mich zu. Dann kniet er wortlos vor mir nieder und löst gekonnt meine Schnürsenkel, bevor er mir die Sneakers und die Socken auszieht. Ich stütze mich am Billardtisch ab. Wieder einmal merke ich, wie tief meine Gefühle für diesen Mann gehen. Ich liebe ihn.

Er umfasst meine Hüften, lässt die Finger unter den Bund meiner Jeans gleiten und öffnet Knopf und Reißverschluss. Während er mir langsam die Hose herunterstreift, beobachtet er mich unter seinen langen Wimpern hervor mit seinem lüsternsten Grinsen. Ich bin froh, dass ich den hübschen Spitzenslip trage. Er legt die Hände um die Rückseite meiner Beine und lässt seine Nase dazwischen hochgleiten. Ich schmelze jetzt schon fast dahin.

»Jetzt wird es ziemlich grob, Ana. Bitte sag mir, wenn es dir zu viel ist.«

Er küsst mich ... dort. Ich stöhne leise auf.

»Safeword?«, frage ich.

»Nein, ohne Safeword. Sag mir einfach, wann ich aufhören soll. Verstanden?« Er küsst mich noch einmal und drückt seine Nase in meine Scham. *Wow, fühlt sich das gut an.* Dann erhebt er sich. »Antworte mir«, befiehlt er mir mit samtweicher Stimme.

»Ja, ich habe verstanden.«

»Du hast den ganzen Tag über Andeutungen fallenlassen und gemischte Signale ausgesandt, Anastasia«, stellt er fest. »Du hast gesagt, du fürchtest, ich könnte den Biss verloren haben. Ich weiß nicht so genau, was du damit meinst, ob dir das ernst war, aber das werden wir herausfinden. Ich will noch nicht wieder ins Spielzimmer zurück, sondern es lieber hier mit dir ausprobieren. Bitte versprich mir, es mir zu sagen, wenn es dir nicht gefällt.«

Keine Angst, Christian. »Ja, ich sage es dir. Ohne Safeword.«

»Wir sind ein Paar, Anastasia. Und ein Paar braucht keine Safewords.« Er runzelt die Stirn. »Oder?«

»Ich glaube nicht.« *Woher soll ich das wissen?* »Ich versprech's.«

Ich bin nervös, aber auch erregt. Jetzt, da ich weiß, dass er mich liebt, lasse ich mich viel leichteren Herzens auf das Spiel ein. Plötzlich ist alles ganz einfach.

Ein träges Lächeln tritt auf sein Gesicht, als er mir mit geschickten Fingern die Bluse aufknöpft, ohne sie mir auszuziehen. Dann nimmt er das Queue in die Hand.

Oje, was will er damit? Ich bekomme es mit der Angst zu tun.

»Sie spielen überraschend gut, Miss Steele. Versenken Sie doch auch noch die schwarze Kugel.«

Wieso, frage ich mich, ist er so überrascht, dieser sexy, arrogante Mistkerl? Meine innere Göttin macht im Hintergrund bereits grinsend Lockerungsübungen.

Ich lege die weiße Kugel zurecht. Als ich mich nach vorn beuge, stellt Christian sich hinter mich und lässt seine Hand meinen rechten Oberschenkel entlanggleiten, hinauf zu meinem Po und wieder zurück.

»Wenn du nicht damit aufhörst, treffe ich nicht«, flüstere ich.

»Es ist mir egal, ob du triffst oder nicht, Baby. Ich wollte dich nur so sehen – halb ausgezogen über meinem Billardtisch. Hast du eine Ahnung, wie sexy das ist?«

Ich werde rot. Meine innere Göttin klemmt sich eine Rose zwischen die Zähne und legt einen Tango aufs Parkett. Ich hole tief Luft und versuche, mich auf den Stoß zu konzentrieren. Er streichelt weiterhin meinen Po.

»Oben links«, murmle ich und stoße gegen die weiße Kugel. In dem Augenblick schlägt er mir fest auf den Hintern.

Das kommt so unerwartet, dass ich aufschreie. Die weiße Kugel trifft die schwarze, die jedoch weit von der Tasche entfernt von der Seite zurückprallt. Wieder liebkost Christian mein Hinterteil.

»Probier's nochmal. Mit ein bisschen mehr Konzentration, Anastasia.« Er platziert die schwarze Kugel am anderen Ende des Tischs und rollt mir die weiße zu. Wie könnte ich diesem animalischen Mann mit dem lasziven Lächeln widerstehen? Ich stoppe die Kugel und lege sie mir für den nächsten Versuch zurecht.

»Moment noch.« Oh, er liebt es, die Qual zu verlängern. Abermals stellt er sich hinter mich, und ich schließe die Augen, als er meinen linken Oberschenkel und meinen Po streichelt.

»Jetzt«, raunt er.

Obwohl ich vor Lust aufstöhne, versuche ich, mich auf den Stoß zu konzentrieren. Als ich mich ein wenig nach rechts bewege, folgt er mir. Unter Aufbietung meiner letzten Kräfte – die schwinden, seit ich weiß, was passieren wird – ziele ich und stoße. Und wieder schlägt Christian zu, fest.

Au! Ein zweites Mal daneben. »Nein!«, seufze ich.

»Noch einmal, Baby. Wenn du's dann nicht schaffst, kriegst du's wirklich zu spüren.«

Was kriege ich zu spüren?

Ein weiteres Mal legt er die Kugel zurecht und kehrt quälend langsam zu mir zurück, um sich hinter mich zu stellen und mein Hinterteil zu liebkosen.

»Du schaffst das«, redet er mir zu.

Nicht, wenn du mich so ablenkst. Ich schmiege mich mit dem Hinterteil gegen seine Hand, und er schlägt leicht darauf.

»Bereit, Miss Steele?«, murmelt er.

Ja.

»Tja, dann wollen wir den mal loswerden.« Er schiebt vorsichtig meinen Slip herunter.

Ich fühle mich sehr nackt, als er mir einen zärtlichen Kuss auf jede Hinterbacke drückt.

»Los, Baby.«

Frustriert, weil ich weiß, dass ich nicht treffen werde, lege ich die weiße Kugel zurecht, stoße dagegen und verfehle in meiner Ungeduld die schwarze ziemlich deutlich. Ich warte auf den Schlag – der nicht kommt. Stattdessen beugt er sich über mich, so dass ich flach auf dem Tisch liege, nimmt mir das Queue aus der Hand und rollt es weg. Ich spüre seine Erektion an meinem Po.

»Daneben«, flüstert er mir ins Ohr. Meine Wange ist gegen den Stoff gepresst. »Leg die Hände flach auf den Tisch.«

Ich tue, was er sagt.

»Gut. Ich werde dich jetzt versohlen, damit du nächstes Mal besser triffst.« Er verlagert seine Position ein wenig, so dass er links von mir steht. Nun spüre ich seine Erektion an meiner Hüfte.

Ich stöhne auf, und mein Atem geht schneller. Heiße Erregung durchfließt meine Adern. Er wölbt eine Hand um meinen Nacken, vergräbt die Finger in meinen Haaren und drückt mich, den Ellbogen in meinem Rücken, nieder. Ich bin ihm völlig ausgeliefert.

»Spreiz die Beine«, murmelt er.

Als ich einen Moment zögere, versetzt er mir einen festen Schlag – mit dem Lineal! Das Geräusch klingt schlimmer, als es ist, aber es kommt überraschend. Ich schnappe nach Luft, und er schlägt noch einmal zu.

»Beine«, knurrt er. Ich spreize schwer atmend die Beine. Abermals schlägt er mit dem Lineal zu. Au – das tut weh, doch erneut klingt das Geräusch auf meiner Haut schlimmer, als der Schlag sich anfühlt.

Mit geschlossenen Augen lasse ich den Schmerz auf mich

wirken. Christians Atem wird rau, als er wieder und wieder zuschlägt. Ich bin nicht sicher, wie viele Schläge ich noch aushalten kann – aber zu hören, wie angetörnt er ist, steigert meine Erregung und meine Bereitschaft weiterzumachen. Ich wechsle hinüber auf die dunkle Seite, an jenen Ort in meiner Psyche, den ich im Spielzimmer, zur Musik von Thomas Tallis, kennen gelernt habe. Als das Lineal von Neuem niedersaust, stöhne ich laut auf, und Christian erwidert mein Stöhnen. Er schlägt noch einmal zu … fester – und ich zucke zusammen.

»Stopp.« Das Wort kommt mir über die Lippen, ohne dass ich nachdenke.

Christian lässt das Lineal sofort fallen. »Genug?«

»Ja.«

»Jetzt will ich dich ficken«, sagt er mit kehliger Stimme.

»Ja«, hauche ich voller Begierde. Als er seine Hose öffnet, weiß ich, dass es hart zugehen wird.

Ich wundere mich, wie ich das, was er bis jetzt mit mir angestellt hat, ertragen – und genossen – habe. Es ist sehr dunkel, aber auch so typisch für ihn.

Er schiebt zwei Finger in mich hinein und lässt sie kreisen. Wow, was für ein Gefühl. Ich gebe mich mit geschlossenen Augen ganz der Empfindung hin. Wenig später höre ich das inzwischen vertraute Reißen der Folienverpackung und spüre, wie er mir die Beine auseinanderdrückt.

Dann gleitet er langsam in mich hinein und füllt mich aus. Sein lustvolles Stöhnen lässt mir das Herz aufgehen. Er packt meine Hüften, zieht sich wieder aus mir zurück und stößt mit so großer Wucht in mich hinein, dass ich aufschreie. Er hält inne.

»Nochmal?«, fragt er leise.

»Ja … alles in Ordnung. Lass dich gehen … und nimm mich mit«, flüstere ich atemlos.

Seufzend gleitet er zum weiten Mal aus mir heraus, bevor er wieder zustößt, wieder und wieder, langsam, sehr bewusst – in heftigem, brutalem, himmlischem Rhythmus.

Die Muskeln in meinem Unterleib spannen sich an. Als er das spürt, erhöht er das Tempo, und ich lasse los und explodiere, ein reinigender Orgasmus, der mich völlig erschöpft zurücklässt.

Nur am Rande bekomme ich mit, dass Christian meinen Namen ausruft und, die Finger in meine Hüften verkrallt, auf mich sackt. Als wir gemeinsam auf den Boden sinken, nimmt er mich in die Arme.

»Danke, Baby«, raunt er und bedeckt mein Gesicht mit federleichten Küssen. Ich öffne die Augen, um ihn anzusehen, und er schlingt die Arme fester um mich.

»Deine Wange ist rot von dem Filz.« Er streicht mir sanft übers Gesicht. »Na, wie war das?«

»Der Wahnsinn«, antworte ich mit leiser Stimme. »Ich mag's hart und zärtlich, Christian. Ich mag's mit dir.«

Er drückt mich noch fester an sich.

Gott, bin ich müde.

»Ana, du bist schön, intelligent, provozierend, sexy, und es macht Spaß, mit dir zusammen zu sein. Ich danke der Vorsehung jeden Tag aufs Neue, dass du mich interviewt hast und nicht Katherine Kavanagh.« Er küsst mich. »Ich habe dich wohl erschöpft«, sagt er. »Komm mit ins Bad, und dann ab ins Bett.«

Wir sitzen einander gegenüber in Christians Badewanne, bis zum Kinn in Schaum, eingehüllt von süßem Jasminduft. Christian massiert mir nacheinander die Füße. Was für ein schönes Gefühl!

»Darf ich dich um etwas bitten?«, frage ich mit leiser Stimme.

»Natürlich. Um alles in der Welt, Ana, das weißt du doch.«

Ich hole tief Luft. »Morgen, wenn ich in die Arbeit gehe … Kann Sawyer mich nur bis zur Tür bringen und mich am Ende des Tages wieder dort abholen? Bitte, Christian«, bettle ich.

Sofort unterbricht er die Massage und legt die Stirn in Falten. »Ich dachte, wir hätten uns geeinigt«, brummt er.

»Bitte«, wiederhole ich.

»Was ist mit der Mittagspause?«

»Ich mach mir hier was und nehme es mit, damit ich nicht raus muss. Bitte.«

Er küsst meinen Rist. »Es fällt mir sehr schwer, dir eine Bitte abzuschlagen«, sagt er, als hielte er das für eine Schwäche seinerseits. »Du versprichst mir, im Gebäude zu bleiben?«

»Ja.«

»Okay.«

»Danke.« Ich richte mich so stürmisch auf, dass Wasser aus der Wanne schwappt, und küsse ihn.

»Gern geschehen, Miss Steele. Wie geht's Ihrem Hinterteil?«

»Fühlt sich wund an. Aber das Wasser wirkt lindernd.«

»Ich bin froh, dass du mir gesagt hast, wann ich aufhören soll.«

»Mein Hinterteil auch.«

Er grinst.

Ich strecke mich völlig erschöpft auf dem Bett aus. Es ist erst halb elf, kommt mir jedoch vor wie drei Uhr morgens. Dies ist eines der anstrengendsten Wochenenden meines Lebens gewesen.

»Hat Miss Acton denn kein Nachthemd für dich ausgesucht?«, erkundigt sich Christian.

»Keine Ahnung. Ich trage gern deine T-Shirts«, antworte ich müde.

Er küsst mich auf die Stirn.

»Ich muss arbeiten, will dich aber nicht allein lassen. Kann ich mich über deinen Laptop im Büro einloggen? Störe ich dich, wenn ich hier arbeite?«

»Ist nicht mein Laptop«, bringe ich gerade noch heraus, bevor ich einschlafe.

Der Radiowecker reißt mich mit Verkehrsmeldungen aus meinen Träumen. Christian schläft noch neben mir. Augenreibend werfe ich einen Blick auf die Uhr. Halb sieben – zu früh.

Zum ersten Mal seit Langem regnet es, und das Licht ist gedämpft. Mit Christian an meiner Seite fühle ich mich behaglich und geborgen. Ich strecke mich und wende mich diesem tollen Mann neben mir zu. Er schlägt verschlafen blinzelnd die Augen auf.

»Guten Morgen.« Ich streichle lächelnd sein Gesicht und küsse ihn.

»Guten Morgen, Baby. Sonst wache ich auf, bevor der Wecker losgeht«, grummelt er verwundert.

»Er ist so früh gestellt.«

»Stimmt, Miss Steele. Ich muss aufstehen.« Er gibt mir einen Kuss, und schon ist er aus dem Bett.

Ich lasse mich zurück in die Kissen sinken. Wow, an einem Werktag mit Christian Grey aufzuwachen! Wie ist das passiert? Ich schließe die Augen und döse vor mich hin.

»Komm, Schlafmütze, aufstehen.« Christian beugt sich über mich. Er ist rasiert – *mm, dieser Geruch* – und trägt ein weißes Hemd sowie einen schwarzen Anzug ohne Krawatte – wieder ganz der CEO.

»Was?«, fragt er.

»Ich wünschte, du würdest nochmal ins Bett zurückkommen.«

»Sie sind wirklich unersättlich, Miss Steele. So sehr mir der Gedanke gefallen würde, aber um halb neun habe ich eine Besprechung. Ich muss los.«

Ich habe tatsächlich noch eine Stunde geschlafen. *Scheiße.* Sehr zu Christians Belustigung springe ich aus dem Bett.

Ich dusche hastig und ziehe die Kleidung an, die ich gestern zurechtgelegt habe: einen grauen Bleistiftrock und eine hellgraue Seidenbluse, dazu schwarze High Heels, alles aus meiner neuen Garderobe. Ich bürste mir die Haare und stecke sie sorgfältig hoch, bevor ich in den großen Raum gehe.

Christian trinkt Kaffee an der Frühstückstheke, während Mrs. Jones in der Küche Pfannkuchen und Speck zubereitet.

»Du bist wunderschön.« Christian legt einen Arm um mich

und küsst mich unter dem Ohr. Aus den Augenwinkeln sehe ich Mrs. Jones lächeln. Ich werde rot.

»Guten Morgen, Miss Steele«, begrüßt sie mich und stellt mir die Pfannkuchen und den Speck hin.

»Danke. Ihnen auch einen guten Morgen.« *Junge, Junge, daran könnte ich mich gewöhnen.*

»Mr. Grey sagt, Sie hätten gern ein Lunchpaket für die Arbeit. Was möchten Sie?«

»Ein Sandwich … und Salat. Letztlich ist es mir egal.«

»Dann richte ich Ihnen einfach etwas her, Ma'am.«

»Bitte nennen Sie mich doch Ana, Mrs. Jones.«

»Ana.« Sie wendet sich lächelnd ab, um Tee für mich zu kochen.

Wow, ist das cool.

Ich sehe Christian an – na, willst du mir jetzt vorwerfen, dass ich mit Mrs. Jones flirte?

»Ich muss los, Baby. Wenn Taylor mich ins Büro gebracht hat, fährt er dich mit Sawyer in die Arbeit.«

»Nur bis zur Tür.«

»Ja, nur bis zur Tür.« Christian verdreht die Augen. »Aber bitte sei vorsichtig.«

Christian gibt mir zum Abschied einen Kuss. »Ciao, ciao, Baby.«

»Viel Spaß im Büro, Schatz«, rufe ich ihm nach.

Er strahlt.

Plötzlich bin ich mit Mrs. Jones allein, die mir eine Tasse Tee reicht.

»Wie lange arbeiten Sie schon für Christian?«, frage ich.

»Seit ungefähr vier Jahren«, antwortet sie freundlich, während sie mir das Lunchpaket zubereitet.

»Das kann ich doch selbst machen«, murmle ich etwas verschämt.

»Essen Sie, Ana. Das ist mein Job. Es macht mir Spaß, mich um Sie, Mr. Grey und Mr. Taylor zu kümmern.«

Ich würde ihr gern alle möglichen Fragen stellen, aber weil mir klar ist, dass ich sie damit wahrscheinlich in Verlegenheit bringe, beende ich mein Frühstück in halbwegs entspanntem Schweigen, das nur durchbrochen wird, als sie sich nach meinen Essensvorlieben erkundigt.

Fünfundzwanzig Minuten später erscheint Sawyer am Eingang. Ich habe mir die Zähne geputzt und bin startklar. Mit meiner braunen Lunchtüte – ich kann mich nicht erinnern, dass meine Mutter je eine für mich gepackt hätte – mache ich mich mit dem schweigenden Sawyer auf den Weg ins Erdgeschoss. Taylor wartet im Audi. Ich steige auf der Beifahrerseite hinten ein.

»Guten Morgen, Taylor«, begrüße ich ihn freundlich.

»Miss Steele.« Er lächelt.

»Taylor, ich möchte mich für meine unpassenden Bemerkungen gestern entschuldigen. Hoffentlich hatten Sie meinetwegen keine Probleme.«

Ich sehe im Rückspiegel, wie er verwundert die Stirn runzelt, während er sich in den Verkehr von Seattle einfädelt.

»Miss Steele, ich bekomme nur selten Probleme«, versichert er mir.

Gut. Vielleicht hat er doch keinen Anschiss gekriegt. Nur ich, denke ich ein wenig säuerlich.

»Freut mich zu hören, Taylor.«

Jack mustert mich von oben bis unten, als ich zu meinem Schreibtisch gehe.

»Guten Morgen, Ana. Hatten Sie ein schönes Wochenende?«

»Ja, danke. Und Sie?«

»Meines war auch gut. Auf Sie wartet Arbeit.«

Ich setze mich an meinen Computer. Mein letzter Arbeitstag scheint Jahre her zu sein. Ich fahre den Computer hoch – und finde natürlich als Erstes eine Mail von Christian.

Von: Christian Grey
Betreff: Chef
Datum: 13. Juni 2011, 08:24 Uhr
An: Anastasia Steele

Guten Morgen, Miss Steele,
ich wollte mich für das wunderbare Wochenende bedanken,
mal abgesehen von den dramatischen Umständen.
Und ich hoffe, dass Sie mich niemals verlassen.
Außerdem wollte ich Sie daran erinnern, dass die Neuigkeiten
über SIP vier Wochen lang unter Verschluss bleiben.
Löschen Sie diese Mail, sobald Sie sie gelesen haben.
    Ihr

CHRISTIAN GREY
CEO, Grey Enterprises Holdings, Inc. & Chef vom Chef Ihres Chefs

Er hofft, dass ich ihn niemals verlasse? Will er am Ende, dass ich
zu ihm ziehe? *Junge, Junge, ich kenne den Mann doch kaum.* Ich
lösche die Mail.

Von: Anastasia Steele
Betreff: Chefsache
Datum: 13. Juni 2011, 09:03 Uhr
An: Christian Grey

Sehr geehrter Mr. Grey,
bitten Sie mich, zu Ihnen zu ziehen? Natürlich erinnere ich
mich, dass die Belege für Ihre enormen Stalker-Fähigkeiten
noch vier Wochen unter Verschluss bleiben. Soll ich einen
Scheck für Coping Together ausstellen und an deinen Vater
schicken? Bitte lösch diese Mail nicht und antworte darauf.
    Ich liebe dich xxx

ANASTASIA STEELE
Assistentin des Cheflektors, SIP

»Ana!« Jacks Stimme lässt mich zusammenzucken.

»Ja?« Als ich rot werde, sieht Jack mich stirnrunzelnd an.

»Alles in Ordnung?«

»Klar.« Ich gehe mit meinem Laptop in sein Büro.

»Gut. Sie erinnern sich sicher, dass ich am Donnerstag zu diesem Belletristik-Symposium in New York muss. Für mich ist alles gebucht. Ich möchte, dass Sie mich begleiten.«

»Nach New York?«

»Ja. Wir würden bereits am Mittwoch fliegen und über Nacht bleiben. Dort könnten Sie viel lernen.« Seine Augen werden dunkel, als er das sagt, aber sein Lächeln bleibt höflich. »Würden Sie bitte die nötigen Arrangements treffen? Und ein zusätzliches Zimmer in dem Hotel buchen, in dem ich untergebracht bin? Sabrina, meine frühere Assistentin, hat die Informationen irgendwo gespeichert.«

»Okay.«

Mist. Ich kehre an meinen Schreibtisch zurück. Das wird Christian überhaupt nicht gefallen, aber ich möchte unbedingt zu diesem Symposium. Das klingt nach einer echten Chance für mich, und Jack kann ich mir vom Hals halten, da bin ich mir sicher. Als ich mich wieder meinem Laptop zuwende, sehe ich die Antwort von Christian.

Von: Christian Grey
Betreff: Soso, Chefsache
Datum: 13. Juni 2011, 09:07 Uhr
An: Anastasia Steele

Ja. Bitte.

CHRISTIAN GREY
CEO, Grey Enterprises Holdings, Inc.

Er möchte also tatsächlich, dass ich zu ihm ziehe. O Christian – das kommt zu früh. Ich stütze den Kopf in die Hände. Das hat mir nach diesem Wahnsinnswochenende noch gefehlt! Ich habe bisher keine Sekunde für mich allein gehabt, um über die Ereignisse der letzten beiden Tage nachzudenken.

Von: Anastasia Steele
Betreff: Flynnismen
Datum: 13. Juni 2011, 09:20 Uhr
An: Christian Grey

Christian,
was ist aus deinem Rat, vor dem Laufen Gehen zu lernen, geworden?
Können wir uns darüber bitte heute Abend unterhalten?
Ich soll am Donnerstag an einer Konferenz in New York teilnehmen.
Das bedeutet, dass ich von Mittwoch auf Donnerstag dort übernachten muss.
Ich dachte, das solltest du wissen.

A x

ANASTASIA STEELE
Assistentin des Cheflektors, SIP

Von: Christian Grey
Betreff: WIE BITTE?
Datum: 13. Juni 2011, 09:21 Uhr
An: Anastasia Steele

Ja. Lass uns heute Abend darüber reden.
Fährst du allein?

CHRISTIAN GREY
CEO, Grey Enterprises Holdings, Inc.

Von: Anastasia Steele
Betreff: Keine aggressiven Großbuchstaben
am Montagmorgen!
Datum: 13. Juni 2011, 09:30 Uhr
An: Christian Grey

Können wir das heute Abend besprechen?
A x

ANASTASIA STEELE
Assistentin des Cheflektors, SIP

Von: Christian Grey
Betreff: Du kennst mich noch nicht aggressiv
Datum: 13. Juni 2011, 09:35 Uhr
An: Anastasia Steele

Raus mit der Sprache.
Falls du mit dem Widerling fahren solltest, mit dem du
zusammenarbeitest, lautet die Antwort: Nein, nur über meine
Leiche.

CHRISTIAN GREY
CEO, Grey Enterprises Holdings, Inc.

Er hört sich an wie mein Dad.

Von: Anastasia Steele
Betreff: Nein, DU hast MICH noch nicht richtig
aggressiv erlebt
Datum: 13. Juni 2011, 09:46 Uhr
An: Christian Grey

Ja. Ich fahre mit Jack.
Und ich will zu dem Symposium. Das ist eine Chance für
mich.

Außerdem bin ich noch nie in New York gewesen.

Nun mach dir mal nicht ins Hemd.

ANASTASIA STEELE
Assistentin des Cheflektors, SIP

Von: Christian Grey
Betreff: Nein, DU hast MICH noch nicht richtig
aggressiv erlebt
Datum: 13. Juni 2011, 09:50 Uhr
An: Anastasia Steele

Anastasia,
um mein Scheißhemd mach ich mir keine Sorgen.
Die Antwort lautet NEIN.

CHRISTIAN GREY
CEO, Grey Enterprises Holdings, Inc.

»Nein!«, brülle ich meinen Computer an, so dass alle mich erschreckt ansehen. Jack streckt den Kopf aus seinem Büro heraus.

»Alles in Ordnung, Ana?«

»Ja, Entschuldigung«, murmle ich. »Mir ist grade ein Dokument verloren gegangen, weil ich es nicht abgespeichert hatte.«
Ich werde vor Verlegenheit tiefrot, hole einmal Luft und schreibe
hastig eine Antwort. Mann, bin ich wütend.

Von: Anastasia Steele
Betreff: Facetten
Datum: 13. Juni 2011, 09:55 Uhr
An: Christian Grey

Christian,
reiß dich am Riemen.
Ich werde NICHT mit Jack schlafen – für kein Geld der Welt.
Ich LIEBE dich.

So ist das, wenn Menschen einander lieben: Sie VERTRAUEN einander.

Ich habe keine Angst, dass du mit einer anderen SCHLÄFST, sie VERSOHLST, FICKST oder AUSPEITSCHST. Ich VERTRAUE dir.

Bitte bring mir das gleiche Vertrauen entgegen.

Ana

ANASTASIA STEELE
Assistentin des Cheflektors, SIP

Ich warte auf seine Antwort. Die nicht kommt. Irgendwann rufe ich bei der Fluggesellschaft an und buche ein Ticket für mich, im selben Flieger wie Jack. Da höre ich das Ping einer eingehenden Mail.

Von: Lincoln, Elena
Betreff: Lunch
Datum: 13. Juni 2011, 10:15 Uhr
An: Anastasia Steele

Liebe Anastasia,
ich würde mich wirklich gern mit Ihnen zum Lunch treffen. Leider ist unsere erste Begegnung ziemlich unerfreulich verlaufen, und ich möchte einen neuen Anfang machen. Hätten Sie irgendwann diese Woche Zeit?

Elena Lincoln

Verdammt – Mrs. Robinson! Woher zum Teufel hat die meine E-Mail-Adresse? Kann dieser Tag noch schlimmer werden? Als das Telefon klingelt, gehe ich mit einem Blick auf die Uhr ran. Es ist erst zwanzig nach zehn, und schon wünsche ich mir, ich hätte Christians Bett nicht verlassen.

»Büro von Jack Hyde, Ana Steele am Apparat.«

»Würdest du bitte deine letzte Mail an mich löschen und versuchen, in deinen Mails aus dem Büro deine Worte mit mehr

Bedacht zu wählen? Ich habe dir doch gesagt, dass das System überwacht wird. Ich bemühe mich von hier aus um Schadensbegrenzung.« Er legt auf.

Mist ... Ich starre das Telefon an. Christian hat aufgelegt. Der Mann, der meine erste berufliche Chance zunichtemachen will, legt einfach auf?

Ich lösche meine Mails an ihn. So schlimm finde ich sie auch wieder nicht. Ich habe doch nur das Versohlen und ... das Auspeitschen erwähnt. Wenn er sich so dafür schämt, soll er's einfach nicht machen. Ich suche nach meinem BlackBerry und wähle seine Nummer.

»Was ist?«, knurrt er.

»Ich fahre nach New York, egal, ob dir das passt«, zische ich.

»Glaub ja nicht ...«

Ich lege auf. Ha, jetzt hab ich's ihm aber gezeigt. Gott, bin ich stinksauer.

Ich hole tief Luft, schließe die Augen und stelle mir einen schönen Ort vor. *Hm ... eine Bootskabine mit Christian.* Ich schiebe das Bild beiseite, weil ich im Moment zu wütend auf ihn bin, um ihn auch nur in die Nähe meines Traumorts zu lassen.

Ich öffne die Augen wieder und greife nach meinem Notizbuch, um die Liste der zu erledigenden Dinge durchzugehen. Allmählich beruhige ich mich wieder.

»Ana!«, ruft Jack. »Buchen Sie den Flug nicht!«

»Zu spät, ist schon erledigt«, antworte ich, als er zu mir herüberkommt. Nun sieht er wütend aus.

»Irgendwas ist faul. Urplötzlich müssen sämtliche Reise- und Hotelkosten von der Unternehmensleitung abgesegnet werden. Das kommt von ganz oben. Ich muss mit Roach sprechen. Anscheinend sind gerade alle Ausgaben eingefroren worden. Ich verstehe das nicht.« Jack kneift seinen Nasenrücken.

Sämtliches Blut weicht aus meinem Gesicht, und ich bekomme ein flaues Gefühl im Magen. *Christian!*

»Ich stelle mein Telefon auf Sie um und höre mir mal an, was

Roach zu der Sache sagt.« Er zwinkert mir zu und macht sich auf den Weg zu seinem Chef – nicht zum Chef von seinem Chef. *Verdammt. Christian Grey … Erneut werde ich stinksauer.*

Von: Anastasia Steele
Betreff: Was hast du getan?
Datum: 13. Juni 2011, 10:43 Uhr
An: Christian Grey

Bitte versprich mir, dich nicht in meine Arbeit einzumischen.
Ich will wirklich zu diesem Symposium.
Eigentlich sollte ich dich nicht um Erlaubnis bitten müssen.
Ich habe die anstößige Mail gelöscht.

ANASTASIA STEELE
Assistentin des Cheflektors, SIP

Von: Christian Grey
Betreff: Was hast du getan?
Datum: 13. Juni 2011, 10:46 Uhr
An: Anastasia Steele

Ich schütze nur, was mir gehört.
Die Mail, die du mir unbedachterweise geschickt hast, ist inzwischen vom SIP-Server gelöscht. Das Gleiche gilt für meine Mails an dich.
Übrigens vertraue ich dir voll und ganz. Ihm allerdings nicht.

CHRISTIAN GREY
CEO, Grey Enterprises Holdings, Inc.

Als ich nachsehe, sind die Mails tatsächlich verschwunden. Die Macht dieses Mannes scheint keine Grenzen zu kennen. Wie macht er das? Wer beseitigt für ihn heimlich Mails aus den Tiefen der SIP-Server? Das ist wirklich ein paar Nummern zu groß für mich.

Von: Anastasia Steele
Betreff: Erwachsen
Datum: 13. Juni 2011, 10:48 Uhr
An: Christian Grey

Christian,
ich muss nicht vor meinem Chef beschützt werden.
Möglicherweise baggert er mich an, aber dann lehne ich
dankend ab.
Du darfst dich nicht einmischen. Das geht einfach nicht.
ANASTASIA STEELE
Assistentin des Cheflektors, SIP

Von: Christian Grey
Betreff: Die Antwort lautet NEIN
Datum: 13. Juni 2011, 10:50 Uhr
An: Anastasia Steele

Ana,
ich habe mit eigenen Augen gesehen, wie effektiv du in
der Abwehr unerwünschter Avancen bist. Soweit ich mich
erinnere, bin ich so in den Genuss meiner ersten Nacht mit dir
gekommen. Der Fotograf hat ja wenigstens noch Gefühle für
dich. Anders als der Widerling. Er ist ein Weiberheld und wird
versuchen, dich flachzulegen. Frag ihn, was aus deiner Vorgän-
gerin und deiner Vorvorgängerin geworden ist.
Darüber will ich nicht mit dir streiten.
Wenn du unbedingt nach New York möchtest, fahre ich mit dir
hin. Meinetwegen gleich dieses Wochenende. Ich habe eine
Wohnung dort.

CHRISTIAN GREY
CEO, Grey Enterprises Holdings, Inc.

Ach, Christian! Darum geht es doch nicht. Gott, ist das frustrierend! Natürlich hat er eine Wohnung dort. Und natürlich bringt er die Sache mit José aufs Tapet. Wie lange muss ich mir die noch anhören? Herrgott, ich war betrunken! Mit Jack würde ich mich nicht betrinken.

Ich schüttle den Kopf. Das kann ich nicht weiter per Mail diskutieren. Jack ist noch immer nicht von Roach zurück, und ich muss mich um die Angelegenheit mit Elena kümmern. Als ich ihre Mail noch einmal lese, komme ich zu dem Schluss, dass es das Beste ist, sie an Christian weiterzuleiten. Das lenkt ihn vielleicht von der Sache mit New York ab.

Von: Anastasia Steele
Betreff: Lunchtreffen oder lästiger Ballast
Datum: 13. Juni 2011, 11:15 Uhr
An: Christian Grey

Christian,
während du damit beschäftigt warst, dich in meine Arbeit einzumischen und dich vor meinen unbedachten Botschaften zu retten, habe ich eine Mail von Mrs. Lincoln bekommen. Ich will mich nicht mit ihr treffen – außerdem darf ich ja dieses Gebäude nicht verlassen. Wie sie meine E-Mail-Adresse rausgekriegt hat, weiß ich nicht. Was rätst du mir?
Hier ist ihre Mail:

> Liebe Anastasia,
> ich würde mich wirklich gern mit Ihnen zum Lunch treffen. Leider ist unsere erste Begegnung ziemlich unerfreulich verlaufen, und ich möchte einen neuen Anfang machen. Hätten Sie irgendwann diese Woche Zeit?
> Elena Lincoln

ANASTASIA STEELE
Assistentin des Cheflektors, SIP

Von: Christian Grey
Betreff: Lästiger Ballast
Datum: 13. Juni 2011, 11:23 Uhr
An: Anastasia Steele

Nicht böse sein. Ich will nur dein Bestes.
Ich könnte es mir nie verzeihen, wenn dir etwas passieren
würde.
Ich kümmere mich um Mrs. Lincoln.
CHRISTIAN GREY
CEO, Grey Enterprises Holdings, Inc.

Von: Anastasia Steele
Betreff: Später
Datum: 13. Juni 2011, 11:32 Uhr
An: Christian Grey

Können wir das bitte heute Abend besprechen?
Ich versuche, hier zu arbeiten, und du lenkst mich ab.

ANASTASIA STEELE
Assistentin des Cheflektors, SIP

Als Jack mittags wiederkommt, erklärt er mir, dass New York
für mich gestrichen ist, dass er allein fährt. Leider kann er die
Entscheidung der Geschäftsleitung nicht beeinflussen. Er marschiert in sein Büro und knallt wütend die Tür hinter sich zu.
Warum regt er sich so auf?

Ich ahne, dass seine Absichten alles andere als ehrenhaft sind,
bin mir aber sicher, dass ich mit ihm fertigwerde. Was Christian
wohl über Jacks frühere Assistentinnen weiß? Daran will ich lieber gar nicht denken und wende mich wieder meiner Arbeit zu.

Um ein Uhr streckt Jack den Kopf zur Bürotür heraus.

»Ana, könnten Sie mir etwas zu essen holen?«

»Klar. Was möchten Sie?«

»Pastrami auf Roggenbrot, ohne Senf. Das Geld kriegen Sie, wenn Sie wieder da sind.«

»Zu trinken?«

»Bitte eine Cola. Danke, Ana.« Er geht in sein Büro zurück, während ich nach meiner Handtasche greife.

Scheiße. Ich hatte Christian versprochen, das Gebäude nicht zu verlassen. Ich seufze. Er wird es nicht merken, und außerdem bin ich ja gleich wieder da.

Claire vom Empfang leiht mir ihren Schirm, weil es immer noch in Strömen gießt. Draußen ziehe ich die Jacke enger um den Leib und blicke unter dem übergroßen Schirm verstohlen in beide Richtungen. Es scheint alles in Ordnung zu sein. Keine Spur vom Geistermädchen.

Ich gehe entschlossenen und, wie ich hoffe, unauffälligen Schrittes zum Deli. Je näher ich dem Laden komme, desto stärker wird mein Gefühl, beobachtet zu werden. Ich weiß nicht, ob das an meiner Hypersensibilität liegt oder begründet ist. Hoffentlich treibt sich Leila nicht mit einer Waffe hier herum.

Das bildest du dir alles nur ein, herrscht mein Unterbewusstsein mich an. *Wer zum Teufel sollte dich schon erschießen wollen?*

Fünfzehn Minuten später bin ich wieder im Büro – wohlbehalten und unendlich erleichtert. Anscheinend färbt Christians Paranoia auf mich ab.

Jack ist am Telefon, als ich ihm die Sachen bringe.

»Danke, Ana. Da Sie mich nun nicht begleiten, muss ich Sie heute leider länger hierbehalten. Die Infomappe muss fertiggestellt werden. Ich hoffe, Sie haben nichts vor.«

»Nein, nein, kein Problem.« Christian flippt bestimmt aus.

Ich kehre an meinen Schreibtisch zurück und beschließe, ihm nicht sofort Bescheid zu sagen, weil er sich sonst sicher gleich wieder einmischt. Erst einmal esse ich das Sandwich mit Hühnchensalat, das Mrs. Jones für mich gemacht hat. Es schmeckt köstlich.

Wenn ich bei Christian einzöge, würde sie mir jeden Tag ein

Lunchpaket zubereiten. Ich habe nie von Reichtum geträumt – nur von der Liebe. Von jemandem, der mich liebt und nicht jede meiner Bewegungen überwacht. Das Telefon klingelt.

»Büro Jack Hyde …«

»Du hattest mir versprochen, das Gebäude nicht zu verlassen«, fällt Christian mir mit kalter, harter Stimme ins Wort.

Mir rutscht das Herz in die Hose. Woher zum Teufel weiß er das nun wieder?

»Jack hat mich rausgeschickt, Essen für ihn holen. Ich konnte nicht Nein sagen. Lässt du mich etwa observieren?« Meine Kopfhaut beginnt zu prickeln. Kein Wunder, dass ich das Gefühl hatte, beobachtet zu werden.

»Deswegen wollte ich nicht, dass du arbeitest«, knurrt Christian.

»Christian, bitte. Du nimmst mir die Luft zum Atmen.«

»Ich nehme dir die Luft zum Atmen?«, wiederholt er verblüfft.

»Ja. Das muss aufhören. Wir reden heute Abend weiter. Leider muss ich länger im Büro bleiben, weil ich nicht nach New York mitdarf.«

»Anastasia, ich will dir nicht die Luft zum Atmen nehmen«, versichert er entsetzt.

»Tust du aber. Ich habe zu tun. Wir reden später.« Genervt lege ich auf.

Nach dem wunderbaren Wochenende holt uns jetzt die Realität wieder ein. Noch nie war mir mehr nach Weglaufen zumute als in diesem Moment. Ich bräuchte einen Rückzugsort, an dem ich über diesen Mann nachdenken könnte, wie er ist, wie ich mit ihm umgehen soll. Ich weiß, dass er ein gebrochener Mensch ist. Das stimmt mich einerseits traurig und laugt mich andererseits aus. Durch die kleinen, wertvollen Einblicke, die er mir in sein Leben gewährt hat, begreife ich, warum er so ist. Er wurde als Kind nicht geliebt und hatte eine Mutter, die sich nicht um ihn kümmern konnte, die er seinerseits nicht beschützen konnte und die vor seinen Augen starb.

Ich bekomme eine Gänsehaut. Der arme Christian. Ich gehöre ihm, will aber nicht in einem goldenen Käfig eingesperrt sein. Wie soll ich ihm das begreiflich machen?

Niedergeschlagen lege ich eines der Manuskripte, deren Inhalt ich für Jack zusammenfassen soll, auf den Schoß und fange zu lesen an. Mir fällt einfach keine simple Lösung für Christians Kontrollsucht ein.

Eine halbe Stunde später schickt Jack mir per Mail ein Dokument, das ich für das Symposium überarbeiten und druckfertig machen soll. Dazu werde ich nicht nur den restlichen Nachmittag brauchen, sondern auch noch einen Teil des Abends.

Als ich den Blick hebe, ist es nach sieben und das Büro leer. Nur bei Jack brennt noch Licht. Ich habe gar nicht gemerkt, dass alle gegangen sind. Immerhin bin ich fast mit dem Text fertig. Ich maile Jack das Dokument zum Absegnen und überprüfe meinen Posteingang. Nichts Neues von Christian. In dem Moment summt mein BlackBerry – Christian.

»Hi«, sage ich mit leiser Stimme.

»Hi, wann bist du fertig?«

»So gegen halb acht, denke ich.«

»Ich warte vor dem Gebäude auf dich.«

»Okay.«

Er klingt kleinlaut, sogar ein wenig nervös. Warum? Hat er Angst vor meiner Reaktion?

»Ich bin immer noch sauer. Wir müssen uns über vieles unterhalten.«

»Ich weiß. Bis halb acht.«

Jack kommt aus seinem Büro.

»Ich muss aufhören. Bis später.« Ich beende das Gespräch.

Jack tritt neben mich. »Es sind noch ein paar Verbesserungen nötig. Ich habe Ihnen das Dokument zurückgemailt.«

Er beugt sich unangenehm nahe über mich, während ich das Dokument aufrufe. Sein Arm streift meinen. Zufällig? Ich zucke zurück, doch er tut so, als würde er es nicht bemerken. Seinen anderen Arm spüre ich auf der Lehne meines Stuhls, an meinem Rücken. Ich setze mich aufrecht hin, so dass ich die Rückenlehne nicht mehr berühre.

»Seite sechzehn und dreiundzwanzig, aber das wär's dann auch«, erklärt er, sein Mund nur wenige Zentimeter von meinem Ohr entfernt.

Mir sträuben sich die Nackenhaare. Ich öffne das Dokument und beginne, Jack im Rücken, mit den Veränderungen. Alle meine Sinne sind in Alarmbereitschaft. Innerlich brülle ich ihn an: *Verpiss dich!*

»Sobald diese Änderungen vorgenommen sind, ist der Text druckfertig. Das können Sie morgen organisieren. Danke, dass Sie länger geblieben sind, Ana.« Seine Stimme klingt weich und sanft. Mir wird flau im Magen.

»Ich schulde Ihnen einen Drink.« Er schiebt mir eine Haarsträhne, die sich aus dem Band gelöst hat, hinters Ohr und streicht dabei sanft über das Läppchen.

Ich drehe den Kopf weg. *Scheiße!* Christian hatte Recht. *Lass die Finger von mir.*

»Heute Abend kann ich nicht.« *Und auch an keinem anderen Abend, Jack.*

»Nur ganz kurz?«, hakt er nach.

»Nein, ich kann nicht. Aber danke.«

Jack setzt sich auf die Kante meines Schreibtischs und legt die Stirn in Falten. In meinem Kopf schrillen die Alarmglocken. Ich bin allein im Büro und kann nicht weg. Nervös werfe ich einen Blick auf die Uhr. Noch fünf Minuten, bis Christian mich abholt.

»Ana, ich finde, wir sind ein tolles Team. Tut mir leid, dass die Sache mit New York nicht klappt. Ohne Sie wird's nur halb so schön.«

Das glaube ich dir gern. Ich lächle verkniffen. Inzwischen bin ich mehr als froh, dass ich ihn nicht nach New York begleite.

»Hatten Sie ein schönes Wochenende?«, erkundigt er sich.

»Ja, danke.« Was soll das nun wieder?

»Waren Sie mit Ihrem Freund zusammen?«

»Ja.«

»Was macht er beruflich?«

Er ist dein Chef ... »Er ist Geschäftsmann.«

»Interessant. In welcher Branche?«

»Ach, er mischt in vielen Branchen mit.«

Jack beugt sich wieder näher zu mir. »Sie reden wohl nicht gern über ihn, was?«

»Er engagiert sich in der Telekommunikation, der industriellen Fertigung und der Landwirtschaft.«

Jack hebt die Augenbrauen. »So viele unterschiedliche Interessen. Für wen arbeitet er?«

»Er ist selbstständig. Wenn Sie mit dem Dokument zufrieden sind, so wie es ist, würde ich jetzt gern gehen. Ist das in Ordnung?«

Er lehnt sich Gott sei Dank wieder zurück, von mir weg. »Natürlich. Tut mir leid, ich wollte Sie nicht aufhalten«, lügt er.

»Wann werden hier die Schotten dichtgemacht?«

»Die Sicherheitsleute sind bis elf da.«

»Gut.« Mein Unterbewusstsein sinkt erleichtert darüber, dass wir nicht allein in dem Gebäude sind, in seinen Sessel zurück. Ich fahre den Computer herunter, nehme meine Handtasche und stehe auf.

»Er ist Ihnen wichtig? Ich meine, Ihr Freund?«

»Ich liebe ihn«, antworte ich und sehe Jack in die Augen.

»Verstehe.« Jack erhebt sich von meinem Schreibtisch. »Wie heißt er?«

Ich werde rot.

»Grey. Christian Grey«, sage ich mit leiser Stimme.

Jack fällt die Kinnlade herunter. »Seattles vermögendster Junggeselle? Der Christian Grey?«

»Ja, genau der.« Ja, Christian Grey, dein oberster Vorgesetzter, der dich zum Frühstück verspeist, wenn du mir noch einmal zu nahe kommst.

»Er ist mir gleich irgendwie bekannt vorgekommen«, bemerkt Jack. »Nun, er kann sich glücklich schätzen.«

Ich blinzle. Was soll man darauf sagen?

»Einen schönen Abend noch, Ana.« Jack lächelt, doch dieses Lächeln erreicht seine Augen nicht. Er stolziert steif zurück in sein Büro, ohne sich noch einmal umzudrehen.

Ich stoße einen tiefen Seufzer der Erleichterung aus. Das Problem dürfte gelöst sein. Wieder einmal hat Christians Zauber gewirkt. Sein Name versetzt Berge und sorgt dafür, dass dieser Mann sich mit eingezogenem Schwanz vom Acker macht. *Siehst du, Christian? Allein dein Name schützt mich – du hättest es dir sparen können, die Ausgaben des Verlags zu kürzen.* Ich räume meinen Schreibtisch auf und schaue noch einmal auf die Uhr. Jetzt müsste Christian eigentlich da sein.

Der Audi steht am Gehsteigrand, und Taylor springt heraus, um die hintere Tür auf der Beifahrerseite für mich zu öffnen. Noch nie zuvor habe ich mich so gefreut, ihn zu sehen. Ich steige ein.

Christian erwartet mich mit unsicherem Blick auf dem Rücksitz.

»Hi«, murmle ich.

»Hi«, erwidert er vorsichtig.

Als er meine Hand ergreift und sie fest drückt, taut mein Herz ein wenig auf. In meiner Verwirrung habe ich mir nicht einmal zurechtgelegt, was ich zu ihm sagen will.

»Bist du mir immer noch böse?«, fragt er.

»Ich weiß es nicht.«

Er hebt meine Hand an seinen Mund und haucht federleichte Küsse darauf.

»Was für ein Scheißtag«, sagt er.

»Ja.« Zum ersten Mal, seit er heute Morgen ins Büro aufgebrochen ist, fange ich an, mich zu entspannen. Seine Gegenwart wirkt beruhigend auf mich. Jack, die schnippischen Mails und die aufdringliche Elena treten in den Hintergrund.

»Jetzt, da du da bist, ist es besser«, murmelt er. Während Taylor den Wagen durch den abendlichen Verkehr lenkt, schweigen wir beide, in unsere eigenen Gedanken versunken. Ich spüre, wie Christian sich ebenfalls zu entspannen beginnt, als er sanft seinen Daumen über meine Fingerknöchel gleiten lässt.

Taylor setzt uns vor Christians Haus ab, und wir fliehen vor dem Regen geduckt hinein. Christian ergreift meine Hand, während wir auf den Lift warten. Dabei schweift sein Blick hektisch über die Vorderseite des Gebäudes.

»Du hast Leila also noch nicht aufgespürt?«

»Nein. Welch sucht nach wie vor nach ihr.«

Während wir den Aufzug betreten, mustert Christian mich mit intensivem Blick. Und plötzlich ist es wieder da, wie aus dem Nichts, dieses Gefühl, dieses Knistern.

»Spürst du es auch?«, raunt er.

»Ja.«

»O Ana.« Er zieht mich zu sich heran, eine Hand in meinem Nacken, und küsst mich. Meine Finger streicheln seine Wange, während er mich gegen die Aufzugwand drückt.

»Ich hasse solche Auseinandersetzungen mit dir«, flüstert er, und die Verzweiflung und Leidenschaft in seinem Kuss spiegeln meine. Die Anspannung des Tages sucht sich ihr Ventil in unserer Lust. Eine Hand auf meiner Hüfte, zieht er mir mit einem Ruck den Rock hoch, und seine Finger fahren über meine Oberschenkel.

»Wow, du trägst Strümpfe«, seufzt er anerkennend, während sein Daumen die Haut darüber liebkost. »Das möchte ich genauer sehen«, flüstert er und schiebt meinen Rock ganz hinauf.

Dann hält er den Lift an, so dass er zwischen dem zweiundzwanzigsten und dreiundzwanzigsten Stockwerk zum Stehen kommt. Christians Augen sind dunkel, die Lippen ein wenig geöffnet, und er atmet genauso schwer wie ich. Wir sehen einander an, ohne uns zu berühren. Ich bin dankbar für die stützende Wand in meinem Rücken.

»Lös deine Haare«, weist er mich mit rauer Stimme an. Ich nehme das Band heraus und schüttle meine Haare aus, die sich über meine Schultern bis zu meinen Brüsten ergießen. »Mach die obersten zwei Knöpfe deiner Bluse auf.«

Er gibt mir das Gefühl, schamlos zu sein. Ich öffne langsam einen Knopf nach dem anderen, so dass die Wölbung meiner Brüste zum Vorschein kommt.

Er schluckt. »Hast du eine Ahnung, wie verführerisch du aussiehst?«

Auf meiner Lippe kauend, schüttle ich den Kopf. Er legt die Hände rechts und links von meinem Gesicht an die Wand des Aufzugs. Er ist mir so nahe, wie es nur irgend geht, ohne mich zu berühren.

Er reibt die Nase an meiner. Dieser winzige Körperkontakt törnt mich enorm an.

»Das wissen Sie sehr wohl, Miss Steele. Ich glaube, Sie haben Spaß daran, mich wild zu machen.«

»Mache ich dich denn wild?«

»Ja, permanent, Anastasia. Du bist eine Sirene, eine Göttin.« Er packt mein Bein über dem Knie und schlingt es um seine Taille. Als ich seine Erektion spüre, lege ich stöhnend die Arme um seinen Nacken.

»Ich werde dich jetzt nehmen«, keucht er.

Ich drücke meinen Rücken durch, presse mich noch fester gegen ihn. Er öffnet den Reißverschluss seiner Hose.

»Halt dich an mir fest, Baby.« Von irgendwoher holt er ein verpacktes Kondom hervor, das er mir vor den Mund hält. Ich packe es mit den Zähnen, und er zieht, so dass es aufreißt.

»Braves Mädchen.« Er löst sich kurz von mir, um das Kondom über seinen Penis zu rollen. »Gott, bin ich froh, wenn die sieben Tage vorbei sind«, knurrt er und betrachtet mich mit verschleiertem Blick. »Hoffentlich ist das nicht dein Lieblingsslip«, sagt er, als er ihn mit geübten Fingern zerreißt.

Seine Worte sind berauschend; all meine Ängste des Tages

verschwinden wie durch Zauberhand. Jetzt geht es nur noch um ihn und mich, um das, was wir miteinander am besten können. Ohne den Blick von mir zu wenden, gleitet er langsam in mich hinein. Ich lege den Kopf in den Nacken, schließe die Augen, genieße das Gefühl von ihm in mir. Er zieht sich zurück und schiebt sich wieder in mich hinein. Ich seufze vor Lust auf.

»Du gehörst mir, Anastasia«, raunt er.

»Ja. Dir. Wann begreifst du das endlich?«, keuche ich und gebe mich ganz seinem unerbittlichen Rhythmus hin.

Sein schneller werdender Atem, seine Lust auf mich, die meine spiegelt, geben mir das Gefühl, mächtig zu sein, stark, begehrt und geliebt – geliebt von diesem faszinierenden, komplizierten Mann, den ich meinerseits von ganzem Herzen liebe. Er stößt fester und fester zu und verliert sich in mir, wie ich mich in ihm verliere.

»O Baby«, stöhnt Christian, seine Zähne an meiner Wange, und ich löse mich auf. Er hält inne, drückt mich fester an sich und folgt kurz darauf, meinen Namen flüsternd.

Allmählich normalisiert sich Christians Atem. Er hält mich aufrecht an der Aufzugwand, Stirn an Stirn mit mir. Meine Knie sind weich wie Wackelpudding nach diesem unglaublichen Orgasmus.

»Ana«, murmelt er. »Ich brauche dich so sehr.«

»Und ich dich, Christian.«

Er löst sich von mir, streicht mir den Rock glatt, knöpft mir die Bluse zu und gibt den Code für den Lift ein, der sich mit einem Ruck in Bewegung setzt. Ich halte mich an seinen Armen fest.

»Taylor fragt sich sicher schon, wo wir bleiben.«

Oje. Ich versuche vergeblich, mir die Haare mit den Fingern zurechtzuzupfen, um den postkoitalen Look loszuwerden. Am Ende gebe ich auf und binde sie einfach zu einem Pferdeschwanz zusammen.

»Schon okay.« Christian zieht grinsend den Reißverschluss seiner Hose hoch und steckt das benutzte Kondom in die Tasche.

Sofort ist er wieder der Inbegriff des amerikanischen Unternehmers, und weil seine Haare immer irgendwie postkoital aussehen, wirkt er praktisch unverändert. Abgesehen davon, dass er jetzt entspannt jungenhaft lächelt. Geben sich alle Männer mit so wenig zufrieden?

Taylor wartet tatsächlich schon auf uns, als die Aufzugtüren sich öffnen.

»Problem mit dem Lift«, erklärt Christian, als wir aussteigen.

Ohne den Männern in die Augen zu schauen, husche ich durch die Doppeltür in Christians Schlafzimmer, um mir frische Unterwäsche zu holen.

Als ich zurückkomme, hat Christian das Jackett ausgezogen und unterhält sich an der Frühstückstheke mit Mrs. Jones. Sie stellt uns freundlich lächelnd zwei Teller mit warmem Essen hin. Hm, das riecht köstlich – Coq au Vin, wenn ich mich nicht irre. Ich habe einen Bärenhunger.

»Guten Appetit, Mr. Grey, Ana«, sagt sie und lässt uns allein.

Christian nimmt eine Flasche Weißwein aus dem Kühlschrank, und beim Essen erzählt er lebhaft, dass er seinem Traum von einem solarbetriebenen Mobiltelefon einen Schritt näher gekommen ist. Sein Tag kann also nicht ganz so schlecht gewesen sein.

Ich erkundige mich nach seinen Immobilien, und es stellt sich heraus, dass er Wohnungen in New York, Aspen und im Escala besitzt. Als wir fertig sind, trage ich unsere Teller zur Spüle.

»Lass. Gail macht das schon«, sagt er.

Werde ich mich je daran gewöhnen, dass jemand hinter mir herräumt?

»Sollen wir jetzt, da Sie sich ein wenig beruhigt haben, Miss Steele, über heute reden?«

»Ich glaube, du bist derjenige, der jetzt ruhiger ist. Es gelingt mir ziemlich gut, dich zu zähmen.«

»Mich zu zähmen?«, wiederholt er belustigt. Als ich nicke, legt er nachdenklich die Stirn in Falten. »Ja. Vielleicht hast du Recht, Anastasia.«

»Im Hinblick auf Jack hattest übrigens du Recht«, gestehe ich. Christians Miene verhärtet sich. »Hat er dich belästigt?«, fragt er mit mörderisch leiser Stimme.

Ich schüttle den Kopf. »Nein, und das wird er auch nicht, Christian. Ich habe ihm heute gesagt, dass ich deine Freundin bin, und da hat er den Schwanz eingezogen.«

»Bist du sicher? Ich könnte das Schwein feuern.«

»Lass mich meine Schlachten allein schlagen. Du kannst nicht die ganze Zeit für mich mitdenken und mich beschützen. Das nimmt mir die Luft zum Atmen, Christian. Wenn du dich ständig einmischst, kann sich mein Potenzial nie entfalten. Ich brauche meine Freiheiten. Ich würde doch auch nicht im Traum daran denken, dir irgendetwas vorzuschreiben.«

Er blinzelt. »Ich möchte nur sicher sein, dass dir nichts passiert, Anastasia. Wenn dir etwas zustoßen würde …« Er verstummt.

»Ich verstehe, warum es dir so wichtig ist, mich zu beschützen. Einem Teil von mir gefällt das sehr. Ich weiß, dass du für mich da bist, wenn ich dich brauche. Umgekehrt gilt das genauso. Aber wenn es eine Hoffnung auf eine gemeinsame Zukunft geben soll, musst du mir und meinem Urteilsvermögen vertrauen lernen. Natürlich werde ich mich manchmal täuschen und Fehler machen, doch ich muss lernen.«

Er zieht mich, auf dem Barhocker sitzend, zwischen seine Beine. Ich nehme seine Hände und lege sie um mich.

»Du darfst dich nicht in meine Arbeit einmischen und musst mich nicht immerzu retten. Ich weiß, dass du alles unter Kontrolle haben möchtest, und ich begreife auch, warum, aber das kannst du nicht. Es ist unrealistisch … Du musst lernen loszulassen.« Er sieht mich mit großen Augen an. »Wenn du das schaffst, ziehe ich zu dir.«

Er atmet deutlich hörbar ein. »Wirklich?«, fragt er mit leiser Stimme.

»Ja.«

»Du kennst mich doch gar nicht.« Plötzlich klingt er unsicher und panisch, so gar nicht wie Christian.

»Ich kenne dich gut genug, Christian. Nichts, was du mir über dich selbst sagen könntest, wird mich abschrecken.« Ich lasse sanft meine Fingerknöchel über seine Wange gleiten. Seine Miene wechselt von besorgt zu skeptisch. »Bitte lass mir meine Freiräume«, flehe ich ihn an.

»Ich werde mir Mühe geben, Anastasia. Aber ich konnte nicht untätig zusehen, wie du mit diesem … Widerling … nach New York fliegst. Keine seiner bisherigen Assistentinnen hat es länger als drei Monate bei ihm ausgehalten. Ich will nicht, dass dir das auch passiert.« Er seufzt. »Der Gedanke, dass jemand dir wehtun könnte, erfüllt mich mit Angst. Dass ich mich nicht mehr einmischen werde, kann ich dir nicht versprechen, jedenfalls nicht, wenn ich das Gefühl habe, du könntest in Gefahr sein.« Er holt tief Luft. »Ich liebe dich, Anastasia, und würde alles in meiner Macht Stehende tun, um dich zu beschützen. Ich kann mir ein Leben ohne dich nicht vorstellen.«

Junge, Junge! Meine innere Göttin, mein Unterbewusstsein und ich starren Christian mit offenem Mund an.

Drei kleine Wörter. Meine Welt steht still, kippt und dreht sich um eine neue Achse weiter.

»Ich liebe dich auch, Christian.« Ich küsse ihn, und der Kuss wird schnell leidenschaftlicher.

Taylor, der unbemerkt von uns eingetreten ist, räuspert sich. Christian löst sich von mir und richtet sich auf.

»Ja?«, herrscht er Taylor an.

»Mrs. Lincoln ist auf dem Weg herauf, Sir.«

»Wie bitte?«

Taylor zuckt verlegen mit den Achseln.

Christian stößt einen tiefen Seufzer aus und schüttelt den Kopf. »Das dürfte interessant werden«, sagt er mit einem resignierten Grinsen.

Warum kann diese verdammte Hexe uns nicht in Ruhe lassen?

ZWÖLF

Hast du heute mit ihr geredet?«, frage ich Christian, während wir auf Mrs. Robinson warten.

»Ja.«

»Und was hast du gesagt?«

»Dass du sie nicht sehen willst und ich das gut verstehen kann. Und dass ich sauer bin, weil sie mir in den Rücken gefallen ist.«

Aha. Sehr gut. »Und was hat sie gesagt?«

»Sie hat es in einer Art und Weise vom Tisch gefegt, wie nur sie es fertigbringt.«

»Und wieso kommt sie dann her?«

»Keine Ahnung.« Christian zuckt mit den Achseln.

Taylor erscheint ein weiteres Mal. »Mrs. Lincoln«, verkündet er.

Und da ist sie schon ... Wieso muss sie so verdammt attraktiv sein? Sie ist ganz in Schwarz gekleidet – enge Jeans, dazu ein Shirt, in dem ihre erstklassige Figur hervorragend zur Geltung kommt, und platinblondes Haar, das ihren Kopf wie ein Heiligenschein umgibt.

Christian legt den Arm um meine Taille. »Elena«, begrüßt er sie.

Sie steht wie angewurzelt da und starrt mich ungläubig an. »Tut mir leid. Ich wusste nicht, dass du nicht allein bist, Christian«, sagt sie nach einem kurzen Moment. »Heute ist Montag«, fügt sie hinzu, als würde das alles erklären.

»Meine Freundin«, erwidert er mit einer knappen Kopfbewegung in meine Richtung.

Ein strahlendes, unmissverständlich für ihn bestimmtes Lächeln breitet sich langsam auf ihren Zügen aus, während ich das Szenario genervt verfolge.

»Natürlich. Hallo, Anastasia. Mir war nicht bewusst, dass Sie hier sein würden. Ich weiß, dass Sie nicht mit mir reden wollen, und akzeptiere das natürlich.«

»Tatsächlich?«, erwidere ich zu unser aller Erstaunen trocken, woraufhin sie kaum merklich die Stirn runzelt und näher tritt.

»Ja, die Botschaft ist durchaus angekommen. Ich bin auch nicht Ihretwegen hier. Wie gesagt, Christian ist während der Woche meistens allein.« Sie hält inne. »Ich habe ein Problem, das ich gern mit Christian besprechen würde.«

»Tatsächlich?«, sagt Christian. »Möchtest du etwas trinken?«

»Ja, bitte«, erwidert sie dankbar.

Christian holt ihr einen Drink, während Elena und ich in betretenem Schweigen herumstehen. Sie fummelt an dem breiten Silberring an ihrem Mittelfinger herum, und ich weiß nicht, wo ich hinsehen soll. Schließlich tritt sie mit einem verkniffenen Lächeln zur Kücheninsel und setzt sich auf einen der Barhocker. Es ist unübersehbar, dass sie sich hier bestens auskennt und sich wie zuhause zu fühlen scheint.

Soll ich hierbleiben? Oder gehen? Herrgott nochmal, warum ist das alles so verdammt kompliziert!

Ich habe so einiges im Sinn, was ich ihr gern sagen würde – und nichts davon ist angenehm, so viel steht fest. Aber sie ist Christians – einzige – Freundin, deshalb reiße ich mich zusammen und bleibe höflich. Ich beschließe hierzubleiben und lasse mich so anmutig, wie ich nur kann, auf Christians Hocker sinken. Er schenkt uns Wein ein und setzt sich zwischen uns.

»Also, was ist los?«, fragt er und legt seine Hand auf meine.

Merkt er nicht, wie peinlich die Situation ist?

»Anastasia wohnt jetzt hier«, beantwortet er ihre unausgesprochene Frage.

Ich laufe rot an, und mein Unterbewusstsein strahlt vor Glück.

Elenas Züge werden weich, als würde sie sich für ihn freuen.

Aufrichtig. Ich verstehe nicht, was in dieser Frau vorgeht, aber fest steht, dass mich ihre Nähe nervös und verlegen macht. Sie holt tief Luft und rutscht auf ihrem Hocker nach vorn. Sie wirkt sehr aufgewühlt und beginnt erneut, hektisch den breiten Silberring an ihrem Mittelfinger hin und her zu drehen. Was ist los? Liegt es daran, dass ich hier sitze? Macht sie meine Anwesenheit so nervös wie mich die ihre? Falls ja, könnte ich es gut nachvollziehen – ich will sie jedenfalls nicht hier haben. Schließlich hebt sie den Kopf und sieht Christian direkt ins Gesicht.

»Ich werde erpresst.«

Ach du Scheiße. Damit hatte ich nicht gerechnet. Auch Christian erstarrt. Hat jemand herausgefunden, dass sie gern minderjährige Jungs vögelt und quält? Ich unterdrücke meinen Abscheu. *Wer anderen eine Grube gräbt, fällt selbst hinein,* kommt mir flüchtig in den Sinn. Mein Unterbewusstsein reibt sich mit kaum verhohlener Schadenfreude die Hände. *Sehr gut.*

»Wie denn das?«, fragt Christian sichtlich entsetzt.

Sie zieht einen Brief aus ihrer wildledernen Designertasche und reicht ihn ihm.

»Leg ihn hin und falte ihn auseinander«, fordert er sie mit einem Nicken in Richtung Frühstückstheke auf.

»Willst du ihn nicht anfassen?«

»Nein. Wegen der Fingerabdrücke.«

»Christian, du weißt genau, dass ich damit nicht zur Polizei gehen kann.«

Wieso höre ich mir das überhaupt an? Gibt es einen anderen armen Jungen in Elenas Leben, den sie vögelt?

Sie legt das Blatt hin. Christian beugt sich vor.

»Sie verlangen nur fünftausend Dollar«, bemerkt er beinahe gedankenverloren. »Hast du irgendeine Idee, wer dahinterstecken könnte? Jemand aus der Community?«

»Nein«, antwortet sie mit Samtstimme.

»Linc?«

Wer ist Linc?

»Nach all den Jahren? Das kann ich mir nicht vorstellen«, brummt sie.

»Weiß Isaac Bescheid?«

»Bis jetzt noch nicht.«

Und wer ist Isaac?

»Ich finde, er sollte Bescheid wissen«, meint Christian. Sie schüttelt den Kopf. Nun komme ich mir endgültig wie ein Eindringling vor. Ich will mir das nicht anhören. Doch als ich versuche, Christian meine Hand zu entziehen, verstärkt er seinen Griff und wendet sich mir zu.

»Was ist?«, fragt er.

»Ich bin müde. Ich glaube, ich gehe ins Bett.«

Er mustert mich forschend. Was hofft er in meinen Augen abzulesen? Kritik? Verständnis? Feindseligkeit? »Okay«, sagt er schließlich und lässt meine Hand los. »Es dauert nicht mehr lange.«

Ich stehe auf. Elena sieht mich argwöhnisch an. Ich erwidere ihren Blick mit zusammengepressten Lippen und bemühe mich um eine ausdruckslose Miene.

»Gute Nacht, Anastasia«, sagt sie mit einem angedeuteten Lächeln.

»Gute Nacht«, murmle ich mit eisiger Stimme und wende mich zum Gehen. Die Anspannung hier ist unerträglich. Als ich vom Barhocker rutsche, nehmen sie die Unterhaltung wieder auf.

»Ich glaube nicht, dass ich viel für dich tun kann, Elena«, sagt Christian. »Wenn es ums Geld geht …« Er lässt seine Stimme verklingen. »Ich könnte Welch bitten, ein bisschen zu recherchieren …«

»Nein, Christian, ich wollte nur mit jemandem darüber reden.«

Ich mache Anstalten, den Raum zu verlassen. »Du scheinst sehr glücklich zu sein«, höre ich sie hinter mir sagen.

»Das bin ich«, erwidert Christian.

»Du verdienst es.«

»Ich wünschte, es wäre so.«

»Christian«, tadelt sie.

Unwillkürlich bleibe ich stehen und lausche.

»Weiß sie, was für eine schlechte Meinung du von dir hast? Weiß sie über deine Probleme Bescheid?«

»Sie kennt mich besser als jeder andere Mensch.«

»Autsch. Das tut weh.«

»Es ist die Wahrheit, Elena. Bei ihr brauche ich mich nicht zu verstellen. Lass sie zufrieden, Elena. Ich mein's ernst.«

»Und was ist ihr Problem?«

»*Du* bist ihr Problem … Das, was wir einmal waren. Was wir getan haben. Sie versteht es nicht.«

»Dann sorg dafür, dass sie es tut.«

»All das ist längst Vergangenheit, Elena. Weshalb sollte ich sie mit unserer abgefuckten Beziehung belasten? Sie ist anständig, süß und unschuldig. Und aus irgendeinem Grund liebt sie mich, was ein echtes Wunder ist.«

»Das ist kein Wunder, Christian«, widerspricht Elena mit wohlwollendem Tadel in der Stimme. »Hab ein bisschen Selbstvertrauen. Du bist ein ziemlich guter Fang, das habe ich dir oft genug gesagt. Und sie scheint ein reizendes Mädchen zu sein. Stark. Ein Mädchen, das es mit dir aufnehmen kann.«

Ich kann Christians Erwiderung nicht hören. Aha, ich bin also eine starke Frau, ja? Leider fühle ich mich im Augenblick keineswegs so.

»Vermisst du es?«, fragt Elena.

»Was meinst du?«

»Dein Spielzimmer.«

»Das geht dich verdammt nochmal nichts an«, herrscht Christian sie an.

Oh.

»Tut mir leid.« Elena stößt ein unaufrichtiges Schnauben aus.

»Du solltest jetzt besser gehen. Und ruf bitte nächstes Mal vorher an.«

»Es tut mir leid, Christian.« Ihr Tonfall verrät, dass die Entschuldigung diesmal ehrlich gemeint ist. »Seit wann bist du denn so empfindlich?« Auch jetzt schwingt leiser Tadel in ihrer Stimme mit.

»Elena, wir haben eine Geschäftsbeziehung, von der wir beide enorm profitieren. Belassen wir es doch dabei. Was zwischen uns war, ist längst Vergangenheit. Anastasia ist meine Zukunft, die ich auf keinen Fall aufs Spiel setzen werde, also hör mit dem verdammten Unsinn auf.«

Seine Zukunft!

»Verstehe.«

»Es tut mir leid, dass du Ärger am Hals hast. Vielleicht solltest du ja das Risiko eingehen und die Erpresser zwingen, Farbe zu bekennen.« Sein Tonfall ist merklich sanfter geworden.

»Ich will dich nicht verlieren, Christian.«

»Ich gehöre nicht dir, also *kannst* du mich gar nicht verlieren, Elena«, fährt er sie an.

»Das habe ich nicht gemeint.«

»Was dann?«, fragt er barsch.

»Ich will mich nicht mit dir streiten. Deine Freundschaft bedeutet mir sehr viel. Ich werde Anastasia künftig in Ruhe lassen. Aber wenn du mich brauchst, werde ich da sein. Immer.«

»Anastasia glaubt, du wärst vorletzten Samstag hier in der Wohnung gewesen. Du hast mich angerufen, das ist alles. Wieso hast du ihr etwas anderes erzählt?«

»Ich wollte, dass ihr bewusst ist, wie durcheinander du warst, nachdem sie dich im Stich gelassen hatte. Ich will nicht, dass sie dir wehtut.«

»Das weiß sie. Ich habe es ihr selbst gesagt. Hör auf, dich einzumischen. Ganz ehrlich, du benimmst dich wie die reinste Glucke.« Ein Anflug von Resignation schwingt in seiner Stimme mit, und Elena lacht, doch ich höre die Traurigkeit darin mitschwingen.

»Ich weiß. Es tut mir leid. Du weißt doch, wie sehr du mir am Herzen liegst. Ich hätte nicht gedacht, dass du dich eines Tages ernsthaft verlieben würdest, Christian. Es ist sehr schön, das zu beobachten, aber ich würde es nicht ertragen, wenn sie dich verletzen würde.«

»Dieses Risiko gehe ich ein«, kontert er trocken. »Also, bist du sicher, dass Welch nicht ein bisschen für dich herumschnüffeln soll?«

Sie stößt einen tiefen Seufzer aus. »Schaden kann es wohl nicht.«

»Okay. Ich rufe ihn gleich morgen Früh an.«

Ich stehe immer noch hinter der Tür und versuche, ihr Gekabbel einzuschätzen. Es klingt, als wären sie tatsächlich nur alte Freunde, so wie Christian gesagt hat. Nur Freunde. Und er liegt ihr am Herzen – für meinen Geschmack vielleicht ein bisschen zu sehr. Andererseits – könnte irgendjemand, der ihn kennt, seinem Charme nicht erliegen?

»Danke, Christian. Und noch einmal – es tut mir leid. Ich wollte mich nicht einmischen. Ich werde jetzt gehen, und nächstes Mal rufe ich vorher an.«

»Gut.«

Sie will gehen! Scheiße! Ich flitze den Korridor hinunter, schlüpfe in Christians Schlafzimmer und setze mich aufs Bett. Wenig später kommt er herein.

»Sie ist weg«, sagt er und beäugt mich vorsichtig.

»Möchtest du mir endlich alles über sie erzählen? Ich versuche zu verstehen, weshalb du glaubst, sie hätte dir so sehr geholfen.« Ich halte inne und wähle meine Worte mit Bedacht. »Ich hasse sie, Christian. Meiner Meinung nach hat sie dir unfassbare Dinge angetan. Du hast keinerlei Freunde. Hat sie dich daran gehindert, welche zu finden?«

Seufzend fährt er sich mit der Hand durchs Haar. »Wieso

willst du unbedingt über sie reden, verdammt nochmal? Wir hatten eine jahrelange Affäre, sie hat mir oft die Seele aus dem Leib geprügelt, und ich habe sie auf jede erdenkliche Art und Weise gefickt. Ende der Geschichte.«

Ich werde blass. Oh, verdammt. Er ist stocksauer, und zwar auf mich. »Wieso bist du denn so wütend?«, frage ich ihn.

»Weil diese ganze Scheiße längst vorbei ist«, schreit er und starrt mich zornig an.

Ich spüre, wie ich erneut bleich werde. *Ach du Scheiße.* Ich starre auf meine im Schoß verschränkten Hände hinab. Ich will doch nur verstehen, wie die beiden zueinander stehen.

Er setzt sich neben mich. »Na gut, was genau willst du wissen?«, fragt er, eine Spur sanfter.

»Du brauchst es mir nicht zu erzählen. Ich wollte dich nicht in Bedrängnis bringen.«

»Darum geht es nicht, Anastasia. Ich rede nur nicht gern darüber. Ich habe die letzten Jahre in meiner eigenen Welt gelebt, in der ich auf niemanden Rücksicht zu nehmen oder mich zu rechtfertigen brauchte. Und sie war immer Teil meines Lebens, meine Vertraute. Aber jetzt prallen meine Vergangenheit und meine Zukunft auf eine Weise aufeinander, die ich nie für möglich gehalten hätte.«

Ich blicke in seine weit aufgerissenen Augen.

»Ich hätte nicht gedacht, dass es jemals so etwas wie eine Zukunft mit einer Frau für mich geben könnte, Anastasia. Aber du hast diese Hoffnung in mir geweckt. Dank dir ist plötzlich nichts mehr unmöglich.«

»Ich habe gelauscht«, gestehe ich und blicke wieder auf meine Hände.

»Unserer Unterhaltung?«

»Ja.«

»Und?« Eine Spur Resignation schwingt in seiner Stimme mit.

»Du bedeutest ihr sehr viel.«

»Das stimmt. Und sie mir in gewisser Weise auch, aber meine Gefühle für sie lassen sich nicht einmal annähernd mit dem vergleichen, was ich für dich empfinde – falls es das ist, worum es hier gerade geht.«

»Ich bin nicht eifersüchtig.« Es kränkt mich, dass er so von mir denkt, oder bin ich es etwa doch? Scheiße. Vielleicht geht es ja doch genau darum. »Du liebst sie nicht«, murmle ich.

Wieder seufzt er genervt. »Vor langer Zeit dachte ich, dass ich sie liebe«, stößt er zwischen zusammengebissenen Zähnen hervor.

O nein. »Aber in Georgia hast du doch gesagt, dass du sie nicht geliebt hast.«

»Das stimmt.«

Ich runzle die Stirn.

»Zu dieser Zeit gab es dich bereits für mich, Anastasia«, flüstert er. »Du bist der einzige Mensch, für den ich dreitausend Meilen weit fliegen würde, nur weil ich ihn sehen will.«

Ich verstehe das alles nicht. Damals wollte er mich doch nach wie vor nur als Sub.

»Ich habe nie auch nur annähernd so für Elena empfunden, wie ich es für dich tue«, fährt er fort.

»Und wann ist dir das bewusst geworden?«

Er zuckt mit den Achseln. »Ironischerweise hat mich ausgerechnet Elena darauf gebracht. Sie war diejenige, die mir zugeredet hat, nach Georgia zu fliegen.«

Ich wusste es! Schon damals in Savannah war es mir klar.

Wie soll ich damit umgehen? Vielleicht steht sie ja tatsächlich auf meiner Seite und hat nur Angst, ich könnte ihm wehtun. Der Gedanke schmerzt mich. Das würde ich niemals wollen. Sie hat völlig Recht, er hat schon mehr als genug gelitten.

Vielleicht ist sie ja doch kein ganz so schlechter Mensch, wie ich immer angenommen habe. Ich schüttle unwillig den Kopf. Ich will seine Beziehung zu ihr nicht akzeptieren. Sie passt mir nicht. Ja, genau. Elena ist ein abscheuliches Miststück, das sich auf einen verletzlichen Jungen gestürzt und ihm seine Jugend gestohlen hat – völlig egal, was er sagt.

»Also hast du sie begehrt? Als du noch jünger warst?«

»Ja.«

Oje.

»Sie hat mir eine Menge beigebracht. Unter anderem, an mich selbst zu glauben.«

Oh. »Andererseits hat sie dir die Seele aus dem Leib geprügelt.«

Er lächelt liebevoll. »Ja, das hat sie.«

»Und das hat dir gefallen?«

»Damals schon.«

»So gut, dass du mit anderen dasselbe tun wolltest?«

Seine Augen weiten sich. »Ja«, antwortet er ernst.

»Hat sie dir in dieser Hinsicht auch geholfen?«

»Ja.«

»War sie deine Sub?«

»Ja.«

Heilige Scheiße. »Erwartest du von mir, dass ich sie mag?« Ich höre Verbitterung in meiner Stimme.

»Nein. Obwohl es mein Leben verdammt viel einfacher machen würde«, antwortet er resigniert. »Aber ich verstehe deine Zurückhaltung.«

»Zurückhaltung? Mein Gott, Christian – wie würde es dir gehen, wenn genau dasselbe mit deinem Sohn passiert wäre?«

Er sieht mich verständnislos an. »Niemand hat mich gezwungen, mit ihr zusammenzubleiben. Es war meine freie Entscheidung, Anastasia.«

So kommen wir nicht weiter.

»Wer ist Linc?«

»Ihr Exmann.«

»Lincoln Timber, das Bauholzunternehmen?«

»Genau.«

»Und wer ist Isaac?«

»Ihr derzeitiger Sub.«

O nein.

»Er ist Mitte zwanzig, Anastasia. Ein Erwachsener, der einvernehmlich … du weißt schon«, erklärt er eilig. Offenbar hat er meinen angewiderten Gesichtsausdruck völlig richtig gedeutet.

»Also in deinem Alter«, sage ich leise.

»Es ist genauso, wie ich es vorhin zu ihr gesagt habe. Sie ist Teil meiner Vergangenheit. Du bist meine Zukunft. Lass nicht zu, dass sie zwischen uns steht. Bitte. Und offen gestanden, hängt mir dieses Thema allmählich zum Hals heraus. So, ich werde jetzt noch eine Weile arbeiten.« Er steht auf. »Lass es gut sein. Bitte.«

Ich starre ihn nur wortlos an.

»Ach ja, eines hätte ich ja fast vergessen«, fügt er hinzu. »Dein Wagen ist heute schon geliefert worden. Er steht in der Garage. Taylor hat die Schlüssel.«

Wahnsinn … der Saab ist da! »Kann ich morgen gleich damit fahren?«

»Nein.«

»Wieso nicht?«

»Du weißt genau, warum. Und noch etwas, sag künftig Bescheid, wenn du das Büro verlässt. Sawyer war dort, um ein Auge auf dich zu haben. Offenbar kann ich dir doch nicht vertrauen, dass du auch wirklich gut auf dich aufpasst.« Beim Anblick seiner finsteren Miene komme ich mir wie ein unartiges Kind vor – wieder einmal. Am liebsten würde ich ihm widersprechen, aber er ist ziemlich sauer wegen Elena, und ich will es nicht auf die Spitze treiben. Einen Kommentar kann ich mir allerdings nicht verkneifen.

»Ich dir genauso wenig«, murmle ich. »Du hättest mir sagen können, dass Sawyer mich observiert.«

»Willst du dich darüber etwa auch noch streiten?«, schnauzt er mich an.

»Mir war nicht bewusst, dass wir uns streiten. Ich dachte, wir kommunizieren bloß«, brumme ich gereizt.

Er schließt für einen Moment die Augen und ringt sichtlich um seine Beherrschung, während ich ihn beklommen ansehe.

»Ich muss jetzt an den Schreibtisch«, sagt er schließlich leise und verlässt das Zimmer.

Ich stoße den Atem aus – mir war gar nicht bewusst, dass ich ihn angehalten hatte –, lasse mich in die Kissen zurückfallen und starre an die Decke.

Können wir jemals ein normales Gespräch führen, ohne dass es in einen Streit ausartet? Es ist so ermüdend.

Wir kennen uns schlicht und einfach nicht besonders gut. Will ich allen Ernstes bei ihm einziehen? Ich weiß ja noch nicht einmal, ob ich ihm einen Tee oder einen Kaffee machen soll, während er arbeitet. Soll ich ihn überhaupt bei der Arbeit stören? Ich habe keine Ahnung, was er mag und was nicht.

Wie es aussieht, hat er das Thema Elena gründlich satt – und natürlich hat er völlig Recht. Ich sollte es gut sein lassen. Wenigstens erwartet er nicht, dass sie meine Busenfreundin wird, und ich hoffe, dass sie endlich damit aufhört, mich zu einem Treffen mit ihr überreden zu wollen.

Ich stehe auf, öffne die Balkontür und trete hinaus vor die verglaste Brüstung, auch wenn ich mich dort nie recht wohlfühle. Die Luft hier oben ist ziemlich kühl.

Ich blicke auf das glitzernde Lichtermeer von Seattle hinab. Christian ist so verdammt isoliert in dieser Festung, so weit weg von allem und für niemanden greifbar. Gerade eben hat er mir gestanden, dass er mich liebt, und dann passiert dieser ganze Mist. Nur wegen dieser grässlichen Frau. Ich verdrehe die Augen. Das Leben mit ihm ist so verdammt kompliziert. *Er* ist so verdammt kompliziert.

Mit einem letzten Blick auf die Stadt, die wie ein goldener Teppich zu meinen Füßen ausgebreitet daliegt, gehe ich wieder hinein und beschließe, Ray anzurufen. Es ist schon eine ganze Weile her, seit wir das letzte Mal voneinander gehört haben. Unser Gespräch ist wie gewohnt kurz, aber ich vergewissere mich, dass es ihm gut geht und ich ihn störe, weil gerade ein wichtiges Fußballspiel im Fernsehen läuft.

»Ich hoffe, mit Christian läuft es gut«, sagt er beiläufig, aber mir ist klar, dass er bloß aus reiner Höflichkeit fragt.

»Ja. Alles bestens.« Sozusagen. Und ich werde sogar bei ihm einziehen, allerdings haben wir noch nicht genau besprochen, wann.

»Ich hab dich lieb, Dad.«

»Ich dich auch, Annie.«

Ich lege auf und sehe auf die Uhr. Es ist gerade einmal zehn. Irgendwie bin ich rastlos. Unsere Auseinandersetzung hat mir gründlich die Laune verdorben.

Ich gehe unter die Dusche, kehre ins Schlafzimmer zurück und trete vor den Schrank mit den Nachthemden, die Caroline Acton bei Neiman Marcus für mich gekauft hat. Christian mault ständig, weil ich am liebsten im T-Shirt schlafe. Ich entscheide mich für das rosafarbene. Der weiche, fließende Stoff schmiegt sich um meinen Körper und liebkost meine Haut – ein Gefühl von purem Luxus. Ich drehe mich zum Spiegel um. Wow! Ich sehe aus wie ein Filmstar aus den Dreißigern. Es ist lang und elegant und – so gar nicht mein Stil.

Ich nehme den dazu passenden Morgenrock vom Bügel und beschließe, mir ein Buch aus Christians Bibliothek zu holen. Natürlich könnte ich auch auf meinem iPad lesen, aber im Moment steht mir der Sinn nach der Tröstlichkeit und Wärme eines richtigen Buches. Ich werde Christian lieber in Ruhe lassen. Vielleicht kehrt ja seine gute Laune zurück, wenn er mit der Arbeit fertig ist.

Die Bibliothek ist riesig. Allein die Titel auf den Buchrücken zu lesen, würde eine halbe Ewigkeit dauern. Mein Blick fällt auf den Billardtisch. Prompt treibt mir die Erinnerung an unser kleines Abenteuer von gestern Abend die Röte ins Gesicht. Beim Anblick des Lineals auf dem Boden muss ich grinsen. Ich hebe es auf und lasse es gegen meine Handfläche schnellen. Aua! Es tut weh.

Wieso ertrage ich nicht ein bisschen mehr Schmerz, um ihn glücklich zu machen? Niedergeschlagen lege ich es auf den Schreibtisch und mache mich auf die Suche nach einem guten Buch.

Bei der Mehrzahl der Bücher handelt es sich um Erstausgaben. Wie kann er in so kurzer Zeit eine so beeindruckende Sammlung zusammenbekommen haben? Vielleicht umfasst Taylors Aufgabengebiet ja auch die Jagd auf Bücher. Ich entscheide mich für *Rebecca* von Daphne du Maurier. Das habe ich seit einer Ewigkeit nicht mehr gelesen. Lächelnd kuschle ich mich in einen der üppigen Lehnsessel und lese den ersten Satz:

Gestern Nacht träumte mir, ich sei wieder in Manderley …

Ich schrecke aus dem Schlaf, als Christian die Arme um mich legt.

»Hey«, sagt er leise. »Du bist eingeschlafen. Ich habe dich überall gesucht.« Er presst seine Nase in mein Haar. Ich schlinge die Arme um seinen Hals und atme tief seinen Geruch ein – ach, er riecht immer so lecker –, als er mich ins Schlafzimmer trägt. Er legt mich aufs Bett und deckt mich zu.

»Schlaf, Baby«, flüstert er und drückt mir einen Kuss auf die Stirn.

Ich schrecke aus einem wirren Traum hoch und weiß einen Moment lang nicht, wo ich bin. Beklommen starre ich zum Fußende, doch da ist niemand. Aus dem Wohnzimmer wehen leise die Klänge einer Klaviersonate herüber.

Wie spät ist es? Ich sehe auf den Wecker – zwei Uhr früh. Hat Christian überhaupt geschlafen? Der Stoff des Morgenrocks, den ich immer noch trage, hat sich in meinen Beinen verheddert. Ich befreie sie aus den Stoffbahnen, stehe auf und gehe ins Wohnzimmer hinüber.

Einen Moment lang bleibe ich im Dunkeln stehen und lausche ihm. Christian sitzt wieder einmal in einer Blase aus weichem Licht und ist völlig in der Musik versunken. Die Melodie des Stücks ist sehr beschwingt und kommt mir teilweise bekannt vor, obwohl sie recht komplex ist. *Er spielt unglaublich gut.* Wieso schafft er es immer wieder, mich in Erstaunen zu versetzen? Trotzdem ist irgendetwas anders als sonst. Erst jetzt bemerke ich, dass der Deckel des Flügels heruntergeklappt ist, so dass ich einen ungehinderten Blick auf ihn habe. Er hebt den Kopf. Unsere Blicke begegnen sich. Seine Augen schimmern grau im diffusen Schein der Lampe. Ungerührt spielt er weiter, während ich den Raum durchquere und er meinen Anblick regelrecht in sich aufzusaugen scheint. Seine Augen leuchten. Als ich vor ihm stehe, hört er zu spielen auf.

»Wieso hast du aufgehört? Das war schön.«

»Hast du eine Ahnung, wie verführerisch du aussiehst?« Seine Stimme ist butterweich.

Oh. »Komm ins Bett«, flüstere ich. Seine Augen beginnen zu glühen, als er die Hand nach mir ausstreckt. Ich ergreife sie. Unvermittelt zieht er mich auf seinen Schoß, schlingt die Arme um mich und liebkost meinen Hals. Ein lustvoller Schauder überläuft mich.

»Wieso streiten wir uns eigentlich?«, raunt er und fängt an, an meinem Ohrläppchen zu knabbern.

Mein Herz setzt einige Schläge lang aus, dann hämmert es wild, und mein Blut jagt heiß durch meine Adern.

»Weil wir uns allmählich kennen lernen und du sturköpfig und übellaunig und launisch und schwierig bist«, stoße ich atemlos hervor und neige den Kopf leicht zur Seite, um ihm einen leichteren Zugang zu meinem Hals zu gewähren. Er streicht mit der Nase an meinem Hals entlang, und ich spüre, wie er lächelt.

»Das stimmt, all das bin ich, Miss Steele. Es ist das reinste

Wunder, dass Sie sich überhaupt mit mir eingelassen haben.«
Wieder macht er sich an meinem Ohrläppchen zu schaffen, und
ich stöhne leise auf. »Ist es immer so?«, fragt er.

»Keine Ahnung.«

»Ich auch nicht.« Er zieht an den Schößen meines Morgenrocks, so dass er auseinanderfällt, schiebt seine Hand hinein und
umfasst meine Brust. Meine Brustwarzen richten sich augenblicklich unter der sanften Berührung auf und streifen über den
weichen Seidenstoff. Er lässt seine Hände abwärtswandern, über
meinen Bauch und meine Hüften.

»Deine Haut fühlt sich so herrlich an, und ich kann alles sehen – auch das hier.« Behutsam zieht er durch den Stoff an dem
schmalen Streifen Schamhaar zwischen meinen Beinen, während er mit der anderen Hand mein Haar packt. Erschrocken
schnappe ich nach Luft, als er meinen Kopf nach hinten zieht
und mich gierig küsst. Ich stöhne und streichle sein wunderschönes Gesicht. Ganz langsam schiebt er mein Nachthemd hoch,
lässt verführerisch seine Finger über die nackte Haut meines
Hinterteils gleiten, ehe er mit dem Daumennagel über die Innenseite meines Schenkels fährt.

Unvermittelt steht er auf und hebt mich auf den Flügel. Meine Füße landen auf den Tasten und entlocken ihnen eine Reihe
disharmonischer Töne, während seine Hände meine Beinen
spreizen. Dann packt er meine Hände.

»Leg dich hin«, befiehlt er und hält meine Hände fest, als
ich mich nach hinten sinken lasse. Der Deckel fühlt sich hart
und unnachgiebig in meinem Rücken an. Er lässt mich los und
spreizt meine Beine noch ein Stück weiter, so dass meine Füße
über die Tasten tanzen und eine wilde Abfolge von Tönen unterschiedlicher Höhen und Tiefen erklingen lassen.

O Mann. Ich weiß genau, was er gleich tun wird, und die Vorfreude … Ich stöhne laut auf, als er die Innenseite meiner Knie
zu küssen beginnt und sich saugend und leckend einen Weg über
meinen Schenkel bahnt. Der glatte Satinstoff rutscht höher und

prickelt auf meiner übersensiblen Haut. Ich ramme die Fersen in die Tasten, woraufhin die Töne ein weiteres Mal erklingen, dann schließe ich die Augen und ergebe mich, als sein Mund die Stelle findet, wo sich meine Beine vereinen.

Er küsst mich, pustet behutsam auf meine Klitoris, umkreist sie mit der Zunge. Dann schiebt er meine Beine noch weiter auseinander. Ich fühle mich so ... entblößt. Seine Hände liegen knapp oberhalb meiner Knie, während er mich weiter mit seiner Zunge foltert – ohne Pause, ohne Erbarmen, ohne Gnade. Ich hebe die Hüften an, recke mich ihm entgegen und passe mich seinem Rhythmus an.

»Oh, Christian, bitte«, stöhne ich.

»O nein, Baby, noch nicht«, raunt er, doch meine Bewegungen werden immer schneller, ebenso wie die seinen, und dann hört er unvermittelt auf.

»Nein«, wimmere ich.

»Das ist meine Rache, Anastasia«, knurrt er leise. »Wage es, dich mit mir anzulegen, und dein Körper wird dafür bezahlen.« Küssend arbeitet er sich über meinen Bauch vor, während seine Hände meine Schenkel streicheln, kneten und liebkosen. Seine Zunge umkreist meinen Nabel. Im selben Moment erreichen seine Hände ... seine Daumen ... o seine Daumen ...

»Ah!«, schreie ich auf, als er den einen in mich hineinschiebt, während er mich mit dem anderen weiter mit qualvoller Langsamkeit umkreist. Ich winde mich unter seiner Berührung, die mit jeder Sekunde unerträglicher wird.

»Christian!«, schreie ich auf, während mich die Lust zu übermannen droht.

Offenbar hat er Mitleid mit mir, denn er hält inne. Er hebt meine Füße an und hievt mich ein Stückchen hoch. Dank des Satinstoffs gleite ich mühelos über den Klavierdeckel, und dann ist er über mir. Einen kurzen Moment kniet er vor mir, während er das Kondom über seine beachtliche Erektion rollt, dann beugt er sich vor. Voller Lust und Begierde sehe ich ihn an. Erst jetzt fällt mir auf, dass er nackt ist. Wann um alles in der Welt hat er sich die Kleider ausgezogen?

Er starrt auf mich herab, und ich sehe das Staunen in seinen Augen. Staunen und Liebe und Leidenschaft. Der Anblick raubt mir den Atem.

»Ich will dich so sehr«, sagt er und lässt sich ganz, ganz langsam in mich gleiten.

Völlig erschöpft liege ich auf ihm. Meine Glieder sind schwer wie Blei. *Wow!* Es ist wesentlich angenehmer, auf ihm zu liegen als auf dem harten Klavierdeckel. Sorgsam darauf bedacht, ihn nicht zu berühren, lasse ich meine Wange auf seiner Brust ruhen und versuche, mich nicht zu bewegen. Er wehrt sich nicht. Ich lausche seinen Atemzügen, die allmählich ruhiger werden, ebenso wie meine. Zärtlich streicht er mir übers Haar.

»Trinkst du abends eigentlich Tee oder Kaffee?«, frage ich schläfrig.

»Was für eine merkwürdige Frage«, erwidert er verträumt.

»Vorhin fiel mir ein, dass ich dir einen Tee ins Arbeitszimmer bringen könnte, aber dann dämmerte mir, dass ich keine Ahnung habe, was du gern trinkst.«

»Verstehe. Abends trinke ich Wein oder Wasser, Ana. Aber vielleicht sollte ich es ja mal mit Tee probieren.«

»Wir wissen sehr wenig voneinander«, murmle ich.

»Ich weiß.« Ein Anflug von Traurigkeit liegt in seiner Stimme. Ich setze mich auf und sehe ihn an.

»Was ist?«

Er schüttelt den Kopf, als wollte er sich von einem unangenehmen Gedanken befreien, hebt die Hand und streichelt meine Wange. Seine Miene ist ernst. »Ich liebe dich, Ana Steele.«

Der Wecker läutet um sechs. Die Staumeldungen aus dem Radio reißen mich aus einem wirren Traum von platinblonden und dunkelhaarigen Frauen. Ich kann mich nicht erinnern, worum es in dem Traum ging, und komme gar nicht erst dazu, darüber nachzugrübeln, weil Christian mich wie ein Seidenteppich einhüllt. Sein wirrer Haarschopf ruht auf meinem Bauch, eine Hand umfasst meine Brust, und sein Bein liegt quer über mir, so dass ich mich kaum bewegen kann. Er schläft, und mir ist viel zu heiß. Aber ich ignoriere mein Unbehagen und streiche ihm vorsichtig durchs Haar. Er regt sich, schlägt seine leuchtend grauen Augen auf und lächelt mich verschlafen an. *Dieser Mann ist einfach atemberaubend ...*

»Guten Morgen, meine Schöne«, sagt er.

»Guten Morgen, mein Schöner.« Ich erwidere sein Lächeln. Er küsst mich, löst sich von mir und stützt sich auf dem Ellbogen ab.

»Gut geschlafen?«

»Ja, trotz der Unterbrechung heute Nacht.«

Sein Grinsen wird breiter. »Hm. Damit darfst du mich jederzeit unterbrechen.« Er küsst mich noch einmal.

»Und du? Hast du auch gut geschlafen?«

»Neben dir schlafe ich immer gut, Anastasia.«

»Keine Albträume mehr?«

»Nein.«

Ich runzle die Stirn. »Worum geht es denn in deinen Albträumen?«

Sein Lächeln verblasst. *Verdammt – ich und meine elende Neugier.*

»Meistens sind es Flashbacks aus meiner frühen Kindheit. Sagt zumindest Dr. Flynn. Manche sind sehr lebhaft, andere weniger.« Er senkt die Stimme, und ein gehetzter, distanzierter Ausdruck tritt in seine Augen. Geistesabwesend fährt er mit dem Finger die Linie meines Schlüsselbeins nach, so dass ich Mühe habe, mich zu konzentrieren.

»Und wachst du manchmal schreiend und weinend auf?«, frage ich scherzhaft.

Er sieht mich verwirrt an. »Nein, Anastasia. Ich habe noch nie geweint. Zumindest nicht, soweit ich mich erinnern kann.« Er runzelt die Stirn, als würde er in die Tiefen seines Gedächtnisses abtauchen. O nein – das ist kein Ort, an den ich ihm um diese Uhrzeit folgen will.

»Hast du irgendwelche glücklichen Erinnerungen an deine Kindheit?«, frage ich schnell, um ihn von seinen düsteren Gedanken abzulenken.

Für den Bruchteil einer Sekunde erhellen sich seine Züge, während seine Finger weiter über meine Haut streichen.

»Ich weiß noch, wie die Crackhure etwas gebacken hat. An den Geruch kann ich mich noch genau erinnern. Ich glaube, es war ein Geburtstagskuchen. Für mich. Und ich erinnere mich an den Tag, als Mia zu Mom und Dad kam. Meine Mom hatte Angst, wie ich reagieren würde, aber ich habe Mia auf Anhieb geliebt. Ihr Name war sogar das erste Wort, das ich gesagt habe. *Mia.* Und ich erinnere mich an meine erste Klavierstunde. Miss Kathie, meine Lehrerin, war großartig. Sie hat auch noch Pferde gehalten.« Er lächelt wehmütig.

»Du hast gesagt, deine Mom hätte dich gerettet. Inwiefern?« Meine Frage scheint ihn aus seinen Schwelgereien herauszureißen. Er sieht mich an, als könnte er plötzlich zwei und zwei nicht mehr zusammenzählen.

»Sie hat mich adoptiert«, antwortet er schlicht. »Als ich sie das erste Mal gesehen habe, hielt ich sie für einen Engel. Sie war ganz weiß angezogen und so sanft und ruhig bei der Untersuchung. Das werde ich nie vergessen. Hätte sich einer der beiden nicht auf die Adoption eingelassen …« Er zuckt mit den Achseln und wirft einen Blick auf den Wecker. »Ziemlich tiefschürfende Gespräche für eine so frühe Uhrzeit«, bemerkt er.

»Ich habe mir fest vorgenommen, dich besser kennen zu lernen.«

»Ach, tatsächlich? Und ich dachte, du willst nur herausfinden, ob ich lieber Kaffee oder Tee trinke.« Er grinst süffisant. »Außerdem fällt mir eine hervorragende Methode ein, wie du mich besser kennen lernen kannst.« Aufreizend presst er seine Hüften an mich.

»Ich glaube, was das angeht, kenne ich dich inzwischen ziemlich gut.« Sein Grinsen wird noch breiter, als er meinen herablassenden Tadel hört.

»Ich bezweifle, dass ich dich in dieser Hinsicht jemals gut genug kennen lernen werde«, gibt er leise zurück. »Aber es hat eindeutig seine Vorteile, morgens neben dir aufzuwachen«, fügt er mit samtweicher Schmeichelstimme hinzu.

»Musst du nicht langsam aufstehen?«, frage ich mit rauchiger Stimme. *Oh, was macht er bloß mit mir ...*

»Heute nicht. Im Moment gibt es nur einen Ort, wo ich gern wäre, Miss Steele.« Blanke Lüsternheit flackert in seinem Blick auf.

»Christian!«, stoße ich schockiert hervor, während er sich mit einer abrupten Bewegung auf mich rollt, meine Hände packt, sie nach oben drückt und meinen Hals zu küssen beginnt.

»Miss Steele.« Ich spüre, wie sich seine Lippen zu einem Lächeln verziehen. Ein köstlicher Schauder jagt über meinen ganzen Körper, als er ganz langsam mein Satinnachthemd hochschiebt. »Ich weiß genau, was ich gern mit dir anstellen will.«

Ich bin verloren. Ende des Verhörs.

Mrs. Jones hat Pfannkuchen mit Speck für mich und ein Omelett mit Speck für Christian vorbereitet. In behaglichem Schweigen sitzen wir an seiner Frühstückstheke.

»Wann lerne ich eigentlich Claude kennen, damit ich sehen kann, was er so draufhat?«, frage ich.

Christian sieht mich grinsend an. »Das kommt darauf an, ob du dieses Wochenende nach New York fliegen willst oder lieber hierbleibst. Es sei denn, du willst diese Woche noch eine Trainingseinheit gleich in aller Frühe mit ihm haben. Ich werde Andrea bitten, seinen Terminkalender zu überprüfen und dir Bescheid zu geben.«

»Andrea?«

»Meine Assistentin.«

Ach ja. »Eine deiner vielen Blondinen«, necke ich ihn.

»Sie gehört nicht mir, sondern arbeitet für mich. Du gehörst mir.«

»Aber ich arbeite auch für dich«, murmle ich verdrossen.

Er grinst, als hätte er völlig vergessen, was er getan hat. »Stimmt.« Sein strahlendes Lächeln ist ansteckend.

»Claude kann mir ja Kickboxen beibringen«, warne ich.

»So? Damit deine Chancen gegen mich ein bisschen besser stehen?« Christian hebt belustigt eine Braue. »Nur zu, Miss Steele.« Im Vergleich zu seiner miesen Laune gestern Abend sitzt ihm heute offenbar der Schalk im Nacken. Vielleicht liegt es an all dem Sex, vielleicht hat er ihm seine Hochstimmung zu verdanken.

Ich sehe zum Flügel hinüber und lasse mich für einen Moment von der Erinnerung an gestern Abend gefangen nehmen.

»Du hast den Flügel wieder aufgeklappt.«

»Ich hatte ihn gestern Abend geschlossen, um dich nicht zu stören. Hat wohl nicht funktioniert, und ich bin froh darüber.« Christians Lippen verziehen sich zu einem lasziven Grinsen, während er sich einen Bissen Omelett in den Mund schiebt. Ich laufe tiefrot an und grinse zurück.

O ja … Freuden auf dem Flügel …

Mrs. Jones stellt eine Papiertüte mit meinem Mittagessen auf die Frühstückstheke. Augenblicklich überkommen mich Gewissensbisse.

»Für später, Ana. Ein Sandwich mit Thunfisch. Mögen Sie Thunfisch?«

»Ja, sehr sogar. Vielen Dank, Mrs. Jones.« Ich werfe ihr ein schüchternes Lächeln zu, das sie freundlich erwidert, ehe sie sich zurückzieht. Ich vermute, sie will uns nicht stören.

Ich wende mich wieder Christian zu. »Kann ich dich etwas fragen?«

Seine Belustigung verfliegt schlagartig. »Natürlich?«

»Und versprichst du mir, nicht gleich sauer zu werden?«

»Geht es um Elena?«

»Nein.«

»Dann werde ich auch nicht sauer.«

»Aber ich habe noch eine weitere Frage.«

»Ja?«

»Die sich um sie dreht.«

Er verdreht die Augen. »Was denn?«

Ich höre die Gereiztheit in seiner Stimme.

»Wieso wirst du immer so sauer, wenn ich dich nach ihr frage?«

»Ganz ehrlich?«

Ich starre ihn finster an. »Ich dachte, du bist mir gegenüber immer ehrlich.«

»Ich versuche es zumindest.«

Ich kneife die Augen zusammen. »Das klingt ziemlich ausweichend.«

»Ich bin dir gegenüber immer ehrlich, Ana. Ich habe keine Lust auf Spielchen. Zumindest nicht auf diese Art von Spielchen«, fügt er mit loderndem Blick hinzu.

»Auf welche Spielchen hast du dann Lust?«

»Sie lassen sich ziemlich leicht vom Thema ablenken, Miss Steele.«

Ich kichere. Er hat völlig Recht. »Und Sie haben so viele Seiten, die einen leicht vom Thema abbringen, Mr. Grey.« Ich sehe ihm in die Augen, die vor Belustigung glitzern.

»Dein Kichern ist das schönste Geräusch auf der ganzen Welt, Anastasia. Also, was wolltest du wissen?«, fragt er grinsend.

Ich habe den Verdacht, dass er mich auslacht. Ich bemühe mich um einen ernsten Gesichtsausdruck, doch der ausgelassene Mr. Grey gefällt mir so gut – es macht solchen Spaß, mit ihm zusammen zu sein, wenn er in dieser Stimmung ist. Ich liebe unsere morgendlichen Kabbeleien. Stirnrunzelnd versuche ich, mir meine Frage ins Gedächtnis zu rufen.

»Ach ja. Du hast deine Subs immer nur an den Wochenenden gesehen, richtig?«

»Ja, das ist richtig.« Er beäugt mich nervös.

Ich lächle ihn an. »Also kein Sex während der Woche.«

»Oh, darauf willst du also hinaus.« Er sieht beinahe erleichtert aus. »Was glaubst du, wieso ich jeden Tag während der Woche trainiere?« Nun lacht er mich tatsächlich aus, aber es ist mir egal. Ich frohlocke innerlich. Noch eine Premiere – gleich mehrere sogar.

»Sie scheinen außerordentlich zufrieden mit sich zu sein, Miss Steele.«

»Das bin ich, Mr. Grey.«

»Das solltest du auch. Und jetzt iss dein Frühstück.«

Da ist er wieder, der Christian, der mich herumkommandiert.

Wir haben auf dem Rücksitz des Audi Platz genommen. Taylor wird zuerst mich absetzen und anschließend Christian ins Büro fahren. Sawyer hat sich auf dem Beifahrersitz eingerichtet.

»Sagtest du nicht, der Bruder deiner Mitbewohnerin käme heute zurück?«, fragt Christian scheinbar beiläufig.

»Ach ja, Ethan«, rufe ich erschrocken aus. »Den habe ich ja völlig vergessen. Danke, dass du mich erinnerst, Christian. Ich muss in unser Apartment.«

Seine Miene verdüstert sich. »Um wie viel Uhr kommt er denn?«

»Ich bin mir nicht sicher.«

»Ich will nicht, dass du allein irgendwo hingehst«, erklärt er scharf.

»Ich weiß.« Ich unterdrücke das Bedürfnis, die Augen zu verdrehen. Er reagiert wieder mal total über. »Wird Sawyer mich den ganzen Tag ausspi... äh ... im Auge behalten?« Ich werfe Sawyer einen Blick zu und bemerke, dass sich seine Ohren rot verfärben.

»Ja«, antwortet Christian eisig.

»Das Ganze wäre viel einfacher, wenn ich den Saab hätte«, murmle ich trotzig.

»Sawyer hat einen Wagen dabei und kann dich zu eurer Wohnung bringen. Je nachdem, wann du ihn brauchst.«

»Okay. Vermutlich ruft mich Ethan irgendwann im Lauf des Tages an. Ich lasse dich wissen, wie es dann weitergeht.« Er sieht mich schweigend an. Was geht wohl in seinem Kopf vor?

»Okay«, sagt er schließlich. »Aber du gehst nirgendwo allein hin. Hast du mich verstanden?« Er droht mir mit dem Finger.

»Ja, Schatz«, erwidere ich.

Der Anflug eines Lächelns spielt um seine Lippen. »Außerdem solltest du ausschließlich deinen BlackBerry benutzen. Damit sollte gewährleistet sein, dass mein IT-Mann sich keinen vergnüglichen Vormittag macht, okay?« Ein süffisanter Unterton schwingt in seiner Stimme mit.

»Ja, Christian.« Ich verdrehe die Augen – ich kann mich einfach nicht beherrschen –, und er grinst.

»Oh, Miss Steele, ich glaube, meine Hand fängt an zu jucken.«

»Oh, Mr. Grey, Sie und Ihre ewig juckende Hand. Was machen wir bloß damit?«

Er lacht, unterbricht sich jedoch, als sein BlackBerry zu vibrieren beginnt. Er wirft einen Blick aufs Display. Seine Züge verfinstern sich.

»Was ist los?«, blafft er hinein und lauscht angespannt.

Ich nutze die Gelegenheit, um wieder einmal sein bildschönes Gesicht zu betrachten – seine perfekte Nase und sein widerspenstiges Haar, das ihm wirr in die Stirn fällt. Ich sehe, wie sein Gesichtsausdruck von Ungläubigkeit in Belustigung umschlägt, und horche auf.

»Du machst Witze … für eine Szene … Wann hat er es dir gesagt?« Christian lacht leise. »Nein, kein Problem. Du brauchst dich nicht zu entschuldigen. Ich bin froh, dass es eine logische Erklärung für alles gibt. Mir kam der Betrag sowieso lächerlich gering vor, und ich bin sicher, du hast dir eine richtig schöne Gemeinheit überlegt, um dich an ihm zu rächen. Armer Isaac.« Er lächelt.»Gut … Bis dann.« Er klappt sein Handy zu und sieht mich an. Ein argwöhnischer Ausdruck liegt in seinen Augen, doch erstaunlicherweise erkenne ich auch so etwas wie Erleichterung darin.

»Wer war das?«, frage ich.

»Willst du das wirklich wissen?«

Damit ist die Antwort klar. Ich schüttle den Kopf und blicke bedrückt aus dem Fenster, vor dem die trübe, graue Stadt vorbeizieht. Wieso kann sie ihn nicht einfach in Ruhe lassen?

»Hey.« Er nimmt meine Hand und küsst zuerst jeden einzelnen Fingerknöchel, dann zieht er meinen kleinen Finger zwischen die Lippen und beginnt, daran zu saugen und behutsam hineinzubeißen.

Großer Gott! Dieser Mann hat offenbar eine Standleitung zu meinem Unterleib. Ich schnappe nach Luft und sehe nervös nach vorn zu Taylor und Sawyer. Christians Augen haben sich verdunkelt, und um seine Lippen spielt ein lüsternes Lächeln.

»Reg dich nicht auf, Anastasia«, sagt er leise.»Sie ist Vergangenheit.« Er drückt einen Kuss in meine Handfläche, woraufhin ein Prickeln meinen Körper überläuft, und mein kurzer Anflug von schlechter Laune ist vergessen.

»Morgen, Ana«, murmelt Jack, als ich auf dem Weg zu meinem Schreibtisch an ihm vorbeikomme.»Hübsches Kleid.«

Ich werde rot. Das Kleid – ein ärmelloses Etuikleid aus hellblauem Leinen, zu dem ich hohe, cremefarbene Sandaletten trage – ist Teil meiner nagelneuen Garderobe, die mir mein unfassbar reicher Freund spendiert hat. Christian steht auf hohe Absätze. Der Gedanke zaubert ein Grinsen auf mein Gesicht, das ich jedoch eilig unterdrücke und durch ein höflich-professionelles Lächeln für meinen Boss ersetze.

»Guten Morgen, Jack.«

Ich organisiere einen Kurier, der unsere neue Verlagsbroschüre zur Druckerei bringen soll, als Jack den Kopf aus seinem Büro herausstreckt.

»Könnte ich bitte einen Kaffee haben, Ana?«

»Klar.« Ich gehe in die Küche, wo ich Claire vom Empfang in die Arme laufe.

»Hey, Ana«, begrüßt sie mich fröhlich.

»Hi, Claire.«

Wir unterhalten uns kurz über die große Familienfeier, die am Wochenende stattgefunden hat, und ich erzähle von meinem Segeltrip mit Christian.

»Dein Freund ist ein absoluter Traumtyp, Ana«, schwärmt sie, während ein verträumter Ausdruck in ihre Augen tritt.

Am liebsten würde ich die Augen verdrehen.

»Na ja, hässlich ist er jedenfalls nicht«, erwidere ich.

Wir sehen uns an und brechen in schallendes Gelächter aus.

»Sie haben sich ja ziemlich viel Zeit gelassen«, schnauzt Jack mich an, als ich ihm seinen Kaffee serviere.

Hoppla. »Tut mir leid.« Ich werde rot, doch dann runzle ich die Stirn. Ich habe keine Minute länger gebraucht als sonst auch. Was hat er für ein Problem? Vielleicht hat er irgendwelchen Ärger am Hals.

Er schüttelt den Kopf. »Tut mir leid, Ana. Ich wollte Sie nicht anschnauzen, Süße.«

Süße?

»Es ist nur … in den obersten Etagen ist irgendetwas im Busch, und ich weiß nicht, was. Halten Sie einfach das Ohr am Gleis, okay? Wenn Sie irgendetwas mitkriegen – ich weiß doch, dass ihr Mädels eine Menge quatscht.« Er grinst mich an, und ich spüre eine leichte Übelkeit in mir aufsteigen. Wenn er wüsste, worüber wir »Mädels« so reden. Außerdem weiß ich schließlich nur allzu genau, was in der Chefetage läuft.

»Sie verraten es mir doch, oder?«

»Klar«, murmle ich. »Ich habe die Broschüre inzwischen zum Drucker bringen lassen. Um zwei kriegen wir sie zurück.«

»Sehr gut. Hier.« Er drückt mir einen Stapel Manuskripte in die Hand. »Für die hier brauchen wir eine Inhaltsangabe des ersten Kapitels, dann können sie in die Ablage.«

»Ich kümmere mich sofort darum.«

Heilfroh, aus seinem Büro herauszukommen, setze ich mich an meinen Schreibtisch. O Mann, es ist echt schwer, genau zu wissen, was läuft, aber kein Sterbenswörtchen verraten zu dürfen. Wie wird er reagieren, wenn er von den Neuerungen in der Chefetage erfährt? Allein bei der Vorstellung wird mir mulmig. Er wird garantiert stocksauer sein. Ich werfe einen Blick auf meinen BlackBerry und muss grinsen, als ich Christians Mail sehe.

Von: Christian Grey
Betreff: Sonnenaufgang
Datum: 14. Juni 2011, 09:23 Uhr
An: Anastasia Steele

Ich liebe es, morgens neben dir aufzuwachen.

CHRISTIAN GREY
Total und unglaublich verknallter CEO, Grey Enterprises Holdings, Inc.

Ich strahle übers ganze Gesicht.

Von: Anastasia Steele
Betreff: Sonnenuntergang
Datum: 14. Juni 2011, 09:34 Uhr
An: Christian Grey

Lieber total und unglaublich Verknallter,
ich liebe es auch, neben dir aufzuwachen. Aber ich liebe es auch, mit dir im Bett zu sein, in Aufzügen, auf Klavieren, auf Billardtischen, auf Booten und Schreibtischen, in Duschen und

Badewannen und an seltsamen Holzkreuzen mit Handfesseln dran und in mit roter Satinbettwäsche bezogenen Himmelbetten, in Bootshäusern und in Kinderzimmern.

In Liebe

die Sexbesessene und Unersättliche xx

Von: Christian Grey
Betreff: Nasse Hardware
Datum: 14. Juni 2011, 09:37 Uhr
An: Anastasia Steele

Liebe Sexbesessene und Unersättliche,
ich habe gerade den gesamten Inhalt meiner Kaffeetasse über die Tastatur geschüttet.
Ich kann mich nicht erinnern, dass mir das schon einmal passiert wäre.
Ich bewundere Frauen, die nie aus den Augen verlieren, wo sie sich gerade aufhalten.
Muss ich daraus folgern, dass du mich nur wegen meines Körpers willst?

CHRISTIAN GREY
Total und unglaublich schockierter CEO, Grey Enterprises Holdings, Inc.

Von: Anastasia Steele
Betreff: Kichernd – und ebenfalls nass
Datum: 14. Juni 2011, 09:42 Uhr
An: Christian Grey

Lieber total und unglaublich Schockierter,
immer.
Ich muss jetzt arbeiten.
Also, hör auf, mich zu stören.
SB & U xx

Von: Christian Grey
Betreff: Muss ich?
Datum: 14. Juni 2011, 09:50 Uhr
An: Anastasia Steele

Liebe SB & U,
dein Wunsch ist mir Befehl. Wie immer.
Es gefällt mir, dass du nass bist und kichern musst.
 Ciao, ciao, Baby
 X

CHRISTIAN GREY
Total und unglaublich verknallter, verzückter und schockierter CEO,
Grey Enterprises Holdings, Inc.

Ich lege den BlackBerry beiseite und mache mich an die Arbeit.

Gegen Mittag bittet Jack mich, ihm aus dem Deli etwas zu essen zu besorgen. Sobald ich aus seinem Büro komme, rufe ich Christian an.

»Anastasia.« Seine warme, schmeichelnde Stimme dringt beim ersten Läuten durch die Leitung. Wie schafft dieser Mann es, dass ich sogar am Telefon dahinschmelze?

»Christian, Jack will, dass ich ihm etwas zum Mittagessen hole.«

»Fauler Mistkerl«, mault Christian.

»Ich habe mich gerade auf den Weg gemacht«, sage ich, ohne auf seine Bemerkung einzugehen. »Es wäre vielleicht ganz gut, wenn du mir Sawyers Nummer geben würdest, damit ich dich nicht immer stören muss.«

»Du störst mich nicht, Baby.«

»Bist du allein?«

»Nein. Sechs Leute starren mich an und fragen sich, mit wem ich gerade rede.«

Ach du Scheiße ... »Ehrlich?«

»Ja. Ehrlich. Meine Freundin«, höre ich ihn sagen.

»Wahrscheinlich dachten sie die ganze Zeit, du bist schwul.«

Er lacht. »Wahrscheinlich.«

»Äh … ich sollte jetzt Schluss machen.« Er merkt garantiert, wie peinlich es mir ist, weil ich ihn gestört habe.

»Ich sage Sawyer Bescheid«, sagt er und lacht wieder. »Hat sich der Bruder deiner Freundin schon bei dir gemeldet?«

»Nein. Aber Sie werden der Erste sein, der es erfährt, Mr. Grey.«

»Gut. Ciao, ciao, Baby.«

»Bye, Christian.« Wann immer er mit dieser Floskel ankommt, muss ich grinsen. Sie ist so untypisch für Christian, und doch passt sie irgendwie zu ihm.

Als ich wenige Sekunden später aus der Tür trete, erwartet Sawyer mich bereits.

»Miss Steele«, begrüßt er mich förmlich.

»Sawyer.« Ich nicke ihm zu.

Wir gehen nebeneinander die Treppe hinunter. In seiner Gegenwart fühle ich mich nicht ganz so wohl wie in Taylors. Mir fällt auf, dass er ununterbrochen den Blick über die Straße schweifen lässt, was mich nur noch nervöser macht. Irgendwann ertappe ich mich sogar dabei, dass ich es ihm nachtue.

Treibt Leila sich tatsächlich hier irgendwo herum? Oder haben wir uns inzwischen alle von Christians Paranoia anstecken lassen? Ist das eine seiner tausend abgefuckten Facetten? Was würde ich dafür geben, Dr. Flynn einmal eine halbe Stunde ungeniert über ihn ausquetschen zu können.

Aber es ist alles in bester Ordnung. Es herrscht lediglich die normale Mittagspausenhektik in der Innenstadt – Leute auf dem Weg zum Mittagessen, zum Shoppen oder zu einer Verabredung mit Freunden. Ich entdecke zwei junge Frauen, die sich vor mir auf dem Bürgersteig mit einer Umarmung begrüßen.

Plötzlich fehlt Kate mir sehr. Sie ist zwar erst seit zwei Wochen weg, für mich fühlt es sich jedoch wie eine halbe Ewigkeit an. So viel ist seither passiert – sie wird mir kein Wort glauben, wenn ich es ihr erzähle. Tja, ich werde ihr wohl oder übel die redigierte Version wiedergeben müssen, die nicht gegen meine Verschwiegenheitsvereinbarung verstößt. Ich runzle die Stirn. Darüber muss ich dringend mit Christian reden. Was würde Kate wohl dazu sagen? Allein bei der Vorstellung wird mir ganz anders. Vielleicht ist sie ja gemeinsam mit Ethan zurückgeflogen. Bei dem Gedanken überkommt mich spontane Freude, aber das ist ziemlich unwahrscheinlich. Sie will bestimmt noch eine Weile mit Elliot auf Barbados bleiben.

»Wo sind Sie eigentlich die ganze Zeit, wenn Sie auf mich warten?«, frage ich Sawyer, während wir uns in der Schlange anstellen. Sawyer steht mit dem Gesicht zur Tür vor mir und behält die Straße und jeden Kunden im Auge, der das Deli betritt. Es nervt mich.

»Ich sitze im Coffeeshop direkt gegenüber, Miss Steele.«

»Aber wird das nicht schrecklich langweilig mit der Zeit?«

»Nein. Mir nicht, Ma'am. Es ist nun mal mein Job«, antwortet er steif.

Ich werde rot. »Tut mir leid, ich wollte damit nicht andeuten …« Beim Anblick seiner freundlichen, verständnisvollen Miene halte ich inne.

»Bitte, Miss Steele. Es ist meine Aufgabe, Sie zu beschützen. Und genau das tue ich auch.«

»Und? Irgendeine Spur von Leila bisher?«

»Nein, Ma'am.«

Ich runzle die Stirn. »Wissen Sie überhaupt, wie sie aussieht?«

»Ich habe ein Foto von ihr gesehen.«

»Oh, haben Sie es zufällig dabei?«

»Nein, Ma'am.« Er tippt sich gegen den Kopf. »Alles hier oben abgespeichert.«

Klar. Ich würde wahnsinnig gern ein Foto von Leila anschauen, um herauszufinden, wie sie ausgesehen hat, bevor sie sich in ein Phantom verwandelt hat. Ob Christian mir eines zeigen wird? Ja, wahrscheinlich – zu meiner eigenen Sicherheit. Mir kommt ein Gedanke. Mein Unterbewusstsein strahlt und nickt begeistert.

Am frühen Nachmittag werden die Broschüren geliefert, die zu meiner Erleichterung phantastisch aussehen. Ich nehme eine davon und gehe in Jacks Büro. Seine Augen fangen zu leuchten an – ob meinetwegen oder wegen der Broschüre, kann ich nicht sagen. Ich entscheide mich für Letzteres.

»Die sehen toll aus, Ana«, sagt er und beginnt, darin zu blättern. »Ja, gut gemacht. Und? Treffen Sie sich heute Abend mit Ihrem Freund?« Beim letzten Wort kräuseln sich seine Lippen abfällig.

»Ja. Wir wohnen zusammen«, antworte ich. Was ja nicht ganz gelogen ist. Zumindest im Augenblick entspricht es der Wahrheit. Und ich habe offiziell zugesagt, bei ihm einzuziehen, deshalb ist es eine Art Notlüge – von der ich hoffe, dass sie genügt, um ihn das Interesse an mir endgültig verlieren zu lassen.

»Hätte er etwas dagegen, wenn wir heute Abend auf einen Drink ausgehen, um zu feiern, dass Sie sich so ins Zeug gelegt haben?«

»Ein Freund von außerhalb kommt heute zu Besuch, und wir gehen alle zusammen essen.« *Und auch an jedem anderen Abend in Zukunft bin ich beschäftigt, Jack.*

»Verstehe.« Er seufzt genervt. »Vielleicht klappt es ja mal, wenn ich aus New York zurück bin.« Er hebt erwartungsvoll die Brauen.

O nein. Ich lächle vage und unterdrücke einen Schauder.

»Möchten Sie vielleicht einen Kaffee oder einen Tee?«

»Einen Kaffee, bitte«, raunt er mit belegter Stimme, als hätte er etwas ganz anderes im Sinn. Verdammt! Der Kerl lässt einfach nicht locker. Das ist mir mittlerweile klar. Was mache ich jetzt bloß?

Ich flüchte aus seinem Büro und stoße einen erleichterten Seufzer aus, als ich vor der Tür stehe. Ich fühle mich unwohl in seiner Gegenwart. Christian hat Recht, was ihn betrifft, und in gewisser Weise ärgere ich mich, dass er mit seiner Einschätzung ins Schwarze getroffen hat.

Gerade als ich mich an meinen Schreibtisch setzen will, läutet mein BlackBerry – eine unbekannte Nummer.

»Ana Steele.«

»Hi, Steele!« Im ersten Moment kann ich Ethans Begrüßung nicht zuordnen. Doch dann fällt der Groschen.

»Ethan! Wie geht es dir?«, quieke ich entzückt.

»Ich bin froh, dass ich wieder hier bin. Ich hab erst mal die Nase voll von all der Sonne, den Rumcocktails, meiner hoffnungslos verknallten Schwester und ihrem Mr. Traumtyp. Es war die reinste Hölle, Ana.«

»Klar! Sonne, Strand, das Meer und Rumcocktails, das klingt eindeutig nach Dantes *Inferno*.« Ich kichere. »Wo bist du gerade?«

»Am Flughafen. Ich warte auf mein Gepäck. Und was machst du?«

»Ich bin in der Arbeit. Ja, ganz recht, ich stehe inzwischen in Lohn und Brot«, erkläre ich, als er entsetzt nach Luft schnappt. »Willst du herkommen und die Wohnungsschlüssel abholen? Wir können uns später zuhause treffen.«

»Klingt gut. Fünfundvierzig Minuten, höchstens eine Stunde, okay? Wie ist die Adresse?«

Ich gebe ihm die Adresse von SIP durch.

»Bis gleich, Ethan.«

»Ciao, ciao.« Er legt auf. Wie bitte? Nicht Ethan auch noch. Aber dann fällt mir ein, dass ja eine gemeinsame Urlaubswoche mit Elliot hinter ihm liegt. Ich tippe eilig eine Mail an Christian.

Von: Anastasia Steele

Betreff: Besuch aus sonnigen Gefilden

Datum: 14. Juni 2011, 14:55 Uhr

An: Christian Grey

Liebster total und unglaublich Verknallter, Verzückter und Schockierter,
Ethan ist aus Barbados zurück und kommt gleich vorbei, um sich die Wohnungsschlüssel abzuholen. Ich würde gern zu mir nach Hause fahren, um sicher zu sein, dass er auch alles hat, was er braucht. Wieso holst du mich nicht einfach nach der Arbeit ab? Wir könnten kurz in meine Wohnung fahren und danach ALLE ZUSAMMEN essen gehen?
Und die Rechnung geht auf mich!

Deine

Ana x

Immer noch SV & U

ANASTASIA STEELE
Assistentin des Cheflektors, SIP

Von: Christian Grey

Betreff: Abendessen

Datum: 14. Juni 2011, 15:05 Uhr

An: Anastasia Steele

Guter Plan. Bis auf den Vorschlag mit dem Zahlen.
Das Essen geht auf meine Rechnung.
Ich hole dich um sechs ab.

X

PS: Wieso benutzt du nicht deinen BlackBerry?

CHRISTIAN GREY
Total und unglaublich wütender CEO, Grey Enterprises Holdings, Inc.

Von: Anastasia Steele
Betreff: Zwanghaftes Herumkommandieren anderer Leute
Datum: 14. Juni 2011, 15:11 Uhr
An: Christian Grey

Meine Güte, sei doch nicht so mürrisch und miesepetrig.
Ist doch alles codiert.
Wir sehen uns um sechs.

Ana x

ANASTASIA STEELE
Assistentin des Cheflektors, SIP

Von: Christian Grey
Betreff: Unmögliches Weibsstück
Datum: 14. Juni 2011, 15:18 Uhr
An: Anastasia Steele

Mürrisch und miesepetrig!
Ich gebe dir gleich mürrisch und miesepetrig!
Und ich freue mich drauf!

CHRISTIAN GREY
Total und unglaublich wütender, aber aus irgendeinem Grund trotzdem
lächelnder CEO, Grey Enterprises Holdings, Inc.

Von: Anastasia Steele
Betreff: Versprechungen, Versprechungen
Datum: 14. Juni 2011, 15:23 Uhr
An: Christian Grey

Tja, versuch's doch mal, Mr. Grey.
Und ich freue mich auch drauf. ☺

Ana x

ANASTASIA STEELE
Assistentin des Cheflektors, SIP

Er antwortet nicht, aber das habe ich auch gar nicht erwartet. Stattdessen sitzt er vor seinem BlackBerry und stöhnt wieder einmal, weil er nicht weiß, woran er bei mir ist. Bei dem Gedanken muss ich grinsen. Ich male mir aus, was er wohl mit mir anstellen würde, wenn er jetzt hier wäre, und ertappe mich dabei, wie ich unruhig auf meinem Stuhl herumrutsche. Mein Unterbewusstsein wirft mir einen missbilligenden Blick über den Rand seiner Lesebrille zu – *los, an die Arbeit.*

Wenig später läutet mein Telefon. Es ist Claire vom Empfang.

»Hier ist ein unglaublich süßer Typ, der zu dir will. Wir müssen dringend bei Gelegenheit zusammen auf die Piste gehen, Ana. Sieht so aus, als würdest du ein paar echt heiße Kerle kennen«, flüstert sie verschwörerisch.

Ethan! Ich krame die Hausschlüssel aus der Tasche und laufe hinaus ins Foyer.

Wow – von der Sonne gebleichtes Haar, eine Bräune, die einem die Tränen in die Augen treibt, und haselnussbraune Strahleaugen. Bei meinem Anblick bleibt ihm der Mund offen stehen, und er springt von der grünen Ledercouch auf.

»Ana!« Er schlingt die Arme um mich und drückt mich fest an sich.

»Du siehst unfassbar gut aus.« Ich strahle ihn begeistert an.

»Und du … so ungewohnt. Viel schicker, eleganter. Was ist passiert? Warst du beim Friseur oder so was? Neue Klamotten? Keine Ahnung, Steele, jedenfalls siehst du total heiß aus!«

Ich laufe tiefrot an. »Ethan, das sind nur meine Arbeitsklamotten.« Ich sehe, wie Claire eine Braue hochzieht und ironisch grinst.

»Wie war's auf Barbados?«

»Nett«, antwortet er.

»Wann kommt Kate zurück?«

»Sie und Elliot wollten am Freitag fliegen. Scheint eine ziemlich ernste Sache zwischen den beiden zu sein.« Ethan verdreht die Augen.

»Sie fehlt mir.«

»Wirklich? Wie läuft's so mit Mr. Mogul?«

»Mr. Mogul?«, kichere ich. »Na ja, es ist ziemlich interessant. Er lädt uns heute Abend zum Essen ein.«

»Cool.« Ethans Freude scheint echt zu sein. Puh!

»Hier.« Ich gebe ihm die Schlüssel. »Die Adresse hast du?«

»Ja. Ciao, ciao.« Er beugt sich herunter und gibt mir einen Kuss auf die Wange.

»Das ist doch Elliots Spruch.«

»Manche Dinge gehen einem eben in Fleisch und Blut über.«

»Allerdings. Ciao.« Lächelnd sehe ich zu, wie er sich seine ausladende Reisetasche über die Schulter schwingt und zum Ausgang schlendert.

Als ich mich umdrehe, sehe ich Jack mit ausdrucksloser Miene am anderen Ende der Lobby stehen. Ich strahle ihn an und kehre an meinen Schreibtisch zurück, wobei ich förmlich spüre, wie sich sein Blick in meinen Rücken bohrt. Allmählich geht mir der Kerl auf den Geist. Aber wie soll ich seine Annäherungsversuche unterbinden? Ich habe keine Ahnung. Ich werde wohl warten müssen, bis Kate wieder da ist. Ihr fällt garantiert etwas ein, um ihn ins Bockshorn zu jagen. Bei dem Gedanken hebt sich meine trübselige Laune schlagartig. Ich ziehe das nächste Manuskript heran.

Um fünf vor sechs läutet mein Handy. Es ist Christian.

»Mürrisch und Miesepetrig hier«, sagt er zur Begrüßung.

Ich grinse. Er ist also immer noch ausgelassener Stimmung. Meine innere Göttin klatscht wie ein kleines Mädchen vor Freude in die Hände.

»Und hier ist Sexbesessen und Unersättlich. Du stehst draußen vor dem Haus?«

»So ist es, Miss Steele. Und ich freue mich darauf, Sie zu

sehen.« Mein Herz beginnt zu flattern, als seine honigsüße Stimme durch die Leitung dringt.

»Gleichfalls, Mr. Grey. Ich bin sofort da.« Ich lege auf.

Ich fahre meinen Computer herunter, nehme meine Handtasche und meine cremefarbene Strickjacke und verlasse mein Büro.

»Ich bin dann weg, Jack«, rufe ich.

»Okay, Ana. Und danke noch einmal! Schönen Abend.«

»Ihnen auch.«

Wieso kann er nicht immer so sein? Ich verstehe nicht, was in diesem Mann vorgeht.

Der Audi steht am Straßenrand. Als ich näher komme, steigt Christian aus. Er hat sein Jackett ausgezogen und trägt meine Lieblingshose, die graue Flanellhose, die so lässig auf seinen Hüften sitzt. Ich sehe ihn an und stelle fest, dass das dämliche Idiotengrinsen auf seinem Gesicht in nichts dem Grinsen nachsteht, das sich auf meinen eigenen Zügen ausbreitet.

Er hat sich den ganzen Tag wie ein bis über beide Ohren Frischverliebter benommen – verliebt in mich. Dieser unglaublich attraktive, komplizierte, problembehaftete Mann liebt mich, und ich liebe ihn. Unvermittelt erfasst mich eine unbändige Freude, und einen kurzen Moment lang fühle ich mich stark genug, um die ganze Welt aus den Angeln zu heben.

»Sie sehen genauso hinreißend aus wie heute Morgen, Miss Steele.« Christian nimmt mich in die Arme und küsst mich innig.

»Sie auch, Mr. Grey.«

»Los, gehen wir deinen Freund abholen.« Lächelnd hält er mir die Tür auf.

Auf dem Weg zu meiner Wohnung erzählt Christian mir von seinem Tag – wie es aussieht, war er wesentlich angenehmer als der gestrige. Ich sehe ihn bewundernd an, während er mir von einem entscheidenden Durchbruch erzählt, den die Umweltentwicklungsabteilung an der WSU bei ihrem Projekt erzielt hat. Ich habe zwar Mühe, seinen Erläuterungen zu folgen, aber seine Leidenschaft und sein Interesse für dieses Thema beeindrucken mich zutiefst. Vielleicht wird es ja in Zukunft immer so sein – gute Tage und schlechte Tage, und die guten laufen genau nach diesem Schema ab. Falls ja, habe ich keinen Grund, mich zu beschweren. Er reicht mir ein Blatt Papier.

»Das sind übrigens Claudes freie Termine diese Woche«, sagt er.

Ach ja, Claude, der Personal Trainer.

Gerade als wir vor dem Haus vorfahren, läutet sein Black-Berry.

»Grey«, meldet er sich. »Ros, was ist passiert?« Er lauscht gespannt.

Mir ist auf der Stelle klar, dass es ein wichtiges Gespräch ist.

»Ich gehe hoch und hole Ethan. Bin in zwei Minuten wieder da«, forme ich lautlos mit den Lippen und hebe zwei Finger.

Er nickt abwesend. Taylor öffnet mir die Tür und lächelt mich freundlich an. Ich erwidere sein Lächeln. Auch ihm ist der Stimmungsumschwung nicht entgangen. Ich läute an der Tür.

»Hi, Ethan, ich bin's. Mach auf«, rufe ich in die Sprechanlage.

Der Türsummer ertönt. Ich gehe nach oben. Erst jetzt wird mir bewusst, dass ich seit Samstag keinen Fuß mehr in meine eigene Wohnung gesetzt habe – eine kleine Ewigkeit. Ethan war so nett, mir die Tür aufzumachen. Ich trete ein und erstarre, ohne genau sagen zu können, weshalb. Erst dann dämmert es mir: Eine Gestalt steht neben der Kücheninsel. Und sie richtet mit ausdrucksloser Miene eine kleine Pistole auf mich. Leila.

DREIZEHN

Ach du Scheiße!

Sie steht mitten in meiner Wohnung und zielt mit einer Waffe auf mich. Noch immer liegt dieser schrecklich leere Ausdruck auf ihren Zügen. Mein Unterbewusstsein verabschiedet sich wieder mal in die Ohnmacht, und ich habe meine Zweifel, dass Riechsalz viel dagegen ausrichten könnte.

Hektisch blinzelnd stehe ich da, während mein Verstand auf Hochtouren arbeitet. Wie ist sie reingekommen? Wo ist Ethan? O Gott! Wo ist Ethan?

Die Angst legt sich wie eine eisige Faust um meinen Magen, und meine Kopfhaut beginnt zu prickeln. Was, wenn sie ihm etwas angetan hat? Meine Atemzüge beschleunigen sich. Eine Woge des Adrenalins, gepaart mit kalter Angst, schwappt durch meinen Körper. *Ruhig, ganz ruhig bleiben*, sage ich mir im Geiste wieder und wieder vor.

Sie mustert mich, als wäre ich ein Exponat einer Freakshow, dabei bin ich hier ganz bestimmt nicht der Freak, Herrgott nochmal!

Es fühlt sich an, als stünden wir eine halbe Ewigkeit voreinander, während in Wahrheit gerade einmal ein paar Sekunden vergangen sind.

Noch immer zeichnet sich keinerlei Regung auf Leilas Miene ab. Sie sieht genauso verwahrlost aus wie bei unserer letzten Begegnung – derselbe schmutzige Trenchcoat, das Haar in fettigen Strähnen an den Kopf geklatscht. Die Frau braucht dringend eine Dusche. In ihren glanzlosen braunen Augen liegt ein leicht wirrer, trübseliger Ausdruck.

Obwohl sich mein Mund anfühlt, als wäre er bis auf das letzte Tröpfchen Speichel ausgetrocknet, gelingt es mir, etwas zu sagen. »Hi. Leila, richtig?«, krächze ich.

Ihre Mundwinkel heben sich, wenn auch eher zu einer verzerrten Grimasse als zu einem aufrichtigen Lächeln.

»Sie spricht.«

Ihre Stimme ist leise und heiser. Mir läuft ein eisiger Schauder über den Rücken.

»Ja, ich spreche«, erwidere ich betont sanft, als hätte ich ein Kind vor mir. »Sind Sie allein hier?« Wo ist Ethan? Bei der Vorstellung, dass sie ihm etwas angetan haben könnte, beginnt mein Herz wie wild zu hämmern.

Ihre Züge verdüstern sich so sehr, dass ich einen Moment lang fürchte, sie würde gleich in Tränen ausbrechen. Sie scheint am Rande der Verzweiflung zu sein.

»Allein«, flüstert sie. »Allein.«

Die Traurigkeit, die in diesem einzelnen Wort mitschwingt, bricht mir fast das Herz. Was meint sie damit? Dass ich allein bin? Oder spricht sie von sich selbst? Dass sie allein ist, weil sie Ethan getötet hat? Oh, nein ... Verzweifelt kämpfe ich gegen die Angst an.

»Was wollen Sie hier? Kann ich Ihnen irgendwie helfen?« Trotz meiner lähmenden Furcht gelingt es mir, meine Stimme ruhig und beschwichtigend klingen zu lassen. Sie runzelt die Stirn, als hätte sie nicht die leiseste Ahnung, was ich von ihr will, macht jedoch keinerlei Anstalten, auf mich loszugehen. Ihre Hand liegt immer noch locker um den Pistolengriff. Ich ignoriere das heftige Prickeln auf meiner Kopfhaut und beschließe, es mit einer anderen Taktik zu versuchen.

»Möchten Sie vielleicht einen Tee?« Wie um alles in der Welt komme ich darauf, ihr einen Tee anzubieten? Das ist Rays Standardreaktion auf jede Form der emotionalen Belastung, die ausgerechnet jetzt zum Vorschein kommt. Lieber Gott, mein Stiefvater würde einen Tobsuchtsanfall kriegen, wenn er mich jetzt sehen könnte. Mit seiner langjährigen Erfahrung in der Armee hätte er längst eingegriffen und ihr die Waffe abgeknöpft. Doch im Moment ist sie nicht auf mich gerichtet. Vielleicht ist das ja ein Signal, dass ich mich bewegen kann. Sie schüttelt den Kopf.

Ich hole tief Luft, kämpfe meine Panik nieder und mache einen winzigen Schritt in Richtung Kücheninsel. Sie runzelt die Stirn, als wäre ihr nicht ganz klar, was ich tue, und dreht sich ein kleines Stück, so dass sie mich weiterhin gut sehen kann. Mit zitternden Fingern nehme ich den Wasserkessel vom Herd und halte ihn unter den Hahn, während sich meine Atemzüge allmählich beruhigen. Okay, wenn sie mich töten wollte, hätte sie es inzwischen wahrscheinlich getan. Sie beobachtet mich mit einer Mischung aus Abwesenheit und verwirrter Neugier. Wieder wandern meine Gedanken zu Ethan. Ist er verletzt? Hat sie ihn gefesselt?

»Ist noch jemand hier?«, frage ich zögernd.

Sie packt mit ihrer freien Hand eine Strähne ihres langen Haars und beginnt, sie zu zwirbeln und daran herumzuzupfen – offenbar eine nervöse Angewohnheit. Ich sehe sie an und kann wieder einmal nur staunen, wie groß die Ähnlichkeit zwischen uns ist. Mit angehaltenem Atem warte ich darauf, dass sie etwas erwidert. Meine Anspannung wächst nahezu ins Unerträgliche.

»Allein. Ganz allein«, murmelt sie.

Ich schöpfe neuen Mut. Möglicherweise ist Ethan ja doch nicht hier. Eine Woge der Erleichterung durchströmt mich.

»Und Sie wollen sicher keinen Kaffee oder Tee?«

»Nicht durstig«, antwortet sie leise und macht einen vorsichtigen Schritt in meine Richtung.

Mein kurzer Anflug von Souveränität verpufft. Verdammt! Ich spüre, wie mich neuerlich die blanke Angst packt, wie sie dick und zähflüssig durch meine Venen pulsiert. Trotzdem nehme ich all meinen Mut zusammen und hole zwei Tassen aus dem Küchenschrank. Dabei komme ich mir unendlich tapfer vor.

»Was haben Sie, das ich nicht habe?«, fragt sie, wieder mit diesem kindlichen Singsang in der Stimme.

»Was meinen Sie damit, Leila?«, frage ich so behutsam, wie ich nur kann.

»Der Meister – Mr. Grey – erlaubt Ihnen sogar, ihn mit seinem Namen anzusprechen.«

»Ich bin nicht seine Sub, Leila. Äh, der Meister ist der Ansicht, dass ich unzulänglich bin und diese Rolle niemals erfüllen kann.«

Sie legt den Kopf auf die andere Seite – eine völlig unnatürliche Geste, die mir allmählich auf den Geist geht.

»Un-zu-läng-lich«, wiederholt sie langsam. »Aber der Meister ist so glücklich. Ich habe ihn gesehen. Er lächelt. Und lacht. Das tut er nur selten … sehr, sehr selten.«

Oh.

»Sie sehen genauso aus wie ich«, fährt sie unvermittelt fort. Sie scheint mich zum ersten Mal bewusst wahrzunehmen. »Der Meister mag Gehorsame, die so aussehen wie Sie und ich. Die anderen … Sie sind ganz genauso … ganz genauso … Trotzdem dürfen nur Sie in seinem Bett schlafen. Ich hab Sie gesehen.«

Verdammt! Sie war also doch in Christians Schlafzimmer. Ich habe es mir nicht bloß eingebildet.

»Sie haben mich in seinem Bett liegen sehen?«, flüstere ich.

»Ich durfte nie im Bett des Meisters schlafen«, murmelt Leila.

Sie wirkt ätherisch, halb Gespenst, halb Mensch, unglaublich zerbrechlich. Und obwohl sie mich mit einer Waffe bedroht, überkommt mich plötzlich eine Woge des Mitleids. Ihre Finger schließen sich um die Waffe, und ich reiße die Augen auf, so dass sie aus den Höhlen zu treten drohen.

»Wieso will der Meister, dass wir so sind? Der Meister … ist ein dunkler Mann … dunkel … Etwas Dunkles schlummert in ihm. Aber ich liebe ihn trotzdem.«

Nein, nein, das stimmt nicht!, widerspreche ich lautlos. Er ist ein anständiger, guter Mann, der die Dunkelheit hinter sich gelassen hat, um mit mir auf der hellen, strahlenden Seite des Lebens sein zu können. Und nun versucht sie, ihn mit ihrer verkorksten Vorstellung, ihn zu lieben, wieder in die Finsternis zu reißen.

»Wollen Sie mir nicht lieber die Pistole geben, Leila?«, frage ich sanft.

Sie drückt die Waffe eng an ihre Brust. »Sie gehört mir. Sie ist alles, was ich noch habe.« Zärtlich streichelt sie die Waffe. »Sie kann dafür sorgen, dass sie und ihr Geliebter wieder vereint sind.«

Scheiße! Welcher Geliebte – Christian? Ich fühle mich, als hätte mir jemand einen Schlag in die Magengrube verpasst. Ich weiß, dass er jeden Moment hier sein wird, um zu sehen, wo ich so lange bleibe. Wird sie ihn erschießen? Die Vorstellung ist so grauenhaft, dass sich ein dicker Kloß in meiner Kehle bildet, der mich zu ersticken droht.

Wie auf ein Stichwort platzt Christian, gefolgt von Taylor, in dieser Sekunde zur Tür herein.

Sein Blick schweift über mich hinweg. Ich erkenne einen Anflug von Erleichterung in seinen Zügen, die jedoch schlagartig verfliegt, als er Leila entdeckt. Er bleibt stehen und starrt sie mit einer Eindringlichkeit an, die ich noch nie an ihm beobachtet habe. Ein ungezähmter, zorniger und zugleich verängstigter Ausdruck liegt in seinen Augen.

O nein … o nein.

Leilas Augen weiten sich, und für den Bruchteil einer Sekunde scheint sie wieder bei klarem Verstand zu sein. Sie blinzelt hektisch, während sich ihre Finger fester um den Griff der Waffe schließen.

Mir stockt der Atem, und mein Herz fängt so laut zu hämmern an, dass ich das Blut in meinen Ohren rauschen höre. *Nein, nein, nein!*

Meine ganze Welt liegt in den Händen dieser armen, durchgeknallten Frau. Wird sie abdrücken? Uns beide erschießen? Oder nur Christian? Allein bei der Vorstellung wird mir speiübel.

Die Zeit scheint stillzustehen. Nach einer gefühlten Ewigkeit senkt sie den Kopf und blickt durch ihre langen Wimpern hindurch zerknirscht zu ihm hoch.

Christian hebt die Hand und bedeutet Taylor, sich nicht von der Stelle zu rühren. Taylors bleiches Gesicht verrät seine ungezügelte Wut. Auch ihn habe ich noch nie in dieser Verfassung gesehen. Trotzdem bleibt er reglos stehen, während Christian und Leila einander weiter anstarren.

Ich beobachte das Szenario mit angehaltenem Atem. Was wird sie als Nächstes tun? Und wie wird er sich verhalten? Auf Christians Zügen zeichnet sich ein Ausdruck ab, den ich nicht benennen kann – Mitgefühl, Angst, Zuneigung … oder gar Liebe? Nein, bitte, nicht Liebe!

Sein Blick scheint sie förmlich zu durchbohren. Mit qualvoller Langsamkeit verwandelt sich die Atmosphäre im Raum. Die Spannung wächst mit jeder Sekunde, so sehr, dass die tiefe Verbindung, das Knistern zwischen ihnen geradezu mit Händen greifbar ist.

Nein! Plötzlich komme *ich* mir wie der Eindringling vor. Als wäre ich die Außenstehende, eine Voyeurin, die klammheimlich eine verbotene, intime Szene beobachtet.

Christians Körperhaltung verändert sich kaum merklich. Inzwischen wirkt er größer, markanter, kälter und distanzierter. Ich habe diese Aura schon einmal an ihm beobachtet – in seinem Spielzimmer.

Vor mir steht Christian, der Dom. Ich kann nur staunen, wie mühelos er in diese Rolle geschlüpft ist. Ich habe keine Ahnung, ob dieser Teil seiner Persönlichkeit angeboren ist oder er sich diese Rolle erst später angeeignet hat. Ich weiß nur, dass mir das Herz blutet und eine Woge der Übelkeit in mir aufsteigt, als ich zusehe, wie Leila auf seinen Blick reagiert. Ihre Lippen teilen sich, ihre Atemzüge werden schneller, und eine leise Röte schleicht sich auf ihre Wangen. *O Gott!* Es ist die reinste Qual, zusehen zu müssen, wie sich seine Vergangenheit direkt vor meinen Augen auftut.

Schließlich bewegen sich seine Lippen. Er sagt nur ein einziges Wort zu ihr. Ich kann es nicht hören, doch es zeigt augenblicklich Wirkung. Leila lässt sich auf die Knie fallen und senkt den Kopf, während die Waffe ihren Fingern entgleitet und polternd auf dem Holzboden aufschlägt. *Großer Gott!*

Scheinbar seelenruhig tritt Christian neben sie, hebt die Waffe auf und lässt sie mit kaum verhohlenem Ekel in seiner Sakkotasche verschwinden. Dann blickt er ein letztes Mal auf Leila hinab, die gehorsam neben der Kücheninsel kniet.

»Anastasia, geh mit Taylor«, befiehlt er.

Taylor tritt über die Schwelle und sieht mich an.

»Ethan«, flüstere ich.

»Unten«, antwortet er, ohne den Blick von Leila zu lösen.

Er ist unten. Nicht hier in der Wohnung. Das heißt, Ethan ist nichts passiert. Ich bin derart erleichtert, dass ich für einen kurzen Moment das Gefühl habe, gleich ohnmächtig zu werden.

»Anastasia«, wiederholt Christian gepresst.

Unfähig, mich von der Stelle zu bewegen, starre ich ihn an. Ich will ihn nicht allein lassen – mit ihr. Er tritt zu Leila, die noch immer vor ihm kniet, und baut sich schützend über ihr auf. Sie verharrt völlig reglos auf dem Boden, ganz still und unnatürlich. Ich kann den Blick nicht von ihnen lösen … die beiden, zusammen …

»Um Himmels willen, Anastasia, kannst du ein einziges Mal tun, was ich dir sage, und einfach gehen?« Christian fixiert mich.

Ich sehe unter seiner scheinbar ruhigen, beherrschten Fassade die blanke Wut schwelen. Ist er etwa wütend auf mich? Nein, völlig ausgeschlossen. Bitte – bitte nicht! Ich habe das Gefühl, als hätte er mir eine schallende Ohrfeige verpasst. Wieso will er mit ihr allein sein?

»Taylor, bringen Sie Miss Steele nach unten. Sofort.«

Taylor nickt, während ich Christian fassungslos anstarre.

»Wieso?«, flüstere ich.

»Geh. Nach Hause. In meine Wohnung.« Seine Augen sind wie zwei Eisklötze. »Ich muss mit Leila allein sein«, fügt er eindringlich hinzu.

Will er mir damit irgendeine Botschaft zukommen lassen? Doch die Situation hat mich viel zu sehr aus der Bahn geworfen, als dass ich sie verstehen könnte. Ich blicke auf Leila hinab und bemerke ein winziges Lächeln, das um ihre Lippen spielt. Ansonsten verharrt sie nach wie vor vollkommen reglos auf den Knien. Die perfekte Sub. *Scheiße!* Mit einem Mal ist mir eiskalt.

Genau das braucht er. Genau das will er.

Großer Gott, nein!

»Miss Steele. Ana.« Taylor streckt die Hand nach mir aus, aber ich bin wie gelähmt. Was sich hier vor meinen Augen abspielt, bestätigt meine schlimmsten Befürchtungen und Ängste: Christian und Leila – der Dom und seine Sub.

»Taylor«, drängt Christian, woraufhin Taylor mich packt und hochhebt. Das Letzte, was ich sehe, ist Christian, der Leila zärtlich über den Kopf streicht und leise auf sie einredet.

Nein!

Schlaff hänge ich in Taylors Armen, als er mich die Treppe hinunterträgt, und versuche zu begreifen, was sich in den vergangenen zehn Minuten dort oben abgespielt hat – oder war es länger? Oder kürzer? Ich habe mittlerweile jegliches Zeitgefühl verloren.

Christian und Leila, Leila und Christian … zusammen. Was macht er wohl mit ihr?

»Mein Gott, Ana, was ist denn los?«

Ethan – es geht ihm gut, Gott sei Dank! Ich werfe mich in seine Arme, kaum dass Taylor mich in der Lobby heruntergelassen hat.

»Ethan. Oh, Gott sei Dank.« Ich drücke ihn fest an mich, schlinge die Arme um seinen Hals. Ich habe mir solche Sorgen gemacht, und einen kurzen Moment lang lässt meine Panik ein klein wenig nach.

»Was zum Teufel ist denn hier los, Ana? Wer ist der Typ?«

»Entschuldige, das ist Taylor. Er arbeitet für Christian. Taylor, das ist Ethan, der Bruder meiner Mitbewohnerin.«

Die beiden Männer nicken einander zu.

»Was ist da oben los, Ana? Ich wollte gerade die Schlüssel aus der Tasche holen, als die beiden Typen wie aus dem Nichts aufgetaucht sind und sie mir aus der Hand gerissen haben. Einer von ihnen war Christian …«

»Du warst zu spät dran … Gott sei Dank!«

»Ja. Ich habe noch einen Freund aus Pullman getroffen und war mit ihm etwas trinken. Was läuft da oben eigentlich?«

»Eine Exfreundin von Christian ist in die Wohnung eingebrochen. Sie ist komplett durchgedreht, und Christian versucht gerade …« Meine Stimme bricht. Tränen sammeln sich in meinen Augen.

»Hey.« Ethan zieht mich wieder in seine Arme. »Hat jemand schon die Polizei alarmiert?«

»Nein, aber darum geht es nicht«, schluchze ich. Nachdem die Tränen erst einmal fließen, kann ich nicht mehr aufhören zu weinen. Offenbar habe ich unter so enormem Druck gestanden, dass er sich jetzt auf diese Weise entlädt. Ethan drückt mich enger an sich, doch ich spüre deutlich, dass auch er völlig durcheinander ist.

»Komm, lass uns etwas trinken gehen.« Verlegen tätschelt er meinen Rücken.

Plötzlich ist auch mir die Situation peinlich. Obwohl ich am liebsten allein wäre, nicke ich. Ich will hier weg; weg von dem, was sich dort oben in meiner Wohnung abspielt.

Ich wende mich Taylor zu.

»Wurde das Apartment überprüft?«, frage ich ihn und wische mir die Tränen ab.

»Ja, heute Nachmittag«, antwortet er und reicht mir mit einem entschuldigenden Achselzucken ein Taschentuch. Er scheint völlig am Boden zerstört zu sein. »Tut mir leid, Ana«, sagt er leise.

Ich runzle die Stirn. Du meine Güte, der Vorfall geht ihm offenbar mächtig an die Nieren. Ich will nicht, dass er sich noch größere Vorwürfe macht, als er es ohnehin schon tut.

»Wie es aussieht, hat sie ein ganz besonderes Talent, uns zu entwischen«, fügt er finster hinzu.

»Ethan und ich gehen kurz etwas trinken und fahren danach ins Escala«, sage ich und tupfe mir die Tränen ab.

Unbehaglich verlagert Taylor das Gewicht von einem Fuß auf den anderen. »Mr. Grey wollte eigentlich, dass ich Sie gleich nach Hause bringe«, wendet er leise ein.

»Wir wissen ja jetzt, wo Leila sich aufhält.« Vergeblich bemühe ich mich, die Bitterkeit in meinem Tonfall zu unterdrücken. »Deshalb können wir uns den Aufwand sparen. Sagen Sie Christian bitte, dass wir uns später sehen.«

Taylor öffnet den Mund, um zu widersprechen, besinnt sich jedoch eines Besseren.

»Willst du Taylor dein Gepäck mitgeben?«, frage ich Ethan.

»Nein, ich nehme meine Tasche mit, danke.«

Ethan nickt Taylor kurz zu und bugsiert mich zur Tür hinaus. Zu spät fällt mir ein, dass meine Handtasche noch auf dem Rücksitz des Audi liegt.

»Meine Tasche …«

»Kein Problem«, murmelt Ethan mit unübersehbarer Besorgnis. »Alles cool. Die Rechnung geht auf mich.«

Wir betreten eine Bar auf der anderen Straßenseite und setzen uns auf die hölzernen Hocker am Fenster. Ich will sehen, was draußen vor sich geht – wer das Haus betritt und, was noch viel wichtiger ist, wer es verlässt. Ethan drückt mir ein Bier in die Hand.

»Ärger mit einer Ex?«, fragt er leise.

»Leider ist es ein bisschen komplizierter«, murmle ich, plötzlich auf der Hut. Ich darf nicht darüber reden; schließlich habe ich eine Verschwiegenheitsvereinbarung unterschrieben. Zum ersten Mal ärgere ich mich darüber. Leider hat Christian sich nie dazu geäußert, was passiert, wenn ich mich nicht länger daran halten will.

»Ich habe massenhaft Zeit«, erklärt Ethan freundlich und nimmt einen großen Schluck aus seiner Flasche.

»Sie ist eine Ex von ihm, mit der er schon seit Jahren nicht mehr zusammen ist. Sie hat ihren Ehemann wegen irgendeinem Kerl verlassen. Allerdings ist er vor vier Wochen bei einem Autounfall ums Leben gekommen, und seither ist sie hinter Christian her.« Ich zucke die Achseln. Na also. Ich habe nicht zu viel verraten.

»Hinter ihm her?«

»Sie hatte eine Waffe.«

»Heilige Scheiße!«

»Im Grunde hat sie niemanden damit bedroht. Ich glaube eher, sie wollte sich selbst etwas antun. Genau deshalb hatte ich ja solche Angst um dich. Ich wusste nicht, dass du noch gar nicht in der Wohnung warst.«

»Verstehe. Klingt, als wäre die Frau ziemlich durch den Wind.«

»Allerdings.«

»Und was macht Christian jetzt mit ihr?«

Ich spüre, wie sämtliche Farbe aus meinem Gesicht weicht und mir die Galle hochkommt. »Das weiß ich nicht«, antworte ich leise.

Ethans Augen weiten sich – endlich hat er kapiert.

Denn so lautet die alles entscheidende Frage: Was treiben die beiden da oben, verdammt nochmal? Reden, hoffe ich. Nur reden. Trotzdem habe ich bloß ein Bild vor Augen – von Christian, wie er ihr zärtlich übers Haar streicht.

Sie ist durcheinander, und Christian kümmert sich um sie. Mehr nicht, sage ich mir. Aber mein Unterbewusstsein steht da und schüttelt betrübt den Kopf.

Das ist eben nicht alles. Leila besitzt die Fähigkeit, seine Bedürfnisse in einer Art und Weise zu erfüllen, wie es mir nicht möglich ist. Der Gedanke deprimiert mich.

Ich versuche, mich auf das zu konzentrieren, was während der letzten Tage passiert ist – seine Liebeserklärung, die unbeschwerte Art, wie er mit mir geflirtet hat, seine Ausgelassenheit. Trotzdem gehen mir Elenas Worte nicht aus dem Sinn. Es stimmt, was die Leute sagen: Der Lauscher an der Wand hört seine eigene Schand.

Vermisst du es ... dein Spielzimmer?

Ich kippe mein Bier in Rekordzeit hinunter, und Ethan spendiert mir ein zweites. Obwohl ich im Moment keine allzu angenehme Gesellschaft bin, weicht er mir nicht von der Seite, plaudert, um mich aufzumuntern. Er erzählt Anekdoten von Barbados sowie von Kate und Elliot, die eine herrlich angenehme Zerstreuung sind. Mehr aber auch nicht – eine Zerstreuung.

Mit den Gedanken bin ich nach wie vor dort oben in meiner Wohnung, bei Christian und dieser Frau, die einst seine Sub gewesen ist. Eine Frau, die glaubt, ihn immer noch zu lieben. Eine Frau, die genauso aussieht wie ich.

Beim dritten Bier beobachte ich, wie ein riesiger Geländewagen mit getönten Scheiben neben dem Audi vor dem Apartmentgebäude vorfährt, und sehe Dr. Flynn in Begleitung einer Frau in hellblauer Krankenhauskleidung aussteigen. Taylor nimmt die beiden in Empfang und führt sie ins Haus.

»Wer ist das?«, fragt Ethan.

»Das ist Dr. Flynn. Christian kennt ihn.«

»Was für eine Art Arzt ist er?«

»Psychiater.«

»Oh.«

Wenige Minuten später kommen sie wieder heraus. Ich sehe Christian, der Leila trägt. Sie ist in eine Decke gehüllt. *Wie bitte?*

Entsetzt sehe ich zu, wie sie in den Geländewagen steigen und davonbrausen.

Ethan sieht mich mitfühlend an. Ich bin verzweifelt, komplett am Boden zerstört.

»Könnte ich etwas Stärkeres kriegen?«, frage ich ihn kleinlaut.

»Klar. Was willst du haben?«

»Einen Brandy.«

Ethan nickt und macht sich auf den Weg zur Bar, während ich weiter aus dem Fenster starre. Augenblicke später verlässt Taylor das Haus, steigt in den Audi und fährt in Richtung Escala davon. Um Christian abzuholen? Keine Ahnung.

Ethan stellt ein großes Glas Brandy vor mir auf den Tresen.

»Los, Steele, betrinken wir uns.«

Das ist das beste Angebot, das man mir seit Langem gemacht hat. Wir stoßen an, dann genehmige ich mir einen großen Schluck von der bernsteinfarbenen Flüssigkeit, deren scharfes Brennen in meiner Kehle eine willkommene Ablenkung von dem verheerenden Schmerz in meinem Herzen darstellt.

Es ist spät. Ich fühle mich leicht benommen. Ethan und ich können nicht in meine Wohnung gehen, weil wir keine Schlüssel haben. Er besteht darauf, mich zum Escala zu begleiten, will aber nicht bleiben. Er hat den Freund angerufen, den er zuvor getroffen hat, und mit ihm vereinbart, dass er bei ihm übernachten wird.

»Hier wohnt der Mogul also.« Ethan stößt einen bewundernden Pfiff aus.

Ich nicke.

»Bist du sicher, dass ich nicht lieber mit reinkommen soll?«, fragt er.

»Nein, ich muss das allein hinter mich bringen. Vielleicht gehe ich auch gleich ins Bett.«

»Sehen wir uns morgen?«

»Ja. Danke, Ethan.« Ich umarme ihn.

»Du schaffst das schon, Steele«, murmelt er dicht neben meinem Ohr, lässt mich los und sieht mir nach, als ich das Foyer betrete.

»Ciao, ciao«, ruft er mir hinterher. Ich ringe mir ein dünnes Lächeln ab und winke ihm zu, dann drücke ich den Aufzugknopf.

Ich fahre nach oben, steige aus dem Lift und betrete die Wohnung. Ausnahmsweise ist von Taylor weit und breit nichts zu sehen. Ich öffne die Doppeltür zum Wohnzimmer, wo Christian mit dem Telefon am Ohr hinter dem Klavier auf und ab geht.

»Sie ist da«, sagt er knapp, schiebt sein Telefon zu und starrt mich finster an. »Wo hast du gesteckt?«, knurrt er, macht jedoch keine Anstalten, auf mich zuzukommen.

Er ist sauer auf mich? *Er* ist doch derjenige, der Gott weiß wie lange mit seiner durchgeknallten Exfreundin im selben Raum war. Und jetzt ist er sauer auf mich?

»Hast du getrunken?«, fragt er entsetzt.

»Ein bisschen.« Mir war nicht bewusst, dass man es mir auf den ersten Blick ansieht.

Er saugt scharf den Atem ein und fährt sich mit der Hand durchs Haar. »Ich habe dir doch gesagt, du sollst hierher fahren.« Seine Stimme ist bedrohlich leise. »Es ist Viertel nach zehn. Ich habe mir Sorgen um dich gemacht.«

»Ich habe mir mit Ethan ein, zwei oder drei Drinks genehmigt, während du dich um deine Ex gekümmert hast«, fauche ich. »Ich wusste ja nicht, wie lange du bei ihr bleiben würdest.«

Seine Augen verengen sich zu Schlitzen. Er macht ein paar Schritte auf mich zu, doch dann bleibt er stehen.

»Wieso drückst du es so aus?«

Ich zucke mit den Achseln und blicke auf meine Hände.

»Was ist los, Ana?«, fragt er.

Und zum ersten Mal höre ich etwas anderes als Verärgerung in seiner Stimme. Aber was? Angst?

Ich schlucke. »Wo ist Leila?«, frage ich schließlich.

»In einer psychiatrischen Klinik in Fremont«, antwortet er und sieht mich forschend an. »Was ist los, Ana?«, fragt er noch einmal und tritt vor mich. »Was ist los?«

Ich schüttle den Kopf. »Ich tue dir nicht gut.«

»Wie bitte?« Seine Augen weiten sich vor Entsetzen. »Wie kommst du denn darauf? Wie kannst du so etwas denken?«

»Ich kann nicht alles sein, was du brauchst.«

»Du *bist* alles, was ich brauche.«

»Aber als ich dich mit ihr gesehen habe ...«

»Wieso tust du mir das an? Hier geht es nicht um dich, Ana. Sondern um sie.« Er fährt sich ein weiteres Mal mit der Hand durchs Haar. »Leila ist krank. Schwer krank.«

»Aber ich habe es doch gespürt ... was zwischen euch einmal war.«

»Was? Nein!« Er streckt die Hand nach mir aus, doch ich weiche instinktiv zurück, woraufhin er die Hand sinken lässt.

Ich glaube so etwas wie Panik in seinen Augen aufflackern zu sehen.

»Du läufst also weg?«, flüstert er.

Ich stehe wortlos da und versuche, mich im Dickicht meiner wirren Gedanken zurechtzufinden.

»Das kannst du nicht machen.« Ein flehender Unterton schwingt in seiner Stimme mit.

»Christian ... ich ...«, stammle ich. Was soll ich sagen? Ich brauche Zeit. Zeit, um in Ruhe über alles nachzudenken. *Gib mir doch etwas Zeit.*

»Nein. Nein!«

»Ich ...«

Panisch sieht er sich im Raum um. Warum? Hofft er auf eine Eingebung? Darauf, dass eine höhere Macht eingreift? Ich habe keine Ahnung.

»Du kannst nicht gehen, Ana. Ich liebe dich!«

»Ich liebe dich auch, Christian. Es ist nur ...«

»Nein … nein!«, stößt er verzweifelt hervor und umfasst seinen Kopf mit beiden Händen.

»Christian …«

»Nein«, haucht er mit schreckgeweiteten Augen und lässt sich unvermittelt auf die Knie sinken. Er kniet vor mir, mit gesenktem Kopf, beide Hände auf den Oberschenkeln. Er holt noch einmal tief Luft, dann rührt er sich nicht mehr.

Was soll das? »Was tust du da, Christian?«

Er verharrt reglos vor mir, ohne mich anzusehen.

»Christian! Was tust du da?«, wiederhole ich schrill. Er rührt sich nicht. »Christian, sieh mich an!«, befehle ich panisch.

Ohne zu zögern, hebt er den Kopf. Ich sehe seine grauen Augen … den Ausdruck beinahe heiterer Gelassenheit, der darin liegt, erwartungsvoll.

Großer Gott … Christian. Der Sub.

VIERZEHN

Christian auf dem Boden kniend, die Augen fest auf mich gerichtet – ich kann mir keinen ernüchternderen Anblick vorstellen. Nicht einmal Leila mit der Waffe in der Hand mitten in meiner Wohnung stehen zu sehen, hat mir einen derart eisigen Schauder über den Rücken gejagt. Mein leichter Schwips ist auf einen Schlag verschwunden. Eine düstere Vorahnung ergreift Besitz von mir.

Nein. Das ist falsch. Komplett falsch. Und abscheulich.

»Christian, bitte nicht. Bitte, tu so etwas nicht. Ich will das nicht.«

Er blickt mich weiter an, passiv, wortlos, ohne sich vom Fleck zu rühren.

O Scheiße. Mein armer Christian. Sein Anblick bricht mir das Herz. Was um alles in der Welt habe ich ihm angetan? Tränen brennen in meinen Augen.

»Wieso tust du das? Rede mit mir«, wispere ich.

Er blinzelt kurz. »Was soll ich dir denn sagen?«, fragt er tonlos.

Und für einen kurzen Moment bin ich grenzenlos erleichtert, dass er überhaupt mit mir spricht. Aber nicht so – nein. Nein.

Die Tränen laufen mir über die Wangen. Plötzlich ist mir alles zu viel. Ich ertrage es nicht, ihn in derselben Demutshaltung zu sehen wie die erbärmliche Leila vorhin; diesen mächtigen Mann, der in Wahrheit nichts als ein kleiner Junge ist, schändlich missbraucht und vernachlässigt; der glaubt, der Liebe seiner Familie und seiner alles andere als perfekten Freundin nicht würdig zu sein. Mein armer, verlorener Junge ... bei seinem Anblick blutet mir das Herz.

Ein Gefühl des Mitleids, des Verlusts und der tiefen Verzweiflung erfasst mich und droht mir die Luft abzuschnüren. Ich werde kämpfen müssen, um ihn zurückzuholen, *meinen* Christian. Die Vorstellung, einen anderen Menschen zu dominieren, ist entsetzlich. Mir wird übel, wenn ich nur daran denke, dass ich mich wie Christians Domina verhalten könnte. Damit wäre ich ja genauso wie sie – die Frau, die ihm das angetan hat. Der Gedanke lässt mich erschaudern. Bittere Galle steigt in meiner Kehle auf. Ich kann so etwas nicht tun. Ich will es nicht tun. Niemals.

Es gibt nur einen Ausweg: Ohne den Blick von ihm zu wenden, lasse ich mich auf die Knie sinken.

Der Holzboden fühlt sich hart unter meinen Schienbeinen an. Mit einer abrupten Handbewegung wische ich mir die Tränen ab.

Nun sind wir ebenbürtige Partner, auf Augenhöhe. Dies ist der einzige Weg, wie ich ihn aus dieser Finsternis herausholen kann.

Seine Augen weiten sich kaum merklich, als ich ihn ansehe, doch ansonsten verändert sich nichts, weder seine Miene noch seine Position.

»Du brauchst das nicht zu tun, Christian«, flehe ich. »Ich werde dich nicht verlassen. Ich habe es dir wieder und wieder gesagt. Und ich sage es dir noch einmal – ich werde dich nicht verlassen. Alles, was passiert ist ... Es ist zu viel für mich. Ich brauche nur etwas Zeit, um in Ruhe nachzudenken. Ein bisschen Zeit für mich. Wieso musst du immer automatisch vom Schlimmsten ausgehen?« Mein Herz zieht sich schmerzhaft zusammen. Ich kenne die Antwort nur allzu gut. Weil er so voller Selbstzweifel, voller Selbsthass ist.

Elenas Worte kommen mir wieder in den Sinn. *Weiß sie, was für eine schlechte Meinung du von dir hast? Weiß sie über deine Probleme Bescheid?*

Oh, Christian. Abermals packt mich die kalte Angst. »Ich

wollte vorschlagen, dass ich in meine Wohnung zurückgehe und heute Nacht dort bleibe«, sage ich. »Du gibst mir nie Zeit, um in Ruhe über alles nachzudenken.« Ich schluchze, und seine Miene verfinstert sich kaum merklich. »Ich will nur ein bisschen Zeit zum Nachdenken. Wir kennen uns kaum, und all der Ballast, den du mit dir herumschleppst … Ich … ich brauche etwas Zeit, um mir Gedanken darüber zu machen. Und jetzt, da Leila … Was auch immer sie für dich ist, jedenfalls treibt sie sich nicht länger auf der Straße herum und ist keine Bedrohung mehr … Ich dachte … ich dachte …« Ich lasse meine Stimme verklingen. Sein Blick ruht eindringlich auf mir. Ich glaube, er hat mir tatsächlich zugehört.

»Dich mit Leila zu sehen …« Ich schließe die Augen, als mir die schmerzliche Erinnerung an die Zärtlichkeit, mit der er seine einstige Sub behandelt hat, wieder in den Sinn kommt. »Es war so ein Schock. Es hat mir einen Einblick in dein früheres Leben gegeben … und …« Die Tränen kullern über meine Wangen, tropfen auf meine ineinander verkrallten Finger. »Ich habe begriffen, dass ich nicht gut genug für dich bin. Ich habe gesehen, wie du früher gelebt hast, und habe solche Angst, dass du dich irgendwann mit mir langweilen wirst und mich verlässt, und dann werde ich so wie Leila enden … als Schatten. Denn ich liebe dich, Christian, und wenn du mich verlässt, werde ich in einer Welt ohne Licht leben. Ich werde in der Dunkelheit leben. Ich will dich nicht verlassen. Aber ich habe solche Angst, dass du mich verlässt …«

Erst in diesem Augenblick, als ich die Worte ausspreche – in der Hoffnung, dass er mir zuhört –, wird mir bewusst, wo mein wahres Problem liegt. Ich kann mir nicht vorstellen, wieso er etwas für mich empfindet. Das konnte ich noch *nie*, die ganze Zeit nicht.

»Ich verstehe einfach nicht, wieso du ausgerechnet mich attraktiv findest«, fahre ich fort. »Du bist … na ja … und ich bin …« Ich zucke mit den Schultern und sehe ihn an. »Ich kapiere es einfach nicht. Du bist wunderschön und sexy und erfolgreich und gut und nett und liebevoll – all das – und ich nicht. Von all den Dingen, die du gern machst, verstehe ich nichts. Ich kann dir nicht geben, was du brauchst. Wie könntest du jemals glücklich mit mir sein? Wie soll ich dich halten können?« Meine Stimme ist kaum mehr als ein Flüstern, als ich ihm meine tiefsten Ängste gestehe. »Ich habe noch nie verstanden, was du überhaupt an mir findest. Und als ich dich vorhin mit ihr gesehen habe, ist mir das erst so richtig bewusst geworden.« Schniefend wische ich mir mit dem Handrücken über die Nase und blicke in seine ausdruckslose Miene.

Herrgott nochmal, rede endlich mit mir!

»Willst du die ganze Nacht hier knien?«, schnauze ich ihn an. »Denn falls ja, werde ich es auch tun.«

Ich glaube zu sehen, wie sich ein Anflug von Belustigung auf seine Züge schleicht, bin mir aber nicht ganz sicher.

Ich könnte die Hand ausstrecken und ihn berühren, aber das wäre ein grober Missbrauch der Position, die er mir zugewiesen hat, so viel steht fest. Ich will sie nicht missbrauchen. Aber ich habe keine Ahnung, was er will oder nicht oder was er mir zu sagen versucht. Ich verstehe es einfach nicht.

»Christian, bitte, bitte … rede mit mir«, bettle ich. Es ist unbequem, auf Knien vor ihm zu verharren, aber ich stehe nicht auf, sondern blicke in seine ernsten, wunderschönen grauen Augen und warte.

Und warte.

Und warte.

»Bitte«, sage ich noch einmal.

Seine Augen werden plötzlich dunkel, und er blinzelt. »Ich hatte solche Angst«, flüstert er.

Dem Himmel sei Dank! Mein Unterbewusstsein taumelt zu seinem Lehnsessel zurück, lässt sich mit einem erleichterten Seufzer hineinfallen und nimmt einen ordentlichen Schluck aus der Gin-Flasche.

Er spricht mit mir! Eine Woge der Dankbarkeit durchströmt mich. Ich habe Mühe, die Tränen zurückzuhalten, die mir erneut in die Augen steigen.

»Als ich Ethan draußen vor der Tür gesehen habe, war mir sofort klar, dass dich irgendjemand in die Wohnung gelassen haben musste. Taylor und ich sind aus dem Wagen gesprungen. Wir wussten auf der Stelle, wer es gewesen sein musste, und sie dort stehen zu sehen – mit der Waffe, die sie auf dich richtet. In diesem Moment bin ich tausend Tode gestorben, Ana. Sehen zu müssen, wie jemand dich bedroht ... Es war, als hätten sich all meine schlimmsten Befürchtungen bewahrheitet. Ich war so wütend. Auf sie, auf dich, auf Taylor. Und auf mich.«

Er schüttelt bekümmert den Kopf. »Ich wusste ja nicht, wie aggressiv sie sich verhalten würde. Ich wusste nicht, was ich tun soll, wie sie reagieren würde.« Er runzelt die Stirn. »Aber dann hat sie mir selbst den entscheidenden Hinweis gegeben. Sie sah so zerknirscht aus. Damit war klar, wie ich mich zu verhalten habe.« Er hält inne und sieht mich an, um meine Reaktion einzuschätzen.

»Sprich weiter«, flüstere ich.

Er schluckt. »Sie in diesem Zustand zu sehen und zu wissen, dass ich für ihren Geisteszustand mitverantwortlich sein könnte ...« Wieder schließt er die Augen. »Dabei war sie immer so quirlig, so verschmitzt.« Er erschaudert und schöpft bebend Atem. Es klingt beinahe wie ein Schluchzen. Es ist entsetzlich, sich all das anhören zu müssen, trotzdem kauere ich weiter auf dem Boden und lausche seinen Worten.

»Sie hätte dir etwas antun können. Und ich wäre schuld gewesen.« Das blanke Entsetzen steht in seinen Augen, als er sich unterbricht und den Blick abwendet.

»Aber sie hat es nicht getan«, erwidere ich leise. »Und du bist schließlich nicht dafür verantwortlich, dass sie sich jetzt in diesem Zustand befindet, Christian.« Ich sehe ihn ermutigend an.

Dann dämmert es mir: Alles, was er getan hat, geschah nur, um mich zu beschützen, und vielleicht auch Leila, weil ihm auch ihr Wohlergehen am Herzen liegt. Aber wie wichtig ist sie ihm? Die Frage will mir nicht mehr aus dem Kopf gehen. Er behauptet, mich zu lieben, andererseits war er so barsch zu mir und hat mich regelrecht aus meiner eigenen Wohnung geworfen.

»Ich wollte dich nur aus dem Weg haben«, murmelt er. Da ist sie wieder – diese unglaubliche Gabe, meine Gedanken zu lesen. »Ich wollte dich aus der Schusslinie haben, aber du … Wolltest. Einfach. Nicht. Gehen«, stößt er zwischen zusammengebissenen Zähnen hervor und schüttelt wütend den Kopf. »Anastasia Steele, du bist die sturköpfigste Frau, der ich je begegnet bin«, fährt er fort und schüttelt ein weiteres Mal ungläubig den Kopf.

Oh, da ist er wieder. Der Christian, den ich so gut kenne. Ich stoße einen abgrundtief erleichterten Seufzer aus.

»Du wolltest also nicht weglaufen?«, fragt er mit ernster Miene.

»Nein!«

Abermals schließt er die Augen, während sich sein ganzer Körper zu entspannen scheint. Als er sie wieder öffnet, sehe ich den Schmerz und die Qual darin stehen.

»Ich dachte …« Er unterbricht sich. »Das bin ich, Ana. So, wie ich wirklich bin, mit allem Drum und Dran … und ich gehöre nur dir. Was muss ich tun, damit du das endlich begreifst? Damit du weißt, dass ich dich will, in jeder erdenklichen Hinsicht. Dass ich dich liebe?«

»Ich liebe dich auch, Christian, und dich so zu sehen, ist …«, stoße ich mit erstickter Stimme hervor. »Ich dachte, ich hätte dich zerstört.«

»Zerstört? Mich? Aber nein, Ana, genau das Gegenteil ist der Fall.« Er nimmt meine Hand. »Du bist mein Rettungsanker.« Er küsst meine Fingerknöchel und legt meine Handfläche an seine Wange.

Die blanke Angst steht in seinen weit aufgerissenen Augen,

als er behutsam meine Hand auf seine Brust legt – die verbotene Zone. Seine Atemzüge beschleunigen sich. Ich spüre sein wild hämmerndes Herz unter meinen Fingern. Er sieht mir in die Augen, seine Kiefermuskeln sind zum Zerreißen gespannt, seine Zähne fest aufeinandergebissen.

Ich schnappe nach Luft. *Christian!* Er lässt es zu, dass ich ihn berühre! Es ist, als wäre sämtliche Luft auf einen Schlag aus meinen Lungen gepresst worden. Das Blut rauscht in meinen Ohren, während sich mein Herzschlag beschleunigt, um sich mit seinem Rhythmus zu vereinen.

Er lässt meine Hand los, die immer noch über seinem Herzen liegt. Ich bewege die Finger kaum merklich, spüre die Wärme seiner Haut durch den dünnen Stoff seines Hemds. Er hält den Atem an. Ich ertrage es nicht länger. Ich bewege meine Hand, will sie von seiner Brust lösen.

»Nein!« Er legt seine Hand auf meine Finger. »Nicht.«

Diese beiden Worte genügen, um mir neuen Mut zu verleihen. Ich rutsche ein Stück näher, so dass sich unsere Knie berühren, und hebe vorsichtig meine andere Hand. Er macht keine Anstalten, mir Einhalt zu gebieten.

Behutsam beginne ich, die Knöpfe seines Hemds zu öffnen, was nicht ganz einfach ist mit einer Hand. Ich bewege meine Finger, woraufhin er sie loslässt, so dass ich beide Hände benutzen kann. Ohne den Blick von ihm zu lösen, öffne ich den letzten Knopf und schiebe den Stoff zur Seite.

Er schluckt, seine Lippen teilen sich, seine Atemzüge werden noch eine Spur schneller. Ich spüre die Panik in ihm aufsteigen, trotzdem rührt er sich nicht vom Fleck. Ist er immer noch im Sub-Modus? Keine Ahnung.

Soll ich es wirklich tun? Ich will ihm nicht wehtun, weder körperlich noch psychisch. Ihn so zu sehen, wie er sich vor mir auf den Boden wirft und erniedrigt, hat all meine Alarmglocken schrillen lassen.

Ich zögere. Kann ich ihm das wirklich antun?

»Ja«, haucht er – ein neuerlicher Beweis seiner unheimlichen Gabe, meine unausgesprochenen Fragen zu beantworten.

Vorsichtig berühre ich mit den Fingerspitzen sein Brusthaar und streiche darüber. Er schließt die Augen. Seine Züge verzerren sich, als würde er unsägliche Qualen leiden. Der Anblick ist unerträglich, deshalb löse ich meine Finger von seiner Brust, doch er ergreift sie und legt sie wieder darauf. Ich spüre das Kitzeln der Härchen in meiner Handfläche.

»Nein«, presst er mühsam hervor. »Ich muss es schaffen.«

Er hat die Augen fest zusammengekniffen. Seine Qual muss unaussprechlich sein. Behutsam streichle ich seine Brust, registriere staunend, wie weich sich seine Haut anfühlt, während ich jede Sekunde damit rechne, zu weit gegangen zu sein.

Er schlägt die Augen auf. Seine Augen glühen wie flüssiges Silber.

Großer Gott! Sein Blick ist animalisch, wild und ungezügelt. Seine Brust hebt und senkt sich unter seinen raschen Atemzügen. Ich winde mich unter der Intensität seines Blickes.

Da er mich nicht aufgehalten hat, lasse ich meine Fingerspitzen erneut über seine Brust wandern. Seine Lippen erschlaffen, und seine Atemzüge beschleunigen sich noch weiter; ob aus Angst oder einem anderen Grund, weiß ich nicht.

Ich wollte diese Stelle schon so lange küssen. Für einen kurzen Moment halte ich seinem Blick stand, um ihm zu signalisieren, was ich gleich tun werde, dann beuge ich mich vor, lasse meine Lippen zärtlich über seine Haut wandern und inhaliere ihren warmen, süßen Duft.

Sein ersticktes Stöhnen berührt mich so tief im Innern, dass ich mich aufrichte und ihn beklommen ansehe. Seine Augen sind fest zugekniffen, doch er sitzt immer noch reglos da.

»Noch einmal«, flüstert er.

Ich beuge mich ein weiteres Mal vor und streiche mit den Lippen über eine der runden Narben. Er saugt geräuschvoll den Atem ein. Ich küsse noch eine Narbe, dann noch eine. Er stöhnt und schlingt die Arme um mich. Mit einer Hand packt er mich bei den Haaren und zieht meinen Kopf mit einem Ruck nach oben, ehe er seine Lippen voller Leidenschaft auf meine presst. Wir küssen uns. Meine Hand vergräbt sich in seinem Haar.

»Oh, Ana«, stöhnt er, dreht mich um und rollt sich auf mich. Ich umfasse sein wunderschönes Gesicht mit beiden Händen. In diesem Augenblick spüre ich seine Tränen.

Er weint! Nein! Nein!

»Christian, bitte nicht weinen! Ich habe doch gesagt, dass ich dich niemals verlassen werde. Das war ernst gemeint. Wenn ich dir das Gefühl gegeben habe, dass es nicht so ist, tut es mir leid ... Bitte, bitte, verzeih mir. Ich liebe dich, und ich werde dich immer lieben.«

Er sieht mich gequält an.

»Was ist?«

Seine Augen weiten sich.

»Was hast du für ein Geheimnis, dass du glaubst, ich würde schreiend davonlaufen, wenn du es mir verrätst? Dass du so sicher bist, ich würde dich auf der Stelle verlassen?« Meine Stimme bebt. »Sag es mir, Christian. Bitte ...«

Er setzt sich auf und kreuzt die Beine an den Knöcheln. Ich tue es ihm nach. Einen kurzen Moment frage ich mich, wieso wir nicht endlich aufstehen. Aber ich will den Moment nicht zerstören, nun, da er endlich bereit ist, sich mir zu öffnen und mir alles zu erzählen.

Die blanke Verzweiflung steht ihm ins Gesicht geschrieben. *O Scheiße ... das wird übel.*

»Ana ...« Er hält inne und sucht nach den richtigen Worten. Was um alles in der Welt kommt jetzt?

Er holt tief Luft und schluckt. »Ich bin Sadist, Ana. Ich stehe darauf, kleine, zierliche Brünette auszupeitschen. Weil ihr alle genauso aussieht wie die Crackhure – meine leibliche Mutter. Ich bin sicher, du kannst dir denken, wieso.« Die Worte sprudeln nur so aus ihm heraus, als hätte er diese Sätze seit Tagen im Kopf gehabt und könnte es kaum erwarten, sie endlich laut auszusprechen.

Es ist, als würde die Welt für einen Moment aufhören, sich zu drehen. *O nein.*

Darauf war ich nicht gefasst. Das ist übel. Richtig übel. Ich versuche, den Sinn seiner Worte zu begreifen. Das erklärt natürlich, dass wir uns alle so ähneln.

Mein erster Gedanke ist, dass Leila Recht hatte … *Etwas Dunkles schlummert in ihm.*

Mir fällt unser erstes Gespräch in der Kammer der Qualen ein.

»Aber du hast doch gesagt, du wärst kein Sadist«, flüstere ich in meiner verzweifelten Bemühung, es zu verstehen … eine Ausrede für all das zu finden.

»Nein, ich habe gesagt, ich sei dominant. Ich habe dir nur die halbe Wahrheit erzählt. Es tut mir leid.« Er blickt auf seine manikürten Fingernägel.

Ich habe das Gefühl, als schäme er sich. Weil er mich angelogen hat? Oder schämt er sich dafür, was er ist?

»Als du mir diese Frage gestellt hast, hatte ich noch eine völlig andere Beziehung zwischen uns im Sinn«, fährt er leise fort.

Sein Blick verrät mir, dass er panische Angst hat.

In diesem Moment trifft mich die Erkenntnis wie ein Keulenschlag – wenn er tatsächlich Sadist ist, *braucht* er all diese Scheiße mit den Peitschen und Rohrstöcken. Großer Gott. Ich schlage mir die Hände vors Gesicht.

»Also stimmt es doch«, presse ich leise hervor. »Ich kann dir nicht geben, was du brauchst.« Genau darauf läuft es hinaus – wir passen nicht zueinander.

Die Welt rings um mich bricht zusammen. Panik erfasst mich. Das war's. Wir werden es nicht schaffen.

Er runzelt die Stirn. »Nein, nein, nein. Ana. Du gibst mir, was ich brauche.« Er ballt die Fäuste. »Bitte, glaub mir«, fleht er voller Inbrunst.

»Ich weiß nicht, was ich glauben soll, Christian. Das ist alles so verdammt abgefuckt.« Meine Stimme ist heiser von all den ungeweinten Tränen.

»Ana, glaub mir doch. Nachdem ich dich bestraft hatte und du mich verlassen hast, hat sich mein gesamtes Weltbild verschoben. Ich habe dir versprochen, dass du nicht noch einmal so leiden musst, und das war ernst gemeint. Es war eine Offenbarung für mich, zu hören, dass du mich liebst. Niemand hat das jemals zu mir gesagt. Es war, als hätte ich erst dadurch mit etwas abschließen können. Vielleicht warst auch du diejenige, die diesen endgültigen Abschluss herbeigeführt hat, ich weiß es nicht. Darüber reden Dr. Flynn und ich uns im Moment die Köpfe heiß.«

Oh. Ein winziger Hoffnungsschimmer flackert in mir auf. Vielleicht kriegen wir die Kurve ja doch noch. Ich wünsche es mir so sehr. *Oder etwa nicht?* »Was bedeutet das alles?«, frage ich.

»Es bedeutet, dass ich diese Dinge nicht unbedingt brauche. Zumindest jetzt nicht.«

Wie bitte? »Aber woher weißt du das? Wie kannst du dir da so sicher sein?«

»Ich weiß es einfach. Die Vorstellung, dir wehzutun … auf welche Weise auch immer … ist abscheulich.«

»Aber ich verstehe das nicht. Was ist mit den Linealen, dem Versohlen und all der anderen perversen Scheiße?«

Er fährt sich mit der Hand durchs Haar. Ich sehe den Anflug eines Lächelns auf seinem Gesicht, doch er seufzt nur. »Ich rede von den richtig heftigen Sachen, Anastasia. Du solltest mal sehen, was ich mit einem Rohrstock oder einer Katze so alles anstellen kann.«

Mir bleibt der Mund offen stehen. »Lieber nicht.«

»Ich weiß. Wenn du es auch gewollt hättest, wunderbar … aber du willst es nicht, und das kann ich verstehen. Ich kann all diese abartigen Dinge nicht mit dir machen, wenn du es nicht willst. Das habe ich dir schon einmal gesagt. Du hältst die Fäden in der Hand. Und jetzt, da du zu mir zurückgekommen bist, verspüre ich diesen Drang plötzlich nicht mehr.«

Verzweifelt versuche ich, mir einen Reim auf all das zu machen. »Aber als wir uns kennen gelernt haben, hast du dir genau das gewünscht, richtig?«

»Ja. Zweifellos.«

»Wie kann dieser Drang auf einmal verschwinden, Christian? Wie eine Art Wunderkur, als wärst du plötzlich ... in Ermangelung einer anderen Bezeichnung ... *geheilt?* Das verstehe ich nicht.«

Wieder stößt er einen Seufzer aus. »Na ja, als geheilt würde ich es nicht bezeichnen. Du glaubst mir kein Wort, stimmt's?«

»Ich finde es nur ... unglaublich. Das ist ein gewaltiger Unterschied.«

»Hättest du mich nicht verlassen, würde ich wahrscheinlich auch nicht so empfinden. Mich zu verlassen, war das Beste, was du tun konntest ... für uns. Erst dadurch ist mir klar geworden, wie sehr ich dich will. Nur dich allein. Und wenn ich sage, dass ich dich in jeder Hinsicht will, ist das mein voller Ernst.«

Ich starre ihn fassungslos an. Kann ich ihm wirklich glauben? Allein beim Versuch, über all das nachzudenken, schwirrt mir der Kopf, und ich empfinde eine tiefe Betäubung in meinem Innern.

»Du bist immer noch da. Ich war mir sicher, dass du inzwischen längst schreiend zur Tür hinausgelaufen wärst«, bemerkt er.

»Wieso? Weil ich dich für einen kranken Perversen halte, der darauf steht, Frauen, die genauso aussehen wie seine Mutter, auszupeitschen und sie danach zu ficken? Wie kommst du bloß darauf?«, fauche ich.

Er wird blass. »Ich hätte es vielleicht nicht ganz so derb ausgedrückt, aber im Grunde hast du Recht.«

Ich sehe ihm an, wie sehr ihn meine Worte gekränkt haben. Der Anblick ernüchtert mich schlagartig, und ich bereue meinen Ausbruch.

Was soll ich nur tun? Er wirkt völlig zerknirscht und ernst … wie der Christian, den ich kenne und so liebe.

In diesem Augenblick fällt mir das Foto in seinem Kinderzimmer wieder ein, und mir dämmert, weshalb mir die Frau darauf so bekannt vorkam. Sie sah genauso aus wie er. Offenbar war sie seine leibliche Mutter.

Ich denke daran, wie lässig er meine Frage abgewiegelt hat – *niemand von Bedeutung*. Sie ist schuld an der ganzen Misere … Und ich sehe genauso aus wie sie. *O Gott.*

Er starrt mich an. Mir ist klar, dass er darauf wartet, was ich als Nächstes tue. Es scheint ihm ernst zu sein. Doch obwohl er beteuert hat, dass er mich liebt, bin ich völlig durcheinander.

Es ist alles so verdammt abgefuckt. Zwar hat er meine Bedenken wegen Leila zerstreut, andererseits weiß ich jetzt auch, dass es ihr gelungen ist, ihn so richtig anzutörnen – ein unerfreulicher, deprimierender Gedanke.

»Ich bin hundemüde, Christian. Können wir morgen darüber reden? Ich will jetzt ins Bett.«

Er blickt mich verdattert an. »Du gehst also doch nicht?«

»Willst du denn, dass ich gehe?«

»Nein! Ich dachte nur, du würdest auf der Stelle davonlaufen, wenn ich es dir sage.«

Er hat die ganze Zeit gedacht, ich würde ihn verlassen, wenn er mir sein düsteres Geheimnis offenbart hat, und jetzt hat er es getan. Verdammte Scheiße. Und er hat tatsächlich eine sehr dunkle Seite.

Muss ich ihn nicht verlassen? Ich sehe ihn an, diesen verrückten Mann, den ich so liebe – ja, von ganzem Herzen liebe.

Darf ich ihn verlassen? Ich habe ihn schon einmal verlassen und wäre um ein Haar daran zerbrochen … ebenso wie er. Ich liebe ihn. Das weiß ich. Trotz allem, was ich gerade erfahren habe.

»Verlass mich nicht«, flüstert er.

»Herrgott, ich sage es noch einmal – nein! Ich werde nicht

gehen!«, schreie ich. Es ist die reinste Erlösung. So, jetzt habe ich es ausgesprochen. Ich werde bleiben.

»Wirklich?« Seine Augen weiten sich.

»Was muss ich tun, damit du begreifst, dass ich nicht davonlaufe? Was soll ich sagen?«

Wieder erkenne ich blanke Furcht und Qual auf seinen Zügen. Er schluckt. »Es gibt da durchaus etwas.«

»Was?«

»Heirate mich«, flüstert er.

Wie bitte? Hat er gerade …

Zum zweiten Mal innerhalb weniger Minuten scheint die Welt stillzustehen.

Ach du Scheiße! Ich starre ihn fassungslos an, diesen völlig gestörten Mann, den ich liebe.

Heiraten? Er hat mir einen Heiratsantrag gemacht? Soll das ein Witz sein? Ich kann mich nicht beherrschen – ein winziges, nervöses, ungläubiges Kichern entschlüpft meiner Kehle. Eilig beiße ich mir auf die Lippen, um zu verhindern, dass es in ein hysterisches Gelächter umschlägt. Vergeblich. Ich lasse mich nach hinten kippen und lache schallend, so schallend wie noch nie zuvor in meinem Leben. Ein lautes, johlendes, befreiendes Lachen.

Für einen kurzen Moment ist es, als blickte ich von oben auf uns herab, auf diese absurde Situation – ein völlig überwältigtes, hysterisch kicherndes Mädchen neben einem bildschönen, komplett verhaltensgestörten Mann. Ich lege mir den Arm übers Gesicht, während sich meine Augen mit heißen, brennenden Tränen füllen. *Nein, nein … es ist alles zu viel.*

Als meine Hysterie allmählich verebbt, hebt Christian behutsam meinen Arm an und beugt sich über mich. Ein sarkastisches Lächeln spielt um seine Mundwinkel, doch seine grauen Augen lodern. Ich sehe die Kränkung darin. *O nein.*

Behutsam wischt er mit dem Fingerknöchel eine einzelne Träne ab. »Sie finden meinen Antrag also lustig, Miss Steele?«

O Christian. Ich hebe die Hand, streiche ihm über die Wange und genieße das Gefühl seiner Stoppeln unter meinen Fingern. O Gott, wie sehr ich diesen Mann liebe.

»Mr. Grey ... Christian. Dein Timing ist zweifellos ...« Mir fehlen die Worte.

Er lächelt mich an, doch ein Blick in seine Augen verrät mir, dass er immer noch zutiefst gekränkt ist. Der Anblick ernüchtert mich.

»Deine Reaktion hat mich tief getroffen, Ana. Willst du mich heiraten?«

Ich setze mich auf und beuge mich über ihn. »Christian, ich wurde heute Abend von deiner durchgeknallten Ex mit einer Waffe bedroht. Ich wurde aus meiner eigenen Wohnung geworfen und musste zusehen, wie du mir gegenüber komplett ausflippst ...«

Er öffnet den Mund, um etwas zu sagen, doch ich hebe die Hand. Gehorsam schließt er ihn wieder.

»Du hast mir etwas zugegebenermaßen ziemlich Schockierendes über dich verraten, und jetzt fragst du mich, ob ich dich heiraten will.«

Mit gespielter Nachdenklichkeit legt er den Kopf schief. Meine Aufzählung amüsiert ihn. Gott sei Dank.

»Ja, ich denke, das ist eine ziemlich treffende und akkurate Zusammenfassung der Situation«, bemerkt er trocken.

Ich schüttle den Kopf. »Was ist aus deiner Schwäche fürs Hinauszögern geworden?«

»Ich habe meine Meinung geändert und bin jetzt überzeugter Verfechter der sofortigen Belohnung. Carpe diem, Anastasia.«

»Okay, Christian, ich kenne dich seit gefühlten drei Minuten, und es gibt noch so viele Dinge, die ich wissen muss. Ich habe zu viel getrunken, bin hungrig und müde und will ins Bett. Ich muss über deinen Antrag genauso nachdenken, wie ich über diesen Vertrag zwischen uns nachgedacht habe. Außerdem ...«

Ich presse die Lippen aufeinander, um mein Missfallen zu sig-

nalisieren, aber auch, um die Stimmung ein wenig aufzulockern.
»... war er nicht gerade romantisch.«

Er verzieht das Gesicht zu einem Lächeln. »Ein berechtigtes Argument, wie immer, Miss Steele«, sagt er, unüberhörbar erleichtert. »Also ist es kein Nein?«

Ich seufze. »Nein, Mr. Grey, es ist kein Nein, es ist aber auch kein Ja. Du fragst mich nur, weil du Angst hast und mir nicht vertraust.«

»Nein, ich frage dich, weil ich endlich jemanden gefunden habe, mit dem ich den Rest meines Lebens verbringen will.«

Oh. Mein Herzschlag setzt aus, und ich spüre, wie ich dahinschmelze. Wie schafft er es, in den bizarrsten Situationen die romantischsten Dinge vom Stapel zu lassen? Mir fällt die Kinnlade herunter.

»Ich hätte nie gedacht, dass mir so etwas passieren könnte.«

Ich suche nach den richtigen Worten. »Darf ich in Ruhe darüber nachdenken, bitte? Und über alles andere, was heute passiert ist? Was du mir gerade gesagt hast? Du hast mich darum gebeten, geduldig zu sein und Vertrauen zu haben. Genau das brauche ich jetzt von dir, Grey.«

Er sieht mich forschend an. Nach einem kurzen Moment beugt er sich vor und schiebt mir eine Haarsträhne hinters Ohr. »Damit kann ich leben.« Er drückt mir einen flüchtigen Kuss auf den Mund. »Nicht besonders romantisch, ja?« Er hebt die Brauen, woraufhin ich tadelnd den Kopf schüttle. »Also Herzchen und Blümchen?«, fragt er leise.

Ich nicke.

Er lächelt.

»Du hast Hunger?«

»Ja.«

»Das heißt, du hast wieder mal nichts gegessen.« Seine Augen werden eisig, und seine Kiefermuskeln spannen sich an.

»Nein.« Ich setze mich auf die Fersen zurück. »Aus meiner Wohnung geworfen zu werden, nachdem ich zusehen musste, wie mein Freund seiner Exsub zärtlich das Köpfchen streichelt, hat mir zugegebenermaßen den Appetit verdorben.« Ich stemme die Hände in die Hüften und funkle ihn an.

Mit einer eleganten Bewegung kommt Christian auf die Füße – *oh, endlich aufstehen* – und streckt mir die Hand entgegen. »Ich mache dir kurz etwas zu essen.«

»Kann ich nicht einfach ins Bett gehen?«, frage ich und ergreife seine Hand.

Er zieht mich hoch. Meine Beine fühlen sich ganz steif an.

»Nein, du musst etwas essen. Komm.«

Da ist er wieder – der alte Christian, der mich ständig herumkommandieren muss. Mit dem Unterschied, dass es diesmal eine echte Wohltat ist, ihn so zu erleben.

Er geht vor mir her in die Küche und setzt mich auf einen der Hocker, ehe er den Kühlschrank öffnet. Ich sehe auf meine Uhr. Es ist kurz vor halb zwölf, und ich muss morgen früh aufstehen.

»Christian, so hungrig bin ich nicht.«

Er kramt weiter in seinem Monstrum von Kühlschrank herum, ohne mich zu beachten. »Käse?«, fragt er.

»Nicht um diese Uhrzeit.«

»Brezeln?«

»Aus dem Kühlschrank? Nein«, blaffe ich.

Er dreht sich um und grinst. »Magst du etwa keine Brezeln?«

»Nicht um halb zwölf abends. Ich gehe jetzt ins Bett. Du kannst gern die ganze Nacht lang im Kühlschrank herumstöbern, wenn du Lust hast. Ich bin müde, außerdem habe ich einen Tag hinter mir, der eindeutig zu aufschlussreich für meinen Geschmack war. Wenn ich könnte, würde ich ihn am liebsten auf der Stelle vergessen.« Ich rutsche von meinem Hocker. Er starrt mich finster an, aber das ist mir egal. Ich habe nur einen Wunsch – ins Bett. Ich bin völlig erledigt.

»Makkaroni und Käse?« Mit hoffnungsvoller Miene hält er eine mit Folie abgedeckte weiße Schüssel in die Höhe.

»Du isst gern Makkaroni mit Käse?«, frage ich.

Er nickt eifrig, und ich schmelze wieder einmal dahin. Mit einem Mal sieht er so jung aus. Wer hätte das gedacht? Christian Grey mag Kinderessen.

»Willst du?«, fragt er mit unüberhörbarer Hoffnung in der Stimme.

Ich kann es ihm nicht abschlagen, außerdem habe ich tatsächlich Hunger. Ich nicke und lächele vage, woraufhin sich sein Gesicht zu seinem typischen atemberaubenden Strahlen verzieht. Er nimmt die Folie ab und stellt die Schüssel in die Mikrowelle, während ich mich wieder hinsetze und zusehe, wie dieser wunderschöne Mann – der Mann, der mich heiraten will – geschäftig in seiner Küche herumwerkelt.

»Du weißt also, wie man die Mikrowelle bedient«, necke ich ihn liebevoll.

»Mit allem, was verpackt ist, komme ich normalerweise gut klar. Nur die richtigen Lebensmittel bereiten mir ein bisschen Probleme.«

Ich fasse es nicht, dass ich denselben Mann vor mir habe, der vor nicht einmal einer halben Stunde auf dem Boden vor mir gekniet hat. Er ist wieder ganz der Alte, launenhaft und undurchschaubar wie eh und je. Er legt Tischsets auf die Frühstückstheke, stellt Teller darauf und nimmt Besteck aus der Schublade.

»Es ist schon sehr spät«, wende ich leise ein.

»Dann geh morgen eben nicht ins Büro.«

»Ich *muss* morgen ins Büro. Mein Boss fliegt nach New York.«

Christian runzelt die Stirn. »Willst du am Wochenende auch nach New York fliegen?«

»Ich habe mir die Wettervorhersage angesehen. Es soll regnen«, wiegle ich ab.

»Aha. Was willst du dann machen?«

Das Ping der Mikrowelle verkündet, dass unser Essen fertig ist.

»Im Moment wäre es mir am liebsten, nur von einem Tag zum nächsten zu denken. Diese ganze Aufregung ist so ...

anstrengend.« Ich hebe eine Braue, was er jedoch geflissentlich übersieht.

Scheinbar tief in Gedanken versunken, stellt Christian die Schüssel zwischen uns und setzt sich hin. Irgendetwas beschäftigt ihn, das sehe ich ihm an. Ich verteile die Makkaroni auf die Teller. Es riecht köstlich, und ich merke, wie mir das Wasser im Mund zusammenläuft. Ich bin völlig ausgehungert.

»Das mit Leila tut mir leid«, sagt er leise.

»Weshalb?« O Mann, die Makkaroni schmecken genauso gut, wie sie duften. Mein Magen heißt sie mit einem dankbaren Gurgeln willkommen.

»Es muss ein entsetzlicher Schock für dich gewesen sein, sie mitten in deinem Apartment stehen zu sehen. Taylor hat heute Nachmittag noch alles überprüft. Er ist am Boden zerstört.«

»Ich mache Taylor keinen Vorwurf.«

»Ich auch nicht. Er hat dich überall gesucht.«

»Wieso?«

»Ich wusste nicht, wo du bist. Du hast deine Handtasche und deine Schlüssel im Wagen gelassen. Ich konnte dich also nicht mal orten. Wo warst du?« Obwohl seine Stimme sanft klingt, höre ich den drohenden Unterton darin mitschwingen.

»Ethan und ich sind in eine Bar auf der anderen Straßenseite gegangen. Damit ich sehe, was weiter passiert.«

»Verstehe.« Die Stimmung hat sich kaum merklich verändert. Die Lockerheit von gerade eben ist verflogen.

Okay, das Spiel können auch zwei spielen. Mal sehen, wie dir das gefällt. »Und was hast du mit Leila in meiner Wohnung gemacht?«, frage ich so lässig, wie ich nur kann. Obwohl ich mich vor der Antwort fürchte, muss ich meine Neugier befriedigen.

Er hält, die Gabel voll Makkaroni auf halbem Weg zum Mund, mitten in der Bewegung inne.

O nein, das ist gar nicht gut.

»Willst du das wirklich wissen?«

Mein Magen verkrampft sich, und auf einen Schlag habe

ich keinen Appetit mehr. »Ja«, flüstere ich. *Willst du es wirklich wissen? Ganz sicher?* Mein Unterbewusstsein hat die leere Gin-Flasche auf den Boden geschleudert, fährt aus dem Sessel hoch und starrt mich voller Entsetzen an.

Christian presst die Lippen zu einer schmalen Linie zusammen. »Wir haben geredet, und dann habe ich sie in die Badewanne gesteckt«, gesteht er zögernd. Als ich nichts erwidere, fährt er eilig fort. »Ich habe ihr etwas von deinen Sachen zum Anziehen gegeben. Ich hoffe, du hast nichts dagegen. Aber sie war völlig verdreckt.«

Verdammte Scheiße nochmal! Er hat sie *gebadet?*

So etwas tut man doch nicht. Angewidert starre ich auf die Makkaroni auf meinem Teller. Allein bei ihrem Anblick wird mir schlecht.

Versuch, das Ganze nüchtern zu betrachten, schaltet sich mein Unterbewusstsein ein. Dem rationalen Teil meines Gehirns ist vollkommen klar, dass er es nur getan hat, weil sie schmutzig und verwahrlost war, doch mein angeschlagenes Selbstbewusstsein weigert sich eisern, sich mit dieser Erklärung zufriedenzugeben.

Plötzlich würde ich am liebsten anfangen zu weinen – und zwar nicht bloß ein paar damenhafte Tränchen, die dekorativ über meine Wangen kullern, sondern so richtig, mit allem Drum und Dran, aber meine Kehle fühlt sich rau und ausgedörrt an, also hole ich nur tief Luft.

»Mehr konnte ich nicht für sie tun, Ana«, fährt er leise fort.

»Empfindest du immer noch etwas für sie?«

»Nein!« Gequält schließt er die Augen. »Sie so zu sehen – so am Boden zerstört, wie ich sie sonst nicht kenne … Sie bedeutet mir etwas, aber nur in dem Sinne, wie einem als normalem Menschen das Wohlergehen eines anderen am Herzen liegt.« Er zuckt mit den Achseln, als wollte er eine unangenehme Erinnerung abschütteln.

Großer Gott, erwartet er jetzt auch noch, dass ich Mitleid mit ihm habe?

»Ana, sieh mich an.«

Ich kann nicht. Denn ich weiß genau, dass ich in Tränen ausbrechen werde, wenn ich es tue. Es ist alles zu viel. Ich bin wie ein überlaufender Benzintank – randvoll, keinerlei Kapazität mehr. Ich kann nichts mehr aufnehmen, ertrage es nicht, mir noch mehr von dieser elenden Scheiße anzuhören.

Das Bild von Christian, der sich auf so intime Weise um seine einstige Sub kümmert, sie badet, flammt vor meinem geistigen Auge auf. Und sie ist nackt, verdammt nochmal! Ein heftiger Schauder überläuft mich.

»Ana.«

»Was?«

»Tu's nicht. Es hat nichts zu bedeuten. Es war, als hätte ich mich um ein völlig verstörtes Kind gekümmert, das nicht mehr aus noch ein weiß.«

Was zum Teufel weiß er schon darüber, wie man sich um ein Kind kümmert? Leila ist eine erwachsene Frau, mit der ihn etwas verbindet – eine durchaus reale und zweifelsohne perverse Beziehung.

Der Schmerz ist enorm. Ich ringe um Fassung. Vielleicht redet er ja auch von sich; davon, dass er das verstörte Kind ist. Das klingt viel einleuchtender, aber vielleicht irre ich mich auch, und all das ergibt keinerlei Sinn. Es ist alles so verdammt abgefuckt. Mit einem Mal bin ich todmüde. Ich brauche Schlaf.

»Ana?«

Ich stehe auf, trage meinen Teller zur Spüle und werfe die Reste in den Mülleimer.

»Ana, bitte.«

Ich wirble herum. »Hör endlich auf mit diesem verdammten ›Ana, bitte‹«, schreie ich, während die Tränen nun doch über meine Wangen laufen. »Ich habe mir genug von diesem Mist angehört. Ich gehe jetzt ins Bett. Ich bin müde und kann nicht mehr klar denken. Und jetzt lass mich in Ruhe.«

Ich mache auf dem Absatz kehrt und fliehe förmlich aus

der Küche, doch es gelingt mir nicht, die Erinnerung an seine entsetzten, weit aufgerissenen Augen abzuschütteln. Schön, zu wissen, dass auch ich ihn schockieren kann. Ich ziehe mich aus, krame eines seiner T-Shirts aus der Kommodenschublade und gehe ins Badezimmer.

Ich erkenne die ausgezehrte Frau mit den rot geränderten Augen und den fleckigen Wangen, die mir aus dem Spiegel entgegenblickt, kaum wieder. Mit einem Mal kann ich nicht mehr. Ich sinke zu Boden und ergebe mich den überwältigenden Gefühlen, die ich nicht länger zurückhalten kann.

FÜNFZEHN

Hey.« Behutsam zieht Christian mich in seine Arme. »Bitte, wein nicht, Ana. Bitte«, bettelt er. Er sitzt auf dem Bade-zimmerfußboden, und ich kauere auf seinem Schoß, schlinge die Arme um ihn und weine haltlos an seiner Schulter. Zärtlich streicht er mir übers Haar, über den Rücken.

»Es tut mir leid, Baby«, flüstert er, was alles nur noch schlim-mer macht.

Eine scheinbare Ewigkeit lang bleiben wir so sitzen. Als ich keine Tränen mehr habe, steht Christian auf, hebt mich auf seine Arme und trägt mich ins Schlafzimmer. Sekunden später liegt er neben mir im Bett und löscht die Lichter, dann zieht er mich in seine Arme und drückt mich fest an sich, wo ich endlich in einen unruhigen Schlaf falle.

Ich schrecke hoch. Im ersten Moment bin ich völlig benommen. Mir ist heiß. Christian hat sich wie eine Schlingpflanze um mich gewunden. Er brummt, als ich mich aus seiner Umarmung schä-le, wacht jedoch nicht auf. Ich setze mich auf und sehe auf den Wecker. Es ist drei Uhr morgens. Ich brauche eine Schmerzta-blette und habe Durst, also stehe ich auf und gehe in die Küche.

Im Kühlschrank steht ein Karton Orangensaft, aus dem ich mir ein Glas einschenke. Hm … er schmeckt köstlich. Au-genblicklich verfliegt meine Benommenheit. Ich suche in den Schränken, bis ich die Schmerztabletten gefunden habe, werfe zwei Stück ein und spüle sie mit einem weiteren Glas Saft hin-unter.

Schließlich trete ich vor die Glasfront und blicke auf das

schlafende Seattle hinaus, das sich blinkend und funkelnd unter Christians Wolkenschloss – oder sollte ich lieber »Festung« sagen? – ausbreitet. Ich lasse die Stirn gegen die Glasscheibe sinken, die sich angenehm kühl anfühlt. Es gibt so vieles, worüber ich nach den Enthüllungen des gestrigen Tages nachdenken muss. Ich setze mich auf den Boden und lehne mich mit dem Rücken gegen die Fensterfront. Das lediglich von den drei Lampen über der Kücheninsel erhellte Wohnzimmer hat etwas beruhigend Höhlenartiges.

Könnte ich hier leben, als Christians Frau? Nach allem, was er getan hat? Mit all den Erinnerungen, die ihn mit dieser Wohnung verbinden?

Eine Hochzeit. Was für ein unglaublicher Gedanke. Ich hätte nie im Leben damit gerechnet, dass er mich fragen würde, ob ich seine Frau werden will. Andererseits ist Christian ein Mann, der immer genau das tut, was keiner von ihm erwartet. Die Ironie dieses Gedankens entlockt mir ein Lächeln. Christian Grey, der Meister des Unerwarteten, komplett abgefuckt, in tausend verschiedenen Facetten.

Mein Lächeln verflüchtigt sich. Ich sehe genauso aus wie seine Mutter. Diese Tatsache kränkt mich zutiefst. Wir alle sehen genauso aus wie seine Mutter.

Wie zum Teufel soll ich mich verhalten, nachdem dieses kleine Geheimnis nun gelüftet ist? Kein Wunder, dass er es mir vorenthalten wollte. Allerdings kann er so gut wie keine Erinnerung an seine Mutter haben. Nicht zum ersten Mal überlege ich, ob ich mit Dr. Flynn darüber reden sollte. Würde Christian es erlauben? Vielleicht könnte er ja Licht ins Dunkel bringen.

Ich schüttle den Kopf. Trotz meiner Niedergeschlagenheit genieße ich die angenehme Stille des Wohnzimmers mit all den herrlichen Kunstwerken – allesamt kalt und puristisch, dank des raffinierten Spiels aus Licht und Schatten jedoch auf ihre Weise wunderschön. Und zweifellos ein Vermögen wert. Könnte ich hier leben? In guten wie in schlechten Tagen? In Krankheit und

Gesundheit? Ich schließe die Augen, lasse den Kopf gegen das kühle Glas sinken und nehme einen Atemzug, der mich mit neuer Kraft zu erfüllen scheint.

Die friedliche Stille wird von einem animalischen, markerschütternden Schrei zerfetzt, bei dessen Klang sich sämtliche Härchen auf meinem Körper aufrichten. *O Gott! Christian!* Ich springe auf und stürze ins Schlafzimmer, noch bevor der Nachhall des grauenhaften Lauts verebbt ist. Das Herz schlägt mir bis zum Hals.

Ich knipse Christians Nachttischlampe an. Er liegt im Bett, zuckend und mit verzerrten Zügen, als würde er Höllenqualen leiden. *Nein!* Wieder schreit er auf – ein weiterer grauenvoller Schrei, der unheimlich in der Stille widerhallt.

Scheiße! Er hat einen Albtraum!

»Christian!« Ich beuge mich über ihn, packe ihn bei den Schultern und schüttle ihn.

Er schlägt die Augen auf. Einen Moment lang sieht er sich hektisch und verwirrt um, ehe er den Blick auf mich richtet.

»Du warst weg … du warst weg … du bist einfach weggegangen«, murmelt er, während ein vorwurfsvoller Ausdruck in seinen Augen erscheint. Er sieht so verloren aus, dass es mir beinahe das Herz bricht.

»Ich bin hier.« Ich setze mich auf die Bettkante. »Ich bin hier«, sage ich noch einmal beschwichtigend und lege meine Hand auf seine Wange.

»Du warst weg!« Obwohl in seinen Augen immer noch die blanke Panik steht, scheint er sich ein klein wenig zu beruhigen.

»Ich habe mir nur etwas zu trinken geholt.«

Er schließt die Augen und fährt sich mit der Hand übers Gesicht. Als er sie wieder aufschlägt, liegt ein verzweifelter Ausdruck darin.

»Du bist hier. Gott sei Dank.« Er greift nach meiner Hand und zieht mich neben sich aufs Bett.

»Ich hatte doch nur Durst.«

Die Intensität seiner Angst ... Ich kann sie spüren. Sein T-Shirt ist schweißgetränkt, und ich spüre das Hämmern seines Herzens, als er mich in die Arme nimmt. Er mustert mich eindringlich, als müsste er sich rückversichern, dass ich auch wirklich hier bin. Zärtlich streichle ich sein Haar und seine Wange.

»Bitte, Christian, ich bin doch hier. Ich gehe nirgendwohin.«

»O Ana«, haucht er, umfasst mein Kinn und küsst mich.

Ich spüre die Begierde in ihm aufwallen und wie mein Körper instinktiv darauf reagiert, als wäre er perfekt auf ihn abgestimmt. Seine Lippen streichen über mein Ohr, über meinen Hals und zurück zu meinem Mund. Seine Zähne bekommen meine Unterlippe zu fassen und knabbern zärtlich daran, während seine Hand unter mein T-Shirt und über meine Hüften aufwärtswandert, über die Kurven, die Täler und die Hügel meines Körpers. Ein leiser Schauder erfasst mich. Ich stöhne auf, als seine Hand meine Brust findet und er die Finger um meine Brustwarze schließt.

»Ich will dich«, raunt er.

»Ich bin hier. Für dich. Nur für dich, Christian.«

Er küsst mich ein weiteres Mal, voller Leidenschaft und mit einer Eindringlichkeit und Verzweiflung, die ich noch nie an ihm erlebt habe. Ich zerre am Saum seines T-Shirts. Er zieht es sich über den Kopf, kniet sich zwischen meine Beine und streift mir hastig mein T-Shirt ab.

Ich sehe die Begierde in seinen Augen, die dunklen Geheimnisse, die nun ans Licht gekommen sind. Er umfasst mein Gesicht und küsst mich, während wir auf die Kissen zurücksinken. Er liegt halb auf mir, so dass ich seine Erektion an meiner Hüfte spüren kann. Er will mich, doch in diesem Moment höre ich wieder seine Worte; alles, was er über seine Mutter gesagt hat. Es ist, als hätte mir jemand einen Eimer kaltes Wasser über den Kopf gekippt. Scheiße. Ich kann das nicht. Nicht jetzt.

»Christian ... hör auf. Ich kann nicht«, flüstere ich und schiebe ihn von mir weg.

»Was? Was ist los?« Er streicht mit der Zungenspitze bis zu meinem Schüsselbein.

O Christian...

»Nein, bitte. Ich kann das nicht. Nicht jetzt. Ich brauche ein bisschen Zeit. Bitte.«

»Ana, bitte versuch, nicht alles zu Tode zu analysieren.« Er knabbert an meinem Ohrläppchen.

»Ah!« Seine Berührung durchzuckt mich wie ein Blitz, bis hinunter in meinen Unterleib, und mein Körper, dieser elende Verräter, wölbt sich ihm lustvoll entgegen. Was für ein Chaos.

»Ich bin noch genau derselbe wie vorher, Ana. Ich liebe dich, und ich brauche dich. Bitte, fass mich an. Bitte.« Er stupst mich mit der Nase an – eine unendlich rührende Geste, die mich prompt dahinschmelzen lässt.

Ihn berühren. Während wir miteinander schlafen. O Gott.

Er blickt auf mich herunter. Im düsteren Schein der Nachttischlampe erkenne ich, dass er wie gebannt auf meine Antwort wartet.

Ich strecke die Hand aus und berühre vorsichtig die feinen Härchen über seinem Brustbein. Er schnappt nach Luft und kneift die Augen zusammen, doch diesmal nehme ich meine Hand nicht weg, sondern lasse sie zu seinen Schultern hinaufwandern. Ich spüre, wie er unter der Berührung erbebt, ziehe ihn zu mir herab und lege beide Hände auf seine Schulterblätter. Sein mühsam unterdrücktes Stöhnen erregt mich mehr als alles andere.

Er birgt das Gesicht an meinem Hals und bedeckt ihn mit sanften Bissen, ehe er mich erneut zu küssen beginnt. Seine Zunge schiebt sich in meine Mundhöhle, seine Hände gleiten ein weiteres Mal über meinen Körper, dann arbeitet er sich langsam mit den Lippen nach unten ... immer weiter ... über meine Brüste, die er flüchtig liebkost. Die ganze Zeit über lasse ich die Hände auf seinen Schultern liegen, genieße das Spiel seiner Muskeln und die Weichheit seiner immer noch schweißfeuchten

Haut unter meinen Fingern. Seine Lippen schließen sich um meine Brustwarze und ziehen vorsichtig daran. Prompt richtet sie sich auf und reckt sich seinem kundigen Mund entgegen. Stöhnend fahre ich mit den Fingernägeln über seinen Rücken. Wieder schnappt er nach Luft und stößt ein mühsam unterdrücktes Ächzen aus.

»Herrgott, Ana«, presst er, halb schluchzend, halb keuchend, hervor. Ich spüre, wie mich die Worte tief im Herzen berühren, tief in meinem Innern, während sich sämtliche Muskeln in meinem Unterleib lustvoll zusammenziehen. Ich kann kaum glauben, welche Gefühle ich in ihm heraufbeschwören kann! Meine Atemzüge beschleunigen sich, passen sich seinem Atem an, der mit jeder Sekunde schwerer zu werden scheint.

Seine Hand fährt über meinen Bauch zu meinem Geschlecht – und dann sind seine Finger in mir. Ein Stöhnen dringt aus meinem Mund, als er sie zu bewegen beginnt und ich mich ihm entgegenrecke, um die Bewegungen willkommen zu heißen.

»Ana!«, raunt er, lässt mich unvermittelt los und setzt sich auf. Er streift seine Boxershorts ab und beugt sich zum Nachttisch, wo ein ungeöffnetes Kondompäckchen liegt. Seine Augen glühen, als er es mir reicht. »Willst du es wirklich? Du kannst immer noch Nein sagen. Das kannst du immer.«

»Gib mir gar nicht erst Gelegenheit zum Nachdenken, Christian. Ich will dich auch.« Mit den Zähnen reiße ich das Kondompäckchen auf, während er zwischen meinen Beinen kniet, und streife es mit zitternden Fingern über seine Erektion.

»Ruhig«, mahnt er. »Du bringst mich ja um, Ana.«

Er legt sich auf mich. In diesem Moment sind all meine Zweifel verschwunden, eingesperrt in den dunklen, beängstigenden Tiefen meines Bewusstseins. Ich bin wie verhext von diesem Mann. Meinem Mann. Christian. Unvermittelt dreht er sich um, so dass ich auf ihm liege. *Wow!*

»Du nimmst mich«, murmelt er mit einem animalischen Glitzern in den Augen.

Großer Gott. Ganz langsam lasse ich mich nach unten sinken und nehme ihn in mir auf. Er legt den Kopf in den Nacken und schließt die Augen. Ich ergreife seine Hände, während ich zusehe, wie ihn die Lust zu übermannen droht. Ich fühle mich wie eine Göttin. Ich beuge mich vor, küsse sein Kinn und fahre mit den Zähnen über seine Bartstoppeln. Er schmeckt göttlich. Er packt meine Hüften und beginnt, mich in einem langsamen, steten Rhythmus zu bewegen.

»Ana, fass mich an … bitte.«

Oh. Ich beuge mich vor und stütze mich mit beiden Händen auf seiner Brust ab.

Aus seiner Kehle dringt ein Schrei, beinahe ein Schluchzen, als er noch tiefer in mich eindringt.

»O Gott«, wimmere ich, streiche behutsam mit den Fingernägeln über seine Brust, durch die feinen Härchen. Wieder dreht er sich ohne Vorwarnung herum, so dass ich unter ihm liege.

»Genug«, stößt er mühsam hervor. »Nicht mehr … bitte.«

Ich lege meine Hände um sein Gesicht, spüre die dünne Schweißschicht auf seinen Wangen und ziehe ihn zu mir herab, um ihn zu küssen, dann schlinge ich die Arme um ihn.

Ein tiefes Grollen entringt sich seiner Kehle, als er noch tiefer in mich eindringt, immer weiter, doch es gelingt mir nicht, Erlösung zu finden – zu viel geht mir im Kopf herum, über ihn und all seine düsteren Geheimnisse.

»Lass los, Ana«, drängt er.

»Nein.«

»Doch«, grollt er, verlagert das Gewicht und fängt an, mit den Hüften zu kreisen.

Gütiger Gott.

»Los, Baby, ich brauche es. Gib es mir!«

In diesem Moment explodiere ich, umschlinge ihn mit aller Kraft, während er meinen Namen ruft und ebenfalls zum Höhepunkt kommt. Schließlich sackt er über mir zusammen und drückt mich mit seinem gesamten Körpergewicht in die Matratze.

Ich halte Christian in den Armen, sein Kopf ruht auf meiner Brust, während der Nachhall unserer Orgasmen allmählich verebbt. Müßig lasse ich meine Finger durch sein Haar gleiten und lausche seinen Atemzügen, die sich langsam wieder beruhigen.

»Verlass mich nicht. Niemals«, sagt er leise.

Ich verdrehe die Augen in der Gewissheit, dass er es nicht sehen kann.

»Ich weiß, dass du die Augen verdrehst«, murmelt er mit einem Anflug von Belustigung in der Stimme.

»Du kennst mich ziemlich gut.«

»Ich würde dich gern noch viel besser kennen.«

»Zurück zu dir, Grey. Worum ging es in deinem Albtraum?«

»Um das Übliche.«

»Erzähl es mir.«

Er versteift sich, ehe er einen erschöpften Seufzer ausstößt. »Ich bin etwa drei Jahre alt. Der Zuhälter der Crackhure ist wieder mal stinksauer auf mich. Er raucht eine Zigarette nach der anderen, und er findet keinen Aschenbecher.« Er hält inne, und ich erstarre. Ein eisiger Schauder überrieselt mich.

»Es hat sehr wehgetan«, fährt er fort. »Und genau an diesen Schmerz kann ich mich erinnern. Er verschafft mir diese Albträume. Und die Tatsache, dass sie nichts dagegen unternommen hat.«

O nein. Ich schlinge die Arme enger um ihn und halte ihn fest, während mich die Verzweiflung zu ersticken droht. Wie kann jemand einem Kind so etwas antun? Er hebt den Kopf und blickt mich aus seinen grauen Augen eindringlich an.

»Du bist nicht wie sie. Komm bloß nicht auf diese Idee. Bitte.«

Ich nicke. Gut zu wissen. Er lässt den Kopf wieder auf meine Brust sinken und fährt zu meinem Erstaunen fort.

»Manchmal liegt sie in meinem Traum nur auf dem Boden. In diesen Momenten glaube ich, dass sie schläft. Aber sie bewegt sich nicht. Überhaupt nicht mehr. Und ich habe Hunger. Schrecklichen Hunger.«

Großer Gott.

»Dann höre ich ein lautes Poltern, und er ist wieder da. Er schlägt auf mich ein und flucht fürchterlich wegen der Crackhure. Die Fäuste oder der Gürtel – die kamen bei ihm immer als Allererstes zum Einsatz.«

»Ist das der Grund, weshalb du nicht angefasst werden willst?«

»Es ist ziemlich kompliziert.« Er vergräbt das Gesicht zwischen meinen Brüsten und saugt tief den Geruch meiner Haut ein, so dass ich mich einen Moment lang nicht konzentrieren kann.

»Sag es mir«, verlange ich.

Er seufzt. »Sie hat mich nicht geliebt. Und ich habe mich selbst nicht geliebt. Die einzige Berührung, die ich kannte, waren … Schläge. Hier liegt die Ursache von allem. Aber Dr. Flynn kann das besser erklären als ich.«

»Hättest du etwas dagegen, wenn ich zu Dr. Flynn gehe?«

Er hebt den Kopf und sieht mich an. »Du bedeutest mir alles, Ana. Mein Antrag war vollkommen ernst gemeint. Wir können uns genauso gut besser kennen lernen, wenn wir verheiratet sind. Ich kann mich um dich kümmern. Und du dich um mich. Wir könnten auch Kinder bekommen, wenn du willst. Ich werde dir meine Welt zu Füßen legen, Anastasia. Ich will dich, mit Haut und Haaren, für immer. Bitte denk über meinen Vorschlag nach.«

»Das werde ich, Christian, ganz bestimmt.« *Kinder? Lieber Gott!* »Allerdings würde ich tatsächlich gern mit Dr. Flynn reden, wenn du nichts dagegen hast.«

»Alles, was du willst. Alles. Wann?«

»Am besten so schnell wie möglich.«

»Okay. Ich mache gleich morgen Früh einen Termin bei ihm aus.« Er sieht auf die Uhr. »Es ist schon sehr spät. Wir sollten ein bisschen schlafen.« Er dreht sich um, knipst das Licht aus und zieht mich wieder an sich.

Ich sehe auf den Wecker. Es ist Viertel vor vier. Mist.

Er legt von hinten die Arme um mich und küsst meinen Nacken. »Ich liebe dich, Ana Steele, und will dich an meiner Seite haben. Für immer. Und jetzt schlaf.«

Ich schließe die Augen.

Mühsam versuche ich, meine bleischweren Lider zu heben. Helles Morgenlicht durchflutet den Raum. Ich fühle mich, als würde ich schweben, als wären meine Arme und Beine nicht länger Teil meines Körpers. Christian hat sich wie eine Schlingpflanze um mich gewunden, und mir ist wie immer zu heiß. Der Wecker hat noch nicht geläutet. Es kann höchstens fünf Uhr sein. Ich entwinde mich seiner Umklammerung, woraufhin er etwas Unverständliches grummelt, und sehe auf den Wecker. Es ist Viertel vor neun.

O Scheiße, ich komme zu spät zur Arbeit. *Verdammt.* Ich springe aus dem Bett und stürze ins Bad. Keine vier Minuten später bin ich fertig geduscht.

Christian sitzt im Bett und sieht mit einer Mischung aus Belustigung und Argwohn zu, wie ich mich abtrockne und meine Sachen zusammensuche. Vielleicht wartet er ja darauf, dass ich mich zu den gestrigen Enthüllungen äußere. Aber dafür ist jetzt keine Zeit.

Ich betrachte die Klamotten in meiner Hand – schwarze Hose und eine schwarze Bluse. Sieht ziemlich nach Mrs. Robinson aus, aber mir bleibt keine Zeit mehr, etwas anderes zu suchen. Hastig ziehe ich einen schwarzen BH und ein Höschen an, in dem Wissen, dass er mich die ganze Zeit über beobachtet. Es nervt mich.

»Du siehst gut aus«, schnurrt er. »Du könntest dich ja krankmelden.« Er verzieht das Gesicht zu diesem verheerenden Grinsen, von dem er nur allzu gut weiß, dass es jedes Höschen feucht werden lässt. Herrgott, er ist so unglaublich verführerisch. Meine innere Göttin schürzt provozierend die Lippen.

»Nein, Christian, das geht nicht. Ich bin kein größenwahnsinniger CEO mit einem hinreißenden Lächeln, der kommen und gehen kann, wie es ihm gerade passt.«

»Ich würde gern kommen, wenn es mir gerade passt.« Er fährt sein Lächeln auf HD-IMAX-Qualität hoch.

»Christian!«, tadle ich ihn und werfe ihm mein Handtuch an den Kopf.

»Hinreißendes Lächeln, ja?«

»Ja. Du weißt genau, welche Wirkung du auf mich hast.« Ich lege meine Uhr an.

»Ach so?« Er blinzelt unschuldig.

»Ja. Dieselbe Wirkung wie auf alle anderen Frauen. Es wird allmählich langweilig, zusehen zu müssen, wie sie reihenweise vor dir in die Knie gehen.«

»Tatsächlich?« Er hebt eine Braue und sieht mich an.

»Spiel gefälligst nicht das Unschuldslamm, Grey, das passt nicht zu dir«, murmle ich abwesend, binde mir das Haar zusammen und schlüpfe in meine schwarzen High Heels. So, das muss genügen.

Als ich mich vorbeuge, um ihm einen Abschiedskuss zu geben, zieht er mich aufs Bett. Sein Haar ist ganz wirr vom Schlaf und unserem nächtlichen Abenteuer, und dieses Lächeln …

Ich bin müde und habe noch an den Ereignissen des gestrigen Tages zu knabbern, während er schon wieder so verdammt sexy aussieht – das blühende Leben, verdammt nochmal.

»Was kann ich tun, um dich zum Bleiben zu überreden?«, raunt er, und ich spüre, wie mein Herz schneller schlägt.

»Gar nichts.« Ich löse mich aus seiner Umarmung und setze mich auf. »Lass mich gehen.«

Er schmollt. Ich stehe auf und fahre grinsend die Konturen seiner perfekt geschwungenen Lippen nach. Mein Christian. Ich liebe ihn, obwohl ich niemanden kenne, der so verdammt abgefuckt ist wie er. Ich habe noch nicht einmal angefangen, mir Gedanken darüber zu machen, was gestern vorgefallen ist und wie ich deswegen empfinde.

Ich beuge mich vor, um ihn zu küssen. Er legt die Arme um mich und küsst mich voller Leidenschaft, ehe er mich mit einer abrupten Bewegung auf den Boden stellt. Atemlos stehe ich vor ihm.

»Taylor kann dich in den Verlag fahren. Das geht schneller, als wenn du erst einen Parkplatz suchen musst.«

Ich glaube, so etwas wie Erleichterung in seiner Stimme zu hören. Hatte er Angst, ich könnte es mir über Nacht anders überlegt haben? Dabei habe ich doch gestern Abend – besser gesagt, heute Morgen – bewiesen, dass ich nicht vorhabe, ihn zu verlassen.

»Okay. Danke«, sage ich mit einer Mischung aus Enttäuschung, seine Arme nicht länger um mich zu spüren, Verwirrung über seine Zögerlichkeit und Verärgerung, weil ich schon wieder nicht mit meinem neuen Saab zur Arbeit fahren kann. Aber natürlich hat er völlig Recht – es geht wesentlich schneller, wenn Taylor mich ins Büro bringt.

»Genießen Sie Ihren faulen Vormittag, Mr. Grey. Ich wünschte, ich könnte hierbleiben, aber der Mann, dem der Verlag gehört, in dem ich arbeite, würde es nicht gutheißen, wenn seine Mitarbeiter blaumachen, nur weil sie heißen Sex haben könnten.« Ich schnappe meine Handtasche.

»Ich persönlich habe keinerlei Zweifel, dass er es gutheißen würde, Miss Steele. Er könnte sogar darauf bestehen.«

»Wieso bleibst du eigentlich im Bett? Das sieht dir gar nicht ähnlich.«

Er kreuzt die Arme hinter dem Kopf und grinst. »Weil ich es kann, Miss Steele.«

Ich schüttle unwillig den Kopf. »Ciao, ciao, Baby.« Ich werfe ihm eine Kusshand zu und mache mich auf den Weg.

Taylor erwartet mich bereits, und ihm scheint bewusst zu sein, dass ich spät dran bin, denn er fährt im Höllentempo durch die Stadt. Ich bin heilfroh, als er um Viertel nach neun vor dem Verlagsgebäude anhält – zum einen, weil ich die Fahrt lebend überstanden habe, zum anderen, weil sich meine Verspätung mit einer Viertelstunde halbwegs im Rahmen hält.

»Danke, Taylor«, murmle ich und stelle fest, dass ich leichenblass bin. Mir fällt wieder ein, dass Taylor früher unter anderem Panzer gefahren ist. Vielleicht blickt er ja auch auf eine Karriere in der Formel 1 zurück.

»Ana.« Er nickt mir zum Abschied zu, während ich bereits davonstürme. Erst als ich am Empfang vorbeikomme, wird mir bewusst, dass er sich scheinbar mittlerweile überwinden kann, mich nicht länger Miss Steele zu nennen. Ich muss lächeln.

Claire grinst mich an, als ich an ihr vorbei zu meinem Schreibtisch haste.

»Ana!«, ruft Jack. »Sofort in mein Büro!«

O Scheiße!

»Was glauben Sie eigentlich, wie spät es ist?«, schnauzt er mich an.

»Tut mir leid, ich habe verschlafen.« Ich laufe dunkelrot an.

»Sehen Sie zu, dass das nicht noch einmal vorkommt. Bringen Sie mir einen Kaffee, und dann brauche ich Sie. Es müssen etliche Briefe geschrieben werden. Los, los!«, schreit er. Ich zucke vor Schreck zusammen.

Wieso ist er so sauer? Was hat der Mann für ein Problem? Was habe ich ihm getan? Ich eile in die Küche. Vielleicht hätte ich ja doch lieber blaumachen sollen. Ich hätte mit Christian ein paar heiße Stunden verbringen, mit ihm frühstücken oder auch bloß reden können … mal etwas ganz anderes zur Abwechslung.

Jack nimmt mich kaum zur Kenntnis, als ich ihm den Kaffee serviere. Stattdessen drückt er mir ein mit einer nahezu unleserlichen Handschrift vollgekritzeltes Blatt Papier in die Hand.

»Tippen Sie diesen Brief hier ab, legen Sie ihn mir zur Unterschrift vor, und dann schicken Sie ihn an sämtliche Autoren.«

»Ja, Jack.«

Er sieht nicht einmal auf, als ich sein Büro verlasse. Junge, Junge, der ist vielleicht sauer.

Erleichtert lasse ich mich auf meinen Schreibtischstuhl fallen, trinke einen Schluck Tee und fahre meinen Computer hoch. Eine Mail von Christian ist im Posteingang.

Von: Christian Grey
Betreff: Du fehlst mir
Datum: 15. Juni 2011, 09:05 Uhr
An: Anastasia Steele

Bitte benutz deinen BlackBerry.

x

CHRISTIAN GREY
CEO, Grey Enterprises Holdings, Inc.

Von: Anastasia Steele
Betreff: Der eine kann, der andere nicht
Datum: 15. Juni 2011, 09:27 Uhr
An: Christian Grey

Mein Boss ist stocksauer.
Und du bist schuld daran, weil du mich mit deinem … Schabernack am Schlafen gehindert hast.
Du solltest dich schämen.

ANASTASIA STEELE
Assistentin des Cheflektors, SIP

Von: Christian Grey
Betreff: Schaber-was?
Datum: 15. Juni 2011, 09:32 Uhr
An: Anastasia Steele

Du brauchst nicht zu arbeiten, Anastasia.
Du hast ja keine Ahnung, wie entsetzt ich über meinen Schabernack bin.

Aber ich stehe drauf, dich nachts vom Schlafen abzuhalten. ☺

Bitte benutz deinen BlackBerry.

Oh, und bitte heirate mich.

CHRISTIAN GREY
CEO, Grey Enterprises Holdings, Inc.

Von: Anastasia Steele
Betreff: Lebensunterhalt
Datum: 15. Juni 2011, 09:35 Uhr
An: Christian Grey

Mir ist deine Neigung, andere unter Druck zu setzen, durchaus bekannt, aber hör jetzt auf damit.

Ich muss mit deinem Therapeuten reden.

Erst dann bekommst du meine Antwort.

Außerdem habe ich nichts gegen eine wilde Ehe einzuwenden.

ANASTASIA STEELE
Assistentin des Cheflektors, SIP

Von: Christian Grey
Betreff: BLACKBERRY
Datum: 15. Juni 2011, 09:40 Uhr
An: Anastasia Steele

Wenn du anfängst, über Dr. Flynn zu reden, dann nimm gefälligst den BlackBerry.

Das ist keine Bitte.

CHRISTIAN GREY
CEO, Grey Enterprises Holdings, Inc.

O Scheiße. Jetzt ist er auch noch sauer auf mich. Tja, von mir aus kann er gern noch eine Weile schmoren. Ich ziehe den BlackBerry aus der Tasche und beäuge ihn skeptisch. In diesem Moment läutet er. Kann er mich nicht ein einziges Mal in Ruhe lassen?

»Ja«, blaffe ich hinein.

»Ana, hi …«

»José! Wie geht's?« Es ist so schön, seine Stimme zu hören.

»Mir geht's gut, Ana. Bist du immer noch mit diesem Grey zusammen?«

»Äh, ja … wieso?« Worauf will er hinaus?

»Na ja, er hat bei der Vernissage schließlich alle deine Fotos gekauft. Die Ausstellung läuft nur noch bis Donnerstag, deshalb dachte ich mir, ich könnte sie vielleicht am Freitag vorbeibringen. Bei der Gelegenheit könnten wir etwas trinken gehen. Ehrlich gesagt, habe ich darauf spekuliert, bei dir zu übernachten.«

»José, das wäre absolut cool. Ja, das sollten wir hinkriegen. Ich frage Christian und melde mich bei dir, okay?«

»Cool. Dann warte ich also auf deinen Rückruf. Bis dann, Ana.«

»Bis dann.« Er legt auf.

O Mann, seit der Vernissage habe ich José weder gesehen noch etwas von ihm gehört. Ich habe ihn noch nicht einmal gefragt, ob noch mehr seiner Fotos verkauft worden sind. Eine schöne Freundin bin ich.

Das heißt, ich könnte mit José am Freitag etwas unternehmen. Wie wird Christian darauf reagieren? Mir wird erst bewusst, dass ich auf der Lippe kaue, als es wehtut. Mir ist völlig klar, dass er mit zweierlei Maß misst. Er darf – allein bei dem Gedanken erschaudere ich – seine komplett durchgeknallte Exgeliebte baden, wohingegen ich wahrscheinlich einen Riesenärger kriege, nur weil ich mit José etwas trinken gehen will. Was soll ich tun?

»Ana!« Jacks Stimme reißt mich aus meinen Grübeleien. Ist er immer noch sauer? »Wo ist dieser Brief?«

»Äh … kommt schon!« Mist, welche Laus ist dem bloß über die Leber gelaufen?

Ich tippe den Brief in Turbogeschwindigkeit herunter, drucke ihn aus und mache mich angespannt auf den Weg in Jacks Büro.

»Hier.« Ich lege ihn auf seinen Schreibtisch und wende mich

zum Gehen, während Jack ihn bereits einer kritischen Prüfung unterzieht.

»Ich weiß ja nicht, was Sie die ganze Zeit so treiben, aber ich bezahle Sie jedenfalls fürs Arbeiten«, bellt er.

»Das ist mir bewusst, Jack«, murmle ich entschuldigend und spüre, wie sich eine leise Röte auf meinem Gesicht ausbreitet.

»Das Ding ist voller Fehler«, fährt er mich an. »Den schreiben Sie gleich noch einmal.«

Verdammt. Allmählich hört er sich an wie jemand, den ich gut kenne, mit einem Unterschied: Mit Christians Übellaunigkeit kann ich inzwischen einigermaßen gut umgehen, wohingegen Jack anfängt, mir allmählich auf den Keks zu gehen.

»Und bringen Sie mir gleich noch einen Kaffee, wenn Sie schon dabei sind.«

»Entschuldigung.« Ich flüchte so schnell, wie ich nur kann, aus seinem Büro.

Der Typ ist die reinste Pest. Ich setze mich wieder an meinen Schreibtisch, korrigiere die zwei Fehler und lese den Brief noch einmal sorgfältig durch, bevor ich ihn ausdrucke. Jetzt ist er perfekt. Dann hole ich Jack einen frischen Kaffee und signalisiere Claire mit einem Augenrollen, dass ich bis zum Anschlag in der Scheiße stecke. Mit einem tiefen Atemzug mache ich mich auf den Weg in sein Büro.

»Schon besser«, grummelt er widerstrebend, als er seine Unterschrift unter den Brief setzt. »Kopieren Sie ihn und schicken ihn an sämtliche Autoren. Das Original kommt in die Ablage. Verstanden?«

»Ja.« Ich bin schließlich nicht dämlich. »Stimmt etwas nicht, Jack?«

Er hebt den Kopf. Seine blauen Augen verdunkeln sich, als er mich von Kopf bis Fuß mustert. Mir wird eiskalt.

»Nein«, antwortet er mit unüberhörbarer Verächtlichkeit. Einen kurzen Moment stehe ich da wie eine Idiotin – obwohl ich gerade behauptet habe, ich sei nicht dämlich. Eilig trete ich den Rückzug an. Vielleicht leidet ja auch er an einer Persönlichkeitsstörung. Liebe Güte, ist hier irgendwo ein Nest? Ich mache mich auf den Weg zum Kopierer, der – logisch – einen Papierstau hat. Und als ich ihn behoben habe, ist das Papierfach leer. Heute ist definitiv nicht mein Tag.

Als ich endlich wieder am Schreibtisch sitze und die Briefe in die Umschläge stecke, summt mein BlackBerry. Ich sehe durch die Glasscheibe, dass Jack telefoniert, und gehe ran – es ist Ethan.

»Hi, Ana. Wie ist es gestern Abend gelaufen?«

Gestern Abend. Eine Abfolge von Bildern flammt vor meinem geistigen Auge auf – Christian vor mir auf den Knien, sein großes Geständnis, sein Heiratsantrag, Makkaroni mit Käse, mein Heulkrampf, sein Albtraum, der Sex, meine Berührungen, die er zugelassen hat …

»Äh … gut«, erwidere ich wenig überzeugend.

Ethan schweigt, ehe er offenbar beschließt, meine Lüge für bare Münze zu nehmen. »Cool. Kann ich vorbeikommen und die Schlüssel abholen?«

»Klar.«

»Ich wäre etwa in einer halben Stunde da. Hast du Zeit für einen Kaffee, was meinst du?«

»Nein, heute leider nicht. Ich bin zu spät gekommen, und mein Boss ist wie ein zorniger Bär, der mit der Nase in einen Bienenstock gefallen ist.«

»Klingt fies.«

»Klingt fies und sieht hässlich aus«, kichere ich.

Ethan lacht, und meine Stimmung bessert sich ein klein wenig. »Okay. Bis später.« Er legt auf.

Ich hebe den Kopf und sehe Jack, der mich schon wieder vernichtend anstarrt. O Scheiße. Ich ignoriere ihn geflissentlich und stecke weiter die Briefe in die Umschläge.

Eine halbe Stunde später läutet das Telefon auf meinem Schreibtisch. Claire ist dran. »Er ist wieder da, vorn am Empfang. Der blonde Gott.«

Nach all dem Horror von gestern und Jacks mieser Laune, mit der er mir das Leben schwer macht, ist es eine echte Wohltat, Ethan zu sehen, allerdings verabschiedet er sich leider viel zu schnell.

»Sehen wir uns heute Abend?«, fragt er.

»Ich übernachte wahrscheinlich bei Christian.« Ich werde rot.

»Dich hat es ja ganz schön erwischt«, bemerkt Ethan gutmütig.

Ich zucke mit den Achseln. Das trifft es nicht einmal ansatzweise. Mit einem Mal wird mir bewusst, dass es mich nicht nur »ganz schön erwischt« hat. Vielmehr geht es ums Ganze, um alles oder nichts. Und erstaunlicherweise scheint Christian genauso zu empfinden. Ethan drückt mich flüchtig an sich.

»Ciao, ciao, Ana.«

Ich kehre an meinen Schreibtisch zurück, während meine Gedanken unablässig um die Erkenntnis kreisen, die ich soeben gewonnen habe. Oh, was würde ich darum geben, einen Tag für mich allein zu haben und in Ruhe über alles nachdenken zu können.

»Wo haben Sie gesteckt?« Ich sehe auf.

Jack hat sich vor meinem Schreibtisch aufgebaut.

»Ich hatte etwas am Empfang zu erledigen«, antworte ich. Allmählich geht mir der Typ ernsthaft auf die Nerven.

»Ich will mein Mittagessen. Das Übliche«, befiehlt er und stapft davon.

Wieso bin ich nicht zuhause bei Christian geblieben? Meine innere Göttin kreuzt die Arme vor der Brust und schürzt die Lippen – auf diese Frage hätte sie auch gern eine Antwort. Ich schnappe meine Handtasche und den Blackberry und gehe zur Tür. Auf dem Weg nach draußen checke ich meine Nachrichten.

Von: Christian Grey
Betreff: Du fehlst mir
Datum: 15. Juni 2011, 09:06 Uhr
An: Anastasia Steele

Mein Bett ist viel zu groß ohne dich.
Sieht so aus, als müsste ich wohl doch zur Arbeit.
Selbst größenwahnsinnige CEOs müssen sich ab und zu mal beschäftigen.

x

CHRISTIAN GREY
Däumchendrehender CEO, Grey Enterprises Holdings, Inc.

Später hat er mir noch eine zweite Mail geschickt.

Von: Christian Grey
Betreff: Vorsicht ...
Datum: 15. Juni 2011, 09:50 Uhr
An: Anastasia Steele

... ist die Mutter der Porzellankiste.
Bitte achte darauf ... deine Mails in der Arbeit werden überwacht.
WIE OFT MUSS ICH DIR DAS NOCH SAGEN?
Ja. Genau. Befehle in Großbuchstaben, wie du es so gern nennst. BENUTZ DEN BLACKBERRY!
Dr. Flynn hat für morgen Abend einen Termin für uns.

x

CHRISTIAN GREY
Immer noch wütender CEO, Grey Enterprises Holdings, Inc.

Und noch eine ... oje.

Von: Christian Grey
Betreff: Hallo
Datum: 15. Juni 2011, 12:15 Uhr
An: Anastasia Steele

Ich habe nichts von dir gehört.
Bitte sag mir, dass alles in Ordnung ist.
Du weißt, dass ich mir Sorgen mache.
Ich werde Taylor vorbeischicken, damit er nach dem Rechten
sieht!

x

CHRISTIAN GREY
Überbesorgter CEO, Grey Enterprises Holdings, Inc.

Ich verdrehe die Augen und rufe ihn an. Ich will nicht, dass er
sich Sorgen macht.

»Andrea Parker, Apparat von Christian Grey.«

Oh. Ich bin so perplex, nicht Christian am Apparat zu haben,
dass ich unter der Markise des Delis abrupt stehen bleibe und
um ein Haar von einem jungen Mann angerempelt werde, der
leise vor sich hin schimpft.

»Hallo? Kann ich Ihnen helfen?«, fragt Andrea in die verle-
gene Stille hinein.

»Tut mir leid ... Äh, ich wollte eigentlich Christian sprechen.«

»Mr. Grey ist im Moment in einem Meeting«, erklärt sie im
perfekten Sekretärinnentonfall. »Kann ich ihm etwas ausrichten?«

»Könnten Sie ihm sagen, Ana hätte angerufen?«

»Ana? Anastasia Steele?«

»Äh ... ja«, antworte ich verwirrt.

»Bitte bleiben Sie kurz dran, Miss Steele.«

Ich lausche angestrengt, kann aber nicht hören, was im Hintergrund gesprochen wird. Sekunden später ist Christian am
Apparat. »Geht es dir gut?«

»Ja.«

Ich höre, wie er seinen angehaltenen Atem entweichen lässt.

»Christian, wieso sollte es mir nicht gut gehen?«, frage ich.

»Normalerweise antwortest du immer sofort auf meine Mails. Nach allem, was ich dir gestern erzählt habe, war ich eben besorgt«, antwortet er leise. »Nein, Andrea, sagen Sie ihnen, sie sollen warten«, befiehlt er barsch. Oh, diesen Ton kenne ich nur allzu gut.

Andreas Erwiderung kann ich allerdings nicht hören.

»Nein, ich sagte, sie sollen warten!«, blafft er.

»Christian, du bist offensichtlich beschäftigt. Ich habe nur angerufen, um dir zu sagen, dass es mir gut geht. Ganz ehrlich, heute geht es ziemlich turbulent zu. Jack lässt ordentlich die Peitsche knallen … Äh, ich meine …« Ich halte inne.

»Er lässt die Peitsche knallen, ja? Es gab eine Zeit, in der ich ihn als Glückspilz bezeichnet hätte«, gibt er trocken zurück.

»Lass dich von ihm nicht niedermachen. Immer schön oben bleiben, Baby.«

»Christian!« Ich sehe sein freches Grinsen förmlich vor mir.

»Behalt ihn einfach im Auge, mehr nicht. Ich bin wirklich froh, dass alles in Ordnung ist. Um wie viel Uhr soll ich dich abholen?«

»Ich schicke dir eine Mail.«

»Von deinem BlackBerry«, erklärt er streng.

»Ja, Sir!«

»Ciao, ciao, Baby.«

»Bis dann.«

Er ist immer noch dran.

»Leg auf«, schimpfe ich lächelnd.

Er stößt einen tiefen Seufzer aus. »Ich wünschte, du wärst heute Morgen gar nicht erst zur Arbeit gegangen.«

»Ich auch. Aber jetzt muss ich los. Los, leg auf.«

»Leg du auf.« Wieder höre ich ihn durch die Leitung lächeln. O Christian. Ich liebe es, wenn er so gut gelaunt und unbeschwert ist … Hm. Ich liebe ihn. Punkt.

»Das hatten wir doch schon mal.«

»Du knabberst schon wieder an deiner Lippe.«

Mist, er hat Recht. Woher weiß er das bloß?

»Du glaubst, ich würde dich nicht kennen, Anastasia. Dabei kenne ich dich besser, als du glaubst«, raunt er mit so verführerischer Stimme, dass ich ganz schwach werde. Und feucht.

»Wir reden später, Christian. Fest steht, dass ich mir im Moment genauso wünsche, ich wäre heute Morgen nicht ins Büro gegangen.«

»Ich erwarte freudig Ihre Mail, Miss Steele.«

»Schönen Tag noch, Mr. Grey.«

Ich lege auf und lasse mich gegen die kalte Fensterfront des Delis sinken. Meine Güte, selbst durchs Telefon hat er noch Macht über mich. Kopfschüttelnd verscheuche ich jeden Gedanken an Mr. Grey und betrete das Deli und registriere, wie mich überaus unschöne Gedanken an Mr. Hyde heimsuchen.

Der empfängt mich mit finsterer Miene, als ich mit seinem Mittagessen ins Büro zurückkehre.

»Ist es okay, wenn ich jetzt Mittagspause mache?«, frage ich vorsichtig.

Seine Miene verfinstert sich noch mehr.

»Wenn es sein muss«, schnauzt er mich an. »Eine Dreiviertelstunde. Die Verspätung von heute Morgen muss abgearbeitet werden.«

»Jack, könnte ich Sie etwas fragen?«

»Was denn?«

»Sie sind heute so anders als sonst. Habe ich Sie auf irgendeine Art und Weise verärgert?«

Er mustert mich einen Moment lang. »Ich bin jetzt nicht in der Stimmung, Ihre Verfehlungen aufzuzählen. Ich habe zu tun.« Er starrt wieder auf seinen Bildschirm – ein überdeutliches Zeichen, dass ich entlassen bin.

Holla ... Was habe ich ihm denn getan?

Ich mache kehrt und verlasse sein Büro. Einen Augenblick lang habe ich Angst, dass ich gleich in Tränen ausbrechen werde. Wieso hat er urplötzlich eine derartige Aversion gegen mich entwickelt? Ein höchst unerfreulicher Gedanke kommt mir in den Sinn, den ich jedoch eilig verdränge – das kann ich jetzt nicht auch noch gebrauchen; ich habe schon mehr als genug Ärger am Hals.

Ich gehe in den nächsten Starbucks, suche mir mit meinem Caffè Latte in der Hand einen Fensterplatz und ziehe meinen iPod heraus. Bei guter Musik kann ich besser nachdenken.

Meine Gedanken beginnen zu schweifen. Christian, der Sadist. Christian, der Sub. Christian, den niemand berühren darf. Christians ödipale Impulse. Christian, der Leila badet. Stöhnend schließe ich die Augen.

Kann ich diesen Mann allen Ernstes heiraten? Er ist so kompliziert und anstrengend, aber tief in meinem Innern weiß ich, dass ich ihn trotz all seiner Probleme nicht verlassen kann. Niemals. Ich liebe ihn. Ihn zu verlassen, wäre so, als würde ich mir den rechten Arm abhacken.

Noch nie in meinem Leben habe ich mich so lebendig, so vital gefühlt. Ich habe eine ganze Palette an erstaunlichen Gefühlen in mir entdeckt und neue Erfahrungen gemacht. In Christians Gegenwart ist Langeweile ein Fremdwort.

Aus heutiger Sicht erscheint mir mein früheres Leben wie eine Welt in tristem Schwarz-Weiß, so wie Josés Fotos, während sie heute in satten, bunten Farben leuchtet. Es ist, als strebte ich einem hellen, strahlenden Licht entgegen – Christian. Als wäre ich immer noch Ikarus, der der Sonne gefährlich nahe kommt. Ich schnaube. Mit Christian fliegen – wer könnte schon einem Mann widerstehen, der fliegen kann?

Kann ich mich von ihm trennen? Will ich es überhaupt?

Immerhin habe ich durch ihn in den wenigen Wochen mehr über mich selbst erfahren als in meinem gesamten bisherigen Leben. Ich habe meinen Körper kennen gelernt, meine Hard Limits, meine Soft Limits, die Grenzen meiner Toleranz, meiner Geduld, meines Mitgefühls und meiner Fähigkeit, einen anderen Menschen zu lieben.

In diesem Augenblick trifft es mich wie ein Blitz. Genau das ist es, was er von mir braucht. Und was ihm zusteht – bedingungslose Liebe. Liebe, die er von der Crackhure nie bekommen hat. Aber kann ich ihn bedingungslos lieben? Kann ich ihn trotz allem, was ich seit gestern Abend über ihn weiß, als den Menschen akzeptieren, der er ist?

Ich weiß, dass er Probleme hat, aber er scheint kein hoffnungsloser Fall zu sein. Mir fällt wieder ein, was Taylor kürzlich über ihn gesagt hat. *»Er ist ein guter Mann, Miss Steele.«*

Die Beweise dafür habe ich mit eigenen Augen gesehen – in seiner Wohltätigkeitsarbeit, seinen ethischen Geschäftspraktiken, seiner Großzügigkeit –, aber er sieht all das nicht. In seinen Augen verdient er es nicht, geliebt zu werden. Seine Herkunft und seine Vorlieben lassen das Ausmaß seines Selbsthasses ahnen. Deshalb hat er nie jemanden an sich herangelassen. *Aber kann ich mit all dem leben?*

Irgendwann einmal hat er zu mir gesagt, ich könne mir nicht einmal ansatzweise vorstellen, wie weit seine Verdorbenheit reiche. Tja, jetzt weiß ich es, und wenn man bedenkt, unter welchen Umständen er seine ersten Lebensjahre verbracht hat, ist es auch kein Wunder … Obwohl es trotzdem ein Schock war, es aus seinem Mund zu hören. Wenigstens hat er es mir gestanden; und nun, da sein Geheimnis gelüftet ist, scheint er glücklicher und gelöster zu sein. Ich weiß alles.

Aber schmälert dieses Wissen meine Liebe zu ihm? Nein, ich glaube nicht. Er hat noch nie so für einen anderen Menschen empfunden und ich ebenso wenig. Es ist unglaublich, welchen Weg wir schon jetzt zurückgelegt haben.

Tränen brennen in meinen Augen, als ich daran denke, wie gestern Abend die letzten Schutzwälle gefallen sind, indem er mir erlaubt hat, ihn zu berühren. Und verblüffenderweise musste zuerst eine Leila mit all ihrer Verrücktheit kommen, um diesen Sinneswandel auszulösen.

Vielleicht sollte ich ihr ja dankbar sein. Inzwischen hat das Wissen, dass er sie gebadet hat, ein klein wenig von seiner Bitterkeit verloren. Was er ihr wohl zum Anziehen gegeben hat? Hoffentlich nicht das pflaumenblaue Kleid, das ich so gern mag.

Kann ich diesen Mann trotz all der Probleme, die er mit sich herumschleppt, wirklich bedingungslos lieben? Denn genau das verdient er, und keinen Deut weniger. Natürlich muss er lernen, Grenzen zu respektieren und seinen ständigen Kontrollzwang im Zaum zu halten. Er behauptet, er verspüre nicht länger den Drang, mir wehzutun. Vielleicht kann Dr. Flynn ja Licht ins Dunkel bringen, was diesen Punkt angeht.

Im Grunde bereitet mir das am meisten Kopfzerbrechen – dass er es braucht und bisher immer irgendeine verwandte Seele gefunden hat, die genau dieselben Bedürfnisse hatte. Ich runzle die Stirn. Ja, ich brauche die Bestätigung von Dr. Flynn. Ich will Christians Ein und Alles sein, denn genau das ist er auch für mich.

Ich hoffe inbrünstig, dass Dr. Flynn mir die Antworten auf all die Fragen geben kann, die mir im Kopf herumgehen. Vielleicht kann ich, wenn sie erst einmal beantwortet sind, Christians Antrag annehmen und gemeinsam mit ihm unser kleines Stückchen vom Himmel finden, ganz dicht neben der Sonne.

Ich blicke auf das geschäftige Treiben hinaus. Mrs. Christian Grey – wer hätte das gedacht? Ich sehe auf meine Uhr. *O Scheiße!* Ich habe fast eine Stunde hier gesessen. Wo um alles in der Welt ist die Zeit geblieben? Jack wird vor Wut toben.

Verstohlen pirsche ich mich an meinen Schreibtisch zurück. Zum Glück ist von Jack weit und breit nichts zu sehen. Vielleicht bin ich ja noch einmal mit einem blauen Auge davongekommen. Ich starre auf meinen Bildschirm und versuche, meine Gedanken wieder auf Arbeitsmodus zu trimmen.

»Wo haben Sie gesteckt?«

Ich fahre vor Schreck zusammen. Jack steht mit vor der Brust gekreuzten Armen hinter mir.

»Im Keller. Kopieren«, lüge ich.

Jack presst die Lippen zu einer schmalen Linie zusammen.

»Ich muss um halb sieben zum Flughafen. Bis dahin brauche ich Sie hier.«

»Okay.« Ich lächle ihn so zuckersüß an, wie ich nur kann.

»Ich will meine Termine für New York ausgedruckt und zehn Mal fotokopiert haben. Und sorgen Sie dafür, dass die Broschüren verpackt werden. Und holen Sie mir einen Kaffee!«, knurrt er und marschiert in sein Büro zurück.

Ich stoße einen erleichterten Seufzer aus und strecke ihm die Zunge heraus. Elender Mistkerl!

Um vier Uhr nachmittags ruft Claire vom Empfang an.

»Ich habe eine Mia Grey in der Leitung.«

Mia? Ich hoffe bloß, sie will mich nicht zu einem Bummel durchs Einkaufszentrum überreden.

»Hi, Mia!«

»Ana, hi. Wie geht's?«

Ihre quirlige Lebendigkeit erdrückt mich fast.

»Gut. Allerdings ziemlich viel zu tun. Und du?«

»Mir ist sterbenslangweilig! Ich brauche irgendeine Beschäftigung, deshalb habe ich mir überlegt, für Christian eine Geburtstagsparty zu schmeißen.«

Christian hat Geburtstag? Meine Güte, das wusste ich ja gar nicht. »Wann hat er denn?«

»Ich *wusste* es. Natürlich hat er dir kein Wort verraten. Am Samstag. Mom und Dad wollen, dass alle zum Essen vorbeikommen. Ich lade dich hiermit offiziell ein.«

»Oh, wie nett von dir. Danke, Mia.«

»Ich habe Christian angerufen. Er hat mir deine Nummer gegeben.«

»Cool.« Meine Gedanken überschlagen sich – was soll ich ihm nur schenken? Was kauft man einem Mann, der schon alles hat?

»Und vielleicht könnten wir uns ja nächste Woche mal zum Mittagessen treffen.«

»Klar. Wie wär's gleich morgen? Mein Boss ist in New York.«

»Oh, das wäre klasse. Um wie viel Uhr?«

»Sagen wir um Viertel vor eins?«

»Ich komme dich abholen. Bis dann, Ana.«

»Bis dann.« Ich lege auf.

Christian. Geburtstag. Am Samstag. Was zum Teufel könnte ich ihm schenken?

Von: Anastasia Steele
Betreff: Vorsintflutlich
Datum: 15. Juni 2011, 16:11 Uhr
An: Christian Grey

Sehr geehrter Mr. Grey,
wann genau wollten Sie es mir verraten?
Was soll ich dem alten Mann an meiner Seite zum Geburtstag schenken?
Vielleicht einen Satz frischer Batterien für sein Hörgerät?
  A x

ANASTASIA STEELE
Assistentin des Cheflektors, SIP

Von: Christian Grey
Betreff: Prähistorisch
Datum: 15. Juni 2011, 16:20 Uhr
An: Anastasia Steele

Machen Sie sich gefälligst nicht über ältere Mitmenschen lustig.
Schön, zu hören, dass Sie in gewohnter Hochform sind.
Mia hat sich also bereits gemeldet.
Batterien sind immer eine gute Idee.
Ich feiere meinen Geburtstag nicht gern.

x

CHRISTIAN GREY
Stocktauber CEO, Grey Enterprises Holdings, Inc.

Von: Anastasia Steele
Betreff: Hm
Datum: 15. Juni 2011, 16:24 Uhr
An: Christian Grey

Sehr geehrter Mr. Grey,
ich sehe Sie förmlich schmollen, als Sie den letzten Satz geschrieben haben.
Das bleibt nicht ohne Wirkung.

A xox

ANASTASIA STEELE
Assistentin des Cheflektors, SIP

Von: Christian Grey
Betreff: Verdrehte Augen
Datum: 15. Juni 2011, 16:29 Uhr
An: Anastasia Steele

Miss Steele,
BENUTZEN SIE JETZT ENDLICH IHREN BLACKBERRY!!!!
　　x

CHRISTIAN GREY
CEO (den die Hand schon wieder juckt), Grey Enterprises Holdings, Inc.

Ich verdrehe die Augen. Wieso ist er neuerdings wegen der Mails bloß so empfindlich?

Von: Anastasia Steele
Betreff: Inspiration
Datum: 15. Juni 2011, 16:33 Uhr
An: Christian Grey

Sehr geehrter Mr. Grey,
ah, das Jucken in den Händen lässt wohl nie für längere Zeit nach, was?
Was Dr. Flynn wohl dazu sagen würde?
Aber jetzt weiß ich endlich, was ich Ihnen zum Geburtstag schenken werde – und ich hoffe, ich werde wund davon ...
　　☺
　　A

ANASTASIA STEELE
Assistentin des Cheflektors, SIP

Von: Christian Grey
Betreff: Angina Pectoris
Datum: 15. Juni 2011, 16:38 Uhr
An: Anastasia Steele

Miss Steele,
ich fürchte, mein Herz hält der Belastung einer weiteren Mail
dieser Art nicht stand. Und meine Hose wahrscheinlich auch
nicht.
Benehmen Sie sich gefälligst.

x

CHRISTIAN GREY
CEO, Grey Enterprises Holdings, Inc.

Von: Anastasia Steele
Betreff: Anstrengungen
Datum: 15. Juni 2011, 16:42 Uhr
An: Christian Grey

Christian,
ich versuche, hier meine Arbeit zu erledigen, damit mein
nerviger Boss mit mir zufrieden ist.
Bitte hör auf, mich zu belästigen. Als ich deine letzte Mail
gelesen habe, wäre ich beinahe explodiert.

x

PS: Kannst du mich um halb sieben abholen?

Von: Christian Grey
Betreff: Natürlich hole ich dich ab
Datum: 15. Juni 2011, 16:47 Uhr
An: Anastasia Steele

Nichts würde mir größere Freude bereiten.
Na ja, ich kann mir durchaus einiges vorstellen, was mir eine

noch größere Freude bereiten würde, und in sämtlichen Szenarien spielst du die Hauptrolle.

x

CHRISTIAN GREY
CEO, Grey Enterprises Holdings, Inc.

Ich laufe rot an und schüttle den Kopf. Mailgeplänkel ist eine tolle Sache, trotzdem müssen wir uns dringend unterhalten. Vielleicht wenn wir erst einmal bei Dr. Flynn waren. Ich setze mich wieder an meinen sterbenslangweiligen Kontenabgleich.

Um Viertel nach sechs ist das Büro verwaist. Jacks Reiseunterlagen sind vorbereitet, sein Taxi zum Flughafen ist reserviert, und ich muss ihm nur noch alles in die Hand drücken. Besorgt sehe ich durch die Glasscheibe zu ihm hinüber, doch er ist immer noch am Telefon, und ich will ihn nicht unterbrechen – nicht solange er in dieser miesen Stimmung ist.

Während ich darauf warte, dass er endlich auflegt, wird mir bewusst, dass ich noch nichts gegessen habe. Verdammt, das gibt bestimmt Ärger mit Christian.

Eilig laufe ich in die Küche, um nachzusehen, ob ich irgendwo ein paar Kekse finde.

Gerade als ich die Gemeinschaftsdose aus dem Regal nehme, steht Jack im Türrahmen. Ich fahre zusammen.

Oh, was will er denn hier?

Er starrt mich an. »Tja, Ana, ich denke, jetzt wäre ein guter Zeitpunkt, um über Ihre Verfehlungen zu sprechen.« Er tritt ein und schließt die Tür hinter sich.

Mein Mund fühlt sich mit einem Mal staubtrocken an, und sämtliche Alarmglocken in meinem Kopf schrillen.

Verdammt!

Er verzieht die Lippen zu einem grotesken Grinsen, und seine Augen glitzern in einem dunklen Kobaltblau. »Endlich habe ich

Sie ganz für mich allein.« Er fährt sich genüsslich mit der Zunge über die Lippen.

Wie bitte?

»Also, Sie sind jetzt ein braves Mädchen und hören mir ganz genau zu, verstanden?«

SECHZEHN

Die blanke Angst packt mich. Was wird das? Was will er von mir? Irgendwo in den Tiefen meines Innern finde ich die Kraft und den Mut, etwas zu sagen, obwohl mein Mund wie ausgedörrt ist. *Immer das Gespräch in Gang halten* – dieses Mantra aus meinem Selbstverteidigungskurs hallt unablässig in meinem Kopf wider.

»Jack, das ist wohl kein günstiger Zeitpunkt. Ihr Taxi ist in zehn Minuten hier, und ich muss Ihnen noch Ihre Reiseunterlagen geben.« Obwohl meine Stimme ruhig ist, verrät mich mein Krächzen.

Er verzieht das Gesicht zu einem überheblichen Lächeln. Er macht einen Schritt auf mich zu, ohne den Blick von mir zu lösen. Seine Pupillen weiten sich, so dass das Blau seiner Iris vollends zu verschwinden scheint.

O nein. Meine Angst wächst.

»Wussten Sie eigentlich, dass ich mich mit Elizabeth anlegen musste, damit Sie diesen Job kriegen …« Er tritt noch näher.

Ich weiche zurück und spüre die schäbigen Küchenschränke im Rücken. *Bring ihn dazu, dass er weiterredet. Bring ihn dazu, dass er weiterredet.*

»Jack, was genau ist Ihr Problem? Wenn Sie Ihrem Unmut Luft machen wollen, sollten wir vielleicht die Personalabteilung dazubitten. Wir könnten dieses Gespräch gemeinsam mit Elizabeth in einem offizielleren Rahmen führen.«

Wo ist der Sicherheitsdienst? Gibt es so etwas hier überhaupt?

»Wir brauchen keine Personalabteilung. Die würden unser Problem nur unnötig aufbauschen.« Er grinst höhnisch. »Als ich

Sie eingestellt habe, dachte ich, Sie seien jemand, der harte Arbeit nicht scheut. Ich dachte, Sie hätten Potenzial. Aber jetzt bin ich mir nicht mehr so sicher. Sie sind schlampig und unkonzentriert. Und da stellt sich natürlich die Frage, ob Ihr ... *Freund* vielleicht dafür verantwortlich ist.« Bei dem Wort »Freund« schwingt eine Verächtlichkeit in seiner Stimme mit, die mir einen Schauder über den Rücken jagt.

»Deshalb habe ich beschlossen, einen Blick in Ihren E-Mail-Account zu werfen, um zu sehen, ob sich dort irgendwelche Hinweise für Ihre Nachlässigkeit finden. Und wissen Sie, worauf ich gestoßen bin, Ana? Was merkwürdig war? Dass dort nur private Mails von Ihnen an Ihren tollen Freund gespeichert waren.« Er hält inne und sieht mich abwartend an. »Und das hat mich ins Grübeln gebracht. Was ist aus seinen Mails an Sie geworden? Es gibt nämlich keine. Nada. Keine Einzige. Wie ist das möglich, Ana? Wie kommt es, dass seine Mails an Sie nicht im Mailsystem auftauchen? Sind Sie vielleicht eine Firmenspionin, die Grey hier eingeschleust hat? Ist das vielleicht der Grund?«

O Scheiße, die E-Mails. O nein. Was habe ich geschrieben?

»Jack, wovon reden Sie?« Ich mime Verwirrung. Und es scheint mir ziemlich gut zu gelingen. Diese Unterhaltung nimmt einen völlig anderen Verlauf, als ich dachte. Ich traue diesem Kerl nicht über den Weg. Er hat etwas Bedrohliches an sich. Er ist aggressiv, bösartig und unberechenbar. Ich versuche es auf die vernünftige Tour.

»Sie sagten vorhin, Sie hätten Elizabeth überreden müssen, mich einzustellen. Wie könnte ich also eine eingeschleuste Spionin sein? Ich bitte Sie, Jack.«

»Aber Grey hat dafür gesorgt, dass Sie nicht mit nach New York fliegen dürfen, stimmt's?«

Verdammt.

»Wie hat er das angestellt, Ana? Was hat Ihr superreicher, supererfolgreicher Freund getan?«

Ich spüre, wie auch noch der letzte Rest Farbe aus meinem

Gesicht weicht und meine Knie weich werden. »Ich habe keine Ahnung, wovon Sie sprechen, Jack«, flüstere ich. »Ihr Taxi kommt gleich. Soll ich Ihre Unterlagen holen?« *O bitte, lass mich gehen. Hör auf damit.*

Doch Jack genießt es sichtlich, mich weiter zu drangsalieren. »Und er glaubt offenbar, ich hätte versucht, Sie anzumachen, richtig?« Er grinst. Wieder beginnen seine Augen zu leuchten. »Tja, ich will, dass Sie ein bisschen Stoff zum Nachdenken haben, während ich in New York bin. Ich habe Ihnen diesen Job verschafft, und als Gegenleistung erwarte ich ein klein wenig Dankbarkeit. Offen gesagt, steht mir das sogar zu. Ich musste mich mit Elizabeth anlegen, um Sie zu kriegen, weil sie die Stelle mit jemand Qualifizierterem besetzen wollte. Aber ich habe etwas in Ihnen gesehen. Deshalb müssen wir eine Vereinbarung treffen. Eine Vereinbarung, die gewährleistet, dass ich auch weiterhin glücklich und zufrieden mit Ihnen bin. Verstehen Sie, was ich Ihnen damit sagen will, Ana?«

Verdammte Scheiße!

»Sehen Sie es von mir aus als Feinschliff Ihres Aufgabengebiets. Und wenn Sie dafür sorgen, dass ich auch weiterhin immer glücklich bin, werde ich nicht weiter in den Geschäften Ihres tollen Freunds herumstochern und ans Licht zerren, dass er im Hintergrund die Strippen zieht, seine Beziehungen spielen lässt oder einen Gefallen eines seiner speichelleckerischen Ivy-League-Verbindungsfreunde einfordert.«

Mir fällt die Kinnlade herunter. *Er versucht, mich zu erpressen. Mit Sex!* Was soll ich erwidern? Die Übernahme des Verlags sollte erst in drei Wochen offiziell bekannt gegeben werden. Ich bin fassungslos. Sex – mit mir!

Jack tritt noch näher, bis er unmittelbar vor mir steht, und starrt mich an. Der schwere, süßliche Geruch seines Aftershaves steigt mir in die Nase – ich spüre Übelkeit in mir aufsteigen –, und wenn ich mich nicht irre, dünstet er einen leichten Geruch nach Alkohol aus. *Er hat getrunken, wann?*

»Sie sind ein verklemmtes, ausgetrocknetes Miststück, das einen zuerst geil macht und am Ende doch die Schenkel zusammenkneift«, stößt er zwischen zusammengebissenen Zähnen hervor.

Wie bitte? Ich mache die Männer geil? Ich?

»Jack, ich habe keine Ahnung, wovon Sie sprechen.« Ich spüre das Adrenalin durch meine Adern peitschen.

Er kommt noch etwas näher, während ich nur auf den richtigen Moment warte, um zuzuschlagen. Ray wäre stolz auf mich. Er hat mir gezeigt, wie ich mich zur Wehr setzen kann. Immerhin kennt er sich mit solchen Dingen aus. Wenn Jack mich anrührt – wenn mich auch nur sein Atem streift –, werde ich ihn umnieten. Meine Atemzüge sind flach und schnell. *Nicht ohnmächtig werden, jetzt bloß nicht ohnmächtig werden.*

»Sehen Sie sich nur an.« Ein lüsterner Ausdruck erscheint auf seinen Zügen. »Ich sehe doch, wie dich das antörnt. Du hast mich mit voller Absicht aufgegeilt. Tief innen drin willst du es doch auch. Das weiß ich ganz genau.«

Großer Gott, der Typ ist so was von auf dem Holzweg. Die Angst droht mir die Luft abzuschnüren. »Nein, Jack, ich habe Sie nie aufgegeilt.«

»O doch, das hast du, du elendes Miststück. Ich merke so etwas.« Er hebt die Hand und streicht mit den Fingerknöcheln über die Wange bis zum Kinn und weiter über meine Kehle, während ich verzweifelt gegen meinen Würgereiz ankämpfe. Inzwischen haben seine Finger den obersten Knopf meiner schwarzen Bluse gefunden. Er legt seine Hand auf meine Brust.

»Du willst mich. Gib's zu, Ana.«

Den Blick fest auf ihn geheftet, richte ich meine ganze Konzentration auf das, was ich gleich tun werde – abgesehen davon, mich nicht zu übergeben und vor Angst ohnmächtig zu werden. Behutsam lege ich meine Hand auf seine. Er lächelt triumphierend. In diesem Moment packe ich seinen kleinen Finger und biege ihn mit einem Ruck nach hinten.

»Aaaaahh!«, schreit er in einer Mischung aus Schmerz und Verblüffung auf und taumelt rückwärts, was mir Gelegenheit gibt, das Knie zu heben und es ihm mit einer kräftigen, ruckartigen Bewegung zwischen die Beine zu rammen. Ich tauche nach links ab, gerade rechtzeitig, als seine Knie nachgeben und er mit einem schmerzerfüllten Stöhnen auf dem Küchenboden zusammensackt, die Hände fest um seine Weichteile gekrallt.

»Fassen Sie mich nicht an. Nie wieder«, knurre ich. »Ihre Termine und die Broschüren liegen auf meinem Schreibtisch. Ich gehe jetzt nach Hause. Gute Reise. Und in Zukunft holen Sie sich Ihren Scheißkaffee selbst.«

»Elende Schlampe!«, schreit er mir hinterher, aber ich habe die Küche bereits verlassen.

Ich stürze zu meinem Schreibtisch, schnappe mir meine Jacke und meine Tasche und renne weiter zum Empfang, ohne sein Stöhnen und seine Flüche zu beachten. Ich stürme aus dem Gebäude und bleibe für einen kurzen Moment stehen, als mir die kühle Abendluft entgegenschlägt. Ich hole tief Luft und ringe um Fassung. Doch als der Adrenalinstoß allmählich verebbt, fordert die Tatsache, dass ich den ganzen Tag noch nichts gegessen habe, ihren Tribut. Meine Beine geben unter mir nach, und ich sacke zu Boden.

Wie aus weiter Ferne beobachte ich das Szenario, das sich vor meinen Augen abspielt: Christian und Taylor, beide in dunklen Anzügen und weißen Hemden, springen aus dem wartenden Wagen und kommen auf mich zugelaufen. Christian lässt sich neben mir auf die Knie fallen und sieht mich mit schreckgeweiteten Augen an. *Er ist hier.* Das ist der einzige Gedanke, zu dem ich noch fähig bin.

»Ana, Ana! Was ist los?« Er reißt mich an sich und beginnt hektisch, meine Arme und Beine nach Verletzungen abzusuchen.

Ich sinke gegen ihn, als mich die Erleichterung und die Erschöpfung übermannen. Christians Arme. In diesem Moment gibt es wohl nichts Schöneres auf der Welt, als sie zu spüren.

»Ana.« Er rüttelt mich sanft. »Was ist los? Ist dir schlecht?«

Ich schüttle den Kopf, wohl wissend, dass ich etwas sagen sollte.

»Jack«, flüstere ich und registriere vage den Blick, den Christian Taylor zuwirft, woraufhin dieser im Verlagsgebäude verschwindet.

»Was hat dieser verdammte Drecksack mit dir gemacht?«, fragt Christian und zieht mich an sich.

Bei der Erinnerung an Jacks entsetztes Gesicht, als ich ihm den Finger nach hinten gebogen habe, spüre ich ein hysterisches Kichern in meiner Kehle aufsteigen.

»Das Problem ist wohl eher, was ich mit ihm gemacht habe.« Kaum ist das erste Kichern über meine Lippen gedrungen, scheint der Damm gebrochen zu sein. Ich kann nicht mehr aufhören zu lachen.

»Ana!« Wieder packt Christian mich bei den Schultern und schüttelt mich. Augenblicklich erstirbt mein Kichern. »Hat er dich angefasst?«

»Nur ein einziges Mal.«

Ich spüre, wie Christian sich vor Wut anspannt, ehe er sich mühelos mit mir auf den Armen erhebt. Er schäumt vor Zorn.

Nein!

»Wo ist dieses Arschloch?«

Gedämpfte Schreie dringen aus dem Gebäude. Christian stellt mich auf dem Boden ab.

»Kannst du stehen?«

Ich nicke.

»Geh nicht rein. Nicht, Christian.« Unvermittelt ist meine Angst wieder da – Angst davor, was Christian mit Jack anstellen wird.

»Steig in den Wagen«, bellt er.

»Christian, nein.« Ich ergreife seinen Arm.

»Steig in den verdammten Wagen, Ana.« Er schüttelt meine Hand ab.

»Nein! Bitte«, flehe ich. »Bleib bei mir. Lass mich nicht allein.«
Mir bleibt keine andere Wahl, als mein ultimatives Druckmittel
einzusetzen.

Aufgebracht fährt er sich mit der Hand durchs Haar und sieht
mich unschlüssig an. Die Schreie im Haus werden lauter, dann
verstummen sie unvermittelt.

O nein. Was hat Taylor mit ihm angestellt?

Christian zieht seinen BlackBerry heraus.

»Christian, er hat meine Mails gelesen.«

»Was?«

»Meine Mails an dich. Er wollte wissen, wo deine Mails
an mich abgeblieben sind. Er hat versucht, mich zu erpressen.«

Christian sieht mich an, als wollte er mich umbringen.

Scheiße.

»Verdammt!«, stößt er hervor und wählt eine Nummer.

O nein. Das gibt Ärger. Und wen ruft er da an?

»Barney. Grey hier. Sie müssen auf den SIP-Hauptserver
zugreifen und sämtliche Mails löschen, die Anastasia Steele an
mich geschickt hat. Dann checken Sie sämtliche File-Ordner
von Jack Hyde, ob sie dort irgendwo gespeichert sind. Wenn ja,
löschen Sie sie ebenfalls ... Ja, alle. Jetzt gleich. Rufen Sie mich
an, wenn Sie fertig sind.«

Er beendet das Gespräch und wählt eine zweite Nummer.

»Roach. Grey hier. Hyde – ich will ihn weg haben. Auf der Stelle.
Rufen Sie den Sicherheitsdienst. Sorgen Sie dafür, dass er seinen
Schreibtisch räumt, sonst ist diese Firma hier morgen Früh Geschichte. Sie haben alles, was Sie brauchen, um ihn vor die Tür zu
setzen. Habe ich mich klar ausgedrückt?« Er lauscht kurz, dann
legt er, scheinbar zufrieden, auf.

»BlackBerry«, stößt er zwischen zusammengebissenen Zähnen hervor.

»Bitte sei nicht sauer auf mich.«

»Ich bin stinksauer auf dich«, schnauzt er mich an und fährt sich ein weiteres Mal mit der Hand durchs Haar. »Steig jetzt in den Wagen.«

»Christian, bitte ...«

»Steig endlich in diesen verdammten Wagen, Anastasia, sonst sorge ich persönlich dafür, dass du es tust.« Seine Augen funkeln vor Zorn.

Oje. »Bitte mach keine Dummheiten«, bettle ich.

»DUMMHEITEN?«, schreit er. »Ich habe dir gesagt, du sollst diesen beschissenen BlackBerry benutzen. Erzähl du mir nichts von wegen Dummheiten. Und steig endlich in diesen verfickten Wagen – JETZT!«

Kalte Angst steigt in mir auf. Das ist Christian, wenn er *richtig* stocksauer ist. In dieser Verfassung habe ich ihn noch nie gesehen. Er ist drauf und dran, komplett die Beherrschung zu verlieren.

»Okay«, murmle ich beruhigend. »Aber bitte sei vorsichtig.«

Er presst die Lippen zu einer schmalen Linie zusammen und deutet mit einer zornigen Geste auf den Wagen.

Ja, schon gut, ich hab's kapiert.

»Bitte sei vorsichtig. Ich will nicht, dass dir etwas passiert. Das würde ich nicht überleben«, flüstere ich.

Er blinzelt und lässt seinen ausgestreckten Arm sinken, dann holt er tief Luft. »Ich werde vorsichtig sein«, sagt er eine Spur sanfter.

Gott sei Dank. Ich gehe zum Wagen, öffne die Beifahrertür und steige ein. Doch als ich zusehe, wie er im Gebäude verschwindet, beginnt mein Herz zu hämmern. Was hat er vor?

Ich warte. Und warte. Und warte. Fünf Minuten, die mir wie eine Ewigkeit vorkommen. Jacks Taxi fährt vor und hält hinter dem Audi. Zehn Minuten. Fünfzehn. Lieber Gott, was machen die bloß so lange dort drinnen. Und was ist mit Taylor? Die Warterei ist qualvoll.

Fünfundzwanzig Minuten später verlässt Jack mit einem Pappkarton unter dem Arm das Haus, gefolgt von einem Mitarbeiter des Sicherheitsdienstes. Wo zum Teufel war der Typ vorhin, als ich ihn gebraucht hätte? Dann kommen Christian und Taylor heraus. Jack sieht ziemlich mitgenommen aus. Er geht geradewegs zum Taxi. Ein Glück, dass die Scheiben des Audi dunkel getönt sind, so dass er mich nicht sehen kann. Das Taxi fährt los – allerdings wohl kaum zum Flughafen.

In diesem Moment öffnet Christian die Fahrertür und setzt sich hinters Steuer, während Taylor hinter mir einsteigt. Keiner von ihnen sagt etwas, als Christian den Motor anlässt und sich in den Verkehr einfädelt. Ich riskiere einen kurzen Blick auf ihn. Sein Mund ist zu einer schmalen Linie zusammengepresst. Irgendetwas scheint ihn zu beschäftigen. Das Autotelefon läutet.

»Grey«, meldet er sich barsch.

»Mr. Grey, Barney hier.«

»Barney, ich habe den Lautsprecher an und bin nicht allein«, warnt Christian.

»Es ist alles erledigt, Sir. Aber ich habe noch etwas anderes auf Mr. Hydes Computer gefunden, worüber ich mit Ihnen reden muss.«

»Ich rufe Sie an, sobald ich zuhause bin. Danke, Barney.«

»Kein Problem, Mr. Grey.«

Barney legt auf. Er klingt viel jünger, als ich erwartet hätte. *Was könnte er noch auf Jacks Computer gefunden haben?*

»Redest du mit mir?«, frage ich leise.

Christian wirft mir einen kurzen Blick zu, ehe er ihn wieder auf die Straße richtet. Er ist also immer noch sauer.

»Nein«, brummt er verdrossen.

Oh … wieder mal … wie kindisch. Ich schlinge mir die Arme um den Oberkörper und starre blicklos zum Fenster hinaus. Vielleicht sollte er mich einfach in meiner Wohnung absetzen, dann kann er sein »Nichtreden« in Ruhe im Escala fortsetzen und uns beiden den unvermeidlichen Streit ersparen. Aber ich verwerfe den Gedanken sofort wieder. Ich will nicht, dass er allein vor sich hin brütet. Nicht nach allem, was gestern vorgefallen ist.

Schließlich fährt er vor dem Escala vor, steigt aus, umrundet den Wagen mit wenigen Schritten und öffnet mir die Tür.

»Komm«, befiehlt er, während Taylor sich hinters Steuer setzt.

Ich ergreife seine ausgestreckte Hand und folge ihm in das pompöse Foyer und zum Aufzug.

»Christian, wieso bist du denn so wütend auf mich?«, frage ich leise, als wir auf den Aufzug warten.

»Das weißt du ganz genau«, brummt er. Wir steigen ein. »Wenn dir etwas zugestoßen wäre, hätte ich den Typen kaltgemacht.«

Christians Ton ist so eisig, dass mir ein Schauder über den Rücken läuft. Die Türen schließen sich.

»Aber so werde ich mich damit begnügen, seine Karriere zu zerstören, damit dieser elende Jammerlappen keine Gelegenheit mehr bekommt, junge Frauen auszunützen.« Er schüttelt den Kopf. »Großer Gott, Ana!« Er drückt mich in die Ecke der Aufzugkabine.

Er packt mich bei den Haaren, zieht meinen Kopf nach hinten und presst seine Lippen auf meinen Mund. Ich registriere die verzweifelte Leidenschaft in seinem Kuss, die mich überrascht, auch wenn ich nicht sagen kann, warum. Ich spüre seine Erleichterung und seine Begierde, gepaart mit einem letzten Rest Wut, als seine Zunge meine Mundhöhle erkundet. Schließlich hält er inne und sieht mich an, während er mich mit seinem gesamten Körpergewicht in der Ecke festnagelt, so dass ich mich nicht bewegen kann. Atemlos klammere ich mich an ihm fest und blicke in sein wunderschönes Gesicht, auf dem nicht einmal ein Anflug von Humor zu erkennen ist.

»Wenn dir etwas zugestoßen wäre … Wenn er dir etwas angetan hätte …« Ein Schauder überläuft ihn. »BlackBerry«, befiehlt er leise. »Ab sofort. Verstanden?«

Ich nicke wortlos, unfähig, den Blick von seinen faszinierenden Augen zu lösen, die mich grimmig ansehen.

Als der Aufzug zum Stehen kommt, lässt er mich los. »Er hat gesagt, du hättest ihm in die Eier getreten.«

Ein Anflug von Bewunderung schwingt in seiner Stimme mit, der mich hoffen lässt, dass er mir verziehen hat.

»Ja«, erwidere ich, noch immer völlig durcheinander von der Leidenschaft seines Kusses und der kühlen Sachlichkeit seiner Anweisung.

»Gut.«

»Ray war früher bei der Armee. Er hat mir das beigebracht.«

»Ein Glück«, raunt er und hebt eine Braue. »Das muss ich mir für den Notfall merken.«

Er reicht mir seine Hand, die ich erleichtert ergreife. Ich glaube, noch wütender werde ich ihn wohl kaum erleben.

»Ich muss Barney zurückrufen, aber es wird nicht lange dauern.« Er verschwindet in seinem Arbeitszimmer, während ich allein in dem großzügigen Wohnzimmer zurückbleibe.

Mrs. Jones ist in der Küche und legt letzte Hand an unser Abendessen. Ich bin völlig ausgehungert, trotzdem brauche ich dringend eine Beschäftigung.

»Soll ich Ihnen helfen?«, frage ich.

Sie lacht. »Nein, Ana. Möchten Sie vielleicht etwas trinken? Sie sehen ziemlich erschöpft aus.«

»Ein Glas Wein wäre toll.«

»Weiß?«

»Ja, bitte.«

Ich setze mich auf einen der Barhocker, während sie mir ein kühles Glas Wein hinstellt. Keine Ahnung, was für ein Wein es ist, jedenfalls schmeckt er köstlich und besänftigt augenblicklich meine angespannten Nerven. Was habe ich vor wenigen Stunden noch gedacht? Wie lebendig ich mich fühle, seit ich Christian kenne? Wie aufregend mein Leben geworden ist? Liebe Güte, könnte ich vielleicht zur Abwechslung ein paar langweilige Tage bekommen?

Was, wenn ich Christian nie begegnet wäre? Dann würde ich

jetzt in meinem neuen Apartment sitzen und den Vorfall mit Ethan durchkauen, völlig traumatisiert von meiner Begegnung mit Jack und in der Gewissheit, dass ich dem elenden Mistkerl am Freitag wieder gegenübertreten müsste. So hingegen stehen die Chancen gut, dass ich ihn im Leben nie wieder sehen muss. Aber für wen werde ich jetzt arbeiten? Ich runzle die Stirn. Darüber habe ich noch gar nicht nachgedacht. Habe ich überhaupt noch einen Job, verdammt?

»Guten Abend, Gail«, sagt Christian, als er das Wohnzimmer betritt, und reißt mich aus meinen Grübeleien. Er geht zum Kühlschrank und gießt sich ebenfalls ein Glas Wein ein.

»Guten Abend, Mr. Grey. Das Essen ist in zehn Minuten fertig, wenn es Ihnen recht ist.«

»Klingt gut.«

Christian hebt sein Glas. »Auf Exsoldaten, die ihren Töchter alles beibringen, was im Leben wirklich wichtig ist«, erklärt er, während ein weicher Ausdruck in seine Augen tritt.

»Prost.« Ich hebe ebenfalls mein Glas.

»Was ist los?«, fragt Christian.

»Ich weiß nicht, ob ich morgen noch einen Job habe.«

Er legt den Kopf schief. »Willst du denn weiterhin einen?«

»Natürlich.«

»Dann hast du auch noch einen.«

So einfach ist das, wenn man mit dem Meister des Universums zusammen ist. Ich verdrehe die Augen, und er lächelt.

Mrs. Jones' Hähnchenpastete ist der reinste Wahnsinn, und nun, da ich etwas im Magen habe, fühle ich mich gleich viel besser. Wir sitzen an der Frühstückstheke, aber trotz meiner ausgefeiltesten Charmeoffensive weigert Christian sich standhaft, mir zu verraten, was Barney sonst noch auf Jacks Computer gefunden hat. Ich gebe es auf und beschließe, stattdessen den heiklen Punkt von Josés Besuch am Freitag in Angriff zu nehmen.

»José hat mich heute angerufen«, sage ich beiläufig.

»Ach ja?« Christian wendet sich mir zu.

»Er will am Freitag herkommen und die Fotos vorbeibringen, die du gekauft hast.«

»Persönlicher Lieferservice. Wie nett von ihm.«

»Er will etwas trinken gehen. Mit mir.«

»Verstehe.«

»Kate und Elliot sollten bis dahin auch wieder im Lande sein«, füge ich eilig hinzu.

Christian legt seine Gabel hin. »Worum genau versuchst du mich zu bitten?«

»Ich bitte dich um überhaupt nichts«, schnaube ich wütend. »Ich informiere dich darüber, dass ich am Freitag etwas vorhabe. Ich möchte mich mit José treffen, und er will über Nacht in der Stadt bleiben. Entweder übernachtet er hier oder aber in meiner Wohnung. Wenn er bei mir schläft, sollte ich ihn nicht allein dort lassen.«

Christians Augen weiten sich. »Er hat versucht, dich anzumachen.«

»Das ist Wochen her, Christian. Er war betrunken, ich war betrunken, du hast die Situation gerettet – und es wird nie wieder vorkommen. José ist nicht Jack, Himmel nochmal!«

»Ethan schläft doch auch dort. Er kann ihm Gesellschaft leisten.«

»Er will aber mich sehen und nicht Ethan.«

Christian mustert mich finster.

»Wir sind nur Freunde«, säusle ich.

»Mir gefällt das Ganze nicht.«

Na und? Meine Güte, dieser Typ kann wirklich nerven. Ich hole tief Luft. »Er ist ein alter Freund von mir, Christian. Ich habe ihn seit der Vernissage nicht mehr gesehen. Und auch an diesem Abend war so gut wie keine Gelegenheit, um sich zu unterhalten. Ich weiß, dass du, abgesehen von dieser grässlichen Frau, keine Freunde hast, aber ich maule ja auch nicht, wenn du dich mit ihr triffst«, schnauze ich ihn an.

Christian sieht mich schockiert an.

»Ich will ihn sehen. Ich war ihm eine lausige Freundin!« Mein Unterbewusstsein ist in Alarmbereitschaft. *Was tust du da? Jetzt mal schön ruhig!*

Christian starrt mich mit funkelnden Augen an. »So denkst du also darüber, ja?«

»Worüber?«

»Über Elena. Es wäre dir lieber, wenn ich sie nicht mehr sehen würde.«

»Ganz genau. Es wäre mir lieber, wenn du sie nicht mehr sehen würdest.«

»Aber wieso sagst du es dann nicht einfach?«

»Weil mir so etwas nicht zusteht. Du bist doch der festen Überzeugung, dass sie deine einzige Freundin ist.« Ich zucke aufgebracht mit den Achseln. Er kapiert es einfach nicht. Wie konnte es so weit kommen, dass wir jetzt plötzlich über sie reden? Ich will nicht einmal an sie denken, deshalb versuche ich, das Gespräch wieder auf José zu lenken. »Genauso wenig, wie es dir zusteht, mir zu sagen, ob ich mich mit José treffen darf oder nicht. Verstehst du das denn nicht?«

Christian sieht mich völlig verwirrt an. Zumindest glaube ich, dass er verwirrt ist. *Was geht bloß in seinem Kopf vor?*

»Er kann hier übernachten«, brummt er. »Hier kann ich ihn wenigstens im Auge behalten«, fügt er trotzig hinzu.

Halleluja!

»Danke. Denn wenn ich hier endgültig wohne …« Ich lasse meine Stimme verklingen. Christian nickt. Er weiß auch so, was ich sagen will. »Außerdem herrscht hier ja nicht gerade Platzmangel.« Ich grinse anzüglich.

Seine Mundwinkel heben sich langsam. »Was soll dieses freche Grinsen, Miss Steele?«

»Sagen Sie es mir doch, Mr. Grey.« Ich stehe eilig auf, für den Fall, dass ihm die Hand zu jucken beginnt, und räume die Teller in die Spülmaschine.

»Das kann Gail übernehmen.«

»Schon erledigt.« Ich drehe mich zu ihm um und stelle fest, dass er mich eindringlich mustert.

»Ich muss noch eine Weile arbeiten«, sagt er.

»Prima. Ich finde schon eine Beschäftigung.«

»Komm her«, befiehlt er. Doch seine Stimme ist weich und verführerisch, und seine Augen lodern. Ohne zu zögern, trete ich zu ihm und schlinge ihm die Arme um den Hals. Er zieht mich an sich und hält mich fest.

»Ist alles in Ordnung mit dir?«, fragt er leise.

»In Ordnung?«

»Nach allem, was mit diesem Arschloch vorhin passiert ist, meine ich. Und nach allem, was gestern war«, fügt er mit leiser, ernster Stimme hinzu.

Ich sehe in seine grauen Augen. *Ist alles in Ordnung mit mir?* »Ja«, flüstere ich.

Seine Arme schlingen sich fester um mich. Ich fühle mich sicher, geliebt, geborgen. Es ist ein herrliches Gefühl. Ich schließe die Augen und genieße es, in seinen Armen zu liegen. Ich liebe diesen Mann. Ich liebe seinen herrlichen Geruch, seine Stärke, seine Launenhaftigkeit – er ist mein Christian.

»Lass uns nicht streiten«, murmelt er, küsst mein Haar und saugt tief meinen Geruch ein. »Du riechst wie immer göttlich, Ana.«

»Du auch«, flüstere ich und küsse seinen Hals.

Viel zu schnell lässt er mich los. »Es wird nicht lange dauern, zwei Stunden oder so.«

Gelangweilt streife ich durch die Wohnung. Ich habe inzwischen geduscht und mir eine Jogginghose und eines meiner T-Shirts angezogen und weiß nicht, was ich mit mir anfangen soll. Lesen will ich nicht. Sobald ich still sitze, muss ich an Jack und seine Finger denken, die mich berühren.

Ich gehe in mein altes Zimmer, das Sub-Zimmer. Hier könnte

José übernachten – die Aussicht wird ihm gefallen. Es ist Viertel nach acht. Die Sonne geht allmählich unter, und die Lichter der Stadt unter uns glitzern. Es ist ein einzigartiger Anblick. Ja, José wird es hier bestimmt gut gefallen. Müßig überlege ich, wo Christian wohl Josés Fotos von mir aufhängen will. Mir wäre es lieber, er würde es nicht tun. Ich bin nicht sonderlich scharf darauf, überall an den Wänden mein Gesicht zu sehen.

Ich trete auf den Korridor und bleibe vor dem Spielzimmer stehen. Unwillkürlich strecke ich die Hand nach dem Türknauf aus. Normalerweise ist der Raum stets verschlossen, doch zu meiner Verblüffung lässt sich die Tür öffnen. Wie seltsam. Ich komme mir wie ein Kind vor, das die Schule schwänzt und stattdessen verbotenerweise durch den Wald streift. Es ist dunkel. Ich mache das Licht an. Alles sieht noch genau gleich aus, dieselbe uterusartige Atmosphäre.

Erinnerungen an das letzte Mal, als ich hier war, flammen vor meinem inneren Auge auf. Der Gürtel … ich zucke zusammen. Er hängt unschuldig neben den anderen, am Haken neben der Tür. Zögernd streiche ich mit den Fingern über die Ledergürtel, die Flogger, die Paddles und die Peitschen. Großer Gott. Genau darüber muss ich dringend mit Dr. Flynn reden. Kann jemand, der so etwas tut, einfach damit aufhören? Es erscheint mir höchst unwahrscheinlich. Ich trete zum Bett, lasse mich auf die roten Satinlaken sinken und sehe mich um.

Neben mir steht die Bank, darüber befindet sich das Sortiment an Rohrstöcken. *So viele. Dabei müsste doch einer reichen, oder?* Aber je weniger ich darüber nachgrüble, desto besser. Mein Blick bleibt an dem breiten Tisch hängen, den wir noch nie ausprobiert haben. Keine Ahnung, wozu Christian ihn benutzt. Schließlich setze ich mich auf die Ledercouch, die auf den ersten Blick nichts Besonderes zu sein scheint – zumindest kann ich nirgendwo Fesselvorrichtungen oder Ähnliches entdecken. Ich werfe einen Blick hinter mich, wo die große Holzkommode steht. Meine Neugier ist erwacht. Was mag er darin aufbewahren?

Ich ziehe die oberste Schublade auf und spüre, wie mein Herz zu wummern beginnt. Wieso bin ich auf einmal so nervös? Ich fühle mich, als würde ich etwas Verbotenes tun, was natürlich einerseits stimmt. Andererseits will er mich schließlich heiraten, also …

Großer Gott, was ist das denn? Eine Auswahl an Instrumenten und bizarren Utensilien – keine Ahnung, was das alles ist und wozu es verwendet werden könnte – liegt sorgsam ausgebreitet darin. Ich nehme eines davon heraus. Es ist länglich und patronenförmig mit einer Art Griff am Ende. Was stellt man nur mit so einem Ding an? Allmählich keimt ein erster Verdacht in mir auf. Es gibt vier verschiedene Größen davon. Meine Kopfhaut prickelt. Ich sehe auf.

Christian steht im Türrahmen und sieht mich mit undurchdringlicher Miene an. Wie lange steht er schon da? Ich fühle mich wie auf frischer Tat ertappt.

»Hi.« Ich lächle nervös, wohl wissend, dass ich kreidebleich bin.

»Was tust du da?«, fragt er mit sanfter Stimme, in der jedoch ein leicht drohender Unterton liegt.

Oje. Ist er wieder sauer auf mich? Ich werde rot. »Äh … mir war langweilig, und ich war neugierig.« Es ist mir unendlich peinlich, dass er mich erwischt hat. Er hat doch gesagt, dass er die nächsten zwei Stunden beschäftigt sein wird.

»Das ist eine sehr gefährliche Kombination.« Nachdenklich streicht er sich mit dem Zeigefinger über seine volle Unterlippe, ohne mich aus den Augen zu lassen.

Ich schlucke. Mein Mund fühlt sich trocken an.

Langsam tritt er ein und schließt die Tür hinter sich. Seine Augen glitzern wie flüssiges Silber. *O Mann!* Scheinbar beiläufig beugt er sich über die Kommode, trotzdem bin ich nicht sicher, ob seine Lässigkeit wirklich echt ist. Meine innere Göttin hat keine Ahnung, was sie tun soll – kämpfen oder fliehen.

»Und was hat Ihre Neugier im Speziellen geweckt, Miss Steele? Vielleicht kann ich Sie ja aufklären.«

»Die Tür war nicht abgeschlossen … und …« Ich sehe ihn mit angehaltenem Atem an, weil ich wieder einmal völlig verunsichert bin, wie ich seine Reaktion einschätzen oder was ich sagen soll. Ich glaube so etwas wie Amüsement wahrzunehmen, beschwören kann ich es jedoch nicht. Er stützt die Ellbogen auf die Kommode und legt sein Kinn auf seine gefalteten Hände.

»Ich war heute hier drin und habe mich gefragt, was ich mit all den Sachen anstellen soll. Ich muss vergessen haben, wieder abzuschließen.« Für den Bruchteil einer Sekunde verfinstert sich seine Miene, als wäre es eine grobe Verfehlung gewesen, die Tür unverschlossen zu lassen.

Ich runzle die Stirn – Vergesslichkeit ist absolut untypisch für ihn.

»Ach ja?«

»Aber jetzt bist du hier. Und wie gewohnt neugierig«, sagt er sanft.

»Du bist nicht sauer auf mich?«, hauche ich.

Er legt den Kopf schief. Seine Mundwinkel heben sich. »Weshalb sollte ich sauer sein?«

»Ich hatte das Gefühl, ich dürfte diesen Raum nicht betreten … Außerdem bist du ständig sauer auf mich.« Trotz meiner Erleichterung klinge ich wenig kleinlaut.

Wieder legt Christian die Stirn in Falten. »Das stimmt, du bist unerlaubt hier hereingekommen, aber ich bin trotzdem nicht sauer. Ich hoffe, dass du eines Tages hier mit mir leben wirst, und dann ist all das hier …«, er macht eine vage Geste durch den Raum, »auch deines.«

Mein Spielzimmer? Wow. Das muss ich erst einmal verdauen.

»Deshalb war ich heute hier drinnen. Ich habe mir überlegt, was ich mit den Sachen anstellen soll.« Wieder tippt er sich mit dem Finger gegen die Lippen. »Bin ich wirklich die ganze Zeit sauer auf dich? Heute Morgen war ich es jedenfalls nicht.«

Das stimmt allerdings. Bei der Erinnerung an heute Morgen ist die Zukunft des Spielzimmers vorübergehend vergessen, und ich muss lächeln.

»Du warst richtiggehend ausgelassen. Und ich mag den ausgelassenen Christian.«

»Wirklich?« Er hebt die Brauen. Ein schüchternes Lächeln erscheint auf seinen Zügen.

»Was ist das hier eigentlich?« Ich halte das patronenförmige Ding hoch.

»Immer wild auf Informationen, Miss Steele. Das ist ein Analstöpsel.«

»Oh …«

»Den habe ich für dich gekauft.«

Wie bitte? »Für mich?«

Er nickt langsam und beobachtet mich mit ernster, aufmerksamer Miene.

Ich runzle die Stirn. »Du kaufst also für jede deiner Subs … neue … äh … Toys?«

»Ein paar Kleinigkeiten. Ja.«

»Analstöpsel?«

»Ja.«

Okay … Ich schlucke. Ein Analstöpsel. Er ist aus Metall – das muss doch ziemlich unangenehm sein, oder nicht? Ich erinnere mich an unsere Diskussion über Sextoys und Hard Limits. Soweit ich mich entsinne, habe ich damals gesagt, ich würde irgendwann einmal eines dieser Dinger ausprobieren. Aber nun, da ich ihn in der Hand habe, bin ich mir nicht mehr so sicher. Ich nehme den Stöpsel noch einmal in Augenschein und lege ihn in die Schublade zurück.

»Und das hier?« Ich ziehe eine längliche Kette hervor, die aus acht schwarzen, aneinandergereihten Gummikugeln unterschiedlicher Größe besteht.

»Das sind Analkugeln«, antwortet Christian und beäugt mich immer noch aufmerksam.

Oh! Ich inspiziere sie mit fasziniertem Entsetzen. Alle acht Kugeln … in meinem Körper … da hinten! Ich hatte keine Ahnung, dass es so etwas überhaupt gibt.

»Ihre Wirkung ist ziemlich eindrucksvoll, wenn man sie mitten während des Orgasmus herauszieht«, fügt er sachlich hinzu.

»Die sind also auch für mich?«, frage ich mit kaum hörbarer Stimme.

»Ja. Für dich.« Er nickt langsam.

»Das hier ist offenbar die Analschublade.«

Er grinst. »Wenn du so willst.«

Ich schiebe sie hastig zu und spüre, wie mein Gesicht die Farbe einer Tomate annimmt.

»Gefällt dir die Analschublade etwa nicht?«, fragt er mit Unschuldsmiene.

Ich zucke mit den Achseln. »An oberster Stelle meiner Weihnachtswunschliste stehen die Sachen jedenfalls nicht«, antworte ich betont lässig, als Versuch, mein Entsetzen zu überspielen, und öffne zögernd die zweite Schublade.

Christian grinst. »In der nächsten Schublade findest du eine Auswahl an Vibratoren.«

Eilig schließe ich sie wieder.

»Und in der nächsten?« Inzwischen hat meine Gesichtsfarbe zu aschgrau gewechselt, wenn auch vor Verlegenheit.

»Jetzt wird es noch interessanter.«

Aha! Zögernd öffne ich sie, unfähig, meinen Blick von seinem bildschönen Gesicht zu lösen, auf dem ein blasiertes Lächeln liegt. Vor mir liegt eine Auswahl an verschiedenen Metallgegenständen und Wäscheklammern. Wäscheklammern! Ich nehme eine der großen Metallklammern heraus.

»Das ist eine Genitalklemme«, erklärt Christian, steht auf und tritt neben mich.

Schnell lege ich die Klemme wieder zurück und nehme zwei kleine, an einer Kette befestigten Clips heraus.

»Einige von denen sind dafür gedacht, Schmerzen zu verursachen, die meisten aber sollen nur Lust schenken.«

»Und was ist das hier?«

»Brustwarzenklemmen – die sind für beides.«

»Für beides? Für beide Brustwarzen?«

Christian grinst. »Na ja, da es zwei sind, werden sie logischerweise an beiden Brustwarzen befestigt, aber das habe ich nicht gemeint. Sie sind sowohl für Schmerzen als auch als Lustspender gedacht.«

Oh.

Er nimmt mir die Klemmen aus der Hand. »Gib mir deinen kleinen Finger.«

Ich halte ihm meine Hand hin, und er befestigt eine der Klemmen an meiner Fingerspitze. Es tut nicht besonders weh.

»Das Gefühl ist an sich schon sehr intensiv, aber erst wenn man sie wieder löst, sind sie am schmerzhaftesten und lustvollsten.«

Ich nehme die Klemme wieder ab. Hm, das könnte ganz nett werden. Ein wohliges Gefühl durchrieselt mich bei dem Gedanken.

»Die sehen hübsch aus«, bemerke ich leise.

Christian lächelt. »Soso, Miss Steele. Ich glaube, ich sehe es Ihnen an.«

Mit einem schüchternen Nicken lege ich die Klemmen in die Schublade zurück. Christian nimmt zwei andere Klemmen heraus.

»Die hier kann man anpassen.« Er hält sie in die Höhe.

»Anpassen?«

»Man kann sie sehr straff stellen … oder auch ganz locker. Je nachdem, in was für einer Stimmung man gerade ist.«

Wie schafft er es nur, allein die Beschreibung so erotisch klingen zu lassen? Ich schlucke nervös und nehme etwas heraus, das wie ein kleiner Pizzaschneider aussieht.

»Und das hier?«, frage ich stirnrunzelnd. Ein Küchenutensil

wird ja wohl kaum in einem Erotikspielzimmer Verwendung finden, oder?

»Das ist ein Wartenbergrad.«

»Und wofür wird es verwendet?«

Er nimmt es mir aus der Hand. »Streck die Hand mit der Handfläche nach oben aus.«

Ich halte ihm meine Linke hin. Behutsam ergreift er sie und streicht dabei mit dem Daumen über meine Fingerknöchel. Ein Schauder überläuft mich. Seine Haut auf meiner Haut – er bringt es jedes Mal wieder fertig, mich zu erregen. Vorsichtig fährt er mit dem Rad über meine Handfläche.

»Ah!« Die Metallspitzen bohren sich in meine Haut, trotzdem empfinde ich noch etwas anderes als Schmerz. Ein leichtes Kitzeln.

»Stell dir vor, jemand fährt damit über deine Brüste«, raunt er lüstern.

Oh! Abrupt ziehe ich meine Hand zurück, während sich meine Atemzüge beschleunigen.

»Der Grat zwischen Lust und Schmerz ist sehr schmal, Anastasia«, sagt er leise und legt das Rädchen wieder in die Schublade.

»Wäscheklammern?«, frage ich mit kaum hörbarer Stimme.

»Mit Wäscheklammern kann man wunderbare Sachen anstellen.« Sein Blick durchbohrt mich regelrecht.

Ich schiebe die Schublade mit der Hüfte zu.

»War's das?«, fragt Christian belustigt.

»Nein …« Ich öffne die vierte Schublade, in der eine Auswahl an Lederriemen und -gurten liegt. Ich ziehe an einem davon, an dem eine Art Kugel befestigt zu sein scheint.

»Das ist ein Ballknebel. Um dafür zu sorgen, dass du still bleibst«, erklärt Christian.

»Soft Limit«, murmle ich.

»Ich weiß«, sagt er. »Aber du kannst trotzdem atmen. Der Gummiball liegt hinter den Zähnen.« Er nimmt mir den Knebel aus der Hand und zeigt mir, wie er im Mund liegen soll.

»Hast du so was auch schon mal getragen?«, frage ich.

Er sieht mich an. »Ja.«

»Damit man deine Schreie nicht hört?«

Er schließt für einen kurzen Moment die Augen, allerdings habe ich nicht das Gefühl, dass ich ihn mit meiner Frage verärgert habe. »Nein, darum geht es dabei nicht.«

Ach nein?

»Es geht um Kontrolle, Anastasia. Darum, wie hilflos du wärst, wenn ich dich fesseln und knebeln würde. Du müsstest mir voll und ganz vertrauen, während ich grenzenlose Macht über dich habe. Und es geht darum, dass ich die Signale deines Körpers richtig deuten muss, statt darauf zu hören, was du sagst. Deine Abhängigkeit von mir verstärkt sich durch einen Knebel und gibt mir die ultimative Kontrolle über dich.«

Ich schlucke. »Das klingt fast so, als würdest du es vermissen.«

»Das war bis vor Kurzem eben meine Welt.« Er sieht mich ernst an. Die Stimmung zwischen uns hat sich verändert.

»Aber du hast tatsächlich große Macht über mich. Das weißt du doch«, wende ich leise ein.

»Habe ich das? Du gibst mir das Gefühl, so ... hilflos zu sein.«

»Nein!« *O Christian ...* »Aber warum denn?«

»Weil du der einzige Mensch bist, der mir wirklich wehtun könnte.« Er streicht mir eine Haarsträhne hinters Ohr.

»O Christian, das ist umgekehrt doch ganz genauso ... Wenn du mich nicht wolltest ...« Erschaudernd blicke ich auf meine ineinander verschränkten Finger. Genau das ist ein wunder Punkt zwischen uns. Wäre er nicht so ... kaputt, würde er mich dann überhaupt wollen? Ich schüttle den Kopf. So etwas darf ich nicht denken.

»Dir wehzutun, ist das Letzte, was ich will. Ich liebe dich«, wispere ich und liebkose seine Wange.

Er schmiegt sein Gesicht gegen meine Handfläche, legt den Knebel in die Schublade zurück und zieht mich an sich.

»Sind wir mit unserer Lehrstunde fertig?«, fragt er mit verführerischer Stimme.

»Wieso? Was hattest du denn vor?«

Er beugt sich herab und küsst mich zärtlich. Ich lege die Hände um seinen Bizeps und spüre, wie ich in seinen Armen dahinschmelze.

»Der Kerl hätte dir heute beinahe etwas angetan, Ana.«

»Na und?« Es ist ein wunderschönes Gefühl, seine Nähe zu spüren, seine Hand auf meinem Rücken zu fühlen.

»Was meinst du damit?«

Hingerissen blicke ich in sein wunderschönes, mürrisches Gesicht. »Es geht mir gut, Christian.«

Abermals schlingt er die Arme um mich und zieht mich enger an sich. »Wenn ich nur daran denke, was alles hätte passieren können.« Er vergräbt das Gesicht in meinem Haar.

»Wann begreifst du endlich, dass ich viel stärker bin, als du denkst?«, flüstere ich beschwichtigend.

»Ich weiß, dass du eine starke Frau bist«, raunt er und drückt mir einen Kuss aufs Haar, ehe er sich von mir löst.

Enttäuschung durchströmt mich.

Ich beuge mich vor, nehme einen anderen Gegenstand aus der Schublade – eine Stange, an der mehrere Manschetten angebracht sind – und halte ihn in die Höhe.

»Das«, erklärt er, während sich seine Augen verdunkeln, »ist eine Spreizstange mit Hand- und Fußfesseln.«

»Und wie funktioniert sie?«

»Soll ich es dir zeigen?« Er schließt für einen kurzen Moment die Augen.

Ich sehe ihn an. Als er sie wieder öffnet, lodert unverbrämte Leidenschaft darin.

»Ja, ich hätte gern eine Demonstration. Ich lasse mich gern fesseln«, flüstere ich.

Meine innere Göttin katapultiert sich mit der Hochsprungstange geradewegs auf ihre Chaiselongue.

»O Ana.« Mit einem Mal liegt ein gequälter Ausdruck auf seinem Gesicht.

»Was denn?«

»Aber nicht hier drin.«

»Was meinst du damit?«

»Ich will dich in meinem Bett haben, nicht hier drinnen. Komm.« Er nimmt die Spreizstange und meine Hand und führt mich aus dem Zimmer.

Wieso verlassen wir sein Spielzimmer? Ich werfe einen Blick über die Schulter. »Wieso nicht hier?«

Christian bleibt mitten auf der Treppe stehen und sieht mich mit ernster Miene an.

»Ana, du magst bereit sein, dieses Zimmer wieder zu betreten, aber ich nicht. Als wir letztes Mal dort drin waren, hast du mich verlassen. Genau davon rede ich doch die ganze Zeit. Wann begreifst du es endlich?« Er runzelt die Stirn und lässt meine Hand los, um seinen Worten mit einer Geste noch mehr Nachdruck zu verleihen. »Dieser Vorfall hat meine Einstellung von Grund auf verändert. Seitdem ist meine Sicht auf das Leben eine völlig andere. Das habe ich dir ja bereits gesagt. Allerdings habe ich dir verschwiegen, dass ich …« Er hält inne und fährt sich mit der Hand durchs Haar, während er nach den richtigen Worten sucht. »Ich bin wie ein trockener Alkoholiker, okay? Das ist der einzig passende Vergleich, der mir einfällt. Der Drang ist verschwunden, aber ich will lieber gar nicht erst in Versuchung geraten. Ich will dir nicht noch einmal wehtun.«

Er sieht so reumütig aus, dass mich ein scharfer Schmerz durchzuckt. Was habe ich diesem Mann angetan? Bereichere ich sein Leben tatsächlich? Schließlich war er doch glücklich und zufrieden, bevor er mir begegnet ist, oder etwa nicht?

»Ich könnte es nicht ertragen, dir wehzutun, weil ich dich liebe.« Seine Miene verrät die tiefe Aufrichtigkeit eines kleinen Jungen, der eine ganz einfache Wahrheit ausspricht.

Seine Arglosigkeit verschlägt mir den Atem. In diesem Moment liebe ich ihn mehr als alles andere auf der Welt. Und zwar bedingungslos.

Ohne jede Vorwarnung werfe ich mich auf ihn, so dass er die Stange fallen lassen muss, um mich aufzufangen, während er rückwärts gegen die Wand taumelt. Ich umfasse sein Gesicht mit beiden Händen und küsse ihn voller Leidenschaft. Ich schmecke seine Verblüffung, als ich meine Zunge zwischen seine Lippen dränge. Da ich eine Stufe über ihm stehe, befinden sich unsere Gesichter nahezu auf derselben Höhe – unvermittelt spüre ich ein Gefühl unglaublicher Macht in mir aufsteigen. Ich fahre mit den Händen durch sein Haar, während ich ihn küsse. Am liebsten würde ich ihn überall berühren, aber ich beherrsche mich, wohl wissend, wie sehr er sich davor fürchtet. Dennoch spüre ich die Begierde, die heiß und lodernd in mir aufsteigt. Stöhnend packt er mich bei den Schultern und schiebt mich von sich.

»Willst du etwa, dass ich dich gleich hier auf der Treppe vögle?«, raunt er schwer atmend. »Denn genau das würde ich am liebsten tun.«

»Ja«, flüstere ich.

Er richtet seinen Blick auf mich. Seine Augen sind verschleiert vor Lust. »Nein. Ich will dich in meinem Bett.« Ohne Vorwarnung hebt er mich hoch und schwingt mich über seine Schulter.

Ich quieke vor Schreck, woraufhin er mir einen kräftigen Schlag auf den Hintern verpasst, der mich erneut kreischen lässt. Auf dem Weg die Treppe hinunter bückt er sich und hebt die Spreizstange auf.

In diesem Moment tritt Mrs. Jones aus der Waschküche. Sie lächelt, und ich winke ihr, noch immer kopfüber auf Christians Schulter hängend, entschuldigend zu. Wahrscheinlich hat er sie gar nicht bemerkt.

Schließlich betritt er das Schlafzimmer, stellt mich ab und lässt die Spreizstange aufs Bett fallen.

»Ich glaube nicht, dass du mir wehtun wirst«, hauche ich.

»Ich auch nicht«, gibt er zurück, nimmt meine Hand und

küsst mich, was mein erhitztes Blut vollends zum Kochen bringt. »Ich will dich so sehr. Bist du sicher, dass du das willst? Nach allem, was heute …«

»Ja, ich will dich genauso sehr. Ich will dich ausziehen.« Ich kann es kaum erwarten, ihn anzufassen.

Seine Augen weiten sich, und für den Bruchteil einer Sekunde spüre ich sein Zögern, als müsste er meine Bitte zuerst überdenken. »Okay«, sagt er vorsichtig.

Ich strecke die Finger nach dem zweitobersten Knopf an seinem Hemd aus.

Christian atmet scharf ein.

»Wenn du es nicht willst, fasse ich dich nicht an.« »Nein«, wiegelt er schnell ab. »Mach weiter. Es ist alles in Ordnung. Mir geht es gut.«

Behutsam öffne ich den Knopf und lasse meine Finger auf seiner Haut zum nächsten wandern. Seine Augen sind riesig und schimmern silbrig, und seine Lippen sind leicht geöffnet. Er ist so wunderschön, selbst in seiner Angst … oder vielleicht sogar gerade deswegen. Ich mache mich am dritten Knopf zu schaffen und sehe die weichen Härchen durch den Stoff ragen.

»Ich möchte dich dort gern küssen«, sage ich leise.

Wieder holt er scharf Luft. »Mich küssen?«

»Ja.«

Als ich den nächsten Knopf öffne und mich ganz langsam vorbeuge, hält er zwar den Atem an, rührt sich jedoch nicht von der Stelle, während ich mit den Lippen über die weichen Locken streiche. Schließlich ist nur noch ein Knopf übrig. Ich sehe zu ihm hoch. Auf seinen Zügen liegt ein Ausdruck von Zufriedenheit, Ruhe und … Staunen.

»Es wird leichter, stimmt's?«

Er nickt, während ich ihm langsam das Hemd über die Schultern streife und es zu Boden fallen lasse.

»Was hast du mit mir gemacht, Ana?« Seine Stimme ist kaum mehr als ein Flüstern. »Was auch immer es ist, hör nicht auf damit.« Er nimmt mich in die Arme, packt mich bei den Haaren und zieht meinen Kopf nach hinten, um meinen Hals küssen zu können.

Stöhnend mache ich mich an seiner Hose zu schaffen, öffne die Knöpfe und ziehe den Reißverschluss herunter.

»O Baby«, keucht er und küsst die Stelle unterhalb meines Ohrs.

Ich spüre seine Erektion, fest und hart, die sich gegen mich presst. Ich will ihn – in meinem Mund. Abrupt weiche ich zurück und lasse mich auf die Knie sinken.

»Wow!«, stößt er hervor.

Mit einem Ruck ziehe ich seine Hose und die Boxershorts herunter, woraufhin mir sein Glied entgegenspringt. Ehe er mich daran hindern kann, nehme ich es in den Mund und beginne, kräftig daran zu saugen. Befriedigt registriere ich, wie ihm vor Verblüffung der Mund offen stehen bleibt. Er blickt auf mich herab und verfolgt jede meiner Bewegungen. Seine Augen sind dunkel vor Leidenschaft und Begierde. Ich schließe die Lippen fester um ihn und sauge noch entschlossener, während er die Augen zusammenkneift und sich vollends seiner Lust ergibt. Ich bin mir voll und ganz dessen bewusst, was ich hier tue – und es ist ein herrliches Gefühl. Befreiend, triumphierend und so verdammt sexy. Es törnt mich unglaublich an. Ich habe Macht über ihn.

»Verdammt!«, stößt er hervor, legt die Hände um meinen Kopf und reckt mir die Hüften entgegen, um noch tiefer in meinen Mund dringen zu können. O ja, ich will es. Ich umkreise ihn mit der Zunge, sauge und ziehe … .

»Ana.« Er versucht, einen Schritt zurückzuweichen.

O nein, wage es nicht, Grey. Ich will dich. Ich packe ihn bei den Hüften und lege mich noch mehr ins Zeug, und mir ist klar, dass es nicht mehr lange dauern wird.

»Bitte«, japst er. »Ich komme gleich, Ana.«

Gut. Meine innere Göttin wirft ekstatisch den Kopf zurück,

und in diesem Augenblick kommt er zum Höhepunkt, lautstark und feucht und geradewegs in meine Mundhöhle hinein.

Er schlägt die Augen auf. Ich lächle zu ihm hoch und lecke mir genüsslich die Lippen, während sich ein schlüpfriges Grinsen auf seinen Zügen abzeichnet.

»Oh, so spielen wir also, Miss Steele?« Er beugt sich herab und zieht mich hoch. Unvermittelt liegt sein Mund auf meinen Lippen. Ein Stöhnen dringt aus seiner Kehle.

»Ich kann mich selbst schmecken. Aber du schmeckst eindeutig besser«, murmelt er.

Er zieht mir das T-Shirt über den Kopf und wirft es achtlos zu Boden, hebt mich hoch und wirft mich aufs Bett. Dann packt er meine Jogginghose und reißt sie mit einem Ruck nach unten, so dass ich splitternackt vor ihm liege. Ich warte. Voller Begierde. Sein hungriger Blick gleitet über mich hinweg, während er sich langsam vollends auszieht, ohne mich eine Sekunde aus den Augen zu lassen.

»Du bist eine sehr schöne Frau, Anastasia«, raunt er bewundernd.

Hm … Kokett lege ich den Kopf schief und strahle ihn an.

»Und du ein sehr schöner Mann, Christian. Und du schmeckst sehr gut.«

Mit einem lüsternen Grinsen greift er nach der Spreizstange, nimmt mein linkes Fußgelenk, legt die Ledermanschette darum und zieht die Riemen fest. Dann schiebt er einen Finger zwischen die Manschette und meine Haut, um zu überprüfen, wie viel Bewegungsfreiheit ich noch habe. Die ganze Zeit über hängt sein Blick wie gebannt an mir – offenbar weiß er auch ohne hinzusehen ganz genau, was er tut. Na ja, dies ist schließlich nicht das erste Mal für ihn

»Dann wollen wir doch mal sehen, wie Sie schmecken, Miss Steele. Wenn ich mich recht entsinne, ist Ihr Geschmack von erlesener Köstlichkeit.«

Oh.

Er packt meinen anderen Knöchel und fesselt auch ihn, so dass ich mit gespreizten Beinen vor ihm liege.

»Das Gute an der Spreizstange ist, dass sie sich verbreitern lässt.« Er lässt irgendetwas an der Stange einrasten und schiebt sie ein Stück weiter auseinander, so dass meine Beine noch mehr gespreizt werden – liebe Güte, inzwischen ist es bereits ein knapper Meter. Mir bleibt die Spucke weg. Wahnsinn – das ist so unglaublich scharf. Ich glühe förmlich, kann es kaum noch erwarten.

Christian leckt sich die Unterlippe.

»Oh, wir werden eine Menge Spaß damit haben, Ana.« Er packt die Stange und dreht sie so, dass ich unvermittelt auf den Bauch rolle.

»Siehst du, was ich alles machen kann?«, fragt er drohend und dreht die Stange erneut herum.

Ohne Vorwarnung liege ich wieder auf dem Rücken und blicke atemlos zu ihm hoch.

»Die anderen Fesseln sind für die Handgelenke. Ich überlege noch, ob ich sie dir anlegen soll. Das kommt darauf an, ob du dich benimmst oder nicht.«

»Wann benehme ich mich denn nicht?«

»Da gibt es so einige Verfehlungen.« Er streicht mit den Fingern über meine Fußsohle. Es kitzelt, doch durch die Stange ist meine Bewegungsfreiheit eingeschränkt, so dass ich mich ihm nicht entziehen kann. »Zum Beispiel, was deinen BlackBerry angeht.«

»Was hast du vor?«, stoße ich hervor.

»Oh, ich gebe meine Pläne niemals preis.« Er grinst anzüglich.

Wow. Dieser Mann ist so unfassbar sexy, dass es mir den Atem raubt. Er lässt sich aufs Bett sinken, rutscht zwischen meine Beine, so dass ich ihn in seiner gesamten nackten Pracht bewundern kann. Nur bin ich leider völlig hilflos.

»Hm. So nackt und so ausgeliefert, Miss Steele.« Langsam und mit kleinen, kreisenden Bewegungen wandern seine Finger über die Innenseiten meiner Unterschenkel, ohne dass er eine Sekunde den Blick von mir löst.

»Die Vorfreude ist das A und O, Ana. Was werde ich wohl mit dir machen?«

Seine leisen Worte dringen geradewegs in den dunkelsten, verborgensten Teil meines Bewusstseins. Stöhnend winde ich mich auf der Matratze, während er sich wieder meinen Beinen widmet und sich an meinen Knien vorbei weiter nach oben arbeitet. Instinktiv versuche ich, die Beine zusammenzupressen, was natürlich unmöglich ist.

»Denk daran, wenn dir etwas nicht gefällt, sag mir einfach, dass ich aufhören soll.« Er beugt sich vor und beginnt, meinen Bauch mit sanften Küssen zu bedecken, während seine Hände ihre langsame, qualvolle Reise an den Innenseiten meiner Beine entlang fortsetzen.

»O bitte, Christian«, flehe ich.

»Oh, Miss Steele. Ich musste soeben feststellen, wie gnadenlos Sie in Ihren amourösen Attacken sein können. Ich finde, ich sollte mich für diesen Gefallen revanchieren.«

Meine Finger verkrallen sich in der Tagesdecke, als ich mich ihm hingebe. Seine Lippen wandern südwärts, seine Finger immer weiter nach Norden bis zu jener verletzlichen, entblößten Stelle, wo sich meine Beine vereinen. Ich seufze, als er seine Finger in mich hineinschiebt. Ich hebe das Becken an, um sie willkommen zu heißen, was Christian ein lautes Stöhnen entlockt.

»Du erstaunst mich immer wieder, Ana ... so feucht.«

Gierig wölbe ich mich ihm entgegen, als sein Mund mich findet.

O Gott.

Seine Zunge umkreist meine empfindsamste Stelle, langsam und voller Sinnlichkeit, während er seine Finger rhythmisch in mir hin und her bewegt. Dass ich die Beine nicht schließen kann, lässt die Empfindung nur umso intensiver, beinahe unerträglich werden.

»O Christian«, rufe ich.

»Ich weiß, Baby«, raunt er und pustet behutsam gegen das Zentrum meiner Lust.

»Aaaahhh! Bitte!«

»Sag meinen Namen!«

»Christian!«, rufe ich, doch ich erkenne kaum meine eigene Stimme wieder – sie ist hoch und voll unverhohlenem Verlangen.

»Nochmal«, befiehlt er.

»Christian, Christian, Christian Grey«, schreie ich.

»Du gehörst mir«, sagt er leise, ehe der letzte kurze Schlag seiner Zunge in einem alles verschlingenden Orgasmus endet. Wieder und wieder schwappen die Wellen der Lust über mich hinweg, während ich mit weit gespreizten Beinen vor ihm liege.

Vage registriere ich, dass Christian mich auf den Bauch dreht.

»Wir werden es versuchen, Baby, und wenn es dir nicht gefällt oder es zu unbequem für dich ist, sag es mir, und ich höre sofort auf.«

Was? Ich bin viel zu gefangen im Nachhall meines Höhepunkts, um einen klaren Gedanken fassen zu können. Plötzlich sitze ich auf Christians Schoß. Wie ist denn das passiert?

»Lehn dich zurück, Baby«, murmelt er dicht neben meinem Ohr. »Kopf und Brust aufs Bett.«

Wie in Trance gehorche ich, woraufhin er meine Hände auf den Rücken legt und sie an der Spreizstange befestigt. Oh … ich muss die Knie anziehen, so dass mein Hintern in die Luft ragt – verletzlich, entblößt und Christian hilflos ausgeliefert.

»Du bist so wunderschön, Ana.« Blankes Staunen schwingt in seiner Stimme mit.

Ich höre das ratschende Geräusch von zerreißender Folie, dann spüre ich, wie seine Finger über meinen Rücken gleiten, in Richtung meines Geschlechts, und über meinem Hinterteil verharren.

»Wenn du bereit bist, will ich es auch.« Sein Finger schwebt über mir.

Geräuschvoll schnappe ich nach Luft und spüre, wie ich mich anspanne, als er ihn vorsichtig in mich schiebt.

»Nicht heute, süße Ana, aber eines Tages … Ich will dich, in jeder Hinsicht. Ich will dich besitzen, jeden einzelnen Zentimeter von dir. Du gehörst mir.«

Ich muss an den Analstöpsel denken. Wieder spannt sich mein ganzer Körper an. Seine Worte entlocken mir ein lustvolles Stöhnen, dann spüre ich, wie seine Finger weiter abwärts wandern, in vertrautere Gefilde.

Sekunden später bohrt er sich in mich. »Aaaahhh! Vorsichtig!«, schreie ich auf, woraufhin er innehält.

»Alles in Ordnung?«

»Vorsichtig … ich muss mich erst daran gewöhnen!«

Behutsam zieht er sich aus mir zurück, schiebt sich wieder hinein, füllt mich aus, zweimal, dreimal, und ich bin verloren.

»Ja, gut, so geht es«, murmle ich und genieße es, ihn in mir zu spüren.

Stöhnend beginnt er, sich zu bewegen … immer schneller … erbarmungslos … immer weiter … Es ist unbeschreiblich. Meine Hilflosigkeit erfüllt mich mit Freude; Freude darüber, mich ihm voll und ganz hinzugeben, und über die Gewissheit, dass er sich voll und ganz in mir verlieren kann. Ich habe die Macht, dieses Gefühl in ihm heraufzubeschwören. Er nimmt mich mit an all die dunklen Orte, von deren Existenz ich bisher nichts ahnte, und gemeinsam erfüllen wir sie mit strahlend hellem Licht. O ja … mit strahlend hellem, wunderschönem Licht.

In diesem Moment lasse ich endgültig los, lasse mich fallen und finde meine süße, süße Erlösung, als ich ein weiteres Mal komme und laut seinen Namen in die Nacht hinausrufe. Einen Moment verharrt er reglos in mir, ehe er sich mit seinem Herzen und seiner Seele in mich ergießt.

»Ana, Baby«, ruft er und sackt neben mir zusammen.

Mit routinierten Bewegungen löst er meine Fesseln und massiert meine Knöchel und Handgelenke. Als er fertig ist, zieht er mich an sich, und ich lasse mich völlig erschöpft in seine Arme sinken.

Als ich wieder zu mir komme, liege ich zusammengerollt neben ihm. Sein Blick ruht auf mir. Ich habe keine Ahnung, wie spät es ist.

»Ich könnte dir für den Rest meines Lebens beim Schlafen zusehen, Ana.« Er drückt mir einen Kuss auf die Stirn.

Lächelnd räkle ich mich genüsslich.

»Ich will nicht, dass du fortgehst. Niemals.« Er schlingt die Arme um mich.

Hm. »Ich will gar nicht fortgehen. Niemals«, erwidere ich schläfrig. Meine Lider verweigern ihren Dienst.

»Ich brauche dich«, sagt er leise, doch seine Stimme ist nur ein fernes, ätherisches Wispern in meinen Träumen. Er braucht mich … braucht mich … und bevor mich die Dunkelheit endgültig umhüllt, gelten meine Gedanken einem kleinen Jungen mit grauen Augen und zerzaustem kupferfarbenen Haar, der mich schüchtern anlächelt.

SIEBZEHN

Hm. Christians Nase an meinem Hals ist das Erste, was ich registriere, als ich langsam erwache.

»Guten Morgen, Baby«, flüstert er und knabbert zärtlich an meinem Ohrläppchen.

Flatternd öffnen sich meine Lider und schließen sich ganz schnell wieder, da gleißend helles Morgenlicht ins Zimmer flutet. Seine Finger liebkosen zärtlich meine Brust.

Genüsslich strecke ich mich und spüre seine Erektion an meinem Hintern. Ein echter Christian-Weckruf.

»Du freust dich, mich zu sehen, ja?«

»Sogar sehr«, antwortet er, lässt seine Hand über meinen Bauch abwärts zu meinem Geschlecht wandern und beginnt, es mit den Fingern zu erkunden. »Es hat eindeutig seine Vorteile, neben Ihnen aufzuwachen, Miss Steele«, raunt er und zieht mich behutsam an den Schultern nach hinten, so dass ich auf dem Rücken liege.

»Gut geschlafen?«, fragt er, während seine Finger ihre sinnliche Folter fortsetzen und ich in den Genuss seines hinreißenden Zahnpasta-Strahlens komme.

Meine Hüften fangen an, sich im Rhythmus seiner Finger zu bewegen. Als er einen von ihnen langsam in mich gleiten lässt, saugt er scharf den Atem ein.

»O Ana«, murmelt er ehrfürchtig. »Du bist immer bereit für mich.«

Sein Finger fährt in mir vor und zurück, während er im Rhythmus seiner sanften Stöße zuerst die eine Brustwarze mit

434

den Lippen, dann die andere mit den Zähnen reizt, bis sie sich aufrichten und sich ihm lustvoll entgegenrecken.

Ich stöhne auf.

»Hm«, knurrt er leise und hebt den Kopf. In seinen grauen Augen lodert die Leidenschaft. »Ich will dich.« Er streckt die Hand nach dem Nachttisch aus, legt sich auf mich, stützt sich mit den Ellbogen ab und reibt seine Nase an meiner, während er meine Beine spreizt. Dann richtet er sich auf die Knie auf und reißt das Kondompäckchen auf.

»Ich kann es kaum erwarten, bis endlich Samstag ist.«

»Deine Party?«, stoße ich atemlos hervor.

»Nein. Ich kann diese verfickten Dinger nicht mehr sehen.«

»Was für eine treffende Bezeichnung.« Ich kichere.

Grinsend rollt er das Kondom über seine Erektion. »Kichern Sie etwa, Miss Steele?«

»Nein.« Vergeblich bemühe ich mich um eine ernste Miene.

»Jetzt ist nicht der richtige Zeitpunkt zum Kichern«, tadelt er in strengem Tonfall, doch seine Miene – *heilige Scheiße* – wie kann jemand eiskalt und zugleich wie ein brodelnder Vulkan aussehen?

Mir stockt der Atem. »Ich dachte, du magst es, wenn ich kichere«, krächze ich und sehe ihm in die Augen, deren unendliche Tiefen mich zu verschlingen drohen.

»Nicht jetzt. Dafür gibt es den richtigen Zeitpunkt und den richtigen Ort. Aber jetzt ist weder das eine noch das andere der Fall. Ich muss dafür sorgen, dass du damit aufhörst, und ich glaube, ich weiß auch schon, wie«, sagt er mit unheilvoller Stimme und legt sich auf mich.

»Was hätten Sie gern zum Frühstück, Ana?«

»Ich nehme nur ein kleines Müsli. Danke, Mrs. Jones.«

Errötend setze ich mich auf den Barhocker neben Christian. Als ich die adrette und patente Mrs. Jones das letzte Mal gesehen habe, hing ich kopfüber auf Christians Schulter und wurde ins Schlafzimmer getragen.

»Du siehst sehr hübsch aus«, sagt Christian leise.

Ich trage meinen grauen Bleistiftrock und die graue Seidenbluse dazu.

»Du auch.« Ich lächle ihn schüchtern an.

Er sitzt in Jeans und einem hellblauen Hemd vor mir und sieht wie gewohnt frisch, cool und perfekt aus.

»Wir sollten dir unbedingt noch ein paar Röcke kaufen«, bemerkt er mit sachlicher Stimme. »Ich würde gern mit dir shoppen gehen.«

Eigentlich hasse ich shoppen. Aber mit Christian macht es vielleicht sogar Spaß. Ich gelange zu dem Entschluss, dass Ablenkung in diesem Fall die beste Form der Verteidigung ist.

»Ich bin gespannt, was heute im Büro passiert.«

»Sie werden einen Ersatz für dieses elende Schwein finden müssen.« Christian runzelt die Stirn, als wäre er in einen stinkenden Haufen getreten.

»Hoffentlich ist mein nächster Boss eine Frau.«

»Wieso?«

»Na ja, wenn ich mit ihr nach der Arbeit etwas trinken gehe, stört es dich nicht so sehr.«

Seine Lippen zucken amüsiert, als er sein Omelett anschneidet.

»Was ist daran so lustig?«, frage ich.

»Du. Iss dein Müsli, und zwar alles, wenn das dein einziges Frühstück ist.«

Wie immer muss er mich herumkommandieren. Ich schürze die Lippen, mache mich aber trotzdem über mein Frühstück her.

»Also, hier kommt der Schlüssel rein.« Christian zeigt auf die Zündung neben der Gangschaltung.

»Sehr seltsam«, erwidere ich. Trotzdem bin ich völlig aus dem Häuschen über meinen neuen Wagen und hüpfe vor Aufregung regelrecht auf dem weichen Lederpolster herum. Endlich lässt Christian mich mit dem Saab fahren.

Er mustert mich kühl. Trotzdem sehe ich die Belustigung in seinen Augen funkeln. »Du kannst es kaum erwarten, was?«, fragt er.

Ich nicke und grinse wie eine Idiotin. »Allein dieser Geruch nach neuem Wagen. Der hier riecht noch besser als die Sub-Schleuder ... äh, der A3«, füge ich hastig hinzu und werde rot.

Christians Mundwinkel zucken. »Die Sub-Schleuder? Miss Steele, unsere kleine Wortkünstlerin.« Mit gespielter Missbilligung lässt er sich auf dem Sitz nach hinten sinken, aber ich falle nicht darauf herein. Ich weiß genau, dass er sich über die Bezeichnung amüsiert.

»Also, lass uns fahren.« Er macht eine Geste in Richtung Garagenausfahrt.

Ich klatsche in die Hände und lasse den Motor an, der schnurrend zum Leben erwacht. Dann lege ich den Gang ein und nehme den Fuß von der Bremse, woraufhin der Saab vorwärtsgleitet. Taylor folgt uns in Christians Audi aus der Garage des Escala.

»Können wir das Radio einschalten?«, frage ich an der ersten roten Ampel.

»Ich will, dass du dich aufs Fahren konzentrierst«, entgegnet er scharf.

»Christian, bitte. Ich kann ohne Weiteres bei Musik Auto fahren.« Ich verdrehe die Augen.

Er runzelt die Stirn, doch dann streckt er die Hand nach dem Radio aus. »Darauf kannst du sowohl deinen iPod und MP3s als auch gewöhnliche CDs abspielen.«

In diesem Moment erfüllen die viel zu lauten Klänge eines alten Police-Stücks, *King of Pain*, das Wageninnere. Christian dreht leiser.

»Deine Hymne«, bemerke ich neckend, bereue es jedoch augenblicklich, als ich sehe, wie er die Lippen zu einer schmalen Linie zusammenpresst. *O nein.* »Ich habe sogar das Album.

Irgendwo«, füge ich eilig hinzu, um ihn abzulenken. Irgendwo in dem Apartment, in dem ich so gut wie keine Zeit verbringe.

Wo Ethan stecken mag? Vielleicht sollte ich ihn später ja anrufen. Allzu viel werde ich heute wohl nicht zu tun haben.

Beklommenheit erfasst mich. Wie wird es sein, ins Büro zu kommen? Werden alle wissen, was mit Jack passiert ist? Und dass Christian hinter seinem Rauswurf steckt? Werde ich überhaupt noch einen Job haben? Großer Gott, was mache ich bloß, wenn sie mich feuern?

Heirate einfach den Multimillionär, Ana!, meldet sich mein Unterbewusstsein, dieses habgierige Miststück, zu Wort. Ich ignoriere es.

»Hallo? Erde an Miss Freche-Klappe?« Christians Stimme reißt mich in die Realität zurück, während ich vor der nächsten roten Ampel stehen bleibe.

»Konzentrier dich auf die Straße, Ana«, tadelt er. »So passieren die meisten Unfälle.«

Ja, verdammt nochmal – unvermittelt muss ich daran denken, wie Ray mir Autofahren beigebracht hat. Ich brauche keinen zweiten Vater. Bestenfalls einen Ehemann. Einen mit Hang zum Perversen.

»Ich habe nur gerade an die Arbeit gedacht.«

»Ana, es wird alles gut. Glaub mir.« Christian lächelt.

»Ich will aber nicht, dass du dich einmischt. Ich will es allein schaffen. Bitte, Christian. Es ist wichtig für mich«, sage ich so sanft wie möglich. Ich will mich nicht streiten. Wieder erscheint dieser verbissene Zug um seinen Mund, und es hat den Anschein, als würde er gleich noch einmal mit mir schimpfen.

O nein.

»Bitte lass uns nicht streiten, Christian. Der Morgen hat so schön angefangen. Und gestern Nacht war …«, ich suche nach dem richtigen Wort, »… absolut himmlisch.«

Er schweigt. Ich sehe zu ihm hinüber. Seine Augen sind geschlossen.

»Ja. Himmlisch«, bestätigt er leise. »Und alles, was ich gesagt habe, war auch so gemeint.«

»Wie meinst du das?«

»Ich will dich nicht gehen lassen.«

»Und ich will nicht gehen.«

Er lächelt. Da ist es wieder – dieses neue, schüchterne Lächeln, das alles ringsum bedeutungslos werden lässt. Gütiger Himmel, wie kann ein Lächeln eine solche Macht besitzen?

»Gut«, sagt er nur und entspannt sich sichtlich.

Ich biege auf einen Parkplatz einen halben Block von SIP entfernt.

»Ich begleite dich den restlichen Weg. Taylor kann mich vor dem Verlag abholen«, sagt Christian.

Mein Bleistiftrock macht es mir nicht gerade einfach, graziös aus dem Wagen zu steigen, wohingegen es Christian mit der gewohnt mühelosen Eleganz eines Menschen gelingt, der sich in seiner Haut wohlfühlt – oder zumindest den Anschein erweckt, als sei es so. Obwohl, jemand, der es nicht erträgt, von anderen berührt zu werden, kann sich unmöglich so wohl mit sich selbst fühlen.

»Vergiss nicht, dass wir heute Abend einen Termin bei Dr. Flynn haben«, sagt er und hält mir die Hand hin. Ich drücke die Fernbedienung, woraufhin die Wagenschlösser einrasten, und ergreife sie.

»Das werde ich nicht. Ich will eine Liste mit Fragen zusammenstellen, die ich an ihn habe.«

»Fragen? Über mich?«

Ich nicke.

»Aber die kann ich dir doch beantworten.«

Christian scheint gekränkt zu sein.

Ich lächle ihn an. »Das stimmt, aber ich will lieber eine neutrale, teure Quacksalbermeinung hören.«

Er zieht mich unvermittelt in seine Arme und hält meine Hände auf meinem Rücken fest.

»Hältst du das für eine gute Idee?«, fragt er mit rauer Stimme. Ich löse mich von ihm und sehe ihn an. Der Anblick der Besorgnis auf seiner Miene bricht mir beinahe das Herz.

»Wenn du nicht willst, dass ich es tue, dann lasse ich es.« Am liebsten würde ich den verängstigten Ausdruck aus seinen Augen verjagen. Zärtlich lege ich meine Hand auf seine Wange, die sich ganz glatt anfühlt.

»Worüber machst du dir solche Sorgen?«, frage ich mit beschwichtigender Stimme.

»Dass du mich verlassen wirst.«

»Christian, wie oft soll ich es dir noch sagen? Ich gehe nirgendwo hin. Das Schlimmste hast du mir längst erzählt, und wie du siehst, bin ich immer noch hier.«

»Wieso hast du mir dann nach wie vor keine Antwort gegeben?«

»Antwort? Worauf?«, frage ich mit gespielter Unschuld.

»Du weißt genau, was ich meine, Ana.«

Ich seufze. »Ich will doch nur wissen, ob ich dir genüge, Christian. Das ist alles.«

»Und mein Wort darauf reicht dir nicht?«, stößt er aufgebracht hervor und lässt meine Hand los.

»Es geht alles so unglaublich schnell, Christian. Und du sagst doch selbst von dir, du seist komplett abgefuckt. Ich kann dir nicht geben, was du brauchst«, wende ich ein. »All das ist nun einmal nicht meine Welt. Und deswegen fühle ich mich unzulänglich, vor allem, nachdem ich dich mit Leila gesehen habe. Was ist, wenn du eines Tages eine Frau kennen lernst, die auch Gefallen an all diesen Dingen findet? Und wie kann ich sicher sein, dass du dich nicht in sie verliebst? In jemanden, der deine Bedürfnisse viel besser befriedigen kann als ich.« Allein bei der Vorstellung, dass Christian mit einer anderen Frau zusammen sein könnte, wird mir übel.

»Ich kannte mehrere Frauen, denen all die Dinge gefallen haben, die ich mache. Zu keiner habe ich mich so hingezogen gefühlt wie zu dir. Und zu keiner von ihnen habe ich jemals eine emotionale Bindung aufgebaut. Du bist die Einzige, Ana. Und wirst es immer sein.«

»Weil du ihnen nie eine Chance gegeben hast. Du hast dich viel zu lange in deiner Festung verbarrikadiert, Christian. Aber lass uns später darüber reden. Jetzt muss ich zur Arbeit. Vielleicht kann Dr. Flynn uns ja weiterhelfen.« Dieses Gespräch ist viel zu ernst und wichtig, um es um halb neun auf einem Innenstadtparkplatz zu führen. Ausnahmsweise scheint Christian derselben Meinung zu sein, denn er nickt, auch wenn noch immer der argwöhnische Ausdruck in seinen Augen liegt.

»Komm.« Er streckt mir erneut die Hand entgegen.

Auf meinem Schreibtisch finde ich eine Notiz vor, mich sofort bei Elizabeth zu melden. Mir bleibt beinahe das Herz stehen. Das war's – ich werde gefeuert.

»Anastasia.« Mit freundlicher Miene bedeutet Elizabeth mir, auf dem Stuhl vor ihrem Schreibtisch Platz zu nehmen. Ich setze mich hin und sehe sie erwartungsvoll an. Hoffentlich bekommt sie nicht mit, dass mein Herz wie verrückt hämmert. Sie streicht sich ihr dichtes Haar aus dem Gesicht und blickt mich aus ihren ernsten Augen an.

»Ich habe leider traurige Neuigkeiten.«

Traurig? Oje.

»Ich habe Sie hergebeten, um Ihnen mitzuteilen, dass Jack Hyde völlig überraschend aus dem Verlag ausgeschieden ist.«

Ich laufe rot an. Für mich ist diese Neuigkeit keineswegs traurig. Sollte ich ihr das vielleicht sagen?

»Durch seinen überstürzten Abgang hat sich eine Vakanz ergeben, die wir gern mit Ihnen besetzen würden, bis wir einen passenden Nachfolger gefunden haben.«

Wie bitte? Ich spüre, wie mir sämtliches Blut aus dem Gesicht weicht. Mit mir?

»Aber ich bin doch erst eine Woche hier.«

»Das stimmt, aber Jack war immer sehr überzeugt von Ihren Fähigkeiten. All seine Hoffnungen ruhten auf Ihnen.«

Mich möglichst schnell flachzulegen – das war das Einzige, worauf Jack sich Hoffnungen gemacht hat.

»Hier ist eine detaillierte Beschreibung seines Aufgabengebiets. Lesen Sie sie sich in Ruhe durch. Wir sprechen später darüber.«

»Aber ...«

»Bitte, ich weiß, es kommt alles ein bisschen unvorhergesehen, aber Sie stehen ja bereits mit Jacks wichtigsten Autoren in Kontakt. Außerdem sind Ihre Manuskriptzusammenfassungen bei den anderen Lektoratskollegen sehr gut angekommen. Sie sind ein pfiffiges Mädchen, Anastasia. Wir alle sind überzeugt, dass Sie es schaffen können.«

»Okay.« *Ich glaube, ich träume.*

»Denken Sie einfach in Ruhe darüber nach. In der Zwischenzeit können Sie Jacks Büro nehmen.«

Sie steht auf – ein klares Zeichen, dass ich gehen darf.

»Ich bin wirklich froh, dass er weg ist«, sagt sie kaum hörbar, während ein gequälter Ausdruck in ihre Augen tritt. *O Gott.* Was hat er ihr angetan?

Ich kehre an meinen Schreibtisch zurück und rufe Christian von meinem BlackBerry an.

Er meldet sich beim zweiten Läuten. »Anastasia. Ist alles in Ordnung?«, fragt er besorgt.

»Sie haben mir gerade Jacks Job gegeben – na ja, vorübergehend«, platze ich heraus.

»Du machst Witze«, flüstert er schockiert.

»Hast du die Finger da drin?« Meine Stimme klingt schärfer als beabsichtigt.

»Nein, absolut nicht, nein. Ich meine, bei allem Respekt, Anastasia, aber du bist erst seit einer Woche dort. Ich meine es wirklich nicht böse, aber ...«

»Das weiß ich auch. Offenbar hatte Jack eine hohe Meinung von mir.«

»Ach, tatsächlich?« Christians Tonfall ist eisig. Er stößt einen Seufzer aus.

»Wenn sie der Meinung sind, dass du es hinkriegst, Baby, bin ich es auch. Glückwunsch. Vielleicht sollten wir deine Beförderung ja feiern, nachdem wir bei Dr. Flynn waren.«

»Ja, wieso nicht. Und du bist ganz sicher, dass du nichts damit zu tun hast?«

Einen Moment lang herrscht Schweigen in der Leitung, dann fragt er drohend: »Zweifelst du etwa an mir? Das macht mich stinksauer.«

Du meine Güte, dieser Mann geht wegen jeder Kleinigkeit in die Luft. »Tut mir leid«, entschuldige ich mich eilig.

»Wenn du etwas brauchst, sag Bescheid. Ich bin hier. Und Anastasia?«

»Was?«

»Benutz deinen BlackBerry«, fügt er mit angespannter Stimme hinzu.

»Ja, Christian.«

Statt wie erwartet aufzulegen, höre ich, wie er tief Luft holt.

»Ich meine es ernst. Wenn du mich brauchst – ich bin hier.« Inzwischen ist sein Tonfall versöhnlicher. Wie launenhaft dieser Mann doch ist … Seine Stimmungen schlagen mit der Geschwindigkeit eines Metronoms im Presto-Modus um.

»Okay, aber ich sollte jetzt Schluss machen. Ich muss mein neues Büro beziehen.«

»Wenn du mich brauchst … ich meine es ernst.«

»Ich weiß. Danke, Christian. Ich liebe dich.«

Ich spüre ihn am anderen Ende der Leitung grinsen. Also habe ich es wieder einmal geschafft, seine miese Laune zu zerstreuen.

»Ich liebe dich auch, Ana.«

Werde ich es jemals leid, diese Worte aus seinem Mund zu hören?

»Wir hören uns später.«

»Ciao, ciao, Baby.«

Ich lege auf und sehe zu Jacks Büro hinüber. Mein Büro. Heilige Scheiße – Anastasia Steele, Lektorin. Wer hätte das gedacht. Ich hätte im Zuge meiner Interimsbeförderung auch gleich um eine Gehaltserhöhung bitten sollen.

Was würde Jack wohl dazu sagen? Der Gedanke lässt mich erschaudern. Ich frage mich, wie er den Morgen verbracht haben mag. Jedenfalls nicht in New York, wie er gedacht hatte. Ich schlendere in mein neues Büro, setze mich an den Schreibtisch und lese mir die Stellenbeschreibung durch.

Um halb eins ruft Elizabeth mich an.

»Um eins findet eine Besprechung im Konferenzraum statt, bei der wir Sie gern dabeihätten. Der Leiter des Verlags, Jerry Roach, und Kay Bestie, die als Vice President bei uns arbeitet, werden auch daran teilnehmen ... Und auch alle anderen Lektoren.«

Ach du Schande.

»Muss ich irgendetwas vorbereiten?«

»Nein, es ist nur unser informelles Verlagsmeeting, das wir einmal im Monat abhalten. Mittagessen gibt es auch.«

»Ich werde selbstverständlich kommen«, sage ich und lege auf.

O Scheiße! Eilig gehe ich die Autoren durch, mit denen Jack gerade an einem Buchprojekt gearbeitet hat. Ja, die habe ich so weit im Griff. Ich habe die fünf Manuskripte vorliegen, die er kaufen wollte, dazu zwei weitere, von denen ich finde, dass sie definitiv für eine Veröffentlichung infrage kommen. Ich hole tief Luft. Unglaublich, dass es bereits Mittagszeit ist. Der Vormittag ist wie im Flug vergangen, und ich fühle mich toll, obwohl ich kaum weiß, wo mir der Kopf steht. Mein elektronischer Kalender erinnert mich mit einem leisen Ping daran, dass ich einen Termin habe.

O nein – Mia! In all der Aufregung habe ich völlig vergessen, dass ich mit ihr zum Mittagessen verabredet bin. Ich krame den BlackBerry heraus und suche hektisch ihre Nummer.

In diesem Moment läutet mein Telefon auf dem Schreibtisch.

»Er ist es wieder. An der Rezeption«, höre ich Claire mit gedämpfter Stimme sagen.

»Wer?« Einen kurzen Moment glaube ich, dass sie von Christian spricht.

»Der blonde Gott.«

»Ethan.«

Oh, was will Ethan denn hier? Augenblicklich überkommen mich Gewissensbisse, weil ich ihn nicht angerufen habe.

Ethan steht strahlend in einem weißen T-Shirt, blau kariertem Hemd und Jeans in der Lobby.

»Wow, du siehst echt scharf aus, Steele«, begrüßt er mich mit einem anerkennenden Lächeln und umarmt mich kurz.

»Alles in Ordnung?«

»Natürlich ist alles in Ordnung, Ana. Ich wollte nur nach dir sehen. Ist eine ganze Weile her, seit ich das letzte Mal etwas von dir gehört habe, deshalb wollte ich mich überzeugen, dass Mr. Mogul dich auch anständig behandelt.«

Ich werde rot und muss unwillkürlich grinsen.

»Na also!«, ruft Ethan begeistert. »Dieses verstohlene Lächeln sagt doch alles. Mehr will ich gar nicht wissen. Ich bin nur hergekommen, weil ich fragen wollte, ob du zufällig Zeit hast, mit mir Mittagessen zu gehen. Ich werde mich übrigens an der Uni für Psychologie einschreiben. Im September geht es los.«

»Oh, Ethan, seit gestern ist so viel passiert. Ich muss dir unbedingt alles erzählen, aber im Moment kann ich nicht, weil ich gleich ein Meeting habe.« In diesem Augenblick habe ich eine Idee. »Könntest du mir einen echten Riesengefallen tun?« Ich falte bittend die Hände vor der Brust.

»Klar«, sagt er, sichtlich amüsiert.

»Eigentlich sollte ich mich gleich mit Christians und Elliots

Schwester zum Essen treffen. Dieses Meeting ist mir dazwischengekommen, aber leider kann ich sie nicht erreichen. Könntest du stattdessen mit ihr essen gehen? Bitte, bitte!«

»Ana! Ich habe keine Lust, für einen verwöhnten Fratz den Babysitter zu spielen.«

»Bitte, Ethan.« Ich schenke ihm meinen hingebungsvollsten, langwimprigsten Augenaufschlag, den ich zu Stande bekomme.

»Und als Gegenleistung bekochst du mich?«

»Klar, wann immer du willst.«

»Also, wo ist die Kleine?«

»Sie sollte jede Sekunde hier sein.«

Wie auf ein Stichwort dringt ihre Stimme durch die Lobby.

»Ana!«

Wir drehen uns um, und da steht sie – groß und kurvig, mit ihrem schwarzen Bob, in einem grünen Minikleid und farblich passenden High Heels, die ihre schlanken Fesseln perfekt zur Geltung bringen. Sie sieht atemberaubend aus.

»Der Fratz?«, flüstert Ethan, dem die Kinnlade herunterfällt.

»Genau. Der Fratz, der einen Babysitter braucht«, flüstere ich. »Hi, Mia.« Ich drücke sie kurz an mich, während sie Ethan ungeniert anstarrt.

»Mia, das ist Ethan, Kates Bruder.«

Er nickt mit hochgezogenen Brauen, während sie ihm verlegen blinzelnd die Hand reicht.

»Ich bin entzückt, dich kennen zu lernen«, murmelt Ethan galant, während Mia ein weiteres Mal blinzelt – ausnahmsweise scheint es ihr die Sprache verschlagen zu haben – und rot anläuft.

Junge, Junge, ich kann mich nicht erinnern, sie jemals erröten gesehen zu haben.

»Ich kann mich fürs Mittagessen leider nicht loseisen«, sage ich lahm. »Aber Ethan hat sich bereiterklärt, für mich einzuspringen, wenn es dir recht ist. Und wir beide finden einen anderen Termin, okay?«

»Klar«, haucht sie kaum hörbar. Eine kleinlaute Mia, das ist ja mal ganz was Neues.

»Okay, dann übernehme ich jetzt. Ciao, ciao, Ana.« Ethan reicht Mia seinen Arm.

Mit einem schüchternen Lächeln hakt sie sich bei ihm unter.

»Bis dann, Ana.« Mia dreht sich zu mir um. »Oh. Mein. Gott!«, formt sie lautlos mit den Lippen und zwinkert mir übertrieben zu.

Sie mag ihn! Ich winke den beiden hinterher, während ich mich frage, wie Christian wohl zu den Männerbekanntschaften seiner kleinen Schwester steht. Bei dem Gedanken ist mir nicht ganz wohl, andererseits ist sie in meinem Alter, also kann er kaum etwas dagegen haben.

Ich kehre in Jacks ... äh ... mein Büro zurück, um mich auf das Meeting vorzubereiten.

Als ich zurückkomme, ist es bereits halb vier. Das Meeting ist ziemlich gut verlaufen. Ich habe grünes Licht für die beiden Manuskripte, die mir am Herzen liegen. Ein tolles Gefühl.

Auf meinem Schreibtisch steht ein riesiger Weidenkorb voll bildschöner weißer und hellrosafarbener Rosen. Wow – allein ihr Duft ist herrlich. Lächelnd greife ich nach der Karte, aber natürlich weiß ich genau, wer sie geschickt hat.

Herzlichen Glückwunsch Miss Steele,
und alles ganz allein geschafft!
Ohne jede Hilfe von deinem
überfreundlichen, größenwahnsinnigen CEO.
Ich liebe dich
Christian

Ich ziehe meinen BlackBerry heraus, um ihm zu antworten.

Von: Anastasia Steele
Betreff: Größenwahn …
Datum: 16. Juni 2011, 15:43 Uhr
An: Christian Grey

… ist mein Lieblings-Wahn. Danke für die herrlichen Blumen. Sie wurden in einem riesigen Weidenkorb geliefert, der mich an Picknicks und Decken denken lässt.

X

Von: Christian Grey
Betreff: Frischluft
Datum: 16. Juni 2011, 15:55 Uhr
An: Anastasia Steele

Wahnsinn, hm? Dazu fällt Dr. Flynn garantiert etwas ein.
Willst du picknicken?
Wir könnten uns ein bisschen unter freiem Himmel amüsieren, Anastasia …
Wie läuft dein Tag, Baby?

CHRISTIAN GREY
CEO, Grey Enterprises Holdings, Inc.

O Mann. Ich werde rot.

Von: Anastasia Steele
Betreff: Hektisch
Datum: 16. Juni 2011, 16:00 Uhr
An: Christian Grey

Der Tag ist wie im Flug vergangen, so dass ich kaum Zeit hatte, an irgendetwas anderes als an meine Arbeit zu denken. Ich glaube, ich kriege das mit dem Job ganz gut hin! Ich erzähle dir heute Abend alles.

Frischluft, das klingt ... interessant.

Ich liebe dich.

A x

PS: Mach dir wegen Dr. Flynn keine Sorgen.

Mein Telefon läutet. Es ist Claire von der Rezeption, die vor Neugier brennt, wer mir die herrlichen Blumen geschickt hat und was mit Jack passiert ist. Ich habe mich den ganzen Tag über in meinem Büro vergraben und bin über den neuesten Klatsch nicht auf dem Laufenden. Ich erzähle ihr, von wem ich die Blumen bekommen habe, und sage, dass ich nichts Genaues über Jacks überstürzten Abgang weiß. In diesem Moment kommt eine weitere Mail von Christian.

Von: Christian Grey
Betreff: Ich werde versuchen ...
Datum: 16. Juni 2011, 16:09 Uhr
An: Anastasia Steele

... mir keine Sorgen zu machen.

Ciao, ciao, Baby. X

CHRISTIAN GREY
CEO, Grey Enterprises Holdings, Inc.

Um halb sechs räume ich meinen Schreibtisch auf. Nicht zu fassen, wie schnell der Tag vergangen ist. Ich muss zurück ins Escala und mich auf unseren Termin mit Dr. Flynn vorbereiten. Ich hatte noch nicht einmal Zeit, mir Fragen zu überlegen. Vielleicht können wir heute ja nur ein erstes allgemeines Gespräch führen, und Christian erlaubt mir, dass ich mich später noch einmal mit ihm treffe. Ich verlasse das Büro und winke Claire flüchtig zum Abschied.

Außerdem ist da noch Christians Geburtstagsgeschenk. Inzwischen ist mir etwas für ihn eingefallen. Ich würde es ihm gern schon heute Abend geben, bevor wir zu Dr. Flynn fahren, aber wie? Neben dem Parkplatz befindet sich ein kleiner Souvenirshop, in dem allerlei Kram für Touristen verkauft wird. In diesem Moment habe ich die zündende Idee. Ich betrete den Laden.

Christian steht mit seinem BlackBerry am Ohr vor dem Panoramafenster, als ich eine halbe Stunde später das Wohnzimmer betrete. Er dreht sich um, strahlt mich an und beendet das Gespräch.

»Ros, das ist wunderbar. Sagen Sie es Barney. Von dort aus können wir dann gleich weiter ... Auf Wiederhören.«

Er hat sich umgezogen und trägt Jeans und ein weißes T-Shirt – ein Outfit, das ihm etwas Verwegenes verleiht. O Mann. Er kommt auf mich zu.

»Guten Abend, Miss Steele«, begrüßt er mich und beugt sich vor, um mich zu küssen. »Noch einmal Glückwunsch zur Beförderung.« Er zieht mich an sich. Sein herrlicher Geruch steigt mir in die Nase.

»Du hast geduscht.«

»Ich hatte mit Claude trainiert.«

»Oh.«

»Ich habe es sogar geschafft, ihn zweimal auf die Matte zu befördern.« Christian strahlt wie ein kleiner Junge. Sein Grinsen ist ansteckend.

»Und das kommt nicht allzu häufig vor?«

»Nein. Umso schöner ist es, wenn ich es dann doch mal schaffe. Hunger?«

Ich schüttle den Kopf.

»Was ist?« Er sieht mich stirnrunzelnd an.

»Ich bin nervös. Wegen Dr. Flynn.«

»Ich auch. Wie war dein Tag?« Er lässt mich los.

Ich gebe ihm eine Kurzzusammenfassung meines Tages, der er aufmerksam lauscht.

»Oh, eines wollte ich dir noch sagen«, füge ich hinzu. »Eigentlich war ich heute mit Mia zum Mittagessen verabredet.«

Er hebt erstaunt die Brauen. »Das hast du gar nicht erzählt.«
»Ich weiß. Ich hatte es völlig vergessen. Wegen des Meetings musste ich allerdings absagen, deshalb hat Ethan sie stattdessen eingeladen.«

Seine Züge verfinstern sich. »Aha. Hör auf, auf deiner Lippe herumzukauen.«

»Ich muss mich frisch machen«, wechsle ich eilig das Thema und wende mich zum Gehen, bevor er irgendwelche Einwände erheben kann.

Dr. Flynns Praxis ist nur wenige Autominuten vom Escala entfernt. *Sehr praktisch*, denke ich. *Falls eine Notfallsitzung nötig ist.*

»Normalerweise jogge ich hierher«, erklärt Christian und parkt meinen Saab vor der Tür. »Der Wagen ist wirklich toll.« Er lächelt mich an.

»Finde ich auch«, bestätige ich und lächle zurück. »Christian … Ich …« Beklommen sehe ich ihn an.

»Was ist?«

Ich ziehe die kleine Schachtel aus meiner Tasche. »Das hier ist für dich. Zum Geburtstag. Ich möchte es dir schon heute geben – aber nur, wenn du mir versprichst, dass du es erst am Samstag aufmachst, okay?«

Er sieht mich verblüfft an. »Okay«, murmelt er argwöhnisch.

Ich hole tief Luft und überreiche es ihm, ohne seine Verwirrung zu beachten. Er schüttelt es. Ein befriedigendes Klappern ertönt. Christian runzelt die Stirn. Ich weiß, dass er vor Neugier beinahe platzt. Dann grinst er. Seine Augen leuchten, und ich sehe eine jugendliche Sorglosigkeit darin aufblitzen, wie man sie nur selten an ihm beobachten kann. *Wahnsinn!* Für einen kurzen Moment wirkt er so alt, wie er in Wahrheit ist – und unglaublich schön!

»Du darfst es aber erst am Samstag aufmachen«, warne ich ihn.

»Ja, das habe ich verstanden. Aber wieso schenkst du es mir

jetzt schon?« Er lässt die Schachtel in der Innentasche seines blauen Nadelstreifensakkos verschwinden, direkt über seinem Herzen.

Wie passend, denke ich und lächle.

»Weil ich es kann«, antworte ich.

Ein ironisches Lächeln spielt um seine Lippen.

»Das ist mein Spruch, Miss Steele.«

Eine freundliche, tüchtig wirkende Assistentin empfängt uns in Dr. Flynns feudalen Praxisräumen. Sie lächelt Christian warmherzig an; eine Spur zu warmherzig für meinen Geschmack, immerhin ist sie alt genug, um seine Mutter sein zu können. Christian begrüßt sie mit Namen.

Der Raum ist von schlichter Eleganz – hellgrün gestrichene Wände und zwei dunkelgrüne, gegenüber von zwei Ledersesseln arrangierte Sofas – und verströmt die Atmosphäre eines Herrenclubs. Dr. Flynn sitzt hinter seinem Schreibtisch.

Als wir eintreten, steht er auf und tritt auf uns zu. Er trägt eine schwarze Hose, dazu ein offenes hellblaues Hemd ohne Krawatte. Seinen hellblauen Augen scheint nichts zu entgehen.

»Christian.« Er lächelt freundlich.

»John.« Christian schüttelt ihm die Hand. »Sie erinnern sich bestimmt an Anastasia.«

»Ana, bitte«, widerspreche ich, während er mir kräftig die Hand schüttelt. Ich bin restlos begeistert von seinem britischen Akzent.

»Ana«, begrüßt er mich liebenswürdig und macht eine Geste in Richtung der Sofas.

Ich nehme auf einem davon Platz und lege eine Hand auf die Armlehne, sorgsam darauf bedacht, möglichst entspannt zu wirken, während Christian sich auf die Couch neben mir sinken lässt, so dass wir im rechten Winkel zueinander sitzen, lediglich getrennt durch einen kleinen Beistelltisch mit einer einzelnen Lampe darauf. Und einer Kleenex-Schachtel, wie ich mit Interesse feststelle.

Der Raum sieht völlig anders aus, als ich ihn mir vorgestellt habe – ich hatte viel eher einen sterilen, weiß eingerichteten Raum mit einer schwarzen Chaiselongue vor Augen.

Dr. Flynn, der sehr entspannt und souverän wirkt, setzt sich in einen der Lehnsessel und greift nach einem ledernen Notizblock. Christian schlägt die Beine übereinander und streckt einen Arm auf der Rückenlehne des Sofas aus. Mit der anderen Hand tastet er nach meinen Fingern und drückt sie.

»Christian wollte, dass Sie an einer Therapiesitzung teilnehmen«, beginnt Dr. Flynn. »Der Korrektheit halber möchte ich Ihnen sagen, dass wir diese Sitzungen mit absoluter Vertraulichkeit ...«

Ich hebe eine Braue, woraufhin Dr. Flynn mitten im Satz abbricht.

»Oh – äh ... ich habe eine Verschwiegenheitsvereinbarung unterschrieben«, erkläre ich verlegen.

Die beiden Männer starren mich an, Christian lässt sogar meine Hand los.

»Eine Verschwiegenheitsvereinbarung?« Dr. Flynn runzelt die Stirn und wirft Christian einen fragenden Blick zu.

Christian zuckt mit den Achseln.

»Lassen Sie zu Beginn jeder Ihrer Beziehungen eine Verschwiegenheitsvereinbarung unterschreiben, Christian?«, erkundigt er sich.

»Nur bei denen, die auf einer vertraglichen Ebene beruhen.«

Dr. Flynns Mund zuckt amüsiert. »Haben Sie jemals auch andere Beziehungen mit Frauen gepflegt?«

»Nein«, antwortet Christian nach kurzem Zögern. Auch ihn scheint der Dialog zu amüsieren.

»Das habe ich mir fast gedacht.« Dr. Flynn wendet sich wieder mir zu. »Tja, wenn das so ist, können wir wegen der Vertraulichkeit also ganz beruhigt sein, aber dürfte ich trotzdem vorschlagen, dass Sie beide diesen Punkt bei Gelegenheit besprechen?

Soweit ich verstanden habe, besteht die ursprüngliche Form der vertraglichen Beziehung ja nicht länger zwischen Ihnen.«

»Dafür bald eine andere Art von Vertrag, hoffe ich«, wirft Christian mit einem Seitenblick in meine Richtung ein.

Ich werde rot, woraufhin Dr. Flynn erneut die Stirn in Falten zieht.

»Ana. Bitte verzeihen Sie mir, aber ich weiß wahrscheinlich sehr viel mehr über Sie, als Ihnen bewusst ist. Christian hat sehr offen über Sie gesprochen.«

Ich sehe ihn nervös an. Was hat er ihm von mir erzählt?

»Eine Verschwiegenheitsvereinbarung«, nimmt er den Faden wieder auf. »Das muss doch ein ziemlicher Schock für Sie gewesen sein.«

Ich sehe ihn blinzelnd an. »Na ja, nach Christians jüngsten Enthüllungen ist mein Entsetzen darüber zur Bedeutungslosigkeit verblasst, würde ich sagen.« Mir ist bewusst, wie kleinlaut und zögerlich ich mich anhöre.

»Das kann ich mir vorstellen.« Dr. Flynn lächelt freundlich. »Also, Christian, worüber wollen wir heute reden?«

Christian zuckt mit den Achseln wie ein mürrischer Teenager. »Anastasia war diejenige, die unbedingt herkommen wollte. Vielleicht sollten Sie ja sie fragen.«

Abermals zeichnet sich Erstaunen auf Dr. Flynns Miene ab, ehe er mich forschend anblickt.

Gütiger Himmel, geht es noch peinlicher? Ich starre auf meine Hände.

»Wäre es Ihnen lieber, wenn Christian uns für eine Weile allein lässt, Ana?«

Mein Blick schweift zu Christian, der mich erwartungsvoll ansieht.

»Ja«, flüstere ich.

Christian öffnet kurz den Mund, schließt ihn jedoch wieder und erhebt sich mit einer anmutigen Bewegung. »Ich bin dann im Wartezimmer«, erklärt er mürrisch.

O nein!

»Danke, Christian«, sagt Dr. Flynn, nicht im Mindesten beeindruckt.

Mit einem suchenden Blick in meine Richtung verlässt Christian das Zimmer – zum Glück, ohne die Tür zuzuschlagen. Puh! Ich spüre, wie ich mich augenblicklich entspanne.

»Er jagt Ihnen einen Heidenrespekt ein, richtig?«

»Ja, aber nicht mehr ganz so sehr wie am Anfang.« Meine Antwort erscheint mir zwar illoyal, aber sie entspricht der Wahrheit.

»Das wundert mich nicht, Ana. Also, wie kann ich Ihnen helfen?«

Was könnte ich ihn fragen?

»Das ist meine erste richtige Beziehung, Dr. Flynn, und Christian ist so … na ja, Christian eben. Während der vergangenen Woche ist eine Menge passiert, und ich hatte noch keine Gelegenheit, in Ruhe über alles nachzudenken.«

»Worüber würden Sie denn gern nachdenken?«

Ich hebe den Blick. Er sieht mich mitfühlend an. Glaube ich zumindest.

»Na ja … Christian behauptet, er gebe mit dem größten Vergnügen seine … äh …«, stammle ich und halte inne. Das Ganze gestaltet sich wesentlich schwieriger, als ich dachte.

Dr. Flynn seufzt. »Ana, in der kurzen Zeit, seit Sie Christian kennen, haben Sie größere Fortschritte bei ihm erzielt als ich in zwei Jahren. Ihr Einfluss auf ihn ist gewaltig. Das sollte Ihnen bewusst sein.«

»Sein Einfluss auf mich ist genauso gewaltig. Ich weiß nur nicht, ob ich ihm wirklich genüge. Ob ich seine Bedürfnisse befriedigen kann«, gestehe ich leise.

»Sind Sie deshalb hergekommen? Um sich von mir die Bestätigung zu holen?«

Ich nicke.

»Bedürfnisse können sich ändern«, erwidert er schlicht.

»Christian befindet sich in einer Situation, in der seine bisherigen Methoden, mit dem Thema umzugehen, nicht länger die gewünschte Wirkung zeigen. Mit einfachen Worten – Sie haben ihn gezwungen, sich einigen seiner Dämonen zu stellen und sich neu zu orientieren.«

Ich sehe ihn verblüfft an. Genau dasselbe hat Christian im Grunde auch gesagt.

»Ja, seine Dämonen«, murmle ich.

»Halten Sie sich nicht zu lange damit auf – sie sind Vergangenheit. Christian kennt seine Dämonen, genauso wie ich. Und Sie inzwischen ebenfalls. Meine Sorge gilt vielmehr der Zukunft und der Aufgabe, Christian in die Position zu bringen, in der er gern wäre.«

Ich runzle die Stirn, und er hebt eine Braue.

»Der Fachbegriff dafür ist lösungsfokussierte Kurztherapie, die, wie der Name vermuten lässt, das zeitnahe Erreichen eines bestimmten Ziels anstrebt. Wir konzentrieren uns darauf, an welchem Punkt Christian stehen will und wie er so schnell wie möglich an dieses Ziel gelangt. Es ist ein dialektischer Therapieansatz. Es bringt nichts, die Vergangenheit auseinanderzudröseln – all das hat jeder Arzt, Therapeut und Psychologe, den Christian aufgesucht hat, in der Vergangenheit längst getan. Wir wissen, warum er so ist, wie er ist, aber das ist im Moment nicht wichtig. Wichtig sind nur die Zukunft und die Frage, wo Christian sich selbst sieht und gern in seinem Leben stehen würde. Erst seit er Sie kennt, ist er bereit, diese Therapie ernsthaft in Angriff zu nehmen. Ihm ist bewusst, dass sein Ziel in einer liebevollen Beziehung mit Ihnen besteht. So einfach ist das, und genau daran arbeiten wir. Natürlich gibt es einige Hindernisse zu überwinden – seine Haphephobie, zum Beispiel.«

Bitte was?

»Entschuldigung. Seine Angst, berührt zu werden«, erklärt Dr. Flynn. »Aber auch die kennen Sie bestimmt bereits.«

Ich nicke.

»Seine tief sitzende Selbstverachtung dürfte Ihnen ebenfalls nicht verborgen geblieben sein. Und natürlich die Parasomnie ... äh ... die nächtlichen Panikattacken, für den Laien.«

Ich sehe ihn an und lasse all die Fachbegriffe auf mich wirken. Natürlich kenne ich Christians Probleme inzwischen alle, aber mein Hauptanliegen hat Dr. Flynn noch nicht angesprochen.

»Aber er ist doch Sadist. Und folglich muss er Bedürfnisse haben, die ich nicht befriedigen kann.«

Verblüfft beobachte ich, wie Dr. Flynn die Augen verdreht. »Sadismus gilt nicht länger als psychiatrischer Fachbegriff. Ich weiß nicht, wie oft ich ihm das schon gesagt habe. Seit den Neunzigern wird es noch nicht einmal mehr als Paraphilie klassifiziert.«

Wieder habe ich keine Ahnung, wovon er spricht.

»Darüber könnte ich mich stundenlang aufregen.« Er schüttelt den Kopf. »Christian geht in jeder Situation automatisch vom Schlimmsten aus. Das ist ein Teil seines selbstverachtenden Naturells. Natürlich gibt es so etwas wie sexuellen Sadismus, aber das ist keine Krankheit, sondern ein selbst gewählter Lebensstil. Und wenn er innerhalb einer normalen Beziehung freiwillig von zwei Erwachsenen praktiziert und mit bestimmten Codewörtern abgesichert ist, gibt es absolut nichts dagegen einzuwenden. Soweit ich informiert bin, hat Christian all seine bisherigen Beziehungen auf einer BDSM-Ebene geführt. Sie sind die erste Lebenspartnerin, die nicht damit einverstanden ist, deshalb ist er auch nicht bereit dazu.«

Lebenspartnerin!

»Aber so einfach kann es doch kaum sein.«

»Wieso denn nicht?« Dr. Flynn zuckt lässig mit den Schultern.

»Na ja ... wegen der Gründe, weshalb er so lebt.«

»Ana, genau darum geht es doch. Bei der lösungsfokussierten Therapie ist es so einfach. Christian will mit Ihnen zusammen sein. Und dafür muss er eben auf die extremeren Aspekte dieser

Art von Beziehung verzichten. Schließlich ist das, was Sie von ihm verlangen, nichts Ungewöhnliches, oder?«

Ich werde rot. Nein, ungewöhnlich ist es ganz bestimmt nicht.

»Nein, das nicht. Aber ich fürchte, dass er es so sieht.« »Christian ist das klar geworden, deshalb handelt er entsprechend. Er ist nicht geistesgestört.« Dr. Flynn seufzt. »Kurz gesagt, Christian ist kein Sadist, Ana. Er ist ein hochintelligenter, zorniger, verängstigter, junger Mann, dem das Schicksal bei der Geburt leider extrem schlechte Karten in die Hand gegeben hat. Wir können versuchen, bis zum Sankt Nimmerleinstag das Wer, Wie und Warum zu analysieren, oder aber Christian nimmt die Sache in die Hand und entscheidet sich, wie er künftig leben will. Er hatte etwas gefunden, das über etliche Jahre mehr oder weniger für ihn funktioniert hat, aber seit er Sie kennt, ist es eben nicht mehr so. Folglich ändert er seine Herangehensweise. Sie und ich müssen diese Entscheidung respektieren und ihn darin unterstützen.«

Ich starre ihn mit offenem Mund an. »Und das ist meine Bestätigung?«

»Etwas Besseres kann ich Ihnen nicht bieten, Ana. Es gibt nun mal keine Garantien im Leben.« Er lächelt. »Und das sage ich als Therapeut.«

Auch ich lächle, wenn auch schwach. Ärztehumor … meine Güte.

»Aber er betrachtet sich selbst als trockenen Alkoholiker.«

»Christian wird immer das Schlimmste von sich annehmen. Wie gesagt, das ist Teil seines selbstverachtenden Charakters. Es gehört zu seinem Naturell, das lässt sich nicht ändern. Logischerweise macht ihm jede Veränderung erst einmal Angst. Jede Veränderung birgt für ihn die Gefahr, sich einer riesigen Palette emotionaler Verletzungen auszusetzen, wovon er ja eine Kostprobe bekommen hat, als Sie ihn kürzlich verlassen haben. Es ist nur verständlich, dass ihm deshalb nicht wohl bei der Sache ist.« Dr. Flynn hält kurz inne. »Eigentlich will ich ja nicht darauf herumreiten, wie wichtig Ihre Rolle in diesem fundamentalen Richtungswechsel war, aber es ist nun einmal so. Wäre Christian Ihnen nie begegnet, befände er sich jetzt nicht in dieser Situation. Ich persönlich halte den Vergleich mit einem trockenen Alkoholiker für nicht passend, aber wenn er es im Augenblick so sieht, sollten wir ihm einfach glauben. Im Zweifelsfall für den Angeklagten, wie es immer so schön heißt. Gewähren Sie ihm einen Vertrauensbonus.«

Einen Vertrauensbonus gewähren?

»Rein emotional ist Christian auf dem Stand eines Jugendlichen, Ana. Er hat diese Lebensphase komplett übersprungen und seine Energie stattdessen darauf verwendet, ein erfolgreicher Geschäftsmann zu werden, was ihm auf höchst eindrucksvolle Weise gelungen ist. Allerdings mit dem Ergebnis, dass seine innere, emotionale Entwicklung nun hinterherhinkt.«

»Und wie kann ich ihm bei all dem helfen?«

Dr. Flynn lacht. »Machen Sie einfach weiter wie bisher.« Er grinst mich an. »Christian ist Ihretwegen völlig aus dem Häuschen. Es ist eine echte Freude, ihm zuzusehen.«

Ich werde rot, und meine innere Göttin flippt vor Begeisterung beinahe aus. Trotzdem gibt es noch einen Punkt, der mir Kopfzerbrechen bereitet.

»Könnte ich Sie noch etwas fragen?«

»Natürlich.«

Ich hole tief Luft. »In gewisser Weise glaube ich, dass Christian mich vielleicht gar nicht wollen würde, wenn er nicht so kaputt wäre.«

Dr. Flynns Brauen schießen in die Höhe. »Wie schade, dass Sie so negativ über sich selbst denken, Ana. Und offen gestanden, sagt es mehr über Sie selbst aus als über Christian. Ihre Selbstverachtung ist vielleicht nicht ganz so ausgeprägt wie seine, trotzdem überrascht es mich, so etwas aus Ihrem Mund zu hören.«

»Na ja, sehen Sie ihn an ... und dann mich.«

Dr. Flynn runzelt die Stirn. »Das habe ich getan. Ich sehe einen attraktiven jungen Mann, und ich sehe eine attraktive junge Frau. Wieso halten Sie sich nicht für attraktiv, Ana?«

O nein ... Unter keinen Umständen will ich im Mittelpunkt dieses Gesprächs stehen. Ich starre meine Hände an, als mich ein scharfes Klopfen an der Tür aus meinen Gedanken reißt und Christian mit finsterer Miene den Raum betritt. Ich werde rot und werfe Dr. Flynn einen Blick zu, der Christian wohlwollend anlächelt.

»Willkommen zurück, Christian«, sagt er.

»Ich glaube, die Zeit ist um, John.«

»Beinahe, Christian. Setzen Sie sich doch wieder zu uns.«

Christian nimmt neben mir Platz und legt mir besitzergreifend die Hand aufs Knie – eine Geste, die auch Dr. Flynn nicht verborgen bleibt.

»Haben Sie noch weitere Fragen, Ana?«, erkundigt sich Dr. Flynn mit unübersehbarer Besorgnis.

Mist ... ich hätte diese Frage gar nicht erst stellen sollen. Ich schüttle den Kopf.

»Christian?«

»Nein, heute nicht, John.«

Dr. Flynn nickt. »Es wäre vielleicht nützlich, wenn Sie beide noch einmal wiederkämen. Ich bin sicher, Ana hat noch weitere Fragen.«

Christian nickt widerstrebend.

Ich laufe rot an. Verdammt! Er will weiter nachbohren. Christian nimmt meine Hand und sieht mich eindringlich an.

»Okay?«, fragt er sanft.

Ich lächle ihn an und nicke ebenfalls. Ja, ich werde ihm einen Vertrauensbonus gewähren. Das hat er nur dem netten Herrn Doktor aus England zu verdanken.

Christian drückt meine Finger und wendet sich wieder Dr. Flynn zu.

»Wie geht es ihr?«, fragt er.

Mir?

»Sie wird es schon schaffen«, beruhigt er ihn.

»Gut. Halten Sie mich über ihre Fortschritte auf dem Laufenden.«

»Das werde ich.«

Sie reden von Leila, verdammt.

»Hast du Lust, deine Beförderung zu feiern?«, fragt Christian spitz.

Ich nicke abermals, wenn auch zurückhaltend.

Wir verabschieden uns von Dr. Flynn, und Christian schiebt mich mit unangemessener Eile aus dem Sprechzimmer.

»Und? Wie war's?«, fragt er, kaum dass wir auf der Straße stehen. Ängstliche Sorge schwingt in seiner Stimme mit.

»Gut.«

Er beäugt mich argwöhnisch.

»Sieh mich nicht so an. Auf ärztliche Anweisung bin ich bereit, dir einen Vertrauensbonus zu gewähren.«

»Was bedeutet das?«

»Das wirst du schon sehen.«

Seine Augen verengen sich zu Schlitzen. »Steig in den Wagen.« Er öffnet die Beifahrertür.

Aha, jetzt also wieder auf die strenge Tour. Mein BlackBerry summt. Ich ziehe ihn aus meiner Handtasche.

Mist, es ist José.

»Hi!«

»Ana, hi ...«

Ich sehe zu Christian hinüber, der mich misstrauisch ansieht. »José«, forme ich lautlos mit den Lippen. Seine Miene bleibt gleichgültig, nur der Ausdruck in seinen Augen wird stählern. Bildet er sich allen Ernstes ein, ich würde es nicht merken? Ich wende mich wieder meinem Gespräch mit José zu.

»Entschuldige, dass ich mich nicht gemeldet habe. Geht es

um morgen?«, frage ich ihn, ohne Christian aus den Augen zu lassen.

»Ja. Ich habe mit irgend so einem Angestellten von Christian geredet und weiß inzwischen, wohin ich die Bilder bringen soll. Ich sollte zwischen fünf und sechs dort sein ... danach habe ich Zeit.«

Oh.

»Na ja, ich wohne inzwischen bei Christian, und wenn du willst, kannst du auch dort übernachten.«

Christian presst missbilligend die Lippen aufeinander. Ein toller Gastgeber!

José schweigt einen kurzen Moment.

Ich winde mich unbehaglich. Bisher habe ich noch keine Zeit gefunden, mit ihm über Christian und mich zu reden.

»Okay«, sagt er schließlich. »Die Sache mit Grey, ist das etwas Ernstes?«

Ich wende mich ab und trete auf die andere Seite des Bürgersteigs.

»Ja.«

»Wie ernst?«

Ich verdrehe die Augen. Wieso muss Christian auch hier herumstehen und zuhören?

»Ernst.«

»Steht er gerade neben dir? Ist das der Grund, weshalb du so einsilbig bist?«

»Ja.«

»Okay. Also, darfst du morgen raus?«

»Natürlich.« Zumindest hoffe ich es. Reflexartig kreuze ich die Finger.

»Wo sollen wir uns treffen?«

»Du könntest mich vom Büro abholen«, schlage ich vor.

»Okay.«

»Ich schicke dir eine SMS mit der Adresse.«

»Um wie viel Uhr?«

»Um sechs?«

»Klar. Bis dann, Ana. Ich freue mich auf dich. Du fehlst mir.«

Ich grinse. »Super. Bis dann.« Ich beende das Gespräch und drehe mich um.

Christian steht gegen den Wagen gelehnt da und mustert mich mit unvermindertem Argwohn.

»Und wie geht es deinem Freund?«, erkundigt er sich kühl.

»Gut. Er holt mich morgen vom Büro ab und geht mit mir etwas trinken. Willst du mitkommen?«

Christian zögert. »Und du bist sicher, dass er nicht wieder versucht, dich anzumachen?«

»Nein!«, rufe ich genervt, verkneife es mir jedoch, die Augen zu verdrehen.

»Okay.« Christian hebt resigniert die Hände. »Geh du mit deinem Freund weg. Wir sehen uns dann danach.«

Ich hatte mich innerlich bereits auf einen Streit eingestellt, deshalb bin ich völlig von den Socken, weil er mich scheinbar so bereitwillig mit José losziehen lassen will.

»Siehst du? Ich kann auch ganz vernünftig sein.« Er grinst.

Meine Lippen zucken. Das werden wir ja noch sehen.

»Darf ich fahren?«

Meine Frage scheint ihn zu überraschen.

»Lieber nicht.«

»Wieso nicht?«

»Weil ich mich nicht gern chauffieren lasse.«

»Aber heute Morgen ging es doch auch, außerdem scheinst du ja nichts dagegen zu haben, wenn Taylor hinterm Steuer sitzt.«

»Ich habe vollstes Vertrauen in Taylors Fahrkünste.«

»Und in meine nicht?« Ich stemme die Hände in die Hüften.

»Ganz ehrlich, dein Kontrollzwang sprengt jede Dimension. Ich fahre seit meinem fünfzehnten Lebensjahr Auto.«

Er zuckt mit den Achseln, als hätte das rein gar nichts zu sagen. Meine Güte, dieser Mann ist so was von nervtötend. Vertrauensbonus? Pfeif drauf.

»Ist das mein Auto oder nicht?«

»Natürlich ist es dein Auto.«

»Dann gib mir bitte die Schlüssel. Ich bin schon zweimal damit gefahren, aber nur zur Arbeit und wieder nach Hause. Ich sehe nicht ein, wieso du den ganzen Spaß haben sollst.« Ich schmolle, während Christian sichtlich Mühe hat, sein Lächeln zu unterdrücken.

»Aber du weißt ja gar nicht, wo wir hinfahren.«

»Was das angeht, kannst du mich bestimmt aufklären, Christian. Bislang ist dir das ja sehr gut gelungen.«

Er sieht mich verdutzt an, dann verziehen sich seine Lippen zu diesem neuen, schüchternen Lächeln, bei dem mir jedes Mal der Atem stockt.

»Sehr gut gelungen, ja?«

Ich werde rot. »Meistens jedenfalls.«

»Tja, wenn das so ist.« Er gibt mir die Schlüssel, geht um den Wagen herum und öffnet mir die Fahrertür.

»Hier links«, sagt er. Wir fahren auf der I-5 nach Norden.

»Meine Güte, nicht so schnell – Ana.« Er klammert sich am Armaturenbrett fest.

Herrgott nochmal! Nun verdrehe ich doch die Augen. Im Hintergrund ertönt leise Van Morrisons weiche Stimme.

»Fahr langsamer!«

»Das tue ich doch schon!«

Christian seufzt. »Und? Was hat Flynn gesagt?« Erneut höre ich die Sorge in seiner Stimme.

»Das habe ich dir doch schon erzählt. Er sagt, ich soll dir einen Vertrauensbonus gewähren.« Verdammt, vielleicht hätte ich doch lieber Christian fahren lassen sollen, dann könnte ich ihn in Ruhe ansehen. Hm. Eigentlich ... ich setze den Blinker.

»Was tust du da?«, herrscht er mich an.

»Ich lasse dich fahren.«

»Wieso?«

»Damit ich dich in Ruhe ansehen kann.«

Er lacht. »O nein, du wolltest unbedingt fahren, also fährst du auch, und ich sehe dich währenddessen an.«

Ich werfe ihm einen finsteren Blick zu.

»Augen auf die Straße!«, schnauzt er mich an.

Ich koche vor Wut. Vor einer Ampel fahre ich unvermittelt an den Straßenrand, steige aus, knalle die Tür zu und pflanze mich mit vor der Brust gekreuzten Armen mitten auf den Bürgersteig. Er steigt aus.

»Was tust du da?«, fragt er und starrt mich wütend an.

»Nein. Was tust *du* da?«

»Du kannst hier nicht parken.«

»Das weiß ich auch.«

»Wieso tust du es dann?«

»Weil ich die Nase voll davon habe, mich ständig von dir herumkommandieren zu lassen. Entweder du fährst selbst, oder du hörst auf, ständig an meinem Fahrstil herumzukritisieren.«

»Anastasia! Steig sofort in den Wagen, bevor wir einen Strafzettel kriegen.«

»Nein.«

Ratlos fährt er sich mit der Hand durchs Haar, während seine Wut aufrichtiger Verzweiflung zu weichen scheint. Mit einem Mal sieht er so komisch aus, dass ich lachen muss.

»Was ist so lustig?«, blafft er mich an.

»Du.«

»Anastasia, du bist die nervenaufreibendste Frau auf dem gesamten Planeten.« Er hebt die Hände. »Gut. Dann fahre ich eben.«

Ich packe ihn am Revers und ziehe ihn an mich. »Nein, du bist der nervenaufreibendste Mann auf dem gesamten Planeten, Mr. Grey.«

Seine Augen schimmern silbrig und dunkel. Schließlich legt er die Arme um meine Taille.

»Wenn das so ist, sind wir ja vielleicht füreinander geschaffen«, sagt er sanft und schnuppert an meinem Haar. Ich schlinge die Arme um ihn und schließe die Augen. Zum ersten Mal seit heute Morgen bin ich wirklich entspannt.

»Oh … Ana, Ana, Ana«, haucht er in mein Haar.

Ich drücke ihn fester an mich. Wir stehen reglos da, mitten auf dem Bürgersteig, und genießen den kurzen Moment unerwarteter, köstlicher Ruhe. Irgendwann lässt er mich los und hält mir die Beifahrertür auf. Ich steige ein und sehe zu, wie er um den Wagen herumgeht.

Er startet den Motor und fädelt sich in den Verkehr ein, während er geistesabwesend mit Van Morrison mitzusummen beginnt.

Na so was! Ich habe ihn noch nie singen gehört, nicht einmal unter der Dusche. Ich runzle die Stirn. Er hat eine schöne Stimme – natürlich. Hm, hat er mich je singen gehört?

Falls ja, würde er dich bestimmt nicht fragen, ob du ihn heiraten willst! Mein Unterbewusstsein steht in Burberry-Karo mit verschränkten Armen da. Der Song endet, und Christian grinst mich an.

»Wenn wir einen Strafzettel bekommen hätten, wäre er auf dich gelaufen, weil dein Name im Fahrzeugschein steht.«

»Nur gut, dass ich befördert worden bin und es mir jetzt leisten kann«, erwidere ich kess und betrachte sein schönes Profil. Seine Lippen zucken amüsiert. Van Morrisons Stimme erklingt wieder, als er die Zufahrt zur I-5 nimmt.

»Wohin fahren wir?«

»Das ist eine Überraschung. Was hat Flynn sonst noch gesagt?«

»Irgendetwas über eine blablabla-orientierte Therapieform.«

»Lösungsfokussierte Kurzzeittherapie.«

»Hast du auch schon andere ausprobiert?«

Christian stößt ein Schnauben aus. »So ziemlich jede, die es gibt, Baby. Kognitive Therapie, Freud, Funktionalismus, Gestalttherapie, Verhaltensforschung … Nenn mir irgendeine

Therapieform, ich kann dir alles darüber erzählen, was du wissen musst.«

Ich höre die Verbitterung in seiner Stimme, und es ist eine Qual, ihn so reden zu hören.

»Und glaubst du, dieser neue Ansatz wird dir helfen?«

»Was hat Flynn dazu gesagt?«

»Dass du dich nicht mit der Vergangenheit aufhalten, sondern stattdessen auf die Zukunft konzentrieren sollst – darauf, wo du stehen willst.«

Christian nickt und zuckt gleichzeitig mit den Achseln. »Was noch?«, bohrt er weiter.

»Er hat von deiner Berührungsangst gesprochen, allerdings hat er einen anderen Begriff dafür verwendet. Und über deine Albträume und deine Selbstverachtung.« Ich werfe ihm einen Blick zu und sehe, dass er nachdenklich an seinem Daumennagel herumkaut, ehe er flüchtig zu mir herübersieht.

»Augen auf die Straße, Mr. Grey«, tadle ich mit erhobenen Brauen.

»Ihr habt eine halbe Ewigkeit geredet, Anastasia. Was hat er sonst noch gesagt?«

Ich schlucke. »Dass du seiner Meinung nach kein Sadist bist«, antworte ich leise.

»Wirklich?«

Die Atmosphäre im Wagen kühlt in Rekordgeschwindigkeit ab.

»Der Begriff sei in der Psychiatrie nicht anerkannt, meint er. Schon seit den Neunzigern nicht mehr«, fahre ich eilig fort, als Versuch, die Stimmung irgendwie zu retten.

Christians Züge verfinstern sich noch mehr, und er lässt langsam den Atem entweichen.

»Flynn und ich sind in diesem Punkt unterschiedlicher Meinung«, erklärt er leise.

»Er sagt auch, dass du grundsätzlich immer das Schlechteste von dir glaubst. Und das stimmt auch. Er hat auch von sexuellem

Sadismus gesprochen, allerdings ist es seiner Meinung nach ein selbst gewählter Lebensstil und keine psychische Erkrankung, wie du es betrachtest.«

»Soso, ein einziges Gespräch mit dem Therapeuten, und schon bist du Expertin auf dem Gebiet, ja?«, faucht er mich an und sieht wieder auf die Straße.

Oje ... ich seufze.

»Wenn du nicht hören willst, was er gesagt hat, dann frag mich gar nicht erst.«

Ich will mich nicht streiten; außerdem hat er ohnehin Recht – was zum Teufel verstehe ich schon von dem ganzen Kram? Und will ich überhaupt etwas darüber wissen? Die wichtigsten Punkte – sein übersteigertes Kontrollbedürfnis, sein Besitzdenken, seine Eifersucht und sein übertriebener Beschützerinstinkt – kenne ich inzwischen in- und auswendig und weiß, woher sie kommen. Ich kann sogar verstehen, weshalb er nicht gern angefasst wird. Die Narben auf seiner Brust habe ich mit eigenen Augen gesehen, über die psychischen Verletzungen kann ich lediglich Spekulationen anstellen, und von seinen Albträumen habe ich nur ein einziges Mal einen Eindruck bekommen.

»Ich will wissen, worüber ihr geredet habt«, beharrt Christian, verlässt die I-5 an der Ausfahrt 172 und fährt in westlicher Richtung, der untergehenden Sonne entgegen.

»Er hat mich als deine Lebenspartnerin bezeichnet.«

»Ach, tatsächlich?« Sein Ton ist eine Spur versöhnlicher. »Tja, der Mann ist sehr penibel in seiner Wortwahl. Ich finde, das ist eine sehr treffende Bezeichnung. Du nicht?«

»Hast du deine Subs auch als Lebenspartnerinnen betrachtet?«

»Nein. Sie waren Sex-Gespielinnen«, antwortet er. »Meine einzige Partnerin bist du. Und ich will, dass du noch mehr als das wirst.«

Oh ... da ist es wieder. Dieses magische Wort, *Partnerin*, mit all den Möglichkeiten, die ihm innewohnen. Ich kann meine Freude kaum verhehlen, als ich es laut aus seinem Mund höre.

»Ich weiß«, flüstere ich. »Ich brauche nur noch etwas Zeit, Christian. Um zu verarbeiten, was in den letzten Tagen passiert ist.«

Er sieht mich verwirrt an.

In diesem Moment springt die Ampel auf grün. Er nickt und dreht die Musik lauter. Das Gespräch ist damit beendet.

Van Morrison singt immer noch – inzwischen eine Spur optimistischer – davon, wie herrlich es wäre, im Mondschein zu tanzen. Ich blicke auf die im Schein der untergehenden Sonne golden leuchtenden Pinien und Fichten, deren schlanke Silhouetten sich über die Straße erstrecken. Christian ist in eine Wohnstraße abgebogen und fährt nach Westen in Richtung Puget Sound.

»Wohin fahren wir eigentlich?«, frage ich, als er in die nächste Straße einbiegt. 9th Ave. NW lese ich auf einem Schild. Mir bleibt der Mund offen stehen.

»Überraschung«, sagt er und lächelt geheimnisvoll.

ACHTZEHN

Christian fährt an einstöckigen, auffallend gepflegten Schindelhäusern vorbei, vor denen Kinder Basketball spielen, Rad fahren oder herumrennen – das perfekte Vorstadtparadies, das die Aura von Wohlstand und Rechtschaffenheit verströmt. Vielleicht besuchen wir ja jemanden. Aber wen?

Wenig später biegt er scharf nach links ab, und wir stehen vor zwei reich verzierten Eisentoren, die in eine fast zwei Meter hohe Sandsteinmauer eingelassen sind. Christian drückt auf einen Knopf auf seiner Armkonsole, woraufhin das Fahrerfenster lautlos heruntergleitet, und gibt eine Zahlenfolge auf einer Tastatur ein. Die Tore schwingen auf.

Er wirft mir einen kurzen Blick zu. Ein Anflug von Unsicherheit oder gar Nervosität liegt auf seinen Zügen.

»Wo sind wir hier?«, frage ich ihn.

»Ist nur so eine Idee«, sagt er und lenkt den Saab durch die Tore und eine von Bäumen gesäumte Zufahrt entlang, die gerade genug Platz für zwei Autos bietet. Auf der einen Seite schließt sich ein dichter Wald an, auf der anderen erstreckt sich eine weitläufige Rasenfläche, die aus einem Stück brachliegenden Ackerlands entstanden zu sein scheint. Gras und wilde Blumen haben sie inzwischen zurückerobert und ein ländliches Idyll erschaffen – eine Wiese mit hohem, sanft in der abendlichen Brise zitterndem Gras und einem Meer aus bunten Sommerblumen. Unvermittelt sehe ich mich dort liegen und zum blauen Himmel hinaufblicken – ein wunderschöner, reizvoller Gedanke, bei dem mich merkwürdigerweise ein Anflug von Heimweh überkommt. Sehr seltsam.

Der Weg mündet in eine geschwungene Auffahrt vor einem eindrucksvollen blassrosa Wohnhaus aus Sandstein im mediterranen Stil. Es ist prächtig, der reinste Palast. Sämtliche Lichter im Haus brennen und leuchten in der abendlichen Dämmerung. Vor der Vierergarage steht ein schicker schwarzer BMW. Christian hält vor dem von Säulen flankierten Eingang an.

Ich frage mich, wer hier wohnt und wieso wir ihm oder ihr einen Besuch abstatten.

Mit einem besorgten Blick in meine Richtung macht Christian den Motor aus.

»Versprichst du mir, offen für alles zu sein und erst einmal auf dich wirken zu lassen, was du gleich sehen wirst?«

Ich runzle fragend die Stirn. »Christian, seit ich dich kenne, muss ich jeden Tag offen für alles sein.«

Er lächelt ironisch. »Ein berechtigtes Argument, Miss Steele. Gehen wir.«

In diesem Moment werden die dunklen Holztüren geöffnet, und eine dunkelhaarige Frau in einem schicken violetten Kostüm erscheint in der Tür. Ich bin heilfroh, dass ich mich nach der Arbeit noch einmal umgezogen und mein neues dunkelblaues Etuikleid ausgewählt habe, um bei Dr. Flynn Eindruck zu schinden. Okay, ich trage zwar keine High Heels dazu, aber immerhin stehe ich nicht in Jeans vor der Tür.

»Mr. Grey.« Die Frau lächelt warmherzig und schüttelt ihm die Hand.

»Miss Kelly«, begrüßt er sie höflich.

Sie lächelt mich an und streckt mir ebenfalls die Hand entgegen, die ich ergreife. Ihr Blick à la »Ist dieser Mann nicht der reinste Wahnsinn, ich wünschte, er würde mir gehören« entgeht mir nicht.

»Olga Kelly«, stellt sie sich fröhlich vor.

»Ana Steele«, erwidere ich. Wer ist diese Frau?

Sie lässt uns eintreten, und der Anblick, der sich mir bietet, ist ein echter Schock. Das Haus ist leer – komplett leer. Wir stehen in einem riesigen, leeren Entree. Die Wände sind in einem leicht verblassten Schlüsselblumengelb gestrichen und weisen unübersehbare dunkle Ränder auf, wo einst Bilder hingen. Die einzigen Überbleibsel des Mobiliars sind mehrere altmodische Kronleuchter an den Decken. Die Böden sind aus dunklem Hartholz.

»Komm«, sagt Christian, nimmt meine Hand und zieht mich in einen bogenförmigen Durchgang, hinter dem sich ein noch größerer Vorraum mit einer ausladenden Freitreppe mit Eisengeländer befindet. Christian durchquert auch ihn, bis wir im Wohnzimmer stehen, das bis auf einen großen Teppich – dem größten, den ich je gesehen habe – in einem ausgebleichten Goldton leer ist. Oh, und bis auf vier Kristalllüster an der Decke.

Aber inzwischen ist mir klar, was Christian vorhat. Er führt mich durch die raumhohen Türen auf eine Terrasse hinaus. Unterhalb von uns befindet sich eine gepflegte Rasenfläche von der Größe eines halben Footballfelds, doch was mir den Atem raubt, ist die Aussicht, die sich dahinter bietet.

Der unverbaute Ausblick ist der reinste Wahnsinn: Der Sound, die Bucht von Seattle, liegt im abendlichen Zwielicht vor uns. In der Ferne erkenne ich Bainbridge Island, und dahinter, jenseits des Olympic National Park, geht in leuchtenden Rot- und flammenden Orangetönen allmählich die Sonne unter. Strahlendes Zinnober verschmilzt mit dem hellen Blau des Horizonts, vermischt sich mit Opal- und Aquamarinschattierungen und vereint sich mit den dunkleren Violetttönen der vereinzelten Wolken und der Landschaft des Sounds. Es ist ein einzigartiges Naturschauspiel, eine visuelle Symphonie, orchestriert aus dem Farbenspiel am Himmel, das sich in den stillen, endlosen Tiefen des Sounds widerspiegelt. Sprachlos und völlig überwältigt beobachte ich dieses einzigartige Szenario.

Erst jetzt wird mir bewusst, dass ich die ganze Zeit den Atem angehalten habe. Christian hält immer noch meine Hand. Als ich widerstrebend den Blick von dem unvergleichlichen Ausblick löse, sieht er mich beklommen an.

»Du hast mich also hergebracht, um mir die Aussicht zu zeigen?«, frage ich.

Er nickt mit ernster Miene.

»Er ist atemberaubend, Christian. Danke«, sage ich leise und lasse den Blick noch einmal über das Schauspiel schweifen.

Er lässt meine Hand los.

»Wie fändest du es, wenn du sie jeden Tag genießen könntest? Für den Rest deines Lebens?«, fragt er.

Wie bitte? Ich fahre herum und starre mit offenem Mund in seine nachdenklichen grauen Augen.

»Ich wollte immer schon an der Küste leben. Seit Jahren segle ich den Sound auf und ab. Dieses Haus hier steht noch nicht lange zum Verkauf. Ich möchte es gern kaufen, abreißen und ein neues hinstellen – für uns«, flüstert er, und ich sehe all die Hoffnungen und Träume in seinen Augen aufflammen.

Ich weiß zwar nicht, wie, aber es gelingt mir, nicht aus den Schuhen zu kippen. *Hier leben! In dieser Oase der Stille und Schönheit! Für den Rest meines Lebens!*

»Es ist nur so eine Idee«, fügt er vorsichtig hinzu.

Ich lasse meinen Blick umherschweifen. Wie viel mag das Haus wohl kosten? Fünf Millionen Dollar? Zehn? Ich habe keine Ahnung.

»Wieso willst du es denn abreißen?«, frage ich und wende mich ihm wieder zu.

Seine Züge verfinstern sich. *O nein.*

»Ich hätte gern ein nachhaltigeres Haus, ein Projekt nach den neuesten ökologischen Erkenntnissen. Elliot könnte es bauen.«

Ich sehe wieder nach drinnen. Miss Kelly steht im hinteren Teil des Raums neben der Tür. Sie ist die Maklerin. Natürlich. Erst jetzt fällt mir auf, wie riesig das Wohnzimmer ist und dass es doppelte Raumhöhe besitzt. Es sieht fast ein wenig so aus wie das Wohnzimmer im Escala. Darüber befindet sich eine Galerie, auf die man offensichtlich über die weitläufige Treppe gelangt. Es gibt einen großen Kamin und eine ganze Reihe von Terrassentüren. Der Raum besitzt einen unverkennbar altertümlichen Charme.

»Könnten wir uns ein bisschen umsehen?«

Christian zuckt mit den Schultern. »Klar.«

Miss Kellys Züge erhellen sich, als wir ins Haus zurückkehren. Sie ist entzückt, uns ein wenig herumzuführen und uns alles zeigen zu dürfen.

Das Haus ist gewaltig: über eintausend Quadratmeter Wohnfläche auf einem Grundstück von zweieinhalb Hektar. Es gibt eine Wohnküche von der Größe eines Ballsaals mit angeschlossenem Fernsehzimmer, ein Musikzimmer, eine Bibliothek, ein Arbeitszimmer und, zu meinem großen Erstaunen, einen Indoor-Pool und einen Fitnessraum mit Sauna und Dampfbad. Im Keller sind ein Kinovorführraum – du meine Güte – und ein Spielezimmer untergebracht. Hm – was für Spiele wir hier wohl spielen könnten?

Miss Kelly hebt alle möglichen Vorzüge des Hauses hervor, aber jenseits dessen ist es einfach nur wunderschön und hat allem Anschein nach einmal einer glücklichen Familie als Heim gedient. Es mag ein wenig in die Jahre gekommen sein, ließe sich aber mit ein bisschen Farbe problemlos wieder auf Vordermann bringen.

Als wir Miss Kelly über die prachtvolle Treppe ins erste Stockwerk folgen, kann ich meine Begeisterung kaum zügeln, denn dieses Haus hat alles, was ich mir je von einem Zuhause erträumt habe.

»Könntest du das Haus, wie es ist, nicht nach neuesten ökologischen Standards umbauen?«

Christian sieht mich verblüfft an. »Ich müsste Elliot fragen, ob so etwas gehen würde. Er ist der Experte.«

Miss Kelly führt uns ins Hauptschlafzimmer, von dem aus raumhohe Türen auf einen Balkon mit einem nicht minder spektakulären Ausblick führen. Ich könnte im Bett sitzen bleiben, den ganzen Tag die Segelboote beobachten und zusehen, wie sich das Wetter verändert.

Auf dieser Etage befinden sich fünf weitere Zimmer. *Kinder!* Eilig verdränge ich den Gedanken. Ich habe schon mehr als genug am Hals, worüber ich nachdenken muss. Eifrig erläutert Miss Kelly Christian, wie er das Anwesen durch Reitställe und eine Koppel erweitern könnte. *Pferde!* Bei der Erinnerung an die wenigen, dafür umso grauenvolleren Reitstunden, die ich über mich habe ergehen lassen, wird mir ganz anders, aber Christian scheint ohnehin kaum hinzuhören.

»Und die Koppel wäre dann dort, wo sich jetzt die Wiese befindet?«, frage ich.

»Ganz genau«, antwortet Miss Kelly strahlend.

Für mich ist eine Wiese eher etwas, um im hohen Gras zu liegen und Picknicks zu veranstalten, statt eine vierbeinige Ausgeburt Satans darauf herumgaloppieren zu lassen.

Wir kehren ins Wohnzimmer zurück. Miss Kelly zieht sich diskret zurück, und Christian führt mich noch einmal auf die Terrasse. Inzwischen ist die Sonne vollends untergegangen, und die Olympic Peninsula auf der anderen Seite des Sounds hat sich in ein glitzerndes Lichtermeer verwandelt.

Christian nimmt mich in die Arme, hebt mein Kinn mit dem Finger an und sieht mich eindringlich an.

»Viel zu verdauen?«, fragt er.

Ich nicke.

»Ich wollte nur sicher sein, dass es dir auch gefällt, bevor ich es kaufe.«

»Die Aussicht?«

Er nickt.

»Ich liebe die Aussicht und das Haus auch.«

»Wirklich?«

Ich lächle verlegen. »Du hattest mich schon bei der Wiese an der Angel.«

Er holt scharf Luft, dann breitet sich ein breites Grinsen auf seinen Zügen aus, und ehe ich michs versehe, packt er mich bei den Haaren und presst seine Lippen auf meinen Mund.

Auf dem Rückweg nach Seattle hat sich Christians Laune spürbar gebessert.

»Also wirst du es kaufen?«, frage ich.

»Ja.«

»Und verkaufst dafür die Wohnung im Escala?«

»Weshalb sollte ich?«

»Um das Haus zu be...« Ich halte inne. Natürlich! Ich werde rot.

Er grinst. »Vertrau mir, ich kann es mir leisten.«

»Bist du eigentlich gern reich?«

»Ja. Zeig mir jemanden, der das nicht ist«, erwidert er düster.

Okay, Themenwechsel.

»Anastasia, wenn du Ja sagst, wirst du lernen müssen, reich zu sein«, fügt er leise hinzu.

»Reichtum ist etwas, was ich bisher nie angestrebt habe, Christian.«

»Das weiß ich. Und genau das liebe ich auch so an dir. Andererseits musstest du auch nie Hunger leiden.«

Seine Worte sind ernüchternd.

»Wohin fahren wir?«, frage ich, um die Stimmung ein bisschen aufzulockern.

»Wir feiern.« Christian entspannt sich.

Oh! »Was feiern wir denn? Das Haus?«

»Hast du es etwa schon vergessen? Deine Beförderung zur Cheflektorin.«

»Ach ja.« Ich grinse. Unglaublich, aber ich habe es tatsächlich vergessen.

»Wo?«

»In meinem Club.«

»In deinem Club?«

»Ja, in einem von mehreren.«

Der Mile High Club befindet sich im 76. Stock des Columbia Tower, der sogar noch höher als Christians Apartment liegt. Er ist sehr trendy und bietet einen der spektakulärsten Ausblicke auf Seattle.

»Champagner für Sie, Ma'am?«, fragt Christian und reicht mir ein eisgekühltes Glas.

»Oh, vielen Dank, Sir«, sage ich, wobei ich das letzte Wort aufreizend betone und mit den Wimpern klimpere.

Seine Züge verdüstern sich. »Flirten Sie etwa mit mir, Miss Steele?«

»Ja, Mr. Grey, das tue ich. Was wollen Sie dagegen unternehmen?«

»Ich bin sicher, da fällt mir etwas ein«, kontert er mit leiser Stimme. »Komm, unser Tisch ist bereit.«

Als wir uns dem Tisch nähern, hält Christian mich zurück.

»Geh und zieh dein Höschen aus«, flüstert er.

Was? Ein köstlicher Schauder überläuft mich.

»Los, geh«, befiehlt er leise.

Wie bitte? Seine Miene ist todernst. Jeder einzelne Muskel unterhalb meiner Taille spannt sich an. Ich drücke ihm mein Champagnerglas in die Hand, mache auf dem Absatz kehrt und gehe zur Toilette.

O Scheiße! Was hat er vor? Vielleicht hat der Club seinen Namen ja nicht ohne Grund.

Die Toiletten sind hypermodern, ganz in dunklem Holz gehalten, überall schwarzer Granit und vereinzelte, geschickt platzierte Halogenspots. Ich betrete eine der Kabinen und befreie mich von meinem Höschen. Wieder bin ich heilfroh, dass ich das blaue Etuikleid angezogen habe. Ursprünglich erschien es mir als angemessenes Outfit, um dem reizenden Dr. Flynn gegenüberzutreten – wer hätte auch ahnen können, dass der Abend einen so unerwarteten Verlauf nehmen würde?

Ich halte es schon jetzt vor Aufregung kaum aus. Wieso schafft es dieser Mann jedes Mal, mich so aus dem Konzept zu bringen? Es ärgert mich beinahe ein wenig, dass ich seinem Zauber so leicht erliege. Mittlerweile ist mir klar, dass wir den Abend nicht damit zubringen werden, über die jüngsten Ereignisse und all unsere Probleme zu sprechen, aber wie um alles in der Welt könnte ich ihm widerstehen?

Ich sehe in den Spiegel. Meine Augen leuchten vor Erregung. *Probleme? Pfeif drauf!*

Ich hole tief Luft und kehre in den Club zurück – es ist ja nicht so, dass ich mich noch nie ohne Höschen in der Öffentlichkeit aufgehalten hätte. Meine innere Göttin hat sich mit Schmuck behängt und eine rosa Federboa um den Hals geschlungen und stolziert in geradezu obszönen High Heels durch die Gegend.

Christian erhebt sich höflich, als ich an den Tisch zurückkehre. Seine Miene verrät nichts. Stattdessen wirkt er gewohnt cool, ruhig und beherrscht. Aber natürlich weiß ich, dass es in seinem Innersten völlig anders aussieht.

»Setz dich neben mich«, sagt er.

Ich gehorche.

»Ich habe schon für dich bestellt. Hoffentlich hast du nichts dagegen.« Er reicht mir mein Champagnerglas und mustert mich eindringlich. Unter seinem forschenden Blick gerät mein Blut in Wallung. Er legt seine Hände auf seine Schenkel. Ich spanne mich an und spreize kaum merklich die Beine.

Der Kellner erscheint und serviert eine Platte voll Austern auf Eis. *Austern!* Ich muss an unser Abendessen im Heathman-Separee denken. Damals haben wir über den Vertrag diskutiert. Junge, Junge, kaum zu glauben, wie viel seitdem passiert ist.

»Ich glaube, beim letzten Mal mochtest du Austern recht gern.« Seine Stimme ist verführerisch.

»Ich habe sie nur einmal probiert.« Meine Atemlosigkeit verrät, wie aufgeregt ich bin.

Seine Lippen zucken vor Vergnügen. »Miss Steele, wann werden Sie es endlich lernen?«

Er greift nach einer Auster und löst seine andere Hand von seinem Oberschenkel. Erwartungsvoll sehe ich ihm zu, doch er nimmt lediglich einen Zitronenschnitz.

»Was lernen?« Gütiger Himmel, mein Puls rast.

Behutsam drückt er mit seinen langen, geübten Fingern die Zitrone aus.

»Iss«, fordert er mich auf und hält mir die Auster vor den Mund.

Ich öffne ihn, woraufhin er mir die Schale auf die Unterlippe legt.

»Und jetzt ganz langsam den Kopf nach hinten«, befiehlt er leise.

Ich gehorche. Die Auster gleitet meine Kehle hinab. Er berührt mich nicht.

Christian nimmt sich ebenfalls eine Auster, dann füttert er mich mit der zweiten. Wir setzen dieses qualvolle Spielchen fort, bis alle zwölf Austern aufgegessen sind. Und kein einziges Mal berühren wir uns dabei. Ich verliere beinahe den Verstand.

»Und magst du sie immer noch?«, erkundigt er sich, nachdem ich die letzte Auster hinuntergeschluckt habe.

Ich nicke. Wie sehr ich mich danach sehne, dass er mich endlich berührt.

»Gut.«

Ruhelos rutsche ich auf meinem Stuhl hin und her. Wieso ist das, was wir hier tun, bloß so unglaublich sexy?

Beiläufig legt er seine Hand wieder auf seinen Oberschenkel. Ich vergehe beinahe vor Begierde. Jetzt. Bitte. Fass mich an. Meine innere Göttin, nackt bis auf ihr Höschen, fällt auf die Knie und fleht ihn lautlos an.

Er fährt mit der Hand auf seinem Schenkel hin und her, hebt sie kurz an, dann lässt er sie wieder sinken.

Der Kellner schenkt uns nach und räumt die Teller ab. Augenblicke später erscheint er mit der Vorspeise: Wolfsbarsch – *ich fasse es nicht!* – mit Spargel, sautierten Kartoffeln und Sauce hollandaise.

»Eines Ihrer Lieblingsgerichte, Mr. Grey?«

»Definitiv, Miss Steele. Wobei ich glaube, dass wir im Heathman Kohlenfisch gegessen haben.« Wieder wandert seine Hand auf seinem Schenkel auf und ab.

Meine Atemzüge beschleunigen sich, trotzdem macht er keine Anstalten, mich anzufassen. Gott, ist das frustrierend. Ich versuche, mich auf unsere Unterhaltung zu konzentrieren.

»Ich erinnere mich, dass wir an diesem Tag in einem privaten Speiseraum gesessen und den Vertrag besprochen haben.«

»Glückliche Tage«, bestätigt er grinsend. »Diesmal bekomme ich hoffentlich danach Gelegenheit, dich zu vögeln.« Er greift nach seinem Messer.

Herrgott nochmal!

Er schiebt sich einen Bissen in den Mund. Mit voller Absicht quält er mich.

»Verlass dich lieber nicht darauf«, brumme ich schmollend. Er wirft mir einen amüsierten Blick zu. »Wo wir gerade beim Thema Verträge sind«, fahre ich fort. »Die Verschwiegenheitsvereinbarung.«

»Zerreiß sie einfach«, sagt er nur.

Hallo?

»Ist das dein Ernst?«

»Ja.«

»Du vertraust mir also, dass ich nicht mit einem Exposé meines Enthüllungsromans zur *Seattle Times* laufe?«, necke ich ihn.

Er lacht. Es ist ein herrliches Geräusch. Er sieht so jung dabei aus.

»Nein. Ich vertraue dir. Ich gewähre dir einen Vertrauensbonus.«

Aha. »Gleichfalls«, hauche ich.

Seine Augen beginnen zu leuchten. »Ich bin sehr froh, dass du heute ein Kleid trägst«, raunt er.

Und zack! – Eine Woge der Begierde rauscht durch mein ohnehin bereits kochendes Blut.

»Wieso hast du mich dann noch nicht angefasst?«, zische ich.

»Vermisst du es?« Er grinst.

Dieser elende Dreckskerl, er amüsiert sich auf meine Kosten.

»Ja«, fauche ich zurück.

»Iss«, befiehlt er.

»Du hast gar nicht vor, mich anzufassen, stimmt's?«

»Nein.«

Wie bitte? Ich schnappe nach Luft.

»Stell dir einfach vor, wie es sein wird, wenn wir nach Hause kommen«, flüstert er. »Ich kann es jedenfalls kaum noch erwarten.«

»Aber du bist schuld, wenn ich hier, im 76. Stock, in Flammen aufgehe«, stoße ich zwischen zusammengebissenen Zähnen hervor.

»O Anastasia, wir finden schon eine Möglichkeit, das Feuer zu löschen.« Er grinst lüstern.

Schäumend vor Wut spieße ich einen Bissen Fisch auf, während meine innere Göttin mit hinterhältiger Ruhe die Augen zusammenkneift. *Dieses Spielchen beherrschen wir genauso gut wie du.* Die Grundregeln habe ich während unseres Abendessens im Heathman ja bereits gelernt. Ich schiebe mir den Bissen in den Mund. Der Fisch ist absolut köstlich. Genüsslich schließe ich die Augen. Dies ist der Beginn meines Verführungsspiels. Mit aufreizender Langsamkeit schiebe ich meinen Rock hoch, so dass etwas mehr von meinen Oberschenkeln zum Vorschein kommt.

Christian, der sich gerade ebenfalls eine Gabel voll Fisch in den Mund schieben wollte, hält mitten in der Bewegung inne.

Fass mich an!

Nach einem Moment wendet er sich wieder seinem Essen zu. Ich esse ebenfalls weiter, ohne ihn zu beachten. Dann lege ich mein Messer beiseite und lasse meine Finger gemächlich an meinem Schenkel hinaufwandern. Obwohl die federleichte Berührung von meinen eigenen Fingern stammt, erschaudere ich. Abermals hält Christian inne.

»Ich weiß genau, was du da treibst.« Seine Stimme ist ganz kehlig.

»Das weiß ich, Mr. Grey«, erwidere ich leise. »Genau darum geht es ja.« Ich spieße eine Spargelstange auf und sehe mit gesenkten Lidern zu ihm hoch, während ich sie in die Sauce tauche und sie genüsslich hin und her drehe.

»Sie werden hier nicht den Spieß umdrehen, Miss Steele.« Grinsend greift er über den Tisch hinweg und nimmt mir die Gabel aus der Hand – was ihm zu meinem Erstaunen und Frust gelingt, ohne mich dabei zu berühren. Nein, das ist nicht richtig. Mist!

»Mach den Mund auf«, sagt er.

Diesen Kampf verliere ich, so viel steht fest. Ich öffne den Mund ein klein wenig und fahre mir mit der Zunge über die Unterlippe.

Christian lächelt, während sich das Grau seiner Augen verdunkelt. »Weiter«, raunt er. Seine eigenen Lippen teilen sich, so dass ich seine Zunge erkennen kann.

Ich stöhne lautlos auf und beiße mir auf die Unterlippe, ehe ich gehorche.

Ich höre ihn scharf einatmen – er ist also doch nicht so cool, wie er vorgibt. Gut. Das heißt, ich kriege ihn über kurz oder lang.

Ohne ihn aus den Augen zu lassen, schiebe ich mir die Spargelstange in den Mund und sauge ganz behutsam – und lustvoll – daran. Die Sauce ist unglaublich lecker …

Christian schließt die Augen. *Ja!* Als er sie wieder öffnet, sehe ich, dass seine Pupillen geweitet sind. Der Anblick bleibt nicht ohne Wirkung auf mich. Stöhnend strecke ich die Hand vor, um sie auf seinen Schenkel zu legen. Zu meiner Verblüffung packt er sie und hält sie fest.

»O nein, Miss Steele«, stößt er leise hervor, hebt meine Hand und streicht zärtlich mit den Lippen über meine Fingerknöchel.

Ich winde mich unter der Berührung. Endlich! Mehr!

»Nicht anfassen«, tadelt er kaum hörbar und legt meine Hand auf mein Knie zurück.

Der kurze, unbefriedigende Körperkontakt steigert meinen Frust noch weiter.

»Du spielst nicht mit fairen Mitteln«, beschwere ich mich.

»Ich weiß.« Er nimmt sein Glas, um mir zuzuprosten.

Ich tue es ihm nach.

»Herzlichen Glückwunsch zur Beförderung, Miss Steele.«

Wir stoßen an.

»Ja, das Ganze kam ziemlich unerwartet«, gestehe ich errötend.

Er runzelt die Stirn, als wäre ihm ein unangenehmer Gedanke gekommen.

»Iss«, befiehlt er ein weiteres Mal. »Wir gehen erst nach Hause, wenn der Teller leer ist. Und dann fängt die Feier richtig an.«

Ich liebe diesen herrischen, leidenschaftlichen Ausdruck auf seinem Gesicht.

»Ich bin aber nicht hungrig. Jedenfalls nicht auf etwas zu essen.«

Er schüttelt den Kopf und kneift die Augen zusammen. Trotzdem sehe ich ihm an, wie sehr er diesen Dialog genießt.

»Iss, sonst lege ich dich übers Knie. Gleich hier. Die anderen Gäste haben bestimmt ihren Spaß daran.«

Ich zucke zusammen. Das würde er niemals wagen! Er und seine juckende Handfläche! Ich starre ihn finster an. Er spießt eine weitere Spargelstange auf und taucht die Spitze in die Sauce.

»Iss«, fordert er mich erneut mit samtiger Verführerstimme auf.

Ich gehorche.

»Du isst nicht genug. Seit wir uns kennen gelernt haben, hast du abgenommen.« Sein Tonfall ist immer noch butterweich.

Ich will jetzt nicht über mein Gewicht nachdenken. Offen gestanden, finde ich es sogar gut, so schlank zu sein. Ich schlucke den Spargel hinunter.

»Ich will nur nach Hause und mit dir schlafen«, murmle ich niedergeschlagen.

Christian grinst. »Ich auch. Genau das werden wir auch bald tun. Und jetzt iss.«

Widerstrebend wende ich mich wieder meinem Teller zu. Also ehrlich, immerhin habe ich mein Höschen für ihn ausgezogen. Ich komme mir wie ein Kind vor, dem man nicht erlaubt, ins Bonbonglas zu fassen. Dieser Mann ist so ein Sklaventreiber, ein heißer, sexy, unartiger Sklaventreiber. Und er gehört ganz allein mir.

Er erkundigt sich nach Ethan. Es stellt sich heraus, dass er mit Kates und Ethans Vater Geschäfte macht. Tja, die Welt ist doch ein Dorf. Ich bin heilfroh, dass er weder von Dr. Flynn noch von dem Haus anfängt, da es mir schwerfällt, mich auf unsere Unterhaltung zu konzentrieren. Ich habe nur einen einzigen Wunsch – endlich nach Hause.

Das Knistern zwischen uns wird von Sekunde zu Sekunde heftiger. Er beherrscht dieses Spiel wie kein zweiter – die Art, wie er mich warten lässt, die Stimmung immer weiter aufheizt. Zwischen zwei Bissen legt er seine Hand auf seinen Schenkel; ganz dicht neben mir, und doch berührt er mich nicht, nur um mich noch mehr zu reizen.

Elender Mistkerl! Schließlich ist mein Teller leer, und ich lege Messer und Gabel hin.

»Braves Mädchen«, lobt er.

Allein die Verheißung, die in diesen beiden Worten liegt, lässt meine Knie weich werden.

Ich sehe ihn stirnrunzelnd an. »Und was jetzt?«, frage ich und spüre die Lust, die in meinem Unterleib wütet. Großer Gott, wie sehr ich diesen Mann begehre.

»Jetzt? Gehen wir. Ich glaube, Sie haben gewisse Erwartungen, Miss Steele. Die ich unter Aufbietung all meines Könnens zu erfüllen versuchen werde.«

Heilige Scheiße!

»Unter Aufbietung … all … deines Könnens …«, stammle ich.

Er steht grinsend auf.

»Müssen wir denn nicht zahlen?«, frage ich.

»Ich bin hier Mitglied. Sie schicken mir die Rechnung zu. Komm, Anastasia. Nach dir.« Er tritt zur Seite, woraufhin ich mich ebenfalls erhebe – im steten Bewusstsein, dass ich kein Höschen trage.

Sein Blick wandert über mich hinweg, als wollte er mir gleich hier und jetzt die Kleider vom Leib reißen, und ich aale mich in seiner unübersehbaren Begierde. Wann immer er das tut, fühle ich mich unglaublich sexy – dieser bildschöne Mann will mich. Wird mir dieses Wissen für den Rest meines Lebens einen Kick geben? Mit voller Absicht bleibe ich vor ihm stehen und streiche mein Kleid über den Hüften glatt.

»Ich kann es kaum erwarten, dich nach Hause zu bringen«, raunt Christian mir ins Ohr, trotzdem macht er immer noch keine Anstalten, mich anzufassen.

Auf dem Weg zum Lift sagt er etwas zum Oberkellner. Es scheint um den Wagen zu gehen, doch ich höre gar nicht hin. Meine innere Göttin strahlt vor Vorfreude. Liebe Güte, dieses Geschöpf könnte ohne Weiteres die ganze Stadt beleuchten.

Vor dem Aufzug treten zwei Paare mittleren Alters zu uns. Als die Türen aufgleiten, nimmt Christian mich beim Ellbogen und bugsiert mich ganz nach hinten. Ich lasse den Blick über die dunklen Rauchglasspiegel schweifen. Ein Mann in einem schlecht sitzenden Anzug grüßt Christian.

»Grey«, sagt er und nickt höflich.

Christian erwidert das Nicken schweigend.

Die beiden Paare stehen direkt vor uns, die Gesichter den Aufzugtüren zugewandt. Sie sind allem Anschein nach eng befreundet, denn die Frauen plaudern angeregt miteinander. Sie sind bester Dinge, und ich habe den Eindruck, dass alle vier leicht beschwipst sind.

Die Türen gleiten zu. Christian bückt sich, um seine Schnürsenkel zuzubinden. Sehr seltsam, denn sie sind gar nicht offen. Diskret legt er seine Hand um meinen Knöchel, während ich

485

vor Schreck zusammenzucke. Als er sich aufrichtet, wandern seine Finger an meinem Bein entlang – bis ganz nach oben. Ich unterdrücke einen überraschten Aufschrei, als sich seine Hand auf meine Hinterbacken legt. Er tritt hinter mich.

Wahnsinn. Ich starre auf die Hinterköpfe der vier Fahrgäste vor mir. Sie haben keine Ahnung, was wir hier treiben. Christian schlingt seinen freien Arm um meine Taille, während seine Finger auf Wanderschaft gehen. *Großer Gott – hier drin?* Der Aufzug gleitet abwärts. Im 53. Stock steigen weitere Fahrgäste ein, doch ich achte nicht auf sie. Ich bin viel zu sehr damit beschäftigt, mich auf jede noch so kleine Bewegung von Christians Fingern zu konzentrieren. Die kreisenden Bewegungen …

Wieder muss ich ein Stöhnen unterdrücken, als seine Finger ihr Ziel gefunden haben.

»Allzeit bereit, Miss Steele«, raunt er und schiebt einen Finger in mich hinein.

Ich winde mich und schnappe nach Luft. Wie kann er so etwas tun? Vor all den Leuten?

»Halt still«, warnt er dicht neben meinem Ohr.

Ich bin erhitzt, voller Sehnsucht und Begierde. Und in einer Aufzugkabine mit sieben Menschen gefangen, von denen sechs keine Ahnung haben, was sich in der hinteren Ecke abspielt. Christians Finger gleitet erneut in mich hinein und wieder heraus. Mein Atem … O Gott, wie peinlich. Am liebsten würde ich ihm sagen, dass er aufhören soll … und weitermachen … und aufhören. Ich lasse mich gegen ihn sinken. Er schlingt den Arm fester um mich, so dass ich seine Erektion an meiner Hüfte spüre.

Im 44. Stockwerk kommt der Aufzug erneut zum Stehen. *Oh … wie lange dauert denn diese Tortur noch? Rein … raus … rein … raus.* Kaum merklich beginne ich damit, mich an seinem beharrlichen Finger zu reiben. Wieso muss er sich ausgerechnet diesen Ort aussuchen, um mich endlich anzufassen? Hier! Und jetzt! Und mich dazu zu bringen, dass ich mich … hemmungslos fühle!

»Still«, ermahnt er mich leise, scheinbar völlig unbeeindruckt von der Tatsache, dass noch zwei weitere Fahrgäste eingestiegen sind. Allmählich wird es voll hier drin. Christian zieht uns weiter nach hinten, ohne mich loszulassen, und setzt seine Tortur fort. Er vergräbt seine Nase in meinem Haar. Ich bin sicher, wir wirken wie ein frisch verliebtes Paar, das in der Ecke schmust ... In diesem Moment schiebt er den zweiten Finger in mich hinein.

O Scheiße!, stöhne ich. Ich kann froh sein, dass die Leute vor uns so angeregt miteinander reden, dass sie es nicht mitbekommen.

O Christian, was machst du mit mir? Ich lasse meinen Kopf gegen seine Brust sinken, schließe die Augen und gebe mich seinen gnadenlosen Fingern hin.

»Nicht kommen«, sagt er. »Erst später.« Er legt seine freie Hand auf meinen Bauch und drückt ganz leicht zu, während er seine süße Qual fortsetzt. Das Gefühl ist unglaublich.

Endlich erreicht der Aufzug das Erdgeschoss. Mit einem lauten Ping gleiten die Türen auf, und die Fahrgäste setzen sich in Bewegung. Langsam zieht Christian seine Finger aus meiner Vagina und drückt mir einen Kuss auf den Hinterkopf. Ich drehe mich zu ihm um. Er lächelt, dann nickt er dem Mann in dem schlecht sitzenden Anzug zu, der ebenfalls nickt und mit seiner Frau aus dem Aufzug steigt. Ich registriere ihren Abschied nur am Rande, weil ich vollauf damit beschäftigt bin, auf den Beinen zu bleiben und meinen Atem unter Kontrolle zu bringen. Nun, da Christians Finger nicht länger in mir stecken, wünschte ich, er hätte sie niemals herausgezogen. Er lässt mich los, so dass ich gezwungen bin, ohne seine Hilfe stehen zu bleiben.

Wieder drehe ich mich zu ihm um. Er wirkt kühl und beherrscht, als wäre all das nicht passiert. Es ist so unfair!

»Bereit?«, fragt er. Seine Augen funkeln verschmitzt, als er sich zuerst den Zeige- und dann den Mittelfinger in den Mund schiebt und genüsslich daran leckt. »Sehr köstlich, Miss Steele.«

Bei diesen Worten habe ich Mühe, nicht auf der Stelle zu kommen.

»Ich fasse es nicht, dass du das gerade getan hast.« Ich kann kaum noch an mich halten.

»Sie würden staunen, was ich alles kann, Miss Steele«, erwidert er und streicht mir lächelnd eine Haarsträhne hinters Ohr. »Eigentlich will ich dich endlich nach Hause bringen, aber vielleicht schaffen wir es ja auch nur bis zum Wagen«, fährt er fort, nimmt meine Hand und zieht mich aus dem Aufzug.

Wie bitte! Sex im Wagen? Können wir es nicht lieber hier tun, auf dem kühlen Marmorfußboden der Lobby? Bitte?

»Komm.«

»Ja, genau das will ich jetzt am liebsten tun.«

»Miss Steele!«, tadelt er in gespieltem Entsetzen.

»Ich hatte noch nie Sex im Wagen.«

Christian bleibt stehen, legt mir die beiden Finger, die er gerade noch im Mund hatte, unters Kinn und hebt es an.

»Es freut mich über alle Maßen, das zu hören. Ich muss zugeben, ich wäre ziemlich erstaunt, um nicht zu sagen stocksauer, wenn es nicht so wäre.« Sein Blick durchbohrt mich.

Blinzelnd sehe ich zu ihm auf. Natürlich – er ist ja der einzige Mann, mit dem ich je Sex hatte.

»Das habe ich nicht damit gemeint.«

»Was denn dann?« Sein Tonfall ist unerwartet barsch.

»Es war doch nur so eine Redensart, Christian.«

»Ach ja, die berühmte Redensart ›Ich hatte noch nie Sex im Wagen‹, die einem ständig auf der Zunge liegt.«

Was ist eigentlich sein Problem?

»Christian, ich habe es nur so dahergesagt, ohne nachzudenken. Verdammt nochmal, du hast gerade in einem vollen Aufzug … *das da* mit mir gemacht. Entschuldige, wenn ich einen Moment lang nicht so schlagfertig bin wie sonst.«

Er hebt die Brauen. »Was habe ich denn mit dir gemacht?«, fragt er herausfordernd.

Ich starre ihn finster an. Er will, dass ich es laut ausspreche.

»Du hast mich angemacht. Und zwar unglaublich. Und jetzt bring mich endlich nach Hause und fick mich.«

Ihm fällt die Kinnlade herunter. Und dann bricht er in Gelächter aus. Wieder fällt mir auf, wie jung und sorglos er aussieht, wenn er lacht. Oh, wie gern höre ich sein Gelächter. Ich liebe es, weil ich es so selten zu hören bekomme.

»Sie sind ja die geborene Romantikerin, Miss Steele.« Er nimmt meine Hand und führt mich hinaus vor die Tür, wo der Saab uns bereits erwartet.

»Du willst also Sex im Wagen«, bemerkt Christian und dreht den Zündschlüssel um.

»Offen gestanden, wäre ich mit dem Boden in der Eingangshalle auch einverstanden gewesen.«

»Ich auch, Ana, glaub mir. Aber ich bin nicht scharf darauf, mich um diese Uhrzeit verhaften zu lassen, und auf der Toilette will ich dich auch nicht vögeln. Na ja, zumindest heute nicht.«

Wie bitte? »Du meinst, dass die Möglichkeit bestanden hätte?«

»O ja.«

»Dann lass uns wieder nach oben fahren.«

Abermals bricht er in Gelächter aus. Es ist ansteckend. Sekunden später lachen wir beide schallend. Ein herrliches, befreiendes Lachen aus vollem Hals. Er legt seine Hand auf mein Knie und streichelt es zärtlich mit seinen kundigen Fingern. Mein Lachen erstirbt.

»Geduld«, mahnt er und fährt los.

Er stellt den Saab in der Garage des Escala ab und macht den Motor aus. In der Stille des Wagens schlägt die Atmosphäre im Wagen unvermittelt um. Ich sehe ihn an und habe Mühe, meine hemmungslose Vorfreude im Zaum zu halten. Er sitzt neben mir, einen Arm lässig auf dem Lenkrad aufgestützt, und zupft mit Daumen und Zeigefinger an seiner Unterlippe. Ich kann den Blick kaum von seinem Mund losreißen. Ich will ihn, diesen Mund, überall auf meinem Körper. Seine grauen Augen ruhen auf mir. Mein Mund ist staubtrocken. Ein gemächliches, sexy Lächeln erscheint auf seinen Zügen.

»Wir werden im Wagen vögeln. Irgendwann, zu einem Zeitpunkt und an einem Ort meiner Wahl. Jetzt will ich dich auf jeder freien Oberfläche meines Apartments haben.«

Es ist, als würde er geradewegs mit meinem Unterleib sprechen. Meine innere Göttin legt einen *pas de basque* aufs Parkett.

»Ja.« Lieber Gott, meine Stimme klingt ja so atemlos, so verzweifelt.

Er beugt sich kaum merklich vor. Ich schließe die Augen in der Erwartung, dass er mich küssen wird – endlich. Aber nichts geschieht. Nach ein paar Sekunden, die mir wie eine Ewigkeit erscheinen, öffne ich die Augen wieder und sehe geradewegs in sein Gesicht. Ich habe keine Ahnung, was in seinem Kopf vorgeht, doch ehe ich etwas sagen kann, wirft er mich ein weiteres Mal aus der Bahn.

»Wenn ich dich jetzt küsse, schaffen wir es nicht, in die Wohnung zu kommen. Lass uns gehen.«

Aaaaaa! Dieser Mann ist so was von frustrierend! Er steigt aus.

Wieder stehen wir vor einem Aufzug und warten. Die Vorfreude pulsiert durch meinen Körper. Christian hält meine Hand und lässt seinen Daumen rhythmisch über meine Fingerknöchel gleiten. Jede einzelne Liebkosung dringt bis in die Tiefen meines Unterleibs vor. O Gott, ich will seine Hände überall spüren. Er hat mich lange genug gequält.

»Und was ist aus deinem Prinzip geworden, die Belohnung nicht hinauszuzögern?«

»Das ist nicht in jeder Situation angemessen, Anastasia.«

»Seit wann das denn?«

»Seit heute Abend.«

»Wieso quälst du mich so?«

»Wie du mir, so ich dir, Anastasia.«

»Inwiefern quäle ich dich denn?«

»Ich glaube, das weißt du ganz genau.«

Ich sehe ihn an. Es ist schwierig einzuschätzen, was er denkt. Er will meine Antwort hören ... *das* geht in seinem Kopf vor.

»Ich bin auch fürs Hinauszögern«, sage ich leise.

Unvermittelt zieht er mich an sich, packt mich bei den Haaren und biegt meinen Kopf nach hinten.

»Was kann ich tun, damit du Ja sagst?«, fragt er voller Inbrunst.

Verblüfft sehe ich in sein ernstes, verzweifeltes und wunderschönes Gesicht.

»Gib mir ein bisschen Zeit ... bitte ...«

Er seufzt. Dann küsst er mich, endlich, lang und hart. Augenblicke später stehen wir im Aufzug, und nichts zählt mehr – nur Hände, Münder, Zungen, Lippen, Finger und Haare. Die Begierde durchströmt mich, dick und zähflüssig, und benebelt meinen Verstand. Er drückt mich gegen die Wand, nagelt mich mit seinen Hüften fest, eine Hand in meinem Haar, die andere um mein Kinn gelegt, so dass ich mich nicht bewegen kann.

»Ich gehöre dir, Ana«, flüstert er. »Mein Schicksal liegt in deinen Händen.«

Seine Worte berauschen mich. Am liebsten würde ich ihm auf der Stelle die Kleider vom Leib reißen. Ich streife ihm das Jackett über die Schultern. Endlich kommt der Aufzug zum Stehen. Taumelnd arbeiten wir uns bis zum Flur vor.

Christian presst mich gegen die Wand. Sein Jackett fällt achtlos zu Boden, während seine Hand an meinem Bein emporwandert, ohne dass er seine Lippen von mir löst. Er zieht mein Kleid hoch.

»Erste Oberfläche.« Unvermittelt hebt er mich hoch. »Schling die Beine um mich.«

Ich gehorche. Er dreht sich um, legt mich auf den Dielentisch und tritt zwischen meine Beine. Ich registriere, dass der gewohnte Blumenstrauß nicht dort steht. *Zufall?* Er zieht das

Kondompäckchen aus der Tasche und gibt es mir, während er seine Hose öffnet.

»Weißt du eigentlich, wie sehr du mich antörnst?«

»Was?«, stoße ich hervor. »Nein ... ich ...«

»Es ist aber so. Ununterbrochen.« Er reißt mir das Päckchen aus der Hand.

O Mann, alles geht so unglaublich schnell, aber nach all den Stunden, in denen er mich gereizt hat, will ich ihn so sehr – jetzt gleich. Er starrt mich an, während er das Kondom über seinen Penis rollt, dann schiebt er die Hände unter meine Schenkel und zwingt mich, die Beine weiter zu spreizen.

Er hält inne. »Lass die Augen auf. Ich will dir dabei in die Augen sehen«, flüstert er, während er langsam in mich eindringt.

Ich versuche es, allen Ernstes, doch das Gefühl ist so überwältigend. Wie lange habe ich auf diesen Moment gewartet. Zu spüren, wie er mich ausfüllt, jeden Zentimeter von mir ... stöhnend wölbe ich mich ihm entgegen.

»Aufmachen!«, knurrt er und stößt mit einer so heftigen Bewegung zu, dass ich aufschreie.

Blinzelnd reiße ich die Augen auf und sehe in sein Gesicht. Langsam gleitet er aus mir heraus, ehe er erneut in mich eindringt. Sein Mund erschlafft, dann formen seine Lippen ein *Ah*, doch kein Laut dringt hervor. Ihn so erregt zu sehen, als Reaktion auf mich ... kochend schießt das Blut durch meine Venen. Er verfällt in einen steten Rhythmus, und ich aale mich in seiner Bewunderung, seiner Lust, seiner Leidenschaft und seiner Liebe, während wir gemeinsam dem Höhepunkt entgegensteuern.

Mit einem lauten Schrei komme ich. Sekunden später folgt Christian mir.

»O Ana!«, ruft er und sackt über mir zusammen.

Meine Beine sind noch immer um seine Hüften geschlungen, und unter den gütigen, geduldigen Augen der Mutter Maria auf dem Gemälde streichle ich seinen Kopf und schöpfe langsam wieder Atem.

»Ich bin noch nicht fertig mit dir.« Er richtet sich auf und küsst mich.

Splitternackt liege ich in Christians Bett. Liebe Güte – wie viel Energie hat dieser Mann eigentlich? Er liegt neben mir und streichelt meinen Rücken.

»Zufrieden, Miss Steele?«

Ich murmle zustimmend, doch ich bin viel zu erschöpft zum Sprechen. Ich hebe den Kopf, sehe ihn blinzelnd an und spüre seinen liebevollen Blick auf mir ruhen. Wie in Zeitlupe senke ich den Kopf, um ihn wissen zu lassen, dass ich gleich seine Brust küssen werde.

Für den Bruchteil einer Sekunde versteift er sich, während ich einen Kuss auf sein Brusthaar hauche, seinen herrlichen Christian-Duft, jene betörende Mischung aus Sex und Schweiß, in meine Lungen sauge. Er dreht sich auf die Seite und sieht mich an.

»Ist Sex eigentlich für jeden so? Ich kann nur staunen, dass die Leute überhaupt noch einen Fuß vor die Tür setzen.«

Er grinst. »Ich kann nicht für alle sprechen, aber mit dir ist es jedenfalls etwas verdammt Besonderes, Anastasia.« Er küsst mich.

»Das liegt nur daran, dass Sie etwas verdammt Besonderes sind, Mr. Grey.« Zärtlich streichle ich seine Wange.

»Es ist schon spät. Schlaf«, sagt er schließlich und küsst mich erneut. Er legt sich hinter mich und schlingt die Arme um mich.

»Du bekommst nicht gern Komplimente«, stelle ich fest.

»Schlaf jetzt, Ana.«

Dabei ist er ein so unglaublich besonderer Mensch. Wieso begreift er das nicht?

»Ich finde das Haus wunderbar«, murmle ich schläfrig.

Eine Minute lang sagt er nichts, doch ich spüre sein Grinsen.

»Und ich finde dich wunderbar. Schlaf jetzt.« Er presst seine Nase in mein Haar, und ich schlafe ein, sicher in seinen Armen liegend, wo ich von Sonnenuntergängen, Terrassentüren und geschwungenen Freitreppen träume ... und wie ich mit einem kleinen Jungen mit kupferrotem Haar auf der Wiese lachend und kichernd Fangen spiele.

»Ich muss los, Baby.« Christian drückt mir einen Kuss auf die Stelle direkt unterhalb meines Ohrs.

Ich öffne die Augen und drehe mich zu ihm um, doch statt neben mir zu liegen, steht er frisch geduscht und vollständig angezogen neben dem Bett und beugt sich über mich.

»Wie spät ist es?« *O nein ... ich will nicht schon wieder zu spät kommen.*

»Keine Panik. Ich habe einen Frühstückstermin.« Er stupst mich mit der Nase an.

»Du riechst so gut.« Ich räkle mich genüsslich. Meine Glieder fühlen sich auf angenehme Art steif und verspannt von unseren gestrigen Aktivitäten an. Ich schlinge ihm die Arme um den Hals.

»Geh nicht.«

Er legt den Kopf schief und hebt eine Braue. »Miss Steele, versuchen Sie etwa, einen Mann von seiner ehrlichen Arbeit abzuhalten?«

Ich nicke verschlafen. Wieder tritt dieses neue, schüchterne Lächeln auf seine Züge.

»So verführerisch du auch sein magst, aber ich muss los.« Er richtet sich auf. Er trägt einen superschicken dunkelblauen Anzug, dazu ein weißes Hemd und eine dunkelblaue Krawatte – der Inbegriff des CEO ... des superheißen CEO.

»Ciao, ciao, Baby«, raunt er und verschwindet.

Ich werfe einen Blick auf den Wecker. Es ist schon sieben. Offenbar habe ich den Wecker nicht gehört. Tja, höchste Zeit aufzustehen.

Unter der Dusche habe ich plötzlich eine zündende Idee für ein weiteres Geschenk für Christian außer dem, das ich im Souvenirshop gekauft habe. Auch wenn dieses hier in Wahrheit ein Geschenk für mich selbst ist. Ich bin völlig aus dem Häuschen vor Begeisterung, als ich die Dusche abdrehe. Ich muss es nur noch vorbereiten.

Ich entscheide mich für ein dunkelrotes Kleid mit einem ziemlich tiefen Ausschnitt. Ja, das passt auch fürs Büro.

Und jetzt zu Christians Geschenk. Ich suche die Kommodenschubladen nach seinen Krawatten ab. In der untersten Schublade stoße ich auf seine alten, zerschlissenen Jeans, die er im Spielzimmer immer getragen hat – die, in denen er so verdammt heiß aussieht. Zärtlich streiche ich mit der Handfläche darüber. Wie herrlich weich sich der Stoff anfühlt.

Darunter befindet sich ein flacher schwarzer Karton, der augenblicklich mein Interesse weckt. Was mag er darin aufbewahren? Ich betrachte ihn. Wieder komme ich mir vor, als würde ich schnüffeln. Ich ziehe ihn heraus und schüttle ihn. Er ist ziemlich schwer, als befänden sich irgendwelche Unterlagen darin. Ich kann nicht widerstehen und hebe den Deckel an – und klappe ihn sofort wieder zu. Verdammte Scheiße! In dem Karton liegen Fotos aus dem Spielzimmer. Schockiert versuche ich, das Bild aus meinem Kopf zu verbannen. *Wieso musste ich den Deckel anheben? Und wieso hat er sie aufbewahrt?*

Ich erschaudere. Mein Unterbewusstsein macht ein finsteres Gesicht. *Das war vor deiner Zeit. Vergiss die Fotos.*

Absolut richtig. Als ich mich aufrichte, sehe ich eine Krawatte am Ende der Kleiderstange hängen. Ich schnappe meine Lieblingskrawatte und flüchte aus dem begehbaren Kleiderschrank.

Diese Fotos sind VA – *Vor Ana*. Mein Unterbewusstsein nickt zustimmend, trotzdem gelingt es mir nicht, meine Niedergeschlagenheit abzuschütteln, als ich das Wohnzimmer betrete. Mrs. Jones lächelt mir freundlich zu, doch beim Anblick meiner Miene runzelt sie die Stirn.

»Alles in Ordnung, Ana?«, erkundigt sie sich besorgt.

»Ja«, antworte ich abwesend. »Haben Sie zufällig einen Schlüssel für … äh … das Spielzimmer?«

Sie hält kurz inne. Meine Frage scheint sie zu überraschen.

»Ja, natürlich.« Sie löst einen kleinen Schlüsselbund von ihrem Gürtel. »Was möchten Sie gern zum Frühstück, meine Liebe?«, fragt sie und reicht mir die Schlüssel.

»Nur ein bisschen Müsli. Ich bin gleich wieder hier.«

Inzwischen bin ich mir wegen meines Geschenks nicht mehr ganz so sicher, was jedoch nur an den Fotos liegt. *Es hat sich rein gar nichts geändert*, schnauzt mich mein Unterbewusstsein an und wirft mir über den Rand seiner Lesebrille hinweg einen vernichtenden Blick zu. *Das eine Foto, das du gesehen hast, war doch total heiß*, meldet sich meine innere Göttin zu Wort. Ich ziehe ein finsteres Gesicht. Ja, allerdings – zu heiß für meinen Geschmack.

Was hält er sonst noch unter Verschluss? Eilig beginne ich, die Kommode zu durchforsten, bis ich gefunden habe, was ich brauche, und schließe den Raum wieder hinter mir ab. Nicht auszudenken, was passieren würde, wenn José das Spielzimmer heute Abend zufällig entdecken würde!

Ich gebe Mrs. Jones die Schlüssel zurück und mache mich über mein Frühstück her. Es ist ein merkwürdiges Gefühl, ohne Christian hier zu sitzen. Das Foto aus dem Karton geistert mir noch immer im Kopf herum. Ich frage mich, wer die Frau war. Leila, vielleicht?

Auf dem Weg zur Arbeit grüble ich, ob ich Christian von meiner Entdeckung erzählen soll. *Nein*, schreit mein Unterbewusstsein und legt sich in bester Munch-Tradition die Hände auf die Wangen. Wahrscheinlich hat es Recht.

Als ich mich an den Schreibtisch setze, summt mein BlackBerry.

Von: Christian Grey
Betreff: Oberflächen
Datum: 17. Juni 2011, 08:59 Uhr
An: Anastasia Steele

Meiner Berechnung nach bleiben noch mindestens dreißig Oberflächen, die es zu benutzen gilt. Ich freue mich schon auf jede Einzelne davon. Dann sind da noch der Fußboden, die Wände – und nicht zu vergessen, der Balkon.
Und danach bleibt noch mein Büro ...
   Du fehlst mir. X
CHRISTIAN GREY
Unzüchtiger CEO, Grey Enterprises Holdings, Inc.

Beim Anblick seiner Mail muss ich grinsen, und all meine Vorbehalte lösen sich in Luft auf. Wenn er mich jetzt will ... Die Erinnerung an unsere Abenteuer des gestrigen Abends kommt mir wieder in den Sinn – im Aufzug, im Flur, im Bett. Unzüchtig, der Begriff ist absolut zutreffend. Und zwar für uns beide.

Von: Anastasia Steele
Betreff: Romantik?
Datum: 17. Juni 2011, 09:03 Uhr
An: Christian Grey

Mr. Grey,
Sie können wohl auch nur an das Eine denken.
Ich habe Sie vorhin beim Frühstück vermisst.
Aber Mrs. Jones war sehr entgegenkommend.
   A x

Von: Christian Grey
Betreff: Erwachte Neugier
Datum: 17. Juni 2011, 09:07 Uhr
An: Anastasia Steele

Inwiefern war Mrs. Jones entgegenkommend?
Was führen Sie im Schilde, Miss Steele?

CHRISTIAN GREY
Neugieriger CEO, Grey Enterprises Holdings, Inc.

Wie kann er das wissen?

Von: Anastasia Steele
Betreff: Großes Geheimnis
Datum: 17. Juni 2011, 09:10 Uhr
An: Christian Grey

Wart's ab – es ist eine Überraschung!
Ich muss jetzt arbeiten, also lass mich zufrieden.

Ich liebe dich

A x

Von: Christian Grey
Betreff: Frust
Datum: 17. Juni 2011, 09:12 Uhr
An: Anastasia Steele

Ich hasse es, wenn du mir etwas verheimlichst.

CHRISTIAN GREY
CEO, Grey Enterprises Holdings, Inc.

Verblüfft über die Eindringlichkeit, die in seinen Worten mitschwingt, starre ich das Display meines BlackBerrys an. Wieso hat er ständig das Gefühl, ich würde ihm etwas verheimlichen?

Ich bin doch nicht diejenige, die erotische Fotos mit einem Ex-partner vor ihm versteckt.

Von: Anastasia Steele
Betreff: Ich übe Nachsicht
Datum: 17. Juni 2011, 09:14 Uhr
An: Christian Grey

Es geht um deinen Geburtstag.
Noch eine Überraschung.
Sei nicht so mies gelaunt.
A x

Er antwortet nicht sofort, und ich muss zu einem Meeting, deshalb bleibt mir keine Zeit, mich länger damit aufzuhalten.

Als ich das nächste Mal meinen BlackBerry checke, stelle ich entsetzt fest, dass es vier Uhr nachmittags ist. Wo ist der Tag nur geblieben? Immer noch keine Nachricht von Christian. Ich beschließe, ihm noch eine Mail zu schicken.

Von: Anastasia Steele
Betreff: Hallo
Datum: 17. Juni 2011, 16:03 Uhr
An: Christian Grey

Sprichst du nicht mehr mit mir?
Vergiss nicht, dass ich nach dem Büro noch mit José etwas trinken gehe und er bei uns übernachtet.
Bitte überleg es dir nochmal, ob du nicht doch mitkommen willst.
A x

Wieder antwortet er nicht. Ein leises Unbehagen überkommt mich. Hoffentlich geht es ihm gut. Ich versuche es auf seinem Handy, doch es springt nur die Voicemail an. »Grey, bitte hinterlassen Sie eine Nachricht.«

»Hi … äh … ich bin's, Ana. Geht es dir gut? Ruf mich an«, stammle ich. Dies ist das erste Mal, dass ich ihm eine Nachricht auf Band spreche.

Errötend lege ich auf. *Natürlich weiß er, dass du dran bist, du dumme Nuss!* Mein Unterbewusstsein verdreht die Augen. Am liebsten würde ich Andrea, seine Assistentin, anrufen, aber das ist vielleicht ein wenig zu übertrieben. Widerstrebend mache ich mich wieder an die Arbeit.

Mein Telefon läutet. Ich fahre vor Schreck zusammen. *Christian!* Aber, nein, es ist Kate. Endlich!

»Ana?«, schreit sie.

»Kate! Bist du zurück? Du hast mir so gefehlt!«

»Du mir auch. Ich habe dir so viel zu erzählen. Wir sind am Flughafen, ich und mein Liebster.« Sie kichert – völlig untypisch für Kate.

»Cool. Ich habe dir auch so viel zu erzählen.«

»Sehen wir uns nachher zuhause?«

»Ich gehe mit José etwas trinken. Komm doch mit.«

»José ist hier? Klar! Schick mir eine SMS, wo ihr hingeht.«

»Okay.« Ich strahle.

»Geht es dir gut, Ana?«

»Ja, alles bestens.«

»Bist du immer noch mit Christian zusammen?«

»Ja.«

»Gut. Ciao, ciao.«

O nein, nicht sie auch noch. Elliots Einfluss kennt offenbar keine Grenzen.

»Ja, ciao, ciao.« Wir legen auf.

Wow. Kate ist wieder da. Aber wie soll ich ihr erklären, was in ihrer Abwesenheit alles passiert ist? Ich sollte mir einen Zettel schreiben, damit ich nichts vergesse.

Eine Stunde später läutet das Telefon in meinem Büro – *Christian?* Nein, diesmal ist es Claire.

»Du solltest mal den Typ sehen, der hier bei mir gerade nach dir fragt. Woher kennst du eigentlich all die heißen Kerle?«

Aha, José ist also hier. Ich sehe auf die Uhr – fünf Minuten vor sechs. Plötzlich bin ich aufgeregt. Es ist eine Ewigkeit her, seit wir uns das letzte Mal gesehen haben.

»Ana! Wow! Du siehst toll aus. So erwachsen.« Er grinst mich an.

Nur weil ich ein schickes Kleid anhabe ... du meine Güte!

Er drückt mich an sich. »Und du bist so groß«, staunt er.

»Das sind doch nur die Schuhe, José. Außerdem siehst du auch nicht übel aus.«

Er trägt Jeans, ein schwarzes T-Shirt und ein schwarz-weiß kariertes Flanellhemd darüber.

»Ich hole nur meine Sachen, dann können wir los.«

»Cool. Ich warte hier.«

Ich hole uns zwei Rolling Rocks an der überfüllten Bar und kehre zu unserem Tisch zurück.

»Hast du Christians Wohnung gut gefunden?«

»Ja. Ich war aber nicht drinnen, sondern habe die Fotos bloß zum Lieferantenaufzug gebracht. Ein Typ namens Taylor hat sie abgeholt. Scheint ja eine ziemlich feudale Bude zu sein.«

»Allerdings. Wart's ab, bis du sie von innen siehst.«

»Ich kann es kaum erwarten. *Salud*, Ana. Seattle bekommt dir offenbar.«

Ich werde rot. Es ist wohl eher so, dass Christian mir bekommt. »*Salud*. Und jetzt erzähl mir alles von deiner Ausstellung. Wie ist es gelaufen?«

Strahlend beginnt er zu erzählen. Bis auf drei Aufnahmen hat er sämtliche Fotos verkauft. Vom Erlös konnte er seinen Studienkredit abbezahlen und hatte sogar noch etwas Geld übrig.

»Und ich habe einen Auftrag vom Fremdenverkehrsamt von Portland. Ich soll eine Reihe von Landschaftsaufnahmen für sie machen. Cool, was?«, erklärt er stolz.

»O José, das ist ja klasse. Und der Auftrag kollidiert auch nicht mit deinem Studium?«

»Nein. Jetzt, da ihr beide hier wohnt und auch noch drei von meinen Jungs, mit denen ich sonst immer unterwegs war, weggezogen sind, habe ich viel mehr Zeit.«

»Und kein heißes Babe, das deine Zeit beansprucht?« Als ich dich das letzte Mal gesehen habe, hing mindestens ein halbes Dutzend Mädels an deinen Lippen.« Ich sehe ihn vielsagend an.

»Nein, Ana. Keine dieser Frauen kann meine Ansprüche erfüllen«, prahlt er.

»Klar. José Rodriguez, der Ladykiller«, kichere ich.

»Hey, auch ich habe meine Glanzmomente, Steele.« Eine Spur Gekränktheit schwingt in seiner Stimme mit.

»Aber natürlich hast du die«, beschwichtige ich ihn eilig.

»Und? Wie geht's Grey?«, erkundigt er sich mit merklich kühlerem Tonfall.

»Es geht ihm gut. Uns geht es gut.«

»Und das zwischen euch ist etwas Ernstes, sagst du?«

»Ja.«

»Ist er nicht viel zu alt für dich?«

»Ach, José. Du weißt doch, was meine Mutter über mich sagt – ich bin schon alt zur Welt gekommen.«

Josés Mund verzieht sich zu einem ironischen Lächeln. »Wie geht es deiner Mutter übrigens?«, fragt er. Und schon haben wir die Gefahrenzone verlassen.

»Ana!«

Ich drehe mich um und sehe Kate mit Ethan auf uns zukommen. Sie sieht unglaublich gut aus – von der Sonne gebleichtes rotblondes Haar, perfekt gebräunt und strahlend und supersexy in ihrem weißen Top und den engen weißen Jeans. Sie zieht die Blicke sämtlicher Gäste auf sich. Ich springe auf und umarme sie überschwänglich. Wie sehr sie mir gefehlt hat!

Sie löst sich von mir und mustert mich von oben bis unten. Prompt erröte ich unter ihrem kritischen Blick.

»Du hast abgenommen. Und zwar beträchtlich. Und du siehst anders aus. So erwachsen. Was läuft hier?«, fragt sie in bester Glucken-Manier. »Dein Kleid gefällt mir. Steht dir gut.«

»Es ist eine Menge passiert in den letzten zwei Wochen. Ich erzähle dir später alles, wenn wir allein sind.« Ich bin noch nicht bereit für die Katherine-Kavanagh-Inquisition.

Sie beäugt mich misstrauisch. »Alles in Ordnung?«

»Ja.« Ich lächle, obwohl ich weitaus glücklicher wäre, wenn ich wüsste, wo Christian steckt.

»Cool.«

»Hi, Ethan.« Ich grinse ihn an, woraufhin er mich flüchtig an sich drückt. »Wie war das Mittagessen mit Mia?«

José mustert ihn mit gerunzelter Stirn.

»Interessant«, antwortet er kryptisch.

Was hat das denn zu bedeuten?

»Ethan, du kennst doch sicher José?«

»Wir sind uns einmal begegnet«, murmelt José, während sich die beiden Männer die Hände schütteln.

»Ja, stimmt, in Kates Wohnung in Vancouver.« Ethan lächelt José an. »Okay. Wer will noch etwas zu trinken?«

Ich schiebe mich durchs Gedränge zur Toilette und schicke Christian eine SMS mit dem Namen der Bar. Vielleicht kommt er ja doch noch vorbei. Auf meinem BlackBerry sind weder Anrufe in Abwesenheit noch Mails eingegangen. Das sieht ihm gar nicht ähnlich.

»Was ist los, Ana?«, fragt José, als ich an unseren Tisch zurückkehre.

»Ich kann Christian nicht erreichen. Hoffentlich ist bei ihm alles in Ordnung.«

»Bestimmt geht es ihm gut. Willst du noch ein Bier?«

»Klar.«

Kate beugt sich über den Tisch. »Ethan hat gerade erzählt, eine durchgeknallte Exfreundin hätte mit einer Waffe in der Hand in unserer Wohnung auf dich gewartet.«

»Na ja ... es stimmt.« Entschuldigend zucke ich mit den Achseln. Verdammt, muss das jetzt unbedingt sein?

»Ana, was zum Teufel läuft hier?« Kate hält inne, als ihr Telefon läutet.

»Hi, Baby«, sagt sie. *Baby!* Sie runzelt die Stirn und sieht mich an. »Klar.« Sie streckt mir ihr Telefon hin. »Elliot ist dran. Er will mit dir reden.«

»Ana«, sagt Elliot knapp. Meine Kopfhaut beginnt zu kribbeln.

»Was ist los?«

»Es geht um Christian. Er ist noch nicht aus Portland zurück.«

»Was? Wie meinst du das?«

»Sein Hubschrauber wird vermisst.«

»Charlie Tango?«, flüstere ich. Es ist, als hätte jemand sämtliche Luft aus meinen Lungen gepresst. »Nein!«

NEUNZEHN

Ich sitze vor dem Kamin in Christians Wohnung und starre wie gebannt in die flackernden Flammen mit den bläulichen Spitzen. Trotz der Hitze, die vom Feuer ausgeht, und der Decke um meine Schultern ist mir eiskalt. Bis ins Mark.

Vage registriere ich Stimmen rings um mich herum, leise, gedämpfte Stimmen, so weit entfernt, dass sie kaum an meine Ohren dringen. Ich kann die Worte nicht ausmachen. Das Einzige, worauf ich mich konzentrieren kann, ist das leise Zischen des Gases im Kamin.

Meine Gedanken kreisen unablässig um das Haus, das wir gestern besichtigt haben, mit seinen echten Kaminen, in denen man richtiges Holz anzünden kann. Ich würde so gern einmal mit Christian vor einem richtigen Kaminfeuer schlafen. Vor dem Kamin *dieses* Hauses. Ja, das wäre schön. Bestimmt würde er sich etwas einfallen lassen, um es zu einem unvergesslichen Erlebnis zu machen, so wie immer, wenn wir miteinander schlafen. Und auch, wenn wir einfach nur vögeln. Ja, auch diese Momente sind unvergesslich. *Wo ist er nur?*

Ich kann den Blick nicht von den züngelnden Flammen wenden. Stattdessen sitze ich da, wie betäubt, voll und ganz auf ihre glühend heiße Schönheit konzentriert. Ich bin regelrecht verhext von ihrem Anblick.

Anastasia, du hast mich regelrecht verhext.

Das hat er zu mir gesagt, als er zum ersten Mal über Nacht geblieben ist. *O nein ...*

Ich schlinge mir die Arme um den Oberkörper, während die Realität allmählich in mein Bewusstsein sickert und die gähnende Leere in meinem Innern noch schmerzlicher werden lässt. Charlie Tango gilt als vermisst.

»Ana. Hier.« Mrs. Jones' sanfte Stimme reißt mich aus meiner trüben Gedankenwelt ins Hier und Jetzt zurück, in die qualvolle Wirklichkeit. Sie reicht mir eine Tasse Tee. Dankbar nehme ich sie entgegen. Das Klirren des Porzellans verrät, wie heftig meine Hände zittern.

»Danke«, hauche ich. Meine Stimme ist heiser von all den ungeweinten Tränen und dem dicken Kloß in meiner Kehle.

Mia sitzt mir gegenüber auf der riesigen Couch und hält Grace' Hand. Die Angst und der Kummer haben sich tief in ihre hübschen Gesichter eingegraben. Grace wirkt mit einem Mal deutlich älter als sonst – eine Mutter, die außer sich vor Sorge um ihren Sohn ist. Ich betrachte die beiden leidenschaftslos. Ich bringe nicht die Kraft auf, ihnen ein aufmunterndes Lächeln zu schenken, ja, noch nicht einmal Tränen – ich habe keine. Da ist nichts, nur die gähnende Leere in mir, die sich immer weiter ausbreitet. Mein Blick bleibt an Elliot, José und Ethan hängen, die sich um die Frühstückstheke versammelt haben. Verschwommen nehme ich ihre ernsten Gesichter wahr, während sie leise über irgendetwas diskutieren. Hinter ihnen werkelt Mrs. Jones in der Küche herum.

Kate sitzt im Fernsehzimmer vor den Lokalnachrichten. Ich höre die Stimmen aus dem riesigen Plasmagerät. Ich ertrage es nicht, die Eilmeldung – CHRISTIAN GREY VERMISST – und sein wunderschönes Gesicht auf dem Bildschirm zu sehen.

Mir wird bewusst, dass sich noch nie so viele Menschen auf einmal in diesem Raum befunden haben, doch seine eindrucksvolle Größe lässt sie wie Zwerge wirken – kleine Inseln verlorener, verängstigter Menschen in Christians Zuhause. Wie würde er es wohl finden, wenn er wüsste, dass sie alle hier sind?

Taylor und Carrick sind mit den Behörden in Kontakt, die nur häppchenweise Informationen herauslassen, aber im Grunde lässt sich die Situation mit wenigen Worten zusammenfassen:

Christian wird vermisst. Seit acht Stunden. Es gibt keinerlei Lebenszeichen von ihm, kein einziges Wort. Inzwischen musste die Suche abgebrochen werden, weil es zu dunkel ist. Und wir wissen immer noch nicht, wo er sein könnte. Er könnte verletzt sein, hungrig. Oder noch Schlimmeres.

Ich sende ein weiteres Stoßgebet gen Himmel. *Lieber Gott, bitte mach, dass es Christian gut geht. Bitte mach, dass ihm nichts passiert ist.* Wieder und wieder sage ich es mir vor, wie ein Mantra, etwas, woran ich mich in meiner Verzweiflung klammern kann. Ich weigere mich, vom Schlimmsten auszugehen. Nein, das werde ich nicht tun. Noch besteht Hoffnung.

»Du bist mein Rettungsanker.«

Christians Worte kommen mir wieder in den Sinn. Ja, es gibt immer Hoffnung. Man darf nicht verzweifeln. Seine Worte hallen in meinen Gedanken wider.

»Ich bin jetzt überzeugter Verfechter der sofortigen Belohnung. Carpe diem, Anastasia.«

Wieso nur habe ich den Tag nicht genutzt?

»Ich tue es, weil ich endlich jemanden gefunden habe, mit dem ich den Rest meines Lebens verbringen will.«

In stummem Gebet schließe ich die Augen und wiege mich rhythmisch vor und zurück. *Bitte mach, dass der Rest seines Lebens nicht bereits vorüber ist. Bitte, bitte, bitte.* Wir hatten nicht genug Zeit, wir brauchen mehr. Wir haben so viel in den vergangenen Wochen erlebt, haben so viele Fortschritte gemacht. All die zärtlichen Momente kommen mir wieder in den Sinn: der Lippenstift, als er im Fairmont Olympic zum ersten Mal wirklich mit mir geschlafen hat; der Augenblick, als er vor mir kniete und als ich ihn das erste Mal berühren durfte.

»Ich bin noch genau derselbe wie vorher, Ana. Ich liebe dich, und ich brauche dich. Bitte, fass mich an.«

O Gott, ich liebe ihn so sehr. Ich bin nichts ohne ihn, nichts als ein Schatten – all das Licht in mir erloschen, wenn er fort ist. *Nein, nein, nein, mein armer Christian.*

»Das bin ich, Ana. So, wie ich wirklich bin … und ich gehöre nur dir. Was muss ich tun, damit du das endlich begreifst? Damit du weißt, dass ich dich will, in jeder erdenklichen Hinsicht. Dass ich dich liebe?«

Und ich liebe dich, Christian.

Ich schlage die Augen auf und starre erneut blicklos in die Flammen, während die Erinnerungen an unsere gemeinsame Zeit vor meinem geistigen Auge vorüberziehen – seine jungenhafte Ausgelassenheit auf dem Boot und beim Segelfliegen; sein charmantes, souveränes Auftreten beim Maskenball; beim Tanzen, o ja, beim Tanzen, hier in seinem Wohnzimmer zu Frank Sinatra, als er mich herumgewirbelt hat; seine leise, beinahe ängstliche Hoffnung, als er mir gestern das Haus gezeigt hat – als wir auf der Terrasse gestanden und den atemberaubenden Ausblick genossen haben.

»Ich werde dir meine Welt zu Füßen legen, Anastasia. Ich will dich, mit Haut und Haaren, für immer.«

Bitte, bitte, mach, dass ihm nichts zugestoßen ist. Er darf nicht für immer aus meinem Leben verschwunden sein. Er ist doch der Mittelpunkt meines Universums.

Ein unwillkürliches Schluchzen dringt aus meiner Kehle, und ich presse mir die Hand auf den Mund. Nein. Ich muss stark sein.

In diesem Moment tritt José zu mir. Oder war er schon die ganze Zeit da? Ich habe keine Ahnung.

»Willst du deine Mom oder deinen Dad anrufen?«, fragt er behutsam.

Nein! Ich schüttle den Kopf und kralle mich an seiner Hand fest. Ich bringe kein Wort heraus, und ich weiß, dass ich in einem Meer aus Tränen zerfließen werde, falls ich es doch tue, aber die Wärme und der sanfte Druck seiner Hand spenden mir keinerlei Trost.

O Mom. Allein beim Gedanken an meine Mutter beginnen meine Lippen zu beben. Soll ich sie anrufen? Nein. Mit ihrer Reaktion könnte ich jetzt nicht umgehen. Vielleicht sollte ich lieber mit Ray reden – er lässt sich nicht von seinen Gefühlen überwältigen, nicht einmal, wenn die Mariners ein Spiel verlieren.

Grace steht auf und tritt zu den Jungs. Offenbar kann sie nicht länger still sitzen. Mia setzt sich neben mich und nimmt meine andere Hand.

»Er kommt zurück«, sagt sie. Ihre Stimme klingt entschlossen, nur beim letzten Wort bricht sie. Ihre Augen sind rot gerändert vom Weinen, ihr Gesicht ist bleich und ausgezehrt vor Müdigkeit und Erschöpfung.

Ich schaue zu Ethan hinüber. Sein Blick ruht auf Mia und Elliot, der die Arme um seine Mutter geschlungen hat. Ich sehe auf die Uhr. Es ist schon nach elf. Verdammt! Mit jeder Stunde, die vergeht, gewinnt die Leere in mir weiter an Gewicht, lastet immer schwerer auf mir und droht mir die Luft abzuschnüren. Mir ist bewusst, dass ich mich tief im Innern bereits auf das Schlimmste gefasst mache. Ich schließe die Augen und sende noch ein stummes Gebet gen Himmel, während ich Mias und Josés Hand umklammert halte.

Schließlich öffne ich die Augen wieder und stiere in die Flammen, doch das Einzige, was ich sehen kann, ist sein Gesicht. Sein Gesicht, auf dem jener Ausdruck liegt, den ich so sehr an ihm liebe – in diesen kurzen Sekunden, wenn ich einen flüchtigen Blick auf den wahren Christian erhasche: Christian mit seinen unendlich vielen Facetten. Christian, der Kontrollfreak, der CEO, der Stalker, der Sexgott, der Dom. Und gleichzeitig ist er dieser kleine Junge mit all seinen Spielsachen. Mit seinem Wagen, seinem Boot, seinem Flugzeug und Charlie Tango … in dem er nun vermisst wird. Mein Lächeln verfliegt, und der Schmerz bohrt sich erneut in mein Herz. Ich erinnere mich daran, wie wir unter der Dusche standen und ich die Lippenstiftspuren fortgewischt habe.

»*Ich bin ein Nichts, Anastasia, der Schatten eines Menschen. Ich habe kein Herz.*«

Der Kloß in meiner Kehle schnürt mir die Luft ab. O Christian, du *hast* ein Herz. Es gehört mir. Und ich will es für immer in Ehren halten. Obwohl Christian oft kompliziert und schwierig ist. Ich liebe ihn, werde ihn immer lieben. Es wird nie einen anderen für mich geben. Niemals.

Ich denke daran, wie ich im Starbucks gesessen und Christians Vorzüge und Makel gegeneinander aufgewogen habe. All die negativen Faktoren, selbst die Fotos, die ich heute Morgen in der Schublade gefunden habe, sind inzwischen zur völligen Bedeutungslosigkeit verblasst. Er muss wieder nach Hause kommen. Das ist das Einzige, was jetzt noch zählt. *O bitte, lieber Gott, mach, dass er wieder nach Hause kommt. Mach, dass es ihm gut geht. Ich werde auch in die Kirche gehen … Ich würde alles tun, wenn ich ihn nur heil zurückbekomme.*

Von nun an werde ich jeden Tag so behandeln, als wäre es mein letzter. Seine Worte hallen in meinem Gedächtnis wider. *»Carpe diem, Ana.«*

Ich betrachte die orangerot glühenden Flammen, die einander umzüngeln. In diesem Augenblick stößt Grace einen Schrei aus. Plötzlich ist es, als würde alles um mich herum wie in Zeitlupe ablaufen.

»Christian!«

Ich wende mich genau in der Sekunde um, als Grace quer durchs Wohnzimmer auf Christian zustürzt, der verloren im Türrahmen steht – hemdsärmelig, lediglich in seiner Anzughose und mit seinem Jackett und seinen Schuhen in der Hand. Er sieht hundemüde aus, ist völlig verdreckt und dennoch unglaublich schön.

Christian! Er lebt! Wie betäubt gaffe ich ihn an. Halluziniere ich, oder ist er tatsächlich nach Hause zurückgekehrt?

Blanke Bestürzung zeichnet sich auf seiner Miene ab. Er lässt sein Jackett und seine Schuhe gerade noch rechtzeitig fallen, um Grace aufzufangen, die sich in seine Arme wirft und seine Wangen mit ungestümen Küssen bedeckt.

»Mom?« Fassungslosigkeit zeichnet sich auf Christians Gesicht ab.

»Ich hatte Angst, ich sehe dich nie wieder«, flüstert sie und spricht damit unser aller Befürchtung laut aus. »Ich bin in den letzten Stunden tausend Tode gestorben«, fährt sie fort. Ihre Stimme ist kaum mehr als ein Flüstern, dann übermannen sie ihre Gefühle endgültig, und sie fängt zu schluchzen an. Christian runzelt die Stirn – ich kann nicht sagen, ob vor Verlegenheit oder vor Entsetzen –, doch schließlich legt er die Arme um sie und zieht sie an sich.

»O Christian«, stößt sie erstickt hervor, während Christian sie tröstend in den Armen wiegt.

Heiße Tränen schießen mir in die Augen.

»Er lebt! Du bist hier, verdammt!«, ruft Carrick, der in diesem Moment mit seinem Handy in der Hand aus Taylors Büro gelaufen kommt, die Arme um die beiden wirft und in grenzenloser Erleichterung die Augen schließt.

»Dad?«

Mia kreischt etwas Unverständliches, springt auf, stürmt ebenfalls los und schlingt die Arme um ihre Eltern und Christian.

Endlich fließen die Tränen. Er ist wieder da, und es geht ihm gut. Trotzdem kann ich mich nicht bewegen, sondern bin wie gelähmt.

Carrick löst sich als Erster von ihnen, wischt sich die Tränen ab und klopft Christian auf die Schulter. Als Nächste lässt Mia von Christian ab und schließlich auch Grace.

»Tut mir leid«, murmelt sie.

»Hey, Mom, ist schon okay«, erwidert Christian, dem die Verblüffung immer noch ins Gesicht geschrieben ist.

»Wo bist du gewesen? Was ist passiert?« Grace schlägt sich die Hände vors Gesicht.

»Mom«, sagt Christian leise und drückt ihr einen Kuss auf den Scheitel. »Ich bin doch da. Es geht mir gut. Es hat nur verdammt lang gedauert, aus Portland zurückzukommen. Was ist denn das für ein Empfangskomitee hier?« Er sieht auf. Unsere Blicke begegnen sich.

Er blinzelt und mustert flüchtig José, der sofort meine Hand loslässt. Christian presst die Lippen aufeinander. Eine Woge der Erleichterung durchströmt mich. Ich bin völlig erschöpft und kann gleichzeitig mein Glück kaum fassen. Trotzdem gelingt es mir nicht, meinen Tränenstrom unter Kontrolle zu bringen. Christian wendet sich wieder seiner Mutter zu.

»Mom, es geht mir gut. Was ist denn nur los?«, fragt er beschwichtigend.

»Christian, du wurdest als vermisst gemeldet. Laut Flugplan bist du nie in Seattle angekommen. Wieso hast du dich nicht gemeldet?«

Christians Brauen schießen vor Verblüffung in die Höhe. »Ich hätte nicht gedacht, dass es so lange dauern würde.«

»Wieso hast du denn nicht angerufen?«

»Der Akku in meinem Handy war leer.«

»Aber es gibt doch so etwas wie ein R-Gespräch.«

»Mom, das ist eine lange Geschichte.«

»Christian! Mach das nie wieder! Hast du mich verstanden?«, ruft sie, sichtlich um ihre Fassung ringend.

»Ja, Mom.« Mit dem Daumen wischt er ihr eine Träne von der Wange und zieht sie neuerlich an sich. Als sie sich ein wenig gefangen hat, lässt er sie los und nimmt Mia in seine Arme, die ihm wütend einen heftigen Schlag auf die Brust verpasst.

»Wir hatten solche Angst um dich«, platzt sie heraus und bricht ebenfalls in Tränen aus.

»Aber ich bin doch wieder da«, beruhigt er sie leise.

Elliot tritt vor. Christian löst Mias Arme um seinen Hals und schiebt sie zu Carrick, der einen Arm um seine Frau gelegt hat. Zu Christians sichtlicher Verblüffung drückt Elliot seinen Bruder kurz an sich und verpasst ihm einen kräftigen Schlag auf den Rücken.

»Gut, dass du wieder hier bist«, erklärt Elliot mit einem Anflug von Schroffheit in der Stimme, offenbar bemüht, seine Rührung zu verbergen.

Und während mir die Tränen immer noch übers Gesicht strömen, sehe ich es plötzlich glasklar vor mir: Das Wohnzimmer ist von bedingungsloser Liebe erfüllt. Unendlich viel Liebe. Christian hat sie bloß nie akzeptiert, und auch jetzt weiß er augenscheinlich nicht, wie er damit umgehen soll.

Sieh doch nur, Christian, all die Menschen lieben dich! Vielleicht begreifst du es ja jetzt allmählich.

Kate, die sich endlich vom Fernseher losgeeist hat, tritt hinter mich und streicht mir übers Haar.

»Er ist wieder da, Ana«, murmelt sie tröstend.

»Und jetzt muss ich mein Mädchen begrüßen«, sagt Christian zu seinen Eltern.

Er kommt auf mich zu. Noch immer stehen Verwirrung und Argwohn in seinen grauen Augen. Irgendwie finde ich die Kraft aufzustehen und mich in seine Arme zu werfen.

»Christian!«, schluchze ich.

»Sch.« Er hält mich fest und streicht über meine Haare. Ich recke ihm mein tränenüberströmtes Gesicht entgegen, und er küsst mich, nur leider endet der Kuss viel zu schnell.

»Hi«, murmelt er.

»Hi«, flüstere ich und spüre, wie der Kloß in meiner Kehle brennt.

»Hast du mich vermisst?«

»Ein bisschen.«

Er grinst. »Das sehe ich.« Mit einer zärtlichen Geste wischt er die Tränen fort, die mir immer noch über die Wangen laufen.

»Ich dachte … ich dachte …«, stammle ich.

»Ich weiß. Sch … ich bin doch hier … ich bin doch hier«, erwidert er und küsst mich ein weiteres Mal.

»Geht es dir gut?«, frage ich und streichle über seine Brust, seine Arme, seine Taille – es ist unglaublich, diesen warmen, lebendigen, sinnlichen Mann wieder berühren zu dürfen –, um sicher zu sein, dass ich nicht träume. Er ist wieder da. Er zuckt mit keiner Wimper, sondern sieht mich nur eindringlich an.

»Es geht mir gut. Und ich gehe auch nirgendwo hin.«

»O Gott sei Dank.« Wieder umschlinge ich ihn, und er drückt mich an sich. »Hast du Hunger? Willst du etwas zu trinken?«

»Ja.«

Ich mache Anstalten, mich von ihm zu lösen, doch er lässt mich nicht los, sondern legt den Arm um meine Schultern und streckt José die Hand hin.

»Mr. Grey«, sagt José tonlos.

Christian stößt ein Schnauben aus. »Christian, bitte.«

»Willkommen zurück, Christian. Ich bin froh, dass es Ihnen gut geht … und danke, dass ich hier übernachten darf.«

»Kein Problem.« Christian mustert ihn mit zusammengekniffenen Augen, doch in diesem Moment erscheint Mrs. Jones auf der Bildfläche. Erst jetzt fällt mir auf, dass auch sie bei Weitem nicht so geschniegelt und adrett wie sonst aussieht. Ihr Haar ist offen, und sie trägt eine graue Jogginghose und ein weites Sweatshirt mit einem eingestickten WSU-COUGARS-Emblem auf der Brust. Sie sieht winzig darin aus, um Jahre jünger als gewohnt.

»Darf ich Ihnen etwas bringen, Mr. Grey?«, fragt sie und tupft sich die Augen mit einem Papiertaschentuch trocken.

Christian lächelt sie liebevoll an. »Ein Bier, bitte, Gail. Ein Budweiser und einen Happen zu essen.«

»Ich hole dir eines«, sage ich schnell.

»Nein, du bleibst hier.«

Auch die anderen Familienmitglieder und Ethan und Kate treten näher. Er schüttelt Ethan die Hand und gibt Kate einen flüchtigen Kuss auf die Wange. Wenig später kommt Mrs. Jones mit einer Flasche Bier und einem Glas zurück. Er nimmt ihr lediglich die Flasche aus der Hand. Lächelnd kehrt sie in die Küche zurück.

»Es wundert mich, dass du nichts Stärkeres willst«, brummt Elliot. »Also, erzähl schon. Was zum Teufel ist passiert? Bisher weiß ich nur, dass Dad mich angerufen hat, weil dein Hubschrapschrap als vermisst gemeldet wurde.«

»Elliot«, tadelt Grace.

»Hubschrauber«, korrigiert Christian.

Elliots Grinsen verrät mir, dass es sich um einen alten Familienscherz handelt.

»Setzen wir uns doch hin, dann erzähle ich euch alles.« Christian schiebt mich in Richtung Couch.

Alle Blicke richten sich auf Christian, der einen langen Zug aus seiner Bierflasche trinkt. In diesem Moment bemerkt er Taylor, der im Türrahmen steht, und nickt. Taylor nickt ebenfalls.

»Ihre Tochter?«

»Es geht ihr gut. Falscher Alarm, Sir.«

»Gut.« Christian lächelt.

Tochter? Was ist mit Taylors Tochter?

»Ich bin froh, dass Sie wieder hier sind, Sir. Ist das dann alles?«

»Der Hubschrauber muss abgeholt werden.«

Taylor nickt. »Jetzt sofort? Oder reicht es morgen Früh noch?«

»Morgen Früh reicht völlig, Taylor.«

»Sehr gut, Mr. Grey. Sonst noch etwas, Sir?«

Christian schüttelt den Kopf und prostet ihm zu, woraufhin sich ein Lächeln auf Taylors Zügen ausbreitet – ein höchst seltener Anblick. Noch seltener als bei Christian, glaube ich. Schließlich verlässt Taylor das Wohnzimmer, vermutlich um in sein Büro oder sein Zimmer zurückzukehren.

»Also, was ist passiert, Christian?«, will Carrick wissen.

Christian beginnt zu erzählen. Er war mit Ros, der Nummer zwei in seiner Firma, mit Charlie Tango nach Vancouver geflogen, um an der WSU ein Finanzierungsprojekt zu besprechen. Ich bin immer noch so durcheinander, dass ich Mühe habe, seiner Schilderung zu folgen. Stattdessen halte ich die ganze Zeit über seine Hand fest und blicke wie gebannt auf seine langen

Finger mit den manikürten Nägeln, die Furchen auf seinen Fingerknöcheln, seine Armbanduhr – eine Omega mit drei kleinen runden Zifferblättern – und sein wunderschönes Profil.

»Ros hatte noch nie den Mount Saint Helens gesehen, also haben wir zur Feier des Tages auf dem Rückweg einen kleinen Schlenker gemacht. Ich hatte gehört, dass das zeitweilige Flugverbot vor einiger Zeit aufgehoben wurde, und wollte selbst mal einen Blick darauf werfen. Tja, genau das war unser Glück. Ich bin sehr tief geflogen, vielleicht siebzig Meter über dem Boden, als eines der Instrumente plötzlich Alarm schlug. Ein Feuer war im Heck ausgebrochen, und mir blieb nichts anderes übrig, als die gesamte Elektronik auszuschalten und notzulanden.« Er schüttelt den Kopf. »Ich habe ihn am Silver Lake zu Boden gebracht, Ros rausgeholt und den Brand gelöscht.«

»Ein Brand? An beiden Triebwerken?«, hakt Carrick entsetzt nach.

»Ja.«

»Verdammt! Aber ich dachte …«

»Ich weiß«, unterbricht Christian ihn. »Es war pures Glück, dass ich so tief geflogen bin«, sagt er leise, während mich ein Schauder überläuft. Er lässt meine Hand los und legt den Arm um mich.

»Ist dir kalt?«, fragt er.

Ich schüttle den Kopf.

»Und wie hast du den Brand gelöscht?«, bohrt Kate nach, deren investigativer Journalisteninstinkt offenbar von ihr Besitz ergreift. Meine Güte, die Frau kann vielleicht hartnäckig sein.

»Mit dem Feuerlöscher. Laut Gesetz muss stets einer an Bord sein«, antwortet Christian unbeeindruckt.

Unvermittelt kommt mir etwas in den Sinn, das er vor einiger Zeit einmal zu mir gesagt hat. »*Ich danke der Vorsehung jeden Tag aufs Neue, dass du mich interviewt hast und nicht Katherine Kavanagh.*«

»Und wieso hast du nicht angerufen oder über Funk Bescheid gegeben?«, fragt Grace.

Christian schüttelt den Kopf. »Ohne Elektronik gibt es auch keine Funkverbindung. Und wegen des Brands wollte ich das Risiko nicht eingehen, die Geräte einzuschalten. Das GPS auf meinem BlackBerry hat noch funktioniert, deshalb haben wir wenigstens den Weg zur nächsten Straße gefunden. Aber wir haben vier Stunden gebraucht, bis wir endlich dort waren. Ros war in Pumps unterwegs.« Christian presst missbilligend die Lippen aufeinander.

»Handyempfang hatten wir auch nicht. In Gifford gibt es keine Masten. Ros' Akku hat als Erster den Geist aufgegeben und meiner dann irgendwann unterwegs.«

Lieber Gott. Ich versteife mich, und Christian zieht mich auf seinen Schoß.

»Und wie seid ihr dann nach Seattle zurückgekommen?«, fragt Grace weiter.

»Per Anhalter. Wir haben all unser Bargeld zusammengeworfen. Zusammen hatten wir über sechshundert Dollar, und wir dachten, wir müssten irgendjemanden bestechen, damit er uns herbringt, aber dann hat ein Trucker angehalten und uns mitgenommen. Er wollte unser Geld nicht und hat sogar noch sein Mittagessen mit uns geteilt.« Christian schüttelt den Kopf bei der Erinnerung. »Es hat eine halbe Ewigkeit gedauert. Er hatte kein Handy, so unglaublich sich das auch anhören mag. Mir war schlicht und einfach nicht bewusst ...« Er hält inne und sieht sich im Raum um.

»Dass wir uns Sorgen machen?«, ruft Grace aufgebracht. »Christian! Wir alle haben beinahe den Verstand verloren.«

»Du warst sogar in den Nachrichten, Bruderherz.«

Christian verdreht die Augen. »Ja. Das habe ich mir beinahe gedacht, als ich vorhin in die Lobby gekommen bin und die Horde Fotografen vor der Tür gesehen habe. Tut mir leid, Mom. Ich hätte dem Trucker sagen sollen, dass er irgendwo anhält, damit ich telefonieren kann. Aber ich wollte so schnell wie möglich nach Hause.« Er wirft José einen Blick zu.

Ah, das ist also der Grund. Weil José heute über Nacht hierbleibt. Ich runzle die Stirn. Meine Güte, wegen einer solchen Kleinigkeit haben wir uns alle solche Sorgen gemacht!

Grace schüttelt den Kopf. »Ich bin bloß froh, dass du heil wieder zuhause bist, Schatz.«

Allmählich entspanne ich mich und lasse den Kopf gegen seine Brust sinken. Sein Geruch steigt mir in die Nase: nach frischer Luft, leicht verschwitzt und mit einem Hauch Duschgel – nach Christian, dem herrlichsten Geruch auf der ganzen Welt. Wieder kullern mir die Tränen übers Gesicht, diesmal aus Dankbarkeit.

»Beide Triebwerke, sagst du?«, hakt Carrick noch einmal ungläubig nach.

»Sieh selber nach.« Christian zuckt mit den Achseln und streicht mir über den Rücken.

»Hey«, flüstert er und hebt mein Kinn an. »Hör auf zu weinen.«

Ich wische mir in einer höchst undamenhaften Geste mit dem Handrücken die Nase ab. »Hör du auf, einfach spurlos zu verschwinden«, gebe ich schniefend zurück, woraufhin seine Mundwinkel amüsiert zu zucken beginnen.

»Ein Kurzschluss. Ziemlich seltsam, findest du nicht auch?«, sinniert Carrick.

»Ja, genau das habe ich auch schon gedacht. Aber jetzt würde ich gern ins Bett gehen und mir morgen in Ruhe über alles Gedanken machen.«

»Also wissen die Medien inzwischen, dass Christian Grey sicher und wohlbehalten nach Hause zurückgekehrt ist, ja?«, bohrt Kate nach.

»Ja. Andrea und meine PR-Leute kümmern sich um die Journalisten. Ros hat sie gleich angerufen, nachdem wir sie zuhause abgesetzt hatten.«

»Ja, Andrea hat sich sofort bei mir gemeldet und gesagt, dass du lebst.« Carrick grinst.

»Ich muss ihr unbedingt eine Gehaltserhöhung geben. Besser spät als nie.«

»Tja, ich glaube, das ist ein Wink mit dem Zaunpfahl, Leute, dass mein reizendes Bruderherz seinen Schönheitsschlaf braucht«, bemerkt Elliot spöttisch. Christian schneidet ihm eine Grimasse.

»Cary, du kannst mich jetzt nach Hause bringen. Mein Sohn ist in Sicherheit.«

Cary? Grace blickt ihren Mann liebevoll an.

»Das werde ich. Ich glaube, uns allen tut eine Mütze voll Schlaf jetzt gut.« Carrick lächelt sie an.

»Bleibt doch«, schlägt Christian vor.

»Nein, Schatz, ich will nach Hause. Jetzt, da ich weiß, dass du gesund und munter bist.«

Widerstrebend lässt Christian mich los und erhebt sich.

Grace umarmt ihn noch einmal. »Ich hatte solche Angst um dich, Schatz.«

»Mir geht's gut, Mom.«

Sie mustert ihn eindringlich. »Ja. Ich glaube, du hast Recht«, sagt sie langsam, wirft mir einen Blick zu und lächelt, so dass ich rot anlaufe.

Wir folgen Grace und Carrick in den Flur. Ich höre Mia und Ethan hektisch hinter mir flüstern, verstehe jedoch nicht, was sie sagen.

Mia lächelt verlegen, während Ethan sie verblüfft ansieht und den Kopf schüttelt. Sie kreuzt die Arme vor der Brust und macht auf dem Absatz kehrt. Ethan steht da und reibt sich frustriert die Stirn.

»Mom, Dad, wartet auf mich«, ruft sie verärgert. Vielleicht ist sie ja genauso launenhaft wie ihr Bruder.

Kate zieht mich in ihre Arme. »Ich sehe, die Sache zwischen euch ist wirklich ernst geworden, während ich mich ahnungslos am Strand von Barbados geaalt habe. Ihr beide seid total verrückt nacheinander. Ich bin wirklich froh, dass ihm nichts passiert ist. Nicht nur seinetwegen, Ana, sondern auch deinetwegen.«

»Danke, Kate.«

»Wer hätte gedacht, dass wir gleichzeitig den Richtigen finden?« Sie grinst. Aha. Sie gibt es also zu.

»Und auch noch Brüder!« Ich kichere.

»Vielleicht werden wir am Ende noch Schwägerinnen.«

Einen Moment lang erstarre ich, ehe ich mir im Geiste einen Tritt verpasse, als Kate sich abrupt von mir löst und mir forschend ins Gesicht sieht. Ich werde schon wieder rot. Verdammt. Soll ich ihr erzählen, dass er mir einen Antrag gemacht hat?

»Komm schon, Baby«, ruft Elliot vom Aufzug.

»Wir reden morgen weiter, Ana. Du musst völlig erledigt sein.«

Ich habe also noch eine kurze Schonfrist. »Klar. Du auch, Kate. Immerhin hast du eine ziemlich lange Reise hinter dir.«

Wir umarmen uns ein letztes Mal, dann folgt sie Elliot und den Greys in den Aufzug. Ethan schüttelt Christians und meine Hand. Er wirkt ein wenig niedergeschlagen, als er zu den anderen in den Aufzug tritt und die Türen zugleiten.

José steht immer noch im Flur, als wir wieder hereinkommen.

»Okay. Ich mache Schluss für heute. Ihr habt euch bestimmt eine Menge zu erzählen«, erklärt er.

Prompt werde ich nochmal rot. Wieso ist mir die Situation bloß so peinlich?

»Sie wissen, wo Ihr Zimmer ist?«, fragt Christian.

José nickt.

»Ja, die Haushälterin …«

»Mrs. Jones«, helfe ich aus.

»Genau. Mrs. Jones hat es mir vorhin gezeigt. Ziemlich beeindruckende Wohnung, Christian.«

»Danke«, erwidert Christian höflich und küsst mich.

»Ich brauche jetzt erst einmal etwas zu essen. Mal sehen, was

Mrs. Jones hergerichtet hat. Gute Nacht, José.« Christian kehrt ins Wohnzimmer zurück und lässt uns allein.

Wow. Allein mit José.

»Also, dann gute Nacht.« Mit einem Mal scheint José sich ziemlich unwohl in seiner Haut zu fühlen.

»Gute Nacht, José, und danke, dass du hiergeblieben bist.«

»Klar. Wann immer dein reicher, supertoller Freund vermisst wird, bin ich zur Stelle.«

»José!«

»War nur ein Scherz. Sei nicht gleich sauer. Ich muss morgen ziemlich früh los. Man sieht sich, okay? Du hast mir gefehlt.«

»Klar, José. Ich hoffe, wir sehen uns ganz bald wieder. Es tut mir leid, dass der Abend heute so … beschissen war.« Ich lächle entschuldigend.

»Allerdings.« Er grinst. »Beschissen war er.« Er umarmt mich. »Im Ernst, Ana. Ich bin froh, dass du so glücklich bist. Und ich bin immer für dich da, wenn du mich brauchst.«

Ich sehe ihn an. »Danke.«

Ein bittersüßes Lächeln erscheint auf seinem Gesicht, als er sich abwendet und nach oben geht.

Ich gehe ebenfalls ins Wohnzimmer, wo Christian neben der Couch steht und mich mit undurchschaubarer Miene mustert. Endlich sind wir allein.

»Ihn hat's immer noch schwer erwischt«, bemerkt er leise.

»Woher wollen Sie denn das wissen, Mr. Grey?«

»Ich erkenne die Symptome, Miss Steele. Ich glaube, ich leide unter derselben Krankheit.«

»Ich dachte, ich sehe dich nie wieder«, sage ich leise. Da – ich habe die Worte ausgesprochen, all meine schlimmsten Befürchtungen in einem kurzen Satz zusammengefasst.

»Es war gar nicht so schlimm, wie es sich anhört.«

Ich hebe sein Jackett vom Boden auf und trete auf ihn zu.

»Ich nehme es schon.« Christian sieht mich an, als wäre ich der einzige Grund, weshalb es sich zu leben lohnt – exakt derselbe Ausdruck, der sich wahrscheinlich auch auf meinem Gesicht abzeichnet. Er ist hier, wieder zuhause. Er schlingt fest die Arme um mich.

»Christian«, stoße ich erstickt hervor, während die Tränen erneut zu laufen beginnen.

»Sch.« Er küsst mich aufs Haar. »In den kurzen Sekunden vor der Landung, als mich die blanke Angst gepackt hatte, konnte ich nur an dich denken. Du bist mein Glücksbringer, Ana.«

»Ich dachte, ich hätte dich für immer verloren«, hauche ich.

Wir stehen da, halten einander in den Armen, erneuern das Band unserer Liebe. Erst als ich ihn noch fester umschlinge, wird mir bewusst, dass ich immer noch seine Schuhe in der Hand habe. Ich lasse sie los. Polternd landen sie auf dem Fußboden.

»Komm mit mir unter die Dusche«, murmelt er.

»Okay.« Ich sehe ihn an, unwillig, ihn loszulassen.

»Sogar tränenüberströmt bist du wunderschön, Ana Steele.« Er beugt sich vor und küsst mich zärtlich. »Und deine Lippen sind so weich.« Noch einmal küsst er mich, diesmal leidenschaftlicher.

Oh, allein die Vorstellung, ich könnte ihn verloren haben … nein … Ich blende all meine Gedanken aus und gebe mich ganz und gar meinen Gefühlen hin.

»Ich muss mein Jackett ablegen«, sagt er leise.

»Lass es einfach fallen«, erwidere ich, ohne meine Lippen von seinem Mund zu lösen.

»Ich kann nicht.«

Ich sehe ihn verwirrt an.

Er grinst. »Deshalb.« Er zieht die kleine Schachtel mit meinem Geschenk aus der Innentasche seines Jacketts heraus, wirft das Jackett über die Rückenlehne des Sofas und legt die Schachtel darauf.

Nutze den Tag, Ana, ermahnt mich mein Unterbewusstsein. Tja, es ist bereits nach Mitternacht, also hat er rein technisch gesehen heute Geburtstag.

»Mach es auf«, hauche ich. Mein Herz beginnt zu hämmern.

»Ich hatte gehofft, dass du das sagst. Diese Schachtel bringt mich schon den ganzen Tag um den Verstand.«

Mir ist regelrecht schwindlig vor Aufregung. Beim Anblick seines verlegenen Grinsens werden meine Knie weich. Ungeduldig reißt er das Geschenkpapier auf, öffnet die Schachtel und nimmt stirnrunzelnd einen rechteckigen Plastikschlüsselanhänger mit einem blinkenden Foto der Skyline und dem Wort SEATTLE in Großbuchstaben darauf.

Er starrt den Schlüsselanhänger eine geschlagene Minute verwirrt an.

»Dreh ihn um«, presse ich mit angehaltenem Atem hervor.

Er gehorcht. Abrupt hebt er den Kopf und blickt mich in einer Mischung aus Verblüffung, Freude und Ungläubigkeit an.

Das Wort JA blinkt rhythmisch auf dem Schlüsselanhänger.

»Alles Gute zum Geburtstag«, flüstere ich.

ZWANZIG

Du willst mich also heiraten?«, stößt er, noch immer ungläubig, hervor.

Ich nicke. Seine Verblüffung macht mich fassungslos. Wie kann ihm nicht klar sein, dass ich ihn von Herzen liebe?

»Sag es«, befiehlt er mit sanfter Stimme. In seinen grauen Augen lodert die Leidenschaft.

»Ja, ich werde dich heiraten.«

Er holt scharf Luft, dann wirbelt er mich ohne Vorwarnung in für ihn völlig untypischer Ausgelassenheit im Kreis herum, während er aus vollem Halse lacht. Ich lege die Finger um seine Arme, spüre die Muskeln unter seiner Haut und lasse mich von seinem Gelächter mitreißen. Plötzlich fühle ich mich wie ein übermütiges junges Mädchen, berauscht vor Glück und Verliebtheit. Er stellt mich wieder auf den Boden und küsst mich. Leidenschaftlich. Seine Hände halten mein Gesicht, während sich seine Zunge in meinen Mund schiebt … fordernd und erregend.

»O Ana«, stöhnt er an meinen Lippen.

Ich spüre, wie meine Knie nachgeben. Er liebt mich, daran besteht keinerlei Zweifel. Ich genieße seinen Geschmack; den Geschmack dieses Mannes, den ich bereits verloren geglaubt habe. Seine Freude ist nicht zu übersehen – seine Augen leuchten, sein Gesicht ist zu einem strahlenden Lächeln verzogen und seine Erleichterung förmlich mit Händen greifbar.

»Ich dachte, ich hätte dich verloren«, sage ich leise, noch immer benommen und atemlos von seinem Kuss.

»O Ana, es ist schon etwas mehr nötig als ein kaputter 135er, um mich daran zu hindern, zu dir zurückzukehren.«

»Ein 135er?«

»Charlie Tango. Er ist ein Eurocopter EC 135, der sicherste Hubschrauber dieser Klasse.«

Für den Bruchteil einer Sekunde sehe ich etwas in seinen Augen aufflackern. Was verschweigt er mir? Ehe ich ihn danach fragen kann, blickt er mit gerunzelter Stirn auf mich herab. Er scheint drauf und dran zu sein, es mir zu sagen. Erwartungsvoll sehe ich in seine grauen Augen.

»Moment mal. Du hast mir das Geschenk doch gegeben, bevor wir bei Dr. Flynn waren«, sagt er und hält den Schlüsselanhänger in die Höhe.

Oje, was kommt jetzt? Ich nicke und bemühe mich um eine ernste Miene.

Ihm bleibt der Mund offen stehen.

Ich zucke entschuldigend mit den Achseln. »Du solltest wissen, dass sich für mich nichts ändert, egal, was Dr. Flynn sagt.«

Christian starrt mich ungläubig an. »Also hatte ich die Antwort in Wahrheit die ganze Zeit schon, als ich dich gestern Abend um eine Antwort angebettelt habe?«, fragt er bestürzt.

Wieder nicke ich. Er kann es kaum fassen, doch dann kneift er die Augen zusammen, und ein amüsiertes Lächeln spielt um seine Mundwinkel.

»Meine Sorge war also völlig umsonst«, flüstert er unheilvoll.

Ich grinse ihn an und zucke mit den Achseln.

»Werden Sie nicht auch noch frech, Miss Steele. Ich werde jetzt …« Aufgebracht fährt er sich mit der Hand durchs Haar, doch dann schüttelt er den Kopf und scheint sich auf eine andere Strategie zu besinnen.

»Ich fasse es nicht, dass du mich so in der Luft hängen gelassen hast.« Ein boshaftes Glitzern erscheint in seinen Augen.

Ein Schauder der Erregung überläuft mich. Was hat er vor?

»Ich denke, dafür haben Sie eine Strafe verdient, Miss Steele«, erklärt er mit butterweicher Stimme.

Strafe? O Scheiße! Mir ist klar, dass er es nicht ernst meint, trotzdem weiche ich vorsichtshalber einen Schritt nach hinten.

»So läuft das Spielchen also, ja?«, flüstert er. Ich sehe die Belustigung in seinen Augen aufblitzen. »Und du kaust schon wieder auf deiner Lippe«, fügt er drohend hinzu.

Mein Inneres zieht sich zusammen. *O Mann!* Mein zukünftiger Ehemann ist in Spiellaune. Ich weiche noch einen Schritt zurück und mache Anstalten, die Flucht zu ergreifen – vergeblich. Mit einer schwungvollen Bewegung hebt er mich hoch. Ich kreische vor Verblüffung und Entzücken auf, als er mich über die Schulter schwingt und den Korridor hinunterträgt.

»Christian!« José ist oben in meinem alten Zimmer und kann uns bestimmt hören. Ich versuche, mein Gleichgewicht wiederzufinden, indem ich mich an ihm festklammere, bevor ich ihm in einem Anfall übermütiger Tapferkeit einen kräftigen Hieb auf den Hintern verpasse, den er ohne Zögern erwidert.

»Aua!«, schreie ich.

»Duschzeit«, verkündet er triumphierend.

»Lass mich sofort runter!« Vergeblich bemühe ich mich um einen strengen Tonfall. Meine Gegenwehr ist völlig zwecklos – sein Arm liegt wie ein Schraubstock über meinen Schenkeln –, außerdem muss ich ununterbrochen kichern.

»Hängst du an diesen Schuhen?«, fragt er, als er die Tür zu seinem Badezimmer öffnet.

»Ja, und am liebsten ist es mir, wenn sie den Boden berühren.« Wieder versuche ich, aufgebracht zu klingen, was jedoch jämmerlich in die Hosen geht, weil es mir nicht gelingt, mein Gelächter zu unterdrücken.

»Ihr Wunsch ist mir Befehl, Miss Steele.« Ohne mich abzusetzen, streift er meine Schuhe ab und lässt sie klappernd auf den gefliesten Boden fallen. Er bleibt kurz stehen, leert seine Hosentaschen – toter BlackBerry, Schlüssel, Brieftasche, Schlüsselkette. Ich kann nur Spekulationen anstellen, wie ich aus dieser Perspektive aussehe. Als er endlich fertig ist, marschiert er geradewegs in seine Riesendusche.

»Christian«, schreie ich. Inzwischen ist mir vollkommen klar, was er vorhat.

Er dreht den Wasserhahn voll auf. *O Gott!* Eiskaltes Wasser platscht auf meinen Hintern. Ich kreische laut auf, halte aber abrupt inne, als mir erneut einfällt, dass José direkt über uns schläft. Das kalte Wasser durchdringt den Stoff meines Kleids, mein Höschen und meinen BH. Innerhalb von Sekunden bin ich klitschnass. Trotzdem kann ich nicht aufhören zu kichern.

»Nein!«, quieke ich. »Lass mich runter!« Erneut lasse ich meine Hand auf sein Hinterteil herabsausen, diesmal fester, und endlich lässt er mich los. Sein weißes Hemd klebt ihm am Körper, und seine Hose ist ebenfalls ganz nass. Er sieht so unglaublich scharf aus, als er mich angrinst.

Mit einem Mal wird seine Miene ernst. Seine Augen glühen wie flüssiges Silber, als er die Hände um mein Gesicht legt und seine Lippen meinen Mund berühren. Es kümmert mich nicht länger, dass ich vollständig angezogen unter seiner Dusche stehe. Alles, was zählt, sind wir beide. Christian ist wieder zuhause. Es geht im gut, und er gehört mir ganz allein.

Unwillkürlich strecke ich die Hände nach seinem Hemd aus, das wie eine zweite Haut an seinem Oberkörper klebt und den Blick auf Sehnen, Muskeln und sein Brusthaar freigibt, und zerre es aus seiner Hose. Er stöhnt auf, trotzdem lösen sich seine Lippen keine Sekunde lang von meinem Mund. Als ich mich an den Knöpfen zu schaffen mache, greift er um mich herum und zieht den Reißverschluss meines Kleids langsam herunter. Sein Kuss wird eindringlicher, leidenschaftlicher, seine Zunge schiebt sich beharrlich in meinen Mund. Mein Körper erzittert vor Begierde. Ich reiße so abrupt an seinem Hemd, dass die Knöpfe wegfliegen, gegen die Fliesen schnellen und kreuz und quer durchs Badezimmer sausen. Schließlich streife ich den nassen Stoff über seine Schultern und Arme und presse ihn mit meinem Körpergewicht gegen die Wand, was es ihm erschwert, mich weiter auszuziehen. »Manschettenknöpfe«, murmelt er und hält seine Handgelenke hoch.

Mit ungeduldigen Fingern löse ich zuerst den einen, dann den zweiten, lasse sie achtlos auf die Fliesen fallen, dicht gefolgt von seinem Hemd. Suchend blicke ich in seine Augen, in denen die ungezügelte Leidenschaft lodert, und strecke die Finger nach seinem Hosenbund aus, doch er schüttelt den Kopf, packt mich bei den Schultern und dreht mich um. Er zieht den Reißverschluss meines Kleids herunter und lässt seine Zunge saugend und leckend über meine nackte Haut emporwandern, bis zum Haaransatz und wieder zurück.

Ich seufze auf, während er langsam das Kleid über meine Schultern und meine Brüste streift und die Stelle unterhalb meines Ohrs liebkost. Er löst den Verschluss meines BHs und schiebt ihn zur Seite. Seine Hände umfassen meine Brüste.

»So schön«, haucht er bewundernd.

Ich kann mich nicht bewegen, weil meine Arme in den Trägern meines BHs feststecken, doch meine Hände sind frei. Ich neige den Kopf, um Christian einen ungehinderten Zugang zu meinem Hals zu gewähren, und höre seinen scharfen Atemzug, als meine forschenden Finger seine Erektion ertasten. Ohne zu zögern, drückt er seine Hüften nach vorn. Verdammt, wieso hat er mir nicht erlaubt, ihm seine Hose auszuziehen?

Mit kundigen Fingern zieht er meine Brustwarzen in die Länge, die sich prompt aufrichten und ihm begierig entgegenrecken. Augenblicklich ist jeder Gedanke an seine Hose vergessen. Ich spüre die Lust in meinem Unterleib wüten und lasse stöhnend den Kopf gegen seine Schulter sinken.

»Ja«, stößt er hervor, dreht mich erneut herum und presst seine Lippen auf meinen Mund. Er befreit mich von meinem BH, meinem Kleid und meinem Höschen und lässt sie neben seinem Hemd auf den Boden fallen.

Ich greife nach dem Duschgel. Christian erstarrt, als ihm bewusst wird, was ich vorhabe. Ohne den Blick von seinem Gesicht zu lösen, drücke ich einen dicken Klecks des wohlriechenden Gels in meine Handfläche und strecke meine Hand aus, als würde ich auf eine Antwort auf meine unausgesprochene Frage warten. Seine Augen weiten sich, dann nickt er kaum merklich.

Behutsam lege ich meine Finger auf sein Brustbein und beginne, ihn einzuseifen. Seine Brust hebt sich unter einem scharfen Atemzug, dennoch macht er keine Anstalten, mich wegzuschieben. Stattdessen sieht er mir starr in die Augen – mehr eindringlich als verängstigt –, wenngleich seine Lippen leicht geöffnet sind, als sich seine Atemzüge beschleunigen.

»Ist es okay?«, frage ich kaum hörbar.

»Ja«, stößt er abgehackt hervor.

Ich muss an die vielen Gelegenheiten denken, als wir zusammen unter der Dusche gestanden haben, doch lediglich das eine Mal im Olympic Fairmont ist mit besonders bittersüßen Erinnerungen verbunden. Tja, jetzt darf ich ihn berühren. Behutsam lasse ich meine Hand über seine nackte Haut kreisen, in seine Achselhöhlen, über seinen flachen Bauch mit der schmalen Spur rötlich brauner Härchen, die in seinem Hosenbund verschwindet.

»Jetzt ich«, keucht er, nimmt die Shampooflasche und drückt etwas davon auf mein Haar.

Ich glaube, das soll mein Stichwort sein innezuhalten. Er verteilt das Shampoo auf meinem Haar und beginnt mit kräftigen Bewegungen, meine Kopfhaut zu massieren. Mit einem behaglichen Stöhnen schließe ich die Augen und gebe mich dem himmlischen Gefühl hin.

Er lacht leise. Als ich ein Auge öffne, sehe ich, dass er auf mich herablächelt. »Schön?«

»Hm.

Er grinst. »Finde ich auch.« Er beugt sich vor und drückt mir einen Kuss auf die Stirn, während seine Hände weiterhin meine Kopfhaut kneten.

»Dreh dich um«, befiehlt er.

Ich gehorche. Er drückt einen weiteren Klecks in seine Hand und massiert ihn in die langen Strähnen ein, die über meinen Rücken hängen. Als er fertig ist, schiebt er mich wieder unter den Duschstrahl.

»Lass den Kopf nach hinten fallen«, sagt er leise.

Ich gehorche. Sorgfältig wäscht er das Shampoo aus meinem Haar. Als er fertig ist, drehe ich mich wieder zu ihm um und mache mich unverzüglich an seiner Hose zu schaffen.

»Ich will dich überall waschen«, flüstere ich. Er verzieht das Gesicht zu seinem typisch schiefen Grinsen und hebt die Hände, als wolle er sagen: »Ich gehöre ganz dir, Baby.« Ich lächle. Das ist ja wie Weihnachten. Ich ziehe den Reißverschluss herunter und befreie ihn von seiner Hose und seinen Boxershorts, dann greife ich nach dem Duschgel und dem Badeschwamm.

»Sieht so aus, als würdest du dich freuen, mich zu sehen«, bemerke ich trocken.

»Wie immer, Miss Steele«, bestätigt er grinsend.

Ich gebe etwas Duschgel auf den Schwamm und beginne, seine Brust einzuseifen. Inzwischen wirkt er spürbar entspannter – vielleicht weil ich ihn nicht mit den Händen berühre. Ich setze meinen Weg fort, über seinen Bauch bis zu seinem Schamhaar und über seine Erektion hinweg.

Als ich aufblicke, sehe ich die Begierde in seinem verschleierten Blick. *Hm … dieser Ausdruck gefällt mir.* Ich lasse den Schwamm fallen und umfasse seine Erektion. Er schließt die Augen, legt den Kopf in den Nacken und beginnt, sich rhythmisch in meiner Hand zu bewegen.

O ja! Es ist so unglaublich erregend. Nachdem meine innere Göttin einen Abend lang in der Ecke gesessen und sich vor Verzweiflung die Augen aus dem Kopf geweint hat, erscheint sie wieder auf der Bildfläche. Und zwar mit nuttenrotem Lippenstift.

Unsere Blicke begegnen sich unvermittelt, als sei ihm gerade etwas eingefallen.

»Es ist Samstag«, ruft er mit leuchtenden Augen, zieht mich hoch und küsst mich voller Leidenschaft.

Hoppla – der gibt ja ziemlich Gas!

Seine Hände streichen über meine nasse, glitschige Haut, bis seine Finger mein Geschlecht finden und es erkunden, während er mich mit einer Erbarmungslosigkeit küsst, die mir den Atem raubt. Seine andere Hand verkrallt sich in meinem Haar und hält mich fest, so dass ich in den Genuss des vollen Ausmaßes seiner völlig entfesselten Begierde komme. Seine Finger bewegen sich in mir.

»Ah«, stöhne ich in seinen Mund hinein.

»Ja«, presst er hervor, legt beide Hände auf meine Gesäßbacken und hebt mich hoch. »Schling die Beine um mich, Baby.« Ich tue, was er sagt, und lege beide Arme fest um seinen Hals, während er mich mit dem Rücken gegen die Wand drückt. Doch plötzlich hält er einen Moment lang inne.

»Augen auf«, ordnet er an. »Ich will dich sehen.«

Ich öffne die Augen, und dabei hämmert mein Herz, das Blut pulsiert glühend heiß durch meinen Körper. Ganz langsam schiebt er sich in mich hinein, füllt mich aus, belegt meinen Körper mit Beschlag, Haut an Haut, dann hält er ein weiteres Mal inne und blickt mich eindringlich an.

»Du gehörst mir, Anastasia«, sagt er leise.

»Für immer.«

Mit einem triumphierenden Lächeln fängt er an, sich in mir zu bewegen, so dass ich nach Luft schnappen muss.

»Und jetzt dürfen es auch alle wissen, weil du Ja gesagt hast.« Ein ehrfürchtiger Unterton schwingt in seiner Stimme mit. Er beugt sich vor, um mich zu küssen, während er sich erneut ganz langsam und voll zärtlicher Süße in mir bewegt. Ich schließe die Augen, lasse den Kopf nach hinten sinken, gebe mich ihm hin, mit Haut und Haaren, eine Sklavin des betörend langsamen Rhythmus seiner Hüften.

Seine Zähne wandern an meinem Kiefer entlang, über mein

Kinn und an meinem Hals abwärts, während seine Bewegungen schneller werden. Er treibt mich an, immer schneller, immer höher – fort von der Erde, dem Prasseln des Wasserstrahls, der eisigen Furcht, die mich den ganzen Abend über im Würgegriff gehalten hat. Es gibt nur noch uns beide, ganz im Gleichklang unserer Lust – jeder von uns voller Hingabe auf den anderen konzentriert. Ich aale mich im köstlichen Genuss, ihn in mir zu spüren, so als würde mein Körper erst durch seine Bewunderung und Leidenschaft erblühen.

Ich hätte ihn verlieren können ... und ich liebe ihn doch so sehr ... so sehr. Unvermittelt wird mir das Ausmaß meiner Liebe bewusst, die Tiefe meiner Gefühle, die ich für ihn hege. Ich werde den Rest meines Lebens damit zubringen, diesen Mann zu lieben. Und mit diesem Ehrfurcht einflößenden Gedanken übermannt mich ein alles heilender, erlösender Orgasmus, während ich tränenüberströmt seinen Namen rufe.

Auch Christian erreicht seinen Höhepunkt und ergießt sich in mich. Sein Gesicht an meinem Hals vergraben, lässt er sich zu Boden sinken, ohne mich loszulassen, und küsst meine Tränen fort, während das warme Wasser Kummer und Angst von mir fortspült.

»Meine Finger sind schon ganz schrumpelig«, seufze ich in postkoitaler Zufriedenheit, den Kopf an seine Brust gelehnt. Er nimmt meine Hand und küsst jeden Finger einzeln.

»Wir sollten allmählich hier raus.«

»Mir gefällt's hier.« Ich sitze zwischen seinen Beinen, und er hält mich in seinen Armen.

Christian murmelt etwas Zustimmendes. Doch mit einem Mal bin ich todmüde, völlig erschöpft. So viel ist diese Woche passiert – so viel, dass es für ein ganzes Leben ausreichen würde –, und nun werde ich auch noch bald heiraten. Ein ungläubiges Kichern dringt aus meiner Kehle.

»Was amüsiert Sie denn, Miss Steele?«, fragt er liebevoll.

»Es war eine ziemlich ereignisreiche Woche.«

Er grinst. »Allerdings.«

»Ich danke Gott, dass Sie heil nach Hause zurückgekehrt sind, Mr. Grey.« Die Vorstellung, was hätte passieren können, ernüchtert mich schlagartig.

Er versteift sich, und augenblicklich bereue ich es, ihn daran erinnert zu haben.

»Ich hatte wirklich Angst«, gesteht er zu meinem Erstaunen.

»Heute?«

Er nickt mit ernster Miene.

Großer Gott. »Also hast du nur so getan, als wäre alles in bester Ordnung, um deine Familie zu beruhigen?«

»Ja. Eigentlich waren wir viel zu tief für eine sanfte Landung. Aber irgendwie habe ich es trotzdem hingekriegt.«

O Gott. »Wie knapp war es wirklich?«

»Ziemlich knapp.« Er hält inne. »Einige schreckliche Sekunden lang war ich sicher, dass ich dich nie wiedersehe.«

Ich schlinge die Arme fest um ihn. »Ich kann mir ein Leben ohne dich nicht vorstellen, Christian. Ich liebe dich so sehr, dass es mir Angst macht.«

»Geht mir genauso«, sagt er leise. »Ohne dich wäre mein Leben leer. Ich liebe dich sehr.« Er streicht mir übers Haar. »Ich werde dich nie wieder gehen lassen.«

»Ich will auch gar nicht gehen.« Ich küsse seinen Hals.

Er beugt sich herab und erwidert meinen Kuss.

Nach einem Moment verlagert er das Gewicht. »Komm, wir trocknen dich ab und bringen dich ins Bett. Ich bin völlig geschafft, und du siehst auch ziemlich fertig aus.«

Mühsam komme ich auf die Beine, die sich wie Blei anfühlen.

Ich sitze im Bett. Christian hat darauf bestanden, mir die Haare trocken zu föhnen – und ich muss sagen, er macht seine Sache ziemlich gut. Einen kurzen Moment frage ich mich, woher er das so gut kann, verdränge den unerfreulichen Gedanken jedoch schnell wieder. Es ist bereits nach zwei Uhr früh. Christian unterzieht den Schlüsselanhänger einer neuerlichen Musterung, ehe er kopfschüttelnd ins Bett steigt.

»Das ist das schönste Geschenk, das ich je bekommen habe.« Er wirft mir einen liebevollen Blick zu. »Besser als mein handsigniertes Poster von Giuseppe DeNatale.«

»Ich hätte es dir schon vorher gesagt, aber da du ja Geburtstag hast. Was schenkt man einem Mann, der schon alles hat? Deshalb bin ich auf die Idee gekommen, dir ... mich zu schenken.«

Er legt den Schüsselanhänger auf den Nachttisch, kuschelt sich an mich und umschlingt mich von hinten.

»Es ist perfekt. So wie du.«

Ich verdrehe die Augen. »Ich bin weit davon entfernt, perfekt zu sein.«

»Verdrehen Sie etwa schon wieder die Augen, Miss Steele?«

Woher weiß er das bloß? »Vielleicht.« Ich kichere. »Darf ich dich etwas fragen?«

»Natürlich.« Er küsst meinen Hals.

»Du hast auf dem Rückweg von Portland nicht angerufen. War es tatsächlich wegen José? Hast du dir allen Ernstes Sorgen gemacht, was passieren könnte, wenn ich ganz allein mit ihm in der Wohnung bin?«

Christian schweigt. Ich drehe mich zu ihm um. Seine Augen sind weit aufgerissen.

»Ist dir eigentlich klar, wie lächerlich das ist? Was du deiner Familie und mir damit zugemutet hast? Wir alle lieben dich so sehr.«

Er sieht mich blinzelnd an, dann lächelt er schüchtern. »Ich hätte nicht gedacht, dass ihr euch solche Sorgen um mich macht.«

Ich schürze die Lippen. »Wann geht es endlich in deinen Dickschädel, dass du geliebt wirst?«

»Dickschädel?« Er sieht mich verblüfft an.

»Ja. Dickschädel.«

»Ich glaube nicht, dass die Knochendichte meines Kopfes wesentlich größer ist als die anderer Teile meines Körpers.«

»Ich meine es ernst! Hör auf, mich zum Lachen zu bringen. Ich bin immer noch ein bisschen sauer auf dich, auch wenn meine Wut langsam verraucht, weil ich dich wohlbehalten wiederhabe, obwohl ich schon dachte …« Meine Stimme verklingt, als mir die entsetzlichen Stunden der Ungewissheit wieder in den Sinn kommen. »Na ja, du weißt schon …«

Er sieht mich zärtlich an und streichelt meine Wange. »Es tut mir leid. Okay?«

»Und deine arme Mom. Es war so rührend, euch beide zu sehen.«

Er lächelt verlegen. »So habe ich sie noch nie erlebt.« Er hält inne. »Du hast völlig Recht. Sonst ist sie immer so beherrscht. Es war ein echter Schock, sie so zu erleben.«

»Siehst du? Wir alle lieben dich. Vielleicht glaubst du es ja jetzt.« Ich beuge mich vor und küsse ihn. »Happy Birthday, Christian. Ich freue mich, dass ich diesen Tag mit dir gemeinsam erleben darf. Außerdem hast du noch nicht gesehen, was du morgen noch bekommst, besser gesagt, heute.«

»Es gibt noch mehr Geschenke?« Er verzieht das Gesicht zu einem breiten Grinsen, bei dessen Anblick mir der Atem stockt.

»Allerdings, Mr. Grey, aber darauf wirst du wohl oder übel noch eine Weile warten müssen.«

Ich schrecke aus einem Albtraum hoch. Mein Puls rast. Panisch drehe ich mich um und stelle zu meiner grenzenlosen Erleichterung fest, dass Christian tief und fest neben mir schläft. Er regt sich, ohne aufzuwachen, legt einen Arm über mich und lässt mit einem leisen Seufzer den Kopf an meine Schulter sinken.

Der Raum ist lichtdurchflutet. Es ist acht Uhr früh. Christian schläft sonst nie so lange. Ich lasse mich in die Kissen sinken und warte darauf, dass sich mein Herzschlag beruhigt. Wieso habe ich bloß solche Angst? Sind das die Nachwirkungen der gestrigen Ereignisse?

Ich betrachte sein wunderschönes Gesicht, ein Gesicht, das mir mittlerweile so vertraut ist, dessen Formen und Flächen sich für immer in mein Gedächtnis eingebrannt haben.

Er sieht so viel jünger aus, wenn er schläft. Ich muss grinsen, denn heute ist er ein Jahr älter geworden. Ich denke an mein Geschenk. Was wird er tun, wenn er es sieht? Soll ich ihm das Frühstück ans Bett bringen. Außerdem ist José vielleicht noch da.

Und tatsächlich – José sitzt mit einer Schale Müsli an der Frühstückstheke. Bei seinem Anblick spüre ich, wie ich erröte. Er weiß genau, was Christian und ich heute Nacht getrieben haben. Weshalb bin ich also verlegen? Schließlich stehe ich nicht splitternackt vor ihm, sondern trage meinen bodenlangen Seidenmorgenrock.

»Guten Morgen, José.« Ich lächle tapfer.

»Hey, Ana!«

Ich lese weder anzügliche Verachtung noch drohende Frotzeleien in seinem Gesicht, stattdessen scheint er sich aufrichtig zu freuen, mich zu sehen.

»Hast du gut geschlafen?«

»Ja. Die Aussicht ist wirklich eine Sensation.«

»Ja. Sie ist etwas ganz Besonderes.« Genauso wie der Besitzer der Wohnung. »Lust auf ein richtiges Männerfrühstück?«, frage ich neckend.

»Das wäre toll.«

»Heute hat Christian Geburtstag. Ich dachte, ich bringe es ihm ans Bett.«

»Ist er schon wach?«

»Nein. Ich glaube, er ist ziemlich erledigt von gestern.« Ich wende eilig den Blick ab, damit er nicht sehen kann, wie ich erneut rot anlaufe. *Liebe Güte, es ist doch nur José.*

Als ich mich mit Eiern und Speck in der Hand zu ihm umdrehe, grinst er. »Du magst ihn wirklich, was?«

Ich schürze die Lippen. »Ich liebe ihn, José.«

Seine Augen weiten sich für den Bruchteil einer Sekunde, ehe er erneut grinst. »Tja, wie könnte man das hier nicht lieben?«, bemerkt er mit einer ausladenden Geste in Richtung Wohnzimmer.

Ich starre ihn finster an. »Na, herzlichen Dank.«

»Hey, ich habe doch bloß Spaß gemacht.«

Hm, werde ich mich für den Rest meines Lebens mit diesem Vorurteil herumschlagen müssen? Dass ich Christian nur seines Geldes wegen geheiratet habe?

»Ganz im Ernst. Es war nur ein Scherz. Du bist keine von denen, die so etwas tun würden.«

»Ist Omelett okay für dich?«, wechsle ich das Thema. Ich will mich nicht streiten.

»Klar.«

»Für mich auch.« Christian kommt hereingeschlendert. Heilige Scheiße, er trägt nur seine Pyjamahose, die so sexy auf seinen Hüften sitzt.

»José.« Er nickt ihm zu.

»Christian.« Ernst erwidert José das Nicken.

Christian wendet sich mir zu und grinst. Das hat er mit Absicht gemacht. Ich kneife die Augen zusammen und ringe verzweifelt um Fassung, während sich seine Miene kaum merklich verändert. Er weiß genau, dass ich weiß, was er vorhat, und es kümmert ihn nicht im Mindesten.

»Eigentlich wollte ich dir das Frühstück ans Bett bringen.«

Er tritt neben mich, nimmt mich in die Arme und drückt mir – völlig untypisch für ihn – einen feuchten, lautstarken Kuss auf den Mund.

»Guten Morgen, Anastasia.«

Am liebsten würde ich ihm sagen, er solle sich gefälligst benehmen, aber heute ist schließlich sein Geburtstag. Wieso um alles in der Welt muss er unbedingt ein derartiges Platzhirschgehabe an den Tag legen?

»Guten Morgen, Christian. Alles Gute zum Geburtstag.« Ich lächle ihn an, woraufhin er breit grinst.

»Ich freue mich schon auf mein zweites Geschenk«, erklärt er.

Das gibt mir den Rest. Ich laufe tiefrot an und werfe José einen Blick zu. Er sieht aus, als hätte er auf eine Zitrone gebissen. Eilig mache ich mich an die Zubereitung der Omeletts.

»Und was haben Sie heute so vor, José?«, erkundigt sich Christian scheinbar beiläufig und setzt sich auf einen Barhocker.

»Ich treffe mich später mit meinem Vater und Ray, Anas Dad.«

Christian runzelt die Stirn. »Die beiden kennen sich?«

»Ja, sie waren zusammen in der Armee, haben sich allerdings aus den Augen verloren. Erst als Ana und ich gemeinsam aufs College kamen, haben sie sich wiedergefunden. Es ist wirklich süß. Die beiden sind inzwischen dicke Freunde. Wir gehen Fischen.«

»Fischen?« Christians Interesse scheint geweckt zu sein.

»Ja. Hier an der Küste gibt es Stahlkopfforellen, die riesig werden können.«

»Das stimmt. Mein Bruder Elliot und ich haben mal einen 15-Kilo-Prachtburschen herausgezogen.«

Die beiden fachsimpeln? Was ist nur so toll am Fliegenfischen? Das habe ich noch nie verstanden.

»Fünfzehn Kilo? Nicht übel. Anas Vater hält allerdings den Rekord. Seine hatte neunzehn Kilo.«

»Ehrlich? Das wusste ich ja gar nicht.«

»Übrigens herzlichen Glückwunsch zum Geburtstag.«

»Danke. Und wo gehen Sie am liebsten Fischen?«

Ich schalte geistig auf Durchzug. Das brauche ich nun wirklich nicht zu wissen. Gleichzeitig bin ich sehr erleichtert. Siehst du, Christian, José ist doch kein so übler Bursche.

Als José aufbricht, hat sich die Stimmung zwischen den beiden merklich gebessert. Christian zieht sich Jeans und ein T-Shirt an und begleitet mich und José barfuß in den Flur.

»Danke, dass ich hier übernachten durfte«, sagt José zu Christian und schüttelt ihm die Hand.

»Jederzeit wieder.« Christian lächelt.

José drückt mich flüchtig an sich. »Pass gut auf dich auf, Ana.«

»Klar. Es war schön, dich zu sehen. Und nächstes Mal machen wir dann wirklich einen drauf.«

»Ich werde dich daran erinnern.« Er tritt in den Aufzug und winkt uns zu, dann ist er fort.

»Er ist doch ganz nett, oder?«

»Trotzdem will er dir immer noch an die Wäsche, Baby. Und ich kann nicht behaupten, dass ich ihm einen Vorwurf daraus machen kann.«

»Christian, das stimmt einfach nicht!«

»Du hast keine Ahnung, nicht wahr?« Er grinst mich an. »Der Mann will dich. Und zwar mit Haut und Haaren.«

Ich runzle die Stirn. »Er ist nur ein Freund, Christian. Ein guter Freund.« Urplötzlich wird mir bewusst, dass ich genauso klinge wie Christian, wenn er über Mrs. Robinson spricht. Der Gedanke beunruhigt mich.

Christian hebt beschwichtigend die Hände. »Ich will mich nicht streiten.«

Aber wir streiten doch gar nicht, oder etwa doch? »Ich auch nicht.«

»Du hast ihm nicht erzählt, dass wir heiraten werden?«

»Nein. Ich fand, Mom und Ray sollten es als Erste erfahren.« Verdammt. Daran habe ich bisher noch gar nicht gedacht. Du meine Güte, was werden meine Eltern wohl dazu sagen?

Christian nickt. »Du hast völlig Recht. Und … äh … ich sollte bei deinem Vater wohl um deine Hand anhalten.«

Ich breche in Gelächter aus. »Christian, wir leben doch nicht mehr im letzten Jahrhundert.«

»Trotzdem gehört es sich.« Christian zuckt mit den Achseln.

»Lass uns später darüber reden. Zuerst will ich dir dein zweites Geschenk geben.« Ich muss unbedingt wissen, wie er darauf reagiert.

Er lächelt schüchtern, und mein Herzschlag setzt für einen kurzen Moment aus. Solange ich lebe, werde ich dieses Lächelns wohl nicht überdrüssig werden.

»Du kaust schon wieder auf deiner Lippe«, stellt er fest und zieht an meinem Kinn.

Seine Berührung lässt mich wohlig erschaudern. Wortlos nehme ich seine Hand und führe ihn zurück ins Schlafzimmer – solange ich noch den Mut dafür aufbringe. Ich trete auf meine Seite des Bettes und ziehe die beiden Geschenkkartons hervor.

»Gleich zwei Geschenke?«, fragt er verblüfft.

Ich hole tief Luft. »Das eine habe ich gekauft, bevor all das gestern passiert ist, und jetzt bin ich mir nicht sicher, was ich davon halten soll.« Eilig drücke ich ihm den Karton in die Hand, bevor ich es mir anders überlegen kann. Er scheint meine Unsicherheit zu spüren und sieht mich an.

»Bist du sicher, dass ich es aufmachen soll?«

Ich nicke beklommen.

Christian reißt das Geschenkpapier auf und blickt verblüfft auf die Schachtel.

»Charlie Tango«, flüstere ich.

Er grinst. Er macht die Schachtel auf. In ihr liegt ein kleiner Holzhubschrauber mit einem solarbetriebenen Rotor. »Mit Solarzellen! Wow!«

Ehe ich michs versehe, sitzt er auf dem Bett und beginnt, die Einzelteile zusammenzusetzen. Im Nu hält er den blauen Holzhubschrauber in der Hand, sieht auf und verzieht das Gesicht zu seinem berühmten jungenhaften Strahlelächeln. Er steht auf, läuft zum Fenster und hält ihn in die Sonne, woraufhin die Rotorblätter anfangen sich zu drehen.

»Sieh dir das an«, stößt er atemlos hervor. »Was mit moderner

Technik heute alles möglich ist.« Er hält ihn in die Höhe und betrachtet eingehend die rotierenden Blätter. Er ist völlig fasziniert.

Und es ist faszinierend, ihm zuzusehen, wie er gedankenverloren seinen neuen Holzhubschrauber betrachtet. Was mag ihm wohl gerade durch den Kopf gehen?

»Gefällt er dir?«

»Ich finde ihn wunderbar, Ana. Danke.« Er packt mich bei den Schultern, küsst mich überschwänglich und wendet sich wieder den Rotorblättern zu. »Ich stelle ihn zu meinem Segelflugzeug im Büro«, erklärt er abwesend, ohne den Blick von seinem neuen Spielzeug zu lösen. Er nimmt die Hand aus der Sonne. Augenblicklich verlangsamen sich die Rotorblätter und kommen schließlich vollends zum Stehen.

Ich kann mir ein Lächeln nicht verkneifen. Am liebsten würde ich vor Freude auf und ab springen. Er findet ihn wunderbar. Aber Christian ist schließlich ein Riesenfan von alternativen Technologien jeder Art. Das hatte ich im Eifer des Gefechts völlig vergessen. Er stellt den Helikopter auf die Kommode und wendet sich mir zu.

»Er wird mir Gesellschaft leisten, solange Charlie Tango repariert wird.«

»Kann man ihn den reparieren?«

»Keine Ahnung. Ich hoffe es zumindest. Wenn nicht, würde ich ihn jedenfalls sehr vermissen. Und was ist in der anderen Schachtel?«, fragt er mit beinahe kindlicher Aufregung.

O Mann! »Ich weiß nicht recht, ob das Geschenk für dich oder vielleicht doch eher für mich ist.«

»Ach so?«

Aha. Sein Interesse ist geweckt. Nervös überreiche ich ihm die zweite Schachtel. Er schüttelt sie. Ein schweres Klappern ertönt. Er sieht mich an.

»Wieso bist du denn so nervös?«, fragt er verwirrt.

Verlegen zucke ich mit den Achseln und werde rot.

Er hebt eine Braue. »Jetzt bin ich aber wirklich neugierig, Miss Steele.«

Seine Stimme geht mir durch Mark und Bein, und ich spüre, wie mich eine Mischung aus Lust und Vorfreude durchströmt.

»Ich muss zugeben, dass es mir riesigen Spaß macht, deine Reaktion zu beobachten. Was heckst du denn bloß aus?« Argwöhnisch kneift er die Augen zusammen.

Ich erwidere kein Wort darauf.

Er nimmt den Deckel ab und zieht eine kleine Karte heraus. Der restliche Inhalt ist in Papier eingeschlagen. Er klappt die Karte auf. Sekunden später hebt er den Blick und sieht mich mit weit aufgerissenen Augen an – ob vor Schock oder vor Verblüffung, kann ich nicht sagen.

»Schlimme Dinge mit dir anstellen?«, fragt er.

Ich nicke.

Er legt den Kopf schief und mustert mich mit gerunzelter Stirn, dann wendet er sich wieder der Schachtel zu. Er schlägt das hauchdünne blaue Seidenpapier zur Seite und zieht eine Maske, ein Paar Brustwarzenklemmen, einen Analstöpsel, seinen iPod, seine silberfarbene Krawatte und – last but not least – die Schlüssel zum Spielzimmer heraus.

Seine Miene ist düster und undurchdringlich. *Verdammt.* War es vielleicht doch ein Fehler?

»Du willst spielen?«, fragt er leise.

»Ja«, hauche ich.

»Als Geburtstagsgeschenk für mich?«

»Ja.« Meine Stimme ist kaum hörbar.

Eine ganze Reihe von Gefühlsregungen zeichnet sich auf seinen Zügen ab, von denen ich keine Einzige benennen kann, doch am Ende überwiegt so etwas wie ängstliche Besorgnis. Tja, nicht gerade die Reaktion, mit der ich gerechnet habe.

»Bist du sicher?«, fragt er.

»Ja. Aber keine Peitschen und solche Dinge.«

»Verstehe.«

»Ja, ansonsten bin ich sicher.«

Kopfschüttelnd blickt er auf den Inhalt der Schachtel. »Sexverrückt und unersättlich. Ich glaube, mit diesen Sachen hier können wir so einiges anstellen«, sagt er beinahe zu sich selbst und legt die Utensilien wieder in den Karton zurück. Als er mich ansieht, liegt ein völlig veränderter Ausdruck auf seinem Gesicht. Seine Augen glühen förmlich, und ein gemächliches sexy Lächeln spielt um seine Mundwinkel, als er mir die Hand reicht.

»Jetzt«, sagt er.

Und es ist keine Bitte.

Die Muskeln in meinem Unterleib ziehen sich zusammen, und ich lege meine Hand in seine.

»Komm«, befiehlt er.

Mit hämmerndem Herzen folge ich ihm aus dem Schlafzimmer. Die Begierde rauscht durch meine Venen, heiß und pulsierend, während sich mein Inneres in fiebriger Erwartung anspannt. Endlich!

EINUNDZWANZIG

Vor dem Spielzimmer bleibt Christian stehen.

»Bist du sicher, dass du das wirklich willst?«, fragt er.

Ich sehe die Lust in seinen grauen Augen lodern, doch auch einen Anflug von Besorgnis.

»Ja«, antworte ich mit einem verlegenen Lächeln.

Sein Blick wird weich. »Gibt es etwas, das du nicht tun willst?«

Die Frage bringt mich aus dem Konzept. Aufgeregt überlege ich, was ich darauf antworten könnte. Schließlich kommt mir ein Gedanke. »Ich will nicht, dass du mich dabei fotografierst.«

Er horcht auf, und der Ausdruck in seinen Augen wird stählern.

O Scheiße. Bestimmt fragt er mich gleich, wie ich darauf komme. Aber zum Glück tut er es nicht.

»Okay«, sagt er leise, schließt mit gefurchter Stirn die Tür auf und lässt mich eintreten.

Er legt die Geschenkschachtel auf die Kommode, nimmt den iPod heraus und macht eine Geste in Richtung der Musikanlage an der Wand, deren Rauchglastüren geräuschlos aufgleiten. Er drückt ein paar Knöpfe, dann hallt das Rauschen einer U-Bahn durch den Raum. Eilig dreht er die Lautstärke herunter, als langsame, hypnotische Bässe einsetzen und eine Frauenstimme zum Gesang anhebt. Ich habe keine Ahnung, wer das ist, doch ihre Stimme ist weich und rauchig zugleich, der Takt der Musik sorgsam dosiert und … sehr erotisch. Wow. Das ist definitiv Musik, um sich zu lieben.

Christian wendet sich mir zu. Mit hämmerndem Herzen stehe ich mitten im Raum. Das Blut rauscht in meinen Adern, pulsiert im Takt der verführerischen Klänge – zumindest fühlt es sich so an. Ohne jede Eile schlendert er auf mich zu und zupft behutsam an meinem Kinn, so dass ich gezwungen bin, von meiner Unterlippe abzulassen, auf der ich unbewusst herumgekaut habe.

»Was willst du tun, Anastasia?«, fragt er und drückt mir einen züchtigen Kuss auf den Mundwinkel, ohne mein Kinn loszulassen.

»Es ist dein Geburtstag. Ich will das, was du willst, was es auch immer sein mag«, hauche ich.

Er streicht mit dem Daumen über meine Unterlippe und sieht mich mit gerunzelter Stirn an.

»Sind wir hier drin, weil du glaubst, dass ich es gern will?« Seine Stimme ist sanft, doch er mustert mich eindringlich.

»Nein«, antworte ich. »Ich will genauso hier drin sein.«

Seine Augen werden dunkel, und ich sehe die Leidenschaft darin aufflackern.

»Es gibt unendlich viele Möglichkeiten, Miss Steele«, sagt er nach einer scheinbaren Ewigkeit mit rauer Stimme. »Aber fangen wir erst mal damit an, dass wir dich ausziehen.« Er lockert den Gürtel meines Morgenrocks, so dass er auseinanderfällt und den Blick auf mein Seidennachthemd freigibt, dann tritt er zurück und lässt sich lässig auf das Ledersofa sinken.

»Zieh dich aus. Ganz langsam«, fordert er mich auf.

Ich schlucke hektisch und presse die Schenkel zusammen. Ich bin jetzt schon feucht. Meine innere Göttin steht bereits splitternackt da und bettelt mich an, es ihr endlich nachzutun. Langsam und ohne den Blick von ihm zu wenden, lasse ich den Morgenrock über meine Schultern zu Boden gleiten, wo er sich um meine nackten Füße ergießt. Seine grauen Augen schimmern wie flüssiges Silber, als er sich mit dem Finger über die Lippen fährt.

Ich schiebe die hauchdünnen Spaghettiträger des Negligés über meine Schultern, halte seinen Blick für einen kurzen

Moment fest, dann fällt der hauchzarte Seidenstoff in weichen Falten an meinem Körper herunter und bauscht sich um meine Knöchel. Ich bin nackt. Und kann es kaum noch erwarten.

Christian sieht mich an, so dass ich Gelegenheit habe, den unverblümt lüsternen Ausdruck auf seinen Zügen zu bestaunen. Dann steht er auf, tritt zur Kommode und greift nach der silberfarbenen Krawatte, meinem Lieblingsstück in seiner Sammlung. Er zieht sie zwischen seinen Fingern hindurch und tritt lächelnd vor mich. Ich gehe davon aus, dass er meine Hände fesseln will, doch er tut es nicht.

»Ich finde, Sie sind ein wenig underdressed, Miss Steele«, stellt er fest, legt mir die Krawatte um den Hals und bindet sie mit langsamen, aber geübten Bewegungen zu einem Windsorknoten. Als er ihn festzurrt, streifen seine Finger flüchtig meinen Hals. Ein Schauder der Erregung überläuft mich. Er hat die Krawatte so gebunden, dass das lange Ende über meinen Bauch hängt und mein Schamhaar berührt.

»Jetzt sehen Sie ganz hervorragend aus, Miss Steele«, erklärt er und beugt sich herunter, um mich zärtlich auf den Mund zu küssen.

Doch es ist nur ein flüchtiger Kuss. Ich will mehr. Reine Begierde hat meinen Körper erfasst.

»So, und was machen wir jetzt mit Ihnen?«, fährt er fort, packt die Krawatte und zieht so fest daran, dass ich nach vorne gerissen werde. Seine Hände vergraben sich in meinem Haar. Er zieht meinen Kopf nach hinten und küsst mich. Ungestüm und erbarmungslos schiebt sich seine Zunge in meine Mundhöhle, während seine freie Hand meine Hinterbacken umfasst. Schließlich lässt er von mir ab. Sein Atem kommt stoßweise, als er mit fiebrig glänzenden Augen auf mich herunterblickt.

Atemlos und voller Begehren nach mehr stehe ich vor ihm. Inzwischen ist von meiner forschen Keckheit nichts mehr zu spüren. Meine Lippen fühlen sich von seinem brutalen Kuss regelrecht geschwollen an.

»Dreh dich um«, befiehlt er mit sanfter Stimme.

Ich gehorche. Er lässt die Krawatte los, flicht mit geübten Bewegungen mein Haar zu einem Zopf, den er mit einem Zopfband festbindet, und zieht meinen Kopf nach hinten.

»Du hast so wunderschönes Haar, Anastasia«, raunt er und küsst meinen Hals. Prompt überläuft mich ein heftiger Schauder. »Du musst einfach nur *Halt* sagen, wenn dir etwas nicht gefällt. Das weißt du, oder?«, flüstert er.

Ich schließe die Augen und nicke.

Wieder dreht er mich herum und packt das Krawattenende.

»Komm«, fordert er mich mit leiser Stimme auf und zieht mich hinter sich her zur Kommode, auf der die restlichen Utensilien aus seiner Geburtstagsschachtel ausgebreitet liegen.

»Diese Sachen hier, Anastasia«, sagt er und hält den Analstöpsel in die Höhe. »Der hier ist viel zu groß. Als anale Jungfrau willst du wohl kaum hiermit anfangen. Wir werden mit dem hier beginnen.« Er hält seinen kleinen Finger hoch.

Entsetzt schnappe ich nach Luft. Seine Finger … in meinem Hintern? Er grinst, während mir der Punkt »Analfisting« aus unserem Vertrag wieder in den Sinn kommt.

»Ich rede von der Einzahl«, erklärt er mit seiner untrüglichen Gabe, meine Gedanken zu lesen. Wie macht er das bloß?

»Und diese Klemmen hier sind auch ziemlich fies«, fährt er fort und nimmt die Brustwarzenklemmen in die Hand. »Wir benutzen lieber die hier.« Er legt ein anderes Paar auf die Kommode. Sie sehen wie schwarze Haarspangen aus und sind mit kleinen Schmucksteinen besetzt, die daran herunterbaumeln. »Sie lassen sich in der Weite regulieren.« Zärtliche Besorgnis liegt in seiner Stimme.

Christian, mein sexueller Mentor. Er versteht so viel mehr von diesen Dingen als ich. Diesen Wissensvorsprung werde ich wohl nie aufholen. Ich runzle die Stirn. Offen gestanden, kennt Christian sich in nahezu jedem Lebensbereich besser aus als ich … bis aufs Kochen, vielleicht.

»Klar?«, fragt er.

»Ja.« Mein Mund fühlt sich ganz trocken an. »Wirst du mir sagen, was du vorhast?«

»Nein. Das entscheide ich spontan. Das hier ist keine Sado-maso-Szene, Anastasia.«

»Und wie soll ich mich verhalten?«

Er runzelt die Stirn. »So wie du willst.«

Aha?

»Hattest du mein Alter Ego erwartet, Anastasia?«, fragt er, halb neckend, halb verwundert.

»Ja, irgendwie schon. Ich mag dein Alter Ego«, gestehe ich leise.

Ein verstohlenes Lächeln spielt um seine Lippen, als er die Hand hebt und mit dem Daumen über meine Wange streicht.

»Soso, aber ich bin dein Geliebter, Ana, nicht dein Dom. Ich will dich lachen hören, dein mädchenhaftes Kichern. Ich mag es, wenn du glücklich und entspannt bist, so wie auf Josés Fotos. So wie das Mädchen, das damals in mein Büro gestolpert ist. Das Mädchen, in das ich mich verliebt habe.«

Mir bleibt der Mund offen stehen, und eine vertraute Wärme durchströmt mich beim Klang seiner Worte. Freude, pure Freude.

»Trotzdem stelle ich gern schlimme Dinge mit Ihnen an, Miss Steele, und mein Alter Ego kennt da ein paar ziemlich gute Tricks. So, und jetzt umdrehen.« Ein gieriges Funkeln flackert in seinen Augen auf, und ich spüre, wie meine Freude in pure Lust umschlägt, die sich mit einem scharfen Ziehen in meinem Unterleib bemerkbar macht. Ich gehorche und höre, wie er hinter mir eine Schublade öffnet. Sekunden später tritt er wieder vor mich.

»Komm«, sagt er und zieht mich an der Krawatte zum Tisch. Als wir an der Couch vorbeikommen, fällt mir zum ersten Mal auf, dass sämtliche Rohrstöcke verschwunden sind. Waren sie gestern, als ich hereingekommen bin, nicht noch da? Hat Christian sie weggenommen? Oder Mrs. Jones? Christians Stimme reißt mich aus meinen Überlegungen.

»Ich will, dass du dich dort oben hinkniest«, sagt er, als wir vor dem Tisch stehen.

Oh. Okay. Was hat er vor? Meine innere Göttin kann es kaum erwarten, es endlich herauszufinden – sie hat sich in Windeseile mit einem Scherenschlag auf den Tisch geschwungen und betrachtet ihn voller Bewunderung.

Behutsam hebt er mich auf den Tisch. Verblüfft über meine eigene Eleganz, schlage ich die Beine nach hinten und knie mich vor ihn, so dass wir uns auf Augenhöhe befinden. Er streicht mit der Hand über meine Schenkel, umfasst meine Knie und drückt sie auseinander. Sein Blick ist verschleiert vor Lust.

»Arme auf den Rücken. Ich will dich fesseln.«

Er zieht eine Ledermanschette aus seiner Gesäßtasche und greift um mich herum.

Okay. Was wird er dieses Mal mit mir anstellen?

Seine Nähe macht mich trunken vor Begierde. Dieser Mann wird bald mein Ehemann sein. Darf man überhaupt solche Lust für den Mann empfinden, mit dem man verheiratet ist? Ich kann mich nicht erinnern, jemals etwas Derartiges gehört zu haben. Er ist unwiderstehlich. Ich streiche mit den Lippen über seinen Kiefer, spüre seine Bartstoppeln, die sich herrlich borstig und weich zugleich an meiner Zunge anfühlen. Er verharrt reglos vor mir und schließt die Augen. Nach einigen Sekunden werden seine Atemzüge schneller, und er löst sich abrupt von mir.

»Hör auf, sonst ist das Ganze schneller vorbei, als uns beiden lieb ist«, warnt er.

Einen Moment lang habe ich Angst, er könnte wütend werden, doch er verzieht das Gesicht zu einem Lächeln, und ich sehe Belustigung in seinem gierigen Blick aufflackern.

»Du bist eben unwiderstehlich«, maule ich schmollend.

»Jetzt plötzlich, ja?«, kontert er trocken.

Ich nicke.

»Lenk mich nicht ab, sonst muss ich dich knebeln.«

»Ich lenke dich aber gern ab«, beharre ich trotzig.

Er hebt eine Braue. »Oder dich übers Knie legen.«

Oh. Ich versuche, mein Lächeln zu unterdrücken. Vor nicht allzu langer Zeit hätte er mich mit einer solchen Drohung zum Schweigen gebracht. Ich hätte nie den Mut aufgebracht, ihn hier, mitten in seinem Spielzimmer, unaufgefordert zu küssen. Doch mir wird bewusst, dass er mich nicht länger einschüchtert. Damit hätte ich nicht gerechnet. Ich grinse verschmitzt.

»Benimm dich«, brummt er, tritt einen Schritt nach hinten und lässt die Ledermanschette gegen seine Handfläche schnellen.

Die Warnung ist nicht zu übersehen. Ich beschließe, die Zerknirschte zu mimen, und scheinbar funktioniert es, denn er tritt wieder näher.

»Schon besser«, sagt er und beugt sich ein weiteres Mal vor, um meine Hände auf dem Rücken zu fesseln.

Diesmal widerstehe ich der Versuchung, ihn zu berühren. Immerhin bleibt mir sein herrlicher Christian-Duft, der mir, immer noch herrlich frisch von unserer nächtlichen Dusche, in die Nase steigt. Hm, ich sollte diesen Duft in Flaschen abfüllen.

Eigentlich hatte ich gedacht, dass er die Manschetten um meine Handgelenke legen würde, stattdessen befestigt er sie über meinen Ellbogen, so dass ich gezwungen bin, den Rücken durchzudrücken und meine Brüste nach vorn zu recken.

Als er fertig ist, begutachtet er sein Werk. »Okay?«, fragt er.

Die Position ist nicht sonderlich bequem, doch meine Vorfreude darauf, was gleich passieren wird, ist so groß, dass ich lediglich nicke.

»Gut.« Er zieht die Maske aus seiner Gesäßtasche.

»Ich finde, du hast genug gesehen«, sagt er leise, legt mir die Maske um den Kopf und zieht sie mir über die Augen.

Meine Atemzüge beschleunigen sich sofort. *Wahnsinn!* Wie kann es so erotisch sein, nichts zu sehen? Ich bin hier, gefesselt und auf Knien auf einem Tisch, und spüre, wie die Begierde heiß und zäh in meinem Unterleib pulsiert. Erst jetzt fällt mir auf, dass im Hintergrund noch immer der stete Rhythmus des Songs ertönt, dessen Bässe in meinem Körper nachhallen. Allem Anschein nach hat er den iPod auf Wiederholung gestellt.

Ich höre, wie Christian sich bewegt. Was hat er jetzt vor? Eine Kommodenschublade wird geöffnet und wieder zugeschoben. Einen Moment später spüre ich, dass er erneut vor mir steht. Ein scharfer, durchdringender Geruch liegt in der Luft. Moschusartig. Köstlich. So herrlich, dass mir regelrecht das Wasser im Mund zusammenläuft.

»Ich will nicht, dass du mir meine Lieblingskrawatte ruinierst«, erklärt er leise und beginnt, sie zu lösen.

Ich hole scharf Luft, als die Krawattenspitze über meine nackte Haut streicht. Seine Krawatte ruinieren? Ich lausche angestrengt. Er reibt die Hände aneinander. Sekunden später fühle ich, wie seine Fingerknöchel über meine Wange und an meinem Kinn entlangstreichen.

Seine Berührung jagt einen erregenden Schauder über meine Haut. Ich spüre seine Hand in meinem Nacken. Sie ist feucht und glitschig von dem süßlich duftenden Öl und wandert mit behutsam knetenden Bewegungen an meinem Hals abwärts, über mein Schlüsselbein bis zu meiner Schulter. Oh. Ich bekomme also eine Massage. Damit hatte ich nicht gerechnet.

Er legt eine Hand auf meine Schulter und schickt seine zweite auf eine langsame, aufreizende Reise über mein anderes Schlüsselbein. Ein leises Stöhnen dringt aus meiner Kehle, als er sich in Richtung meiner Brüste arbeitet, die sich ihm bereits sehnsuchtsvoll entgegenrecken. Es ist ein berauschendes Gefühl. Ich wölbe mich ihm noch weiter entgegen, doch seine Hände gleiten im Takt der Musik an meinen Armen entlang, sorgsam darauf bedacht, nicht mit meinen Brüsten in Berührung zu kommen. Abermals stöhne ich auf, auch wenn ich nicht sagen kann, ob aus Frust oder aus Verlangen.

»Du bist so schön, Ana«, flüstert er mit rauer Stimme in mein Ohr und streicht mit der Nase an meinem Hals entlang, während seine Finger weiter meinen Körper massieren – unterhalb meiner Brüste, über meinem Bauch und tiefer. Seine Lippen streifen meinen Mund in einem flüchtigen Kuss. *O Gott, ich stehe in Flammen* ... seine Nähe, seine Hände, seine Worte.

»Und bald wirst du meine Frau sein, die ich für immer in meinen Armen halten werde«, haucht er.

Oh!

»Die ich lieben und ehren werde ...«

Gütiger Himmel.

»... und der ich täglich aufs Neue mit meinem Körper huldigen werde.«

Ich lasse meinen Kopf nach hinten sinken und stöhne. Seine Finger streichen über mein Schamhaar, über mein Geschlecht, und seine Handfläche reibt bedächtig meine Klitoris.

»Mrs. Grey«, raunt er, während sich seine Hand zärtlich hin und her bewegt.

Wieder stöhne ich auf.

»Mach den Mund auf.«

Ich gehorche und spüre, wie er einen kühlen Metallgegenstand hineinschiebt. Er ist wie ein riesiger Babyschnuller geformt, mit kleinen Ausbuchtungen und einer Kette am Ende. Das Ding fühlt sich in meiner Mundhöhle riesig an.

»Saugen«, befiehlt er sanft. »Ich werde ihn gleich in dich hineinstecken.«

Hineinstecken? Wohin? Mein Herz hämmert wie wild.

»Saugen«, befiehlt er erneut und hält inne.

Nein, nicht aufhören!, würde ich am liebsten rufen, doch ich kann nicht. Seine öligen Hände wandern über meinen Körper nach oben und legen sich endlich um meine Brüste, die schon so lange auf die Berührung warten.

»Saug weiter!«

Vorsichtig zwirbelt er meine Brustwarzen zwischen Daumen

und Zeigefinger, die sich prompt unter seinen kundigen Fingern aufrichten, während die Berührung lustvolle elektrische Stöße quer durch meinen Körper in meinen Unterleib sendet.

»Du hast unglaublich schöne Brüste, Ana«, raunt er.

Sofort werden meine Brustwarzen noch größer. Er murmelt etwas Zustimmendes, und zum wiederholten Male stöhne ich auf. Seine Lippen gleiten in einer Spur sanfter Bisse und Küsse von meinem Hals zur einen Brust. In diesem Moment spüre ich, wie sich die Klemme um meine Brustwarze schließt.

»Ah!« Mein Stöhnen wird von dem Ding in meinem Mund gedämpft. Großer Gott, es ist ein unglaubliches Gefühl, schmerzhaft und doch unendlich köstlich. Langsam fährt er mit der Zunge über die gefangene Brustwarze, während er die zweite anbringt. Ein ähnlich scharfer Schmerz durchzuckt mich. Und zugleich eine Woge der Lust. Wieder stöhne ich laut auf.

»Spürst du es?«, raunt er.

Ja, ja, o ja!

»Und jetzt gib es her«, sagt er und zieht mir behutsam das Metallding aus dem Mund. Abermals wandern seine Hände an meinem Körper entlang bis zu meinem Geschlecht und zu meinem Gesäß.

Erschrocken schnappe ich nach Luft. Was hat er vor? Ich versteife mich, als seine Finger zwischen meine Gesäßbacken langen.

»Ganz locker«, sagt er und küsst meinen Hals, ohne seine Liebkosungen zu unterbrechen.

Was hat er vor? Seine andere Hand streicht über meinen Bauch zu meiner Vagina und streichelt mich. Er schiebt einen Finger in mich hinein. Augenblicklich stöhne ich laut auf.

»Ich werde es in dich hineinstecken«, flüstert er. »Aber nicht hier.« Wieder langen seine Finger zwischen meine Gesäßbacken und verteilen eine Ölspur auf meiner Haut. »Sondern hier.« Seine Finger umkreisen mich, hin und her, hinein, heraus, massieren die Wand meiner Vagina, während ich spüre, wie meine geklammerten Brustwarzen anschwellen.

»Ah.«

»Still.« Christian zieht seine Finger aus mir heraus und schiebt das Metallding in meine Vagina, dann legt er die Hände um mein Gesicht und küsst mich voller Leidenschaft. Ich höre ein leises Klicken. Unvermittelt beginnt das Ding, in meiner Vagina zu vibrieren. Ich schnappe nach Luft. Was für ein Wahnsinnsgefühl – völlig anders als alles, was ich bisher erlebt habe.

»Ah!«

»Nur die Ruhe.« Christian erstickt mein Stöhnen, indem er die Lippen auf meinen Mund presst. Seine Hände ziehen ganz vorsichtig an meinen Brustwarzen.

Ich schreie auf. »Christian, bitte!«

»Still, Baby. Nicht bewegen.«

Das ist zu viel. Die totale Überstimulation der Sinne. Überall in meinem Körper. Meine Lust steigert sich unaufhörlich, während ich verzweifelt um Beherrschung ringe. O Gott ... wie soll ich das nur schaffen?

»Braves Mädchen«, beschwichtigt er mich.

»Christian«, stoße ich hervor.

»Still. Nur spüren, Ana. Hab keine Angst.«

Seine Hände legen sich um meine Taille, doch ich kann mich weder auf sie noch auf sonst etwas konzentrieren. Stattdessen kreisen all meine Gedanken nur um eines – um die Lust, die sich in mir aufzubäumen beginnt, immer weiter der Explosion entgegen, während der Vibrator erbarmungslos meine Vagina reizt und die Klemmen mit qualvoller Süße meine Brustwarzen zusammenpressen. *O Gott, ich glaube nicht, dass ich all dem gewachsen bin.* Seine Hände, ölig und glitschig, kneten, liebkosen, streicheln und massieren mein Hinterteil.

»So wunderschön«, murmelt er und schiebt unvermittelt seinen öligen Finger in mich. *Da! In meinen Hintern. Scheiße!*

Es fühlt sich seltsam an. Verboten. Als böte mein Anus nicht genügend Platz dafür. Und doch ... ist es so gut, so einzigartig. Langsam fängt er an, seinen Finger zu bewegen.

»So wunderschön, Ana«, wiederholt er.

Es ist, als würde ich schweben, weit über der Erde, über einer gewaltigen Kluft. Immer weiter steige ich auf, doch gleichzeitig scheine ich trudelnd in die Tiefe zu stürzen, der Endlosigkeit entgegen. Ich kann mich nicht länger beherrschen und schreie laut auf, als mein Körper sich der überwältigenden Reizüberflutung ergibt und in einem Orgasmus zerbirst, wie ich ihn noch niemals erlebt habe. Es ist, als bestünde mein gesamter Körper aus nichts als ... Empfindung und körperlicher Lust. Christian löst zuerst die eine Klammer, dann die zweite. Meine Brustwarzen scheinen in köstlichstem Schmerz zu brennen, der meinen Orgasmus neue, ungekannte Höhen erklimmen lässt, immer weiter empor. Die ganze Zeit über gleitet sein Finger rhythmisch in meinem Anus behutsam vor und zurück.

»Aaah!«, schreie ich laut auf.

Christian umschlingt mich und hält mich fest, während dieses Ding mit gnadenloser Beharrlichkeit weiter in mir vibriert.

»Nein!«, bettle ich schreiend. Endlich zieht er zuerst den Vibrator heraus, dann seinen Finger, während mein Körper noch immer von den Nachbeben meines Höhepunkts geschüttelt wird.

Er löst eine der Ledermanschetten. Kraftlos fallen meine Arme nach vorn, und mein Kopf sackt auf seine Schulter. Ich bin verloren, verloren in all den Sinneswahrnehmungen, die mich zu überwältigen drohen. Schwer atmend hänge ich völlig erschlafft in seinen Armen und trudle dem köstlichen Vergessen entgegen.

Nur vage bekomme ich mit, wie Christian mich hochhebt, zum Bett trägt und auf die kühlen Satinlaken legt. Nach einem kurzen Moment spüre ich seine öligen Hände auf meinem Körper, spüre, wie sie die Rückseiten meiner Schenkel, meine Knie, meine Waden und meine Schultern massieren. Die Matratze gibt ein wenig nach, als er sich neben mir ausstreckt.

Er zieht mir die Maske vom Gesicht, doch ich bringe nicht die Energie auf, die Augen zu öffnen. Er löst meinen Zopf, dann küsst er mich zärtlich auf den Mund. Es herrscht völlige Stille im Raum, bis auf meine abgehackten Atemzüge, die sich allmählich beruhigen, als ich langsam wieder der Erde entgegenschwebe. Die Musik ist verklungen.

»So wunderschön«, murmelt er zum dritten Mal.

Als ich mühsam ein Auge aufschlage, sehe ich ihn lächelnd auf mich herunterblicken.

»Hi«, sagt er.

Ich bringe ein Grunzen zu Stande, was sein Lächeln noch breiter werden lässt.

»War das schlimm genug für dich?«

Ich nicke und lächle widerstrebend. Liebe Güte, noch schlimmer, und ich müsste uns beide übers Knie legen.

»Du versuchst wohl, mich umzubringen«, wispere ich.

»Tod durch Orgasmus.« Er grinst anzüglich. »Es gibt schlimmere Arten, für immer abzutreten«, bemerkt er, wenn auch mit einem leichten Stirnrunzeln, als wäre ihm ein unangenehmer Gedanke gekommen.

Erschrocken hebe ich die Hand und streichle sein Gesicht. »Auf diese Art darfst du mich jederzeit ins Jenseits befördern«, hauche ich. Mir fällt auf, dass auch er inzwischen nackt ist und es offenbar kaum erwarten kann, endlich selbst loszulegen. Als er meine Hand nimmt und meine Fingerknöchel küsst, beuge ich mich vor, lege die Finger um sein Gesicht und ziehe ihn zu mir heran. Er küsst mich flüchtig, dann löst er sich von mir.

»Genau das will ich jetzt tun«, sagt er und zieht die Fernbedienung zwischen den Kissen hervor. Er drückt auf einen Knopf, woraufhin weiche Gitarrenklänge von den Wänden widerhallen.

»Ich will mit dir schlafen«, sagt er.

Ich erkenne die aufrichtige Liebe in seinen Augen, als er mich ansieht, während im Hintergrund eine vertraute Stimme anhebt. *The First Time Ever I Saw Your Face*. Und dann finden seine Lippen die meinen.

Als ich ein weiteres Mal Erlösung finde, wirft Christian den Kopf in den Nacken und ergießt sich in mir, während er laut meinen Namen ruft. Schließlich sitzen wir einander zugewandt auf seinem breiten Bett. In diesem Moment – bei den Klängen dieser herrlichen Musik, eng umschlungen mit diesem wunderbaren Mann – spüre ich, wie mich meine Gefühle neuerlich überwältigen. Die Intensität meiner Empfindungen gerade eben vor dem Hintergrund dessen, was während der vergangenen Woche vorgefallen ist – all das schlägt in einer gewaltigen Woge über mir zusammen. Ich liebe diesen Mann so sehr. Und zum ersten Mal kann ich mir ansatzweise vorstellen, wie sehr es ihm am Herzen liegt, mich in Sicherheit zu wissen.

Erschaudernd denke ich daran zurück, wie knapp er einer Katastrophe entronnen ist. Allein der Gedanke daran treibt mir die Tränen in die Augen. Was würde ich tun, wenn ihm etwas zustieße … Ungehindert kullern mir die Tränen über die Wangen. Christian mit all seinen Facetten: einerseits dieser rührend zärtliche Mann, andererseits diese Dom-Seite: »Ich kann verdammt nochmal mit dir anstellen, wozu ich Lust habe, und dich jederzeit kommen lassen, dass dir Hören und Sehen vergeht.« Seine tausend Facetten, die ihn zu einem so besonderen Menschen machen. Und die Teil des Mannes sind, der ganz allein mir gehört. Natürlich ist mir bewusst, dass wir uns nicht besonders gut kennen und noch so manche Hürde vor uns liegt, die wir gemeinsam überwinden müssen, doch eines weiß ich genau: Wir werden es schaffen. Und wir haben ein ganzes Leben lang Zeit dafür.

»Hey«, sagt er leise und sieht mich an. Er ist immer noch in mir. »Warum weinst du denn?«, fragt er voller Besorgnis.

»Weil ich dich so sehr liebe«, flüstere ich.

Er schließt kurz die Augen, als müsste er meine Worte erst verdauen. Als er sie wieder öffnet, erkenne ich die unverbrämte Liebe darin.

»Und ich liebe dich. Erst durch dich fühle ich mich ... vollständig.« Er küsst mich zärtlich, während Roberta Flacks Stimme im Hintergrund verklingt.

Seit einer halben Ewigkeit sitzen wir mit ineinander verschlungenen Beinen auf dem Bett in Christians Spielzimmer. Wir haben geredet und geredet, das rote Satinlaken wie eine schützende Haut um uns geschlungen. Ich habe keine Ahnung, wie viel Zeit vergangen ist. Christian lacht schallend über meine Kate-Imitation während des Fotoshootings im Heathman.

»Wenn ich mir vorstelle, sie wäre diejenige gewesen, die mich interviewt hat. Dem Himmel sei Dank für die gemeine Wald-und-Wiesen-Erkältung.« Er drückt mir einen Kuss auf die Nasenspitze.

»Sie hatte eine richtige Grippe, Christian«, tadle ich ihn, lasse meine Finger müßig durch sein Brusthaar wandern und registriere staunend, dass er es sich ohne Widerspruch gefallen lässt. »All die Rohrstöcke sind verschwunden«, bemerke ich irgendwann. Zum x-ten Mal schiebt er mir eine widerspenstige Haarsträhne hinters Ohr.

»Ich war sicher, dass du dieses Hard Limit nie außer Kraft setzen würdest.«

»Stimmt. Das werde ich wohl nicht tun.« Mein Blick schweift über die Peitschen, Paddles und Flogger, die die gegenüberliegende Wand säumen. Seine Augen folgen mir.

»Willst du, dass ich die auch wegnehme?« Sein Tonfall ist amüsiert, trotzdem entgeht mir der ernste Unterton nicht.

»Die Reitgerte nicht. Die braune. Und die Wildlederflogger kannst du auch behalten.« Ich werde rot.

Er lächelt mich an. »Okay, die Gerte und der Flogger bleiben. Sie stecken voller Überraschungen, Miss Steele.«

»Das kann ich nur zurückgeben, Mr. Grey. Das ist eines der Dinge, die ich so an Ihnen liebe.« Ich küsse zärtlich seinen Mundwinkel.

»Und was liebst du sonst noch an mir?«, fragt er mit weit aufgerissenen Augen.

Mir ist völlig klar, wie schwer es ihm fällt, mir so eine Frage zu stellen, und es rührt mich zutiefst, dass er es trotzdem tut. Ich liebe alles an ihm – selbst seine zahllosen Facetten. Ein Leben an Christians Seite wird niemals langweilig sein, so viel steht fest.

»Die hier.« Ich streiche mit dem Zeigefinger über seine Lippen. »Ich liebe sie und das, was sie mit mir anstellen. Und alles, was hier drinnen ist.« Ich tippe gegen seine Schläfe. »Du bist so klug und geistreich. Du weißt sehr viel und hast so viele Fähigkeiten. Aber am meisten liebe ich das, was hier drin schlägt.« Ich lege meine Hand auf seine Brust und spüre seinen steten Herzschlag unter meinen Fingern. »Du bist der mitfühlendste Mann, der mir je begegnet ist. Ich bewundere dich für all das, was du tust. Für deine Arbeit. Es ist wirklich Ehrfurcht einflößend.«

»Ehrfurcht einflößend?«, wiederholt er sichtlich verwirrt, trotzdem sehe ich einen Anflug von Belustigung auf seinen Zügen. Unvermittelt verändert sich seine Miene, und ein scheues Lächeln breitet sich auf seinen Zügen aus. Am liebsten würde ich ihm um den Hals fallen. Was ich auch tue.

Ich döse, eingehüllt in Satin und Christian Grey, bis er mich mit einem zärtlichen Kuss weckt.

»Hunger?«, fragt er leise.

»Bärenhunger.«

»Ich auch.«

»Heute ist Ihr Geburtstag, Mr. Grey. Deshalb werde ich für Sie kochen. Was darf's denn sein?«

»Überrasch mich doch. Ich werde so lange all die Nachrichten auf meinem BlackBerry checken, die gestern eingegangen sind.« Seufzend setzt er sich auf. Damit ist klar, dass unsere gemeinsamen Liebesstunden vorüber sind ... zumindest für den Augenblick.

»Lass uns duschen gehen«, schlägt er vor.

Wie könnte ich dem Geburtstagskind einen Wunsch abschlagen?

Christian ist in seinem Arbeitszimmer und telefoniert. Taylor ist bei ihm, ausnahmsweise nicht im Anzug, sondern in Jeans und einem schwarzen T-Shirt. Ich mache mich in der Küche an die Zubereitung des Mittagessens. Im Kühlschrank habe ich Lachssteaks gefunden, die ich mit Zitrone dünste, dazu gibt es Salat und ein paar Babykartoffeln. Ich bin so entspannt und glücklich wie schon lange nicht mehr. Es ist, als würde mir die ganze Welt zu Füßen liegen – was sie im Grunde ja auch tut. Ich trete vor das riesige Panoramafenster und blicke zum herrlich blauen Himmel hinauf. *Die Gespräche ... der Sex ... daran könnte man sich glatt gewöhnen.*

Taylor kommt aus dem Arbeitszimmer und reißt mich aus meinen Tagträumen.

»Hi, Taylor.«

»Ana.« Er nickt.

»Alles in Ordnung mit Ihrer Tochter?«

»Ja, danke. Meine Exfrau dachte, sie hätte eine Blinddarmentzündung, aber sie hat wieder mal völlig überreagiert.« Zu meiner Verblüffung verdreht er die Augen. »Sophie hat sich nur einen Magen-Darm-Virus eingefangen, ansonsten ist alles in bester Ordnung.«

»Tut mir leid.«

Er lächelt.

»Hat man Charlie Tango schon gefunden?«

»Ja. Das Bergungsteam ist bereits unterwegs. Heute Abend sollte er wieder auf dem Flugplatz stehen.«

»Oh. Gut.«

Er lächelt knapp. »Ist das alles, Ma'am?«

»Ja. Ja, natürlich.« Ich werde rot. Ob ich mich jemals daran gewöhnen werde, dass er mich Ma'am nennt? Ich fühle mich jedes Mal so alt, wenn er das tut. Als wäre ich mindestens dreißig.

Er nickt und verlässt das Wohnzimmer. Christian telefoniert immer noch. Ich warte darauf, dass die Kartoffeln endlich durch sind. Ich krame meinen BlackBerry aus der Handtasche und stelle fest, dass Kate eine SMS geschickt hat.

Wir sehen uns heute Abend. Ich freue mich schon auf ein laaaaaanges Gespräch mit dir.

Ich schreibe zurück.

Geht mir genauso.

Mit Kate über alles zu reden, ist genau das Richtige.

Ich öffne das Mailprogramm und tippe eine Nachricht an Christian.

Von: Anastasia Steele
Betreff: Mittagessen
Datum: 18. Juni 2011, 13:12 Uhr
An: Christian Grey

Sehr geehrter Mr. Grey,
ich maile Ihnen, um Sie darüber zu informieren, dass Ihr Mittagessen so gut wie fertig ist.
Und dass ich vorhin eine perverse Nummer geschoben habe, bei der mir Hören und Sehen verging.
Perverse Geburtstagsnummern sind definitiv zu empfehlen.
Und noch etwas – ich liebe Sie.
　A x
(Ihre Verlobte)

Von: Christian Grey
Betreff: Perverse Nummern
Datum: 18. Juni 2011, 13:15 Uhr
An: Anastasia Steele

Wobei genau ist Ihnen denn Hören und Sehen vergangen?
Ich habe den Zettel schon bereitliegen, um es mir zu notieren.
CHRISTIAN GREY
Ausgehungerter und nach den morgendlichen Betätigungen schwächeln-
der CEO, Grey Enterprises Holdings, Inc.
PS: Ich liebe Ihre Signatur.
PPS: Was ist aus der Kunst der gepflegten Unterhaltung
geworden?

Von: Anastasia Steele
Betreff: Ausgehungert?
Datum: 18. Juni 2011, 13:18 Uhr
An: Christian Grey

Sehr geehrter Mr. Grey,
dürfte ich Ihre Aufmerksamkeit auf die erste Zeile meiner
vorherigen Mail lenken, in der ich Sie informiere, dass Ihr
Mittagessen so gut wie servierbereit ist? Also: Schluss mit dem
Quatsch über Ausgehungertsein und Schwächeln.
Was die einzelnen Aspekte der perversen Nummer angeht
– alles war so gut, dass mir Hören und Sehen vergangen ist.
Allerdings wäre es bestimmt interessant, Ihre Notizen zu lesen.
Und ich finde meine Signatur in Klammern auch ganz toll.
    Ana x
(Ihre Verlobte)
PS: Seit wann sind Sie denn so redselig? Außerdem sind Sie
doch derjenige, der ständig telefoniert.

Ich drücke auf »Senden« und hebe den Blick. Er steht grinsend vor mir. Bevor ich etwas sagen kann, tritt er um die Kücheninsel herum, nimmt mich in die Arme und küsst mich herzhaft.

»Das war's, Miss Steele«, sagt er, lässt mich los und schlendert in Jeans, barfuß und in seinem heraushängenden weißen T-Shirt wieder in sein Arbeitszimmer zurück, während ich dastehe und nach Atem ringe.

Ich habe einen Dip aus Brunnenkresse, Koriander und Sauerrahm zum Lachs gemacht, den ich auf die Frühstückstheke stelle. Ich unterbreche ihn zwar nur sehr ungern, trotzdem baue ich mich im Türrahmen seines Arbeitszimmers auf und sehe ihm beim Telefonieren zu. In seinen Jeans und mit seinen zerknautschten Haaren sieht er einfach zum Anbeißen aus. Als er mich sieht, runzelt er die Stirn. Ich bin nicht sicher, ob es etwas mit dem Telefonat oder mit mir zu tun hat.

»Lass sie einfach rein, und dann lässt du sie zufrieden. Kapiert, Mia?« Er verdreht die Augen. »Gut.«

Ich bedeute ihm, dass das Essen fertig ist. Er grinst und nickt.

»Bis später.« Er legt auf. »Ein Anruf noch?«, fragt er.

»Klar.«

»Dieses Kleid ist ziemlich kurz«, bemerkt er.

»Gefällt es dir?« Ich drehe mich im Kreis. Es ist eines der Kleider, die Caroline Acton für mich gekauft hat – ein weich fallendes, türkisfarbenes Sommerkleid, das vielleicht eher für den Strand geeignet wäre, aber es gefällt mir so gut, dass ich es unbedingt anziehen wollte. Er runzelt die Stirn. Prompt gefriert das Lächeln auf meinem Gesicht.

»Das Kleid steht dir phantastisch, Ana. Ich will nur nicht, dass dich sonst jemand darin sieht.«

»Meine Güte, Christian«, maule ich. »Wir sind doch zuhause. Außer dem Personal sieht mich hier niemand.«

Seine Mundwinkel zucken. Keine Ahnung, ob er versucht, seine Belustigung zu verbergen, oder ob er meiner Bemerkung nichts Witziges abgewinnen kann. Doch dann nickt er. Ich schüttle nur den Kopf – war das sein Ernst? Ich gehe in die Küche zurück.

Fünf Minuten später steht er vor mir und drückt mir das Handy in die Hand.

»Ray ist dran«, sagt er, ohne mir in die Augen zu sehen.

Ich habe das Gefühl, als wäre sämtliche Luft aus meinen Lungen gepresst worden. Ich nehme ihm das Handy aus der Hand und halte die Sprechmuschel zu.

»Du hast es ihm gesagt!«, zische ich.

Christians Augen weiten sich, als er merkt, wie fassungslos ich bin.

Verdammt! Ich hole tief Luft. »Hi, Dad.«

»Christian hat mich gerade gefragt, ob ich ihm erlaube, dass er dich heiratet«, sagt Ray.

Die Stille hängt zentnerschwer in der Leitung, während ich verzweifelt mein Gehirn nach einer passenden Erwiderung durchforste. Rays Wortkargheit ist nichts Ungewöhnliches, macht es mir jedoch nicht gerade einfach, mir vorzustellen, was in ihm vorgehen mag.

»Und was hast du gesagt?«, presse ich schließlich hervor.

»Dass ich erst mal mit dir reden will. Das Ganze kommt ein bisschen plötzlich, findest du nicht auch, Annie? Du kennst ihn noch nicht besonders lange. Ich meine, er ist ja ein netter Kerl und weiß eine Menge übers Fliegenfischen, aber so schnell?« Seine Stimme klingt sehr ruhig und beherrscht.

»Ja. Das ist es … bleib kurz dran.« Ich verlasse die Küche und trete vor das Panoramafenster, wo ich nicht länger Christians beklommenen Blicken ausgesetzt bin. Die Balkontüren stehen offen, und ich gehe hinaus in den Sonnenschein, allerdings nicht bis zum Geländer – das hier ist viel zu weit oben für meinen Geschmack.

»Ich weiß ja, dass es sehr überraschend kommt, aber … na ja, ich liebe ihn. Und er liebt mich. Er will mich heiraten, und für mich gibt es keinen anderen Mann als ihn.« Beim Gedanken daran, dass dies wahrscheinlich das intimste Gespräch ist, das ich je mit meinem Stiefvater geführt habe, werde ich rot.

Ray erwidert eine Weile nichts. »Hast du es deiner Mutter schon gesagt?«, fragt er schließlich.

»Nein.«

»Annie, ich weiß ja, dass er stinkreich und bestimmt ein guter Fang ist, aber gleich heiraten? Das ist eine gewaltige Entscheidung. Bist du dir ganz sicher?«

»Er ist der Mann, mit dem ich den Rest meines Lebens verbringen will«, sage ich leise.

»Puh.« Rays Stimme ist deutlich weicher geworden.

»Er bedeutet mir alles.«

»Annie, Annie, Annie. Du bist so eine kluge junge Frau. Ich bete zu Gott, dass du weißt, was du da tust. Gib ihn mir bitte noch einmal, okay?«

»Klar, Dad. Wirst du mich zum Altar führen?«, frage ich leise.

»Ach, Schatz.« Seine Stimme bricht, und er schweigt einige Momente lang. »Ich kann mir nichts Schöneres vorstellen.«

Als ich die Rührung in seiner Stimme höre, würde ich am liebsten in Tränen ausbrechen.

O, Ray, ich hab dich so lieb. Ich schlucke gegen meine Tränen an. »Danke, Dad. Jetzt gebe ich dir nochmal Christian. Reiß ihm bitte nicht den Kopf ab. Ich liebe ihn«, flüstere ich.

Ich glaube, Ray am anderen Ende der Leitung lächeln zu spüren, bin mir aber nicht ganz sicher. Bei Ray ist es immer schwer zu sagen.

»Geht klar, Annie. Sieh zu, dass du deinen alten Herrn bald besuchen kommst. Und bring diesen Christian mit.«

Ich kehre ins Wohnzimmer zurück und reiche Christian das Handy, sorgsam darauf bedacht, keinen Zweifel daran aufkommen zu lassen, wie sauer ich auf ihn bin. Amüsiert nimmt er mir das Telefon aus der Hand und verzieht sich in sein Arbeitszimmer.

Zwei Minuten später steht er wieder vor mir.

»Dein Vater hat mir seinen Segen gegeben, wenn auch widerstrebend«, erklärt er stolz.

So stolz, dass ich kichern muss. Er tut so, als hätte er gerade einen Riesendeal unter Dach und Fach bekommen, was in gewisser Weise ja auch stimmt.

»Du bist eine verdammt gute Köchin.« Christian schluckt den letzten Bissen hinunter und prostet mir mit seinem Weißwein zu.

Ich sonne mich in seinem Lob, während mir dämmert, dass ich lediglich an den Wochenenden Gelegenheit haben werde, ihn zu bekochen. Dabei koche ich leidenschaftlich gern. Vielleicht hätte ich ihm ja eine Geburtstagstorte backen sollen. Ich sehe auf die Uhr. Noch wäre genug Zeit.

»Ana?« Seine Stimme reißt mich aus meinen Gedanken. »Wieso hast du mich vorhin gebeten, dich nicht zu fotografieren?« Die Tatsache, dass seine Stimme trügerisch sanft ist, lässt seine Frage nur umso bedrohlicher wirken.

O Scheiße. Die Fotos. Den Blick auf meinen leeren Teller geheftet, knete ich hektisch meine Finger im Schoß. Was soll ich jetzt sagen? Ich habe mir geschworen, ihm nicht zu verraten, dass ich seine Version der Penthouse-Schönheiten des Monats gefunden habe.

»Ana«, fährt er mich an. »Was ist los?«

Ich zucke zusammen. Sein Befehlston zwingt mich, ihn anzusehen. Wie war das vorhin? Die Zeiten, in denen er mich einschüchtern konnte, sind vorbei?

»Ich habe deine Fotos gefunden«, gestehe ich kaum hörbar.

Seine Augen weiten sich vor Schreck. »Du warst an meinem Safe?«, fragt er ungläubig.

»An deinem Safe? Nein. Ich wusste nicht einmal, dass du überhaupt einen hast.«

Er runzelt die Stirn. »Das verstehe ich nicht.«

»Sie lagen in deinem Schrank. In einer Schachtel. Ich habe nach deiner Krawatte gesucht. Die Schachtel lag unter deinen Jeans. Die, die du sonst immer im Spielzimmer trägst.«

Im ersten Moment sieht er mich entsetzt an, dann reibt er sich gedankenverloren das Kinn. Unvermittelt schüttelt er den Kopf. Er ist verärgert, doch gleichzeitig spielt der Anflug eines bewundernden Lächelns um seine Mundwinkel. Er legt die Fingerspitzen aneinander und richtet den Blick wieder auf mich.

»Es ist nicht so, wie du denkst. Ich hatte die Fotos völlig vergessen. Diese Schachtel stand nicht immer dort, sondern jemand hat sie dort hineingelegt. Eigentlich gehören die Fotos in meinen Safe.«

»Und wer hat sie dort hineingelegt?«, frage ich.

Er schluckt. »Es kommt nur eine Person infrage.«

»Ach ja? Und zwar welche? Und was meinst du mit ›Es ist nicht so, wie du denkst‹?«

Er legt den Kopf schief. Ich glaube, das Ganze ist ihm ziemlich peinlich. *Sollte es auch!*, schimpft mein Unterbewusstsein.

»Das klingt vielleicht herzlos, aber diese Fotos sind eine Art Versicherung für mich«, erklärt er und wappnet sich unübersehbar für meine Reaktion.

»Eine Versicherung?«

»Um nicht in die Öffentlichkeit gezerrt zu werden.«

In diesem Moment fällt der Groschen und klappert unangenehm in meinen Gehirnwindungen.

»Oh«, erwidere ich nur, da mir nichts Besseres einfällt, und schließe die Augen. *Abgefuckt in tausend Facetten* ... »Ja. Du hast völlig Recht«, sage ich. »Es klingt tatsächlich herzlos.« Ich stehe auf und räume das Geschirr ab. Ich habe genug gehört.

»Ana.«

»Wissen sie davon? Die Mädchen ... die Subs?«

Er runzelt die Stirn. »Natürlich wissen sie davon.«

Tja, das ist immerhin etwas. Er streckt die Hand aus und zieht mich an sich.

»Wie gesagt, die Fotos gehören eigentlich in den Safe. Sie sind nicht zum Spaß gedacht.« Er hält inne. »Na ja, als ich sie aufgenommen habe, schon. Aber ...« Wieder unterbricht er sich. »Sie haben nichts zu bedeuten.«

»Wer hat sie in deinen Kleiderschrank gelegt?«

»Das kann nur Leila gewesen sein.«

»Sie kennt die Kombination?«

Er zuckt mit den Achseln. »Es würde mich nicht wundern. Die Kombination ist ziemlich lang, und ich benutze sie so gut wie nie. Deshalb habe ich sie einmal aufgeschrieben und seitdem nicht mehr geändert. Ich frage mich, was sie weiß und ob sie sonst noch etwas herausgenommen hat.« Er runzelt die Stirn. »Okay, ich stecke die Fotos in den Reißwolf, wenn du willst.«

»Es sind deine Fotos, Christian. Mach damit, was du für richtig hältst«, brumme ich.

»Sei doch nicht so sauer.« Er legt die Hände um mein Gesicht und zwingt mich, ihn anzusehen. »Ich will dieses Leben. Unser gemeinsames Leben.«

Woher zum Teufel weiß er, dass sich hinter meinem Entsetzen über die Fotos in Wahrheit meine Paranoia im Hinblick auf unsere Beziehung verbirgt?

»Ana, ich dachte, wir hätten heute Morgen all diese Gespenster der Vergangenheit verjagt. Ich empfinde es jedenfalls so. Du nicht?«

Ich starre ihn an, während mir unser überaus vergnüglicher, romantischer und definitiv versauter Vormittag wieder in den Sinn kommt.

»Ja.« Ich lächle. »Ja, ich empfinde es genauso.«

»Gut.« Er küsst mich. »Die Fotos kommen in den Reißwolf«, verspricht er leise. »Und dann werde ich in mein Arbeitszimmer gehen. Tut mir leid, aber ich habe heute Nachmittag noch tonnenweise Arbeit zu erledigen.«

»Prima. Ich muss sowieso meine Mutter anrufen.« Ich schneide eine Grimasse. »Dann werde ich einkaufen gehen und dir
einen Kuchen backen.«

Seine Augen leuchten auf wie die eines kleinen Jungen.

»Einen Kuchen?«

Ich nicke.

»Einen mit Schokolade?«

»Wenn du willst.« Sein Grinsen ist ansteckend.

Er nickt.

»Ich werde sehen, was ich tun kann, Mr. Grey.«

Er küsst mich ein weiteres Mal.

Carla ist sprachlos.

»Mom, sag doch etwas.«

»Du bist doch nicht etwa schwanger, Ana?«, wispert sie entsetzt.

»Nein, nein, nichts in dieser Art.« Die Enttäuschung schneidet sich wie ein Messer in mein Herz. Es macht mich traurig,
dass sie so etwas von mir denkt. Aber dann fällt mir wieder ein,
dass sie selbst schwanger war, als sie meinen Vater geheiratet
hat.

»Tut mir leid, Schatz. Aber es kommt so unerwartet. Ich meine, Christian ist eine erstklassige Partie, aber du bist noch so jung
und solltest erst etwas von der Welt sehen.«

»Mom, kannst du dich nicht einfach für mich freuen? Ich liebe
ihn.«

»Ich muss mich erst an den Gedanken gewöhnen, Schatz.
Es ist ein ziemlicher Schock. Ich habe zwar gesehen, dass das
zwischen euch beiden etwas ganz Besonderes ist, aber eine Ehe?«

In Georgia wollte er noch, dass ich seine Sklavin werde, aber
das werde ich meiner Mutter ganz bestimmt nicht auf die Nase
binden.

»Habt ihr schon ein Datum festgelegt?«

»Nein.«

»Ich wünschte, dein Vater würde noch leben«, gesteht sie leise. O nein, bitte nicht diese Tour. Nicht jetzt.

»Ich weiß, Mom. Ich würde es auch schön finden, wenn er es erleben könnte.«

»Er hat dich nur ein einziges Mal im Arm gehalten und war so wahnsinnig stolz auf dich. Er fand, du bist das hübscheste Mädchen auf der ganzen Welt.« Ihre Stimme klingt erstickt. Als Nächstes wird sie in Tränen ausbrechen.

»Ich weiß, Mom.«

»Und dann war er auf einmal tot.« Sie schnieft, was mir verrät, dass ihr die alte Geschichte wieder einmal mächtig an die Nieren geht.

»Mom.« Wie gern würde ich sie in die Arme nehmen.

»Ich bin ein rührseliges altes Weib«, sagt sie und schnieft erneut. »Natürlich freue ich mich für dich, Schatz. Weiß Ray es schon?«, fragt sie. Inzwischen scheint sie sich etwas gefangen zu haben.

»Christian hat bei ihm gerade um meine Hand angehalten.«

»Oh, wie süß von ihm. Sehr gut.« Noch immer schwingt ein Hauch Melancholie in ihrer Stimme mit, aber ich spüre, dass sie sich zusammenreißt.

»Ja«, bestätige ich.

»Ana, mein Schatz, ich liebe dich so sehr. Und ich freue mich wirklich für dich. Und ihr müsst uns bald besuchen kommen, alle beide.«

»Ja, Mom. Ich liebe dich auch.«

»Bob ruft nach mir. Ich muss Schluss machen. Sag Bescheid, wenn ihr euch für ein Datum entschieden habt. Wir müssen schließlich planen ... Wird es eine große Feier geben?«

Eine große Feier? Mist. Darüber habe ich noch gar nicht nachgedacht. Eine große Hochzeit? Nein. Ich will keine große Hochzeit.

»Das weiß ich noch nicht. Aber ich halte dich auf dem Laufenden.«

»Gut. Pass gut auf dich auf. Und amüsiert euch gut, ihr zwei. Für Kinder habt ihr später noch mehr als genug Zeit.«

Kinder! Hm ... da ist er wieder – ein alles andere als dezenter Hinweis darauf, dass sie selbst so früh Mutter geworden ist.

»Ich habe dein Leben doch nicht ruiniert, oder, Mom?«

Sie schnappt entsetzt nach Luft. »O nein, Ana. So etwas darfst du nicht denken. Du bist das Beste, was deinem Vater und mir passiert ist. Ich wünschte nur, er könnte hier sein und dich sehen. Als erwachsene Frau, die bald heiraten wird.« Erneut ergreift die Rührseligkeit Besitz von ihr.

»Das wünschte ich auch.« Ich schüttle den Kopf und denke am meinen Vater, den ich nie kennen gelernt habe und der mir deshalb immer ein Rätsel sein wird. »Lass uns Schluss machen, Mom. Ich melde mich bald bei dir.«

»Ich hab dich lieb, Schatz.«

»Ich dich auch, Mom. Bis bald.«

Für einen Mann, der nichts vom Kochen versteht, hat Christian seine Küche mit allen Schikanen ausgestattet. Sie ist der reinste Traum. Vermutlich ist Mrs. Jones ebenfalls eine leidenschaftliche Köchin. Das Einzige, was fehlt, ist eine hochwertige Schokolade für den Guss. Ich lasse die beiden Tortenböden zum Auskühlen auf der Arbeitsplatte stehen, nehme meine Handtasche und sehe kurz nach Christian, der konzentriert vor dem Bildschirm in seinem Arbeitszimmer sitzt. Er sieht auf und lächelt.

»Ich gehe nur kurz ein paar Sachen besorgen.«

»Okay.« Er runzelt die Stirn.

»Was ist?«

»Du ziehst dir doch bestimmt Jeans oder so etwas über.«

Also bitte! »Christian, es sind doch nur meine Beine.«

Er sieht mich verdrossen an. Oje, das riecht nach Ärger. Ausgerechnet an seinem Geburtstag. Ich verdrehe die Augen. Was bin ich? Ein Teenager, der wieder auf Kurs gebracht werden muss? Ich beschließe, es mit einer anderen Taktik zu versuchen.

»Was würdest du tun, wenn wir am Strand wären?«

»Wir sind aber nicht am Strand.«

»Aber würdest du dich dann auch so aufführen?«

Er denkt einen Moment nach. »Nein«, sagt er nur.

Wieder verdrehe ich die Augen und grinse. »Tja, dann stell dir doch einfach vor, wir wären dort.« Ich mache kehrt, flitze zur Tür hinaus und springe gerade in den Aufzug, als er zur Tür herauskommt. Ich schenke ihm ein strahlendes Lächeln, als die Türen zugleiten, während er mir mit hilfloser – wenn auch glücklicherweise amüsierter – Miene hinterherstarrt. Das Letzte, was ich von ihm sehe, sind seine zu Schlitzen verengten Augen, dann ist er verschwunden.

Puh! Ich spüre das Adrenalin durch meine Venen pulsieren, und mein Herz fühlt sich an, als würde es mir aus der Brust springen. Doch mit jedem Meter, den mich der Aufzug nach unten bringt, wächst meine Furcht. Was habe ich bloß getan?

Das wird ein Nachspiel haben. Christian ist garantiert stinksauer, wenn ich nach Hause komme. Mein Unterbewusstsein mustert mich mit einer Weidengerte in der Hand über den Rand seiner Lesebrille hinweg. Verdammt. Ich bin eben noch unerfahren im Umgang mit Männern. Ich habe noch nie mit einem Mann zusammengelebt – na ja, mit Ausnahme von Ray. Aber der zählt eigentlich nicht, weil er mein Stiefvater ist.

Und jetzt gibt es Christian, der, soweit ich weiß, ebenfalls noch nie ernsthaft mit einer Frau zusammengelebt hat. Ich werde ihn fragen müssen. Falls er überhaupt noch mit mir spricht.

Nichtsdestotrotz finde ich, dass ich die Sachen tragen sollte, die mir gefallen. Okay, mir leuchtet ein, dass es ihm nicht in den Kram passt, aber er hat dieses Kleid immerhin bezahlt. Hätte er nicht gewollt, dass ein so knappes Kleid für mich ausgesucht wird, hätte er bei Neiman eben klarere Anweisungen geben müssen.

Aber so kurz ist das Kleid auch wieder nicht. Ich sehe mich im Spiegel in der Lobby an. Verdammt. Okay, es *ist* ziemlich kurz, aber jetzt ist es zu spät, um noch einen Rückzieher zu machen.

Ich werde die Konsequenzen wohl oder übel tragen müssen. Müßig frage ich mich, was er mit mir anstellen wird, schiebe die Gedanken jedoch beiseite. Jetzt brauche ich erst einmal Bargeld.

Fassungslos starre ich auf meinen Kontoauszug: 51.689,16 Dollar. Das sind fünfzigtausend Dollar zu viel! *Anastasia, wenn du Ja sagst, wirst du lernen müssen, reich zu sein.* Und das ist offenbar der Anfang. Ich ziehe meinen lächerlichen Fünfziger aus dem Schlitz und mache mich auf den Weg zum Supermarkt.

Beim Nachhausekommen gehe ich geradewegs in die Küche und versuche vergeblich, meinen Anflug von Furcht zu unterdrücken. Christian befindet sich nach wie vor in seinem Arbeitszimmer. Du meine Güte, er sitzt bereits den halben Nachmittag an seinem Schreibtisch. Ich gelange zu dem Entschluss, dass ich ihm am besten gleich unter die Augen trete und herausfinde, wie schlimm es ist. Vorsichtig spähe ich um die Ecke. Er sitzt mit dem Telefon am Ohr vor dem Fenster.

»Und der Eurocopter-Spezialist kommt am Montagnachmittag? ... Gut. Halten Sie mich auf dem Laufenden. Sagen Sie denen, dass ich am Montagabend, spätestens am Dienstagmorgen eine erste Einschätzung haben will.« Er legt auf und wirbelt auf seinem Schreibtischstuhl herum. Seine Miene ist ausdruckslos, als er mich im Türrahmen stehen sieht.

»Hi«, hauche ich.

Er erwidert nichts.

Mir rutscht das Herz in die Hose. Ganz vorsichtig trete ich ein und umrunde seinen Schreibtisch. Noch immer sagt er kein Wort. Seine Augen verfolgen jede meiner Bewegungen. Schließlich stehe ich vor ihm. Ich komme mir wie die größte Idiotin aller Zeiten vor.

»Ich bin wieder da. Bist du sauer auf mich?«

Seufzend nimmt er meine Hand und zieht mich auf seinen Schoß.

»Ja«, raunt er in mein Haar.

»Tut mir leid. Ich habe keine Ahnung, welcher Teufel mich geritten hat.« Ich schlinge die Arme um ihn und atme tief seinen herrlichen Duft ein. Auch wenn er sauer auf mich ist, gibt mir seine Nähe ein Gefühl der Geborgenheit.

»Geht mir genauso. Zieh einfach an, was dir gefällt«, sagt er leise und lässt seine Finger über meinen nackten Oberschenkel wandern. »Außerdem hat dieses Kleid eindeutig seine Vorteile.«

Er küsst mich. Kaum berühren sich unsere Lippen, spüre ich, wie die Leidenschaft in mir erwacht. Oder die Lust oder auch nur der tief sitzende Wunsch, meinen Ausrutscher wiedergutzumachen. Ich halte seinen Kopf mit beiden Händen fest und packe ihn bei den Haaren, während er gierig meine Unterlippe zwischen seine Zähne zieht. Sein Mund wandert an meinem Hals entlang und streift mein Ohr, dann schiebt sich seine Zunge fordernd in meinen Mund. Ehe ich weiß, wie mir geschieht, hat er den Reißverschluss seiner Hose heruntergezogen und sitze ich rittlings auf ihm und nehme ihn in mir auf. Ich klammere mich an der Rückenlehne seines Schreibtischstuhls fest. Meine Füße berühren kaum den Boden. Und dann beginnen wir, uns langsam zu bewegen …

»Mir gefällt deine Art, dich zu entschuldigen, ziemlich gut«, flüstert er.

»Und mir deine.« Kichernd schmiege ich mich an seine Brust. »War's das?«

»Gütiger Himmel, Ana, hast du etwa noch nicht genug?«

»Nein! Ich habe von deiner Arbeit gesprochen.«

»Ich brauche noch eine halbe Stunde. Ich habe gerade deine Nachricht auf der Voicemail abgehört.«

»Die von gestern.«

»Ja. Du hast ziemlich besorgt geklungen.«

Ich drücke ihn an mich. »Das war ich auch. Dich nicht zu melden, ist ziemlich untypisch für dich.«

Er drückt mir einen Kuss aufs Haar.

»Dein Kuchen sollte in einer halben Stunde fertig sein.« Ich lächle ihn an und klettere von seinem Schoß.

»Ich freue mich schon drauf. Der Duft vorhin war absolut verlockend und hat einige Erinnerungen heraufbeschworen.« Ich lächle ihn an. Plötzlich fühle ich mich ein wenig gehemmt, und er scheint ähnlich zu empfinden. Du meine Güte, trennt uns tatsächlich so viel? Vielleicht liegt es ja an seinen frühen Kindheitserinnerungen, die er mit dem Geruch von backendem Kuchen verbindet. Ich drücke ihm einen flüchtigen Kuss auf den Mund und gehe in die Küche zurück.

Alles ist vorbereitet, als er aus dem Arbeitszimmer kommt. Ich zünde die einzelne goldfarbene Kerze auf dem Kuchen an, und Christian strahlt von einem Ohr zum anderen, als er auf mich zukommt und ich leise *Happy Birthday* singe. Er bläst die Kerze aus und schließt die Augen.

»Ich habe mir etwas gewünscht«, erklärt er, als er sie wieder öffnet.

Aus irgendeinem unerklärlichen Grund werde ich rot.

»Der Guss ist noch nicht ganz fest. Ich hoffe, es schmeckt dir.«

»Ich kann es kaum erwarten, ihn zu probieren, Anastasia«, sagt er leise.

Und wieder einmal gelingt es ihm, seine Worte unglaublich sexy klingen zu lassen. Ich schneide für jeden von uns ein Stück ab und reiche ihm eine Kuchengabel.

»Hm«, stöhnt er verzückt. »Genau das ist der Grund, weshalb ich dich heiraten will.«

Ich lache erleichtert auf ... Der Kuchen schmeckt ihm.

»Bereit für meine Familie?«, fragt Christian und macht den Motor seines Audi R8 aus. Wir stehen in der Auffahrt vor dem Haus seiner Eltern.

»Ja. Sagst du es ihnen heute Abend?«

»Natürlich. Ich kann es kaum erwarten, ihre Gesichter zu sehen.« Mit einem verschmitzten Grinsen steigt er aus dem Wagen.

Es ist halb acht Uhr abends, und obwohl es während des Tages angenehm warm war, weht nun eine kühle Brise von der Bucht herüber. Ich schlinge meinen Paschmina enger um die Schultern und steige ebenfalls aus. Ich habe mich für ein smaragdgrünes Cocktailkleid entschieden, das ich heute Morgen mit einem passenden Gürtel im Schrank gefunden habe. Christian nimmt meine Hand. Gemeinsam gehen wir die Treppe zur Haustür hinauf, die Carrick aufreißt, noch bevor Christian anklopfen kann.

»Hallo, Christian. Alles Gute zum Geburtstag, mein Sohn.« Er packt Christians ausgestreckte Hand und zieht ihn zu Christians sichtlicher Verblüffung in eine flüchtige Umarmung.

»Äh … danke, Dad«, stammelt Christian.

»Ana, wie schön, Sie wiederzusehen.« Auch mich umarmt Carrick, ehe wir ihm ins Haus folgen.

Noch bevor wir einen Fuß ins Wohnzimmer setzen können, kommt Kate durch den Flur auf uns zugestürmt. Sie sieht stinkwütend aus.

O nein!

»Ihr beide! Ich muss sofort mit euch reden«, fährt sie uns mit unheilvoller Stimme an.

Ich werfe Christian einen nervösen Blick zu, doch der zuckt lediglich mit den Achseln. Offenbar hat er beschlossen, sie nicht weiter zu reizen. Wir folgen ihr ins Esszimmer und lassen den unübersehbar verwirrten Carrick zurück. Kate schließt die Tür hinter uns.

»Was zum Teufel ist das?«, herrscht sie mich an und streckt mir ein Blatt Papier entgegen. Ich nehme es ihr aus der Hand. Mein Mund wird augenblicklich trocken. *Verdammte Scheiße!* Es ist meine Mail an Christian, in der wir über die Vertragsdetails diskutiert haben.

ZWEIUNDZWANZIG

Ich spüre, wie ich aschfahl werde und mir das Blut in den Adern gefriert. Instinktiv trete ich zwischen sie und Christian.

»Was ist das?«, fragt Christian argwöhnisch.

Ich beachte ihn nicht. Ich kann nicht fassen, dass Kate so etwas tut.

»Kate! Das Ganze hat nichts mit dir zu tun«, fauche ich zurück und spüre, wie meine Furcht kalter Wut weicht. Wie kann sie es wagen? Nicht hier, nicht heute. Nicht an Christians Geburtstag. Verblüfft starrt sie mich an.

»Ana, was ist das?«, fragt Christian noch einmal. Diesmal liegt ein drohender Unterton in seiner Stimme.

»Christian, würdest du uns einen Moment allein lassen, bitte?«

»Nein. Zeig das her.« Er streckt die Hand aus.

Mir ist klar, dass jeder Widerspruch zwecklos ist – seine Stimme ist eisig und knallhart. Widerstrebend gebe ich ihm die E-Mail.

»Was hat er mit dir angestellt?«, will Kate wissen, ohne Christian zu beachten. Sie sieht zutiefst besorgt aus.

Ich spüre, wie ich rot werde, als all die erotischen Bilder wieder vor meinem inneren Auge aufflackern.

»Das geht dich nichts an, Kate«, stoße ich wütend hervor.

»Woher hast du das, Kate?«, will Christian wissen. Seine Miene ist ausdruckslos, seine Stimme hingegen gefährlich sanft.

Kate läuft tiefrot an. »Das spielt jetzt keine Rolle.«

Sein stählerner Blick ruht auf ihr. »Die Mail steckte in der Tasche eines Jacketts – ich vermute, es gehört dir –, das ich ganz hinten in Anas Kleiderschrank gefunden habe«, fügt sie eilig hinzu. Ihre eiserne Fassade scheint unter seinem durchdringenden Blick zu bröckeln, doch nach wenigen Sekunden hat sie sich wieder gefangen und erwidert ihn finster.

Trotz ihrer Feindseligkeit sieht sie in ihrem roten, schmal geschnittenen Kleid wie gewohnt atemberaubend aus. Aber was hat sie bei meinem Kleiderschrank zu suchen? Normalerweise bin ich doch diejenige, die sich aus ihrem Fundus bedient.

»Hast du irgendjemandem davon erzählt?« Christians Stimme ist seidenweich.

»Nein. Natürlich nicht«, blafft Kate ihn beleidigt an.

Christian nickt und scheint sich zu entspannen. Er dreht sich um und geht zum Kamin. Wortlos sehen Kate und ich zu, wie er ein Feuerzeug vom Sims nimmt, das Blatt Papier anzündet und in den Kamin wirft, wo es verkohlt, bis nichts als ein Häuflein Asche davon übrig ist. Die Stille liegt zentnerschwer im Raum.

»Nicht mal Elliot?«, frage ich und wende mich wieder Kate zu.

»Nein. Niemandem«, erwidert Kate mit Nachdruck. Plötzlich wirkt sie verwirrt und ein klein wenig betreten. »Ich wollte doch nur verhindern, dass dir etwas zustößt, Ana«, flüstert sie.

»Es geht mir gut, Kate. Sogar sehr gut. Bitte, Christian und ich verstehen uns prächtig. Was du da gefunden hast, ist eine uralte Geschichte. Längst vergessen. Ignorier die Mail einfach.«

»Ignorieren?«, wiederholt Kate. »Wie soll ich so etwas ignorieren? Was er dir angetan hat?« Ich sehe die aufrichtige Sorge in ihren grünen Augen.

»Er hat mir gar nichts angetan, Kate. Ich schwöre dir, es ist alles in bester Ordnung.«

Sie mustert mich zweifelnd. »Bist du auch ganz sicher?«

Christian legt einen Arm um mich und zieht mich an seine Seite, ohne Kate aus den Augen zu lassen.

»Ana hat zugestimmt, meine Frau zu werden, Katherine«, erklärt er ruhig.

»Deine Frau?«, kreischt Kate und reißt ungläubig die Augen auf.

»Ja, wir werden heiraten. Heute Abend werden wir unsere Verlobung bekannt geben«, sagt er.

»Oh!« Kate ist völlig fassungslos. »Kaum lasse ich euch gut zwei Wochen allein, und schon passiert so etwas? Ich muss sagen, das kommt alles ziemlich plötzlich. Also wusstest du gestern, als ich gesagt habe …« Sie sieht mich verwirrt an. »Und wie passt diese Mail hier in all das hinein?«

»Tut sie nicht, Kate. Vergiss sie einfach. Bitte. Ich liebe ihn, und er liebt mich. Bitte, ruinier ihm nicht seine Party und uns den Abend«, flüstere ich.

Sie blinzelt, und ich sehe Tränen in ihren Augen glitzern. »Nein. Natürlich nicht. Geht es dir auch wirklich gut?« Sie kann erst lockerlassen, wenn sie restlos überzeugt ist.

»Ich war nie glücklicher«, antworte ich.

Sie nimmt meine Hand, ohne darauf zu achten, dass Christians Arm immer noch um meine Schulter liegt.

»Hundertprozentig?«, fragt sie.

»Ja.« Ich grinse sie an und spüre, wie ich mich entspanne. Offenbar hat sie sich wieder beruhigt und erwidert mein Lächeln. Ich löse mich von Christian, woraufhin sie mir unvermittelt um den Hals fällt.

»O Ana, ich habe mir solche Sorgen gemacht, als ich das gelesen habe. Ich hatte keine Ahnung, was ich denken soll. Bitte, erklär es mir, okay?«

»Irgendwann, aber nicht jetzt.«

»Gut. Ich werde es auch niemandem verraten. Ich habe dich so lieb, Ana. Du bist wie eine Schwester für mich. Ich dachte … Ach, ich wusste einfach nicht, was ich denken soll. Es tut mir leid. Aber wenn du glücklich bist, bin ich es ebenfalls.« Sie sieht Christian an und entschuldigt sich auch bei ihm.

Er nickt, wenngleich sein Blick eisig bleibt. Oje, er ist immer noch stinkwütend.

»Es tut mir aufrichtig leid. Du hast vollkommen Recht. Es geht mich nichts an.«

In diesem Moment klopft es an der Tür. Kate und ich lösen uns abrupt voneinander, als Grace den Kopf hereinstreckt.

»Alles klar, Schatz?«, fragt sie.

»Alles in Ordnung, Mrs. Grey«, antwortet Kate schnell.

»Alles bestens, Mom«, bestätigt Christian.

»Gut.« Grace tritt ein. »Wenn ihr nichts dagegen habt, würde ich meinem Sohn jetzt gern zum Geburtstag gratulieren.« Sie strahlt uns an.

Christian nimmt seine Mutter in die Arme.

»Alles Gute zum Geburtstag, mein Liebling«, sagt sie leise und schließt die Augen. »Ich bin so froh, dass du noch bei uns bist.«

»Mom, es geht mir gut.« Christian lächelt sie an.

Sie löst sich von ihm und mustert ihn eingehend. »Ich freue mich so für dich«, sagt sie und streichelt liebevoll seine Wange.

Er strahlt – sein übliches Tausend-Watt-Lächeln.

Sie weiß also Bescheid. Wann hat er es ihr gesagt?

»Okay, Kinder, wenn ihr eure kleine Privatunterhaltung beendet habt – da draußen wartet eine ganze Horde von Leuten, die dir zum Geburtstag gratulieren und sich versichern wollen, dass du nochmal mit heiler Haut davongekommen bist, Christian.«

»Ich bin gleich da.«

Grace wirft Kate und mir einen besorgten Blick zu, scheint jedoch beruhigt zu sein, als sie unsere lächelnden Gesichter sieht. Sie hält mir die Tür auf und zwinkert mir zu. Christian nimmt meine Hand, und ich folge ihm hinaus.

»Christian, ich muss mich wirklich abermals bei dir entschuldigen«, sagt Kate kleinlaut – so habe ich sie noch nie erlebt.

Wieder nickt Christian nur und tritt an ihr vorbei.

Ich sehe ihn nervös an. »Weiß deine Mutter Bescheid?«

»Ja.«

»Oh.« Allein bei der Vorstellung, dass uns die hartnäckige Miss Kavanagh um ein Haar den Abend mit irgendwelchen Enthüllungen verdorben hätte, wird mir ganz anders – Christians Lebensstil, vor all seinen Freunden und seiner Familie öffentlich breitgetreten.

»Tja, das war ja ein ziemlich interessanter Anfang des Abends«, stelle ich fest.

Sein Blick verrät mir, dass er sich wieder einigermaßen beruhigt hat. Gott sei Dank.

»Miss Steele mit ihrem Talent für Untertreibungen«, bemerkt er, hebt meine Hand an die Lippen und küsst meine Fingerknöchel, als wir ins Wohnzimmer treten, wo uns spontaner, ohrenbetäubender Applaus entgegenschlägt.

O Gott. Wie viele Leute sind bloß gekommen?

Ich lasse den Blick durch den Raum schweifen: die gesamte Grey-Familie, Ethan mit Mia, Dr. Flynn und seine Begleiterin, bei der es sich vermutlich um seine Frau handelt. Mac, den ich von unserem Bootsausflug kenne; ein großer, gut aussehender Afroamerikaner, den ich schon einmal in Christians Büro gesehen habe; Mias bissige Freundin Lily; zwei Frauen, die ich noch nie vorher gesehen habe und ... *o nein.* Mir bleibt beinahe das Herz stehen. *Sie. Mrs. Robinson.*

Gretchen, in einem tief ausgeschnittenen schwarzen Kleid und mit hochgestecktem Haar anstelle von Zöpfen, tritt mit einem Tablett voll Champagnergläser vor uns und klimpert wie gewohnt errötend mit den Wimpern, sobald sie in Christians Nähe kommt. Der Beifall verebbt. Christian drückt meine Hand und wendet sich an die Gäste, die ihn erwartungsvoll betrachten.

»Danke euch allen. Sieht so aus, als bräuchte ich erst einmal etwas zu trinken.« Er nimmt zwei Gläser vom Tablett, lächelt Gretchen flüchtig zu, die aussieht, als würde sie jeden Moment ohnmächtig werden, und reicht mir eines davon.

Christian hebt sein Glas, was die Gäste als Stichwort werten, sich um ihn zu scharen und mit ihm anzustoßen – allen voran die grässliche Frau in Schwarz. Trägt sie eigentlich jemals andere Farben?

»Christian, ich habe mir ja solche Sorgen gemacht.« Elena drückt ihn kurz an sich und küsst ihn auf beide Wangen. Obwohl ich versuche, ihm meine Hand zu entziehen, lässt er mich nicht los.

»Mir geht es gut, Elena«, sagt er kühl.

»Wieso hast du mich nicht angerufen?« Ich höre den flehenden Unterton in ihrer Stimme.

»Ich war beschäftigt.«

»Hast du denn meine Nachrichten nicht gehört?«

Christian verlagert unbehaglich das Gewicht von einem Fuß auf den anderen und legt den Arm um mich, während er Elena mit ausdrucksloser Miene ansieht. Da sie mich nicht länger ignorieren kann, nickt sie mir höflich zu.

»Ana«, schnurrt sie. »Sie sehen reizend aus.«

»Elena«, schnurre ich zurück. »Vielen Dank.«

Ich bemerke, dass Grace mit gerunzelter Stirn zu uns herüberstarrt.

»Elena, ich würde jetzt gern eine Ankündigung machen«, sagt Christian.

Ein Schatten legt sich über ihre strahlend blauen Augen.

»Aber natürlich.« Mit einem aufgesetzten Lächeln tritt sie den Rückzug an.

»Okay, Leute«, ruft Christian und wartet einen Moment, bis die Gespräche im Raum verstummt sind und sich ein weiteres Mal alle Blicke auf ihn richten.

»Nochmals Danke, dass ihr heute alle hergekommen seid. Ich muss zugeben, ich hatte mit einem ruhigen Abendessen im Kreis der Familie gerechnet, aber es ist eine sehr schöne Überraschung.« Er sieht betont zu Mia hinüber, die ihm grinsend zuwinkt. Mit gespielter Verärgerung schüttelt Christian den Kopf und fährt fort.

»Ros und mich …«, sagt er und nickt in Richtung der rothaarigen Frau, die neben einer kleinen, quirligen Blondine steht, »hätte es gestern um ein Haar übel erwischt.«

Oh, das ist also Ros, die für ihn arbeitet. Sie grinst und hebt ihr Glas. Ein zweites Mal nickt er ihr zu.

»Deshalb bin ich ganz besonders glücklich, dass ich euch heute eine wunderbare Nachricht überbringen darf. Diese wunderschöne Frau ...«, er sieht mich an, »Miss Anastasia Steele, hat meinen Antrag angenommen und sich bereiterklärt, meine Frau zu werden. Und ihr seid die Ersten, die es erfahren.«

Ahs und Ohs werden laut, gefolgt von vereinzeltem Jubel und Applaus. Du liebe Güte – es passiert wirklich. Ich fürchte, mein Gesicht hat inzwischen die Farbe von Kates Kleid angenommen. Christian umfasst mein Kinn, dreht mein Gesicht zu sich und drückt mir einen flüchtigen Kuss auf den Mund.

»Bald gehörst du mir.«

»Das tue ich doch längst«, flüstere ich.

»Vor dem Gesetz«, formt er lautlos mit den Lippen und verzieht das Gesicht zu einem verschmitzten Grinsen.

Lily, die neben Mia steht, scheint am Boden zerstört zu sein, und Gretchen sieht aus, als hätte sie in eine Zitrone gebissen. Mein Blick bleibt an Elena hängen, die uns mit offenem Mund anstarrt. Sie ist völlig verblüfft, regelrecht fassungslos. Ich kann nicht leugnen, dass es mich mit tiefer Befriedigung erfüllt, sie sprachlos zu sehen. Was hat sie überhaupt hier zu suchen?

Carrick und Grace reißen mich aus meinen reichlich ungnädigen Gedanken. Augenblicke später werde ich der Reihe nach von sämtlichen Greys in die Arme geschlossen, geküsst und beglückwünscht.

»O Ana, ich bin so froh, dass Sie bald Teil unserer Familie werden. Christian hat sich so verändert ... Er ist neuerdings so ... glücklich. Und das liegt nur an Ihnen.« Grace' überschwängliche Begeisterung lässt mich erröten, gleichzeitig freue ich mich insgeheim darüber.

»Und wo ist der Ring?«, ruft Mia, als sie mir um den Hals fällt.

»Äh ...« *Ein Verlobungsring! Lieber Gott!* Daran habe ich noch gar nicht gedacht. Ich sehe Christian an.

»Wir werden gemeinsam einen für sie aussuchen«, erklärt er und wirft seiner Schwester einen vernichtenden Blick zu.

»Meine Güte, nun spring mir doch nicht gleich ins Gesicht, Grey.« Sie wirft ihm die Arme um den Hals. »Ich freue mich so für dich, Christian«, ereifert sie sich. Sie ist die Einzige, der der berühmte Grey-Todesblick nichts anzuhaben scheint, wohingegen er mich vor Angst schlottern lässt … zumindest war es bis vor Kurzem so.

»Habt ihr schon ein Datum festgelegt?« Sie strahlt ihren Bruder an.

Er schüttelt mit unübersehbarer Verärgerung den Kopf. »Keine Ahnung, Ana und ich müssen alles erst in Ruhe besprechen«, antwortet er genervt.

»Ich hoffe, ihr entscheidet euch für eine richtig große Hochzeit – hier«, fährt sie strahlend fort, ohne sich von seinem eisigen Tonfall beeindrucken zu lassen.

»Wahrscheinlich fliegen wir gleich morgen nach Vegas«, knurrt er, was sie mit einer Mia-Grey-Schnute quittiert, wie sie im Buche steht. Er verdreht nur die Augen und wendet sich Elliot zu, der ihn zum zweiten Mal innerhalb von nicht einmal vierundzwanzig Stunden in die Arme schließt.

»Gut gemacht, Bruderherz«, sagt er und schlägt Christian auf den Rücken.

Die Resonanz auf Christians Ankündigung ist gewaltig, deshalb dauert es einige Zeit, bis ich Gelegenheit habe, mit Christian zu Dr. Flynn zu gehen. Von Elena ist weit und breit nichts zu sehen, und Gretchen geht mit säuerlicher Miene herum und schenkt Champagner nach.

Dr. Flynns Begleiterin ist eine auffallend hübsche junge Frau mit langen, fast schwarzen Haaren, haselnussbraunen Augen und einem beachtlichen Dekolleté.

»Christian.« Dr. Flynn streckt Christian die Hand entgegen.

»John. Rhian.« Christian ergreift und schüttelt sie, dann beugt er sich vor und küsst Johns zierliche Frau auf die Wange.

»Wie schön, dass Sie noch unter uns weilen, Christian. Mein Leben wäre überaus trostlos ohne Sie. Und ärmer würde es mich dazu noch machen.«

Christian grinst.

»John!«, tadelt Rhian zu Christians unübersehbarer Belustigung.

»Rhian, das ist Anastasia, meine Verlobte. Ana, das ist Johns Frau Rhian.«

»Ich bin entzückt, die Frau kennen zu lernen, die Christians Herz erobern konnte«, erklärt Rhian und lächelt freundlich.

»Danke«, murmle ich verlegen.

»Tja, ich muss sagen, mit Ihrer Ankündigung haben Sie die Anwesenden ziemlich aus dem Sattel geworfen.« Dr. Flynn schüttelt amüsiert den Kopf.

»Du und deine ewigen Reitermetaphern.« Rhian verdreht die Augen. »Meinen allerherzlichsten Glückwunsch an Sie beide, und alles Gute zum Geburtstag, Christian. Was für ein wunderbares Geschenk.« Sie strahlt mich an.

Ich hatte keine Ahnung, dass Dr. Flynn unter den Gästen sein würde – genauso wenig wie Elena, deren Anwesenheit ein echter Schock für mich war. Ich durchforste mein Gehirn nach Fragen, die ich dem Doktor über Christian stellen könnte, aber eine Geburtstagsparty ist wohl kaum der angemessene Rahmen für einen psychiatrischen Rat.

Wir plaudern ein paar Minuten. Es stellt sich heraus, dass Rhian Hausfrau und Mutter von zwei kleinen Söhnen und höchstwahrscheinlich der Grund ist, weshalb Dr. Flynn in den Vereinigten Staaten praktiziert.

»Es geht ihr gut, Christian. Sie spricht sehr gut auf die Behandlung an. Zwei Wochen noch, dann können wir eine ambulante Versorgung ins Auge fassen.« Trotz ihrer gedämpften Stimmen entgeht mir nicht, worüber Dr. Flynn und Christian sich unterhalten – über Leila. Ich blende Rhians Plaudereien für einen kurzen Moment aus.

»Im Augenblick dreht sich mein Leben nur um Windeln und Verabredungen zum Spielen …«, höre ich sie sagen.

»Das verlangt Ihnen bestimmt einiges an Zeit und Energie ab.« Ich wende mich wieder Rhian zu, die in Gelächter ausbricht.

»Bitte fragen Sie sie etwas für mich«, murmelt Christian.

»Und was machen Sie so beruflich, Anastasia?«, erkundigt sich Rhian.

»Ana, bitte. Ich bin in der Verlagsbranche.«

Christian und Dr. Flynn sprechen noch leiser, so dass ich noch größere Mühe habe, sie zu verstehen. In diesem Moment treten die beiden Frauen zu uns, die ich bisher noch nicht kennen gelernt habe: Ros und die quirlige Blondine, die Ros als ihre Lebenspartnerin Gwen vorstellt.

Ros ist absolut hinreißend. Es stellt sich heraus, dass sie praktisch gegenüber vom Escala wohnt. Sie schwärmt in den höchsten Tönen von Christians Talent als Pilot. Dies war ihr erster Flug mit Charlie Tango, aber trotz des Vorfalls würde sie jederzeit wieder zu Christian ins Cockpit steigen, erklärt sie. Sie gehört zu den wenigen Frauen, die sich nicht magisch zu meinem zukünftigen Mann hingezogen fühlen … aus auf der Hand liegenden Gründen.

Gwen ist ein witziges Geschöpf mit einer Schwäche für schwarzen Humor. Mir fällt auf, dass Christian sich sehr gut mit den beiden zu verstehen scheint. Obwohl die gemeinsame Arbeit von Ros und Christian nicht zur Sprache kommt, habe ich keinen Zweifel daran, dass sie eine clevere Frau ist, die es ohne Weiteres mit Christian aufnehmen kann. Außerdem liebe ich ihr herrlich kehliges Lachen, das auf eine lange, leidenschaftliche Karriere als Raucherin schließen lässt.

Grace unterbricht unser lockeres Geplänkel und bittet die Anwesenden, sich am Buffet in der Küche zu bedienen, woraufhin sich alle auf den Weg in den hinteren Teil des Hauses machen.

Im Flur werde ich von Mia abgefangen, die in ihrem hellrosa, rüschenbesetzten Babydoll-Kleid und ihren Schuhen mit den Killerabsätzen wie der Engel auf dem Weihnachtsbaum aussieht. Sie hält zwei Cocktails in der Hand.

»Ana«, raunt sie verschwörerisch.

Ich sehe zu Christian hoch, der meine Hand loslässt und mich mit einem Blick à la »Viel Glück, aber dafür habe ich jetzt weiß Gott keinen Nerv« in ihre Obhut entlässt. Sie zieht mich ins Esszimmer.

»Hier«, sagt sie und grinst verschmitzt. »Das ist einer von Dads Spezialmartinis. Das Zeug ist tausendmal besser als Champagner.« Sie drückt mir ein Glas in die Hand und beobachtet gespannt, wie ich vorsichtig daran nippe.

»Sehr lecker, aber ziemlich stark.« Was hat sie vor? Mich abzufüllen?

»Ana, ich brauche deinen Rat. Lily kann ich nicht fragen, weil sie sowieso an nichts und niemandem ein gutes Haar lässt.« Mia verdreht die Augen und grinst mich an. »Sie ist tierisch eifersüchtig auf dich. Ich glaube, sie hat darauf gehofft, dass aus ihr und Christian eines Tages ein Paar wird.« Die Absurdität dieser Vorstellung lässt Mia laut auflachen, während mein Mut sinkt.

Mit solchen Dingen werde ich in Zukunft wohl regelmäßig konfrontiert sein – dass andere Frauen ein Auge auf meinen Mann werfen und deshalb eifersüchtig auf mich sind. Ich schiebe den Gedanken beiseite und richte meine Aufmerksamkeit wieder auf Mia.

»Okay. Schieß los«, sage ich und nippe an meinem Cocktail.

»Wie du ja weißt, habe ich es dir zu verdanken, dass Ethan und ich uns kennen gelernt haben.« Sie strahlt mich an.

»Ja.« Worauf zum Teufel will sie hinaus?

»Aber, Ana, er will nicht mit mir zusammen sein«, erklärt sie schmollend.

»Oh.« Na ja, vielleicht steht er einfach nicht auf sie.

»Moment, vielleicht habe ich mich etwas missverständlich ausgedrückt. Er will nicht mit mir zusammen sein, weil seine

Schwester mit meinem Bruder zusammen ist. Na ja, für seinen Geschmack ist das alles zu inzestuös. Aber ich weiß, dass er mich mag. Was soll ich bloß machen?«

»Ah, verstehe«, erwidere ich, um Zeit zu schinden. Was soll ich dazu sagen? »Vielleicht könnt ihr ja erst einmal Freunde sein und es etwas langsamer angehen. Ich meine, immerhin habt ihr euch gerade erst kennen gelernt.«

Sie hebt vielsagend eine Braue.

»Ja, ja, ich weiß selbst, dass Christian und ich uns auch gerade erst kennen gelernt haben, aber …« Ich halte mit gerunzelter Stirn inne, weil mir die Argumente ausgehen. »Mia, das ist etwas, was ihr gemeinsam klären müsst. Aber ich würde es mit Freundschaft versuchen.«

Mia grinst. »Diesen Blick hast du dir bei Christian abgeschaut.«

Ich werde rot. »Aber wenn du einen Rat brauchst, frag Kate. Sie hat bestimmt einen besseren Einblick in das Seelenleben ihres Bruders.«

»Meinst du?«

»Ja.« Ich lächle sie ermutigend an.

»Cool. Danke, Ana.« Sie drückt mich ein weiteres Mal und läuft aufgeregt – höchst beeindruckend, wie sie das mit diesen Absätzen schafft – hinaus, zweifellos, um sich auf die Suche nach Kate zu machen. Ich nehme noch einen kleinen Schluck von meinem Martini und wende mich zum Gehen.

In diesem Moment kommt Elena mit grimmiger Miene und wütend zusammengepressten Lippen hereingerauscht. Leise schließt sie die Tür hinter sich und wendet sich mir zu. Ihr Blick ist vernichtend.

Oje.

»Ana«, stößt sie hervor.

Obwohl mir nach zwei Gläsern Champagner und der Hälfte des tödlichen Carrick-Cocktails bereits leicht schwummerig ist, nehme ich all meinen Mut zusammen und wende mich ihr zu.

Ich bin sicher, dass ich kreidebleich bin, doch mit der Unterstützung meines Unterbewusstseins und meiner inneren Göttin gelingt es mir, halbwegs kühl und souverän zu wirken.

»Elena.« Meine Stimme ist leise, aber gefasst – obwohl sich mein Mund trocken anfühlt. Wieso jagt mir diese Frau bloß solche Angst ein? Und was will sie jetzt schon wieder von mir?

»Eigentlich sollte ich Ihnen ja meine aufrichtigsten Glückwünsche aussprechen, aber ich glaube, das wäre nicht angemessen.« Ihre stechend blauen Augen bohren sich in mich hinein, und ich sehe den abgrundtiefen Abscheu darin.

»Ich brauche Ihre Glückwünsche nicht und will sie auch gar nicht, Elena. Vielmehr bin ich erstaunt und enttäuscht, Sie hier zu sehen.«

Sie hebt eine Braue. Ich glaube fast, sie ist beeindruckt von meinem Auftritt.

»Ich hätte nicht gedacht, dass Sie eine ebenbürtige Gegnerin für mich sein könnten, Anastasia, aber Sie verblüffen mich immer wieder.«

»Wohingegen ich keinerlei Gedanken an Sie verschwendet habe«, lüge ich kühl. Christian wäre stolz auf mich. »Wenn Sie mich jetzt entschuldigen würden. Ich habe Wichtigeres zu tun, als meine Zeit hier mit Ihnen zu verschwenden.«

»Nicht so schnell, Fräulein«, faucht sie und lehnt sich mit dem Rücken gegen die Tür. »Was um alles in der Welt glauben Sie eigentlich, was Sie da tun? Christians Antrag annehmen? Sie? Wenn Sie auch nur eine Sekunde lang glauben, Sie könnten ihn glücklich machen, sind Sie auf dem Holzweg, und zwar gewaltig.«

»Was ich und Christian tun, geht Sie überhaupt nichts an.« Ich schenke ihr ein vor Sarkasmus triefendes Lächeln, doch sie geht nicht darauf ein.

»Er hat Bedürfnisse. Bedürfnisse, die Sie wohl kaum befriedigen können.«

»Was wissen Sie schon über seine Bedürfnisse?«, schnauze ich sie an. Empörung flackert in mir auf. Wie kann dieses elende Miststück es wagen, mir Vorträge zu halten? »Sie sind doch bloß eine kranke Kinderschänderin. Wenn es nach mir ginge, könnten Sie geradewegs zur Hölle fahren. Es wäre mir ein Vergnügen, Ihnen dabei zuzusehen. Und jetzt gehen Sie mir gefälligst aus dem Weg, oder muss ich Sie erst dazu zwingen?«

»Sie machen einen großen Fehler, junge Dame.« Sie richtet ihren schlanken, sorgsam manikürten Finger auf mich. »Wie können Sie es wagen, unseren Lebensstil zu verurteilen? Sie haben doch keine Ahnung, wovon Sie reden. Und Sie haben keine Ahnung, worauf Sie sich da einlassen. Und wenn Sie allen Ernstes glauben, eine kleine graue Maus wie Sie, die es nur auf Christians Geld abgesehen hat ...«

Das reicht! Ich kippe ihr den Inhalt meines Martiniglases mitten ins Gesicht.

»Wagen Sie es nicht, mir zu sagen, worauf ich mich einlasse«, schreie ich. »Wann kapieren Sie endlich, dass Sie all das einen feuchten Dreck angeht!«

Sie starrt mich entsetzt an und wischt sich die Überreste des klebrigen Drinks ab. Ich könnte schwören, dass sie sich auf mich stürzen will, doch in diesem Moment geht die Tür hinter ihr auf, so dass sie nach vorn katapultiert wird.

Christian steht im Türrahmen. Innerhalb von Sekundenbruchteilen begreift er, was hier los ist – ich, kreidebleich und am ganzen Leib zitternd, sie, klatschnass und schäumend vor Wut. Sein bildschönes Gesicht verzerrt sich, als er zwischen uns tritt.

»Was tust du da, Elena?«, fragt er mit eisiger Stimme, in der eine unüberhörbare Drohung mitschwingt.

Sie sieht blinzelnd zu ihm auf. »Sie ist nicht die Richtige für dich, Christian«, haucht sie.

»Wie bitte?«, brüllt er so laut, dass wir beide vor Schreck zusammenfahren.

Ich kann zwar sein Gesicht nicht sehen, doch sein Körper ist gespannt wie eine Feder, und die Feindseligkeit dringt ihm aus sämtlichen Poren.

»Woher willst ausgerechnet du wissen, was das Richtige für mich ist?«

»Du hast doch Bedürfnisse, Christian«, erwidert sie mit sanfterer Stimme.

»Ich habe dir schon einmal gesagt, dass dich das alles einen feuchten Dreck angeht«, wettert er.

O Mann – Christian ist auf hundertachtzig. Bestimmt können ihn sämtliche Gäste draußen hören.

»Was bildest du dir ein?« Er starrt sie finster an. »Dass du vielleicht die Richtige für mich bist? *Du*?« Seine Stimme ist eine Spur leiser geworden, trotzdem trieft sie immer noch vor Verachtung.

Plötzlich wünsche ich mir sehnlichst, nicht länger hier sein und all das mit anhören zu müssen. Ich will nicht Zeuge dieser Auseinandersetzung sein. Ich störe nur. Aber es ist, als wollten meine Beine nicht gehorchen.

Elena scheint allmählich ihre Fassung wiederzufinden, und ihre Körperhaltung verändert sich kaum merklich. Mit einem Mal wirkt sie etwas entschlossener. Sie macht einen Schritt auf ihn zu.

»Ich bin das Beste, was dir je passiert ist«, stellt sie überheblich fest. »Sieh dich an, wer du heute bist. Einer der reichsten, erfolgreichsten Unternehmer des Landes. Du bist ehrgeizig und engagiert, hast alles im Griff. Du hast alles, was du dir wünschst. Du bist der Meister deines Universums.«

Er weicht zurück, als hätte sie ihn geschlagen, und starrt sie in zorniger Ungläubigkeit an.

»Es hat dir gefallen, Christian, mach dir nichts vor. Du warst drauf und dran, dich selbst zu zerstören, aber ich habe dich gerettet. Ich habe dich davor bewahrt, dein Leben hinter Gittern fristen zu müssen. Alles, was du heute weißt, habe ich dir beigebracht. Und alles, was du brauchst.«

Christian wird blass, und als er das Wort ergreift, höre ich die Ungläubigkeit in seiner leisen Stimme.

»Du hast mir beigebracht, wie man fickt, Elena. Aber Ficken ist etwas Leeres, etwas Inhaltsloses. Genauso leer und inhaltslos wie du. Kein Wunder, dass Linc dich verlassen hat.«

Ich spüre Galle in meiner Kehle aufsteigen. Ich sollte nicht hier sein. Trotzdem stehe ich immer noch wie angewurzelt da und sehe mit morbider Faszination zu, wie die beiden sich zerfleischen.

»Du hast mich nicht ein einziges Mal in den Armen gehalten«, fährt Christian im Flüsterton fort. »Du hast mir nicht ein einziges Mal gesagt, dass du mich liebst.«

Ihre Augen verengen sich zu Schlitzen. »Liebe ist nur etwas für Dummköpfe, Christian.«

»Raus aus meinem Haus«, ertönt in diesem Moment die unerbittliche, zornige Stimme von Grace hinter uns. Die blanke Wut funkelt in ihren Augen, als sie auf Elena zutritt, die Hand hebt und ihr eine schallende Ohrfeige verpasst, die laut in der Stille des Esszimmers widerhallt.

»Nimm deine dreckigen Pfoten von meinem Sohn, du elende Hure, und verlass mein Haus. Auf der Stelle!«, stößt sie zwischen zusammengebissenen Zähnen hervor.

Elena berührt ihre Wange, auf der sich ein roter Fleck ausbreitet, und starrt Grace einen Moment lang entsetzt an. Dann macht sie auf dem Absatz kehrt und flieht, ohne sich die Mühe zu machen, die Tür hinter sich zu schließen.

Wie in Zeitlupe dreht Grace sich zu Christian um. Angespannte Stille senkt sich über den Raum, als Mutter und Sohn einander gegenüberstehen.

»Ana, dürfte ich bitte ein paar Minuten allein mit meinem Sohn sprechen?«, fragt Grace. Ihre Stimme ist leise und rau, lässt jedoch keinerlei Widerspruch zu.

»Natürlich«, flüstere ich und verlasse mit einem letzten beklommenen Blick über die Schulter eilig den Raum. Doch keiner der beiden sieht zu mir herüber, stattdessen starren sie einander weiterhin wortlos an. Ihr Schweigen ist ohrenbetäubend in der Stille des Esszimmers.

Mit hämmerndem Herzen stehe ich verloren im Flur. Panik steigt in mir auf. Ich habe keine Ahnung, was ich machen soll. Großer Gott, was für eine Szene. Und nun weiß Grace Bescheid. Ich habe nicht die leiseste Ahnung, was sie zu ihm sagen wird. Obwohl ich weiß, dass es sich nicht gehört, lege ich das Ohr an die Tür und lausche.

»Wie lange, Christian?« Grace' Stimme ist so leise, dass ich sie kaum verstehen kann.

Ebenso wenig wie seine Antwort.

»Wie alt warst du?« Ihre Stimme wird eindringlicher. »Sag es mir. Wie alt warst du, als all das angefangen hat?« Wieder kann ich Christians Antwort nicht hören.

»Alles in Ordnung, Ana?«, sagt Ros hinter mir.

»Ja. Alles bestens. Danke. Ich …«

Sie lächelt mich an. »Ich wollte meine Handtasche holen. Ich brauche dringend eine Zigarette.«

Einen Moment lang überlege ich, mich ihr anzuschließen.

»Ich muss auf die Toilette.« Ich brauche etwas Zeit, um mich zu sammeln bei alldem, was ich gerade gehört und gesehen habe. Das obere Stockwerk scheint am geeignetsten zu sein, um ein bisschen Ruhe zu finden. Ich sehe Ros nach, die im Wohnzimmer verschwindet, und flitze, immer zwei Stufen auf einmal nehmend, die Treppe hinauf, in den ersten und dann in den zweiten Stock. Inzwischen weiß ich, wo ich hinwill.

Ich öffne die Tür von Christians altem Kinderzimmer, schlüpfe hinein und schließe mit einem tiefen Atemzug die Tür hinter mir. Ich trete zu seinem Bett, lasse mich darauf fallen und starre an die weiß gestrichene Zimmerdecke.

Lieber Gott, das war eine der schlimmsten Auseinandersetzungen meines Lebens, so viel steht fest. Ich bin immer noch wie betäubt. Mein Verlobter und seine Exgeliebte, die sich gegenseitig an die Gurgel gehen – keine künftige Braut sollte so etwas miterleben müssen. Trotzdem bin ich in gewisser Weise sogar froh, dass sie endlich ihr wahres Gesicht gezeigt hat und ich es mit eigenen Augen sehen durfte.

Ich muss an Grace denken. Die arme Grace, die sich all das anhören musste. Ich schlinge die Arme um eines von Christians alten Kopfkissen. Sie hat zweifellos mitbekommen, dass Christian und Elena eine Affäre hatten – aber nicht, was genau zwischen ihnen war. Gott sei Dank. Ich stöhne auf.

Was soll ich nur tun? Vielleicht liegt in den Worten dieser Hexe ja doch ein Fünkchen Wahrheit.

Nein, ich weigere mich, das zu glauben. Sie ist eiskalt und grausam. Ich schüttle den Kopf. Sie irrt sich. Ich *bin* die Richtige für Christian. Ich kann ihm geben, was er braucht. In einem kurzen Moment verblüffender Klarheit zerbreche ich mir nicht länger den Kopf über die Frage, *wie* er sein Leben bis vor Kurzem geführt hat, sondern, *warum* es so war. Ich denke über die Gründe nach, warum er mit den zahllosen Mädchen – ich will noch nicht einmal wissen, wie viele es genau waren – all diese grässlichen Dinge getan hat. Was er getan hat, ist nichts Falsches oder Verwerfliches. Sie waren ausnahmslos erwachsen. Sie waren – wie hat Dr. Flynn es ausgedrückt? – Erwachsene, die freiwillig innerhalb einer normalen Beziehung eine mit bestimmten Codewörtern abgesicherte Form von Sex hatten. Ausschlaggebend ist das Warum. Einzig und allein das Warum war falsch, weil es in den dunklen Tiefen seiner Seele begründet liegt.

Ich schließe die Augen und drücke das Kissen fester an mich. Aber nun haben sich die Vorzeichen geändert. Christian hat all das hinter sich gelassen. Er hat der Dunkelheit den Rücken gekehrt und ist zu mir ins Licht getreten. Wir lieben uns, und wir können uns gegenseitig stützen. *Verdammt!* Mir kommt ein Gedanke. Ein heimtückischer Gedanke, der sich in mein Bewusstsein schleicht und mich nicht mehr loslassen will. Und ich bin an dem Ort, an dem ich dieses Gespenst endgültig verjagen kann. Ich setze mich auf. Ich muss es tun.

Mit zitternden Beinen stehe ich auf, streife meine Schuhe ab und trete vor die Pinnwand über seinem Schreibtisch, an der immer noch all die Fotos des kleinen Christian hängen – vor dem Hintergrund der Szene, die ich soeben zwischen ihm und Mrs. Robinson miterlebt habe, geht mir ihr Anblick mehr ans Herz denn je. Und dort, in der Ecke, steckt die kleine Schwarz-Weiß-Aufnahme von seiner Mutter, der Crackhure.

Ich knipse die Schreibtischlampe an und richte den Lichtkegel auf das Foto. Ich kenne noch nicht einmal ihren Namen. Die Ähnlichkeit zwischen Christian und seiner leiblichen Mutter ist frappierend, nur wirkt sie jünger und trauriger. Beim Anblick ihres bekümmerten Gesichts überkommt mich tiefes Mitleid. Ich kneife die Augen zusammen und betrachte das Foto eingehend, versuche, Ähnlichkeiten zwischen uns auszumachen. Aber es gibt keine. Mit Ausnahme unserer Haare vielleicht, aber nach allem, was ich erkennen kann, sind ihre Haare etwas heller als meine. Ich sehe überhaupt nicht aus wie sie. Erleichterung durchströmt mich.

Mein Unterbewusstsein steht mit verschränkten Armen da und schnalzt missbilligend mit der Zunge. *Wieso quälst du dich denn so? Du hast seinen Antrag angenommen. Du hast dir die Suppe selbst eingebrockt.* Ich schürze die Lippen. Ja, das ist richtig. Und ich bin froh darüber. Ich wünsche mir, den Rest meines Lebens neben Christian aufzuwachen. Meine innere Göttin sitzt mit einem gelassenen Lächeln im Lotussitz auf ihrem Kissen. Ja. Ich habe die richtige Entscheidung getroffen.

Ich muss ihn suchen gehen. Bestimmt macht er sich schon Sorgen, wo ich abgeblieben bin. Ich habe keine Ahnung, wie lange ich hier in diesem Zimmer war. Er glaubt garantiert, ich hätte die Flucht ergriffen. Bei diesem Gedanken verdrehe ich die Augen. Christian und seine typische Art, alles zu dramatisieren. Ich hoffe bloß, er und Grace haben sich inzwischen ausgesprochen. Allein bei der Vorstellung, was sie ihm an den Kopf geworfen haben könnte, schaudert mir.

Auf der Treppe in den ersten Stock kommt mir Christian entgegen. Er wirkt erschöpft und angespannt – nicht der sorglose Christian, mit dem ich heute Abend hergekommen bin. Er bleibt auf der Stufe unterhalb von mir stehen, so dass sich unsere Gesichter auf derselben Höhe befinden.

»Hi«, sagt er vorsichtig.

»Hi«, erwidere ich ebenso verhalten.

»Ich habe mir Sorgen ...«

»Ich weiß«, unterbreche ich. »Es tut mir leid. Ich konnte nicht einfach zu den Gästen zurückgehen, als wäre nichts geschehen. Ich brauchte ein bisschen Zeit für mich. Zum Nachdenken.« Ich hebe die Hand und streiche ihm über die Wange. Er schließt die Augen und schmiegt sich in meine Handfläche.

»Und du fandest, mein altes Zimmer sei genau der richtige Ort dafür?«

»Ja.«

Er zieht mich an sich. Bereitwillig lasse ich mich in seine Arme sinken, den schönsten Ort auf der ganzen Welt. Er riecht nach frisch gewaschener Wäsche, Duschgel und Christian – es gibt wohl keinen herrlicheren, erregenderen Duft. Er presst seine Nase in mein Haar.

»Es tut mir leid, dass du all das miterleben musstest.«

»Es ist nicht deine Schuld, Christian. Wieso war sie überhaupt hier?« Er sieht mich entschuldigend an.

»Sie ist eine Freundin der Familie.«

Ich bemühe mich um eine gelassene Miene. »Tja, jetzt wahrscheinlich nicht mehr. Wie geht es deiner Mutter?«

»Im Moment ist sie stocksauer auf mich. Ich bin heilfroh, dass du hier bist und wir Gäste haben. Sonst hätte wohl mein letztes Stündchen geschlagen.«

»So schlimm?«

Er nickt mit ernster Miene. Ich sehe ihm an, wie sehr die heftige Reaktion seiner Mutter ihn beschäftigt.

»Kannst du es ihr verdenken?«, frage ich mit beschwichtigender Stimme.

Er drückt mich fest an sich. »Nein«, sagt er nach einer Weile.

Wahnsinn. Ein echter Durchbruch! »Könnten wir uns vielleicht hinsetzen?«, frage ich.

»Klar. Hier?«

Ich nicke. Wir setzen uns auf die Stufen.

»Und wie geht es dir?«, frage ich besorgt und nehme seine Hand.

Er seufzt. »Ich fühle mich irgendwie befreit.« Er zuckt mit den Achseln, dann breitet sich ein Lächeln auf seinem Gesicht aus – das herrliche, unbesorgte Christian-Strahlen. Auf einen Schlag sind Erschöpfung und Anspannung verschwunden.

»Wirklich?« Ich strahle ihn an. Du liebe Güte. Für dieses Lächeln würde ich freiwillig über Glasscherben gehen.

»Unsere Geschäftsbeziehung ist beendet. Aus und vorbei.«

Ich sehe ihn mit gerunzelter Stirn an. »Du willst die Salons dichtmachen?«

Er schnaubt. »So nachtragend bin ich nun auch wieder nicht, Anastasia. Nein. Ich werde sie ihr schenken. Gleich am Montag werde ich alles mit meinem Anwalt besprechen. Das bin ich ihr schuldig.«

Ich hebe eine Braue. »Also keine Mrs. Robinson mehr?«

»Nein. Das ist Vergangenheit.«

Ich grinse.

»Es tut mir leid, dass du eine Freundin verloren hast.«

Wieder zuckt er mit den Achseln, dann grinst er mich an. »Ehrlich?«

»Nein«, gestehe ich und werde rot.

»Komm.« Er steht auf und streckt mir die Hand hin. »Lass uns wieder zu unseren Gästen gehen. Vielleicht betrinke ich mich heute sogar.«

»Tust du das häufiger?«, frage ich.

»Seit meinen wilden Teenagerzeiten jedenfalls nicht mehr.« Wir gehen die Treppe hinunter.

»Hast du etwas gegessen?«

Mist.

»Nein.«

»Solltest du aber. Nach dem, wie Elena ausgesehen und gerochen hat, hast du ihr einen von Dads Killer-Cocktails ins Gesicht geschüttet.« Er versucht vergeblich, sein Grinsen zu unterdrücken.

»Christian. Ich …«

Er hebt eine Hand.

»Keine Widerrede, Anastasia. Wenn du Alkohol trinkst – und ihn meinen Exfreundinnen ins Gesicht kippst – brauchst du eine gute Grundlage. Regel Nummer eins. Soweit ich mich entsinne, haben wir das nach unserer ersten gemeinsamen Nacht schon besprochen.«

Stimmt. Im Heathman.

Im Flur bleibt er stehen und streicht mit dem Finger an meinem Kinn entlang.

»Ich habe stundenlang nur neben dir gelegen und dir beim Schlafen zugesehen«, sagt er leise. »Ich glaube, ich habe dich schon damals geliebt.«

O Christian.

Er beugt sich herab und küsst mich zärtlich.

Augenblicklich schmelze ich dahin und spüre, wie die Anspannung der vergangenen Stunde von mir abfällt.

»Iss etwas«, raunt er.

»Okay.« Ich glaube, in diesem Moment würde ich alles tun, was er von mir verlangt.

Er nimmt mich bei der Hand und führt mich in die Küche, wo die Party in vollem Gange ist.

»Gute Nacht, John, gute Nacht, Rhian.«

»Nochmals herzlichen Glückwunsch, Ana. Sie beide sind wirklich ein wunderschönes Paar.« Dr. Flynn lächelt mich freundlich an und legt den Arm um seine Frau, während wir uns im Flur von ihnen verabschieden.

»Gute Nacht.«

Christian schließt die Tür und schüttelt den Kopf. Seine Augen leuchten vor Aufregung, als er mich ansieht.

Was ist denn jetzt schon wieder los?

»Bis auf die Familie sind alle gegangen. Ich glaube, meine Mutter hat ein bisschen zu viel getrunken.« Grace ist im Fernsehzimmer und liefert sich mit Kate und Mia einen erbitterten Karaoke-Wettbewerb.

»Kannst du es ihr übel nehmen?«, frage ich leichthin, sorgsam darauf bedacht, dass die Stimmung entspannt bleibt. Mit Erfolg, wie es scheint.

»Machen Sie sich etwa über mich lustig, Miss Steele?«

»Ich glaube schon.«

»Es war ein ziemlich ereignisreicher Tag.«

»Christian, in letzter Zeit war jeder Tag mit dir *ziemlich ereignisreich*«, kontere ich sarkastisch.

Er schüttelt den Kopf. »Ein berechtigter Einwand, Miss Steele. Komm, ich will dir etwas zeigen.« Er ergreift meine Hand und führt mich quer durchs Haus in die Küche, wo Carrick, Ethan und Elliot in eine hitzige Debatte über die Mariners verstrickt sind und dabei die letzten Cocktails und das restliche Essen vernichten.

»Und? Kleiner Spaziergang angesagt?«, erkundigt sich Elliot mit einem vielsagenden Grinsen, als wir durch die Terrassentüren nach draußen treten.

Christian beachtet ihn nicht, wohingegen Carrick die Stirn runzelt und seinen jüngeren Sohn mit einem stummen Kopfschütteln tadelt.

Ich ziehe meine Schuhe aus, als wir die Steinstufen hinaufgehen und die Rasenfläche betreten. Über uns leuchtet ein silbriger Halbmond, der das Anwesen in Myriaden von Grauschattierungen taucht, während in der Ferne die Lichter von Seattle funkeln. Im Bootshaus brennt Licht, das weich durch die Fenster auf den Rasen fällt.

»Ich glaube, ich würde morgen gern in die Kirche gehen, Christian.«

»Ach so?«

»Ich habe dafür gebetet, dass du lebend nach Hause kommst, und du bist wieder hier. Das ist das Mindeste, was ich tun kann.«

»Okay.«

Hand in Hand schlendern wir in entspanntem Schweigen über den Rasen. Dann fällt mir etwas ein.

»Was willst du eigentlich mit den Fotos machen, die José von mir gemacht hat?«

»Ich dachte, wir hängen sie in unserem neuen Haus auf.«

»Du hast es gekauft?«

Er bleibt stehen und sieht mich sorgenvoll an. »Ja. Ich dachte, es gefällt dir.«

»Das tut es auch. Wann hast du es gekauft?«

»Gestern Morgen. Jetzt müssen wir uns nur noch überlegen, was wir damit anstellen wollen«, sagt er leise.

»Bitte reiß es nicht ab. Es ist so schön. Man muss sich nur ein bisschen darum kümmern.«

Christian lächelt. »Okay. Ich rede mit Elliot. Er kennt eine gute Architektin, die ein paar Umbauten an meinem Haus in Aspen vorgenommen hat. Und er kann die Renovierung in die Hand nehmen.«

In diesem Moment muss ich an den Abend denken, als wir das letzte Mal im Mondschein zum Bootshaus gegangen sind, und ein Grinsen breitet sich auf meinem Gesicht aus. Mal sehen, was er heute mit mir vorhat.

»Was ist?«

»Ich muss nur gerade daran denken, als du mich das letzte Mal ins Bootshaus entführt hast.«

Christian lacht leise. »Oh, das war allerdings ein Spaß. Apropos ...« Er bleibt abrupt stehen, packt mich und schwingt mich über seine Schulter.

Ich kreische auf. »Damals warst du stocksauer, wenn ich mich recht entsinne«, japse ich.

»Ich bin immer stocksauer, Anastasia.«

»Nein, das stimmt nicht.«

Er lässt seine Hand auf mein Hinterteil sausen und trägt mich weiter, bis wir vor der hölzernen Eingangstür stehen. Er lässt mich über seine Schulter zu Boden sinken und legt die Hände um mein Gesicht.

»Nein, jetzt nicht mehr.« Er beugt sich vor und küsst mich ungestüm. Augenblicklich spüre ich, wie mich das Verlangen durchströmt.

Nach einer Weile lässt er von mir ab und sieht mich an, während ich nach Atem ringend vor ihm stehe. Im Schein der Beleuchtung erkenne ich so etwas wie Angst auf seinen Zügen. Mein ängstlicher Mann, kein weißer oder schwarzer Ritter, sondern lediglich ein Mann – ein wunderschöner, doch nicht so abgefuckter Mann, wie ich dachte –, den ich von ganzem Herzen liebe. Ich hebe die Hand und streichle sein Gesicht, lasse meine Finger über seine Koteletten wandern, an seinem Kiefer entlang, bis mein Zeigefinger seine Unterlippe berührt. Er entspannt sich unter meiner zärtlichen Berührung.

»Ich will dir etwas zeigen.« Er öffnet die Tür.

Das gleißende Licht der Neonleuchten fällt auf die beeindruckende Motorjacht und das Ruderboot, das daneben vertäut liegt.

»Komm.« Christian nimmt meine Hand und führt mich die schmale Holztreppe hinauf, öffnet die Tür und macht einen Schritt zur Seite, um mich eintreten zu lassen.

Mir bleibt der Mund offen stehen. Der Dachboden ist nicht

wiederzuerkennen. Der gesamte Raum ist ein einziges Blüten-
meer … überall nichts als Blumen. Jemand hat ein wahres Pa-
radies geschaffen, mit zahllosen Wildblumen, die vom weichen
Schein zahlreicher Lichterketten und Miniaturlampions erhellt
werden.

Ich wirble herum und blicke in sein Gesicht, das keinerlei
Regung verrät. Er zuckt mit den Achseln.

»Du wolltest doch Herzen und Blümchen«, erklärt er leise.

Ich starre ihn in ungläubiger Fassungslosigkeit an. »Und hier
sind die Blumen«, flüstere ich. »Christian, sie sind wunderschön.«
Ich weiß nicht, was ich sonst sagen soll, aber ich spüre, wie mir
die Tränen kommen.

Er nimmt meine Hand und führt mich vollends in den Raum.
Ehe ich michs versehe, sinkt er vor mir auf ein Knie. *Großer
Gott … damit hatte ich nie im Leben gerechnet!* Mir stockt der
Atem.

Er zieht einen Ring aus der Innentasche seines Jacketts und
hebt den Kopf. Ich sehe seine grauen Augen, in denen die tiefe
Liebe für mich steht.

»Anastasia Steele, ich liebe dich. Ich will dich lieben und ehren und für den Rest meines Lebens beschützen. Werde meine
Frau. Für immer. Teile mein Leben mit mir. Heirate mich.«

Ich blinzle, als mir die Tränen die Sicht nehmen. Mein Christian, mein Mann. Ich liebe ihn so sehr, und das einzige Wort, das
ich über die Lippen bringe, als meine Gefühle wie eine Woge
über mich hinwegschwappen, ist »Ja.«

Ein erleichtertes Lächeln breitet sich auf seinem Gesicht aus.
Langsam schiebt er mir den Ring an den Finger. Er ist wunderschön, ein ovaler Brillant in einer Platinfassung. *Großer Gott!
Er ist riesig.* Groß und doch atemberaubend in seiner Schlicht-
heit.

»Christian!«, schluchze ich völlig überwältigt und lasse mich
neben ihn auf den Boden sinken. Ich packe ihn bei den Haaren
und küsse ihn, küsse ihn aus vollem Herzen, den Mann, der mich

ebenso liebt wie ich ihn. Er schlingt die Arme um mich. Seine Hände vergraben sich in meinem Haar, als er mich zärtlich küsst. Tief im Herzen weiß ich, dass unsere Liebe ewig währen wird. Dass ich für immer seine Frau und er für immer mein Mann sein wird. Wir haben so vieles erlebt, und so vieles liegt noch vor uns, aber wir sind füreinander geschaffen. Er und ich.

Die Spitze der Zigarette glüht orangefarben in der Dunkelheit, als er einen tiefen Zug nimmt. Er lässt den Rauch in einer Wolke entweichen und krönt sie mit zwei feinen Ringen, die sich kräuselnd vor seinem Gesicht auflösen, bleich und gespenstisch im kalten Schein des Mondlichts. Gelangweilt verlagert er das Gewicht auf seinem Sitz, nimmt einen raschen Schluck aus der Bourbonflasche in der zerknitterten braunen Papiertüte und schiebt sie wieder zwischen seine Schenkel.

Er kann es nicht fassen, dass der Kerl immer noch nicht von der Bildfläche verschwunden ist. Sein Mund verzieht sich zu einem bösartigen Grinsen. Die Sache mit dem Hubschrauber war ein spontaner und überaus kühner Schritt, stimulierender als alles, was er bisher in seinem Leben getan hat. Aber leider nicht von Erfolg gekrönt. Er verdreht ironisch die Augen. Wer hätte gedacht, dass dieser elende Drecksack tatsächlich so ein routinierter Pilot ist?

Er schnaubt verächtlich.

Aber sie haben ihn unterschätzt. Wenn Grey allen Ernstes geglaubt hat, dass er wie ein getretener Hund winselnd das Weite suchen würde, war der Typ schiefgewickelt.

So war es immer, schon sein ganzes Leben lang. Alle haben ihn unterschätzt – für sie war er nichts als ein armseliger Bücherwurm. Scheiß auf Bücherwurm! Er ist ein Mann mit einem fotografischen Gedächtnis, der gern Bücher liest. Oh, wie viel er gelesen und wie viel er aus diesen Büchern gelernt hat. Erneut schnaubt er abfällig. *Ja, auch über dich, Grey. Ich weiß so viel über dich.*

Nicht übel für einen Jungen aus der Gosse von Detroit.

Nicht übel für einen Jungen, der ein Princeton-Stipendium ergattert hat.

Nicht übel für einen Jungen, der sich auf dem College den Arsch aufgerissen und den Sprung in die Verlagswelt geschafft hat.

Und all das ist jetzt beim Teufel. Nur wegen Grey und dieser miesen kleinen Schlampe. Mit finsterer Miene starrt er auf das Haus, als stünde es stellvertretend für alles, was er aus tiefster Seele hasst. Aber hier herrscht tote Hose – mit Ausnahme der blonden, schwarz gekleideten Schlampe mit den dicken Titten, die vorhin in Tränen aufgelöst aus dem Haus gelaufen kam, in ihren weißen Mercedes CLK stieg und davonrauschte.

Er stößt ein freudloses Lachen aus, dann zuckt er zusammen. Verdammt. Seine Rippen. Sie schmerzen immer noch, nachdem ihm Greys Schlägertyp einen heftigen Tritt verpasst hat.

Er lässt das Szenario noch einmal vor seinem geistigen Auge Revue passieren. »Wenn du Miss Steele noch einmal anfasst, du Arschloch, bringe ich dich eigenhändig um, kapiert?«

Das wird dieser beschissene Drecksack noch büßen. Ja, er wird noch genau das kriegen, was er verdient.

Er rutscht auf seinem Sitz zurück. Sieht so aus, als würde es ein verdammt langer Abend werden. Er wird hierbleiben, zusehen und warten. Wieder zieht er an seiner Marlboro. Seine Chance wird noch kommen. Bald.

DANK

Ein großes Dankeschön an Sarah, Kay und Jada. Danke für alles, was ihr für mich getan habt.

Danke auch an Kathleen und Kristi, die in die Bresche gesprungen sind und Dinge geregelt haben.

Und danke an meinen Mann, Lover und (die meiste Zeit) besten Freund Niall.

Einen herzlichen Gruß an all die wunderbaren Frauen auf der ganzen Welt, die ich im Lauf dieses Projekts kennen gelernt habe und die ich seitdem als Freundinnen erachte, unter ihnen: Ale, Alex, Amy, Andrea, Angela, Azucena, Babs, Bee, Belinda, Betsy, Brandy, Britt, Caroline, Catherine, Dawn, Gwen, Hannah, Janet, Jen, Jenn, Jill, Kathy, Katie, Kellie, Kelly, Liz, Mandy, Margaret, Natalia, Nicole, Nora, Olga, Pam, Pauline, Raina, Raizie, Rajka, Rhian, Ruth, Steph, Susi, Tasha, Taylor und Una. Und auch an die vielen begabten und witzigen Frauen (und Männer), deren Bekanntschaft ich online gemacht habe. Ihr wisst selbst, wen ich meine.

Danke an Morgan und Jenn für alles, was mit dem Heathman zu tun hat.

Und schließlich danke an meine Lektorin Janine, meinen Fels in der Brandung. Das wär's.